六十年

我与中国现代文学

苏光文 著

华文出版社
SINO-CULTURE PRESS

图书在版编目（CIP）数据

我与中国现代文学六十年 / 苏光文著. -- 北京：华文出版社，2023.5
ISBN 978-7-5075-5472-4

Ⅰ. ①我… Ⅱ. ①苏… Ⅲ. ①中国文学－现代文学史－文集 Ⅳ. ①I209.6-53

中国国家版本馆CIP数据核字(2023)第068878号

我与中国现代文学六十年

作　　者：	苏光文
责任编辑：	谭　笑　修文龙
出版发行：	华文出版社
社　　址：	北京市西城区广安门外大街305号8区2号楼
邮政编码：	100055
电　　话：	总编室 010-58336239
	发行部 010-58336267　58336253
	责任编辑 010-58336237
经　　销：	新华书店
印　　刷：	北京建宏印刷有限公司
开　　本：	710×1000　1/16
印　　张：	26.25
字　　数：	444千
版　　次：	2023年5月第1版
印　　次：	2023年5月第1次印刷
标准书号：	ISBN 978-7-5075-5472-4
定　　价：	98.00元

版权所有，侵权必究

目录 Contents

六十年记略 …………………………………………………… (001)
"民主与科学":五四时期鲁迅作品的文化意涵 …………… (014)
《华威先生》引起的论争及价值意义 ……………………… (023)
茅盾在抗战时期
　　——纪念他诞生八十五周年 ……………………………… (033)
关于自由主义文学思潮 ……………………………………… (045)
鲁迅·抗战·抗战文艺 ……………………………………… (058)
抗战文学简论 ………………………………………………… (067)
国统区抗战报告文学刍议 …………………………………… (082)
抗战文学"凋零"论"开倒车"论质疑 …………………… (092)
巴金小说的"苦难情结" …………………………………… (103)
国统区抗战小说泛论 ………………………………………… (111)
论《学衡》时期的吴宓 ……………………………………… (116)
胡风文艺思想理论及其影响 ………………………………… (128)
关于"七月"小说派 ………………………………………… (144)
关于"中国诗坛"派 ………………………………………… (157)
大后方文学对外交往片论 …………………………………… (167)
重庆电影对外交流 …………………………………………… (186)
吴荪甫与赵惠明:茅盾小说中"另类勇者"形象 ………… (198)
重庆与桂林:大后方文坛的双璧 …………………………… (207)
大众化:抗日民主根据地文学的显著特征 ………………… (216)
吴宓的"好梦"及其"难圆" ……………………………… (226)
谷斯范《新水浒》的更新意识 ……………………………… (240)
左翼文学:30年代中国文坛的红色方阵 …………………… (248)
爱国主义:1937—1945年中国少数民族文学的中心话语 ……… (272)

张恨水《八十一梦》的批判意识与自省意识 …………………… (281)
启蒙主义：中国抗战文学的重现话题 …………………………… (290)
方敬诗歌："真与美"的寻绎 ……………………………………… (299)
论桂林抗战文化资源的文学价值意义 …………………………… (312)
老舍《大地龙蛇》的文化反思 …………………………………… (321)
文学与历史
———中国现代文学视野里的"一二·九"运动 ………………… (331)
重庆陪都文学及其话语空间刍议 ………………………………… (340)
重读鲁迅"骂孔子" ………………………………………………… (349)
赵树理延安时期小说的"忧患意识" ……………………………… (357)
鲁迅与辛亥革命 …………………………………………………… (367)
后抗战文学及其长与短 …………………………………………… (375)
关于人的文学思潮 ………………………………………………… (397)

后　记 ……………………………………………………………… (412)

六十年记略

不知不觉,我与中国现代文学"结缘"已六十年了。中国现代文学教学与研究,不仅是我的职业,更是我的事业。中国现代文学教学与研究,未因我退休而离去,一直与我相伴同行,完全融入我的生活与生命中。

六十年为一个花甲,是一个完整轮回。我与中国现代文学这一花甲轮回,在时间节点上,可分为三个阶段:执教初期(1963—1977年);改革开放以来(1977—2000年);退休以后(2000—2022年)。就基本样态来说,此三个阶段又可分别概述为:奉命教学,指令授课,迁校期间,游弋书海;任务牵引,兴趣驱使,理想确立,教研结合;退而不休,潜心治学,力图融会贯通,系统集成。

一

1963年9月初,我于西南师范学院中文系(现为西南大学文学院)毕业,随后留校被分到中文系中国现当代文学教研组任教。我还未来得及去该组报到,就被派去参加农村"四清"社会主义教育运动。这一去就是一年有余。其时,我与中国现代文学犹如一对青年男女只是刚刚有了恋爱关系,能否成为眷属,尚难预料。这便是我当时的顾虑与心理状态。不过,我是幸运的。一年多后我奉命返回学校,正式成为中国现当代文学教研组的一名教师。当时,系组领导给我四五个月备课时间,然后独立在一个年级上中国现代文学专业基础课。这时,我的人生位置与人生目标锁定了。

1965年9月初,我主讲69届中国现代文学课,并做年级主任。当时,教学有全国统一教材和统一的教学大纲。我所讲内容,说不上有多少个人见解。好在这样千篇一律的教学模式,对我来说只有一年就结束了。

1969年,学校被迫搬迁,我获准在留守组工作。其实,留守组也无什么事可做。我从小就养成了爱读书的习惯。在留守组三四年时间,可以说我饱读了闻所未闻、见所未见的图书和报刊。学校搬迁,图书馆的图书报刊还未搬走。其时,图书馆只有一名我认识的长者在门口坐着看守。第一次,我与他闲聊一会儿,便被允许进馆看书。以后,我便自由进出图书馆了,只是不能带书包进出，特别是图书馆四楼几大间的图书报刊，深深地吸引着我。那些图书与报刊已包装放进一个个大木箱或大纸箱。出于好奇，又无人监管，我便把一箱箱图书与报刊读了个遍。箱内的图书与报刊我完全陌生，如茅盾的《腐蚀》与《清明前后》、巴金的《寒夜》与《憩园》、老舍的《猫城记》与《四世同堂》、曹禺的《北京人》与《原野》，还有沈从文、丁玲、张爱玲、郁达夫的小说选，路翎的小说以及胡风的诗及文艺理论集子等；《新华日报》《群众》《七月》《抗战文艺》《文艺阵地》《东方杂志》《现代》《文学季刊》《洪水》《北斗》《小雅》等。我如饥似渴地读了几年，收获之一是知道这些图书与报刊属于中国现代文学时间段；收获之二是做了些笔记和抄写了些卡片（卡片是守门长者提供的）。这一最大收获和这几年的"偷读"，应该说给我后来的教学、特别是研究重点及走向予以潜在性的预拟。

1973年开始，我被推上教学第一线。根据安排，我主讲《鲁迅》和《毛主席诗词》。所讲内容当然属于同时期政治思想所主张的，个人见解与体会甚少。不过，我当时备课与讲授还是挺认真的。这两门课的讲稿，我一直保存着（2018年12月，被征集存入西南大学档案馆）。

在遵命于教学期间，还有一件事需说说。1975年9月，我应邀去扬州参加全国的中国现代文艺思想研讨会。这是我有生以来第一次出省，一出又那么远，所以比较担心出行不便与安全问题，好在有朋友的帮助，总算按时赴会了。这也是我第一次参加同行专业会议，开始，我有些拘谨，两天后，就几乎完全融入其中了。我与《小雅》主编及西北大学、复旦大学、武汉大学、华中师院、扬州师院、徐州师院、安徽师院等院校的前辈及同辈，相谈甚欢，有相见恨晚之感。参加这次会议，我的眼界大开，了解了一些中国现代文学思想理论及其论争概况。这为我以后的教学与研究做了一定积累。

二

1977年年底，四川几所大学教中国现当代文学课的教师由四川大学中文系中国现代文学教研室牵头聚会于成都，商议恢复高考后中国现代文学教学事宜，决定新编一本中国现代文学教材，定名为《中国现代文学新编》。会议结束前一天，四川省委宣传部资深部长接见我们。他在讲话中要求我们加强抗战时期国统区文学研究，还要求重庆方面的现代文学教学老师多作这一领域的研究。会后分工，这一任务自然由我们承担了。回校后，我即找出原抄写的卡片和笔记本去学校图书馆翻阅已上架的几年前我翻读过的史料。一年有余，完成了这一编写任务。参加这部教材的编写，我的收获颇多：一是详读了普遍用作教材的王瑶著《中国新文学史稿》、刘绶松著《中国新文学史初稿》以及丁易著《中国现代文学史略》三部权威史书；二是较为系统地了解了我们这门课程的基本内容；三是我后来在查得大量的第一手史料之后，方能深深感到前辈们著的史书中存在的诸多话题需要重新言说，存在的诸多缺失需要弥补，存在的诸多文学真相需要探索，乃至"史观"及框架体系需要重新建构。可以说，这时，我的双脚才算是踏进了中国现代文学的大门。之后不久，中国社会科学院文学研究所约编国统区文艺思想理论史料，并拨款资助。校系领导也支持这项工作。有了项目，有了钱，又有领导支持，我便把教学之余的时间与精力全部用于史料搜集。两三年间，在北京、上海、广州、昆明、成都、重庆、北碚等省市地区的图书馆及重庆与南京的档案馆查得史料（包括五四时期、20世纪二三十年代的文学史料）300多万字。除去完成编选任务，我还构建起新的教学大纲与新的教学体系，写出12本中国现代文学讲稿（2018年12月，被征集存入西南大学档案馆）。从此，也形成了一个个研究课题，撰写出一本本专著和一篇篇学术论文。我常常把研究所得融入教学内容中，充实教学内容的厚度，提升教学质量，又把教学中发现的问题纳入研究，增加研究的广度与深度，做到教学与研究相结合。我还打算在三四十年代抗战文学领域里深挖十年八年，做出点名堂来。也是在这时，我的"学术研究无禁区，教学有纪律"的底线原则形成了！

1978年7月，我撰写的论文《郭沫若在重庆》，发表于翌年《西南师范学院学报》第2期上。本文与稍后写成的已收入本书的另一篇论文《茅盾在抗战时期》（原题为《茅盾在重庆》），既表达我对郭沫若与茅盾两位文学家逝世的悼念，也从一个侧面展现出我的抗战文学研究是以重庆抗战文学为切入点的。这时，我从查阅的史料中已了解重庆是抗战时期国民政府的陪都。重庆在1938年以后，不仅是中国的政治、经济、军事、外交中心，也是中国的文化文学中心，同时还是世界反法西斯战争同盟国中国战区统帅部所在地。由重庆抗战文学研究出发，向整个国统区抗战文学、边区抗战文学、港台地区抗战文学、沦陷区抗战文学以及中国抗战文学与世界反法西斯文学交流的研究拓展，以作家作品为研究重点，达成史的体系建构。这便是逐渐形成的我的抗战文学研究路线图和研究目标。

1978年9月，我写成论文《论五四时期鲁迅作品中的民主意识与科学精神》，发表于翌年《南充师范学院学报》第2期上。本文和已收入本书的《鲁迅·抗战·抗战文艺》《重读鲁迅"骂孔子"》《鲁迅与辛亥革命》，表明我对五四时期文学和20世纪二三十年代文学的研究是从鲁迅研究开始的。收入本书的《关于自由主义文学思潮》《论"学衡"时期的吴宓》《吴宓的"好梦"及其"难圆"》《胡风文艺思想理论及其影响》《巴金小说的"苦难情结"》《吴荪甫与赵惠明：茅盾小说中"另类勇者"形象》《左翼文学：30年代中国文坛的红色方阵》《方敬诗歌："真与美"的寻绎》等论文以及未收入本书的《中国现代无产阶级文学及其生存境遇》《中国现代民族主义文学思潮》《鲁迅的"吃人"隐喻意涵》《茅盾创作的政治化倾向》《巴金的家庭文化拷问》《老舍"都市主题"的叙述》《曹禺"精神家园"的寻绎》以及《中国现代文学与外国文学概览》等30多篇论文，便是我对五四时期文学和20世纪二三十年代文学的研读所得的实绩。

1980年6月，我撰写的论文《〈华威先生〉引起的论争及价值意义》，发表于翌年《重庆师范学院学报》第3期上。本文和稍后写的收入本书的论文《抗战文学"凋零"论"开倒车"论质疑》，是我进入抗战文学领域最初的论辩驳难之作，旨在去伪立真、开辟研究路径。

1983年，我写的论文《抗战文学简论》，发表于翌年《西南师范大学学报》第3期上。本文及其后三十多年间写的收入本书和未收入本书的50多篇论文，比如《国统区抗战报告文学刍议》《国统区抗战小说泛论》《关于"七月"小说派》《关于"中国诗坛"派》《略论抗战文学的审美效应及边区文学创作大众化特征》《工农兵文学及其引领价值》《张恨水〈八十一梦〉的批判意识与自省意识》《启蒙主义：中国抗战文学的重现话题》《老舍〈大地龙蛇〉的文化反思》《重庆陪都文学及其话语空间刍议》《抗战文学在香港》《战时台湾抗日新文学创作的审美特征》《赵树理延安时期小说的"忧患意识"》《丁玲小说的启蒙意识与抗争意识》《张爱玲小说的"荒漠化"情感透视》《抗战文学与世界反法西斯文学交流片论》等，多角度多层次全方位审视抗战文学，呈现抗战文学繁富的意义世界和多样化的艺术特征。这些研究所得为我这期间从事体量较大的学术专著的构思与撰写提供了多方面的准备与厚实的基础。

1983年，我协助招收中国现当代文学专业抗战文学研究方向的硕士研究生。1985年，经批准，我正式成为该专业该研究方向的硕士研究生导师。我先后为硕士生开"抗战文学研究"、"中国现代文学与外国文学"及"中国现代文学思潮流派研究"三门学位课程；我给本科生上专业基础课，还为高年级本科生开"中国现代文学专题研究"选修课。

1983年9月和1984年1月，我先后撰写完成两本书。一本为《抗战文学概观》，1985年12月于西南师范大学出版社出版；一本为《抗战文学纪程》，1986年4月于西南师范大学出版社出版。《抗战文学概观》重在探讨抗战文学运动、抗战文学思想理论和抗战文学创作中带倾向性的问题，并把抗战文学放在五四以来中国现代文学发展中去考量与研究。《抗战文学概观》是继蓝海（田仲济）1947年出版的《中国抗战文艺史》后的第一部抗战文学研究论著。《抗战文学纪程》是我查得的抗战文学史料的结集。在《抗战文学纪程》中我将抗战文学分为四个发展阶段，以编年体方式编入。这不仅为读者和研究人员提供了大量史料和查阅原始史料的目录，同时又显现出抗战文学发展脉络，展现了抗战文学的成就，史料的双重价值得以凸现。但今天来看这两本书，存在缺失自然不少。

我策划并担任主编的"国统区抗战文学研究丛书"《文学理论史料选》《小说研究史料选》《诗歌研究史料选》《戏剧研究史料选》，由四川教育出版社于1988年出版。1989年，重庆出版社出版的"大后方文学书系"中的"小说编"六卷本由我选编，艾芜主编。

1986年，我与本校历史系及政治系各一位教师联合申报的国家人文社科课题"抗战时期国统区研究"获准立项，我负责国统区文学研究。此项目获准既是对我这之前抗战文学研究成果的一种检阅，也是对我这之后研究的一种激励。

1989年年初，我开始构思并撰写的《抗战诗歌史稿》，于1991年12月由四川教育出版社出版。本书包括"引论：抗战诗歌滥觞期""上篇：诗坛巡礼""中篇：诗派诗人举要""下篇：旧诗新话"，点面透视，层层递进，力图展现抗战诗歌的发展走向及抗战诗歌取得的成就。本书为"国统区抗战文学研究丛书"之一。

1990年12月，我开始撰写的《大后方文学论稿》，于1994年12月由西南师范大学出版社出版。本书是教育部"八五"人文社科项目最终研究成果。本书共5篇29章，从对大后方文学的历史叙述再评议开篇，到对大后方文学思想理论及其论争的缕析、大后方文学创作意义世界的解读、大后方文学与世界反法西斯文学交流的概述以及中国大陆抗战文学与中国港台地区抗战文学之关系的阐释，史论结合，自成体系，是一部有一定理论深度的大后方文学史论著。说起这本书，至今还存着令我挂怀的一件事：1991年10月的一天，我带本书书稿去成都参加四川省社联召开的理事会时，到时任一家出版社副社长的我的大学同学家里,请他帮忙出版。他大致翻阅书稿后,表示"一定出这本书",又说要等到他手中的一本畅销书出版后。我理解,自然同意。他送我出门时,又表态:"我一定出版这本书,放心!除非我死了……"我打断他的话,说道:"言重了!言重了!"一年后,我再去他家时,不料他却去世了!我心疼,我愧惜,我安慰生者!我要回书稿后,恰逢申报教育部人文社科项目,以"大后方文学研究"为题填表申报,后获准立项,并得到资助。还未到项目结题时间,此项目的最终研究成果《大后方文学论稿》便出版了。本书的出版带有纪念我这位去世的挚友之意。

1995年为中国抗日战争胜利50周年,重庆市政协牵头编写大型"重庆抗战丛书",以资纪念。我应约撰写《抗战时期重庆的文化》和《抗战时期重庆的对外交往》。时间紧,任务重,我便约请几位相关专业学者教授参加编写这两本书,我担任主编。这两本书于同年8月由重庆出版社出版。

"20世纪中国文学"主张提出后,呼应者众多。四川及云贵部分高校中国现代文学教学人员也想发声呼应,便于1994年9月聚会于重庆。同行们推我担纲撰写一部《20世纪中国文学史》。我接受任务后,用大半年时间集中研读大量的中国现当代文学史料和不同时段出版的中国现当代文学教材,感悟出"文学和人的关系"应是20世纪中国文学发展的中心线索。围绕着它的确立、调整、转换,形成较为鲜明的发展阶段。我便以此为"史观",作为本书框架体系的理论支撑和选择作家作品的视点。看重的是作家在20世纪中国文学发展过程中的角色地位和作品达到的思想深度及艺术独创性与审美特性。我的见解得到参编同行的认可。两年后,两卷本《20世纪中国文学发展史》和两卷本《20世纪中国文学作品选读》由西南师范大学出版社出版,此后,多次再版,全国三四十所高校用作本专科基础课教材。在编写这部教材过程中,我提出了"文学和人的关系"的"史观",并倡导写史、讲史应有"史感"。

1997年与1998年,我先后申报并获准国家人文社科项目"爱国主义——1937—1945年中国文学母题研究"和教育部人文社科项目"中国现代无产阶级文学研究"。这两个项目的最终研究成果由我主编、几位研究生参编的同名专著于2001年、2004年由重庆出版社出版。前者7章22节,对爱国主义谱系进行历史追问与意义探索,辨析爱国主义之于中国具有的独特文化文学意涵,凸现1937—1945年中国文学中爱国主义的历史传承与现代转换;着眼于这一时期中国文学意识的开掘,从其特定而典型的基本词语,即"孤愤""苦难""解放""批判""承受与担当"等词语进入,带出繁富的意义世界;把这一时期不同地区的文学纳入共同的爱国主义话语系统，写出这一时期中国文学的"精神史""思想史""行为史"。后者包括"导论"和上、中、下三篇，把中国现代无产阶级文学的历史进程及生存境遇、文学理论的价值意义、文学作品的文化内涵，有机勾连起来，形成一个整体，详加论述，指明中国现代无产阶级文学不仅是一种文学，在更大程度上还是一种政治色彩浓烈的思想意识，实证中国现代无产阶级文学是中国现代文学三十年历史上绵延不断的一块巨型红色文学方阵。

在职期间，我给本科学生上专业基础课和给高年级学生上选修课，基本上是下课就走，与学生交流时间甚少，了解学生需求不多。好在学生们求知欲望较强，本课程的基础知识与基本理论均能掌握与吸收。不少学生对知识的渴求以及他们的活跃思想，令我感动。那些喜欢听课的学生和频频发问的学生，我的印象还是很深的，二三十年后他们回校聚会谈及时，其景况还历历在目。

我带硕士生，基本上类似"师傅带徒弟"。当年，每届硕士生，一个导师最多只能招两人，并规定待三年毕业才能再招再带。学位课程都在我家讲授。上完课，闲聊机会较多，大至社会人生、婚姻恋爱以及课题选择，小至同学关系的处理，等等。有时，上完课赶上饭点，就留在我家吃便饭。师生关系极为融洽。他们一边学习学位课与公共课，一边从事科研，几乎都撰写和发表有学术论文。比如有位研究生的学术论文《忧郁及忧郁的几个意象——端木蕻良早期创作论》发表于《社会科学辑刊》1997年第4期，中国人民大学书报资料中心《中国现代、当代文学研究》于同年第9期全文转载；又比如一位研究生的学术论文《穿越城市文明的三次精神还乡——沈从文小说的心理阐释》，发表于《中国现代文学研究丛刊》1998年第4期。

三

2000年1月，我退休。"退"而未"休"。一是继续完成前述的国家和教育部的各一项人文社科课题的研究；二是继续带尚未毕业的全日制硕士生和为在职人员申请学位的课程班上学位课程，指导学位论文写作。2003年，校内这些工作完成后，我被一家民办大学聘去讲授中国现代文学专业基础课，并指导同门课程任教的年轻教师，一直到2013年7月，才完全离开大学讲台。这期间，我继续思考中国现代文学有关问题，并撰写专著和学术论文。

抗战时期，重庆陪都文学在中国抗战文学和世界反法西斯文学以及中国现代文学史上的分量和地位，我是知道的，我很想把它作为一个单项课题进行研究。2005年9月，重庆举行纪念中国抗日战争和世界反法西斯战争胜利60周年暨抗战文学研讨会，我应邀参会。我提交的论文题目为《重庆陪都文学：灰色人生战场的文学叙述》。2009年1月，我把几年前写成的这篇论文缩减并改题目为《重庆陪都文学及其话语空间刍议》，直接寄给重庆市社联所属的一家刊物，很快被采用发表了。我很兴奋！立即着手修改我已写成的《重庆陪都文学论纲》并改题目为《重庆陪都文学研究》送出，中国戏剧出版社于2011年7月出版了。这本书呈现出重庆陪都文学的完备文学制度、繁富的文学创作、双向的对外文学交流，还原其整体历史面貌，探寻其共时性与历时性的价值意义。我的抗战文学是以重庆抗战文学为切入点的，但这本书才真正实现对重庆抗战文学的整体研究。

"中国现代文学"这个称谓，似乎是从1955年7月出版的丁易著的《中国现代文学史略》才正式开始用的。这之后，国内出版的这门课的教材和课程名称一律用"中国现代文学史"或"中国现代文学"了。我读大学和教大学这门课，都叫作"中国现代文学"。不过，我偶尔也用"新文学"称谓。2013年2月，中国戏剧出版社出版我的专著就用的是"新文学"称谓（全称为《中国新文学发展史研究》），本书以历史时间为节点，以"文学和人的关系"史观的确立、调整、转换为依据，构建框架体系。本书是我几十年来为本科生上专业基础课《中国现代文学史》讲稿的再修改，自然融入了我几十年教学与研究的所得。

《中国新文学发展史研究》出版后，本打算休息一两年再思考写点什么的，不料，本书出版才三个月，四川省社科院文学所约我加盟"中国·四川抗战文化研究"重大社科课题，并约定我承担"重庆文化"子课题的研究与撰写。我和该所曾有过合作，便欣然同意了。我用半年时间查寻未掌握的史料，一年时间完成撰写任务，书名为《大轰炸中的重庆文化》，由中国文联出版社于2015年8月出版了。这本40余万字的著作，全面而系统地论述大轰炸中的重庆文化，其中涉及文化组织机构、文化思想论争、学校教育、文学、音乐、美术、宗教哲学、新闻传媒、对外文化交流和文化成果等方面的内容。重庆文化在大轰炸中依然得到大发展大提升，成为重庆和重庆人乃至中国和中国人在血与火大劫难中巍然屹立，悲壮而绚烂的象征。

2014年1月，文学院举行团拜会。闲聊时，一位教授建议我写一本"苏光文说抗战文学"。我未迟疑，便说："可以考虑！""未迟疑"，并非出于一时冲动。因为我在整理和撰写《中国新文学发展史研究》专著时，就萌生了要用时间好好反思若干年来我的抗战文学研究的想法。所以，我在完成《大轰炸中的重庆文化》后就全力思考和撰写《我说抗战文学》。本书于2016年1月由黄河出版社出版。本书对我三四十年来的抗战文学研究成果进行了历史性检视，带有"盘点"与"总结"特征，个人化色彩甚浓。九个言论话题中，有重新言说的，有维持原言说的，有新言说的。其中，"后抗战文学"是我提出的新话题，重在言说它对抗战文学中"抗战的文学"精神内容的延续与拓展，并对"后抗战文学"发展概况、创作特征以及得失予以评述。本书和前一本书的撰写，确实颇耗费我的心力。完成后，我真的感到该停止了，该休息了。

停止写作一年有余。2017年9月，文学院党政领导决定出资出一套"前辈文库"（后改名为"雨僧文库"），"以传承文脉"，我被列入。根据要求，我按时向出版社交去"齐、清、定"的书稿《新文学：新观念新文本新交流》，西南师范大学出版社于2020年3月出版。文库共13册，收有中文系——文学院80年学科历史上近70年中五代部分学者各一项成果。领受、担当、坚守，似乎为一以贯之的文脉。

2019年3月，我清理书架时，在一书柜角落处发现了我寻找多时的一本书稿，题目叫《中国现代文学研究五十年》。本书稿均由原创文章构成，其中还有几篇不曾发表过的文章。翻阅这些文章时，勾起了我撰写或发表这些文章前后不少有趣的故事。于是，我决定以这些文章为主，再把近10年写的已发表和未发表的论文纳入，重新编撰成一部专著，定名为《我与中国现代文学六十年》。本专著第一部分为"六十年记略"，记叙六十年间我的中国现代文学教学与研究概况及其走向。第二部分选录我写的论文35篇，按写作与发表时间先后排列，呈现出我的研究历程。这35篇文章，是从我撰写的90余篇文章中选出来的。每篇论文后，设置"附记"，内容包含有我撰写论文点点滴滴的故事，撰写论文的初衷、原委、发表论文的刊物及时间，以及转载，等等，还包含有我现今对论文的看法和对论述对象的见解。

这里，我要说说退休后我在一所民办大学工作的10年。这10年，可以说是"我与中国现代文学六十年"中最为快乐的也是很有成就感的10年。

这10年，我结识了本市多所大学退休后来校工作的正副教授。大家在同一平台上各自尽力发挥"余热"并心无芥蒂地交流教学经验和学术观点。闲暇时，聊聊天，散散步，还一起参加"红色旅游"。

这10年，我为中文专业每个年级开设一门专业基础课和为大三开设一门选修课。这所民办大学的学生，有从经济和教育较发达的省市来的，有从西部地区来的，也有从民族地区来的。他们的知识积累、学习态度与学习方法，不尽相同。就我的摸底所得，约呈现三种状况：1/3的学生是不爱学习的，1/3的学生是父母逼着学习的，1/3的学生是爱学习的。真正爱学习而又会学习的学生，在一个年级约占1/20。面对这样的教学对象，我以教学内容和教学方法来提升爱学习的，吸引被迫学习的，拉动不爱学习的。学年考试成绩，一个班上85分的有10人左右，上六七十分的40人左右，不及格的3至5人。选修课的内容，我有意向考研学生倾斜。我在新生入学教育的专题报告中和大一第一学期第一节课时都要讲讲考研问题，鼓动学生考研——从为自身发展和教师们拥有的资源两个方面去讲。我告诉他们：任课教师多为正副教授，一些教师原本就是硕导，他们的学生中不少人已在大学任教，且已做硕导甚至博导了。他们会纯义务地为考研同学奉献出自己的人脉与文脉。事实上，我和几位教授，已先后为三四十位学生考研"保驾护航"。就考上现代文学专业的硕士学生来说，我至今还记得名字的就有多人。

这10年，我与学生在年龄等方面是隔两代的，但又似乎无多大代沟。他们除课堂上称我为苏老师外，课后几乎都叫我"苏爷爷"。当然，我不曾称他们为"孙孙学生"。一声"苏爷爷"，一下子好像就拉近了我们师生的距离，大有一种亲切、亲热之感。"课堂有纪律"，我们都遵循这一底线。课外，我们确实"随心所欲"。三三两两一起，谈人生、谈家常、谈学习。食堂遇着了，他们请我吃饭，我也请他们吃饭。过去的师生关系，难有这般的融洽。

这10年间，给我印象最深而不会忘却的学生有多人，比如，有一位学生，爱学习又会学习，记忆力特强，似乎过目不忘。大学四年中，包括体育课成绩在内，所学课程每学年平均成绩都在93分以上。她的分析能力与写作能力也跟她的名字一样，朴实而又多彩。又比如一位学生，既爱读书又会读书，她对文学作品的解读能力与撰写论文的能力特别出众。记得大一上学期第10周期中考试，我出的开卷试题为《解读废名的〈竹林的故事〉》，要求3000字以上，学术论文格式，两周后交卷。我阅她的试卷——打印的一篇学术论文《意的表达与象的构筑——废名小说〈竹林的故事〉解读》时，感到"惊奇"和"疑虑"。另两位教授看后，也有同感，并认为"要么抄袭，要么高手！"事后，我和她交谈，了解了她拥有古今中外文史哲各类学科知识理论的积累状况和平常爱读爱写论文的习惯。于是，我的"惊奇"变为"惊喜"

了，我的"疑虑"变为"信任"了。上海召开"周文学术研讨会"时，我推荐她撰写周文长篇小说《烟苗季》学术论文赴会。她的论文《无药可治的生命之痛——周文小说〈烟苗季〉解读》获得会务组认可，收到正式邀请函。大学毕业论文，解读的是铁凝的长篇小说《大浴女》，万余字的论文《平庸之恶与艰难救赎——解读铁凝小说〈大浴女〉》，是我教学生涯中阅读过的大学本科毕业论文中少有的佳作。

这 10 年，我完成国家人文社科项目和教育部人文社科项目各一项，撰写与出版 4 部学术专著，撰写和发表 18 篇学术论文。

四

抗战文学是中国现代文学史的重要组成部分。前辈学者们囿于一些原因少加关注。20 世纪 80 年代前，抗战文学成了中国现代文学研究中最为薄弱的领域，禁区、误区、盲区，大量存在。我因"机缘巧合"一步步进入抗战文学领域而不能自拔。这期间，形成这样的研究过程和研究样态：从追踪报刊史料和档案史料以及能成为这两类史料之佐证的个人记忆史料，到鉴别与整理史料；从单项视点到单项视点与综合视点结合，达成史的体系建构。由此，我发现因"右倾"论造成国统区抗战文学成为研究禁区，因"凋零"论与"开倒车"论造成抗战文学成为研究误区；由此，我发现前辈学者关于"华威先生"及其引起的论争等问题的言说多为误认误导；由此，我更发现港台地区抗战文学、沦陷区抗战文学和"中国诗坛"派、"七月"小说派以及中外文学交流成了研究盲区。为开拓和深化抗战文学研究，我本着"勇闯禁区、厘清误区、填补盲区"的探究原则，先后撰写并发表有关学术论文 60 余篇，先后撰写并出版有关学术专著 20 多部。这些著述文字，包含着我力图探索抗战文学历史真相、还原抗战文学历史本来面目而怀有的初心；这些著述文字，负载着我为探寻抗战文学史观、研读抗战文学意义及梳理抗战文学对外交流、彰显抗战文学成就和历史地位，而一路披荆斩棘，论辩驳难所拥有的智慧、胆识和定力。这些著述文字，自然也呈现出我的抗战文学研究还存在一些纰漏。

我对中国现代文学史上的五四时期文学和 20 世纪二三十年代文学的研究，与我对抗战文学研究一样：研究过程与研究样态以及史的体系建构相同，"闯"与"干"无异。"闯"——破以阶级立场和政治态度对文学思潮及文学作品划线的惯例，为吴宓及其为代表的"学衡"派、"新月"派、"现代评论派"正名，发现"人的文学"思潮、中国现代自由主义文学思潮、中国现代无产阶级文学思潮，等等。"干"——实干，苦干，孜孜以求，锲而不舍，坚韧不拔。我撰写并发表的30多篇学术论文和编撰并出版的8部专书，便是相关研究成果的结集。尤其是，我主编并出版的两卷本《20世纪中国文学发展史》和我撰写并出版的《中国新文学发展史研究》，更融入了我几十年间教学与研究所得。其精要之点有三：一是王国维和鲁迅拥有的，陈寅恪、吴宓、老舍、胡风等人坚守的独立意识和自由思想，乃中国现代文学（或称中国新文学）作家、学人之德之魂。二是1918年5月，鲁迅在《狂人日记》中借狂人之口警告式说道："你们要不改，自己也会吃尽。"对此，1932年8月，老舍来了个无缝连接而发表了《猫城记》，叙述了两万年文明史的猫国的灭亡和猫人的死光，根本原因是猫人自相残杀。承接而来的是1941年丁玲及其作品的启蒙与救亡意识。1943年及其后几年间赵树理作品的忧患意识与抗争意识，乃中国现代文学（或称中国新文学）永葆青春的精神内容与精神动向。三是1943年，张爱玲在《金锁记》末尾说的："三十年前的月亮沉下去了，三十年前的人死了，三十年前的故事还没完——完不了。"时光流逝，物非人亦非，然而中国现代文学（或称中国新文学）演绎的精神内容与精神动向，如永不干涸的河水，从昨天流到今天，流向明天。这三点，也是我悟出的理解的中国现代文学意涵的"现代性"所在，或称中国新文学意涵的"新"所在。

六十年来，中国现代文学学科，直接或间接地支撑着激励着我徐徐前行。我直接或间接地为中国现代文学学科建设与发展作了这样几个方面的努力。一是强调中国现代文学教学与研究须从史料出发；二是主张中国现代文学教学与研究需有史家眼光与理论气度；三是提出中国现代文学"文学和人的关系"新"史观"；四是运用纵向勾连与横向类比的思维方式与研究方法；五是经年累月地进行抗战文学研究，探索中国现代文学史上一个文学阶段的原本真相，还原中国现代文学史的完整发展过程；六是积极参加中国现代文学学位点的申报与建设，较早成为硕士生导师；七是适当参加境内外中国现代文学学术交流活动；八是真诚地扶助有德才的青年教师。而今，中国现代文学学科已进入一流学科行列，我特表祝贺！

六十年来，我专心于中国现代文学教学与研究，努力做好中国现代文学教学与研究，尽量做到"上动下静"。"上动"即动脑筋；"下静"即屁股与凳板结合。守住底线，耐住寂寞，吃自己的饭，做自己喜欢的事，这大抵是"我与中国现代文学六十年"间的人生况味。

附记

本"记略"是我2020年10月开始写的,对我与中国现代文学六十年作一个简略的记叙,发表于2023年1月《后学衡》第六辑。其中"研究"概况记叙较多。仅此表明,我的教学与研究,特别是研究是从查阅史料开始的。从史料出发,达到对史料的融合与超越,由此形成我的研究思路、理论基点、论述方式,撰写成讲稿和一篇篇学术论文,一部部学术专著。六十年的风雨兼程,砥砺奋进,这不仅仅是因为我喜欢读书、喜欢思考、喜欢写作,而的确还有一些似乎带必然性的"机缘巧合"。一是留守组几年的"偷读";二是参加编写《中国现代文学新编》;三是编选抗战时期国统区文艺思想理论史料;四是1983年、1984年开始带硕士研究生;五是其他因素(比如文学院团拜事、应约参加"中国·四川抗战文化研究"重大项目,等等)。这些因素的合力,使得我一步一步进入中国现代文学及其中抗战文学教学与研究之门。在教学与研究过程中,总是融入我对中国社会人生的体验与感受,增强我对中国现代文学及其中抗战文学的感悟与理解。我又用这一感悟与理解观察社会人生,加深我对中国社会人生的认知。我的教学与研究便是在文学与人生良性互动关系中徐徐展开的,什么名呀、利呀,全忘于脑后了,似乎有几分为研究而研究的意味了。35篇论文后的附记,是我从2021年2月开始写的。所写内容,除论文发表或转载的原报刊外,多源于我的笔记、书信以及少许我的记忆。

苏光文
2022年1月

"民主与科学"：五四时期鲁迅作品的文化意涵

中国现代文学史上的五四时期，或指1917—1921年，或指1917—1927年。这里，笔者选用的是后一种时限。鲁迅作为中国现代小说和整个中国现代文学的奠基人，其贡献自然是多方面的。仅就五四时期鲁迅作品蕴藏的民主意识和科学精神而言，就显示了他那独特的深邃洞察能力和开辟中国现代文学的现实主义文学创作道路的价值意义。

一

五四新文化运动，是一场彻底的反封建的思想文化革命运动。它以反对旧道德与旧文学、倡导民主与科学为其根本任务。陈独秀等人以西方资产阶级上升时期的民主与科学思想为武器，向顽固而又腐朽的中国封建专制制度和封建礼教发起猛烈抨击，成为这场运动的发难者和先驱者。产生了划时代影响的俄国十月革命，改变了中国革命的方向，也改变了这场文化革命运动的方向，使之成为无产阶级领导的人民大众的反帝反封建的革命运动的开端。1918年起，以李大钊为代表的具有初步共产主义思想的知识分子开始传播马列主义。从此，民主与科学思想逐步得到马列主义改造，使之成为中国人民反帝反封建反官僚资本主义的思想武器。

这时，鲁迅遵奉着新文化运动前驱者的将令，"为了对于热情者们的同感"，勇猛地杀上了五四新文化运动的战场，挥笔写出了充分显示文学革命实绩的不朽篇章。1918年和1919年，鲁迅单是《随感录》就写了27则之多。鲁迅在这些《随感录》中，对民主与科学的一系列问题作了颇有见地的论述。其中，最能显示鲁迅作为文学家与思想家特色之一的，是他把讲科学与发议论有机结合起来，讲科学，"偏要发议论"，偏要谈政治，偏要"对于中国的老病刺他几针"。其途径，是通过民主与科学思想的宣传，启发人们的觉悟，促进社会改革与进步。

鲁迅在论述科学的重要性时，不仅阐明了"科学能教道理明白，能教人思路清楚"，科学"可以医治思想上的病"，同时，对封建传统观念和封建迷信一类偶像还进行有力针砭。鲁迅严肃地指出："据我看来，要救治这'几至国亡种灭'的中国,那种'孔圣人张天师传言由山东来'的方法,是全不对症的,只有这鬼话的对头的科学!——不是皮毛的真正科学!"①鲁迅对那些封建偶像的维护者、代言人,极端仇视,怒斥他们是"坏种"!并予以辛辣的嘲讽:"只要从来如此,便是宝贝。即使无名肿毒,倘若生在中国人身上,也便'红肿之处,艳若桃花;溃烂之时,美如乳酪'。国粹所在,妙不可言。"②鲁迅对那些借谈科学而大讲"鬼话"的人,大张挞伐,斥责他们是"捣鬼"的"魔鬼"!并愤怒指出:"这些魔鬼"和他们讲的"鬼话"会给中国带来"从'世界人'中挤出"去的危害。用现在的话来说,即会带来被开除"球籍"的恶果。鲁迅大声疾呼:"从现代起,立意改变:扫除了昏乱的心思,和助成昏乱的物事(儒道两派的文书),再用了对症的药,即使不能立刻奏效,也可把那病毒略略羼淡。"③

那么,这对症的药是什么呢?当然是科学。鲁迅在《随感录》中说道:"现在发明了六百零六,肉体上的病,既可医治;我希望也有一种七百零七的药,可以医治思想上的病,这药原来也已发明,就是'科学'一味。"那么,鲁迅所讲的"科学"是什么样的科学呢?是李大钊宣传的马列主义,还是陈独秀初期宣传的西方资产阶级上升时期反封建的思想?鲁迅在《随感录》中曾说过:"现在的外来思想,无论如何,总不免有些自由平等的气息,互助互存的气息。"笔者以为,这便是鲁迅当时所指称的"科学"思想内涵。他把这样的"科学"作为可以医治中国人思想上的病的"药"来宣传。

总之,鲁迅在这27则《随感录》中,强调的是要用科学理念和科学精神来扫荡中国几千年来的封建"废物",破除几千年神圣不可侵犯的封建偶像。这就为中华民族第一次大觉醒、思想第一次大解放做了巨大的启蒙工作。鲁迅把讲科学与发议论、针砭时弊有机地结合起来,把反对旧道德与旧文学有机地统一起来,从而体现了"五四"的时代精神。

二

民主,既是一种政治制度,也是一种意识形态。民主同专制独裁是根本对立的,科学同封建迷信是根本对立的。要实现民主政治制度,要张扬民主和科学思想,就必须进行一场彻底的社会的文化思想的革命,以颠覆封建专

---

① 鲁迅:《随感录·三十三》,《鲁迅全集》第1卷,人民文学出版社1981年版。
② 鲁迅:《随感录·三十九》,《鲁迅全集》第1卷,人民文学出版社1981年版。
③ 鲁迅:《随感录·三十八》,《鲁迅全集》第1卷,人民文学出版社1981年版。

制制度、砸碎封建精神枷锁。鲁迅以战斗的"呐喊",敞露封建宗法社会的弊害,以期唤起广大人民群众的觉悟,呼唤着一场涤荡中国大地的思想文化革命风暴的到来。

我们读读鲁迅写于五四运动前夜的三篇小说吧。

写于1918年4月的《狂人日记》,"意在暴露家族制度和礼教的弊害"。①鲁迅通过狂人的口,揭露了中国历史和现实"吃人"的本质。上下几千年,纵横几万里,由都市到乡村,由社会到家庭,一条"吃人"的黑线贯串始终。鲁迅通过狂人的口,深刻地揭露了掩盖"吃人"本质的封建礼教,撕破"仁义道德"为核心的封建礼教"吃人"的面纱。"仁义道德"是"吃人"的同义语,讲"仁义道德"的人,"唇边还抹着人油"。中国几千年来的社会是一个吃人的社会,中国几千年的封建统治阶级是一个吃人的阶级,中国人是食人的民族,中国几千年来的封建礼教是吃人的理论。砸碎封建精神枷锁,颠覆中国人既存的生存方式,才能"救救孩子!"这便是鲁迅的真知灼见!这便是鲁迅的结论!这篇小说,有如一枚重型炮弹,射向中国这座绝无窗户的铁屋子,摇撼着这座铁屋子的根基;也有如一声春雷,呼唤着沉睡中的人们。

写于1918年冬天的《孔乙己》,"意思,单在描写社会上的或一种生活,请读者看看"。②小说中的那位孔乙己,穿着褴褛不堪的长衫,维护着读书人的尊严,然而却被残酷的现实挤出了长衫顾客的行列;他固守封建文化,在科举场上拼搏了一生,然而胡子花白了却"连半个秀才也捞不到";他相信道德学问家,然而当他无法生存、偷了举人老爷的东西时,却被"打了大半夜,再打折了腿",后来悲惨地离开了人世。孔乙己就是这样一个被封建社会和封建文化从肉体到精神残害、毁灭掉的下层知识分子。读罢这篇小说,感觉着鲁迅的愤怒与呼唤。他好像在愤怒控诉封建社会和封建文化的恶行,在唤起受毒害至深的知识分子的觉醒,摆脱封建教条与八股的精神枷锁的束缚。

写于1919年4月的《药》,其思想意义如孙伏园在《鲁迅先生二三事·〈药〉》中所说的是描写了"群众的愚昧和革命者的悲哀"。小说中那位革命者夏瑜被"关在牢里,还要劝牢头造反",与牢头"攀谈":"这大清的天下是我们大家的。"他反封建独裁、要求民主的信念,何等的坚定!要求结束封建统治、实行民主政治的心情,多么迫切!最后,惨死在反动派的钢刀之下。

---

①鲁迅:《中国新文学大系·小说二集序》,《鲁迅全集》第6卷,人民文学出版社1981年版。

②鲁迅:《孔乙己·篇末附记》,《鲁迅全集》第1卷,人民文学出版社1981年版。

屠伯们的暴行已令人发指，更使人不安的，还在华老栓夫妇和茶客们对整个事件的态度。夏瑜在牢中宣传民主思想，却被一个花白胡子的茶客骂为"疯话，简直是发了疯了！"一位二十多岁的茶客也"现出气愤模样"，并惊呼道："阿呀，那还了得。"驼背五少爷甚至夸奖毒打夏瑜的牢头。在这些茶客们看来，夏瑜不应该说圣经贤传上没有说过的话，不应该"造反"，"造反"就该杀！刽子手康大叔杀害了夏瑜，并以夏瑜的鲜血骗钱。华老栓夫妇竟将他看成救命恩人，感激不尽。这也即是孙伏园在《鲁迅先生二三事·〈药〉》中说的："革命者为愚昧的群众奋斗而牺牲了，愚昧的群众并不知道这牺牲为的谁，却还因了愚昧的见解，以为这牺牲可以享用。"这一幅群众迷信、愚昧和麻木的图景，便是封建独裁和封建迷信置人于死境的铁证！这就深刻地启示人们去思考中国社会人生问题——什么才真正是解救中国社会人生的"药"？

这三篇小说各自独立成篇，而又一线贯穿，从不同角度揭露了封建专制制度和封建礼教的弊害，展示了封建社会"吃人"的全貌。《狂人日记》，如果说是从封建社会对其叛逆者、觉醒者的迫害这一角度来揭露封建社会"吃人"的话，那么《孔乙己》便是从封建社会对其不叛逆、至死不悟的知识分子的残害这一角度来鞭挞封建社会"吃人"的，而《药》更是直接地控诉封建社会统治阶层用钢刀屠杀革命者、用"软刀子"虐杀群众的罪行。这样，就把封建社会的政治制度、意识形态，以至国家机器一整套"吃人"的面目与"心思"和盘托出了。让人们看看几千年来的封建社会究竟是一个什么样的社会，神圣不可侵犯的封建统治阶级和封建文化究竟是些什么货色！让生活在社会下层的群众知道自己处于一个什么样的境况中！从而，振作起来，感愤起来，参与新的社会人生变革斗争。

封建统治阶级用专制独裁和专制主义意识形态"吃人"，同时，也用封建经济关系扼杀具有民主与科学思想的觉醒者。我们再读读鲁迅写于"五四"后的三篇小说吧。

《在酒楼上》的吕纬甫，曾一度觉醒，言行颇为激烈，"连日议论些改革中国的方法以至于打起来"，甚至到"城隍庙里去拔掉神像的胡子"。但不久，他便讲授起曾被他反对过的"子曰诗云"，"敷敷衍衍，模模胡胡"度日了。其人生状态，"我"与他的一段对话说得明白：

"你借此（按：指教'子曰诗云'一事）还可以支持生活么？"我一面准备走，一面问。

"是的。——我每月有二十元,也不大能够敷衍。"

"那么,你以后豫备怎么办呢?"

"以后?——我不知道。你看我们那时豫想的事可有一件如意?我现在什么也不知道,连明天怎样也不知道,连后一分……"

他前后的人生状态,呈现出如此之大的落差,使得他像蜂子或蝇子一样在空中飞了一圈又落在了原来的地方。

《孤独者》里的魏连殳,始而对封建社会现实强烈不满,"喜欢发表文章","发些没有顾忌的议论",终而"做了杜师长的顾问","三月两头的猜拳行令",不久便死去。魏连殳为什么躬行他先前所憎恶、所反对的一切而拒斥他先前所崇仰、所主张的一切呢?他被"校长辞退"了,有限的器具和心爱的书籍卖光了,受冻馁了!这便是变化的主要原因。他变化后的玩世不恭乃是他的民主与科学思想被扼杀后的一种消极反抗方式。当然,这一行为,摧毁不了内部虽已腐朽然而还不至立即倒塌的封建魔宫。

《伤逝》中的涓生与子君,是一对年轻的知识分子。他俩在民主与科学思潮影响下觉醒了,"谈家庭专制,谈打破旧习惯,谈男女平等"。子君要求个性解放,要求做"真人"。她大声呼喊道:"我是我自己的,他们谁也没有干涉我的权利!"并毅然决然冲破牢笼,走出家庭,与涓生自由恋爱,自由结婚,建立起他俩所向往的"幸福家庭"。但是,他俩苦心经营的家庭,且不说其幸福之有限,连仅有的美景也不长。涓生被解雇了,子君被她父亲"接回去了",幸福家庭解体了。不久,子君在"严威和冷眼中"死去;涓生也带着"悔恨和悲哀"回到了原住过的"寂寞和空虚"的会馆里。涓生与子君所走过的这一段路,也如蜂子或蝇子一样,在空中飞了一圈又落在原来的地方。这就更表明觉醒了的个性解放主义者是难于逃脱封建社会关系、经济关系、人伦关系所构成的牢不可破的罗网扼杀的。从而,启示这样的觉醒者去另寻人生途径。

这三篇小说,写了四个被战败的新人生。读者从他们的人生流程中,可以感觉到这样一个社会人生新理念:个人民主、个性解放,如果没有社会的解放、群体大众的解放为前提,往往会成为个人的悲剧结局。这一深刻教训,对于当时和以后一班新人物改变人生道路,具有极大的启迪作用。同时,也许还会让读者感觉到,民主意识与科学思想在当时还敌不过强大的顽固的已成为"集体无意识"的封建文化思想。

三

在半殖民地半封建的中国，广大农民与封建地主阶级的矛盾依然尖锐地存在着。广大农民在政治上备受压迫，经济上备受剥削，精神上备受毒害。敞露封建主义对广大农民的压迫、剥削、奴役，向广大农民灌输民主与科学思想，促使他们的觉醒，乃是至关重要的工作。鲁迅的小说在这方面，起了先导的作用。

在五四新文化运动中，随着民主与科学思想的张扬，随着马列主义在中国的传播，"劳工神圣"的口号响亮地提出来了。当时，一些新文化运动的参加者开始以"劳工"中的苦力工人和农民的生活为题材进行文学创作。这些作品，虽然写了"劳工"的遭遇与挣扎，也寄予了同情，但是，往往不是从"劳工"的角度确立反封建专制主义的命题的，因而，他们的作品的思想深度与鲁迅的作品相比，相差甚远。

鲁迅在五四新文化运动中，以他的如椽巨笔，深刻地描述了"劳工"主体工人和农民的生活、挣扎，这样的文学作品，正如他自己曾经说过的"是会使大家警醒的"。

鲁迅在五四新文化运动中写了多篇以农民为主人公的小说。我们读读他的《风波》《故乡》《阿Q正传》吧。

《风波》中那位七斤便是广大农村"受着压迫，很多苦痛"[1] 的年轻一代农民的代表。七斤家从他祖父母即九斤和九斤老太那一代起，便失去了赖以生存的土地，仅凭双手帮人撑船度日。七斤这一代，依然在旧的生活轨道上辗转。他整年整月整日早出晚归，帮人撑船养活一家老小。精神上也备受毒害，讲些"旧日的迷信，旧日的讹传"[2]，"什么地方，雷公劈死了蜈蚣精；什么地方，闺女生了一个夜叉之类"。张勋复辟时，赵七爷乘机刮起了复辟风波，他成为直接受害者，心情恐惧、忧愁，不安极了。但是，他身上仍潜存着强烈的反抗意识。他不满现实，向往变革，曾剪掉辫子；臭骂过方园三十里内有名的乡绅赵七爷为"贱胎"；他当着赵七爷的面，借打六斤发泄受迫害的怨气。

鲁迅在小说中透露了七斤家庭贫困破产的根源，那就是帝国主义的入侵

---

[1] 鲁迅：《集外集拾遗·英译本短篇小说选集·自序》，《鲁迅全集》第7卷，人民文学出版社1981年版。
[2] 鲁迅：《迎神和咬人》，《鲁迅全集》第5卷，人民文学出版社1981年版。

和封建经济的剥削。九斤老太变成不平家不是从她 50 大寿开始的吗？她 50 大寿，正是 19 世纪 80 年代。列宁在《帝国主义是资本主义的最高阶段》一文中指出："自 19 世纪 80 年代以来，各资本主义国家拼命争夺殖民地。"当时的中国被世界各资本主义国家视为必争的一块肥肉。1894 年的中日甲午战争、1901 年的八国联军入侵等，就是资本主义列强妄图借助武力把中国变成他们的原料供给地和商品销售市场的明证。随着资本主义入侵，我国农村的自给自足的封建经济结构纷纷解体，广大农民更加贫困。九斤老太家庭也就是从那时起失去了土地的。她也正是从那时起，变成不平家的。这就暗示出了九斤老太家庭贫困和她的不平的根源所在。

《故乡》中写的少年闰土和中年闰土，从肉体到精神简直判若两人。由"紫色的圆脸"变成"灰黄"，而且许多"皱纹"，眼睛"周围都肿得通红"；由"红活圆实的手"变成"又粗又笨而且开裂，像是松树皮"。"多子，饥荒，苛税，兵，匪，官，绅"把当年天真活泼的少年英雄"苦"成了"一个木偶人了"。闰土变化最大的也是最令人可悲的是他的精神变化。由喊"迅哥儿"而称"老爷"。照闰土看来，他和"我"之间有一堵不可逾越的高墙，有不敢触犯的"规矩"。他不满于自己的处境，但却寄希望于冥冥中的神灵。闰土的麻木和愚昧是封建等级制度的高墙和封建迷信的天命观铸成的。鲁迅期待闰土式的农民觉醒起来，摆脱封建教条，砸烂天命观，开辟新的生活道路。

《阿Q正传》中的阿Q更是犹如在一块石头重压之下弯曲生长的一株小草。未庄的赵太爷、钱太爷、假洋鬼子们压迫他、剥削他、残害他；未庄的老例和圣经贤传毒害他。生活在这奴隶境遇中的阿Q形成了奴隶的性格，变成了落后的愚昧的麻木的贫苦农民。他不满于赤贫的现状，更不安于被凌辱的处境，然而反抗、报复的方式却是那自尊自负、自轻自贱和善于忘却的"精神胜利法"。这正是阿Q目睹身受封建宗法社会的钢刀和"软刀子"的残害，又无力反抗而产生的一种自我安慰、自我解脱的"妙法"。但是，在阿Q身上仍然时时表现出劳动农民的本色。他勤劳、质朴。他对赵太爷、钱太爷"在精神上独不表格外的崇奉"，对假洋鬼子一向"深恶而痛绝之"。他发现这些人都害怕革命和革命党时，便对革命有些"神往"了，想去"投降革命党"了，而且神气起来，高喊："造反了，造反了！"当然，他对革命不理解。然而，却反映了他要求改变处境的朴素愿望！可惜当时以民族民主革命相号召的"革命党"并不重视农民，并不重视民主革命的这一主体力量，以致就在阿Q这样的革命愿望刚刚露头时，便被送上了断头台，惨遭杀害。这就既否定了封建宗法制度又有力地批判了资产阶级领导的辛亥革命存在的致命弱点。

鲁迅在五四新文化运动后期写的这三篇小说，如果作为一种社会学的教科书来解读的话，可以得到这样的认识："为数千年来的专制政治所僵化了中国国民性的改造"刻不容缓！① 离开了中国最大多数人——农民的觉醒与解放去讲民主与科学，岂非大半成了空话！

鲁迅还在《一件小事》中描绘了一个都市苦力工人——人力车夫的崇高精神境界，催令广大知识分子反省和自新。"先改造了自己"，就要像人力车夫那样，光明磊落、正直无私、勇于负责，才能"改造社会，改造世界"。这也标志着马列主义在中国传播后，鲁迅的民主与科学思想开始融入了马列主义，有了社会主义因素了。

鲁迅曾经说过："说到中国的改革，第一著自然是埽荡废物，以造成一个使新生命得能诞生的机运。五四运动，本也是这机运的开端罢……"② 这是鲁迅对五四新文化运动的性质、任务和功绩的生动形象的评述。鲁迅当时的文学创作，体现了这一质素，实现了这一任务，立下了伟大的功劳。鲁迅当时站在社会下层民众一边，在文学创作中描述不幸的人们的生活与挣扎，对封建宗法社会的专制制度和封建礼教进行了大揭露、大扫荡、大批判，体现了五四时期民主与科学精神，促进了中国人的第一次大觉醒、思想的第一次大解放。

附记

这不是我撰写的第一篇学术论文，也不是我发表的第一篇学术论文。

1979年10月，四川一所兄弟院校主持召开中国现代文学研讨会。我赴会并作了题为《五四时期鲁迅作品中的民主意识与科学精神刍议》的发言。会后，发言稿即文章由南充师范学院学报于同年第2期发表，中国人民大学书报资料中心《中国现代、当代文学研究》于翌年第1期全文转载。文章得到几位同行的称赞。其时，我当然很兴奋！

重读此文，我深感对这一时期鲁迅作品意涵的理解较为肤浅，比如对这一时期鲁迅作品中的"科学精神"的理解。五四新文化运动时期的"科学精神"和鲁迅此时拥有的及其作品中的"科学精神"，其实可理解为怀疑精神、批判精神、担当精神。怀疑什么？——"从来如此，便对么？"中的"从来如

---

① 《新华日报》社论：《科学·民主·继续前进》，《新华日报》1942年10月19日。
② 鲁迅：《〈出了象牙之塔〉后记》，《鲁迅全集》第10卷，人民文学出版社1981年版。

此"；批判什么？——"国民劣根性"及其成因；担当什么？——"救救孩子"和"背着因袭的重担，肩住了黑暗的闸门，放他们到宽阔光明的地方去"。

酝酿此文和撰写此文，我的最大收获在于：体悟到鲁迅所拥有的独立意识与自由思想，深感这应当是鲁迅留给我们最为宝贵的精神财富，也应当是我们一代一代知识分子传承的文脉！

对五四时期鲁迅作品文化内涵作这样的较肤浅的理解，这得益于那一两年参加教材的编写，但在当时我算是较早的一人！教材大纲与教材初稿讨论时，主编一再强调五四新文化运动的思想特质为"民主与科学"。我赞同他的这一理解，并认为作为这一运动旗手的鲁迅及其作品的思想特质也理应为"民主与科学"。这时，我的这一"认为"自然多为逻辑推理。不过，事后我研读这一时段鲁迅有关史料，特别是研读其作品时，似乎感悟到了鲁迅作品拥有这一深刻意涵，便写出了本文。我佩服这两家学术刊物主编的眼光和厚爱！

本文纳入本书，题目有所改动。

《华威先生》引起的论争及价值意义

1938年4月,张天翼的《华威先生》的问世,引起中国抗战文学界的强烈反响,开展了一场论争,形成了上承中国现代文学传统的批判意识与自省意识的文学新思潮。但是,对于这场论争的历史过程的描述和价值意义的评判,在几十年的中国现代文学史著作中存在不少纰漏和与史实不符合之处。①本文不在揭"弊",而在于根据史实对这场论争过程加以还原性描述,对这场论争的价值意义试图给以客观公允评判。

一

1938年年初,张天翼应茅盾之约写了短篇小说《华威先生》,发表于同年4月创刊的《文艺阵地》上。这篇小说,塑造了一个"抗战官"华威先生形象。他只做"救亡要人",不做救亡工作,且对救亡工作包而不办。他整天忙碌,总觉得时间最紧。他常说:"我恨不得取消晚上睡觉的制度。我还希望一天不止二十四小时。"他乘坐的黄包车跑得最快,踏铃不断地响,钢丝在闪光。他忙些什么呢?忙于出席各种会议,忙于参与高层决策活动,忙于指导青年抗日工作,忙于请别人吃饭或到别人家吃饭。天天如此。一天,华威参加了县城刘主任起草的县长公余工作方案修改会后,还参加了三个团体的集会。一是参加难民救济会议。这个会的成员们"照例"早早地坐在会场等候华威。华威以严肃的态度,迈着从容的步子走进会场,点点头,眼睛看着天花板,表示招呼全体与会者。会议开始后,华威不断地刮火柴抽烟,他要会议的主席在两分钟内作完报告。两分钟一到,他马上猛地站起来,强行制止主席讲话,说:"好了,好了。……我现在还要赴别的会,让我先发表一点意见。"他在讲话中,要与会者加紧工作,不要急工;要与会者认定一个领导中心,团结起来,统一起来,要时时刻刻记住这一点。他讲完话,把帽子往头上一戴,皮包一挟,挺着肚子,走出会场。二是参加通俗文艺研究会议。华威到这个会场时会已开始了。他坐下后,很不高兴,连续拍了三下手板,高

---

① 可参见王瑶著《中国新文学史稿》,刘绶松著《中国新文学史初稿》。

声叫道："主席！""我因为今天另外还有一个集会，我不能等到终席。我现在有点意见，想要先提出来。"于是，他便重复了难民救济会上讲的内容，要文化人加紧工作，要文化人认定一个中心。他讲完之后，扬长而去。三是参加工人救亡协会指导部会议。迟到三刻钟才到会场的华威，先是与一个小胡子交谈昨晚赴宴醉酒事，接着就打开皮包，拿出一张纸，写上几个字递交会议主席，要求先讲话。他始而客套一番，继而发表意见，还是老一套，反复强调认定一个领导中心，终而戴起帽子离开会场。华威每天就这样"工作"着。这对于抗日救亡，能起什么作用呢？只能起维护国民党当局其时提出的"一个党，一个主义，一个领袖"的领导作用。同时，华威对"战时保婴会"和"难民读书会"的威吓，更能充分说明这一点。这个县城的妇女们组织了一个战时保婴会，事先没有"找他"。他知道后，大吃一惊，竟敢没有找他。后经过两次谈判，该会让他当了委员。该会开委员会时，他重谈关于认定一个领导中心的老调后便跨上了黄包车。这个县城的青年学生组织了一个难民读书会，华威知道后猛地跳起来吼叫道："什么！什么！——新组织的一个难民读书会？怎么我不知道，怎么不告诉我？"他辱骂、威胁青年学生，扬言要追查背景。这时，华威的嘴唇在颤抖着，嘴巴痛苦地抽得歪着。华威这时的神情，恰恰应了一句俗话："权权权，命相连！"可见，华威是一个妄图垄断救亡工作的飞扬跋扈的"抗战官"典型形象。

　　张天翼透过当时高涨的爱国热潮，看到了存在着的销蚀这一热潮的事实，"速写"成了这么一篇小说，塑造了这么一个典型形象。张天翼"身经目击"的事实正如王西彦在《当〈华威先生〉发表的时候》一文中描述的：日本侵略军兵临城下，日寇飞机狂轰滥炸；许多城市发生了执政当局破坏抗战的严重事件。他们利用《民众团体战时行动规约》等法令限制并剥夺民众集会结社权利。他们对待民众团体的做法是：能操纵的操纵，控制不成的就强迫解散。湖南文化界抗敌后援会当时就遭到了破坏。当然，张天翼能"速写"成这篇小说，能塑造出这一典型形象，除了他对于现实生活的切身感受之外，还与他长期的生活实践与艺术实践大有关系。

二

　　《华威先生》问世引起的论争即"暴露与讽刺"的论争，也是批判与自省的论争。"暴露与讽刺"，自然属批判之列；自省，包括对个人与他人的自省，更包括个人对社会国家的自省和民族及民族文化的自省，自省中就有批判，批判属自省题中应有之义。因此，批判与自省和暴露与讽刺，在内涵方面有较多的共同性。围绕《华威先生》展开的论争，历时两年而后形成广泛共识——"暴露与讽刺"即批判与自省很有必要。

《华威先生》问世后的第 8 天即 4 月 24 日，林焕平发表文章，加以肯定，表示赞同。他说：小说描写的一个实际救亡工作一点不做而去做"救亡要人"的人，在抗战中不少，小说正是对这类人物以有力的讽刺，这是完全必要的。① 林文从政治热点上，肯定了《华威先生》的现实意义。半个月之后的 5 月 10 日，李育中发表文章提出不同看法。他的意思是说：《华威先生》的讽刺幽默，有损于抗战的严肃性，有损于抗战必胜的信心，且易滋误解，会把一些真正苦干救亡工作的人也错认作"华威先生"，取着敬而远之的态度，甚至出言不逊，一口抹杀组织的一切事宜。仿佛也学会了：你们是华威先生，你们只会开会，你们只会说漂亮话。② 林李二人，意见尖锐对立，随即引来众多文艺家参加论争。高飞、唯庸、罗荪、茅盾等人的文章，虽然论述的角度不一，立论高下有别，但阐述的意见大体一致，都认为"暴露与讽刺"于抗战有利，《华威先生》应当肯定。其中，茅盾发表的三篇文章，从政治的文学创作的意义上肯定了《华威先生》而批评了否定《华威先生》的观点。他在《论加强批评工作》一文中，论述了在这黑暗与光明交错的现实社会生活中文学应担当的职能，强调了在"写新的光明"的同时，"也写新的黑暗"的必要。他在《八月的感想》一文中，进一步批评了否定《华威先生》的言论，如什么"作家的悲观主义的流露""抉摘丑恶实非必要""会发生误解"等，阐明了《华威先生》的意义与影响。他在《暴露与讽刺》一文中，鲜明地响亮地喊出："暴露与讽刺仍旧需要！"并辨析"暴露与讽刺"跟悲观主义者的诅咒的界限。茅盾这三篇文章对这场论争和文学创作实践的新走向的出现，起着导向性作用。

1938 年 11 月，成为日本军部喉舌的《改造》杂志，译载了《华威先生》，并在编者按语中肆意攻击与丑化中国人民和中国抗日救亡工作人员，鼓动侵略军的"士气"。于是，《华威先生》"出国"会不会造成消极影响，一时间成了一些文艺家担心的问题。林林在《谈〈华威先生〉到日本》一文中，首先表示出这种担心，他说："可资敌作反宣传的资料，像《华威先生》这样，不

---

① 林焕平：《读〈文艺阵地〉》，《救亡日报》1938 年 4 月 24 日。
② 李育中：《幽默、严肃和爱——读张天翼的〈华威先生〉》，《救亡日报》1938 年 5 月 10 日。

仅不该出洋,并且最好不要在香港地带露面",这是"减自己的威风,展他人的志气"。由此,他认为:"无论如何,颂扬光明方面,比之暴露黑暗方面,是来得占主要的地位的。"林林的文章发表的第4天,冷枫的文章《枪毙了的华威先生》发表了,对林林的观点提出了异议。冷枫认为:"华威先生"已经在我们抗战中给枪毙了,"出国"的"华威先生""毕竟是一具僵尸",我们用不着怕敌人嘲笑。林林与冷枫如此对立的意见,引起了张天翼、黄绳、育中、适夷、周行等人的关注,他们著文参加讨论。他们几乎一致指出:抗战现实生活中的黑暗面应当暴露与讽刺,《华威先生》式的作品不会产生消极影响。其中,张天翼的意见颇具代表性。他认为:华威先生是生长在我们民族身上的小疮,我们把它揭出来,说明我们民族之健康,说明我们之进步。日本人想拿华威先生这个人物来证明我们民族都是泄气的家伙,而向他们本国人作宣传,那只是白费力,是最愚蠢的,效果一定相反。假若日本人被他们法西斯叫昏了头,而看不见他们这家帝国主义的死症,只欢天喜地地来发现对方的毛病,则其愚尤不可及。①张天翼这一席言说,剖露了日本侵略者译载《华威先生》的卑劣用心,同时也在一定程度上消解了部分中国文艺家的担心。张天翼的文章发表后,确实也引起了原持不同意见者的反思。林林就公开发表文章,修正自己的意见,对张天翼的意见表示赞同。他说:描写黑暗,就是在自己身上挖掘一个污渣,把它明显地表露出来,使同胞们看出这污渣是什么,而非洗掉不可。这种文学的力量才是巨大的。②李育中也由对《华威先生》的非议而转为肯定。《华威先生》"出国"讨论,可以说进一步化解了中国文艺家关于"暴露与讽刺"——批判与自省问题的心理障碍,深深感到"暴露与讽刺"——批判与自省十分必要。

1939年3月以后,《文艺月刊》《时事新报》《新蜀报》等报刊,围绕文学的"暴露与讽刺"——批判与自省问题,发表了几篇文章,其中主要有克非的《谈讽刺》、何容的《关于暴露黑暗》、华林的《暴露黑暗与指示光明》。这些文章,或一面佯称"暴露黑暗与表现光明原则上是不冲突的,而且是应该有同等的价值的",一面又强调文学创作必须遵从"党国"的"国策",讽刺作品的产量不得超过"事实所需";或借解释"一种文学现象",反复强调"暴露黑暗,不容易做得恰到好处,稍一不慎,便会对抗战有害","足以引起一般人的失望、悲观、灰心、丧气";或指斥"暴露与讽刺"为"破坏工作",

---

①张天翼:《关于〈华威先生〉赴日——作者的意见》,《救亡日报》1939年3月15日。
②林林:《作家要深知祖国》,《救亡日报》1939年3月26日。

"暴露与讽刺"的作家为"出气主义者"。华林的短文《暴露黑暗与指示光明》，便曲折而集中地阐述了上述见解。他说：能发现社会黑暗的人，本身应是磊落光明者。否则，愈暴露黑暗，黑暗愈多。他还说：其时并没有暴露黑暗的作品，即使有，不是发私人牢骚，就是制造分化。很明显，克非、何容、华林等人是反对"暴露与讽刺"——批判与自省的，贬斥与否定《华威先生》式的"暴露与讽刺"——批判与自省文学作品的。罗荪、默寒、戈茅、刘念渠、田仲济、风兮、野藜、卢鸿基等人，对上述反对意见，立即作出反应，撰写文章，加以驳难。他们指出："抗战现实社会生活中"，黑如漆的事实到处都有，如果会使人失望、悲观、灰心、丧气的话，那倒是黑暗事实本身，而不是暴露黑暗的文学作品。并坚信无疑地指出：暴露黑暗于抗战无害，反而有益。黑暗必须暴露！吴组缃对"举凡一切稍有暴露意义的作品，都要不得"的观点，表示义愤，说道：称《华威先生》式的暴露黑暗会使人"失却自信之类"，实在令人纳闷，试问："中国人民对抗战的信心是纸糊的么？中国的抗战力量是豆腐做的么？若果如此，那才真是动摇人心，使人悲观的事！"他还严肃地指出：唯有承认病根，并揭露它，扫除它，我们才能向上，才能前进，才能取得抗战胜利。[1] 田仲济也大声疾呼："黑暗不仅应当暴露，而且还应像鲁迅当年那样施以猛烈的焰火扫射。"[2] 1940年10月8日，《新蜀报》副刊《蜀道》召开"从三年来的文艺作品看抗战胜利的前途"为题的座谈会，田汉、以群、罗荪、宋之的、沙汀等与会文艺家就"暴露与讽刺"又发表了意见，一致认为：《华威先生》式的"暴露与讽刺"是必要的，对抗战无害，反而有益。因为暴露黑暗是为了消灭黑暗，讽刺腐败是为了防止腐败。还一致指出：今后，作家们应更深入地观察现实生活，挖掘黑暗产生的根源，以积极战斗的精神去暴露黑暗、鞭挞黑暗。

至此，围绕张天翼的《华威先生》小说展开的"暴露与讽刺"——批判与自省的论争宣告结束，"暴露与讽刺"——批判与自省"仍旧需要"，成为众多文艺家的共识。

三

这场历时两年多的论争，强化了中国广大文艺家的现实主义精神和对现实生活思考与把握的力度。抗战军兴之时，广大文艺家"以为抗战一起，一

---

[1] 吴组缃：《一味颂扬是不够的》，《新蜀报》1940年1月22日。
[2] 田仲济：《"露暴"和"颂扬"》，《新蜀报》1940年2月2日。

切都有办法"了，"乐观得几乎可笑，兴奋得也很天真"，因为"对于我们内在必须克服的困难还没有看到"。① 因此，他们所描述的多是轰轰烈烈的抗战场面和抗战英雄人物，作品弥漫着"飞机大炮""冲呀杀呀"的硝烟与吼声。这场论争，把文艺家们的目光由现实生活的表层引入了现实生活的里层，对现实生活作全面而深入的了解。他们感到，"抗战的现实是光明与黑暗的交错，——一方面有血淋淋的英勇斗争，同时另一方面又有荒淫无耻，自私卑劣"。既有新生优点，更有新生"劣点"——"新的人民欺骗者，新的'抗战官'，新的'发国难财'的主战派，新的'卖狗皮膏药'的宣传家"②。他们还感到，"人民大众是目击这种种的，而且又是身受那些荒淫无耻自私卑劣的蹂躏的"。由此，他们严肃指出："消灭这些荒淫无耻自私卑劣，便是'争取'最后胜利之首先第一的条件。"③

这场论争，也加深了文艺家们对现实主义创作原则的理解，丰富和扩大了现实主义文学理论内涵。这集中体现于两个问题上：一是典型问题，二是真实性与倾向性统一问题。典型、真实性与倾向性统一问题，胡风与周扬在1936年有过论争，却未能深入展开。这两个问题，自然成了这场论争的题中应有之义。因为这两个问题关涉现实主义文学创作如何暴露与讽刺——批判与自省的价值的确认。对这两个问题在理论与实践上有建树的主要是茅盾与周行。茅盾鉴于现实生活中，"新生的劣点""比新的抢救民族的人物，滋生得更快更多"的事实的把握，认为塑造代表黑暗面的典型人物形象，比塑造代表光明面的典型人物形象更重要。因为"这是痛心的'现实'，然而唯有把这痛心的'现实'全面反映出来，然后'争取最后胜利'一语有了正确深切的认识，然后负有此任务的文艺能发为行动的力量"④。这就从文学与生活的密切关系及其功能等角度，说明了塑造典型人物形象，尤其是塑造负面典型人物形象对于暴露与讽刺黑暗的重要作用。同时，茅盾还提出了塑造这类典型人物时应写出的"焦点"。他说："如何而能克服了那黑暗的一面，或者为什么而终于不能克服那黑暗的一面，这才是必须写出来的焦点。"茅盾还提出暴露与讽刺的情感倾向问题。他说："一个作家写他的暴露的对象时，应当是

---

① 田汉：《从三年来的文艺作品看抗战胜利的前途》座谈会上的发言，《新蜀报》1940年10月10日。
② 茅盾：《论加强批评工作》，《抗战文艺》第2卷第1期。
③ 茅盾：《论加强批评工作》，《抗战文艺》第2卷第1期。
④ 茅盾：《论加强批评工作》，《抗战文艺》第2卷第1期。

烈火似的憎恨!"他并以此作为区分暴露黑暗还是展览黑暗的标志。

周行从现实主义文学理论中作家主观与现实生活客观的关系为出发点,阐述典型、真实性与倾向性的统一问题,也即是他自己说的,"需要进一步在艺术的真实与现实生活的统一的关联上考察",才能"接触到""暴露与讽刺"的"问题的中心"①。他把"问题的中心"归纳为如下几点。一是作家的主观决定作用问题:"第一,要向生活肉搏,不旁观不浅尝即止。第二,要作主体的(阶级的)把握、批判。第三,要从黑暗中看出光明。"他认为这是"暴露与讽刺"文学创作过程有关决定意义的"三个要点"②。二是作品社会的审美的效应问题。他认为要使"暴露与讽刺"的作品产生积极的时效性,"从而加强读者争取明天的信念"。有三个问题必须解决。首先,"作者一定要究明所'暴露'的事物的社会根源;越能够发掘其发生的内在原因,越彻底地把一副丑脸相照明……则这作品的教育意义就越大,同时也就越能加深读者对旧事物的憎恨,从而新的憧憬新的梦想跟着就越发要强烈起来。"其次,"要上述究明其社会根源的这一点能无遗憾的实现,则加深光明面与黑暗面的对照,是必要的。……不触到社会大问题的核心,不描写出人物之间的社会的葛藤,要创造真实的艺术是不可能的。这葛藤里面,就有新旧的斗争。所以说,即在着意写黑暗的时候,光明面也是原已有之的,不过或则显露,或则隐藏,还只作为一种可能性而存在罢了。"再次,"是讽刺之外还须尽情鞭挞。……说到批判或鞭挞,首先就要求作者对现实有更高度的关心与执着。我们说描写罪恶罢,如果能彻底的描写出,把它鞭挞至体无完肤,则罪恶之为罪恶,一目了然,'暴露'的目的,同时显然也达到了"③。由此论述,周行得出了两个"小小的结论":一是《华威先生》"代表的创作路向是没有错的"。二是"如果能够彻底地暴露黑暗,所得或者并不亚于有实感地颂扬光明,因为不击退黑暗,光明也就难于来到,至于那些单纯在概念上理解最后胜利的作品,更是不在话下了"④。

总之,围绕《华威先生》展开的"暴露与讽刺"——批判与自省的论争,大大强化了中国广大文艺家直面社会人生的现实主义精神,敞露并化解了新形势下相当一部分文艺家对文艺与生活关系理解中存在的疑虑乃至盲点,从

---

① 茅盾:《暴露与讽刺》,《文艺阵地》第1卷第12期。
② 周行:《关于〈华威先生〉出国及创作方向问题》,《七月》第4集第4期。
③ 周行:《关于〈华威先生〉出国及创作方向问题》,《七月》第4集第4期。
④ 周行:《关于〈华威先生〉出国及创作方向问题》,《七月》第4集第4期。

而深入生活里层，真切把握新形势社会人生命脉；同时，在文学的现实主义理论与创作实践结合上，开启了以"暴露与讽刺"——批判与自省为主导的文学新潮流。这以后，"暴露与讽刺"即批判与自省的文学创作潮流，闯过多个明堡暗礁，获得一次次巨大的发展。

《华威先生》及其论争，还有一种更为重要的价值意义，虽然已经显露出来，然而却没有充分展现。这就是文化即人化或人化即文化的自省。从这一深层次文化内涵而言，《华威先生》确实如作家张天翼说的是"速写"性的小说，暴露与讽刺的对象，仅仅限于被暴露与讽刺者本身，几乎是"就事论事"的；论争也就《华威先生》小说的问世引起的各种反响而展开，基本上也是"就事论事"性的。也就是说，《华威先生》及其论争，缺乏从传统精神文化角度去挖掘被暴露与讽刺对象产生的根源。不过，这一未充分展现的价值意义缺陷，却于这场论争结束后得到了填补。这种填补，也可以被视为《华威先生》及其论争的继续与深化、超越与刷新。

中国抗日民族解放战争，说到底，是两种文化的战争。具有悠久历史的中国为什么屡遭历史并不太久的日本的侵略？前者何以到了被后者吞食的危险境地？除了从后者去找原因而外，更主要的应从中国自身去寻求缘由。只有这样，中国抗日民族解放战争赖以逐渐推进并取得最后胜利的内在张力，才能得以弘扬。这是老舍等中国文艺家们长期思考而一朝突发的极有深度的文化自省。1941年，老舍在他发表的《文章入伍，文章下乡》一文中就指出："一个衰老的国家遇到极猛烈残暴的侵略，当然要自省；自居为民族的天良的文艺工作者，无疑地会首先下一番自我检讨的工夫。"翌年初，老舍在他的《大地龙蛇·序》中，还对此作了进一步阐释。他说："谈到现在，除了非做汉奸不过瘾的人，谁也得承认以我们的不大识字的军民，敢与敌人的机械化部队硬碰，而且是碰了四年有余，碰得暴敌手足失措——必定有一种深厚的文化力量使之如此。"这是老舍"自省"中国文化而得出的一个方面的认识。老舍"自省"中国文化得到的另一方面的认识，也即是他在《大地龙蛇·序》中所说的："一个文化的生存，必赖它有自我的批判，时时矫正自己，充实自己；以老牌号自夸自傲，固执的拒绝更进一步，是自取灭亡。在抗战中，我们认识了固有文化的力量，可也看见了我们的缺欠——抗战给文化照了'爱克斯光'。在生死的关头，我们绝不能讳疾忌医！何去何从，须好自为之！"沈从文在《新的文学运动与新的文学观》一文中也指出："也许把这个民族的弱点与优点同时提出，好像大不利于目前抗战，事实上我们要建国，便必须从这种作品中注意,有勇气将民族弱点加以修正,方能说到建国!"沈从文在这里是从抗战建国角度来谈"自省"的价值意义的。还有一位在当时评论界十分活跃的李长之,他在《战争与文化动态》一文中,论述了"战争使人对于自己的文化入于反省的态度":"我们检讨,我们反省:对于好的,我们默默承认而已,但要更好;对于坏的,我们也默默承认而已,但要徐图改革。""这种反省而沉着的态度是一个最正当的态度,在这个态度之下,应可渐次有人会把握中国文化的真相了。"

《华威先生》及其论争,诱使中国文艺家们进而对于中国文化进行反省和对中国社会人生状态进行反思。因此,在着眼于战争苦难中的描述和中国社会黑暗面的批判的同时,对于中国社会人生状态和中国文化进行反思,就成为《华威先生》及其论争后,中国文艺家们共同担当的使命。意在揭出丑恶,化解劣根性,发扬民族"脊梁精神",实现人格——国格的重塑,介入"抗战建国"方略的实施。

《华威先生》及其论争后,批判与自省意识成为中国广大文艺家的一种自觉意识与自我意识。这一意识内化为一种创作精神要素,流贯于多姿多彩的社会批判与文化批判的文学作品之中。

附记

这篇文章发表于《重庆师范学院学报》1981年第3期,中国人民大学书报资料中心《中国现代、当代文学研究》于同年第15号全文转载。

这篇文章发表前后,还有故事可说。

1980年3月,我去昆明图书馆查阅史料,原定用3至5天时间即可,却实际用了11天时间。每天早出晚归,上午图书馆还未开门就去等候了,门一开,最先一个进去;下班总是要管理员催促两三次才罢手。真是越查越有劲,因为意想不到的史料越查越多。本文能写成,完全得力于这次查阅的史料。《救亡日报》在该馆藏量齐全,为全国图书馆之首。关于张天翼的《华威先生》及其引起的一场论争,大都出现于这一平台上,也就是说,论争各方的文章大多发表于该报。我对该报一年有余的每天的版面一文不漏地查阅,大部分的文章手抄,少部分送去复印。令我最为高兴与感动的是该馆报刊室一位年轻管理员小李对我的信任:凡我要查的报刊,他百拿不厌;对我违规的过分要求,也应允——准许我星期六下午下班(那年代只有星期天才休息)把需查阅的报刊带回旅馆继续查阅,还不要我的工作证作抵押(那年代无身份证)。这是我那两三年间在全国大图书馆查阅史料时未有过的待遇,说是殊荣也不为过。不过,我的工作做得也很细,拿出去的合订本报刊,当他的面一页一页点清,归还时也当他的面一页一页点清。因为已发现有被撕掉报刊页码的现象。同时,也可能是数天来我在此处查史料的认真和勤奋赢得了他的信任。这篇文章发表后,我寄了一份给他,还寄去一封热情洋溢的信。最近几年和他无书信往来了,状况如何不得而知,短暂接触的深刻印象一直存留于心中。

这篇文章涉及王瑶先生的《中国新文学史稿》和刘绶松先生的《中国新文学史初稿》中的有关论述观点。当时,刘先生早已去世了,只有王先生还健在,我把文章寄给了王先生。王先生真不愧为资深的师长辈,在回信中,不仅肯定了我的观点及论析,还坦言他当时来查阅史料,仅凭一般理解来写,还对因他的论述对后来产生的影响表示歉意。他的学人胸怀、大家风范,着实令人敬佩。

文章发表后,还引出一个老师的自我惊扰。这位老师是湖南一位高等专科学校的教师。他给我的信是从北京寄出的,具体地址是北京昌平中央教育行政学院。他说他正在校学习。他有感于较长时间里关于"华威先生"这个文学人物的政治属性一致被认定为"敌特""汉奸""国民党反动派",而写了六七千字的文章发表了,其中用了我这篇文章中的3500余字。他怕别人说他是抄袭剽窃,就向我说明情况,望我理解。还说,愿把稿费给我。来信字里行间,浸透了他的不安。接信后,我第一时间即回信于他,说了几句开导性的话后,便问他:"用的3500余字,加引号否?注明出处否?这是鉴别引用与抄袭、剽窃的标志。"他接信后,大概也是第一时间回信给我,除表示谢意外,称他注明了出处和加了引号的。后来,他还寄了一本他编选的《黎锦明小说选》送我。

本文发表后不到一个月,张天翼的夫人沈女士通过我的朋友老张知道了我的通讯地址并给我发来一封信,主要问及我文章中涉及的报刊现藏于哪家图书馆?我的文章中引用报刊文章有无复印件?我有无该期《改造》杂志?我去信一一作答。约半年后,她来渝约我又谈及了一些问题,其中包括她编辑"张天翼文集"一事。后,我得知,沈女士和我是同行,工作于中国社会科学院文学研究所。

这篇文章进入本书时,我作了一些改动。原来是从现实主义文学理论的角度切入展开论述,现在是从批判与自省角度切入的。我认为,这样就更能凸现出由一篇小说引起的时间较长(两年有余)、参加人数众多(几乎全国文学工作者都参加)、媒体介入广泛的论争所蕴含的现实价值及长远意义。

茅盾在抗战时期

——纪念他诞生八十五周年

茅盾是一位革命文学家和无产阶级文化战士。他在新民主主义革命时期，为中华民族的解放事业和中国新兴的革命文学事业的发生、发展，起过开拓、奠基和推动的作用，而与鲁迅、郭沫若齐名。他探索的那条与中华民族和中国人民大众的解放事业紧紧相连的由"为人生"而"为人民"的现实主义文学道路，代表了中国新兴革命文学的方向，成为一代进步文艺工作者的创作道路。他创作的众多文学作品，丰富了我国现代文学宝库，提升了我国现实主义文学创作水平，在中国文学史上留下了不可磨灭的功绩。今年七月四日，是他八十五周岁诞辰。在纪念他诞辰的日子里，我以十分崇敬的心情缅怀他一生的功绩，追思他在抗日战争时期对抗日民主运动和抗战文艺的发展作出的重大贡献。

一

抗战时期，茅盾在周恩来的领导下，为抗日民主运动和抗战文艺运动的展开与发展奔走呼号。短短几年，他的足迹遍布大半个中国，由上海而武汉，而广州，而香港，而桂林，而昆明，而新疆，而延安，两度来重庆，两度去香港。走到哪里，哪里便是他的战斗岗位。他任中华全国文艺界抗敌协会理事和新疆文协分会负责人。他编辑《呐喊》周报、《文艺阵地》、香港《立报》副刊《言林》，他在延安鲁迅艺术学院讲过学……总之，历尽艰辛，费尽心血，付出了巨大代价。国民党统治区的种种社会现实和种种人生，他深有感触，陕北大自然风光及其主宰者的伟大精神，让他备感振奋。他见多识广，为当时大多文艺工作者所不可比拟。也正因为如此，他对抗战现实的面了解得十分宽广，抗战中的种种问题认识得甚为深刻，是非功过判断得十分准确，斗争坚决而富有韧性。

抗战初期，中国大地上出现了汹涌澎湃的抗日洪流。茅盾为这股洪流的兴起而兴奋而欢呼。他在《炮火的洗礼》一文中这样写道：

敌人的一把火烧得了我们的庐舍和厂房，却烧不了我们举国一致的抗战的力量。不，敌人这一把火，将我们万万千千颗心熔成一个至大无比的铁心了……在炮火的洗礼中中国民族就更生了！让不断的炮火洗净我们民族数千年来专制政治下所造成的缺点，也让不断的炮火洗净我们民族百年来所受帝国主义的侮辱。

古老的伟大的中华民族，需要在炮火里面洗一个澡！

大炮对大炮，飞机对飞机，我们有我们抵抗侵略的爪，抵抗略侵的牙，尤其因为我们有炮火锻炼出来的决心和气魄！

这段话，充分显示了中华民族的自信力，充分体现了他对民族解放战争的深切认识和所寄予的殷切希望。然而，在抗日洪流面前，一些人只看到了表面现象，陷入盲目乐观状态之中，甚至对国民党政府抱不切实际的幻想。茅盾却始终保持清醒的头脑，始终站在抗日民主运动的前列，以他那敏锐的洞察力和无情的解剖刀，把抗战的社会现实适时地披露在人们的面前。他在1938年6月27日晨写成的发表于《抗战文艺》第2卷第1期上的《论加强批评工作》一文中，就对当时的社会现实作了淋漓尽致的披露：

抗战的现实是光明与黑暗的交错，——一方面有血淋淋的英勇斗争，同时另一方面又有荒淫无耻、自私卑劣。

……抗战是从根把中国民翻个身。新生的优点，——新时代的芽苗是到处在滋生着……然而新生的劣点，也在到处篯长，相对着新的人民的领导者等等，我们也看到新的人民的欺骗者，新的"执战官"，新的"发国难财"的主战派，新的"卖狗皮膏"的宣传家……这一切新的把民族命运开玩笑的家伙，比新的挽救民族的人物，滋生得更快更多呢！

茅盾不仅将黑暗推出示众，而且还在这篇文章中，向人们大声疾呼，指出消灭这些黑暗势力的必要。他说：

人民大众是目击这种种的，而且又是身受那些荒淫无耻，自私卑劣的蹂躏的。消灭这些荒淫无耻自私卑劣，便是争取最后胜利之首先第一的要件。

可以说，这是茅盾对当时国民党推行的片面抗战路线及其造成的恶果的猛烈抨击，这是茅盾把潜伏在抗战洪流中的暗流及时挖掘出来予以示众，这也是茅盾给一些头脑昏昏然的人一副有效的清凉剂，这也是茅盾对广大进步文艺工作者的召唤。

武汉沦陷后，这些"劣点"集中营国民党反动派，先后掀起了三次反共高潮，妄图扑灭抗日民主势力。茅盾在周恩来的领导下，同广大进步文艺工作者一道，与之进行了一次又一次的斗争。

皖南事变后，国民党统治更加严酷，文网密布，许多进步人士和共产党人遭受迫害。茅盾遵循共产党中央的部署，根据周恩来的指示，与一些文艺工作者撤离重庆，去香港"开辟第二战场"。途中，他虽然没有自由，改换姓名，化装前行，然而仍坚持斗争，揭露国民党的法西斯统治。他在重庆至桂林的途中写了《渝桂途中口占》一诗，表达愤懑。诗云：

存亡关头逆流多，森严文网欲如何？
驱车我走天南道，万里江山一放歌！

香港沦陷于日寇之手以后，茅盾等文艺工作者在党组织的安排和东江游击队的护送下，撤离香港，到达桂林。这时的桂林，亦一片白色恐怖。然而，茅盾仍用手中的笔，撰写诗文表达他对国民党统治的仇视和对卑劣无耻之辈的鄙视，以及对延安的向往。1942年，他在桂林时写了《无题》诗一首。诗云：

偶遣吟兴到三秋，未许闲情赋远游。
罗带水枯仍系恨，剑铓山老岂剸愁。
搏天鹰隼困藩溷，拜月狐狸戴冕旒。
落落人间啼笑寂，侧身北望思悠悠。

1942年以后，以重庆为中心的国民党统治区，更加混乱，民不聊生。正如茅盾在《时间的记录》后记中所揭露的那样："贪官污吏，多如夏夜之蝇，文化拍客，帮闲篾片，嚣然如夜之蚊，人民的呼声，闷在瓮底，微弱得不可得闻。"这种种社会弊害和人民群众的痛苦挣扎，都一一出现在他笔下。黑暗终有尽头，人民终有怒吼之日。1944年以后，国统区的民主潮流出现了，茅盾跟人民大众贴得更紧了，跟国民党的倒行逆施的斗争更加坚决勇猛了！

"能杀才能生，能憎才能爱。"茅盾对国民党的法西斯统治无比憎恨，而对解放区、延安十分热爱，无比向往。1940年5月，茅盾离开新疆，10月到达重庆，其间在延安稍住一时。延安和陕北的山山水水及一草一木都深深地吸引着他。他到重庆后，挥笔写了回忆北国风光的优秀散文《风景谈》。他满怀激情，歌颂"北国"的大自然的美，更歌颂这美的大自然的主宰者和创造者——人民，他赞誉延安人民大众是"充满了崇高精神的人类"，"是伟大之中尤其伟大者"！他还在《白杨礼赞》一文中，把解放了的人民、人民军队及其领导者中国共产党喻为"倔强挺立"的白杨树！1943年，重庆一位画家根据这篇散文"取其意作白杨图"时，他又挥笔题诗《题白杨图》。诗云：

> 北方有佳树，挺立如长矛。
> 叶叶皆团结，枝枝争上游。
> 羞与楠枋伍，甘居榆枣俦。
> 丹青标风骨，愿与子同仇。

这些诗文，充分表达了他"引领北国"的深情厚谊。

抗战时期，茅盾正是在中国共产党和周恩来的领导与支持下，为着中华民族的命运，为着中国人民大众的冷暖而呼号而战斗，是一位勇猛顽强的无产阶级文化战士！

二

抗战文艺统一战线与整个抗日民族统一战线一样，包括的阶级、阶层、集团和流派十分广泛，正如鲁迅在《答徐懋庸并关于抗日统一战线问题》一文中所说的那样："只要他不是汉奸，愿意或赞成抗日，则不论叫哥哥妹妹，之乎者也，或鸳鸯蝴蝶都无妨。"事实也正是如此。鸳鸯蝴蝶派、新月派、现代派、自由人和第三种人，乃至封建文人，等等，都在抗日的前提下成了文艺统一战线的一员。这些阶层和文学流派的人们，他们的政治立场和思想意识及文艺观点都必然地要顽强表现出来，这就决定了抗战文艺统一战线的内部论争、斗争的必不可免。

茅盾将中国共产党关于抗日民族统一战线的斗争原则和斗争策略，灵活地运用到了文艺批评和文艺斗争中来，推动了抗战文艺运动沿着抗日民主运动的方向向前发展。

1938年4月至1940年10月,抗战文艺界出现了一场由张天翼的小说《华威先生》引起的"暴露与讽刺"的论争。《华威先生》塑造了一个只做"救亡要人"、不做救亡工作的"抗战官""卖狗皮膏药的宣传家"的典型,辛辣地嘲讽了国民党推行的"包而不办"的片面抗战路线。无疑,这篇小说具有重大的政治意义,同时更为抗战文艺创作开辟了新的天地。这篇小说在茅盾主编的《文艺阵地》创刊号上问世后不久引起文艺界的注视。一些人给茅盾写信,一些人公开发表文章,表示赞同或反对的意见。茅盾就在这场论争的最初阶段,连续写了三篇论文,阐明自己对于《华威先生》式的暴露与讽刺的意见。第一篇论文《论加强批评工作》,发表在《抗战文艺》第2卷第1期上。他在这篇论文中指出:抗战现实中有光明,有黑暗;有血淋淋的英勇斗争,也有荒淫无耻自私卑劣。消灭这些荒淫无耻自私卑劣,便是争取抗战胜利之首先要件,也是文艺工作者必须完成的政治任务。这就从抗战的需要和文艺工作者的责任方面,阐明了暴露与讽刺文学跟抗战社会现实的正确关系,跟抗日民主的正确关系,为肯定《华威先生》所体现的创作新方向,批判一切企图否定这个方向的言论,奠定了宏深的理论基础。第二篇论文《八月的感想》,发表在《文艺阵地》第1卷第9期上。他在这篇论文中,回顾了全面抗战八个月来抗战文艺的状况,具体详尽地批驳了企图否定《华威先生》的言论,充分肯定了《华威先生》所代表的创作方向。第三篇论文《暴露与讽刺》,发表在《文艺阵地》第1卷第12期上。他在这篇论文中,旗帜鲜明地提出了"现在我们仍旧需要'暴露'与'讽刺'"的主张,指明了暴露与讽刺的对象,划清了暴露与讽刺跟悲观主义者的诅咒的界限。这三篇论文,虽然独立成章,然而却浑然一体,犹如一面鲜艳旗帜,高高插在抗日文艺阵地上。茅盾的这些意见成为这场论争的正确意见的代表,指导了这场论争的正确进行,使这场论争不仅为抗战文艺的发展开辟了新的路径,而且浓厚地带上了揭露国民党统治的黑暗的政治色彩,促使抗战文艺论争紧紧地服务于抗日民主运动的开展。

1940年4月,西南联大、云南大学的教授陈铨、林同济等人在昆明创办了《战国策》杂志。1941年12月,他们又在重庆《大公报》主编副刊《战国》。他们先后在这两个刊物上,发表了一系列文章,并创作文学剧本,宣扬一整套"战国时代重演论""权力意志论"和以反理性主义为特征的文艺观,形成了"战国策"派。这一派出现在昆明、重庆之后,中国青年党在成都为之喝彩。1940年9月以后，中国青年党的机关报《新中国日报》，发表了陈启天、燕生、柳浪等人的文章。他们一面推崇陈铨、林同济等人的观点，一面又俨然以"战国策"派的开山自居，并试图与之呼应，联成一气，"形成一道主潮，振聋发聩"。（柳浪《〈新战国时代论丛〉导言》）很明显，这是一股与国民党顽固派掀起的反共高潮相配合的逆流。面对这股来势凶猛的逆流，挺立在国民党统治中心重庆的茅盾，以大无畏的革命精神，首举批判旗帜，予以迎头痛击。就在中国青年党妄图与"战国策"派联成一气的时候，茅盾写的《时代错误》一文在重庆《大公报》上发表了。茅盾逝世前夕，"嘱托"韦韬答复笔者关于这篇论文的针对性问题时，作了肯定的答复："《时代错误》一文是针对'战国时代'的谬论而发的。"这篇论文严厉批判了包括中国青年党在内所宣扬的"战国时代重演论"，一针见血地指出了这一谬论背时的"时代错误"。这篇论文也像号角，鼓动人们跟"战国策"派展开斗争。从此，重庆的一些有影响的报刊，诸如《新华日报》、《群众》杂志、《新蜀报》、《时事新报》、《国民公报》等，发表了一系列文章，对"战国策"派展开了集中而猛烈的批判，揭露了这一派所散布的言论的反民主、反人民、反共的实质，有力地配合了政治上打退国民党反共高潮的斗争，有力地批判了描写"特工加桃色事件"的"特务文学""间谍文学"。

1942年9月以后，抗战进步文艺界开展了对国民党"文艺政策"的论战。这场论战实质上是专制与反专制的斗争、独裁与民主的斗争。1942年9月，国民党文化运动委员会主任委员（1942年12月任国民党宣传部部长）张道藩在他发行的《文化先锋》杂志上抛出了"只许歌颂，不许暴露"的"文艺政策"。接着，国民党文化运动委员会召开了"文艺政策"座谈会。同时，《文化先锋》和《文艺先锋》两家国民党杂志又大吹大擂一番，予以宣扬。不久，国民党五届十一中全会又作出《文化运动纲领》的决议，使"文艺政策"党化、法典化，企图强迫文艺工作者执行。对此，广大进步文艺工作者采用各种方式予以抵制和批判。茅盾在这场斗争中显示了一位卓越的无产阶级文化战士的胆识和高超的斗争艺术才能。他以谈论作家处境艰危的方式，以分析文艺现象的方式，以评论文艺作品的方式，总之，抓住一切有利机会，迂回曲折地微妙地揭露国民党统治的严酷，批判国民党的"文艺政策"，揭露这一文艺政策本身所包含着的黑暗与丑恶，公开断言暴露压迫、欺骗、奸诈、卑劣等行为，乃是多数作者与读者的兴趣所在，宣告国民党"文艺政策"必然破产的命运。正是在以茅盾为代表的广大进步文艺工作者的有力抵制和批判下，国民党始终无法控制抗战文艺的领导权，始终无法操纵抗战文艺运动和抗战文艺创作的发展。国民党的"文艺政策"完全失去了效力。

茅盾在抗战进步文艺界内部开展的关于民族形式的论争和主观论的论争中，都发表了很好的意见。他着眼于文艺与政治的关系、文艺与人民大众的关系、文艺工作者与群众的关系，摆事实，讲道理，诱使论争健康发展，得出正确的一致的结论，表现了一位革命作家对进步文学事业的关心爱护及其深湛的理论指导水平。

总之，茅盾在抗战文艺论争中，为国统区文艺界的广泛统一战线的保持与巩固，而与反动派、反动言论和错误文艺思想进行了不屈不挠的斗争，作出了重大贡献。

三

抗战时期，茅盾创作了不少文艺作品，代表了抗战文艺创作的方向和水平，丰富了抗战文艺的宝库，为抗战文艺增添了异彩。

中国民族资产阶级在中国新民主主义革命时期，是革命的团结对象和同路人。这是由它既有革命的一面又有与革命的敌人妥协一面的本质特征决定的。茅盾以文艺家的彩笔成功地描绘了中国民族资产阶级这一本质特征及其命运，塑造了一个又一个民族资本家的生动形象。这在中国现代文学史上具有开创性的作用。

1938年，茅盾在香港主编《立报》副刊《言林》时，以抗战初期上海民族资产阶级的生活为题材，写了在抗战时期第一部长篇小说《你往哪里跑》，即后来在重庆出版单行本时的《第一阶段的故事》。如果说，茅盾在1932年年底写的《子夜》显示出半殖民地半封建的中国民族资产阶级被帝国主义和官僚买办资产阶级所吞食没有任何出路的话，那么，这部长篇小说便是表明中国民族资产阶级在中华民族生死存亡的危急关头应当何去何从的问题了。这部小说，艺术地再现了八一三事变前后四个月时间上海的社会状态。这里，有积极参加抗日救亡工作的爱国志士和青年，有贪污腐败的国民党要员，有发国难财的投机商，有失败主义者的大学教授，等等。这一切，都是以橡胶厂老板何耀先为中心展现出来的。作者写了这位民族资本家何耀先在日本侵略者攻占上海前后的言行和心理。开始，他对战争的看法犹豫不决，拿不定主意：战吗？怕产品卖不出去；和吗？产品和工厂会全部丧失掉。然而，客观现实未能给他留下多少徘徊余地。战争很快扩大了，中国民众奋起抗战了。

这时,他明白了只有"打,才是生路",并且决心办好工厂,为抗战服务。作者塑造这个形象,意在表明中国民族资产阶级在抗战中的出路只有一条,即参加抗战,为抗战服务、尽力,同时也形象地表明了中国民族资产阶级具有一定的民族观念和爱国思想,有走这条道路的内在可能性。这篇小说,在政治上为调动中国民族资产阶级的抗日力量有一定的宣传鼓动作用,在文艺上扩大了抗战文艺创作题材的范围,表现形式上也为当时正在讨论的文艺大众化做了有益的尝试。

1945年,茅盾还在重庆以中国民族资产阶级生活为题材创作了一部剧本——《清明前后》。这个剧本是茅盾创作宝库中的一件珍品,也是他在中国现代文学史上以中国民族资产阶级为题材而写的最后一部作品。这个剧本揭露了国民党统治中心重庆充满的"矛盾、无耻、卑鄙与罪恶"。这又主要是通过民族工业家更新机器厂老板林永清的遭遇与挣扎展现出来的,从而更深刻更明确地表明了中国民族资产阶级的光明出路和中国工业化的道路:参加民主斗争。参加民主斗争就是与广大被压迫和已经解放了的人民大众站在一起,共同打碎旧中国、帝国主义、封建主义套在身上的枷锁。只有与无产阶级及其领导的人民大众联合起来,才可能打碎把工业拖得半死不活的脚镣手铐,才可能使中国走向工业化。(何其芳《〈清明前后〉的现实意义》,《新华日报》1945年10月12日)赵丹于1945年9月26日将这个剧本搬上重庆舞台(赵丹任导演并主演)。接着,国民党统治区其他城市和解放区延安等地也相继演出,轰动了中国广大地区,引起了强烈的反响。国民党政府通过电台,攻击这个剧本有毒素并明令禁演;进步文艺界对这个剧本的意见虽有分歧,但多数人是给予充分肯定的,赞扬这个剧本巨大的政治意义和精湛的艺术表现。一些民族工业家,还在重庆设宴招待茅盾和演员们,感谢作者在剧本中和演员们在舞台上为他们说出的他们不敢讲、没有机会讲的话,还希望茅盾再为他写一部《中秋前后》。这个剧本的成就及其影响,由此可见一斑,即使在今天,其艺术生命力也尚未消失。

茅盾以中国民族资产阶级为题材写的这三部作品,可以说,是中国民族资产阶级历史的形象化、艺术化。这三部作品,生动地描绘了中国民族资产阶级的两面性,揭示了中国半殖民地半封建社会的本质特征,暗示了中国民族资产阶级生存发展的唯一正确出路。这充分显示了茅盾的无产阶级政治理论水平所达到的高度和敏锐的洞察能力及高深的艺术造诣,这为中国共产党领导的新民主主义革命作出了有益的贡献,也为中国新兴的革命文学创造了一个方面的宝贵财富。

茅盾在抗战时期,还将他那匕首投枪似的笔伸进了国民党的黑暗的中心,于1941年写了《腐蚀》这部杰作。这部小说是茅盾在皖南事变后撤离重庆而在香港写成的。它是茅盾"开辟第二战场"所取得的硕果。这部小说写了国民党特务机关的活动,揭露了国民党反共反人民、与日伪勾结的卖国行径,戳穿了国民党统治的核心部分特务机关的血腥罪行,控诉了国民党法西斯统治对青年精神和肉体的残害。尤其令人敬佩的是茅盾在小说中所表现出来的惊人的无产阶级革命战士的胆识。蒋介石一手制造了屠杀抗日有功的新四军战士的皖南事变,公开诬蔑新四军为"叛军"。周恩来和中共中央南方局与之进行针锋相对的斗争,决定由《新华日报》撰写社论和报道,揭露这一事变的真相。当社论和报道文字被国民党官老爷扣住"开天窗"之后,周恩来就在"天窗"之处题诗、题词,揭露国民党的阴谋与罪行。这一切,在小说中清晰地反映了出来。"为江南死难诸烈士致哀","千古奇冤,江南一叶,同室操戈,相煎何急?"这饱含悲愤和血与泪的语言,大大增加了这部小说的分量,深化了这部小说的主题思想,也充分显示了茅盾的文学创作特色:文艺跟政治的完美结合。可以说,茅盾这部小说将张天翼的《华威先生》所体现的抗战文艺创作新方向推进到了一个新的阶段,成为抗战文艺创作的榜样杰作。

茅盾在转战重庆、桂林、香港等地时,还以说狐谈鼠的方式,创作了不少的短篇小说和杂文,"指桑骂槐",抨击国民党的黑暗统治和倒行逆施。

茅盾就是这样,以他的文艺创作实践,影响和带动了一大批进步文艺工作者在极端艰难困苦的环境中坚持革命现实主义的创作道路,创作出一批又一批文艺作品,谱写出一曲又一曲抗日民主的战歌,使抗战文学百花园绚丽多姿,成为我国新文学不可多得的重要组成部分。

四

1942年5月,毛泽东在延安文艺座谈会上作了具有重大理论意义和实践意义的报告《在延安文艺座谈会上的讲话》(以下简称《讲话》)。毛泽东的《讲话》,通过周恩来和中共中央南方局,在国统区得到了广泛传播。周恩来利用各种集会宣传《讲话》。《新华日报》节录发表《讲话》部分内容,并有计划地系统地发表学习和传播《讲话》的有关文章和社论。在较短的时间内,重庆、桂林、昆明乃至香港等地的进步文艺工作者都开始学习《讲话》。文艺的工农兵方向在国统区产生了较大的影响，逐步成为进步文艺运动和文艺创作的指导思想。

茅盾早在五四文学革命时期，就主张"文艺为人生"，并从理论到实践探讨文艺与人生的关系及其解决途径。后来，他的文学主张由笼统的"为人生"进到"为人民大众"而文艺。但是，他真正走上文艺为人民大众的道路，还是在学习了毛泽东的《讲话》之后。茅盾学习和宣传《讲话》有一个显著的特点，那便是不尚空谈、不搞形而上学、不生搬硬套书本上的条文，而是从国统区的实际出发，联系抗战文艺运动和抗战文艺创作及文艺工作者的实际来学习、来宣传、来执行。他对文艺与政治关系的理解、文艺与生活关系的理解、文艺工作者与人民大众关系的理解，以及对抗战文艺的总结都充分显示了这一特点。

国统区与解放区是当时中国大地上不同社会性质的两种地区。解放区是新民主主义的社会，广大人民群众翻身做了主人。国统区却依然是半殖民地半封建的社会，广大人民群众仍处于被压迫被剥削的境地。在这两个地区，文艺与政治的关系包含有各自不同的内容。国统区文艺与政治的关系具体化为文艺与争民主的关系，正如1944年5月4日《新华日报》为纪念五四运动二十五周年的社论中所指出的："把实现民主的促成当作目前新文化运动本身的一个主题来奋勉。"茅盾在以群主持召开的"今日文艺工作者的切身问题"座谈会上，同与会者一道，抨击了国民党的高压政策，指出了政治不民主给文艺造成的严重危害，要求进步文艺工作者为民主而斗争。他曾尖锐地指出：不民主，中国就没有前途，文艺应当配合今天的民主运动，做新时代的号角。同时，他还用这样一个观点去分析评论文艺作品，以推动文艺创作与民主斗争紧密结合。他曾经指出姚雪垠的《春暖花开的时候》所存在的问题是描写民主斗争的不足。

这里所说的民主，不是少数人的民主，不是哪一个阶层的民主，而是广大人民群众的民主。因此，文艺要能真正切实与民主运动配合，就必须正确解决文艺工作者与群众的关系问题。那么，文艺工作者与人民群众应当是一种怎样的关系呢？茅盾是这样理解的：必须面向民众，做民众的先生，同时又做民众的学生，认识民众的力量，表现民众的要求。他运用这一观点，一针见血地指出当时流行的"特务文学""间谍文学"的要害所在。他在《八年来文艺工作的成果及倾向》一文中，指出那些描写"特工"的作品，没有从民众的掩护、民众组织的背景上去写，这样的"特工"，便成了牛鬼蛇神的两面人，成了黄霸天、白玉堂一类。这不但歪曲了现实，而且暗示读者，抗战只要有"特工"就成了，不需要组织民众、发动民众了。这样的作品，其为害不在色情作品之下。

同时，茅盾还将文艺工作者跟人民大众的关系、跟生活的关系提到十分重要的地位加以考察。他在《对于文坛的一种风气的看法》一文中，这样写道："走进人民中间，走进战斗的生活，这在一个作家是必要的，而对一个已经有了进步宇宙观的作家同样是必要的。世间不乏这样的人：言论是进步的，思想是进步的，然而一碰到实际问题，不免迷乱自失，不站稳在前进的人民大众的立场上。这是他们只以前进的知识分子的姿态站在人民之外，站在战斗生活的旁边。"他还在《门外汉的感想》一文中指出：文艺工作者只有到人民群众中"安排自己的生活，站稳立场，然后能使自己的艺术真正为人民服务"。可见，他把文艺工作者与人民大众的结合和深入生活看得何等重要啊！也正是基于这样一种认识，所以，他在《文哨》座谈会上讨论文艺"面向农村"问题时的发言中，积极支持文艺面向农村，反映广大农民生活的主张，并发表了文艺面向农村的有益建议：从实际出发，杂志刊物上也许每期不一定都要有刊载反映农村生活的作品，不能像办满汉酒席一样，样样菜俱全，没有好的冷盘，就是缺一个冷盘也可以，不必非有不可，但要讲究菜能吃。这就是说，不要搞形式，要从实际出发。边区的文艺工作者到农村去，是得到政府的支持和鼓励的，这里没有边区那样的条件。茅盾对此是有清醒认识的。所以，他既积极赞成文艺"面向农村"，又强调不搞形式。可见，他在学习和贯彻《讲话》时是充分注意到了国统区的实际情况的。

1946年3月29日，茅盾在广州中山大学法文两院的讲演会上，要求"每一个文艺工作者真正成为人民的文艺家"。同年4月中旬，茅盾在香港文化界公宴席上，为文艺工作者指明今后文艺工作的道路和方向：把眼光向着农村，向着广大群众，而不能只集中在大城市；文章要人民大众能懂得。他还以此衡量自己的作品，自谦地说：二十多年来，自己的写作生活在这一点上是失败的。

毛泽东的《讲话》解决了茅盾多年来探索的企图解决而未系统解决的问题。他的文艺观点上升到了马克思主义的文艺理论高度。这不仅指导了他自己的创作实践，而且对整个国统区的文艺运动和文艺创作都具有引导作用。

茅盾在抗日战争时期，在周恩来和中共中央南方局的直接领导下，从事的救亡工作，从事的抗战文艺事业，为中华民族解放战争的胜利，为中国新文艺的向前发展，作出了重大贡献。他的功绩将永远载入史册，流芳百代，为后世所记取！

附记

1981年3月27日，茅盾去世。我从当天报上看见这一不幸的报道，流泪了。一是，我感受到他对中国现代文学的发展所作出的贡献，他对抗战和抗战文学所付出的辛劳；二是，他在信函中为我做过疑难问题的解答。出于敬佩和感谢而伤心流泪。过了一天，我决定要写点文字，以表心意。于是，我把查得有关他在抗战时期种种史料翻出，写成这一篇纪念性的文章。本文除正标题外，还有一副标题"纪念他诞生八十五周年"。本文发表于《西南师范学院学报》1981年第3期。同年，中国人民大学书报资料中心《茅盾研究》第3期全文转载。本文虽是一篇纪念性文章，但依然有较强的史料性与学术性。

关于自由主义文学思潮

中国现代文学在其发展过程中，涌现出了如"现代评论"派、"第三种人"和"自由人"、民主个人主义者等掀起的文学思潮。这三种思潮就其政治思想倾向与文学思想倾向而言，可以称为"自由主义文学"思潮。它们与众多的文学思潮流派，充实了具有中国作风和中国气派的中国现代文学的宝藏，使之绚丽多姿。研究这种"自由主义文学"思潮及其消长，阐明其在中国现代文学发展过程中的功过是非，对于总结中国现代文学的经验教训和发展规律，是有着重要意义的。

一

任何一种文学思潮和文学流派的产生与存在，都不是偶然的，必有其客观现实生活的规定性和文学自身的内在依据。中国现代"自由主义文学"思潮出现于20世纪20年代、30年代和40年代，震动当时文化思想界和新文坛，也是有其深刻的多方面的缘由的。

1840年，资本主义列强用大炮轰开了中国古老腐朽的大门。从此，中国社会逐步沦为半殖民地半封建社会。中华民族和帝国主义的矛盾、中国人民和封建主义的矛盾成为这个社会的两大基本矛盾，成为这个社会的焦点。由大资产阶级、自由资产阶级和小资产阶级构成的中国资产阶级的存在，更增加了这个焦点的复杂性。

自由资产阶级和大资产阶级、小资产阶级是不同的。大资产阶级与帝国主义、封建主义是沆瀣一气的；小资产阶级基本上是站在人民这一边的；自由资产阶级是介乎于人民和人民的敌人之间的，属"中间营垒和第三派"势力。自由资产阶级在政治上，一心要组织"第三党"，走"中间路线"，企图在中国大地上建立一个欧美式的资产阶级专政的"天堂"。然而，历史时代和中国特殊国情却向它宣布：此路不通。因而，它在存在的几十年里，总是处于风雨飘摇之中，左右颠簸着。一方面，它力图脱离帝国主义、封建主义和官僚资本主义的压迫与控制而独立发展；另一方面，它又压迫工农与剥削工农。当人民大众的反帝反封建斗争对它有利时，它在一定时期，在一定程度上，有同情革命乃至赞助革命的一面；当人民大众的革命事业遭受挫折或革命胜利危及它的利益时，它为了自身的生存而又有倾向于乃至倒向革命敌对势力的一面。中国现代"自由主义文学"思潮便是从这样的中国自由资产阶级的土壤中滋生起来的一种文学思潮。它是中国自由资产阶级的社会理想、政治要求和美学观念在文学领域内的反映。

中国现代"自由主义文学"思潮的出现，还有其思想理论基础，那就是民主、自由、平等、博爱、人性这些欧美资产阶级上升时期反封建反神权的思想武器。这些思想理论在"五四"时期潮水般地涌进中国。中国现代"自由主义文学"思潮的代表者们，不少人本身就留学于欧美，深受欧美资产阶级的社会思潮和文学思潮的熏陶，他们如获至宝般地接收这些思想理论，用来作为争生存谋发展的旗帜。

中国现代"自由主义文学"思潮就是在这种社会的阶级的思想的土壤中发生着、存在着，时隐时现地出没于中国现代文坛。它随着中国社会的基本矛盾和中国自由资产阶级的升沉而消长，这在中国现代革命史和中国现代文学史上是有着明显轨迹可循的。

二

"现代评论"派是中国现代文学史上出现的第一支"自由主义文学"思潮。它出现于20世纪20年代中期的新文坛。当时，正是北伐战争和中国共产党领导的工农革命运动进行的年代，早期共产党人倡导的革命文学主张在新文学界得到呼应的年代，北洋军阀政府加紧镇压革命运动，企图维护其摇摇欲坠的封建大厦的年代，也是一批自由主义人士掀起"好人政府"运动的年代。"现代评论"派一登上中国新文化、新文学思想论坛就显示出自由资产阶级的特色，表现出鲜明的两面性。

1924年12月13日，《现代评论》杂志创刊，从此形成了以陈西滢为代表的"现代评论"派。看看《现代评论》杂志的宗旨与编辑方针吧：

该杂志编辑声称《现代评论》是交流和联络"思想的杂志"，"拥护真理"的杂志。"无论孙中山也好，康圣人也好，陈独秀也好，只要他们言论是'真理'，都可在评论上公开发表。"

陈西滢在《闲话》中也写道：本刊对于"投稿的人，不论社内或社外，有名或无名，文坛的老将或新进的作家，甲派或乙派，都受同样的看待"。

这是典型的自由资产阶级的折中、公允、不偏不倚的旗号。在这样的旗帜之下，该派参加了反帝反封建的斗争，然而表现出软弱、妥协乃至动摇的一面。

"五卅惨案"和"三一八"惨案后所掀起的工人运动、进步爱国运动，震撼着中国大地，北洋军阀统治岌岌可危。在这一场革命暴风雨中，"现代评论"派及其代表人物陈西滢的表现是矛盾的，总的情况是：同情、赞助而又反对以至于攻击革命力量。

1925年6月13日出版的《现代评论》第2卷第27期的"时事短评"，称北京市的工人、农民、学生及市民为声援上海工人大罢工而举行的国民大会及游行示威，是"中国人心未死的一个铁证"，并"对于如此热心爱国的民众，表示十分的敬意"，还欢呼道：这是"我们打倒强权的时机，已经到了！"

陈西滢也在同期发表的《闲话》中，对于罢工、罢市、罢课表示赞同，并主张建立一个联合组织进行斗争。

1926年3月27日出版的《现代评论》第3卷第68期，可以说是"三一八"惨案的专号。《现代评论》编辑王世杰在《论三月十八日的惨剧》一文中，指出"三一八"的"枪杀"是北洋军阀政府的"预定计划"，并提出对枪杀民众的"元首犯罪"加以"制裁"的主张。记者在《悼三月十八日的牺牲者》文章中，对"忍心害理的政府"表示谴责，对死难者寄予沉痛的哀思。

如果就此认定"现代评论"派及其代表人物的政治思想倾向是坚决地反帝反封建的，那就带有很大的片面性。因为，这仅是其中的一面。他们还有另一面，即反对、嘲笑反帝反封建的群众运动。

1925年8月29日出版的《现代评论》第2卷第38期的"时事短评"，就称北京女子师范大学的进步学生运动是"打学潮糊涂仗"，"驱杨""逐章"是"小题大作"，"把爱国置诸脑后"。

陈西滢在《闲话》中，由对帝国主义和封建主义的妥协到嘲弄、蔑视中国人民的反帝斗争。他依据中国人"是一盘散沙""团结不起来"的认识，而认为"现在的中国人"不配喊打倒帝国主义的口号，所以，他在《闲话》中发出这样的议论："打！打！宣战！宣战！这样的中国人，呸！"

陈西滢在女师大事件中，散布流言蜚语，中伤进步爱国学生运动，攻击鲁迅。

"现代评论"派及其代表人物陈西滢这一政治思想倾向的矛盾现象，也反映在对"甲寅"派的批判过程中。

1925年10月31日出版的《现代评论》第2卷第47期上，刊登了郁达夫斥责章士钊的《评新文学运动》和嘲讽段祺瑞执政的文章《咒〈甲寅〉十四号〈评新文学运动〉》。

1926年1月2日出版的《现代评论》第3卷第56期的"通信"中，斥责"'甲寅'思想腐朽，议论琐碎"。

陈西滢与章士钊（"甲寅"派的代表人物）有一定的私交，《甲寅》复活时，他还买了股票。但在新文坛的一片"打倒拦路虎"的喊声中，陈西滢也随声附和。章士钊在《创办国立编译馆呈文》中说白话体的盛行造成出版书籍稀少。陈西滢在《闲话》中指出当时出版书籍稀少是"政治腐败"造成的。这是剔肤见骨的见解，应当加以肯定。但是，他又说："一般野心政客"，"一般好活动的教员"，"利用学生的热心"，"鼓动种种风潮，为他们出头进身的梯阶"，"把学校造成了政治运动的集合所"，这样一来，"又有谁能够专心学业呢？出版书籍又怎么不会稀少呢？"这一议论，显然是夹枪带棒、含沙射影的。

"现代评论"派及其代表人物陈西滢，不仅政治思想倾向呈矛盾状态，就是其文学思想倾向也呈矛盾状态。

陈西滢在1925年11月7日出版的《现代评论》第2卷第4期上发表的《闲话》中，主张文学创作是作家"心灵中最美最真实的东西"的抒写。他在1926年2月20日出版的《现代评论》第3卷第63期上发表的《闲话》中，鼓吹创作需要天才，他说："文学家的天才正在他的感觉特别的灵敏，表现力特别的强，他能看到别人所不能看见，听到别人所不能闻，感受到别人所不能觉察，再活泼地写出来。"由此，我们可以认为陈西滢及"现代评论"派的文学观是带浪漫主义特性的，为艺术而艺术的。但是，这样的结论依然含有片面性，因为这还不能包括其文学思想的全部。它依然是注重文学的功利性的，强调文学作品要让读者"认识人生正义"。陈西滢在1926年2月20日出版《现代评论》第3卷第63期上发表的《闲话》中就这样写道：他认为"特殊的精神，还是在尊自由，重个性，描写自然，实现人生的里面。这当然是新文学，活的文学当取的唯一途径"。可见，陈西滢将这一文学主张看得多么重要，试图以此来规范新文学的发展之路。

陈西滢正是在这一文学思想指导下，在《闲话》中用了一定的篇幅对新文坛的作家作品进行评介，这种评介也依然呈现出矛盾状态。

陈西滢在1926年4月17日、24日出版的《现代评论》第3卷第71期、第72期上发表的《闲话》，专题评介了新文学阵营中有代表性的作家作品。

他既肯定鲁迅描写回忆中故乡民众和风物的作品"都是很好的作品",《阿Q正传》是"不朽的"作品;而又贬低《孔乙己》《风波》等小说,并称鲁迅的杂文除《热风》外"实在没有一读的价值"。

他既称赞郭沫若的《女神》有"雄大气魄",又说"力量不足","像一座空旷的花园,只有面积,没有亭台池沼的点缀"。

他极力推崇的是徐志摩的《志摩的诗》、丁西林的剧作《一只马蜂》、杨振声的长篇小说《玉君》及冰心、白薇"新文坛的明星"的作品。

上述政治倾向和文学思想倾向的矛盾现象,正是自由资产阶级的两面性的典型表现。正是这种两面性,使得它在一定时候、一定场合、一定程度上表现出反帝反封建的积极性。1927年"四一二"反革命政变中,蒋家王朝建立之后,"现代评论"派及其代表人物软弱、妥协的一面,日渐充分显露出来,以致向革命的敌对势力一边倾斜。

以鲁迅为代表的新文化进步力量,对"现代评论"派及其代表人物在反帝反封建斗争中表现出的软弱性、妥协性进行过严肃批判,也肯定它"比较地着重文艺"。这是必要的,正确的。

基于上述材料,我们可以得出这样几点认识:

第一,"现代评论"派属于中国自由资产阶级的政治思想范畴和文学范畴的"自由主义文学"思想派别。

第二,"现代评论"派跟以鲁迅为代表的新文学队伍的分歧,不是革命与反革命的分歧,而应是现实关怀与社会文化批判的实践性与学理性的分歧。

第三,以鲁迅为代表的新文学队伍对"现代评论"派的批判是必要的,适时的,因而引导了新文艺向前发展。

第四,过去中国现代文学史教学和研究者们对"现代评论"派的评价——"反动的资产阶级的文化派别"是不公允的,不科学的。

三

20世纪30年代初期,中国新文坛上出现了又一"自由主义文学"思潮,这就是以胡秋原和杜衡(即苏汶)为代表的"第三种人"和"自由人"。他们跟"现代评论"派相比较,自然同属"自由主义文学"思潮,其政治思想倾向和文学思想倾向亦呈矛盾状态。不过也有稍异之处,即其在一定时间内,反帝反封建的色彩更鲜明浓烈,跟无产阶级文艺队伍靠得近一些。

20世纪30年代初期,国民党当局推行的"军事围剿"与"文化围剿"十分严酷。国民党在其统治区内，大搞法西斯专政，竭力推行文化专制主义，抛出旨在扼杀无产阶级文艺及一切进步文化文艺活动的"出版法""图书杂志审查法"，随意查禁书刊，封闭书店，逮捕和屠杀无产阶级作家及进步文艺工作者。同时，还一手策动"民族主义文学运动"，围剿进步文艺。但是，这毕竟不是当时全部的社会现实。"农村革命深入"和"文化革命深入"，则是当时代表中国人民解放事业和中国现代文学事业发展方向、希望的另一方面的社会现实。中国无产阶级作家组织的成立、无产阶级文艺队伍的形成、马列主义文艺理论的广泛传播、大众化文艺问题的讨论、大批优秀文学作品的问世，便是文化革命深入和反文化围剿取得胜利的重要标志。

正是在这样一种情势之下，又一支"自由主义文学"思潮出现了。其标志是一批刊物的相继问世。1931年12月，胡秋原编辑的《文化评论》创刊了；1932年5月，施蛰存编辑的《现代》杂志问世了；同年9月，林语堂、邵洵美编辑的《论语》杂志发刊了。《读书杂志》《人间世》《宇宙风》等刊物也相继问世。围绕这些刊物，形成了一个"自由主义"文艺思潮。这一派别，像一股小小的波涛，在新文坛中上下翻滚。

"第三种人"和"自由人"，顾名思义，不偏不倚，走中间路线，走第三条道路。这一名目，便标明了它的旗号。

1931年12月25日，《文化评论》发刊词《真理之檄》，开宗明义写道："我们是自由的智识阶级，完全站在客观的立场，说明一切，批评一切。"《文化评论》同人在《是谁为虎作伥》一文中也声称：我们无党无派，我们的态度是自由人的立场。同一意思的话，胡秋原和杜衡也不止一次说过。

这便是自由资产阶级的典型政治思想观念的体现。

这一派别在文学思想上，高高举起自由主义文学的旗帜。这面旗帜上写着四个大字：自由、民主。胡秋原在《第三种人及其他》一文中写道："文学与艺术，至死也是自由的，民主的。"而且主张各色各样的文学并存，他说："中国新文学运动以来的自然主义文学、趣味主义文学、浪漫主义文学、革命文学、小资产阶级文学、普罗文学、民族文学以及最近的民主文学，我觉得都不妨让他存在。"

这是自由资产阶级政治观在文艺思想上的反映，这是一种典型的自由主义文学思想。

他们声称，提出这种政治主张和文艺主张是为了打碎"重重枷锁"，使人成为"自由人"，使文学成为"自由主义文学"。也正是基于此，他们为自己规定了十分明确的艰巨的反帝反封建的斗争任务。《文化评论》发刊词《真理之檄》中这样写道：

> 要继续完成五四之遗业，以新的科学的方法，彻底清算，再批判封建意识之残骸与变种。
> 又要以新的方法，分析批评各种帝国主义时代的意识形态。
> 更必须彻底批判这思想界之武装与法西斯蒂的倾向。
> 不仅在理论上做严正的批判，同时还要努力做社会上一般实际腐败现象之批评与暴露。

他们为自己规定的这一社会批判与文化批判任务，有着鲜明的政治思想倾向性，这与当时无产阶级的要求与无产阶级文艺队伍所担负的任务是一致的，有利于人民解放事业和新文学事业的发展。

不仅如此，他们在行动上，在一定时间内，对国民党的法西斯统治与文化专制主义做过大胆的尖锐的批判，表现出反帝反封建的积极性。

他们对国民党采用"最末手段"对付进步文艺工作者的行径，发出强烈的控诉。胡秋原在《读书杂志》第3卷第7期上发表的《第三种人及其他》一文中，猛热地抨击道："这是千古黑暗的杀"，"古今中外没有此时此地这样的腥暗"，"昏天暗日满地红，地狱的中国"，"以最卑残的方式，绝灭社会的英良，以维持最黑暗的统治，完成其出卖于那凶恶的帝国主义的使命，使国民只有驯羊蠢豕与走狗为目的的"。对国民党的屠杀政策、手段、目的所做的这一揭露是十分深刻的。

他们对国民党的另一手即玩弄保障言论自由的花招，也曾做过猛烈的抨击。胡秋原在《现代》杂志第3卷第2期上发表的《浪费的论争》一文中指出："国民政府一面说保障言论自由，但你一'言论自由'，他们又说是'反动'。"

他们对日本帝国主义的入侵也曾表示过最大的义愤。胡秋原曾在《读书杂志社声明》中公开表示："我宣言"，"站在反帝的立场上"。他在《第三种人及其他》一文中，还愤怒地控诉道："卖国部长院长和杀人总司令正在出卖我们最重要的血，吃我们的肉，葬送我们最后的灵魂。"而且，还指出：对此进行斗争"需要笔墨以上的抗议"。

国民党的文化专制主义统治严重地危害着"第三种人"和"自由人"的

关于自由主义文学思潮 | 051

"自由",所以,他们对国民党的诅咒、揭露,特别严厉、深刻、尖锐。政治上如此,文艺上也如此。

他们深恶痛绝国民党一手策划的民族主义文学运动,对其实质所做的揭露,近乎鲁迅等无产阶级文艺战士的观点。胡秋原在《读书杂志》第2卷第1期发表的《钱杏邨理论之清算与民族文学理论之批评》一文中指出:"民族文学运动就是对于时代解放运动之扑灭运动。"他在《文化评论》创刊号上发表的《阿狗文艺论》一文中,称"民族文学运动"是"中国文坛上一个最可耻的现象"。"民族主义文学"是"法西斯蒂的文学,是特权者文化上的'前锋',最丑陋的警犬"。"民族文学家"是"借暴君之余焰","巡逻思想上的异端,摧残思想上的自由,阻碍文艺之自由的创造","残虐文化与文艺之自由发展"。这些揭露,针针见血,痛快淋漓。

"第三种人"和"自由人"的政治主张与文学主张及其实践活动,虽然是从"自由""民主"立场出发的,但确实在客观上有利于共产党领导的人民解放事业,有利于无产阶级文艺的发展,实际上起了"同路人"的作用,这一点应予肯定。

冯雪峰在《现代》杂志第2卷第3期上发表的《关于"第三种文学"的倾向与理论》一文中,论述这一文学思潮的产生及其两面性时指出:在革命与反革命的严酷的阶级斗争现实生活中,中间阶级在政治出路问题上陷入了矛盾、苦闷之中。他们囿于历史的阶级的一切性质和偏见,特别是他们的鄙视群众的观念,妨碍他们对于客观事实与革命的明确的认识,他们不了解群众在干些什么,而他们的态度就不得不是不帮助地主资产阶级,也不帮助群众,同时不满意谁的时候就骂谁了。这一论述十分精当地揭示了这一文艺思想派别的本质特征。据此,我们不应把视线仅仅停留在这一派别的反帝反封建的一面上,还应把目光深入到他们对于无产阶级文艺的不满、咒骂的另一面里去。他们在将火焰向国民党扫射时,也中伤、攻击乃至否定无产阶级文艺运动。胡秋原和苏汶在一些文章中,多次称无产阶级用狭窄的理论来限制作家的自由,无产阶级独霸文坛,弄得作家搁笔,公开向无产阶级文坛要求创作自由。尤其是,他们错误地将钱杏邨的文艺理论与民族主义文学的理论并列,并进而借批评钱杏邨文艺理论的偏颇否定马克思主义文艺理论的基本原理。钱杏邨文艺理论中关于文艺宣传政治、关于文艺组织社会生活等观点是可以也应该讨论并正确加以修正的。问题不在这里,而在于他们借机否定马克思主义文艺观,大肆张扬自由主义文艺思想。他们认为,文艺应当也能够脱离政治、脱离阶级而自由；文艺不能影响社会生活，只是反映社会生活，如镜子反映人形，不过把这种生活照出来，如此而已。在无产阶级文艺勃兴，反文化围剿取得节节胜利的情况下，这一言论无疑是极有害的。这一言论及1934年后胡秋原与苏汶倒向无产阶级的敌对势力一边，正是自由资产阶级阶级性的另一面的必然反映与必然归宿。

当胡秋原和苏汶尚未倒向无产阶级敌对势力之前，以鲁迅为代表的无产阶级文艺队伍，是将这一派别作为"同路人"文学派别来批评、教育的。这无疑是正确的。

由上述可知，"第三种人"和"自由人"这一文学思潮发展了"现代评论"派的政治主张与文艺主张。一是好的方面的发展，即反帝反封建言辞更为激烈；二是坏的方面的发展，即从文艺思想理论主张上"中伤，软化，曲解"乃至否定无产阶级文艺。1934年以后，这一派别发生了分化，便是这两个方面发展的必然结果。

四

萧乾、朱光潜、沈从文等人掀起的文学思潮是中国现代文学史上最末一支"自由主义文学"思潮，存在于20世纪40年代后期。它发展了30年代前期"第三种人"和"自由人"的政治思想主张和文艺主张，而具有鲜明的时代特色。

1947年下半年以后，我国政治思想领域出现了一个自由主义运动。当时正是我国社会历史发生根本性转折的时候，即如毛泽东在《目前形势和我们的任务》一文中所指出的："中国人民解放军已经在中国这一块土地上扭转了美国帝国主义及其走狗蒋介石匪帮的反革命车轮，使之走向覆灭的道路，推进了自己的革命车轮，使之走向胜利的道路。这是一个历史的转折点。这是蒋介石的二十年反革命统治由发展到消灭的转折点。这是一百多年以来帝国主义在中国的统治由发展到消灭的转折点。这是一个伟大的事变。"人民解放战争的胜利，蒋家王朝的败局注定无疑了。就在中国人民革命的航船接近胜利彼岸的时候，美国总统特使魏德迈和美国驻华大使司徒雷登先后约见中国的一些学者、教授、名流，鼓吹结成一个新的政党，其目的是在必要时取国民党而代之，维护其在华的利益。一批对资产阶级专政的共和国津津乐道、对美国帝国主义存在幻想的如艾奇逊所说的"民主个人主义者"便应声而出，形成一个自由主义运动。《大公报》连续发表几篇社评，宣扬"自由主义"

"中间路线"，公开挂出"自由主义"招牌。民社党革新派倡言建立新的中间派组织。"中国社会经济研究会""新路周刊""周论"等中间路线组织与刊物相继问世。他们以代表"绝大多数人"的意愿自居，不满意于共产党，也不满意于国民党。他们的基本倾向，表明他们不属于国民党的行列。但是，他们却企图扭转人民革命胜利的航向，朝着资产阶级共和国的航道行进，这无疑是反历史潮流的。

这一社会思潮在文艺领域内卷起了不大不小的漩涡。处于这一漩涡中心的人物有萧乾、朱光潜、沈从文等人。他们政治上崇奉自由主义，文艺上也崇奉自由主义。

朱光潜在《苏格拉底在中国》一文中散布的观点，可视为"自由主义"言论的典型。他在文章中，借林老先生之口，说什么"国内有两个大政党，都不体念人民的痛苦，一味用私心，逞意气，打过来，打过去，未建设的无从建设，已建设的尽行破坏"。萧乾也把中国人民推翻蒋家王朝的人民解放战争，说成是"自相残杀""民族自杀""自杀性的内战"，而一概加以反对。类似这样的话，也见诸沈从文的文章。沈从文在《从现实学习》一文中，要中国人民与蒋介石讲"爱与合作"，否则会同归于尽。他写道："历史上，玩火者的结果常是烧死他人时，也同时焚毁了自己。"他们正是在这一政治观的指导下，不满意于国统区人民掀起的反饥饿、反迫害、争民主的群众运动。沈从文在《一种新希望》一文中，将进步的青年学生斥为"比醉人酒徒还难招架的冲撞大群中小猴儿心性的十万道童"。朱光潜在《谈群众培养怯懦与凶残》一文中，责备革命群众"沉醉在怨恨里发泄怨恨而且礼赞怨恨。这怨恨终于要烧毁社会，也终于要烧毁怨恨者自身"。这些无视共产党领导的革命战争和群众运动所代表的阶级的民族的利益、时代潮流与历史发展趋势的言论，充分反映了这一群学者、教授对人民革命胜利的疑惧心理，这至少是一种极糊涂的观念。

在文艺思想上，他们秉持自由主义文艺观。萧乾在为《大公报》所写的"社评"《中国文艺往哪里走？》一文中，高喊：作家"绝不宜受党派风气的左右"，而应根据"社会与良知"进行创作；应把文艺"一律交给自由主义者"。朱光潜在复刊的《文学杂志》上公开祭起"纯正文艺"和"自由主义文艺"的旗帜。他在《自由主义与文艺》一文中，宣扬文艺纯粹是作家个人心灵的体现，同社会、阶级无关，并认为这种"充分表现了人性的尊严"的"艺术的自由性"是不可侵犯的。沈从文也在文章中反复声称不受任何政治干涉的"纯正文艺"的主张,强调文艺的"独立"与"尊严"。这是一种典型的自由主义文艺观,是20世纪30年代前期"第三种人"和"自由人"的文艺主张的翻版。

这样的政治观和文艺观,还反映在他们的文艺创作中。《芷江县的熊公馆》《吾家有个夜哭郎》便是最典型的自由主义文学代表作。

这种"不要对蒋介石太失望,不要对中共抱希望"的政治主张以及文艺主张与创作实践,追求的是资产阶级专政共和国理想和自由主义文学价值观念。这在当时的中国社会和文化背景下,无疑是把自己置于十分尴尬的境地。

为着打破民主个人主义者的幻想,教育自由主义人士,加速蒋家王朝的覆亡,团结全国人民将革命进行到底,毛泽东连续为新华社撰写了《丢掉幻想,准备斗争》等五篇社论,彻底揭露美国对华政策的帝国主义本质,批评自由资产阶级知识分子对美帝国主义的幻想,并对中国革命的发生和胜利作了科学的理论阐述。郭沫若、胡绳、邵荃麟、冯乃超、林默涵、叶以群、杜埃等人对自由主义运动和自由主义文艺进行了严肃的批判。萧乾、朱光潜、沈从文及一批自由主义人士,接受中国共产党的团结、教育,随着中国革命的全面胜利,逐渐改变了糊涂的错误的政治观念,转到了人民的一边。至此,"自由主义文学"思潮与"中间路线""自由主义运动"一样,成了历史的陈迹。

基于上述,我们可以得出这样的认识:20世纪40年代后期的"自由主义文学"思潮是30年代前期的"自由主义文学"思潮的一大发展,是它的动摇、妥协一面的"恶性"膨胀,也是它企图实现资产阶级"天堂"理想的"良性"循环。然而,人民革命胜利了,帝国主义和国民党在中国大陆统治的日子结束了。这一末代的"自由主义文学"思潮因而得到了好的归宿。这是它的幸运,也是它与其前代不同之所在。

五

中国现代"自由主义文学"思潮在中国现代史和中国现代文学史上的升沉消长,几起几落,说明了些什么问题呢?我们可以从中得出一些什么带有规律性的认识呢?

第一,中国现代"自由主义文学"思潮属于中国自由资产阶级的政治范畴和文艺范畴的一个派别。30年的演变,呈现出一个共同特征,即政治上对统治阶级离心离德,而又存在着幻想;文艺上主张超阶级、超政治、超现实,但都未逃掉严酷的阶级斗争的约束与羁绊。这是自由资产阶级的要求、愿望和他们的社会观、政治观、文艺观的反映。它跟无产阶级文艺的斗争,始终围绕着中国新文学由谁领导、沿着什么道路和朝着什么方向发展的大问题而展开。历史已证明,政治上,中国自由资产阶级没有资格领导中国新民主主义革命,文艺上也没有资格领导新文学。中国现代文学,正是在跟形形色色的敌对文艺的斗争中,在排除自由主义的干扰与批判的过程中,在中国无产阶级思想政治指导与规范之下,走完自己的战斗历程的,由革命文学到无产阶级文学而后走上工农兵文学的道路。一批自由主义文艺派别的文艺工作者,也不得不随着历史的进程而渐次淹没于无产阶级文学和工农兵文学大潮之中。

第二,中国现代自由主义文艺思想派别,就整体上说,属于无产阶级文艺的"同路人"。正如1932年11月3日中共中央机关刊物《斗争》第30期上发表的歌特的文章《文艺战线上的关门主义》一文中所指出的:他们"不是我们的敌人,而是我们的同盟者"。历史时代和中国国情注定了他们在政治上只配给无产阶级当盟员,文艺上也难例外。"第三种人"和"自由人"的苏汶在《"第三种人"的出路》一文中曾公开宣称:"只以'同路人'"自期。这应当说是有自知之明的表白。因此,中国现代"自由主义文学"思潮,应当在中国现代文学史上占有一席之地。无产阶级文艺工作者既要批判它的动摇、妥协与软弱及其对无产阶级革命与无产阶级文学事业有害的一面,又应当肯定它反帝反封建的积极性及其向国民党文化专制主义要创作自由、要民主的主张,因为这种向老虎口中讨肉吃的言行,在客观上是起着援助无产阶级的作用的。同时,属于这一派别的报刊,刊载过大量进步的革命作家的作品,如20世纪30年代前期仅《现代》杂志就刊登过鲁迅、郭沫若、茅盾、冯雪峰等无产阶级文艺工作者相当数量的文章,这在当时无产阶级文艺刊物连遭查禁的情况下,客观上无疑为无产阶级文艺提供了一块难得的阵地。这些,都需要实事求是地加以评价。

第三,怎样对待这一"同路人"及"同路人"文艺思想派别呢?在新民主主义革命30年中,共产党承认并争取"中间营垒和第三派"的势力,逐渐形成了正确的方针政策。30年的中国现代文学史,也在对待"同路人"文艺上,积累了正反两方面的经验教训。鲁迅、冯雪峰在20世纪30年代前期对"第三种人"和"自由人"所持的态度、方式及意见是正确的。鲁迅在《论"第三种人"》一文中,指出"第三种人"和"自由人"的实际"做不成"及其出路时,还指出:无产阶级作家"不但要那同走几步的'同路人',还要招致那站在路旁看看的看客也一同前进"。鲁迅还在《又论"第三种人"》一文中指出:"第三种人"和"自由人"是"混杂的一群","在这混杂的一群中,有的能和革命前进，共鸣；有的也能乘机将革命中伤，软化，曲解。无产阶级理论家是有着加以分析的任务的"。类似鲁迅的这些意见，冯雪峰在《关于"第三种文学"的倾向与理论》等文章中也强调过。当这一文学思想派别的代表人物胡秋原和杜衡倒向无产阶级的敌对势力时，鲁迅、冯雪峰便予以坚决打击。这正体现了无产阶级文学的斗争原则和策略原则。

第四，中国现代"自由主义文学"思潮，虽已成为历史的陈迹，但其政治思想和文艺主张及影响，贯穿于20世纪中国文学的始终，也必将延续于21世纪中国文学的进程。在为人民服务、为社会主义服务的大前提下，自由主义文学必然会有广阔的发展空间，必定会为民族和大众奉献出更多更好的精神食粮。

附记

我在查阅中国现代文学史料过程中，发现20世纪20年代的"现代评论"派、30年代的"自由人和第三种人"以及40年代的"民主个人主义者"，虽存在于不同时段、不同地区的这三家，都有着根本性的相似点，即自由主义政治观和自由主义文艺观。于是，我就考虑是否可以将这三家作为一个文学流派来定位。但是，又发现这三家都没有一定分量的文学作品，特别是没有中长篇小说，因此，这一"考虑"即被放弃了。不过，作为一个具有历时性的文艺思潮来认定，应该是符合实际的。当时（1981年6月至7月）我还是用阶级分析方法，来论析这三家共有的政治观与文艺观，把这三家都放在自由资产阶级框架里来评议，就写成并发表了此文。

本文在当时产生了一定的影响。《西南师范学院学报》1982年第4期发表；中国人民大学书报资料中心《中国现代、当代文学研究》于同年第11期全文转载；同月，《新华文摘》刊登要目；《中国现代文学研究丛刊》1983年第3期发表的《1982年中国现代文学研究述评》一文，对本文作较高评价（这篇评述文章又收录于同年8月的《文学动态》中）。

鲁迅·抗战·抗战文艺

鲁迅在抗日战争爆发前夜逝世，但他对这场伟大的民族解放战争、特别是对抗战文艺运动的影响仍是巨大的。只要认真研读他的著述，理解他的思想、精神，认真考察抗日民主斗争和抗战文艺的具体进程，就不难发现这是真实存在的。

九一八事变后，民族矛盾空前尖锐。国民党当局不顾民族利益，继续推行"对外退让、对内用兵、对民压迫"的反动方针①，致使祖国大好河山在两三年内大片沦入日本侵略者之手，中华民族面临亡国灭种之灾。在这样的形势下，中国共产党从阶级的和民族的立场出发，号召全国人民进行抗日斗争，要求国民党停止内战一致抗日。1935年12月，中共中央和毛泽东关于建立抗日民族统一战线的决策，极大地推动了抗日救亡运动的开展。一生以中华民族的解放为己任的鲁迅，与时代同一脉搏，与人民大众心心相印，与中国共产党的思想相通。他在逝世前指出："中国的唯一出路，是全国一致对日的民族革命战争。"② 在《半夏小集》等文章中，他还提出并阐述了有关抗日与民主的关系、民族解放与人民解放的关系等具有重大实践意义的问题。

鲁迅的这些思想，鼓舞着千千万万的中国人为抗日民主运动的进行而顽强地斗争。这正如教育家陶行知在纪念鲁迅逝世两周年的题词中所指出的：

百战争真理，
两年死犹生。
名著如秋月，
照人造乾坤。

也正如继鲁迅逝世之后成为中国新文学又一面旗帜的郭沫若，在纪念鲁迅逝世两周年的讲演中所指出的：

鲁迅之前，

---

① 毛泽东：《关于蒋介石声明的声明》，《毛泽东选集》第1卷，人民出版社1991年7月版。
② 鲁迅：《论现在我们的文学运动》，《鲁迅全集》第6卷，人民文学出版社1981年版。

一无鲁迅；

鲁迅之后，

无数鲁迅。

抗战初期，国民党实行片面抗战路线，"他们是要速决战，只许政府抗战，不许人民起来"①，他们"固执其统制民运的政策"，"包而不办是普遍现象"②。这条路线，窒息着中国人民的革命精神和抗日热情，导致了国民党战场的节节败退。抗战能不能取得胜利，成为人们十分关切的问题。抗战必胜的信念在一部分人头脑中发生了动摇，有的甚至消沉、悲观。这时，鲁迅精神显示了巨大的教育作用和鼓舞力量。

1938年10月19日，"中华全国文艺界抗敌协会"和"鲁迅先生纪念委员会"联合召开了鲁迅逝世二周年纪念会。学习鲁迅的革命坚定性，发扬鲁迅不屈不挠的斗争精神，成为纪念活动的中心内容。郭沫若的《持久战中纪念鲁迅》及吴克坚的《纪念伟大的鲁迅》等讲演，都是围绕这一中心进行阐发的。周恩来的讲演更是振奋人心。他以鲁迅的革命坚定性和坚韧不拔的精神激励人们："鲁迅先生生时，在国难当头或局势摇荡时，绝未动摇或妥协过，无论在今天明天都本其一贯精神，倔强奋斗，至死不屈。同时，又启示出未来的光明，把握住光明的前途。"他号召文艺工作者学习鲁迅，他说："纪念鲁迅先生，更应该学习这种倔强奋斗至死不屈的鲁迅"，"只有坚信未来之胜利，同时又努力克服现实的困难，而艰苦奋斗，这才是中华民族之伟大精神要素，也正是鲁迅精神之所代表"。这次纪念活动，实际成了鲁迅革命精神的学习会，同一切消极、倒退思想进行斗争的动员会。战斗在重庆、成都、昆明、桂林，乃至香港等地的进步文艺工作者，通过纪念活动，进一步坚定了抗战的信心，在鲁迅战斗精神的激励下，如郭沫若在《洪波曲》中所说的掀起了"反对中途妥协，反对消极应付，反对第五纵队的出卖，反对个人主义的高蹈"的热潮。

抗战中期，国际法西斯侵略势力十分猖獗。在国内，国民党也加强了法西斯统治，疯狂镇压抗日民主运动，掀起三次反共高潮。这是中国人民和世界人民反法西斯斗争极为艰苦的时期。生活在国统区的广大进步人士和进步

---

①周恩来：《论统一战线》，《周恩来选集》上卷，人民出版社1981年5月版。

②周恩来：《目前抗战危机与坚持华北抗战的任务》，《周恩来选集》上卷，人民出版社1981年5月版。

文艺工作者,失去了人身自由,随时都有被捕被杀的危险。鲁迅纪念活动也遭到了国民党禁止。1942年10月20日,《新华日报》消息写道:

鲁迅祭日
纪念会因故未开
参加者默然引退

1943年10月20日,《新华日报》消息写道:

鲁迅逝世七周年
渝市无纪念仪式

这样的报道文字巧妙地揭露了国民党对纪念活动的破坏、阻挠。然而,鲁迅反专制独裁的斗争精神却不是国民党所能禁锢的,它仍然鼓舞着人们进行斗争。国统区广大群众和进步文艺工作者以别样方式纪念鲁迅,回击国民党的破坏、阻挠。鲁迅祭日,重庆不少书店自行降价出售鲁迅著作,读者也踊跃购买,就是一例。

国民党对鲁迅纪念活动感到极大的震恐,并不是没有原因的。1940年10月19日的鲁迅逝世四周年纪念会,就可以看作抗战中期中国共产党在国统区动员广大群众学习鲁迅、打退国民党反共高潮的誓师会。会上,周恩来在讲话中着重阐述了鲁迅一生的四大特点:律己严,认敌清,交友厚,嫉恶如仇。这四大特点是鲁迅在长期斗争中形成的高尚品格,这也正是当时国统区广大群众所需要的精神食粮。斗争环境越是难苦,越需要律己严,交友厚,增强团结;越需要认准敌人而嫉恶如仇,毫不退缩,坚决斗争。叶剑英在讲话中着重阐述了鲁迅惯用的战术"壕堑战"和"韧战"。"壕堑战"就是牢牢立定脚跟,利用一切有利条件沉着作战,一步一步前进;鲁迅坚决反对赤膊上阵,他认为许褚式的战法不足为训。"韧战"就是持久的强韧的战斗。叶剑英号召人们学习鲁迅,他说:"战斗吧!以战斗来纪念鲁迅,学习鲁迅的战术——强韧,灵活,彻底。"国民党最害怕唤起人民的警觉,对这样的纪念鲁迅活动,它怎能不感到恐惧呢?

国统区的进步人士和进步文艺工作者,在这两三年中,遵循中国共产党的"隐蔽精干、长期埋伏、积蓄力量、以待时机"的指示,以鲁迅为榜样,进行了卓有成效的斗争。正如茅盾在《在反动派压迫下斗争和发展的革命文艺》所说的：他们"灵活作战，纡回曲折，此仆彼起，乘虚伺隙，互相呼应，终于能够冲破了反动派的压迫，击垮了一切反动的文艺活动，而打了胜仗"。

抗战后期，是中国人民和世界人民反法西斯侵略战争取得最后胜利的时期，也是黎明前最黑暗的时期。1944年下半年以后，中国共产党领导下的民主运动进一步在国统区蓬勃开展起来。这时，鲁迅那冲决一切罗网的精神，对这一民主潮流也起了积极的促进作用。茅盾在鲁迅逝世八周年纪念会上的讲话中就这样指出：鲁迅是民族的战士，他热爱民族，痛恨法西斯，他揭露了那些为奴才们用作欺骗人民的社会病态，他的笔是尖刻的，心是痛苦的，他爱之切，恨之深。并号召人们"冲破障碍，发扬鲁迅的精神与作用"。《新华日报》编辑部以"鲁迅的话，鼓舞着我们前进"为题，节录刊登了鲁迅关于黑暗事物一定要灭亡、光明事物一定要胜利以及中国人民大众有坚强自信力的论述，以鼓动人们投入新的民主运动，争取抗日战争的最后胜利。

1945年8月，日本投降，中国人民终于赢得了抗日战争的胜利。然而，以反共起家的蒋介石，这时又跃跃欲试，妄图一巴掌把中国共产党和全国人民打入新的血泊之中。鲁迅精神在这场新的斗争中同样显示了它独特的作用。周恩来在鲁迅逝世九周年纪念会上的讲话，根据新的斗争形势和新的斗争任务，号召人们学习鲁迅。他说：抗战胜利了，民主革命的任务尚未完成，每个文学和文化工作者，在这大时代中，跟政治跟革命的进展是息息相关，无法分开的。鲁迅的立场是与革命息息相关，和人民大众站在一起的立场。他还向人们指出，应该像鲁迅那样永远与革命息息相关，与人民大众站在一起，求得新民主主义革命的胜利。广大群众和进步文艺工作者在中国共产党的领导下，发扬鲁迅跟腐朽黑暗势力进行彻底斗争的精神，投入了反内战的民主运动。闻一多、朱自清等，正是在中国共产党的影响下，在鲁迅精神的鼓舞下，在争民主反内战斗争中拍案而起的文化战士的代表。

总之，鲁迅宏深的思想，韧性的战斗精神，在抗日民主运动中鼓舞了人民的抗日民主斗争；而也正是这一伟大斗争，使鲁迅精神得到了充分发扬。鲁迅无愧于"民族魂"这一称号，他活在抗日人民的心中。

鲁迅逝世前夕，根据民族矛盾空前尖锐和民族危机空前严重的情势，还指出了中国新文学的路向，提出了"民族革命战争的大众文学"的口号。鲁迅关于民族革命战争的大众文学的论述，触及了文艺工作中一系列重大问题，诸如统一战线、抗日与民主斗争的关系以及创作题材，等等。鲁迅的主张，有力地促进了抗战文艺运动的形成,并在这运动发展过程中发挥了巨大的影响作用。

鲁迅对中国共产党的抗日民族统一战线政策衷心拥护。他曾公开表示:"中国目前的革命的政党向全国人民所提出的抗日统一战线的政策,我是看见的,我是拥护的,我无条件地加入这战线。"① 这里,鲁迅强调"抗日"应成为文艺家联合起来结成统一战线的前提和政治基础。这无疑是正确的。当时,日本帝国主义已经把它的侵略魔爪伸进了华北,并妄图一口吞掉中国,变中国为它的殖民地。民族生存问题,成为中国最大的问题。只有团结一切爱国的人们,组成浩浩荡荡的抗日大军,才能打败日本侵略者,中华民族才能得解放,中国人民大众才能得解放,中国无产阶级自己也才能得解放。鲁迅深明大义,为达此目的而带病与茅盾等人共同努力,团结不少爱国文艺工作者于1936年10月1日发表了《文艺界同人为团结御侮与言论自由宣言》。这标志着文艺界统一战线运动的重大发展,虽然仅是文艺界抗日民族统一战线的一个雏形,却为结成更广泛的统一战线奠定了思想基础和组织基础。1938年3月27日在武汉成立的"中华全国文艺界抗敌协会"(以下简称"文协")可视为鲁迅遗愿的实现。它广泛到既有共产党的文艺工作者,也有小资产阶级、资产阶级文艺家,甚至国民党文人,做到了在"抗日"旗帜下不分阶级、不分阶层、不分党派、不分文学流派的广泛联合。

统一战线问题与领导权问题紧相联系。不能正确解决领导权问题,就会直接影响统一战线的存在和发展,影响文艺工作的发展方向。对此,鲁迅曾作过精当的论述。他说:广泛统一战线的告成"决非革命文学要放弃它的阶级的领导的责任,而是将它的责任更加重,更放大,重到和大到要使全民族,不分阶级和党派,一致去对外"②。这就是说,统一战线的建立和发展同无产阶级领导权并不是对立的,恰恰相反,在统一战线的发展中必须坚持无产阶级的领导,无产阶级应在组织上、思想上承担更大的责任,以把全民族的力量、全体文艺工作者的注意力引到抗日救国上来。鲁迅在对《救亡情报》记者的谈话中,明确地将无产阶级在统一战线中的领导权和坚持独立自主的方针,提到了关系民族革命战争成败的高度,他认为在这个问题上"就是小小的忽略,毫厘的错误,都是整个战斗失败的源泉"。鲁迅的这些论述,何等尖

---

① 鲁迅:《答徐懋庸并关于抗日统一战线问题》,《鲁迅全集》第6卷,人民文学出版社1981年版。

② 鲁迅:《论现在我们的文学运动》,《鲁迅全集》第6卷,人民文学出版社1981年版。

锐，何等深刻啊！"文协"的建立和发展证实了鲁迅的论断。"文协"正是中国共产党通过党内外革命文艺工作者，贯彻它的路线、方针和政策，实现它领导的责任的。唯其如此，在整个抗战时期，无论日寇怎样狂轰滥炸，无论汉奸敌特怎样造谣中伤，无论国民党怎样压迫和摧残，这个统一战线组织始终像一面旗帜，飘扬在抗日民主运动的前列，使"一切从事于文笔艺术工作者，无论是诗人、戏剧家、小说家、批评家、文艺史学家，各种艺术部门的作家及从业员，乃至大多数的新闻记者、杂志编辑、教育家、宗教家，等等，不分派别，不分阶层，不分新旧，都一致地团结起来，为争取抗战的胜利而奔走，而呼号，而报效"。真正做到了如鲁迅所说的"使全民族，不分阶级和党派，一致去对外"。正是在这一点上，可以说，抗战文艺是左翼文艺的继续和发展，而这继续和发展的开拓者则是鲁迅。

坚持抗日与争取民主是抗战时期摆在中国人民面前的两项紧密联系的严重斗争任务。没有民主，广大群众的抗日积极性和爱国激情就不能充分发挥，抗日斗争就不能顺利进行，民主是抗日战争取得胜利的重要保证。因此，广大文艺工作者站到了民主斗争的前列，以文艺为武器揭露国统区的黑暗，批判国民党的法西斯主义，批判一切不利于抗日与民主的形形色色的资产阶级文艺思想，继承和发扬了左翼文艺的战斗传统。在同反民主逆流的斗争中，广大文艺工作者没有忘记鲁迅的教导。鲁迅曾指出：坚持团结，坚持抗日，这"决非停止了历来的反对法西斯主义，反对一切反动者的血的斗争，而是将这斗争更深入，更扩大，更实际，更细微曲折"[1]。他还指出："在文学问题上我们仍可以互相批判。"[2] 是的，反对反民主的黑暗势力的斗争，反对文艺上错误倾向的斗争，任务并未减轻，只是斗争更复杂、更微妙，从而需要更好地掌握斗争的节度罢了。

抗战文艺在其发展过程中，出现过多次重要斗争，诸如关于"暴露与讽刺"的论争，对"与抗战无关"论、"战国策"派、国民党文艺政策的批判，等等。这些斗争证实了鲁迅曾有过的论断。

抗战初期，一部分人沉浸在汹涌澎湃的抗日洪流中盲目乐观，以为抗战一起来，什么问题都解决了。因而，政治上放松对国民党的警惕，甚至对国民党抱不切实际的幻想；文艺上缺乏批评，创作上偏重于轰轰烈烈的抗战场

---

[1] 鲁迅：《论现在我们的文学运动》，《鲁迅全集》第6卷人民文学出版社1981年版。
[2] 鲁迅：《答徐懋庸并关于抗日统一战线问题》，《鲁迅全集》第6卷，人民文学出版社1981年版。

面的描写和英雄人物的赞颂,而忽视了反映人民大众的痛苦。张天翼的短篇小说《华威先生》这时问世,引起了一场大论争,其意义远远超出了文艺范围,起到了揭露国民党的黑暗统治、唤起人们的警觉、粉碎国民党消极抗日积极反共的阴谋的作用。这场论争,促进了暴露国统区黑暗、暴露讽刺文学的大发展,促进了文艺与抗日、与民主斗争的紧密结合。

国民党消极抗日积极反共的面目日益暴露的时候,中国青年党机关报《新中国日报》副刊《动力》编者在成都公开征集所谓"纯文艺"作品,国民党中央机关报《中央日报》副刊《平明》编者梁实秋在重庆诋毁"文协",提出文艺"与抗战无关"的主张。他们互相呼应,妄图使抗战文艺脱离抗日民主斗争的轨道,成为"后方紧吃"的人们的消遣品。进步的革命的文艺工作者对这一文艺逆流奋起反击,一时形成了强大的攻势,剖露了"与抗战无关"论的实质,强调了文艺必须为抗战服务、与抗战紧密配合。很明显,这是一场关系抗战文艺的性质、任务及其发展方向的意义重大的论争。

抗战中后期,国民党为强化其法西斯统治,在文化方面炮制了党化的"文艺政策"。重庆、成都、昆明等地的进步文艺工作者对此进行了顽强的抵制与斗争。从斗争方式看,是灵活多样的。有的公开指斥国民党的"文艺政策"为"鸵鸟政策",这类批判较少。有的声东击西,以批判梁实秋等人对"文艺政策"的议论来批判"文艺政策",有一箭双雕之妙。还有是举行各种纪念会,如鲁迅纪念会、名作家诞辰及创作纪念会、"文协"纪念会等,鼓舞作家的士气也批判国民党的"文艺政策"。发起援助贫病作家运动,也发挥了揭露国民党法西斯统治和文化专制主义的作用。在创作上,还出现了针对"文艺政策"的讽刺诗及别的样式的暴露作品。这样,就使得国民党"文艺政策"始终无法在文艺界推行,而成为一纸空文。这场斗争,生动地体现了"有理有利有节"的斗争策略原则,显示了如鲁迅曾所说的"细微曲折"的特点。

总之,抗战文艺斗争的实践,显示了鲁迅曾预示的特点,但更为生动、丰富。鲁迅曾指出,斗争归结点在"将斗争具体化到抗日反汉奸的斗争,将一切斗争汇合到抗日反汉奸斗争这总流里去"[1]。这也为抗战文艺斗争所发展,那就是将斗争引导到坚持抗日争取民主的战略方向,使之汇合到抗日民主斗争的总流里去。

---

[1] 鲁迅:《论现在我们的文学运动》,《鲁迅全集》第 6 卷,人民文学出版社 1981 年版。

什么是抗战文艺？抗战文艺创作的题材是不是仅限于前方打仗、后方支援、敌后斗争？对此，人们曾经有过不同的认识。其实，写什么并不决定文艺创作的高下优劣，重要的是作家的政治立场、思想修养、文学素养、审美能力以及对生活认识的程度。鲁迅对此也曾作过精辟论述。他在对《救亡情报》记者谈话中说道："现在我们中国最需要反映民族危机，鼓励战斗的文学作品，像'八月的乡村''生死场'等作品，我总还嫌太少。在目前，全中国到处可听到大众不平的吼声，社会上任何角落里，可以看到大众为争取民族解放而汇流的斗争鲜血，这一切都是大好题材。"他在"病中答访问者"中，讲得更具体、更深刻。他说：写义勇军打仗，学生请愿示威，当然是最好的。但是，不应当这样狭窄，应广泛得多，广泛到包括描写现在中国各种生活和斗争意识。又说：中国的唯一出路，是全国一致对日的民族革命战争。懂得这一点，则作家观察生活，处理材料，就如理丝有绪；作者可以自由地去写工人、农民、学生、强盗、娼妓、穷人、阔佬，什么材料都可以。鲁迅关于文艺创作如何配合抗日民主斗争的主张，是极有见地的，它包含这么三点：一是直接写抗日民主斗争最好，二是不应局限于此，三是重要的是作家须有正确坚定的抗日立场和意识。三者之中最后一点最重要，鲁迅把它作为先决条件向作家们提了出来。

抗战文艺的创作实践，充分证明了鲁迅意见的正确性与超前性。抗日战争开始以后，不少文艺工作者到了前线、到了乡村、到了敌后，他们创作出了一批直接反映抗日斗争生活的作品。这些作品歌颂抗日、歌颂胜利，发挥过积极的助推作用。但是，部分文艺工作者往往浮在抗战生活的表面，对现实和民族解放战争缺乏深入的体验与了解。他们的创作虽与"抗日"粘得很紧，但或者题材狭窄，八股味浓，犯了如鲁迅曾所指出的毛病："在作品的后面有意地插一条民族革命战争的尾巴，翘起来当作旗子。"[1] 或者歪曲战争的性质，有的诗歌这样写道："炸！炸平东京！炸平三岛！"把一场民族自卫、民族解放的战争曲解为复仇的战争。这从反面说明了鲁迅关于文艺创作的主张是完全正确的。

抗战文艺创作的主流是继承了以鲁迅为代表的"五四"新文学的现实主义和积极浪漫主义的传统的。郭沫若的《屈原》、茅盾的《腐蚀》和《清明前后》，巴金的《春》、《秋》、《火》、《憩园》，老舍、夏衍、阳翰笙、宋之的、

---

[1] 鲁迅：《论现在我们的文学运动》，《鲁迅全集》第6卷，人民文学出版社1981年版。

于伶、曹禺、吴祖光等人的创作，沙汀、艾芜的小说，艾青、何其芳、田间、臧克家、袁水拍、胡风、王亚平、力扬、方敬等人的诗歌，丘东平、刘白羽等人的报告文学，高兰的朗诵诗，张恨水的《八十一梦》，等等，便是抗战文艺的代表作。这些抗战文艺作品，是在血与火中诞生的，是血与火的文艺。它们鼓舞了人们的斗志，激励着人们前进。这些作品是鲁迅所曾预言、所曾期望的在抗日民主的伟大斗争中开出的烂漫的花朵。

研究鲁迅生前在理论和实践上为抗战和抗战文艺所作出的重大建树，探讨抗战和抗战文艺接受鲁迅的深刻影响，在今天，对于扩大鲁迅研究领域，理解这位"民族魂"的思想和精神，以鲁迅为学习榜样，提高民族自信力，振兴中华，应该说是有一定现实意义的。

附记

1981年是鲁迅诞生一百周年纪念年。本文是为参加本市召开的鲁迅诞生一百周年纪念会而撰写的。我在会上报告文章主要内容后，就将此稿交给了重师一位老师。本文于1982年《重庆师范学院学报》第4期发表，中国人民大学书报资料中心《鲁迅研究》于同年第11期全文转载。

本文旨在论述鲁迅生前在理论与实践方面为抗战和抗战文艺所作出的重要建树，探讨抗战和抗战文艺受到的鲁迅的影响。本文在一定程度上也回答了抗战时期鲁迅研究为什么会出现一波又一波热潮，鲁迅研究为什么会不断深入？今天，重读本文，我感觉选择的角度和立论还是比较新颖的。当然论述内容的时间局限性也是明显的。

抗战文学简论

什么是抗战文学？抗战文学的内容、性质、特点、规律是什么？抗战文学与"五四"以来中国现代文学尤其是与 20 世纪 30 年代无产阶级文学以及与中国当代文学有何传承性？中国抗战文学与世界反法西斯文学有何关系？这些问题属于抗战文学的基本理论与创作实践的问题，也是一切研究中国抗战文学的人不可能回避的问题。本文试对这些问题作些探讨。

一

抗战文学的特定内涵及其时空观，在一个较长时间内没有形成公论，也曾在一个较长时间内无人再行研究、议论，以致抗战文学在人们头脑中或者淡漠或者陌生或者无知。因此，为抗战文学正名，实属必要。

早在抗战初期，从事抗战文学的人们，对抗战文学的理解便不一致，归纳起来主要有这么四种不同意见：

或曰，抗日战争的文学，直接描写我军民的英勇抗敌斗争故事和英勇壮烈斗争场面。这里，抗战文学被理解为战争文学。

或曰，抗战时期的文学，描写抗战时期的多方面的生活，反映接近抗战时期的现实。这里，抗战文学被理解为战时文学。

或曰，抗日民主斗争的文学，直接或间接反映和推动抗日民主斗争生活。这里，抗战文学被理解为抗日民主斗争文学。

或曰，为新民主主义而斗争的文学，新民主主义文学是抗战文学的具体内容和姓名。这里，抗战文学被理解为新民主主义文学。

上述抗战文学论，虽然有其共同点即反映抗战现实，但仍反映出人们对抗战文学特定内涵的不同认识，反映出人们的社会观、政治观和文学观的差异，而且都带有程度不一的偏颇性。"战时文学"论，未能揭示抗战文学所反映的当时中国社会生活的基本内容，更没有严格的时空观念，因此，显得含混，也因此未能产生什么影响。"新民主主义文学"论也未曾产生什么影响。"战争文学"论与"抗日民主斗争文学"论，却产生过十分广泛的影响，一时几乎成为抗战文学的代名词。当时，有一种较普遍的呼声是：应直接描写抗战与民主斗争,"要用铁的笔,蘸着鲜红的血,在大众心头,着力刻画,使每一个人都怒吼,暴跳,这才是抗战的文艺"。这不只存在于认识与主张上,创作实践上亦是如此。卢沟桥事变、淞沪会战、台儿庄战役,一时间成为文学描写的主要题材,以显示出中国人民对于抗战的决心与勇敢、认识与希望、对于牺牲之忍受与对于最后胜利之确信。事件的文艺性与文艺的事件性,成为一时文学创作的主要倾向。这两种"抗战文学"论及其创作实践的实际价值意义,是不可低估的。但也因此而出现了偏离文学规律的现象——题材过于狭窄,公式化概念化作品产生。这也是不应忽视的。1938年到1939年,进步文艺界对此进行广泛讨论,便是明证。抗战中后期,人们对抗战文学的认识,趋于一致。

抗战文学虽然成为一种文学历史陈迹,然而人们于今对其认识尚未达成一致,甚至迥异。

其一,表现在时间概念上,主要有这么三种认识:一是认为抗战文学的上限为1931年九一八事变;二是认为抗战文学的上限为1935年"一二·九"运动;三是认为抗战文学的上限为1937年七七事变。至于下限则都认为是1945年8月日寇投降,抗战胜利结束。

其二,表现在抗战文学的特定内涵及其意义的认识上,主要有这么三种意见:第一,抗战文学是中国新文学(亦称现代文学)的重要组成部分,是世界反法西斯文学的一翼;第二,抗日战争时期是中国新文学的"凋零期","中国现代文学在抗战时期,开了倒车"(暂名之曰"凋零"论、"开倒车"论);第三,抗战文学处于"右倾"状态(暂名之曰"右倾"论)。

凡此几种抗战文学观,便是现今海内外人们对抗战文学的基本认识。笔者认为,关于抗战文学的时间概念的分歧不是本质的分歧,也易于统一,因为抗战文学不仅是或者说不主要是一个时间概念,它有着深广的抗战时期的时代精神与时代意义,它受着抗战时期国内外种种因素的影响。倒是流行于海外而影响于海内中国现代文学研究界的"凋零"论、"开倒车"论,不是一下子就能解决的。因为,这两种观点颇含政治的历史的文艺的偏见,有的还涂上鲜明的政治色彩。不过,倒也无损于中国抗战文学的光辉。

抗战文学"右倾"论,是抗战文学组织者、领导者们从严要求自己所从事的文学事业而加给的结论。这是可以理解的,但它不科学,也不符合抗战文学实际。

马克思主义告诉我们:研究任何一种历史现象,应当把它放在产生它的特定的历史环境中去考察,并且顾及它的上下左右前后的联系。毛泽东也告诉我们:"一定的文化(当作观念形态的文化)是一定社会的政治和经济的反映,又给予伟大影响和作用于一定社会的政治和经济;而经济是基础,政治则是经济的集中的表现。"① 文学是一种较为特殊的历史现象,是作为观念形态的文化中的重要部分。抗战文学是抗战时期发生发展成熟的特殊历史现象,反映和作用于那一个时期的政治和经济。只要把它放在中华民族抗战那个血与火的年代里去考察,放在世界反法西斯斗争那个特定历史环境中去考察,看看它受着怎样的政治、军事、思想及精神文化的影响,看看它在那个特定的历史长河中是怎样发生发展成熟的,就不难发现其意义及价值了,也就不难弄清它的时空概念了。

1931年九一八事变后,日本帝国主义把它的侵略魔爪伸进中国,这就直接引起中国社会生活和社会矛盾逐步发生变化。也正因此,1935年至1936年间,出现了"国防文学"和"民族革命战争的大众文学"的口号与理论主张及其部分创作实践。但是,当时中国社会生活的主要内容仍不是抗战,社会矛盾主要还不是民族矛盾。两种"围剿"与两种"深入",仍日益严酷进行着,构成当时中国社会生活的主要内容。直到1937年七七事变以后,抗日救亡、抗日民主才成为中国社会生活的中心内容。所以,九一八事变以后到七七事变以前的文学就其本质与整体讲,仍不是抗战文学。同时,这个时期,决定中国现代文学的发展方向、性质与内容的文学力量仍处于无产阶级文学阶段。所以,把抗战文学的上限划在九一八事变或"一二·九"运动是值得研究的。1945年8月,日寇投降了,中国人民英勇的十四年抗战胜利结束,第二次世界大战以德意日法西斯惨败告终。作为抗日战争历史时期的下限划在此时,无可非议,而作为抗战文学进程的下限划在此时,未免一刀切了,原因很简单,也很特殊,那就是因为它是文学!

笔者认为,作为观念形态的抗战文学,所反映而又给予伟大影响的是1937年7月7日到1945年8月中国抗战时期的社会生活,体现它的本质与主流的是反映抗日民主斗争生活而又反作用于这一斗争生活的文学。它的上限为1937年7月,下限为1946年5月。

中国抗战文学分为国统区抗战文学、抗日民主根据地抗战文学、沦陷区抗战文学,以及港台抗战文学。它们各以鲜明特点构成中国抗战文坛,成为

---

① 毛泽东:《新民主主义论》,《毛泽东选集》1卷本,人民出版社1968年版。

中国现代文学的一个重要发展阶段。

二

抗战文学随着中国抗日民族解放战争的爆发、发展、胜利而兴盛而扩展而成熟，它的发展过程，应该说是有着明晰轨迹可循的。

抗战文学这一概念自然与抗战密不可分，其发展阶段也必然受着抗战发展阶段的影响，但它是文学，又必然受着文学规律的制约。清理抗战文学发展路径，揭示出潜在于这一路径中的规律，归根到底应以抗战文学发展过程本身为依据。抗战文学在历时近9年的岁月中，分4个阶段完成自身发展过程。

第一阶段，从1937年7月7日到1938年12月底，为抗战文学兴盛阶段。

这一阶段，中国社会生活的基本内容是抗日救亡。中国一切不愿意做亡国奴的文艺工作者，不分党派、流派、社会观与文艺观，先后投入抗日救亡洪流。大批文艺工作者到前线、敌后、后方乡村或香港，从事抗日救亡宣传鼓动工作，开辟出许多新的文学据点，并逐步形成以武汉为中心的抗战文坛。这就是说，随着全民族抗战的爆发，中国社会生活的结构形态发生变化，中国现代文学原有的文学结构形态亦随之解体，新的抗战文学结构形态逐步形成。中华全国文艺界抗敌协会的成立、国民政府军事委员会政治部第三厅的组建、演剧队和抗宣队的创办，这些标志着以无产阶级文学力量为核心的广大的抗战文学队伍的形成。报告文学的大量问世，街头剧、朗诵诗的形成运动，诗歌、戏剧、小说的频频推出，抗日救亡成为这些文学创作压倒一切的主题，这些标志着一个新的抗战文学创作局面已经形成。激励人们的抗日救亡情绪，成为评定文学价值意义的准则，这标志着文学的定义与观感的彻底改变。《抗战文艺》、《文艺阵地》、《七月》、《战地》以及《新华日报》、《群众》等大大小小报刊的相继创办，标志着抗战文学阵地的确立。这一切构成抗战文学兴盛阶段的繁荣景象与轰轰烈烈的氛围。

第二阶段，从1939年1月到1943年12月底，为抗战文学的扩展阶段（上）。

随着武汉、广州的沦陷，随着国民党政策重心的转移，抗日民主斗争成为中国社会生活的中心内容。这一社会生活内容在大后方被压抑、被浓雾所笼罩。雾都——重庆便是这一社会生活内容的集结点，雾都——重庆也成为抗战文学的中心文坛。广大文艺工作者由兴奋转入沉思，由热情奔放转入静默观察。他们的视野向生活的纵深处突进，深入生活的里层，渐次强烈地感受到了时代的本质与人民大众的心声。抗日民主化为他们的血肉，成为描写的主题。所以，这一阶段抗战文学活动、思想理论与创作都有大的变化，呈现出较之于上一阶段的不同特点。

第一，集中地规模较大地开展了抗战文学思想、理论与创作的论争。这一阶段，开展了"民族形式"的讨论，旨在呼唤民族精神与民族传统文学意识的复兴；由张天翼的小说《华威先生》引发的"暴露与讽刺"的论争，旨在探讨抗战文学仍旧需要暴露与讽刺的问题；批判梁实秋提出的"与抗战无关"论，旨在强调"文艺必须抗战，抗战需要文艺"这一文艺与抗战的关系问题；批判陈铨、林同济为代表的"战国策"派，抨击其政治观与文学观。这些论争，本身就表明了抗战文学是沿着抗日民主轨道和现实主义道路向前发展的。

第二，抗战文学创作转入了一个新的方向——暴露与讽刺大后方的黑暗，描写在浓雾笼罩下的人民大众的生活。虽然，开辟这一新方向的文学作品《华威先生》问世于上一阶段，然而，这一新方向成为文学创作的主潮则是这一阶段的事。郭沫若的《屈原》、茅盾的《腐蚀》、夏衍的《法西斯细菌》、阳翰笙的《天国春秋》、巴金的《火》、艾青的《火把》、宋之的的《雾重庆》、沙汀的《淘金记》、陈瘦竹的《春雷》等或取材于历史或取材于现实的作品，便是这一文学创作主潮的代表作。这些作品的发表或演出，表达了大后方广大人民群众要抗日要民主的呼声，起了极显著的政治作用。同时，如果说，小型多样的文学作品独霸了上一阶段的文坛的话，那么，长篇巨著便成了这一阶段文坛的创作优势。

第三，广泛开展了抗战文学检讨。"文协"、"文工会"、《抗战文艺》、《文艺生活》、《新蜀报》副刊《蜀道》等文艺组织和文艺刊物召开座谈会，或讨论抗战以来的抗战文学，或检讨1940年、1941年的抗战文学。郭沫若、茅盾、夏衍、田汉、阳翰笙、以群、罗荪等人参加座谈会发表讲话或撰写文章，总结抗战文学发展的得失及经验教训，推进抗战文学，尤其是大后方抗战文学向抗日民主道路突进。

这一切，都表明抗战文学的扩大与发展，抗战文学全面进入成熟阶段。

第三阶段，从1944年1月到1945年10月，为抗战文学的扩展阶段（下）。

这一阶段，争取民主斗争成为大后方社会生活的轴心。广大文艺工作者自觉地站在民主斗争的前列。因此，这一阶段虽仍为抗战文学的扩展阶段，却有其鲜明的特点，这就是文学运动汇入民主运动。这一特点，主要表现在以下三个方面。

一是广大文艺工作者自觉地投入民主运动的洪流。重庆、昆明的文艺工作者先后召开座谈会，讨论和研究文艺的民主问题，倾吐在国民党推行的文化专制主义统治下的痛苦与愤怒。重庆、成都、昆明等地文艺工作者数百人发起签名运动，发表对时局的进言，要求民主，要求结束国民党一党专政。

二是对国民党推行的文艺政策，进行有理有利有节的抨击。国民党的文艺政策，虽然颁发于上阶段的末期，抨击也同时开始，然而从各个方面加以抨击，还是本阶段的事。国民党的文艺政策是国民党文化专制主义的重要内容，是力图控制大后方抗战文学的政令。国民党虽然动用了它所控制的报刊，动员了受它影响与裹胁的文人，一次又一次地大吹大擂其文艺政策，然而，广大文艺工作者把抨击国民党的文艺政策与抨击文化专制主义、要求民主的斗争结合起来，采用迂回曲折、此伏彼起的方式予以批判，使之成为一纸空文。

三是创作了一批刺向大后方黑暗的"黑心"的文学作品。茅盾的《清明前后》、夏衍的《芳草天涯》、巴金的《第四病室》与《寒夜》、陈白尘的《升官图》、袁俊的《万世师表》、沙汀的《困兽记》、文坛新人郁茹的《遥远的爱》、路翎的《财主底儿女们》，以及袁水拍、臧克家的政治讽刺诗和老舍等人的杂文，都是一支支刺向大后方"黑心"的利箭，不同程度地呼喊出人民大众要民主的心声。

这一阶段，大后方抗战文坛上还有一件大事，即毛泽东文艺思想与中国共产党的文艺政策的传播，为人民服务的文艺方针的确立。中共中央南方局和周恩来通过各种渠道，运用多种形式，向大后方广大文艺工作者宣传毛泽东文艺思想，胡乔木、何其芳、刘白羽受中共中央委托先后来大后方协助南方局传播毛泽东文艺思想。重庆、成都、贵阳、桂林乃至香港等地的进步文艺工作者，初步接触和学习了毛泽东文艺思想，并联系大后方抗战文学的实际，开展了大后方文艺的中心问题是什么的讨论，提出了文艺"面向农村"的口号，创作出了多篇反映工农大众生活的作品。这标志着大后方抗战文学与毛泽东文艺思想的初步结合。

关于这一阶段下限的划分，笔者是这样思考的：抗战虽然于 1945 年 8 月 15 日日寇无条件投降而结束，但抗战文学并未因此而戛然终止。一些抗战文学活动还在继续开展，一些抗战文学创作还在问世，中华全国文艺界抗敌协会还存在。1945年10月，中华全国文艺界抗敌协会易名为中华全国文艺界协会。从此，抗战文学接近尾声了。故这一阶段的下限划在1945年10月。

第四阶段，从1945年11月到1946年5月，为抗战文学的全面总结阶段。

这一阶段，国民党在美国帝国主义支持下积极准备发动内战，企图重新把人民打入血泊之中。广大文艺工作者在这一新的形势下，为担负起新的斗争任务，除积极参加要和平、民主、统一的斗争之外，还对抗战文学、主要是国统区抗战文学进行了全面总结。重庆举行文艺座谈会，检讨八年来的抗战文学。郭沫若写有《抗战八年来之历史剧》等文章，茅盾写有《八年来文艺工作的成果及倾向》等文章，老舍写有《八方风雨》，肖协写有《抗战戏剧的路子》，冯雪峰写有《论民主革命的文艺运动》，等等，从而描述了抗战文学的发展过程，探讨了抗战文学发展过程中的功过是非、经验教训以及特点、规律。

郭沫若、茅盾、田汉、阳翰笙、罗荪等在这一阶段里先后离开重庆。《抗战文艺》于1946年5月4日终刊。

至此，抗战文学作为一个文学过程的发展，宣告结束；作为中国现代文学中一个部分的抗战文学整体，成为过去；抗战文学及其中心文坛重庆，成为中国现代文学史上的历史陈迹。

三

国统区抗战文学与以延安为中心的抗日民主根据地抗战文学、沦陷区抗战文学、港台抗战文学，虽然所生长的具体土壤不同，以致形成各自的特点，但是，它们却有共同的政治目标和功利性，那就是抗日救国，直接或者间接地服务于民族解放战争；同时也有着共同的领导力量，那就是国共联合形成的广泛统一战线。因此，这几个不同地区的抗战文学是相互声援相互支持相互交流而结成一体的。这是有着大量史实为证的。诸如，皖南事变后，国统区的艾青、欧阳山、草明等部分进步文艺工作者撤离重庆去到延安；太平洋战争爆发后，上海"孤岛"的于伶等进步文艺工作者撤离上海来到重庆；延安文艺座谈会后，毛泽东文艺思想和中共中央的文艺政策以及抗日民主根据地的工农兵文艺创作相继传播到国统区、沦陷区和香港，文学作品更是常常交叉发表。这样，就使各地区抗战文学处于极富生机的状态之中，几个地区的抗战文学各以自己的特点构成抗战文学的整体，成为中国现代文学发展历史长河中的一个重要阶段。

抗战文学虽然是在中华民族与日本侵略者做殊死斗争的年代里,由中国人民大众用淋漓鲜血浇灌而成的新的文学奇葩,然而它是鲁迅开创的,郭沫若、茅盾等文学家们所成就的反帝反封建的文学功利性与现实主义相结合的优良传统的继承与发展,是 20 世纪 30 年代无产阶级文学的继续与发展:"国防文学"和"民族革命战争的大众文学"的理论与创作实践,是它发展的坚实基础。笔者以为,这些继续与发展主要表现在三个方面:一是广泛的文艺统一战线的结成,二是文艺论争的深入开展,三是现实主义创作原则普遍采用。

中国现代文学从五四文学革命以来就是一个以进步文学力量为主体的包括多种文学因素的统一战线文学。30 年代中期,"国防文学"和"民族革命战争的大众文学"口号的提出与论战,扩大和加深了文学上统一战线的认识与实践。鲁迅当年就这样指出:"我以为文艺家在抗日问题上的联合是无条件的,只要他不是汉奸,愿意或赞成抗日,则不论叫哥哥妹妹,之乎者也,或鸳鸯蝴蝶都无妨。"[1]

"抗日",成为中国一切文艺家联合而结成广泛统一战线的前提与政治基础。正因为如此,鲁迅带着沉重的病躯与郭沫若、茅盾等人共同努力,发表了《文艺界同人为团结御侮与言论自由宣言》;萧军、萧红等文学家创作了《八月的乡村》《生死场》等文学作品。这就为抗战文艺统一战线的结成和抗战文学创作的兴盛,奠定了思想理论基础、组织基础与创作基础。1938 年 3 月 27 日,中华全国文艺界抗敌协会的成立,便是文艺界最广泛的统一战线的结成。由此,随之而来的是领导责任问题。这个问题不加以正确解决,抗战文学就会失去正确的方向,偏离现实主义创作道路。这一点,在"国防文学"和"民族革命战争的大众文学"的论战中,是基本上解决了的。鲁迅就这样指出过:广泛统一战线的告成,"决非革命文学要放弃它的阶级的领导的责任,而是将它的责任更加重,更放大,重到和大到要使全民族,不分阶级和党派,一致去对外"[2]。

鲁迅在对《救亡情报》记者的谈话中,还尖锐地指出:在这个问题上"就是小小的忽略,毫厘的错误,都是整个战斗失败的源泉"。

---

[1] 鲁迅:《答徐懋庸并关于抗日统一战线问题》,《鲁迅全集》第 6 卷,人民文学出版社 1981 年版。

[2] 鲁迅:《论现在我们的文学运动》,《鲁迅全集》第 6 卷,人民文学出版社 1981 年版。

抗战文学在它兴盛和发展的整个历史进程中，都体现出无产阶级文学力量的领导。"第三厅""文工会"，是无产阶级领导的文艺统一战线的战斗堡垒，"文协"是无产阶级影响与领导的文艺界最广泛的统一战线组织；《抗战文艺》《文艺阵地》《七月》《战地》《文艺生活》《现代文艺》《野草》《文学月报》《中原》等近百种文艺刊物，《新蜀报》《新民报》《时事新报》《国民公报》等十余家大报副刊，基本上都是无产阶级文艺工作者和进步文艺工作者编辑发行；《新华日报》和《群众》杂志是体现无产阶级思想政治领导的司令部。无产阶级在抗战文学统一战线中的领导，更多的还是通过统一战线中的多层次关系实现的。第一，以抗日为基础，团结了一切不愿做亡国奴的中国文艺工作者；第二，以抗日民主为基础，团结一切爱国而又不满或反对国民党独裁统治的文艺工作者；第三，以革命现实主义为创作原则，将革命文艺工作者凝成一股牢固不可破的战斗力量。唯其如此，抗战八年中，无论日本帝国主义怎样狂轰滥炸，汉奸怎样乱搞，国民党顽固派怎样压迫乃至摧残，抗战文学仍深入扩展，"一切从事于文笔艺术工作者，无论是诗人、戏剧家、小说家、批评家、文艺史学家，各种艺术部门的作家及从业员，乃至大多数的新闻记者、杂志编辑、教育家、宗教家，等等，不分派别，不分阶层，不分新旧，都一致地团结起来，为争取抗战的胜利而奔走，而呼号，而报效"[①]。由此，我们可以说，抗战文学统一战线，是五四文学革命以来中国现代文学统一战线的扩大、发展，积累了为中国当代文学所应记取的宝贵经验。

中国现代文学是在斗争中成长起来的。正如在"国防文学"和"民族革命战争的大众文学"的论战过程中，鲁迅所指出的："决非停止了历来的反对法西斯主义，反对一切反动者的血的斗争，而是将这斗争更深入，更扩大，更实际，更细微曲折。"[②]"在文学问题上我们仍可以互相批判。"抗战文学正是继承和发展了这一战斗传统，在反动派的压迫下斗争和发展，在批判各种文艺思想、理论、创作中前进。

在国民党消极抗日积极反共的面目显露的时候，中国青年党机关报《新中国日报》副刊《动力》编辑在成都公开征集所谓"纯文学"作品；国民党中央机关报《中央日报》副刊《平明》编辑梁实秋在重庆公开主张写"与抗战无关"的作品。川东川西，互相呼应，企图使抗战文学脱离抗日民主斗争的政治方向和现实主义创作道路，成为"后方紧吃"的少数人的消遣品！进

[①] 郭沫若：《新文艺的使命》，《新华日报》1943年3月27日。
[②] 鲁迅：《论现在我们的文学运动》，《鲁迅全集》第6卷，人民文学出版社1981年版。

步文艺工作者对此进行抨击，一时间形成强大的攻势，梁实秋只得"告辞"。稍后，还批判了"战国策"派，批判了国民党的"文艺政策"。同时，还开展了"民族形式""现实主义""主观论"等有益的讨论。尤其是对国民党政治、经济、文化专制主义三重压迫与摧残，更是采取了"有理有利有节"的斗争。直接斗争与声东击西相结合，文艺座谈会、"文协"纪念会、鲁迅纪念会、作家祝寿及创作纪念会等集会广泛举行，援助贫病作家运动的发起，大型戏剧的演出与展览，政治讽刺诗与杂文的创作，便是普遍采用的行之有效的斗争方式，显示出迂回曲折、此起彼伏、乘虚伺隙、互相呼应的斗争特点。这些行动，也从一个方面表明了抗战文学是中国现代文学的成熟的阶段。

现实主义创作原则，随着中国文学的发展日益充实和完善，成为中国现代文学的创作主流。这一主流到了抗战文学阶段，普遍深化开来，可以说独占了抗战文坛。广大文艺工作者不同程度地投入了抗战时代洪流的漩涡中心。他们自身是这个战斗时代的战斗者，他们的经历与感情，也就是这个时代的经历与感情。即便是20世纪二三十年代的象征派、"新月"派、"现代"派的李金发、戴望舒诸文艺家，这时也已程度不同地转向现实主义文学道路，为民族解放事业而讴歌。这样，就从整体上，使文学的甘泉由都市的知识分子和小市民中流到战斗的士兵、乡村的民众和敌后人民的心田。题材广泛，形式多样，风格各异，反映生活深广度以及价值意义重大的成批问世的各种文学作品，犹如烂漫的山花开遍中国的大地。同时，成就了一代文学新人。这些都是中国现代文学史上其他文学阶段少见的景观。

这一切表明抗战文学是五四文学革命以来中国现代文学尤其是20世纪30年代无产阶级文学的继续与发展。它也为中国当代文学的成长奠定了坚实的基础。

尤其是在文学的基本意识方面，抗战文学与五四文学、无产阶级文学更有着根深蒂固的联系。

中国现代文学的基本意识，笔者以为可作如是观：启蒙，救亡，与时代和民众结合。这一文学基本意识，在中国现代文学的不同历史发展阶段，只有强弱与表现形态的不同，而无有无之别。五四文学的这一基本意识，表现为民主与科学。无产阶级文学的这一文学基本意识，表现为社会主义思想即阶级解放意识。

抗战文学主要表现为民族解放意识。民族解放意识成为抗战文学的思想特质、价值取向原则与审美意识的灵魂。这自然取决于民族解放战争这一社会生活基本内容以及文学向这一生活内容的大倾斜。民族解放意识成为一切不愿做亡国奴的中国人的凝聚力与向心力的支撑点。抗战文学的文学观念与思维方式不能不与其时政治观念与思维方式取得一致。文学家们把自己的民族解放意识浸润于文学作品所描写的"第二自然"中，传达给读者，引起社会效应与审美效应，由此，也就制约着抗战文学创作的主题意蕴。同时，民族解放意识也是当时世界反法西斯历史大潮与世界反法西斯文学大潮的核心内涵。因为全世界都遭受着法西斯侵略战争的威胁，被侵略国家都陷入了民族灭顶之灾的境地。世界文坛，翻滚着反法西斯文学大浪。正像中国抗日战争是世界反法西斯战争的一个战场一样，中国抗战文学也是世界反法西斯文学的有力一翼。可见，具有民族解放意识的抗战文学，契合着中国抗日战争社会生活与世界历史潮流，凸现出中国抗战文学与世界反法西斯文学所具有的共时性特征。

第一，从抗战文学创作主体即作家的心理机制而言，民族解放意识构成了他们的主导心理机制。他们具有的民族解放意识，超越了自我，超越了阶级，超越了民族乃至种族界限，而与全世界爱好和平反对战争的人民的民族解放意识相通。这就决定了抗战文学民族解放意识的开放性特征。

第二，从抗战文学创作客体即作品的主题意蕴而言，民族解放意识构成了其基本主题意蕴，决定着创作题材与主题选择的价值取向。这样的主题意蕴，融爱国主义与国际主义、民族解放与人类解放、反对侵略战争与反专制独裁于一体，使之具有特殊历史时期"现代意识"的鲜明色彩。

第三，从抗战文学作品的审美风格而言，悲壮美是其基本格调。作家们的主导心理机制与艺术激情、作品描写的"客观真实"——"主观真实"渗透过的"客观真实"以及读者的接受心理与期待视界，都制约甚至决定着抗战文学作品所应具有的巨大力度，并由此形成一种特殊历史阶段的文学审美品位，即"力"的美，悲壮美。

四

抗战文学的重要历史地位，不仅在与中国现代文学基本意识演进的比照中显示了出来，同时也在同世界反法西斯文学的交往进程中得到展现。

中国现代文学是吸收世界文学影响发生的，又是在与世界文学交往过程中发展的。抗战时期抗战文学对外交往是通过多渠道、多层次进行的，形成了全方位与全景式交往的新格局，最大限度地实现了中国抗战文学与世界反法西斯文学的汇合与认同。由此,加速了中国现代文学"现代化"与"民族化"相结合的历史进程。

中国抗战文学与世界反法西斯文学的大交往大汇合,呈现出宽泛性特点。其宽泛性,主要涵盖两个大的向度:一是从"急功近利"出发,同世界各反法西斯文学团体与个人频繁接触与往来,大量译介世界反法西斯文学作品;二是从民族精神与民族文学建设和发展出发,译介世界文学名著和现代主义文学作品。

第一,注重于苏联反法西斯文学作品的译介。苏德战争爆发后,苏联1000余名作家上了前线,多为投笔从戎者。他们先后创作了一批品种齐全、内容丰富的作品,献给卫国战争。中国抗战文学界译介苏联反法西斯文学作品,以小说与剧本成就最为显著。中国读者从这些作品中,感受到如阿·托尔斯泰所说的苏俄人"初看起来,是普普通通的人,然而一旦大祸临头,无论老少都会升起种种伟大的力量——人类美"。中国抗战文学翻译家与批评家戈宝权在《伟大卫国战争中的苏联文学》长文中,系统地评介了苏联反法西斯文学的"非凡成就"。与此同时,中国抗战文学界继续译介苏联社会主义现实主义文艺理论。1939年后,中国抗战文学界在苏联文学界关于社会主义现实主义研讨影响之下,开展了几次现实主义讨论。其中,斯大林的文学"真实观"和卢卡契的文学"真实观",被译介入中国抗战文学界,并深深影响着中国抗战文学理论建设。

第二,译介美国反法西斯文学作品。这里,包含两个方面的译介。一方面是美国作家来华后创作的反映中国抗战的文学,如约翰·根室的《亚洲内幕》、格兰姆·贝克的《一个美国人看旧中国》等。这些作品在中国与世界都引起了巨大反响。另一方面是译介美国作家写的反映欧、亚、非反法西斯战争及美国社会生活的作品。珍珠港事件后,美国一批作家随美国百万之师开赴欧、亚、非战场。他们创作的小说、剧本、报告文学,多为直接反映战斗生活,近距离透视反法西斯战争。其中,海明威和斯坦贝克在1943—1944年的中国翻译界"是最出风头的"。中国抗战文学界译介英国的反法西斯文学作品,大概也分这么两个方面。来华英国作家詹姆斯·贝特兰写的《华北前线》《在战争的阴影下》等,不仅在英美等国出版发行,也先后译成中文见诸中国报刊。当希特勒把战火烧到英国领土后,英国文学界一面在国内与民众一道奋起反击,作家随军到欧、亚、非前线,从事新闻报道与文学创作。其中,译入中国而又产生较大影响的要数格林伍德的长篇小说《和平时期和战争时期的朋丁先生》以及普里斯特莱的长篇小说《格雷特里的灯火管制》。

第三，译介德、意、日法西斯国家的反法西斯文学作品。法西斯国家的众多作家，远走异国他乡，从事反法西斯活动与创作，成为世界反法西斯文学大潮的一部分。他们的作品倍受中国翻译界、评论界、读者界欢迎。中国抗战文学界对法西斯国家的法西斯文学作品，如日本的火野苇平的"士兵三部曲"和意大利的"黑衫文学"则是猛烈抨击。

这些既有重点而又宽泛的"急功近利"的译介活动，增进了中国人民与世界人民的相互了解，尤其是为中国人民瞻望世界、认识世界创造了一个窗口，输送了大量生动形象的时代信息。

在与世界反法西斯文学频频交往的同时，中国抗战文学界亦重视世界文学名著与现代主义文学作品的译介。战时的中国翻译家们，有鉴于20世纪二三十年代多从日文译本转译世界文学名著而留下的诸多缺失，从充实与健全中国民族精神与民族文学发展出发，在战火硝烟中直接以英文、德文、俄文原作为范本，较系统地译介没有这次战火硝烟味的世界文学名著，诸如乔叟、莎士比亚、但丁、歌德、拜伦等作家的作品。仅大后方《时与潮文艺》一家杂志，就连载过《神曲》《浮士德》《坎特伯雷故事集》的译文及评论文章。中国抗战文学的中后期，欧美现代主义文学纷纷进入中国抗战文坛，特别是其中的大后方文坛。这一方面可以归结为现代主义作家们大都投入了反法西斯战争洪流，中国作家与批评家对现代主义的认识有了变化；另一方面是因为中国抗战文学家需要汲取多种文学营养，以提升抗战文学创作水准。

总之，中国抗战文学界紧紧抓住了世界反法西斯战争所提供的机遇，以民族解放意识为文学灵魂，与世界文学进行对话，开展交往。这种交往的规模之大、范围之广、目的性之明确、眼光之深邃，都是中国现代文学对外交往史上任何一个阶段不可比拟的。尤其是对现代主义的"扬"或抑，更是深入了现代主义文学本体里，把握其精髓，发现其真正异质与艺术价值的所在了。中国现代文学对外交往，于此开始走向成熟。

五

抗战文学虽然随抗日战争的结束而成为历史陈迹，然而，它对后世文学却有巨大启示意义，产生极其深刻的影响。

抗战文学对于中国当代文学来说，不管是"流"还是"源"，其诸多文学现象似乎或明或暗地仍在"流动"。归纳起来，主要是抗战文学形成的"民族化"与"现代化"结合探讨中的得与失。

抗战文学的民族解放意识,促进了中国现代文学到此时趋向于民族文学传统的复归和"现代化"的反思。当然,这也是五四文学革命以来中国现代文学发展的必然趋势。五四文学革命及其成功,标志着中国文学从此走上现代化发展道路。但是,在其后的20年间,"现代化"与"民族化"问题,萦绕其间,左右颠簸,倾斜无度。只有到了抗战文学阶段,"现代化"与"民族化"结合问题,才引起中国现代文学界一致的关注与热烈的讨论,并试图加以解决。这集中体现在"民族形式"讨论与延安文艺整风两件重大文学事件上。

全国范围内的长达3年之久的"民族形式"讨论,归根结底,笔者以为是探讨中国现代文学的民族文学传统"复归"问题、中国作风与中国气派问题。讨论中,意见分歧较大,偏颇性亦大,但是,有一种重要理论极富建设性,即郭沫若、茅盾、胡风及周扬等人提出的民族形式的建立应立足于现实生活,吸收西方文学营养,继承与发展民族文学精华和五四文学革命以来既成的文学形式,以及赋予民族形式的内在含义,即指主题题材、文体、语言、情感、表现方法与叙述方式等。这便是中国现代文学——抗战文学建构的"现代化"与"民族化"结合的理论主张。这种理论主张,具有开放性与世界意识、多元化与宽泛性的特征。1942年5月的延安文艺整风,是从战争与革命事业的全局背景上来审视中国现代文学——抗战文学的发展,规范其发展方向的。其中核心问题是文艺为群众和如何为群众的问题。这一核心问题的实现仍然有待于"现代化"与"民族化"结合的解决。不过,在理论导向上,更向"民族化"——大众化一边倾斜。这两件文学大事,特别是延安文艺整风,影响着与规定着中国现代文学的未来。这两件文学大事,不容讳言,未能取得完全的共识,以致留下一些缺失。共识差距与缺失必然影响"现代化"与"民族化"结合,而且在当时的大后方,文学与抗日民主根据地文学出现了一种反差现象,即前者向"现代化"倾斜,后者向"民族化"——大众化倾斜。这种文学创作现象,一直延续到当代文学历时性发展过程之中。

20世纪五六十年代中国当代文学,基本上是沿着抗日民主根据地文学的轨道前行的。赵树理及其文学创作为中国现代文学——抗战文学"民族化"——大众化作出了重要贡献,这是应当肯定的。然而,他的"民族化"——大众化带有封闭或半封闭的文化氛围特征,缺乏"现代化"的文本意识与文体模式,自然不可能解决好"民族化"与"现代化"的结合。这不应该讳言的问题,在五六十年代中国当代文学中成了主流,取得了霸主地位。

当然，抗战文学中的大后方文学"现代化"倾向，也并未在五六十年中国当代文学中绝灭，而是如幽灵一般不时闪现。50年代初，胡风的理论及路翎的《洼地上的"战役"》等作品，60年代初，邵荃麟的"中间人物论"，便是这一方面的代表。这一传承性的"现代化"因素，由于是在一个大封闭环境里出现的，自然不免大减先前的锐气与光彩。历史车轮转到70年代末及其后，随着改革开放大潮汹涌澎湃之势，文学亦出现了"现代化"热潮。这自然也可以视为对五六十年代、特别是"文革"十年封闭文学符合逻辑的反拨。然而，这种"现代化"趋势中又出现了"洋化"现象，于是不久又呼唤民族文学复归。由上考察，不难看出，抗战文学既是中国当代文学的一笔财富，也是一种沉重历史包袱。

中国文学如何"现代化"与"民族化"，这依然是一个十分严峻的问题。任何一种民族文学，都必须有自己的艺术个性与艺术特征。不过，这种艺术个性与艺术特征不是在封闭的与世隔绝的文化状态下形成的，而是立足于民族现实生活土壤，吸收民族传统文化精华，在与世界文学交流和碰撞中自然形成的。这种民族文学，既排除了民族狭隘性，又排除了民族虚无主义，而是以自己耀眼的光辉，进入世界文学之林，成为世界文学大家族中的一员。这种文学，既是民族的，又是世界的。这也许就是抗战文学"民族化"与"现代化"结合的探讨与尝试，留给后世必须研究的课题。

附记

1983年7月初，学校教务处一位科长告诉我：9月中下旬教育部（当时还称"教委"）组织的外国留学生代表团要来学校访学，教务处决定届时由我为他们讲授两个小时的"抗战文学"。还说：这批留学生在中国10所大学学中文都有两年时间了，中国古代文学和中国现当代文学都有一定的知识理论基础。这是我第一次要面对的授课对象，讲题又这么大，讲时又这么有限，讲什么，怎么讲，委实让我思考于一时。幸好，暑假快到了。我利用这个假期，从我撰写近尾声的《抗战文学概观》书稿中提炼出几个问题，写成讲稿，以备讲授之用。讲题为"抗战文学简介"。

本文便是此讲稿的修改版，增加了不少内容，题目为发表时学报主编改的。他参加了听讲，对我的讲授多加赞赏。题目的一字之改，改得好，我同意。本文发表于《西南师范大学学报》1984年第3期，《抗战文学纪程》出版时收录于该书"附录"中，后又被一家丛书全文收录。

国统区抗战报告文学刍议

在抗战文学中，报告文学成就如何，能否在抗战文学史和中国新文学史上占一席之地？几十年来，研究者的意见颇不一致，持否定态度的不少。国内有人认为，它空空洞洞，八股味浓；国外也有人认为，它只不过是披上文学外衣的新闻报告；有的甚至干脆否认它是文学。对抗战报告文学的这种评价，未必是实事求是的。笔者认为，报告文学与其他创作一样，是整个抗战文学创作的组成部分，而且成就显著，不应低估和否定。

一

考察抗战文学的发展，不难发现，在广义的散文创作中，报告文学与杂文曾先后出现过竞写热潮。大致说来，抗战初期为报告文学创作的发达期，报告文学"成为抗战以来文艺创作实践中最主要的，也是最发达的样式"（罗荪《谈报告文学》）。抗战中后期为杂文创作的旺盛期，它取代了报告文学创作的优势。这两支文艺轻骑兵先后出现于抗战文坛，都执行了伟大的时代提出的任务，充分发挥了自己的战斗作用。中国现代杂文出现于五四文学革命以后，中国现代报告文学于1932年1月28日后确立其地位，都并非偶然。

抗战文坛上之所以出现报告文学创作热潮，笔者以为主要有以下三个方面的原因。

其一，报告文学发达于抗战初期，也是与抗战爆发那个特定条件紧密关联的。日本帝国主义发动的侵华战争，使中华民族处于生死存亡的关头，中国广大军民在中国共产党团结抗日的旗帜下，对日寇展开了殊死的战斗。淞沪会战、台儿庄战役、平型关大捷，就是中国军民进行的反侵略战争的可歌可泣的历史记录。千千万万的中华儿女在前线与后方流血流汗，把自己献给了民族解放事业。这真是一个前所未有的伟大的战斗时代啊！伟大的时代需要新的文学样式直接、迅速、切实地反映它，让广大读者尽快知道生活的急遽变化，为国家为民族的生存起来战斗。这新的文学样式便是报告文学。这也如罗荪当时所指出的："这斗争非常的激烈，变化非常的急剧的今天世界，为了能够最适切的反映这多变的时代，产生了新的文学样式，这样式就是报

告文学。"(《谈报告文学》)

其二，一种文学形式的出现，既与客观社会生活的需要有关，也与其本身的特点有关。报告文学创作之于抗战初期形成热潮，自然也有其本身的原因。郁达夫当时就指出："在中国目下的情形之下，要想用准确的现实，来写出足以动人、足以致用的文学来，自然以取这一个报告文学的形式，最为简捷。"(《报告文学》)这不仅揭示了报告文学创作竞写热潮的背景，也阐明了报告文学这一文学样式本身适应时代需要。报告文学不同于小说、诗歌、戏剧，它抒写的是作者在现实中所见所闻的真实事件和人物，并具有一定的新闻性。当然，这并不排斥典型化、形象化的要求，正如加博尔说的："在伟大的报告作品的场合，它的目的不仅仅是在于再现一时的现实，而是在于造出一个那一瞬间的世界的形象。"(《"报告文学"的本质与发展》)同时，报告文学灵活，容量可大可小，可以描写人民大众关心的社会问题和政治问题中的个别事件与个别行动，也可以描写一连串的复杂事件与集体行动，而这些事件与行动也可由作家的观点贯串起来，作家的观点也就是作品的主题思想。具有新闻性、文学性、群众性、战斗性、直抒作者思想感情等特质的报告文学样式，自然为这一伟大时代所需要，为生活与战斗在抗日救亡运动中的千百万文艺工作者和文学青年所广泛采用。田仲济说："作家的生活随着现实的激变而发生了剧烈的变化，他们感受着纷繁复杂的生活印象和经验，激起了炽烈的热情和丰富的生活印象，逼着他们选取直接而单纯的形式，迅速而敏捷地记录出生活的事实，并企图使这种记录直接地影响社会的改革，发生社会的效果，而报告文学就是最适合于完成这种任务的文学形式。"(《报告文学的产生及成长》)

其三，抗战初期，报告文学创作的形成热潮还有一个重要原因，那就是九一八事变以来的报告文学为它奠定了良好的基础。报告文学在中国新文苑里还是一种年轻的文学样式，产生于五四文学革命时期，而作为一种独立的文学样式，在中国新文苑里确立其地位，则是20世纪30年代初中期的事情。当时，"左联"号召作家们创作迅速反映大众日常生活与斗争的报告文学，指出："从猛烈的阶级斗争当中，自兵战的罢工斗争当中，如火如荼的乡村斗争当中，经过平民夜校，经过工厂小报、壁报，经过种种煽动宣传的工作，创造我们的报告文学（Reportage）吧！"(1930年8月4日左联执委会通过的《无产阶级文学运动新的情势及我们的任务》)又指出："作品的体裁也以简单明了，容易为工农大众所接受为原则。现在我们必须研究并且批判地采用西欧的报告文学","创造我们的报告文学"(1931年11月左联执委会决议《中国无产阶级革命文学的新任务》)。为实践左联执委会决议,进步作家和文学青年挥笔撰写报告文学作品,《光明》《文学界》等刊物发表大量报告文学作品。钱杏邨主编的《上海事变与报告文学》、梁瑞瑜主编的《活的记录》、茅盾主编的《中国的一日》等专题报告文学集也相继出版。夏衍的《包身工》、宋之的的《一九三六年春在太原》成了当时传诵一时的杰作。与此同时,外国报告文学的理论和作品,也陆续"引进"。徐懋庸翻译了梅冷的《报告文学论》,沈起予翻译了马尔罗的《报告文学的必要》,周立波译介了著名报告文学家基希反映中国现实生活的《秘密的中国》。这些理论和作品,对促进中国现代报告文学创作的发展具有不可忽视的作用。这一切充分表明,中国现代报告文学虽然是一种年轻的文学,但是,它在20世纪30年代初、中期即抗战文学运动兴起之前,就已经在理论与创作实践上为新文艺界所公认,就已经成为一种独具特点的文学样式,并发挥文艺轻骑兵的作用了。这一切也构成了中国抗战报告文学竞写热潮的得天独厚的基础。这里所谓的"得天独厚"是指中国报告文学产生于中国人民反帝反封建斗争的生活土壤之中,尤其"是从民众反日、抗日运动的土壤上产生的"(以群《抗战以来的中国报告文学》)。因此,"到抗战军兴,事实上却得到了这一种文学的最好的丰收"(郁达夫《报告文学》),便是自然的了。

正是基于上述几方面的原因,报告文学"成了当时文艺部门中的中坚","成了中国文艺的主流,成为最广泛、最适切的反映这动乱时代的文学形式","担负了政治和文艺突出的任务,也担负了反映和教育的任务"(田仲济《报告文学的产生及成长》)。

报告文学在抗战初期获得的丰收,主要表现在三个方面:一是报告文学理论的深入探讨;二是报告文学创作队伍空前壮大;三是报告文学创作异常发达。

在报告文学竞写热潮过程中,抗战文艺界曾出现要求伟大作品产生的呼声。要求者似乎认为,报告文学作品算不得,也不可能产生伟大作品。有的文人如王平陵,更是以唯心主义态度和反现实主义文艺观点,否认报告文学这一文学样式,说它是"有人巧立的一个新名目"(《论报告文学》)。所以,抗战文学界就报告文学理论和创作实践问题展开了讨论。茅盾、胡风、以群、罗荪、曹白、李广田、欧阳凡海、田仲济、周钢鸣、郁达夫等先后撰写文章,就伟大作品的含义、报告文学的产生及其特质、怎样提高报告文学的质量诸问题发表了富有建设性的意见。茅盾批评了当时出现的轻视报告文学的错误倾向，并着力于报告文学作品的评论，以群等人偏重于报告文学发展史的论述，周钢鸣则偏重于报告文学创作实践的阐述。他们从不同角度辛勤地为培育这一新型文学之花浇水锄草。这对于推动报告文学创作的发展起着重要作用。关于报告文学从理论到实践的讨论，达到如此规模的，在中国新文学史上还是第一次。因此，把这次讨论作为抗战报告文学竞写热潮的重要标志之一，应当是站得住脚的。与此同时，还涌现了报告文学作者群。他们中有中国新文学开拓期的文坛老将，有二三十年代成名的作家，有新进的文坛新秀，还有一批文学青年。郁达夫、台静农、陈学昭、适夷、夏衍、丁玲、沙汀、东平、周文、奚如、何其芳、卞之琳、萧乾、刘白羽、荒煤、曹白、碧野、姚雪垠、吴组缃、吴伯箫、罗荪、以群、骆宾基、李辉英、黑丁、张周、SM、慧珠等，便是这一作者群的主干。他们或往返于各战区，或投身于难民、伤兵救护工作，或奔波于后方各城镇，写出了大量的报告文学作品。仅当时结集出版的专集和丛书就有许多种，诸如以群先后编辑的《战地生活丛刊》《战斗的素绘》，胡风主编的《七月文丛》，范长江主编的《"抗战中的中国"丛刊》，张叶舟主编的《文艺通讯》，西北战地服务团的《战地报告丛刊》。仅《七月》《抗战文艺》《文艺阵地》《自由中国》《战地》《救亡日报》《新华日报》等报刊上，就发表有一百二十余位作者的报告文学作品。其盛况，确如何其芳在《报告文学纵横谈》一文中所描述的："报告文学在中国，却是有过轰轰烈烈的时候的。它随抗日救亡狂潮而兴起，到抗战爆发而达到顶点。那时候，书摊上摆着这类小册子，杂志上也有这一栏。那时候的作者，除了坚信'文艺与抗战无关'的梁实秋们而外，恐怕很少没有写过这类文章吧。"也如胡风在《民族战争与文艺性格》一文中指出的："无论是期刊，是报纸的文艺栏，是单行本，大约可以归在'报告'这一样式下面的作品占着了绝对的数量，而且有一些可以无疑地被算作伟大的收获。"

中国现代报告文学在抗战初、中期，尤其是抗战初期，确实特别发达。这一点，就连王平陵也不得不承认，说报告文学到了"全盛时期"。

那么，抗战后期的报告文学又呈现出什么样的状况呢？这里，用得着"凋零"一词来概括。但是，这一"凋零"，不是抗日民主斗争不需要，也不是广大读者不需要，更不是王平陵说的"报告文学"的"不易作""极难成功"所引起的，乃是国民党的法西斯统治造成的。何其芳对此曾作过剔肤见骨的披露，他说："抗战后期这个旧中国的报告文学的消沉，这笔账首先是要算到政治逆流的头上的。"（《报告文学纵横谈》）这里所说的"政治逆流"，指的就是国民党在抗战中后期推行的消极抗日积极反共的方针和强化的法西斯专政。国民党政治的、经济的、文化专制主义的三重压迫，使广大文艺工作者没有人身自由、没有创作自由、没有结社出版自由。广大文艺工作者失去了从事报告文学创作的基本条件，报告文学创作怎么会不沉寂和凋零呢！然而，广大文艺工作者在"不自由书屋"和"无阳光室内"，却写出了另一样式的匕首投枪式的杂文，猛烈地抨击着国民党的法西斯统治，继续喊出要抗日要民主的呼声。这里应该特别提到的是，解放区的报告文学创作始终得到巨大发展，中国人民所从事的抗日民主斗争生活始终得以迅速而适切的反映。报告文学这一文艺之花，在中国新文坛上始终是一株开不败的花朵。

二

抗战报告文学，基本上属于纪实性的作品，但又不是流水账式的真人真事记录，大多数是在真人真事的描述中，有艺术加工，有艺术形象的刻画，就像基希所说的"艺术文告"（《一种危险的文学样式》），在中国现代报告文学史上有着承前启后的作用。

抗战时期，尤其是抗战初期，一切不愿做亡国奴的文艺工作者，总是自觉或不自觉地把自己隶属于抗日救亡行列和抗日民主运动。他们生活在社会的各个角落，体验着多变的动乱生活，运用报告文学样式记录着"昨天"或"前天"发生的抗日救亡事件。他们的作品，虽然还存在着不可忽视的缺点，但却真实地反映了急速变动中的中国抗战现实的各个方面，记录下中国社会在抗战中剧变的轨迹，勾勒出一幅幅生动的抗战中国的画面，这是无论如何磨灭不了的。从文学创作的认识作用和借鉴作用讲，也是不可低估的。这就是抗战报告文学的价值与贡献之所在！

具体地说，抗战报告文学记录了中国抗战时期这样一些现实生活。

第一，战斗的素绘。

所谓"战斗的素绘"，是指抗击日寇入侵的战斗事件、战斗场面的朴素描绘。全民抗战爆发后，大批文艺工作者，特别是文学青年，在血与火的时代感召下，或投笔从戎，或参加战地工作，他们以自己亲身的经历为主干，写出了无数篇感人肺腑的报告文学作品。所以，战斗事件和战斗场面成为报告文学的重要内容，是极其自然的。

描述东战场的优秀报告文学作品，有SM的《闸北打了起来》及《从攻击到防御》、骆宾基的《东战场别动队》、丘东平的《第七连》与《我们在那里打了败战》。SM是我方军队的一位排长。中国抗战史上具有重要地位的东战场的开辟、扩大与溃败的全过程,他都亲身经历了,而且担负着下层的指挥工作。他在战场上,有喜悦、有愤怒、有不满、有遗憾。战后,他为了纪念阵亡的战士与受伤的同志,留下逃亡者的影子,也为了自己留个纪念,才从事于报告文学的创作。所以,他的作品有着自己的特点,那就是逼真、细密,读后给人以异常亲切的感觉。诸如写战斗前后上海民众、警察、士兵对于抗战的焦灼及期望,战斗过程中军民的新型关系及新的精神风貌,都栩栩如生。士兵们呼喊着:"抗过日我就不当兵了,我就回家去种田了!""假使不是打日本,又是自己打自己,老子不开小差真不是个人!"民众也高喊着:"对了,我们一定打起来,租界也没用,一定。"上海抗战军民的这些肺腑之言,力透纸背。丘东平和骆宾基也是东战场的参加者,他们的报告文学作品对这场战斗的描述,对战斗中人物性格的刻画,都是十分成功的。

写北线战斗的报告文学作品,有以群的《台儿庄战场散记》、王西彦的《台儿庄巡礼》,姚雪垠的《战地书简》《四月交响曲》,碧野的《北方的原野》《太行山边》,刘白羽的《游击中间》,曾克的《在汤阴火线》,立波的《晋冀察边区印象记》,等等。作者们或在战区工作,或在游击队中。他们的创作详尽地描述了北线各战斗场面的实景,尤其可贵的是记录了在中国抗战史上光辉的一页、在全世界人民面前创造奇迹的抗日民主根据地的创立、发展以及在这块土地上的新事业的萌芽和新人物的成长。这些作品都充满了北方人民的悲伤与喜悦、苦难与新生、抗战的热情和胜利的信心,文笔也活泼明快。此外,丁玲的《孩子们》、贾植芳的《距离》、丁行的《沉寂中的前线》、田涛的《中条山下》、宋之的的《长子风景线》等,也都写了一些大大小小的北线战斗的实景,把前方部队的严肃或松懈、战区民众的保守或长进、军民的隔阂或亲近、敌我力量的增强或减弱,一一生动形象地再现了出来。

总之,这一组报告文学作品,留下了中国人民一幅幅战斗生活的剪影,写得逼真而感情喷涌,有光明,也有黑暗,具有鲜明的抗战初期的时代特征。

第二,敌人屠杀与轰炸罪行的实录。

日本帝国主义妄图摧毁中国人民抗战"心防",采取了绝灭人性的屠杀政策,并狂轰滥炸后方城市。烧焦的土地,血染的山河,令人目不忍睹。当时的一批报告文学作品素绘下了这遍及全中国的血污图景。其中,报告日本侵略军屠杀我国人民的,有汝尚的《当南京被虐杀的时候》和适越的《第七次挑选》,记录屠杀南京人民的滔天罪行;侯风的《血债》,记录屠杀芜湖人民的罪行；适越的《人兽之间》，记录屠杀杭州人民的罪行；魏伯的《伟大的死者》，记录屠杀晋南人民的罪行；莎寨的《"文明"人所走过的地方》，记录屠杀晋东南人民的罪行；等等。报告敌机轰炸我后方城市的，有老舍的《以雪耻复仇的决心答复狂炸》与《五四之夜》，梅林的《以亲爱团结答复敌人的狂炸》，安娥的《炸后》，白朗的《在轰炸中》，秋江的《血染的两天》，宋之的《从仇恨生长出来的》，记录1939年5月3日、4日敌机轰炸重庆的罪行；草明的《遇难者的葬礼》，默容的《空袭》，燕军的《广州受难了》，记录敌机轰炸广州的罪行；俞棘的《第一颗炸弹》，记录敌机轰炸福州的罪行……

中国人民是杀不完的，中华民族用血肉筑成的长城是摧毁不了的。这一组报告文学作品，不仅记录了敌人的暴行和中国人民的苦难，更描述了中国人民切齿的仇恨和顽强的反抗，具有悲壮、激越的基调，一股股愤怒的热流牵动着千百万读者的心。

第三，伤兵和难民生活的报道。

伤兵和难民生活及其精神面貌，是抗战初期报告文学中最流行的创作题材之一。这是因为，战争的突然爆发和急剧发展，使难民和伤兵问题成为当时有目共睹的重要社会问题。同时，广大从事抗日救亡工作的文艺工作者和文学青年，不少人本身就是伤兵、难民，或者参加了伤兵、难民的救护工作。他们对于伤兵和难民的生活及其精神面貌有着较深的感受与体验，因此这类问题成了当时报告文学的常见题材。骆宾基的《救护车里的血》《我有右胳膊就行》《在夜的交通线上》，慧珠的《在伤兵医院中》等作品，记录着淞沪会战中伤兵们作战时的英勇无畏和受伤后顽强不屈的战斗气概。曹白的《这里，生命也在呼吸》《在明天》《受难的人们》《杨可中》，金维新的《难民收容所断片》，孙钿的《奴隶》等作品，记录着淞沪会战中上海难民在租界里的生活和为难民服务的青年的活动。萧珊的《在伤兵医院》，史筠的《护士的一日》等作品，记录着武汉的伤兵生活。植山的《怀乡病与难民》，一夫的《遣散》等作品，记叙着武汉的难民生活。萧芜的《从北平到天津》，刘白羽的《逃出北平》，姚烽的《从捕杀网里脱出》，骞先艾的《塘沽的三天》，李希达的《逃亡》等作品，则分别记叙了逃出北平、塘沽、镇江等地的经历。这些作品主要报道了伤兵英勇作战的故事、伤兵生活的悲苦和他们爱国的美好心灵；报道了难民收容所的非人生活，难民的疾苦、困窘、饥饿和团结友爱精神，以及为难民服务的青年的热诚；同时，也揭露和鞭挞了吮吸难民的血或贩卖难民的罪恶之徒。在这些报告文学作品中，慧珠的《在伤兵医院中》可为出色之作。慧珠是上海的女学生,"八一三"抗战的炮火激起了她的抗战热情,她跟同学们一道主动进入上海一家伤兵医院当看护。她天天生活在伤兵中间,体验着伤兵医院和伤兵生活的真实情景,因此她在作品中真实地反映了伤兵医院凄惨、紧张的空气,刻画了伤兵的天真、淳朴善良的性格,抒写了为伤兵服务的青年在那从未经历过的生活中心灵深处泛起的微妙感情,反映了作者朴素的创作才华。

这一组报告文学作品,有伤兵、难民形象的描绘和心灵的抒写,坚强与软弱,美好与丑恶,都获得了相应的颂扬与鞭挞,读起来真实感人。

第四,敌军兵士的厌战与悲观的忠实记叙。

战争持续下去,敌人的泥脚愈陷愈深,敌军内部出现裂痕,这主要表现在敌军士兵日益厌战、悲观,甚至有的自杀,有的投降之后参加反战同盟。从事抗日救亡的文艺工作者,适时地抓住这一裂痕,创作出了一批报告文学作品,其中,以立波的《敌兵的忧郁》、何其芳的《日本人的悲剧》、荒煤的《破坏吗？建设吗？》、以群的《听日本人自己的申诉》为力作。这些作品,依据俘获的敌人书信、日记等资料,忠实地记叙了敌军的困窘和敌军士兵的悲观、厌战思想。天虚的《两个俘虏》、沈起予的《人性的恢复》,记叙了敌军俘虏的心理与行动的转变：由深受日本军部法西斯宣传毒害到去掉兽性,恢复人性,再到真正觉悟,认清敌友,从而参加反战同盟,与中国人民一道打击日本法西斯侵略势力。庆钧的《祖国的爱》,记叙另一个方面的俘虏——国民党"曲线救国"论结出的毒瘤——伪军的悔悟。这些作品都显得朴实、真切、感人。这里,还应提及的是出自日本作家手笔的这一类型的报告文学作品,一个是石川达三的《未死的兵》,一个是鹿地亘的几部长篇。石川达三于1938年1月,以一家日本杂志《中央公论》特派记者身份到中国华中战场采访,写成长篇作品《未死的兵》。这部作品记叙了侵华日军士兵的反战情绪、自杀行为,暴露侵华日军烧杀强奸的野蛮暴行,因此受到日本军部查禁,作者被判刑,发表作品的《中央公论》编辑也受到惩罚。夏衍抢译这部作品在中国出版发行后,影响不小。鹿地亘是与中国人民并肩战斗的日本友人,他领头组织了在华日人反战同盟,经常率领小分队出没于前线和俘虏营中做启蒙教育、反战的宣传鼓动工作。同时,他写下了《和平村记》《我们七个人》《寄自火线上的信》等长篇报告文学作品。《和平村记》记叙了他受"第三厅"委托到常德日军俘虏营视察和做反战教育的概况,反映部分日军士兵由此开始转到反战立场,重新做人；《我们七个人》详细记叙了反战同盟桂林支部第二工作队在桂南前线工作的情况;《寄自火线上的信》以反战同盟西南支部第一挺进队在鄂西前线做反战工作为内容,记叙了"一团具有革命的觉悟的日本士兵们,在远东反法西斯战争的光荣战场上的足迹"。这几部长篇作品,由隆隆的炮声、富有煽动性的讲演声和思乡之情的歌声组织成暴露、宣传、鼓动的交响乐,谱写出中日两国人民反法西斯战争的共同心愿。

这一组报告文学作品,除详尽地记叙日本侵略军士兵的厌战、悲观思想与行动外,还广泛地反映了日本法西斯侵略战争给中日两国人民带来的辛酸与苦难。作者以满腔愤怒与正义之情对日本军国主义提出强烈控诉,又以火一样的热情讴歌中日两国人民反战的情谊。深刻地揭露,猛烈地鞭挞,反战的呼吁与呐喊,成为这一组作品的基调,显示出敌败我胜的历史发展趋势。

三

此外,抗战报告文学作品,还接触到了抗战时期中国社会生活中的光明与黑暗。程海洲的《印刷厂的生产突击》、刘亚洛的《一三〇只油桶的计划是怎样完成的》、朱声的《开荒》、夏笋的《生产插曲》、孔厥的《保民会长》等作品,记叙了后方一角——中国人民希望所在的陕甘宁边区的人民,在极端艰难的物质条件下,以新的政治力量和新的精神力量创造生产建设的奇迹,显示了中华民族的新生和民族解放战争的光明前途。陶雄的《某城防空纪事》、周冷的《胡队长》、李乔的《饥饿褴褛的一群》、唐其罗的《沙喉咙的故事》、野渠的《伤兵未到前的一个后方医院》、落繁的《保长的本领》等作品,大胆地暴露了后方另一角——国民党统治区的黑暗与腐败。这些作品都写得比较细腻,是难得的佳作。

总之,抗战报告文学作品,及时而详尽地记叙了抗战爆发后中国社会生活的各方面,勾画出一幅又一幅生动形象的图画,把中华民族在生死攸关的时刻发生的各种问题呈现在中国人民和世界人民面前,从而唤起人们的关注,起着团结人民、教育人民、打击敌人、消灭敌人的作用。这也为中国现代报告文学创作在题材和内容的开拓以及社会效益的扩展诸方面提供了有益的启示。

抗战报告文学作品,不仅内容丰富、时代感强烈,表现手法也变化多样。这主要表现在三个方面:由叙述事件为主到刻画人物为中心;由片段生活的平铺直叙到综合表现的提要钩玄;由热情歌颂到冷静描述。从而,呈现出抗战报告文学创作日渐成熟的发展趋势。

抗战初期的报告文学作品，往往是作者亲身经历的片段生活的直接体验的记录；作者为中心，事件为主体，平铺直叙为手法。这样的作品在读者面前呈现出的几乎是生活点滴的原型，看不出作者对于材料的组织和批判，使人感到主题欠深刻、鲜明，结构欠完整。随着时间的推移，作家们突进生活的密林，对于现实生活有了更多更深的了解，对于民族解放战争有了本质的认识，这就使报告文学创作由单纯的片段生活的叙述进到综合地表现生活的多个方面，由事件为中心进到人物为主体。这一转变，正是抗战报告文学作品的内容趋向深化、形体趋向完成化的标志。以群的《新人的故事》和《战斗的素绘》两本报告文学作品集，便完整地展现了抗战报告文学内容与表现手法的这一转变。其中，《挣扎》一篇就像小说一般，刻画了一个在国家与个人、民族利益与个人利益的矛盾痛苦挣扎中，最终挣断了旧日的锁链而变成一个新时代战士的农民形象，显示了战争教育人民，人民推动战争的时代意义。这篇作品主题深刻，形象鲜明，结构缜密完整。与此同时，抗战初期的报告文学作品，往往是热情洋溢的英雄赞歌，呈现在读者面前的是具有"勇敢""牺牲""伟大"精神和品格的人物形象。这对于显示中国人民的力量和抗战决心、鼓动人们的抗日热情，固然有着一定的作用，但却往往显得比较浮泛，不够深刻，缺乏强烈的艺术感染力。随着战争的延长和战时生活经验的丰富，作者们原有的澎湃热情渐渐平息，转而注意于全面观察和冷静描述，其笔触也就逐步深入生活的里层，写出战时的光明与黑暗、庄严与卑劣、善美与恶丑的社会人生状态。这一转变，正是抗战报告文学作品更接近真实的标志。抗战报告文学内容与表现手法的这些变化，为中国现代报告文学创作运用多种形式、多种表现手法，反映广阔的现实生活，提供了可资借鉴的经验教训。

抗战报告文学创作在思想内容和表现形式上的这些成就，表明了年轻的中国现代报告文学在抗战时期已走向成熟阶段，为中国当代报告文学的发展奠定了良好的基础。

附记

我在对抗战文学总的研读过程中，分门别类地对抗战小说、抗战诗歌、抗战戏剧进行研读与论析。本文便是对抗战报告文学作出我的评定而撰写的文章。

本文发表于《重庆师范学院学报》1985年第1期，中国人民大学书报资料中心《中国现代、当代文学研究》于同年第10期全文转载。

抗战文学"凋零"论"开倒车"论质疑

抗战文学的成就怎么样？抗战文学在中国现代文学史上的地位如何？这两个相关而极为重要的问题，为现今海内外中国现代文学研究界所重视，并热心探讨。流行于海外而影响于海内中国现代文学研究界的夏志清的《中国现代小说史》和司马长风的《中国新文学史》，对抗战文学的成就和历史地位均持否定观点，或认为"中国现代文学在抗战的几年间，开了倒车"（暂名之为"开倒车"论），或认为抗战时期是中国新文学的"凋零期"（暂名之为"凋零"论）。对于"开倒车"论和"凋零"论，笔者不能苟同，反倒确定无疑地认为，抗战文学是五四文学革命以来中国现代文学的一大发展，如艾青在《论抗战以来的中国新诗》一文中说的是中国现代文学"果实累累的收获季节"。

一

抗战文学是在中国近代史上的抗日战争时期和世界近代史上第二次世界大战时期那一特定历史时期社会生活中孕育与产生的。考察这一时期的抗战文学自然离不开孕育它与产生它的社会生活土壤。抗战时期，中国社会生活怎么样？可以作这样的概括：民族矛盾空前尖锐，阶级矛盾依然存在，光明与黑暗交错。但是，社会生活的总倾向是进步的而不是倒退的，是有生气的而不是窒息的。这一社会生活特点是由这样两个主要的因素形成的。一是中国人民的民族精神与自信力的空前迸发。从鸦片战争以来，中国人民在帝国主义与封建主义的压迫之下生活着、挣扎着、战斗着。但是，从来也没有像抗战时期这样，以爱国主义为核心的民族斗争精神和牺牲精神得以发扬光大，中国人民被压抑的积蓄已久的彻底的毫不妥协的反帝反封建的斗争精神犹如火山爆发般喷射而出。抗日救亡、夺取抗战胜利，既是中国人民的愿望、要求与实际行动的轴心，也是抗战时期社会生活的脉搏与主旋律。二是在当时社会生活中具有决定意义的国共两党结成了抗日民族统一战线。在共产党倡导的联合抗日的政策、方针指导下，抗日救亡运动持续进行着，抗日民族解放战争逐步到达胜利的彼岸。共产党直接领导的抗日游击队给入侵之敌以巨大创伤；国民党军队的广大官兵，支撑着正面战场。这种民族解放战争的高涨之势为中国近代史上从未有过。中国人民的民族精神的空前迸发，促进了国共两党的联合抗日；国共两党的联合抗日，反过来更促进了中国人民的民族精神的发扬光大。正是这样两个互为因果的因素，使我们的人民度过了那个劫数最大最深的年代，并使那个历史时代的社会生活不仅未曾停滞、倒退，反而在斗争中进步，在苦难中发展，赢得了民族解放战争的胜利，为世界反法西斯侵略的斗争作出了应有的贡献。

但是，进步的社会生活仅仅为文学的进步与繁荣提供了一定的条件与土壤。如果以为有了进步的社会生活就一定有进步的文学，那未免失之武断与偏颇。因为，生活并不等于文学。文学反映与反作用于社会生活，关键在于作家认识生活和把握生活的强度以及艺术创造力的高下。那么，抗战时期中国作家群这一基本素质是提高了，还是降低了呢？答案是肯定的。可以这样说，这一个时期中国进步作家们对于抗战现实生活的认识与把握的能力以及达到的深度，超过五四文学革命以来中国现代文学史上任何一个时期。他们对于现实生活是从宏观与微观两个方面去考察的，是从中国的民族解放战争的发展与世界反法西斯战争的演进去考察的，是从广大群众的愿望、要求去捕捉题材的。因而，便能发掘社会生活中具有本质意义的因素。之所以如此，乃因为他们在民族解放战争炮火的感召下，改变了生活环境，改变了生活方式，走出亭子间，加入血与火的战斗行列。前线、敌后、后方乡村乃至东南亚一带都有他们的足迹，响彻着他们那救亡的呼声。他们既是作家、诗人、戏剧家，又是民族解放战争战线上的战士。所以，20世纪二三十年代成名的作家更加成熟了，一代文学新人步入文坛了。被海外中国现代文学研究界称为"独立作家"的巴金、老舍，这时不是直接走向了人民大众吗？创作热情不是更加旺盛了吗？在海外，中国现代文学研究界呼声甚高的李金发、戴望舒，这时不是都程度不同地转入拥抱现实生活了吗？姚雪垠、路翎等作家，不就是随着抗日斗争生活的进步与抗战文学的发展而日益成长与成熟的作家吗？广大作家汇入了民族解放战争的洪流，推动着民族解放战争的进行；反之，民族解放战争的烈火也练就了作家。这一历史辩证的结果，就是作家们的素质明显提高了。

社会生活的进步，作家对于生活的感知力和知解力的增强，必然会促进文学的发展与繁荣。"凋零"论跟文学与生活、作家与生活的关系的基本文学原理是相谬的，而与抗战文学实际也相去甚远。

二

抗战文学在抗战中，就其进行的文学运动、文学思想斗争与文学理论探讨而言，较之于20世纪二三十年代有巨大发展，成就卓著。

"文协""第三厅""文工会"这些组织机构虽然存在时间长短不一，但都表明了文艺界统一战线的结成、巩固与发展。文艺界广泛的统一战线是一面旗帜，有了这面旗帜，抗战文学队伍就日益壮大，抗战文学运动就始终沿着抗日民主的政治方向和现实主义创作道路向前发展。因为这一统一战线是由三个层次构成的：以抗日为前提，团结一切不愿做亡国奴的中国文艺工作者，这是最大一个层次；在民主的基础上，团结一切愿意或赞成抗日而又不满或反对国民党顽固派的倒行逆施的文艺工作者，这是第二个层次；在社会主义现实主义原则下团结一切无产阶级作家，这是第三个层次。以第三个层次为核心构成的文艺统一战线，既是五四文学革命以来文艺统一战线传统的继承，同时又是它的巨大发展。抗战文学界正是以无产阶级文学力量为核心，既形成了重庆这样的文坛，又有了多个文学据点，呈现出崭新的文学结构形态，开展了一系列文学活动。

对"与抗战无关"论、"战国策"派、国民党的文艺政策的批判，是当时抗战文艺界内部开展的三次文艺斗争。这些文艺斗争，虽然是五四文学革命以来中国现代文学斗争的继续，然而却具有新的内容和鲜明的时代特点。"与抗战无关"论，是20世纪20年代末、30年代初的"新月"派、"自由人"和"第三种人"的自由主义文艺观在新形势下的翻版。论者梁实秋早在无产阶级文艺运动兴起之时，就宣扬人性论企图否定马克思主义的阶级论；1937年12月，他在国民党政策重心转移之时和抗战文艺界要求"伟大作品"产生呼声之际，故态复萌，从文学创作题材角度提出文学"与抗战无关"的主张。抗战文艺界多数文艺工作者对此论给予一致地批判，无疑是天经地义的，出现一些愤激之词是难免的，也是可以理解的。这场历时五个月之久的集中的论战，"文艺必须抗战，抗战需要文艺"为广大文艺工作者所公认，并转化为他们的思想与行动。"战国策"派在1940年后的大后方文艺界的出现，代表了一种鲜明的政治色彩的文化思潮和文学思潮。该派扛着民族主义文学的旗帜，与20世纪30年代初文坛上出现的"民族主义文学运动"有一脉相承之处。1942年9月以后，国民党抛出的文艺政策，较之于20世纪30年代初的"三民主义文艺政策"，更加系统化、法典化。这一文艺政策的主要内容及实施这一文艺政策的一系列条文，无论其本意或客观效果，都是阻遏、限制抗战文艺运动的发展的。抗战文艺界的进步文艺工作者对这一文艺政策和"战国策"派，进行了有理有利有节的批判。这三次文艺斗争，都是围绕文艺与抗战、文艺与抗日民主斗争的关系展开的，都是中国现代文学史上文艺与政治关系的论战在新的历史条件下的继续与发展。

当时抗战文艺界还就通俗文艺、暴露与讽刺、民族形式、现实主义及主观论等文艺思想理论问题进行了探讨。通俗文艺的讨论是左联时期三次文艺大众化讨论的继起，是在"文章下乡，文章入伍"的需要之下重新提出来的。通俗文艺讨论末期，民族形式问题提出并由此开始了讨论。这两次讨论有一定的承接关系，也都是为着探讨文艺与大众相结合的路径。但又有质的不同，因而对于抗战文学发展的贡献大小不一。暴露与讽刺、现实主义及主观论的讨论，都是为着促进抗战文学的现实主义深化。可以说，中国现代文学从它发生之日起就对社会弊端进行着暴露与讽刺；20世纪30年代，无产阶级文艺界就暴露与讽刺问题从理论上展开了讨论。但是，抗战文学还要不要对社会痼疾进行针砭？由《华威先生》的问世，诱发了关于"暴露与讽刺"的讨论。通过讨论，"暴露与讽刺仍旧需要"成了广大文艺工作者的共同主张，并由此而使抗战文学创作出现新的发展方向。现实主义与主观论的讨论是中国现代文学史上难得的一次文艺理论的讨论，无疑对于中国现代文学现实主义理论体系的建树起着巨大作用。总之，这些文艺思想理论的探讨，较之于20世纪二三十年代同一问题的讨论更深入更系统，因而意义也更深远。尤其是为人民服务的文学方针的提出与学习，对于系统地总结五四文学革命以来中国现代文学的经验与教训，解决中国现代文学先驱者们长期探索企图解决而未完全解决的重大文艺理论与文学创作实践问题，将中国现代文学推向一个新的发展阶段，奠定了坚实的思想理论基础。文艺为人民服务这面旗帜在后期抗战文坛上树立起来，这是抗战文学对中国现代文学全面进入无产阶级的主流意识形态作出的特殊贡献。

三

衡量一个历史时期文学成就的大小，当然应着重于文学创作成就的高下的考察。不过，这里有一个标准问题。标准不一，得出的结论自然不同。笔者认为，考察抗日战争时期文学创作成就高下的标准的基点应放在文学与时代、文学与人民大众的关系上面。凡是形象地反映了这一个历史时代和这一个历史时代中人民大众的美与善的因素而又具有审美价值的文学作品,尤其是史诗性的鸿篇巨制,就有较高的成就。本着此意去考察抗战文学创作,尤其是大后方文学创作,就会认为成就显著、果实累累,而不是犹如含苞待放的花朵经大风暴的袭击遂纷纷凋零。

这里,仅从主题的角度去探讨大后方抗战文学创作所取得的成就。

纵观大后方抗战文学创作发展过程,不难发现这样一种创作现象:武汉沦陷前,讴歌抗日救亡,成为文学创作中压倒一切的主题;武汉沦陷后,暴露黑暗,成为文学创作中压倒一切的主题。这一创作现象说明什么问题呢?笔者以为正说明抗战文学创作与抗战现实社会生活、与人民大众的关系密切。这一具有广泛意义、概括意义、宏观意义的主题,正是五四文学革命以来文学创作的反帝反封建的开阔性主题的继续与发展。

武汉沦陷前,中国各党各派和各阶层人民在中国共产党倡导的联合抗日的旗帜之下,一致对外,协力救亡,因而社会生活出现生机蓬勃的局面。七七事变、淞沪会战、平型关大捷、台儿庄大战,都充分显示出中国人民在抗日救亡的高热度下所迸发出来的巨大的潜在力量。抗日救亡的呼声与炮声,成为报告文学、诗歌、戏剧、小说等各种体裁的文学作品的主要内容。曾克的《在汤阴火线》、姚雪垠的《战地书简》、李辉英的《军民之间》、曹白的《呼吸》等报告文学,郭沫若的《战声集》、艾青的《向太阳》、田间的《给战斗者》、臧克家的《从军行》、蒲风的《抗战三部曲》、卞之琳的《慰劳信集》、高兰的《朗诵诗集》等诗歌,夏衍等集体创作的《保卫卢沟桥》、洪深执笔的《飞将军》、塞克等集体创作的《突击》等剧作,姚雪垠的《差半车麦秸》和《牛全德与红萝卜》、艾芜的《受难者》等小说,都从不同角度反映这一主要内容,奏出这一时代的主旋律。尤其是,众多的文学作品描述了七七事变、淞沪会战、台儿庄大战的日日夜夜。反映卢沟桥事变的剧作,除了《保卫卢沟桥》外,还有田汉的《卢沟桥》、陈白尘的《卢沟桥之战》等。反映淞沪会战的报告文学有丘东平的《第七连》、骆宾基的《大上海的一日》、徐迟的《大场之夜》、亦门的《闸北打了起来》等;反映淞沪会战的剧作仅报刊发表的就近30种,其中有崔嵬与王震之执笔的《八百壮士》、夏衍的《咱们要反攻》、尤兢的《我们打冲锋》、凌鹤的《火海中的孤军》、沈西苓的《在烽火中》、陈白尘的《扫射》、姚时晓的《汉奸的末路》可为代表。反映台儿庄大战的报告文学作品,有以群的《台儿庄战场散记》、王西彦的《被毁灭了的台儿庄》、舒强的《战后的台儿庄》、范长江的《台儿庄血战经过》;反映台儿庄大战的剧本，有锡金、罗荪、罗烽执笔的《台儿庄》；反映台儿庄大战的诗歌，有臧克家的《红血洗过的战场》；等等。可见，作家们都全力描述着中华民族救亡图存的斗争生活，写下了中国人民一幅幅战斗生活的剪影，写得逼真，感情喷涌，有光明也有黑暗，有可乐观的事迹也有可悲观的现实，具有抗战初期的鲜明的时代色彩。

　　武汉沦陷后，国民党顽固派推行消极抗日的方针，大后方的白色恐怖日益严重，抗日救亡运动失却初期的滔滔之势。抗战后期，大后方一切进步力量汇集为强大的民主潮流，冲击着国民党顽固派的倒行逆施。这便是武汉沦陷后，大后方社会生活的真实状况。所以，武汉沦陷后，暴露黑暗成为文学创作的中心主题，乃是抗战文学创作符合逻辑的发展，乃是抗战文学创作与抗战现实生活的关系密切的表征。小说创作，有茅盾的《腐蚀》、巴金的《寒夜》、沙汀的《在其香居茶馆里》与《淘金记》、艾芜的《石青嫂子》与《丰饶的原野》、夏衍的《春寒》、靳以的《前夕》、王西彦的《古屋》、司马文森的《雨季》、姚雪垠的《戎马恋》、张恨水的《八十一梦》与《五子登科》、路翎的《财主底儿女们》等；戏剧创作，有郭沫若的《屈原》、阳翰笙的《天国春秋》、欧阳予倩的《忠王李秀成》、茅盾的《清明前后》、老舍的《残雾》、宋之的的《雾重庆》、夏衍的《法西斯细菌》、曹禺的《蜕变》、丁西林的《三块钱国币》与《等太太回来的时候》等；诗歌创作，有臧克家的《宝贝儿》、袁水拍的《马凡陀的山歌》、力扬的《射虎者及其家族》等；报告文学创作也转入暴露黑暗，诸如于逢的《溃退》、野渠的《伤兵未到前的一个后方医院》、落繁的《保长的本领》，以及较多的杂文创作。所有这些作品，都从不同角度，抒写暴露黑暗这一基本主题，具有暴露黑暗、批判现实与坚持抗战紧密结合的特点，从而有力地抨击着国民党顽固派的倒行逆施，呼喊出广大人民群众要抗日要民主的心声。20世纪二三十年代的李金发、戴望舒这时再也写不出远离时代远离人民大众的《弃妇》《雨巷》这一类诗歌了，而置身于抗日救亡洪流，他们的诗或小说创作成为抗战文学创作的一部分了。

　　主题的重心随社会生活的变化而变化，跟时代与人民大众关系的密切，这不能不说是抗战文学创作的一大成就。

四

　　考察一个历史时期现实主义文学创作成就的大小，更应当着眼于是否塑造出千姿百态的典型人物形象。因为要使现实生活的"第一自然"变为文学作品的"第二自然",而使之具有较大的审美价值,这就不能不通过典型人物形象的塑造来实现。这里,仅从典型人物形象这一角度去探讨抗战文学创作所取得的又一个方面的成就。

抗战文学创作人物画廊中,有着多种多样的人物形象,诸如驰骋沙场的战士,忠贞不渝的爱国志士,觉醒的民众,流浪的难民,悲苦的农民,转换期中的知识分子、地主、资本家,打着抗战旗号的大小抗战官、汉奸、准汉奸,以及大大小小的特务。这一切人物形象,虽然千姿百态,各具特征,然而却由抗日民主这一时代的灵魂将他们联结为对立统一的整体,决定着他们各自不同的行为方式与命运。这种向"心"、离"心"、反"心"的斑驳人物形象,正是大后方抗战文学创作的重要特色。这一特色也表明抗战文学创作与时代、与人民大众的关系的密切。洪深执笔的《飞将军》、老舍的《张自忠》、丘东平的《一个连长的战斗遭遇》、萧乾的《刘粹刚之死》、欧阳山的《扯旗树》等一类的剧作、小说,描述着空军战士高鹏飞、刘粹刚和陆军高级将领张自忠、下级军官林青史及被俘而不屈的战士的可歌可泣的英勇战斗事迹和高度的爱国主义精神。茅盾笔下的小昭(《腐蚀》)、田涛笔下的赵三(《焰》)、于逢与易巩笔下的黄汉(《伙伴们》)等一类人物形象,正是抗战现实生活中的革命者、抗日游击队领导者和战士的活写照。这些人物形象与抗日民主根据地人民文学创作中八路军将士形象相辉映,构成抗战文学创作人物画廊中最有光彩的部分。吴祖缃笔下的章三官(《鸭嘴崂》)、艾芜笔下的尹七嫂(《受难者》)与刘老九(《丰饶的原野》)、沙汀笔下的冯大生(《还乡记》)等一类人物形象,正是在民族解放战争中逐渐觉醒、成长起来的中国农村的农民新人。抗日民族解放战争教育着他们,他们推动着抗日民族解放战争的行进。夏衍笔下的刘浩如(《心防》)与俞实夫(《法西斯细菌》)、丁西林笔下的梁治(《等太太回来的时候》)、宋之的笔下的林家棣(《雾重庆》)、靳以笔下的黄静玲(《前夕》)等一类人物形象,正是抗战现实生活中进步文化人士和逐步转到人民大众一边的高级知识分子、知识青年的艺术再现。茅盾笔下的何跃先(《第一阶段的故事》)、林永清(《清明前后》)一类人物形象,也正是抗日民主斗争推动下,为着抗日救亡而艰苦跋涉的民族资本家的典型代表。作家们就是这样描绘着一切不愿做亡国奴的中国人的形象。这些人物形象的心灵与抗战现实中活生生的中国人的奋力抗争精神完全一致,反映出抗战时期的时代精神,显示出中华民族不可侮的民族大义和坚强意志。

然而,"一方面是庄严的工作,另一方面却是荒淫无耻"。作家们讴歌"庄严工作"、塑造正面人物形象的同时,用犀利的现实主义解剖刀,深入抗战现实生活的里层,把那些"荒淫无耻"的"黑心"挖出来,鲜血淋漓地展示在人们的面前。张天翼的《华威先生》与《谭九先生的工作》、沙汀的《防空——在"堪察加"的一角》、黄药眠的《陈国瑞先生的一群》、萧蔓若的《牺牲精神》、黑丁的《痛》等作品所塑造的否定人物形象,都具有抗战现实生活中"新的人民欺骗者、新的抗战官、新的发国难财的主战派、新的卖狗皮膏药的宣传家"的性格特征。茅盾《腐蚀》中的陈胖、周经理、松生、舜英,老舍《火葬》中的王举人,陈白尘的《汉奸》《魔窟》中的一群,都是抗战现实生活中,蒋记、汪记大小特务的艺术化身,是"尘海茫茫"中"满路"的"狐鬼"。沙汀的《在其香居茶馆里》与《联保主任的消遣》,艾芜的《一个女人的悲剧》与《石青嫂子》,陈白尘的《禁止小便》与《升官图》,张恨水的《五子登科》等作品中的鱼肉人民大众的恶贯满盈的土豪劣绅及大小官形象,正与抗战现实生活中国民党基层政权的当权者和社会渣滓相一致。就是以历史故事为题材的戏剧、小说中的否定人物形象,也具有抗战现实生活中搞分裂、倒退、投降的人物灵魂。作家们创造这些否定形象,鞭挞这些"荒淫无耻"的角色,正是为着加强抗日民主斗争的力量,推动抗日民主运动的进行,进而取得民族解放战争的胜利。这正表现出抗战文学创作在现实主义道路上坚实地发展着。

作家们在描绘上述两种对立人物形象的同时,也从不同侧面,勾勒出在光明与黑暗搏斗中的彷徨、苦闷乃至消极颓唐的人物形象。其中多为知识分子形象,诸如大学教授朱怀义(茅盾的《第一阶段的故事》)、大学毕业的小公务员汪文宣及唐柏青(巴金的《寒夜》)、知识青年刘明(严文井的《一个人的烦恼》)以及沉沦的一群大学生(宋之的的《雾重庆》)。这些人物形象既与20世纪二三十年代同类型人物形象有联系,然而却有新的特质与新的意义,他们的存在反映了抗战现实生活的一隅,丰富了抗战文学创作的人物画廊。

作家们为着表达具有开阔性的主题和塑造出成功的人物形象,还在艺术表现手法上做着不断的探索。他们在塑造人物形象时,已不满足于传统的艺术表现手法——从人物生活的外在环境去揭示人物的性格特征,而是渐次趋向于从人物内心世界去表现人物的精神世界与物质世界的矛盾,以期从多变化的内心反映复杂的现实社会生活。同时,在揭示人物内心世界时,也并不限于表现心理过程的结果，而更偏重于揭示人物内心矛盾发展的全过程。姚雪垠、碧野、路翎、田涛等与抗战文学一道成长与成熟的作家，正是在这一方面执着地追求着。他们的作品几乎都是从个人身边琐事入手，展现大时代的特征，写个人命运透视整个民族、人民的命运，形象透视个人的价值和人生意义的真谛。这正如黄绳在《抗战文艺的典型创造问题》一文中所指出的：这些作家作品在探讨个人命运与人生前途时，总是将抗日民族解放战争作为整个中国人的社会的变化的依据，人的新生是社会的向上变化的影响的结果，而大多数人的新生又将促成整个的社会新生，整个民族的新生。因此，这种"内向性的"作品，凝集着作家个人和整个时代人们的美感经验，仍然是社会生活的延伸和缩影；透过人物纷繁复杂的心灵历程，映现出外部大千世界，展示历史的沉积、传统的负荷、人生发展轨迹和社会发展的总趋势。此外，在文学叙述语言上成就也很显著。这一历史时期的文学创作，最大限度地克服了语言的欧化毛病，而普遍采用了符合中华民族、中国人民大众的语言习惯的书面语言。

五

现实主义文学不仅形象地反映社会生活，而且还要反作用于社会生活。这种反作用是怎么实现的呢？无疑是通过读者和观众产生这一社会作用的。因此，考察这一个历史时期文学创作成就的大小，还应当把视野扩大些，扩大到读者和观众群众中去，看着读者与观众对作品的反应如何？作品在读者与观众中产生了什么影响？这也是衡量这个历史时期文学创作成就大小的重要标志。这里，拟从"读者美学"与"观众美学"这一角度来考察抗战文学创作的成就。

中国历史经历了漫长的封建社会和半殖民地半封建社会。生存与发展于这一社会生活中的中国人民，尤其是广大农民，物质生活与精神生活都是十分贫乏的。他们无暇也无能力阅读与欣赏文学作品。因此，就是中国现代文学作品的读者也依然限于知识分子和都市的市民群众。20世纪二三十年代中国现代文学作品的社会效果，也主要是在知识青年和都市市民中显现出来。但是，到了抗战时期，现代文学作品的甘泉流向了前线的士兵、敌后的民众和后方乡村的农民的心田。这关键在于广大作家们到了前线、敌后和后方乡村，感知和了解抗日的中国人民大众的生活和思想情趣，其作品不同程度地抒写着他们的生活与心灵。所以，抗战文学作品所产生的社会效应就比20世纪二三十年代现代文学作品产生的社会效应更巨大而带有普遍性。这里，看看抗战戏剧在观众中产生的影响吧！

抗战时期，难民问题一度成为社会的严重问题。如何使难民成为有利于抗战的力量，抗战戏剧曾发挥过不可忽视的作用。有一个农村的农民和难民，听说敌人要来了，人心惶惶，个个准备逃跑。演剧队针对此种状况，演出了《逃难到河南》。当地农民和难民看了这出戏后，深感逃跑不是办法，而应组织起来进行抗战。于是，他们联合了当地的红枪会，组成抗日游击队。

抗战时期，如何才能调动农村的地主武装力量进行抗战的积极性，抗战戏剧也起过巨大的推动作用。河南商城有一位姓顾的大地主拥有上万名武装农民。但是，他对抗战抱悲观主义态度，认为抗战一定会失败，所以他收缴了发给农民的枪支，准备敌人来后做顺民。演剧队主动到他驻地演出，请他光临指导。演员们抱着一个目的，就是通过演戏，转化他，使他成为抗日的力量。当他看了演出的《死里求生》（根据《最后一计》改编）一戏时，流泪了。第二天，他召集许多人来看戏，并登台演讲，慷慨陈词，表示坚决抗战。后来，他率领的一支游击队成了大别山里的劲旅。

抗战时期，沦陷区有不少汉奸，大后方也不断繁殖出准汉奸或预备汉奸。但是，汉奸之群也并非铁板一块。在分化和瓦解汉奸营垒过程中，戏剧也是起过较大作用的。

同时，抗战文学创作在外国的读者中也引起了强烈反响。仅 1938 年至 1939 年间，苏联出版的中国抗战文学作品和其他书籍就达 50 余种，销售量达 2 亿余册。《中国抗战诗选》《中国抗战小说选》《中国抗战文学选集》曾在英、美、匈牙利等国家出版发行，得到普遍好评。世界进步读者正是通过这些作品感知日本帝国主义的残暴与野蛮，从而进一步同情和支持中国人民进行的民族解放战争。

以上内容足以表明，抗战文学是中国现代文学的重要发展阶段，是中国现代文学的重要组成部分，硕果累累，成就显著。"凋零"论、"开倒车"论不仅站不住脚，反倒显露出论者的偏见或知之甚少！

附记

我在 1982 年几乎同时得到夏志清的《中国现代小说史》和司马长风的《中国新文学史》（三卷本）。我快速读完这两种专书后，自然得知了"开倒车"论出于美籍华裔学者夏志清之手、"凋零"论出于香港学者司马长风之手。我便针对此二人的评判结论予以研究。1985年年初，我写成近万字的长文寄给《抗战文艺研究》，该刊于同年第4期刊出，中国人民大学书报资料中心《中国现代、当代文学研究》于1986年第3期全文转载。这篇文章，自我感觉良好。一位朋友读后说："笔力酣畅，痛快淋漓！"当然，我知道，学术问题的分歧不是做一篇文章就可见分晓的，常常会是见仁见智的，这很正常。不过，不可带偏见，更不可带政治偏见。偏见尤其是政治偏见，应是学术研究之敌！

"开倒车"论、"凋零"论在学界至今还存影响，只是用词不同罢了！有人说"抗战文学，是只有抗战，而无文学"，便是具代表性的一说。本文用大量文学史料，实证20世纪30年代末及40年代中国文学并未"凋零"，并未"开倒车"，而是对"五四"、20世纪二三十年代中国文学的发展。至于这"两论"出现的缘由，我在《我说抗战文学》一书中的第16页至23页，作过较详的剖析。

巴金小说的"苦难情结"

中华民族是一个饱经风霜的民族,尤其是近百年来灾难重重,苦难更为深重。不管是出身哪个阶级、阶层的而又有良知的人们,都会在不同层面上感受到苦难的煎熬。中国作家特别是中国现代作家用他们的笔描绘出了中华民族、中国人民大众历史的现实的种种苦难,而且在描绘苦难过程中,反思中国社会人生和中国文化,探寻苦难的根源,启示人们思考消除苦难的途径。

巴金出身于物质生活甚为丰厚的家庭,但是,他却从"平静的喜悦"的家庭中看到了"眼泪"与"悲哀",感受到了冷酷与悲惨。巴金离开家庭走进社会之后,苦难的人与苦难的事,始终伴随着他。苦难构成了他对家庭、社会的最大感受与体验。由此化为他的小说的一种化解不开的情结,笔者称之为"苦难情结"。巴金的小说,大多描述苦难,意在救民救国,本篇着重解读他的《寒夜》、《第四病室》和《憩园》三部长篇小说。

一

巴金从1944年一个寒冷的冬夜开始写《寒夜》,1946年写成。他在《寒夜·再版后记》中说:只写了一个渺小的读书人的生与死。他是替这些死去的渺小人物讲话的。从小说的写作时间和这个自白,可以看出巴金是描述战争背景下的苦难人生的。的确,这部小说是描述战争环境里普通的知识分子的悲苦命运的。其中融入了巴金最具切肤之痛的人生感受与体验。战争期间,大批知识分子颠沛流离,处境极为艰难。巴金深有体会。他本人就是四处漂流中的一位知识分子。他更亲眼看见知识分子作家陈范予在流离之中患结核病无钱治疗,声音全部哑失而悲惨地死去;资深作家王鲁彦患结核病也无钱治疗,寂寞凄苦地死去,死时其妻连为他买一件衬衫入殓的钱也没有;叶紫也患肺结核病无钱治疗悲惨死去,死后其妻子儿女生活无着落,只得血书于报端呼救;作家缪崇群病倒在医院里,连水也没得喝,也是孤零零地死去了……巴金深知,这些知识分子作家的悲惨遭遇,是战争造成的,是战争背景下大后方社会造成的,他表示要为这些人提出控诉。巴金把他的这些人生感受、体验及从中获得的理性认识,融入一个故事之中,构成这部小说的基本内容。这部小说的完整故事是虚构的,可是背景、事件等却是真实的。人们躲警报、喝酒、吵架、生病、物价飞涨、战场失利、人心惶惶、咖啡馆、银行、半官半商公司,这些全是战时陪都重庆的日常生活现象。这部小说写一个普通知识分子家庭的悲剧,浓缩着与映现出整个社会人生的苦难及作家的人生反思。

《寒夜》中的主要人物汪文宣在寒夜登场,在寒夜里寻找出走的爱妻曾树生。这个寒夜不是和平时期的寒夜,是敌机前来轰炸时我方发出的紧急警报声阵阵响彻城市上空的寒夜,是战争恐怖气氛笼罩着的一个寒夜。小说结尾也是一个冷风阵阵吹过市空的寒夜。曾树生由兰州回家寻找家庭及儿子。但丈夫汪文宣死了,儿子被婆婆带走了,她无家可归只得徘徊于寒夜的街头。汪文宣、曾树生及汪母等人组成的一个小家庭,就在这么一种战争造成的"寒夜"里,演绎着各自的人生,共同向一个不幸的结局走去。汪文宣本是大学毕业生,他有着教育救国的人生理想,想通过办"乡村化家庭化的学堂"来改造人生,改造中国社会。他与同学曾树生自由恋爱,婚后又生一子。他与妻子、母亲、小儿子,过着"安闲日子"。然而,战争来了,他和家人由上海辗转来到重庆。社会人生的巨大变化,带给了他们家庭和他的性格的裂变。家庭不和睦,婆媳关系紧张,经济拮据。他在一个半官半商的图书公司做职员。这时的汪文宣,既要承受生活困顿之难,又要承受精神压抑之苦,原有的救国宏愿只得化为生存的最低要求了,灵与肉出现巨大冲突。他要维护正义、理想与人格尊严,就必须不与社会同流合污,这就有失业的危险乃至付出生命的代价;他要苟全肉体,就只得逆来顺受,与世无争。在这两难的尴尬处境中,他选择了"苟安",如他说的:"为了生活,可以忍受。"不过,他的正义与良知并未泯灭。他在校对一本关于"党义"的书稿时,上司要他当天校对完。他知道这是不可能做到的事,但又不敢公开说个"不"字,只在心里回答道:"不要逼我,至多把我的命赔给你就是了。"校对过程中,他对粉饰太平、歌功颂德的内容嗤之以鼻,心中不停地骂道:"谎话!谎话!"平常在公司上班时,他既畏畏缩缩,怕见到上司注视的目光,怕听到上司不满的话,甚至同事轻声咳嗽,他也疑心是否有怪罪自己的意思,但在骨子里又瞧不起上司和一些同事,甚至在心里暗暗责备自己:"真没有出息,他们连文章都做不通,我还要怕他们!"在家里,汪文宣孝顺自己的母亲,想做一个孝顺母亲的好儿子;他对妻子也爱,想做一个好丈夫;他对儿子也疼,想做一个好父亲。然而,妻子与母亲不和,几乎天天吵闹,他不敢批评谁,他不敢评判是非。他只责怪自己未担当起支撑这个家的责任，骂自己，甚至自虐。他常常说："我对不起每个人，我本应该受罚。"汪文宣就这样在陪都重庆社会人生境遇里，屈辱地生活了七八年。临死前，他还没有想明白："为什么他们都应该活，而我必须死？并且这么痛苦地死去？"曾树生本是一个有理想有抱负的新女性，也是战争造成的苦难，使她陷入了家庭与社会双重困境之中。她不像汪文宣那样舍"灵"而求"肉"，她仍然要追求"灵肉"一致，但事实上又不可能一致，所以她也是在痛苦中徘徊，矛盾中挣扎。她在大川银行当行员，该行经理与主任只当她是"花瓶"，供玩赏之用。这与她追求物质享受过热情生活的需求相一致，但又与她强烈的自尊心和倔强的性格相违背。所以，她对汪文宣说道："你以为我高兴在银行做那种事吗？现在也是没有办法。"在家里，婆婆因她与汪文宣不是明媒正娶而常常嘲骂她；婆婆看不惯她爱打扮，晚上很晚才回家；婆婆更反对她与别的男人在一起玩。婆媳关系恶劣。加之，丈夫汪文宣的软弱，家成了她的又一困境。在这重重困境中，出于责任感的驱使——她要担当起家庭生活的重担即丈夫治病的费用、小儿子上学的费用、全家人的生活费用，她不能不与婆婆抗争，不能不与丈夫的某些愿望相违，不能不与陈主任等人周旋乃至厮混。不过，她还是爱丈夫的，爱儿子的，爱这个家的。丈夫因自己无力养家糊口而打算出走时，她要求丈夫不要一个人出走，要出走一起出走，要死一起死。她跟随陈主任到了兰州后仍然寄钱回家，最后还是回来了；同时，她还幻想着战争结束后与丈夫一道办教育，教人、救国。这一极其渺茫的愿望因家破人亡，付之东流。汪母曾是昆明名噪一时的才女，她嫁到汪家后，生有一子汪文宣，一家人在上海过着甚为舒心的日子，不幸丈夫死去，情感与心理受到了重创。不过，她还有一子，爱还有所依附。战争使得她和这个家驻足于重庆。在战争恐怖气氛与苦难的社会生存环境里，她的心理状态与情感状态发生了变异。她在社会的心理的双重压力下，把原来潜藏于内心的对儿子的爱，激发为公开的对儿子的垄断。她用"充满慈爱和怜悯的眼光"看着儿子的一举一动。她愿意为儿子与孙子奉献一切，愿意做一个操持家务的"二等老妈子"。但是，当她意识到儿子对充满青春活力而收入甚丰的妻子曾树生更依恋更爱这一纯属自然而正常的现实时，她感到了对儿子的爱出现了危机。于是，她失去了爱的平衡而出现了变态。变态就产生侵犯性冲动与行为。因此，她对儿媳妇总是看不顺眼，说三道四，挖苦嘲讽。

在战争和社会黑暗的袭击之下，这么一个平凡的知识分子家庭在吵吵闹闹声中解体了,汪文宣死了,曾树生走了,汪母带着小孙子不知去向。由此,作家巴金对战争作了深刻的反思,对社会作了深刻的反思,对人生作了深刻的反思:战争和黑暗社会摧残人、损害人,人与人之间也相互伤害!作家巴金的忧国忧民思想与情感展露无遗。

二

巴金在描述一个苦难的知识分子家庭故事的同时,还把视角瞄向了当时苦难最为集中的医院。这就是他写的《第四病室》。

巴金于1945年5月在重庆开始写这部小说,白天写,晚上写,一气呵成写就。这部小说以一家后方医院的一间病室来浓缩大后方社会,即巴金自己说的"小小的第四病室就是我们这个社会的缩影"[①]。抗战期间,大后方社会像什么样子?就像这家医院的第四病室。小说的这一创作意图与巴金之所以能一气呵成写就,自然源于巴金的真切社会人生感受与体验。巴金在辗转华东、华南、西南各地时,深深感到人们好像生活于悬崖边上,稍不注意就会掉下崖去,坠入万丈深渊。这一总的社会人生感受与体验,与他1944年6月在贵阳中央医院第三病室治病时所经所历所闻所感相融合,形成一种社会人生认识:人们生活的那个大社会就跟这家医院的这间病室一样。于是,一种创作冲动与欲望形成了,创作构思成熟了。这便是《第四病室》的创作原委。

《第四病室》写的这家医院,病室不多,内科传染病人挤到外科病室住,管理十分混乱,同时也只有几样普通的药。这家医院里的第四病室,共有24张床位,病人住在这里拥挤不堪。病室里,阴暗潮湿,地面污黑又凹凸不平,屋顶没有天花板,两边墙的窗户用白纸糊着并有一个大洞,麻雀不时飞进飞出。病人的用具及小便壶等杂物,四处乱放。工友老郑,借帮病人倒小便或买东西之机向病人敲诈勒索。病人与病人之间,不体谅,相互吵闹。看护不认真负责。缺医少药,疾病得不到及时治疗。这是医院与病室总的概况。此外,写几个主要病人来透视社会人生,进一步剖析社会。第2床病人是位66岁的老人。他在从南京逃到贵阳的途中,不幸染上了梅毒。因一家六口人只靠儿子微薄薪金度日,梅毒到了第三期才住进这间病室治疗。他生命垂危之时,哭着向儿子提出一个要求:"我活了一辈子,家也回不去了,想不到还要做异乡鬼,我只想有一块干净地。"并拼尽最后的力气喊着"儿子!儿子!"

[①] 转引自唐金海、张晓云主编的《巴金年谱》,四川文艺出版社1989年版。

结束了生命。第6床病人是一位跌断手臂的人。他先被抬进一家部队医院希望得到及时治疗。他在那家医院里遭逢大雨淋湿，没人照管。第二天住进这家医院，因外科病室住不下就挤进了这间内科病室。他伤口感染化脓，高烧不止。医生只叫他多喝糖水。喝水多，小便多，就遭工友老郑勒索；不喝水，又便秘。后来他又染上伤寒病，被挂上"隔离病人"的牌子。这位壮年汉子，在种种折磨中精神失常了，最终死去。第11床病人是位工人，因公被烧伤。公司不付医药费，他自己又无钱。伤口发炎，疼痛难忍，昏迷中还挥动着手，口还大张着。最后，他的头移到床沿下，倒垂着死去。同时，写该医院与社会的联系。社会上的战争信息与物价飞涨概况，通过大夫与探视病人的人传递进医院病室。大夫中唯一具有高尚医德的医生是杨木华。有一次，杨木华对"我"说："我告诉你一个好消息，你知道吗？盟军在法国登陆了。""看情形战事一定可以在明年里结束。"常给病人送饭菜来的老许，也对"我"说："你晓不晓得，这两天湖南吃紧？""我们老板有个亲戚在桂林开的工厂，要搬到这边来。"这就把1944年五六月间欧战进展的消息和中国湘桂前线吃紧的消息传入了医院病室。同时，这些病人在住院以前，经历过躲警报之类的事。他们把一些特殊用语也带进了病室，比如有的病人把别的病人的疼痛难忍而发出的叫喊称为"放警报"，把嚎叫称为"特急警报"，等等。总之，这间病室是那个中国抗日民族解放战争与世界反法西斯战争时期中的一家后方医院的病室。病室里的状况，被病人嘲笑为"这大概是什么'抗战作风'吧"，就更点破了主题。

　　巴金就是这样置身于现实社会中，而又超越自我与现实社会，把感受与体验上升为审美对象，构筑成艺术世界。在这里，小说艺术世界与现实社会，达到神似形似的程度。由此，实现了剖析社会人生的审美功能。

三

　　巴金在描述和剖析现实社会人生苦难的同时，对流传已久的中国人奉为人生准则的一种传统文化观念进行了深刻的省思与批判，以挖掘中国社会与中国人贫弱、苦难的症结所在。1944年5月至7月写成的《憩园》便是这样的佳作。《憩园》在描述另一层面的苦难中，省思与批判的文化观念是千百年来中国人固守的世俗文化观念即金钱（财产——物质财产）长宜子孙的传统文化世俗观念。

　　《憩园》可以说是"激流三部曲"《家》《春》《秋》的"末篇"。高公馆那个封建大家庭中的子孙们,有一些子孙为什么会堕落?高老太爷临终时嘱咐其子孙要守住家业并发扬光大,但高家为什么会迅速解体?内在的根本原因是什么?无疑是金钱长宜子孙的传统文化观念这一内在的致命因素在起作用。巴金在《憩园》的《后记》中就这样写道:"谁见过保持到百年、几百年的私人财产!""钱就跟冬天的雪一样,积起来慢,化起来快。""保得住的倒是在某些人看来是极渺茫、极空虚的东西——理想同信仰。"这是巴金对中国传统文化世俗观念的深刻反省而得出的理性认识。这一认识,属于真理性的。这一认识,牵动着中国民族的人生观、价值观的根本改变,促进着中国人由"依附"而转向创造,由不思进取而奋发向上。此乃立人立家立国之本。巴金这一自觉的反省意识,化为了《憩园》的思想精神特质。"憩园"的旧主人杨梦痴,是一位富家的纨绔子弟,垮掉的一代。杨梦痴小时候,其父"顶喜欢他,事事将就他"。他后来把"家产败得精光,连三太太的陪奁也花了",吃喝嫖赌,无所不为。其父交给他要他守住的公馆"憩园",在两个弟弟逼迫之下也卖掉了。禀性难移,恶习难改。他照样在外养婊子、赌钱。钱花光了,又找妻子要,与妻子争吵;拿到钱就笑,就又出去花,花光了又回家要。在妻子和两个儿子苦苦哀求乃至以死相胁,要求他"可怜我们母子三人"无效后,他被妻子和大儿子赶出了家门。穷光蛋一个,又无能力养活自己,只得乞、偷、骗,最后以惯偷罪被抓进监狱,在狱中染上霍乱,抛尸荒野。不过,杨梦痴在被金钱长宜子孙的传统文化世俗观念的慢慢吞蚀过程中,人性并未完全泯灭。他常常忏悔,深感对不起家庭,对不起妻子和儿子,是他害了他们。他依然眷恋家庭与妻儿。他偷偷苦吟白居易的《自河南经乱,关内阻饥,兄弟离散,各在一处。因望月有感,聊书所怀,寄上浮梁大兄、於潜七兄、乌江十五兄,兼示符离及下邽弟妹》一诗中的诗句:"共看明月应垂泪,一夜乡心五处同。""憩园"旧主人杨梦痴的人生状态及其悲惨结局,敞露出了金钱长宜子孙的传统文化世俗观念的极大负面效应:不能福及子孙,恰恰相反会祸及子孙,使子孙既不能立言立德更不能立人立国,害死人!

那么,"憩园"的新主人姚诵诗的人生状态及其结局,又如何呢?姚诵诗,原名姚国栋,国栋者国家之栋梁也,表明具有开阔宏大的理想抱负。后改名姚诵诗,诵诗者归隐之士之所为也。这名字的变化,昭示出其思想意识的蜕变。姚诵诗大学毕业后留过洋,回国后做过三年大学教授,在政府机关里做过两年官。后来辞官回家,继承父亲遗留给的七八百亩田地,结了婚生了子,原配夫人死后又有了新太太,还买下了"憩园",过着安闲日子。姚诵诗的现在与十五六年前相比较，待人热情与乐于助人等均未改变，改变最大的是人生价值观念，这体现在两个方面。一是"憩园"白色照壁上的蓝色圆框子里嵌着的四个图案形的土红色篆字"长宜子孙"。这是他从其父辈那里继承下来的遗训，并要传给后人；这也是他后半生治家理财的宗旨。二是放纵儿子。十一二岁的儿子小虎，西装革履，完全成了阔少爷。上学读书，"一个月里头总有十天请假，半个月迟到，上了七年学认字不过一箩筐"。他常常与表兄弟们赌钱，输了钱不当一回事，找其父亲要。有一次输了四百五十元，儿子向姚诵诗说了，姚诵诗不仅一句责备话也没有，而且爽性地说："好，等一会儿你在你妈那儿拿五百块钱。"几乎，每次如此。更有甚者，姚诵诗对其子放纵时，根本不听妻子与朋友的劝告。"我"发觉小虎这些坏毛病和他对小虎的放纵后，就劝他好好管教小虎，不然"反而会耽误他"。姚听后，大声笑起来，猛拍一下"我"的肩头说道："老弟，你这真是书生之见。""对付小孩，就害怕他不爱玩，况且家里又不是没有钱。"小虎自然在这个家里成了"小老虎，小皇帝"。赌输了，回家要钱，发脾气，骂粗话，骂脏话。最后，小虎在外婆家玩耍时，游泳被大水冲走，尸体都未找回。小虎的这一人生结局，与杨梦痴的抛尸荒野，有何两样！"憩园"虽然易主了，由杨家换姓为姚家，然而新主人由新思想新意识而蜕化成为旧思想旧意识。姚诵诗放纵的儿子小虎的早亡，实际上是姚家悲剧结局的超前反映，小虎不早亡，其人生过程不会与杨梦痴有多少差异，归宿恐怕比杨梦痴不会好多少。以金钱长宜子孙的遗训，害了"憩园"的旧主人，也害了"憩园"的新主人。这正如"我"对姚诵诗说的："上回我劝你，你明明白白跟我说，你又不是没有钱，用不着害怕小虎爱赌钱不读书。其实讲起赌钱，一个王国也可以输掉，何况你一座公馆，千把亩田！我们是老朋友，我应当提醒你，杨家以前也是这里的大富，现在杨老三怎样了？""你以为我们人就吃的是钱，睡的是钱，把钱当作父母，一辈子把住钱啃吗？"这一席话，虽带有说教之嫌，然而对金钱长宜子孙的文化观念与世俗人生的批判，却是达到了"诛心"的地步！具有带深远影响的历史与现实的文化批判意义与自省力度。

附记

我曾应约为一家省级电视台的"文学作品赏析"节目写过一篇《寒夜悲歌——谈巴金的长篇小说〈寒夜〉》。文章写成播出后，我沿着这一思路研读巴金的《激流三部曲》《第四病室》《憩园》等长篇小说，深深感到：白昼悲歌、寒夜悲歌，响彻这些作品之中。"苦难情结"成为巴金这些小说化解不开的情愫。所以，我于 1987 年 3 月写成了本文。

文章通过对《寒夜》、《第四病室》与《憩园》的解读，缕析文本意涵——"苦难情结"的所在，并论及其成因与价值意义。

可以说，本文为巴金小说研读提供了另一视角。

本文不曾发表，只有部分内容纳入《中国新文学发展史研究》专著中。

国统区抗战小说泛论

近几年来，笔者用了主要的时间与精力研究国统区抗战文学，特别是对国统区抗战小说形成了一些想法，兹就一得之见写下来，名之曰"泛论"，即对几种想法泛泛而论之意。

七七事变后，反映全民族抗日救亡斗争生活的小说与反映这一生活内容的别的文学门类，是同步进入文坛的，并成为抗战文苑中簇簇生长的奇葩，显示出抗战文学创作所取得的巨大成就，在中国新文学史上具有承上启下的意义，在中外文学交往史上具有别开生面的作用。

笔者做过这样一个统计：1937年9月至1937年12月，《七月》《烽火》两家文艺刊物上就发表过抗战小说十多篇，主要有谢挺宇的《决心》、靳以的《失去爹妈孩子》、陆蠡的《覆巢》、丘东平的《暴风雨的一天》、林珏的《老骨头》、碧野的《夜行军》、柏山的《一个义勇队员的前史》等。这些作品都直接或间接地描述了北平、上海人民及我军中下级官兵的抗日救亡的心声与壮举，其中不乏优秀的篇章。这两家杂志是抗战文坛上最早发刊的文艺杂志，诗歌、报告、散文、小说及话剧，几乎期期都有。

1937年12月出版的"春云丛书"第一种的《春云短篇小说选集》，共选了10位作家的10篇小说，计有：芝菲的《浮尸》、林娜的《泪》、李华飞的《博士的悲哀》、李斯琪的《激流》、金满成的《中日关系的另一角》、廖翔农的《到前线去》、陈静波的《灵魂的坚定》、章邻的《雪夜》、陈君冶的《咯血》、李辉英的《变故》。他们大部分是七七事变前后重庆文坛的中坚分子，曾用小说这种文艺形式把抗日救亡信息与抗战必胜的缘由最先传播给大后方各阶层人士。他们及其小说就如《春云短篇小说选集·序》所评价的：是四川"文艺战线上一个坚强的斗士"，他们"站在山城顶上以匕首短剑与汉奸敌人相冲"，他们编辑出版这个选集有如"虽不能是制一架庞大的飞机去轰炸敌人，至少造一颗小炸弹也是有利的"。其中，《博士的悲哀》《中日关系的另一角》《激流》《到前线去》《灵魂的坚定》等小说从各个方面把抗日救亡生活奉献给四川人民。《博士的悲哀》写于1937年7月23日，距卢沟桥事变仅半个月的时间。这是笔者至今为止读到的最早的一篇抗战小说。这篇小说，与文学史家们认定的第一个抗战剧本《保卫卢沟桥》几乎同时写成、同时问世。① 这篇小说写日本人攻打卢沟桥,造成"华北吃紧"时,大后方知识分子阶层的心理状态,颂扬了热血沸腾的知识分子的爱国主义精神,鞭挞了洋博士舒学商在蓬勃兴起的抗日浪潮冲击下胆战心惊、丧魂落魄的情状。笔调幽默、轻快,讽刺味浓烈。不失为一篇优秀之作。

《七月》《烽火》《春云》在1937年7月至12月间发表的这些小说,多角度多方面地描绘了这几个月时间内中国大地上发生的抗日救亡生活和人们的心理状态。整个抗战小说的题材系列与人物形象系列,都可以在这里找到源头。正是本文所提到的和更多没有提到的小说以及别的文学创作门类的问世,才形成了初期抗战文坛的勃兴局面。

抗战文学随抗战军兴,抗战小说亦随抗战军兴,这似乎是应得出的结论。

抗战小说是否单调、乏味、可读性差?有的读者与评论家持肯定性的说法,笔者是投反对票的。

抗战小说在八九年的创作发展过程中,题材十分丰富与广泛。就题材的区域性说,有前线的,有后方的,有敌后的,有根据地的,有少数民族聚居地的,有海外的,有世界反法西斯战士支援中国抗战的,有外国人眼中的中国抗战生活的,显得多姿多彩。进步的作家们生活与战斗在这大时代中,他们与时代、与人民大众心心相印、息息相通,感受着时代的脉搏,感受着这脉搏跳动的主旋律。"抗战",自然成为他们从事文学创作的基本题材。抗战小说创作在这一共同的大题材之下,显现出千姿百态的各具风采的小题材系列,艺术地反映出抗战时代丰富的社会生活。因此,抗战小说的题材是多样而非单一的。抗战小说的可读性、关键性的因素不在写了"抗战",而在作家怎么写,而在作家对抗战熟悉的程度、感受的深浅、视野的宽窄、文学功底的厚薄,这是不言而喻的文学常识。众多的抗战小说的可读性强,就充分说明这点。

抗战小说在八九年的发展过程中,就风格流派而言,呈现出多姿多彩的局面。社会剖析小说派、京派小说派、"七月"小说派、后期浪漫派、东北作家群小说派②是抗战小说中的主要流派。这些小说流派,相互影响,相互推进,争妍斗艳,中国现代小说创作出现了创作之盛世。

兴起于20世纪30年代的社会剖析小说派,在抗战文坛上最为活跃,小

---

① 《保卫卢沟桥》于1937年7月20日写成,8月5日上演。
② 参见严家炎先生的分法。

说创作甚丰。这一派的界限宽泛一些，可以列出一批小说家的名字：茅盾、沙汀、艾芜、吴组缃、吴奚如、老舍、张天翼、巴金、姚雪垠、王西彦、王鲁彦、万迪鹤、丰村、于逢、东平、郁茹、靳以、刘盛亚、草明、葛琴、萧曼若、李华飞、金满成等。这一流派的作家，以民族民主斗争的社会观、政治观剖析现实社会生活，摄取现实社会生活的肌理作题材，创作小说。作家创作与政治斗争紧密结合，小说强烈的时代性与鲜明的社会性，为该派的显著特征。至于创作手法，以现实主义为主，现代主义、象征主义、浪漫主义兼而用之。茅盾的小说《某一天》《腐蚀》，沙汀的《在其香居茶馆里》《淘金记》，艾芜的《纺车复活的时候》《山野》，老舍的《不成问题的问题》《四世同堂》，张天翼的《华威先生》，巴金的《某夫人》《寒夜》，等等，代表了这一小说流派的创作水平与特点。

抗战小说中的京派，虽然是兴起、兴盛于20世纪二三十年代，发展变化却较大。初期的京派小说家，就政治观与文艺观而言，是自由主义的。他们的小说创作与现实社会生活距离较远，即使取材于现实社会人生的题材，也往往作淡化处理，时代色彩浅淡。这时的京派小说家，直接面对抗战现实社会人生，作品大多仍与抗战直接相关。沈从文的《边城》《摘橘子》《长河》，汪曾祺的《落魄》《老鲁》，萧乾的《刘粹刚之死》，都具有浓郁的抗战时期的时代投影。

"七月"小说派与"七月"诗派是姊妹派，兴起、活跃于国统区文坛，为抗战文学创作作出过切实贡献。该派面对抗战现实社会人生，取材于抗战现实社会生活，运用现实主义、存在主义、意识流手法，从事小说创作。该派以社会批判和心理探索为特征，描述与表现人性、人的本能与客观现实的矛盾斗争，颂扬人的主观战斗精神，揭露与批判丑恶的社会势力，映现出鲜明的民族与人民解放的时代色彩。路翎和他的小说《卸煤台下》《罗大斗的一生》《饥饿的郭素娥》便是该派最有代表性的作家作品。

后期浪漫派在大后方部分青年读者中流行一时。该派长于虚构险恶环境，编织离奇的恋爱故事，宣扬一种灰色、悲观、颓伤的思想情绪，颇迎合当年部分青年读者的需要。无名氏和他的《北极风情画》《塔里的女人》《海艳》等小说便是该派的代表作家作品。徐訏也属该派有影响的作家之列。他的《风萧萧》和这一时期改写成的《鬼恋》与无名氏的上述小说有所不同，具有积极的批判现实社会的意义。徐訏的《春》，虽然贯穿罗曼蒂克的爱情故事，但思想倾向是好的、健康的，具有浓厚的抗战气息。

以描述 20 世纪 30 年代初、中期东北人民在日寇铁蹄下的生活与斗争内容而著称的东北作家群小说派,在这一时期有所变化。其中,主要是作家群体的变化:萧军、罗烽、舒群、白朗等作家不在大后方而在抗日民主根据地工作,只有萧红、端木蕻良、李辉英在大后方及香港生活与写作。萧红、端木蕻良、李辉英的小说,仍主要抒写对国土沦陷的悲痛和对日寇侵略的义愤,豪放、粗犷而又程度不同地带有凄婉的情调。萧红的《小城三月》,端木蕻良的《憎恨》,可为代表作品。

中国小说家们在那个特殊时代里,写出未曾经历过那个时代的人所不能想象与不能理解的生活,这应当是一笔宝贵财富,珍惜,珍惜啊。

抗战小说创作领域中,有一个奇特的现象,也许可以称之为奇观吧!那就是外国文化人士争相写中国抗战生活,频频推出抗战小说。为什么会出现这一罕见的文学现象?有些什么样的代表小说?其意义如何?

外国文化人士写中国抗战小说,实乃时代使然,实乃人类的良知使然,实乃作家的审美情趣共时性使然。中国抗战时代正是世界反法西斯战争时代,中国抗战与世界反法西斯战争融为一体,不可分割。德、日、意法西斯发动的全球性战争,促使受侵略受损害的各国人民达成前所未有的理解与团结。世界性反法西斯战争统一战线的共同意识,使中国最大限度地走向世界,也使世界最大限度地走向中国。战争的国际化和共同的社会意识,改变着一切受侵略受损害的国家人民特别是文化界人士的审美情趣,使之追求对现实所发生的重大事变的了解与答案,审美情趣表现出共时性与趋向性。中国人民抗战过程中,特别是抗战初期,世界一些主要国家诸如苏联、美国、英国、法国不仅在政治上军事上支援中国抗战,同时一批批作家、记者也先后来到了中国。来华的各国记者、作家(包括日本反战作家),到抗战前线、后方、敌后乃至敌国日本,一面调查采访,一面宣传抗战。他们不同程度地感知和理解了中国抗战生活和中国抗战意义,或在中国或回本国写出有影响的作品,有的因此走向文学创作道路,有的因此成为知名度较高的作家。

外国作家写的中国抗战文学作品中,抗战小说可算是一支劲旅。就笔者所知,写中国抗战文学作品、中国抗战小说的外国作家有史沫特莱、斯诺、毛那、海明威、约翰·根室、温台尔·威尔、勃兰特、奥登、伊修乌特、何登夫人、鲁高夫斯基、瓦西沙、鹿地亘、石川达三、绿川英子、池田幸子、范斯伯,等等。我所读过的小说有《我们七个人》《和平村记》《寄自火线上的信》《未死的兵》《小猫的死》《李家的人们》《神明的子孙在中国》以及诺尔曼·白求恩医生的小说《中国肥田里的秽草》。这些小说，虽然出自不同国家、不同民族作家之手，然而却体现出一些共同的特征，归纳起来主要有这么几点：

第一，纪实性强。由于这些小说的作者多为记者出身，因此，事件的文艺性和文艺的事件性自然成为他们小说的显著特征。

第二，分析与议论成分多。因此，这些小说主观感情色彩浓厚，说理性较强。

第三，有中国味。这些小说的作者，虽然政治信仰、文学素养、写作手法不尽相同，然而由于都是写的中国土地上发生的种种事件、种种人生，因此，这些小说都有一定的中国味。

抗战时代是中国人民与世界各国人民思想感情大交流的时代，也是中国新文学史上中外文学大交汇的时代。上述作家作品便是这一大交流、大交汇的结晶与信息反馈。这些作品，无疑为世界文学、世界反法西斯文学增添了光彩，为中国新文学、中国抗战文学增添了新的特色。这些文学也因此赢得了中国和世界众多读者的欢迎。

我们现在来回顾这段已被逐渐淡忘的文学史，可以看到，在我们民族处于危急存亡的关头时，不同阶层、不同信仰、不同职业甚至不同国籍的文化人士，在"救亡"旗帜下，以笔墨作为唤醒民众打击敌人的有力武器，抛洒自己的一腔热血，在中国现代文学史上写下了辉煌的篇章。由此可以看到我们民族强烈的内聚力和中国知识分子浓厚的历史责任感及深沉的忧患意识。正是这种心态，使得中国文坛上浪潮推涌，不断出现杰出作家和优秀作品。

附记

本文是应李华飞先生之约而写的。李先生早年留学日本，而后回国投身于抗战和抗战文艺运动。他参加"文协"；他先后任《春云文艺》《诗报》《新蜀报》副刊主编；他创作小说、诗歌、散文。对于这样一位前辈，我是1980年12月才认识的。当时，他参加在西南师范学院举行的抗战文艺研究会。我的发言，引起了他的注意。从那时起，我和他或用信函或一起参加抗战文艺研讨会，交流抗战文艺问题。

他在四川省文史馆工作，编辑该馆主办的《文史杂志》。1988年《文史杂志》创刊3周年。同年第4期该刊开辟"抗战史研究"专栏，他要我写一篇抗战文学研究方面的文章。我自然应命作文了，本文也就发表于该刊这一期上。

论《学衡》时期的吴宓

中国现代文化与现代文学史上的诸多话题中，吴宓与《学衡》杂志是分割不开的合二而一的话题之一。说起吴宓，人们总是要提到《学衡》杂志；说起《学衡》杂志，人们也总是要提到吴宓。这一现象本身，表明了吴宓与《学衡》杂志的关系非同寻常。事实上也的确如此。吴宓从1922年1月到1933年7月，做《学衡》杂志总编辑兼干事历时11年又6个月之久，构成了吴宓人生征途上的一个阶段。吴宓主编《学衡》杂志时期是他一生中最为宝贵的黄金时期，是吴宓"以筚路蓝缕之力"企图"为亚洲建一新希腊"的时期[①]，也是为人们念念不忘、非议颇多的时期。剖析《学衡》时期的吴宓，既可认识吴宓全人之大半，也可窥视20世纪初叶中国知识分子的文化心态、人生追求和社会选择之一斑。本文拟就这一问题发表一己之见，乞望得到有关学者、专家、读者的批评指正。

一

20世纪初叶，中国知识分子中的有志之士，纷纷向西方学习文化思想理论，探寻救国救民的道路，构想出名目繁多的新的中国。吴宓便是这批有志之士中的一个。然而，他却以卓然特立的姿态，创办《学衡》杂志，为把中国改造成"亚洲新希腊"而奋力拼搏。"仁"，"天下归仁"，既是吴宓创办《学衡》杂志的出发点与期望的最后归宿，也是《学衡》时期吴宓的最大抱负。同时，也是吴宓追求的"亚洲新希腊"的理想中国社会人生。为着实现"仁""天下归仁"，吴宓倡导和宣传了较为系统的人生观和人生哲学。

人生观与人生哲学，本是既相联系又相区别的两个命题。然而，吴宓却把二者等同起来，视为同一概念，都是讲的修身行事的准则和规范。吴宓对人生观和人生哲学的界定，十分宽泛。他认为，人对于人生的权利与义务，一己与他人及国家社会之关系，人与人相交之道，以及是非利害、得失轻重、贤愚高下、悲欢与苦乐、恩仇与亲疏、祸福与荣辱等的种种见解，总称之为

[①] 柳诒徵：《送吴雨僧之奉天序》，《吴宓诗集》，中华书局1935年5月版。

人生观与人生哲学。同时，他对古今中外的人生观与人生哲学，做了较周密地详尽地考察而归纳为三种类型。一种是"以天为本，宗教是也"；一种是"以人为本，道德是也"；一种是"以物为本，所谓物本主义是也"。他认为，要"天下归仁"，第二种类型人生观与人生哲学"为最适"，因为这是"纯正健全"之人生观与人生哲学。他自己"崇信之"。这表明，吴宓所倡导与宣传的人生观与人生哲学，属于道德型的。他是将以"仁"为核心的道德作为人修身行事的准则与规范的，用"仁"来改造中国人，以实现"亚洲新希腊"的社会追求。

道德与人性，关系极为密切。讲道德，不能不谈及人性。吴宓认为，人性为道德之本。但是，关于人性的说法，古今中外，莫衷一是，有一元说、二元说、多元说种种。吴宓持的是人性二元说。他认为，人性既非纯善又非纯恶，而亦具二者，有善有恶，亦善亦恶，可善可恶。人性是由人的个性、境遇、时势、读书以及涉世阅历等主客观因素决定的。这些主客观因素是可以改变的。因此，人性也是可以改变和改善的。如何改变与改善人性呢？吴宓提出了三条法则：一是"克己复礼"，二是"行忠恕"，三是"守中庸"。"克己复礼"就是"以理制欲"，"并非容让他人，损失我之利益"，这是"人之所以异于禽兽者"。"行忠恕"就是"忠以律己，恕以待人"，"严于责己，宽以待人"。"守中庸"就是"有节制""求适当""不趋极""不务奇诡"。尤其是，吴宓对"守中庸"一条，极为推崇，断言这是"立身行事，最简单、最明了、最实用、最安稳、最为通达周备之规训"[1]。由此观之，吴宓所倡导和宣传的人生观与人生哲学是"中庸"，其核心是"善"。这便是吴宓为"天下归仁"开出的"药方"，为把半殖民地半封建的中国改造成"亚洲新希腊"所选择的一条路径。为此，吴宓确实尽了筚路蓝缕之力。他自己身体力行，躬行其事，从我做起。他当时公开表示，"吾终身奉行之矣"[2]，"吾对于政治社会宗教教育诸问题之意见，无不由此所立之标准推衍而得"[3]。大焉者，国家大事，小焉者，朋友之交，师生之谊，莫不施行"克己复礼""忠恕""中庸"之道，莫不体现出一个"善"字。他八十高龄，仍然顶着恶浪，讲解"克己复礼""忠恕""中庸"的本来含义，批判林彪、"四人帮""犯上作乱"的恶行。

---

[1] 吴宓：《我之人生观》，《学衡》第16期，1923年4月。
[2] 吴宓：《我之人生观》，《学衡》第16期，1923年4月。
[3] 吴宓：《论事之标准》，《学衡》第56期，1926年8月。

同时，吴宓还集合了一批志同道合者，为"天下归仁"而竭尽全力。缪凤林从孔孟"四书"中，寻求今人之人生观与人生哲学。他悟出"四书"所启示于今人之人生观与人生哲学是求个人之完成，因以完成个人者，完成人人。[1] 这就是说，先要个人"仁"，每个人都"仁"了，自然"天下归仁"了。怎么才能使个人与人人"仁"呢？缪凤林在《人道论发凡》一文中指出：为善去恶，人生之正道。人人如此，自然"天下归仁"，和谐的有秩序有纪律的社会自然形成。胡稷咸在《敬告我国学术界》一文中公开喊出：每个人要能养成"独立自主精神"，"在复古，不在维新"。他所说的"复古"是"复"古之道德。他所说的"古之道德"是指以苏格拉底、柏拉图学说为代表的西方古希腊文明和以孔孟学说为代表的中国传统文明。因为他认定，这样的"古之道德，为人类文明之指归"。杨成能在《戒纵侈以救亡论》一文中，认为当时中国社会的病根在"纵侈"。所谓"纵"就是"举动不循乎度"；所谓"侈"就是"生活不素乎位"。戒掉这样的"纵侈"，言行与生活循规而蹈矩，就能救亡图存。向绍轩提出教育界之责任在于推行"礼、义、廉、耻"的古圣贤之教，认为这"四维"是"立国之本"。柳诒徵更明白无误地提出："秉儒家之成法，起中国之沉疴。"[2] 可见，他们与吴宓所持的人生观和人生哲学以及救国之道是完全一致的，因此成为吴宓的志同道合者，也因此为吴宓所推崇。

吴宓和他同时代的中国知识分子中的有志之士一样，看清了他们所处的那个半殖民地半封建社会的腐朽性以及败坏的人心，因此不约而同地为治疗中国社会和中国人心这一病症而寻求解救之方、拯救之道。在这一点上，吴宓与胡适、陈独秀等众多文化人一样，都是热忱的爱国主义者。然而，吴宓与胡适、陈独秀等人又有根本的分野，那就是用什么样的"方"、用什么样的"道"来拯救中国社会、来治疗中国人心。吴宓很显然是主张用"仁政"来治疗社会，用"仁"来治疗人心，以期把中国改造成具有古文明之风的国家。这当然属于当时众多的救国救民之道中的一种。

二

吴宓主编《学衡》时期，大量译介了西方文化与文学，以作建立"亚洲新希腊"之用。在翻译理论主张方面，吴宓似乎没有专文论述。不过，从他写的一些文字中，仍可略见其翻译理论主张。他认为，学习、研究、译介西

---

[1] 缪凤林：《四书所启示之人生观》，《学衡》第1期，1922年1月。
[2] 柳诒徵：《正政》，《学衡》第44期，1925年8月。

方文化和文学，应"取法乎上"。"取法乎上"应是"座右铭"。那么，什么样的"法"才是"上"的呢？那就是美国义理派的主张。美国义理派，重义理，主批评，以哲学与历史的眼光，论究思想之渊源变迁，尤其注重文学与时势之关系，视文学为转移风俗、端正人心之工具。因此，吴宓在译介西方文化与文学时，取法乎美国的义理派。同时，吴宓还主张，学习、研究、译介西方文化与文学，不应囿于一国一时，而应遍读古今文学，加以比较，究其相互之影响，择其善者而从之。吴宓《学衡》杂志的"简章"中，把他的译介理论主张与宗旨概括为八个字："昌明国粹，融化新知。"吴宓这种学习、研究、译介西方文化与文学的思维定势，显然具有一定的中国眼光和世界眼光。他把中国文化与文学，放在世界文化和世界文学这一层面上加以考察，又同时把世界文化与世界文学，放在中国文化与中国文学这一层面上加以观照，从而决定为我所用。他选取为我所用的，很显然是他认为具有永恒性的古代传统文化与传统文学。从古代传统文化与传统文学中，寻求出一条路子，以救治中国现实人心、现实社会与现实文学之病症。由此，形成了吴宓学习、研究、译介西方文化与文学的一个显著特点：传统性、开放性、多元中的单一性。

吴宓及其同仁们在《学衡》杂志上发表的译介文字，概括起来，主要有这么几个方面内容：一是西方人文主义哲学，二是西方文学史著述，三是西方文艺批评。

在人文主义哲学译介方面，吴宓发表有《白璧德之人文主义之文学》《白璧德论欧亚两洲文化》《白璧德论民治与领袖》《穆尔论自然主义与人文主义之文学》等，胡先骕发表有《白璧德中西人文教育谈》，徐震堮发表有《白璧德释人文主义》，景昌极发表有《苏格拉底自辩篇》，乔友忠发表有《布朗乃尔与美国之新野蛮主义》，汤用彤发表有《亚里士多德哲学大纲》，等等。在西方文学史著作译介方面，吴宓发表有《希腊文学史》《世界文学史》等。在西方文艺批评著述译介方面，吴宓发表有《但丁神曲通论》《韦拉里论理智之危机》《韦拉里说诗中韵律之功用》《穆尔论现今美国之新文学》《薛尔曼评传》《路易斯论治术》等。

吴宓及其同仁们在译介西方文化与文学的同时，还不遗余力地整理和评介中国传统文化与文学。柳诒徵的《中国文化史》、刘永济的《中国文学史纲要》以及孔子要义的阐释，便是其中有影响的代表性著作。

从以上所罗列的这些译介文章目录和著述书目中，可以看出吴宓及其同仁们译介和著述之重点，在人文主义及以其为基准的文学，以及中国孔子思想及以其为基准的文学，重在人生观和人生哲学而不重在文学的文本论。

吴宓及其同仁们对西方文化与文学的译介和中国传统文化与文学的评述，都贯穿着一种特有的比较研究方法，既有宽幅度的横向比较、纵向比较、纵横交错比较，又有"本科范围"与"非本科范围"的比较研究。从比较中，论述西方文化与文学的流变与得失；从比较中，阐明东西方文化与文学的异同以及相互之影响；从比较中，把握东西方文化与文学传统之真谛。比如，吴宓在译介人文主义哲学时，就把人文主义与西方古希腊的苏格拉底、柏拉图、亚里士多德与东方古代的释迦牟尼、孔子的哲学思想相比较，认为人文主义大师白璧德是在博采东西、纵览古今哲学的基础上，"折中而归纳之"形成人文主义哲学体系的。从比较中，把握住东西方古圣先哲们所具有的共识："皆精于为人之正道，而其学说又在不谋而合。"那么，他们那"不谋而合"的"为人之正道"是什么？在思维方式上，都是"本经验，重事实，以察人事而定为人之正道"，那"道"便是"中庸"①。白璧德秉承这一思维模式，取各家之长与共识，以理智为本，重事实，明经验，创立人文主义学说，以作治学、治世、治人之本。通过这样的比较研究，吴宓不仅悟出了东西方古圣先哲们学说之精髓，而且还得了白璧德人文主义的精义。又比如，吴宓在译介希腊文学史时，将荷马史诗与中国的弹词加以比较，认为，"以其大体精神及作成之法论之，弹词与荷马史诗相类似"②。与比较研究，前无先例，后启来者。更有意味的是，吴宓为青年读者们开出的一个"最小限度"的《西洋文学入门必读书目》。这个书目，共15类60种，计有《世界文学史》《各国文学史》《希腊文学名著》《罗马文学名著》《中世纪文学名著》《西班牙文学名著》《德国文学名著》《法国文学名著》《英国文学名著》《美国文学名著》《俄国文学名著》。这反映出，吴宓本人治学不囿于一国一时，范围十分广泛。但是，吴宓及其同仁们的译介文化与文学的内容尽管十分宽泛，然而，其倾向性与倾斜度仍然十分明显，准则仍然十分确定，那就是白璧德的人文主义。凡符合白璧德人文主义的，崇奉之，反之则予以排击。吴宓及其同仁们，对苏格拉底、柏拉图、亚里士多德以及中国孔子的学说一而再、再而三地表示崇奉，身体力行，便是明证。

可见，吴宓译介西方文化与文学和整理中国传统文化与文学，意在弘扬

---

① 见吴宓为胡先骕的《白璧德中西人文教育谈》一文作的《附识》。
② 吴宓：《吴宓诗集》，中华书局1935年5月版。

其传统的精神文明，以利于治疗中国人心，改造中国社会，实现其"亚洲新希腊"的社会人生追求。

吴宓是一位学者，学识渊博。他有确定的人生观和比较完整的人生哲学。他有较多的西方文化与文学的译著和中国古代传统文化与文学的著述。他的学识，贯穿着爱国主义思想。同时，吴宓也是一位诗人，他有属于他自己的诗歌理论主张和大量的诗歌作品。他与同时代的众多的爱国主义学者和诗人一样，具有一种强烈的忧患意识、参政与议政意识。爱国的忧患意识积淀于中国传统文化之中，源远流长。孔子的"仁政"学说就蕴含着极其深刻的忧患意识。随着岁月的流逝，这一忧患意识衍化成一些至理名言："先天下之忧而忧，后天下之乐而乐"，"天下兴亡，匹夫有责"。这一脉相承的"忧患意识"成为一代又一代爱国知识分子的道德规范和行为准则，激励着一代又一代知识分子关注国家前途、民族命运、民众疾苦，并为此而献身。吴宓身处那个内忧外患、社会黑暗、民不聊生的半殖民地半封建社会境遇中，又直接承传孔子的"仁政"学说，因此其诗歌理论主张与诗歌作品，同样体现出他的人生追求和社会选择，同样表明他是一位忠贞不渝的爱国主义者。

吴宓以自己的人生观与人生哲学为基准，在强调文学的社会属性与审美属性的同时，突出文学的社会作用。他认为，文学的社会属性主要表现在对人的精神教化作用方面。要使文学具有这一社会效应，内容上就必须写"今时今地之闻见事物"，必须灌注"至性至情"，"非至性至情不能作"。而这种"至性至情"生于"真正之道德行为"，生于"平正深厚之人生观"，生于对国家、社会、人生诸问题的"思深感锐，情挚意切"[①]。关于文学的审美属性，吴宓认为，主要依存于文学的真善美和内容与形式的和谐一致。这就是他说的"凡文学以真善美为归，应力求内质外形之精工"[②]。吴宓还同时强调理性节制感情，认为"主以理性节制感情，主以共循之规矩裁抑个人之自由，主以格律韵调之妥适和谐，成文学作品之美"。吴宓及同仁们，几乎众口一词，曰：文学乃精神教化之工具。吴芳吉在《再论吾人眼中之新旧文学观》一文中，宣称："吾人所贵于文学者"，在文学可以"养性情""变气质""安身立命""化民成俗"。胡先骕在《文学之标准》一文中，认为文学的宗旨"必有修养精神，增进人格之能力，而能为人类上进之助者"。刘永济在《中国文学通论》里从中国文学史的角度，阐明精神教化作用乃古今文学之一脉相承。

[①] 吴宓：《伦理小说青年镜序》，《吴宓诗集》，中华书局 1935 年 5 月版。
[②] 吴宓：《论今日文学创作之正法》，《吴宓诗集》，中华书局 1935 年 5 月版。

吴宓及其同仁们的这一文学理论主张，是他们研究东西方文学理论与文学作品而得出的，是他们对于诸多文学因子的一种"综合"，也是他们的人生观与人生哲学在文学上的一种体现，充溢着爱国教民的忧患意识。在当时整个文学理论与文学创作的视角比较单一的情况下，他们的这一文学理论主张，应当说有利于促进文学的发展，有利于促使文学更加接近现实社会人生。

吴宓除于一般文学理论有一定建树以外，还在诗歌创作方面有过较多的议论。他提出的诗歌理论主张，归纳起来不外乎八个大字："以新材料，入旧格律。"这与他对诗的本义的理解有关。什么是诗？他说："诗者以切挚高妙之笔（或笔法），具有音律之文（或文字），表示生人之思想感情者也。""生人之思想感情"是随时随地随事而获得而变化的，永不枯竭的。因此，可入诗的"新材料"，层出不穷，十分宽泛。军阀混战、帝国主义入侵、贪官污吏、文化精神危机、道德沦丧……皆可入诗。"旧格律"，是千古不变的吗？吴宓对此严肃地指出：把旧格律说成一成不变，甚至说成是"枷锁"，乃"诬蔑者之所为"。"旧格律"是变化的，"变化随意本无限制"。并认为，"今日旧诗所以为世诟病者，非由格律之束缚，实由材料之缺乏"[①]。有了"新材料，入旧格律"是否一定就是一首好诗呢？吴宓认为，并非如此简单，作诗还得讲究"义法"与"极诣"。他主张，作诗与作文一样，须经三个阶段：模仿—融化—创造。只有模仿东西方古典诗歌，并加以融化，方能得到作诗之"义法"与"极诣"，才能作出好诗来。吴宓曾剖白道："吾于中国之诗人，所追慕者三家。一曰杜工部，二曰李义山，三曰吴梅村。"又说："吾于西方诗人，所追慕者亦三家，皆英人。一曰摆伦或译拜伦，二曰安诺德，三曰罗色蒂女士。"[②]吴宓还译法国解尼埃的《创造》诗的一节，加以形象表述：

采撷远古之花兮，以酿造吾人之蜜。
为描画吾侪之感想兮，借古人之色泽。
就古人之诗火兮，吾侪之烈炬可以引燃。
用新来之俊思兮，成古体之佳篇。

这完全是"夫子自道"，堪称吴宓的《学衡》时期与"亚洲新希腊"王国的文学"宣言书"。

[①] 吴宓：《吴宓诗集》，中华书局 1935 年 5 月版。
[②] 吴宓：《吴宓诗集·自识》，中华书局 1935 年 5 月版。

吴宓正是本此文学观与诗歌理论主张,从事诗歌、小说、戏曲创作的。这三种文学样式中,诗歌创作,成就显著,为人称道。一本《吴宓诗集》,凡13卷1000余首诗,几乎都是吴宓自己对于国家大事与个人生活的"至性至情"的抒写,古体与近体齐备。正如吴芳吉所赞誉的:"琳琅满目,美不胜收。"也如缪钺所评介的:"才气骏发,情意肫挚,嘉禾秀出,颖竖群伦,大雅之作,美矣茂矣。"[①] 当然,这千余首诗,并非首首都是珍品佳篇,按吴宓自己的说法,有四题"具有可存之价值"。这四题是:《壬申岁暮述怀》四首、《海伦曲》、译诗《古决绝辞》与《愿君长忆我》。说只有这四题才有"可存之价值",显然过谦了。不过,这四题却是吴宓喜欢的,也是吴宓诗歌的代表作。第一题四首,抒写对过去的岁月的反思,其中有感叹国事与未竟之志,有叙述生死观念,有言个人婚姻家庭之变故;第二题是仿英国诗人华兹华斯的诗而作的;第三、四题译英国女诗人罗色蒂的诗。后三题实际是借他人诗篇,寄寓自己的情怀,倾吐男女爱恋。情真意切的这四题诗,都流露出一定的忧患意识以及淡淡的哀愁。

尤其是吴宓的那些有感于国家大事的即兴之作,流贯着强烈的忧患意识,而这种意识在诗中达到了"情真意切"的境界。这种意识在吴宓诗中,集中表现为反对日本帝国主义入侵的爱国主义情感。1928年5月,发生了震惊中外的济南惨案。吴宓获悉后即作《五月九日感事作》,诗云:

年年春尽盛烦忧,急劫惊尘百事休。
鱼烂久伤长乱国,陆沉终见古神州。
弦歌洙泗无遗响,发祉中原便此秋。
政绝刑衰伦纪废,空言撂甲事同仇。

忧国伤时的心情,同仇敌忾的激愤之情,溢于字里行间。九一八事变后,吴宓"深感时危国破,世乱人亡"[②],而与同仁们挥笔抒怀,写下不少诗篇。他认为,这些诗足以证明"中国之人心实未死,而文化尚未亡"。在这些抒怀诗中,吴宓尤其推崇常燕生的《翁将军歌》。这首诗是写翁将军率兵抵抗日本帝国主义入侵的。吴宓这样评誉这首诗:"此歌气格高古,旨愈正大,深厚而

---

① 吴宓:《欧游杂诗一集·跋》,《吴宓诗集》,中华书局1935年5月版。
② 吴宓:《空轩诗话》,《吴宓诗集》,中华书局1935年5月版。

浑雄,通体精炼,无懈可击。"① 可见吴宓的诗及其所称赞的诗,诗体依旧,内容却新鲜而深广,抒写出感时忧国的爱国主义情怀。因此,吴宓的诗被同仁们誉为"真正之新诗者"②。

吴宓的诗歌,在这么两个方面显示出其存在价值与意义。一方面,体现出他的人生观与人生哲学,用诗歌去传达"中庸"之道,教化人们"克己复礼";用诗歌抒写爱国情绪和忧患意识,以期救亡图存。另一方面,体现出他的诗上承《南社》,下接20世纪40年代大后方诗坛勃兴的旧体诗,尽着为旧体诗在中国现代诗史上争一席之地的任务。这双重意义,有较大倾斜度,重在前者。这是不言而喻的。因为,吴宓写诗主要是为表达一种人生追求,抒写爱国的忧患意识。

三

吴宓的人生征途上,之所以能形成这么一个《学衡》时期,他在这个时期里又之所以能提出这么一套独特的治学、治人、治国之道,当然不是偶然的,而是若干因素"合力"作用的结果。吴宓的青年时代,正值19世纪末20世纪初那个复杂多变的跨世纪时期。民族危机的紧迫感和救亡图存的政治浪潮,猛烈地冲击着他。他在这样的文化氛围之中,接受了梁启超的影响,萌生了一种新观念:欲改造社会,必先改造人心。因此,吴宓便于1915年冬天,"联合知友",组织"天人学会"。该组织之所以取名为"天人学会",意思是:"天者,天理。人者,人情。此四字实为古今学术政教之本。亦吾人之方针所向。至以人力挽回天运,以天道启悟人生。乃会众之责任也。"该组织之宗旨与目的是:"除共事牺牲,益国益群而外,则欲联合新旧,撷精立极,造成一种新学说,以影响社会,改良群治。又欲以我辈为起点,造成一种光明磊落,仁心侠骨之品格,必期道德与事功合一,公义与私情并重,为世俗表率,而蔚成一时之风尚。"③ 吴宓这一甚高的理想、甚真的情感、甚盛的志气,当时并未能实现,不过这却成为他后来师承人文主义而从东西方古代文化思想中寻找救国救民之道的内在规定性。

吴宓正是怀着这一正在形成之中的人生理想与人生追求,于1917年到美国留学的,致使人文主义哲学和文艺理论主张,一开始就如磁铁一般地深深

---

① 吴宓:《空轩诗话》,《吴宓诗集》,中华书局1935年5月版。
② 缪钺:《读吴雨僧兄诗集》,《吴宓诗集》,中华书局1935年5月版。
③ 吴宓:《空轩诗话》,《吴宓诗集》,中华书局1935年5月版。

吸引着他。人文主义为白璧德所倡导。白璧德在美国哈佛大学任教时讲授16世纪以后的文艺批评与比较文学课。他认为,欧洲文艺复兴运动,是复兴古希腊罗马文化与文学,反对中世纪封建神学及其文学运动。16世纪以后,欧洲和美国文学日渐背离了古希腊罗马文化之源,逼人类为"物质之律"的奴隶,人性丧失,道德沦亡,万劫不复。现今,个人和社会欲图存,必须超出"物质之律"而另求"人事之律"。"人事之律"就是人要有理想和道德意识,守纪律、有秩序、循规矩;崇尚和平,并抑制私欲、个性及自由。这种"人事之律",依存于古希腊罗马文化、基督教文化、佛教文化和儒家文化之中。为此,白璧德提出:复明"人事之律"是20世纪应尽的天职。那么,以什么为媒介、载体来尽这一天职?白璧德说:教育与文学。这就是白璧德人文主义的基本内容。可见,白璧德的人文主义,既是一种哲学,也是一种文艺理论主张,其着眼点在于政治思想和道德的教化作用。哈佛大学另一位教授穆尔也是人文主义的得力倡导者。经白璧德等人的倡导,人文主义在美国和欧洲近现代文化界引起广泛影响,形成一股思潮。吴宓在美国哈佛大学学习时,"亲受教于白璧德师及穆尔先生",深得人文主义之精义,认为希腊哲学和基督教为西洋文化的两大源泉及西洋一切理想事业的原动力。吴宓同时以此为参照系,更加了解了耶稣和孔子学说之要旨。对此,吴宓曾这样说过:"宓间接承继西洋之道统,而吸收其中心精神,宓持此所得区区以归,故能了解中国文化之优点与孔子之崇高中正。必秉此以行。"[1] 1921年,吴宓回国后即积极行动起来,创办和主编《学衡》杂志,始终高张"昌明国粹,融化新知"的旗帜,坚持译介和整理阐释东西方古代文化与文学,大力宣传人文主义理论主张,尽着改善人心进而改造社会的任务。

柳诒徵把吴宓称为"华之白璧德矣"[2]。这不仅是说吴宓师承白璧德,同时更是指吴宓不遗余力地宣传白璧德的人文主义,一心要用人文主义作治学、治人、治世之方,在中国复兴东西方古代文明。这里,再举两例,加以说明。1921年9月,白璧德应美国东部中国留学生会的邀请发表演讲。他在演讲中,要求中国新派学者审慎地保存中国伟大旧文明之精魂,把研究西洋自希腊以来的真文化与研究中国固有文化结合起来,因为中西方传统文化贯穿着中和礼让之道。他并希望中国新派学者发动孔教复兴运动。《学衡》杂志发表白璧德这篇讲演时,吴宓特写一大段附识,说:白璧德的演讲,阐明了中国文化

---

[1] 吴宓:《空轩诗话》,《吴宓诗集》,中华书局1935年5月版。
[2] 柳诒徵:《送吴雨僧之奉天序》,《吴宓诗集》,中华书局1935年5月版。

之正道，中国人生之正道。1923年5月，沃姆（香港英国高等审判庭推事兼任香港大学伦理学教授）到南京访问吴宓及其同仁们，并应邀演讲。沃姆也持的是东西方文化一体论，他认为："东西方文明之所共具，无古今中外，若苏格拉底、耶稣基督，若孔子之训教，均相同。"并极力推崇孔子，说"孔子对于人生道德之理解，实最高而完备，为世界各国所莫及"，"匪特为中国之光辉，且亦世界中公有之珍宝"。沃姆还特别告诫中国青年们："今日中国欲创造新文明，切不可斩断旧文明，宜取旧文明为根据，以享受西洋之真文明也。"吴宓亲自记录整理沃姆的讲演词，并刊于《学衡》杂志。吴宓在"前言"中，特别指明，沃姆对东西方文明的理解与白璧德"所持论，在在符符，首应殚力研究者"。由此，我们也看出了吴宓在20世纪20年代排击新文化与新文学运动及其所宣传的民主科学精神和社会主义思想的原因所在了。道不同，不相为谋。分歧、论争、排斥，实属必然。

  孔子文化思想和西方古希腊文化思想，是人类传统文化的财富。这一财富为一代又一代不同国籍不同民族的有志之士所继承所弘扬，作为建设属于自己民族的也同时属于世界的新的民族文化的滋养品。吴宓是20世纪初叶中国有志之士中的一个，他为修身治国平天下而创办与主编《学衡》杂志，弘扬这一人类传统文化。这一目的与动机以及他的辛劳，无可厚非，应予肯定。他在主编《学衡》时期所体现出的爱国主义精神、矢志不渝的志向，实属难能可贵。他在《学衡》时期所养成的光明磊落、仁心侠骨之品格以及治学之态度，为世俗表率，为众多同辈与后学所敬佩。但是，人类历史已经跨入了20世纪，中国社会已经陷入了半殖民地半封建的深渊之中。在这样的历史时代和国度里，仅凭传统文化之功能去教化人心进而改造社会，到头来就不能不感到是一场梦。1934年11月，吴宓写的《自题诗集》一首，就这样咏叹道：

> 心迹平生付逝波，更从波上觅纹螺。
> 云烟境过皆同幻，文锦织成便不磨。
> 好梦难圆留碎影，慰情无计剩劳歌。
> 蚕丝蛛网将身隐，脱手一编任诋诃。

  吴宓在《学衡》时期所作的人生追求与社会选择，虽然如"云烟境过"一般，不能实现，然而这一探索却为他日后走上新的人生道路奠定了基础。

抗战时期，他参加了抗日救亡活动。中华人民共和国建立后，他在中国共产党的领导下，为新的人生、新的社会而辛勤地工作着。

附记

吴宓既是我的师长又曾在一个系共事。他是古典文学教研室的一位教师，我是现当代文学教研室的一位教师，诸多活动两个室常常在一起进行。对他的为人为事，我自然心存敬佩；对他的不被重用以致后来遭受到的种种折磨，我自然心存不快。1983年开始，我到多家图书馆，寻找他曾主编的《学衡》杂志和他自费出版的《吴宓诗集》以及他的部分日记。79期《学衡》杂志终于找齐了，读了，做了大量笔记。《吴宓诗集》我读了，也做了不少笔记。他的部分日记我也读了，也做了笔记。这之后，我打算写几篇相关研究性文章，谈谈我理解的吴宓。已写成并已发表的有这么几篇：《论"学衡"时期的吴宓》《再论"学衡"时期的吴宓》《吴宓的文化观与文化使命意识》《吴宓的"好梦"及其"难圆"》。这四篇文章发表后，产生了一定的影响。有一位学者在中国现代文学研究史的专著中，论到吴宓研究时，特评介了我的吴宓研究。其中，他说道："有一位年轻学者为吴宓研究做了开拓性的工作。"我看后高兴的是他称我为"年轻学者"。这"年轻"一词，从他的行文中看出，他认为我年纪还轻！其时，我已是知天命之年龄了。他与我不相识。

本文是我写的有关吴宓的第一篇论文。本文是为1986年7月西安召开的第二届吴宓国际学术研讨会提供的论文。我在会上作了发言，得到与会学者肯定，并收入会后出版的论文集。本文还和与我一同参会的另外两位老师的论文一起，被学校学报要去辟"吴宓研究"专栏，于1990年第4期发表。文学史上的吴宓问题，主要的便是《学衡》杂志问题。学界内外，长期以来流行一个话题，就是《学衡》杂志是反动杂志，吴宓以该杂志为阵地，反对鲁迅、反对新文化运动、维护封建旧文化。所以，我这篇文章有论辩与探寻真实的吴宓之意。

胡风文艺思想理论及其影响

胡风文艺思想理论，发端于 20 世纪 30 年代无产阶级文艺运动的末期，形成于抗战文艺运动之中，是中国现代文艺理论中现实主义文艺思想理论的重要组成部分。本文就胡风文艺思想理论的形成过程及其与抗战文艺发展之关系，加以论析，以期得出符合文艺历史事实的认识。

一

胡风文艺思想理论及其形成过程，似乎可以作这样的表述：生活实践↔主观精神。这一表述，与其作"主观精神源于生活实践，而又反作用于生活实践"的诠释，不如作"生活实践与主观精神的双向活动，相互溶和、相互渗透、相互拥抱与搏击"的理解，更带有胡风文艺思想理论本身的色彩即"胡风味"一些。

20 世纪 30 年代中期即无产阶级文艺运动末期，一些无产阶级文艺思想理论家，在苏联文艺界清算"拉普"影响和提出社会主义现实主义创作口号的感召与启迪之下，为摆脱无产阶级文艺运动的困扰，开始反思和探索无产阶级文艺运动的新道路。胡风文艺思想理论正是孕育与萌发于这一反思与探讨过程中。胡风较早发现无产阶级文艺运动的危机，较早消除困惑，以一个独具个性特征的文艺思想理论批评家的姿态登上中国新文坛。

1934 年 12 月，胡风写了《林语堂论》。翌年 5 月，写了《张天翼论》。这是他最初献给无产阶级文艺的有影响的文艺批评文章。如果说，《林语堂论》还残存着无产阶级文艺处于阵痛期的痕迹的话，那么，《张天翼论》就初露了他那新的文艺思想理论的批评光芒。他在文章中这样写道：

> 艺术活动底最高目标是把捉人底真实，创造综合的典型。这需要在作家本人和现实生活的肉搏进程中才可以达到，需要作家本人用真实的爱憎去看进生活底层才可以达到；如果只是带着素朴唯物主义观点在表面的社会现象中间随喜地遨游，我想，他的认识就很难深化，他的才能就很难发展的罢。

并由此指出素朴的唯物主义给张天翼作品带来的三大缺陷:"证明一个'必然'——流俗意义上的'必然'";"表现一个观念";"人间关联底图解式的对比"。这里,胡风非常明确地提出了一种新的创作理论——文艺创作过程实际上是作家主观与现实生活客观肉搏的过程,在这一过程中,作家主观作用发挥的决定性意义。同时,胡风也明白无误地将这作为新的文艺批评尺度与标准。这在当时无产阶级文艺理论界实无第二人。

1935—1936年间,胡风集中精力探讨发展无产阶级文艺运动的道路,撰写出《文学与生活》一书,提出了一系列文艺思想理论主张。这些主张包括这样几个方面的内容:

——文艺是从生活产生出来的;

——文艺是反映生活的;

——作家对于人生要有积极的态度,要有在实际斗争里面所蓄积起来的生活知识与生活经验;

——作家必须对他用来创作的生活素材进行详细的调查、慎重的研究;

——创作中作家要有丰富的想象力,并且要有较强的认识能力与分析能力。

胡风把这一切称为文学创作之路。这若干点,都是从生活实践与主观精神的不可分割关联中讲文艺的来源及功用。所以,其精髓还是在生活实践与主观精神的辩证关联上。

胡风正是以他的这一文艺思想理论,同正在介绍社会主义现实主义文艺思想理论以探讨文艺运动发展道路的周扬展开关于典型问题的论争。胡风也正是以他这一文艺思想理论反对无产阶级文艺创作与非无产阶级文艺创作中存在的公式主义、自然主义倾向。从胡风与周扬的论争,从胡风对公式主义、自然主义的批评,反映出胡风文艺思想理论的卓然不群。他们虽然都有本于社会主义现实主义理论,他们虽然都为着探讨无产阶级文艺运动发展道路的同一目标,然而强调的侧重点则不同。胡风强调的是在生活实践中主观精神作用的充分发挥,强调的是"真实"。他反对按抽象的理论、世界观、方法论去观察生活,去写现实,认为"那结果只有把生活弄成死板的模型,干燥的图案",这就失落了"真实"的客体。他反对自然主义、公式主义倾向,首先是从"真实"出发的。他反对平面地写身边琐事,平面地铺叙故事经过,认为这种文学作品只是"生活现象底留声机片,失掉了广大的人生脉搏的关联;

既没有作者底向着人生远景的热情,又不能涌出息息动人的生活底真情"①。这正是胡风同周扬等理论家所持的社会主义现实主义理论分野之所在。

全民族抗战爆发后,胡风这一文艺思想理论获得了巨大发展,很快趋向体系化、系统化。

民族解放战争,首先改变了中国人民的精神风貌。胡风曾对此有过这样的描述,他说:"战争带来了民族意志觉醒的高峰:人民的苦闷消歇了,人民的热情爆发了,人民的希望燃烧起了。"② 在这一民族精神、爱国主义思想高扬中,作家们离开了大城市,走向广阔的天地——前线、敌后、后方,中国现代文学第一次与中国民众、中国现实生活实现了最大限度地结合。抒写战斗激情、英雄壮举、乐观情绪的作品,一时间独占文坛。但是,随之而出现的"前线主义""抗战八股"倾向也严重地存在着。这时,胡风将他的目光更多更重地放在了抗战文学运动的问题一面。他在 1937 年 10 月到 1939 年年底,写了《愿和读者一同成长》《关于鲁迅精神的二三基点》《论战争期的一个战斗的文艺形式》《关于创作的二三理解》《高尔基的殉道与我们》《民族革命战争与文艺》等文章。这些文章,大体论述了这么三个问题:

第一,希望"文艺作家不应只是空洞地狂叫,也不应作淡漠的细描",而应"用坚实的爱憎真切地反映出蠢动着的生活形象。在这反映里面提高民众底情绪和认识,趋向民族解放的总路线"。并且,还希望作家像鲁迅那样"把'心''力'完全结合在一起",使作品具有反击外来侵略、攻击内部浪费民族力量的黑暗与愚昧的作用。

第二,提出主观与客观的关系中,主观的决定作用。他认为:现实主义文学的路,一向是,现在是,将来也永远是要求情绪的饱满的。没有情绪,作者将不能突入对象里面;没有情绪,作者更不能把他所要传达的对象在形象上、在感觉上、在主观与客观的融和上表达出来。

第三,批评抗战文学创作中出现的公式主义和客观主义倾向,并提出克服的办法是向题材肉搏。

这里,"真切的爱憎""情绪的饱满""向题材肉搏",通通都是讲的主观精神。可见,主观精神已经成为胡风文艺思想理论的核心了。胡风正是企图以此来引导与匡正抗战文艺运动,使之向现实主义道路深入发展。

抗战中后期尤其是皖南事变后,抗日阵营中的黑暗势力浓重了,全民族

---

① 胡风:《文艺站在比生活更高的地方》,《胡风评论集》(上),人民文学出版社 1984 年版。
② 胡风:《论现实主义的路》,《胡风评论集》(下),人民文学出版社 1985 年版。

的澎湃热情沉静了。抗战文艺界出现了新的动向：或在根据地、敌后、沦陷区、大后方城乡，各自在特定的客观条件下，在可能发展的基础上，开始了进一步与民众的结合；或仍停滞在一般性的爱国主义层面，然而却消失了抗战初期那种人生渴望的热情；或对政治现象做些表面的观念性的适应，未能深入地接触到历史变动的实际内容；或用"技巧"来编造故事以吸引读者；或偏重于讽刺黑暗与落后的社会现象；等等。与此同时，以延安为中心的抗日民主根据地广泛开展了文艺整风运动，学习毛泽东的《在延安文艺座谈会上的讲话》（以下简称《讲话》）。以重庆为中心的大后方，也相继开始了文艺整风和学习《讲话》。《讲话》阐释了文艺为群众及如何为群众的问题，强调了文艺工作者学习社会、学习马列主义理论改造思想的问题。这一理论对无产阶级文艺的发展具有重大的指导意义。坚持社会主义现实主义创作原则中作家的共产主义世界观和用社会主义精神从思想上教育和改造民众的观点，在这一权威性理论支持下，成了无产阶级革命文艺理论的主潮。

胡风在这一尖锐而又复杂的历史条件与文化背景下，思考着如何发展中国现代文学、如何促使社会主义现实主义抗战文学得到进一步发展。胡风的文艺思想理论在这一思考中达到了系统化、体系化的完成度。他连续写了《关于创作发展的二三感想》《文艺工作的发展及其努力方向》《置身在为民主的斗争里面》等文章。1948年，他为了回答邵荃麟等在香港对他的批评，写了《论现实主义的路》长篇论文。这些文章体现了胡风文艺思想理论的基本内容，概括起来说，有这样几个要点：

第一，文艺与生活的关系。他认为：现实生活是产生文学的土壤，文学是生活现实或生活要求的反映。

第二，作家与生活的关系。他认为：作家不能脱离现实的生活基础。作家的热情或精神力量是在现实生活里面才能得到培养。作家与生活的结合，才能使主观精神和客观精神彼此融和，彼此渗透。作家的人格力量或战斗要求，都是在现实生活里面形成生活的反映。作家在与生活结合过程中，要进行不断地自我斗争，以改造主观和客观，使思想立场化合为实践的生活意志。

第三，关于文学创作过程。他首先认为：文学创作的对象是人，要写真实的人，活的人。大后方这个灰色战场的文学，应写人民的负担、觉醒、潜力、愿望和夺生路这个火热而坚强的主观的思想要求。同时，他认为：文学创作过程是从对于血肉现实人生的搏斗开始的。这种搏斗是对对象的摄取过程，也是克服对象的批判过程，其中包含作家不断地自我扩张与自我斗争。

所谓自我扩张,是指作家的创作对象,作家写的人,是通过作家自己的感情去体验过的,人物的感情化作了作家自己的感情。他认为这是作家创作的源泉。

第四,关于文艺理论批评,他提出了一套理论与法则,认为:(1)批评与创作具有辩证关系——批评是创作实践过程或实践内容的反映,同时对创作实践起指导作用,文学创作的发展促使文学批评的发展。(2)作家与批评家的关系——批评家要深入作家的创作心理过程,但不一定要和作家共鸣,反而更多地向作家反抗。(3)文学批评的对象——具体作品,具体文学现象。(4)文学批评的任务——对于落后的心理意识及其美学特征的批评,和对于进步的心理意识及其美学特征的发扬;对于旧生活传统及其美学传统的反抗与摧毁,和对于新的生活萌芽及其美学萌芽的发现与养成。其重心是向着广大人民与进步读者,开拓思想方向、建立思想影响、培养健康的文艺欣赏力量。作家与批评家协力地发掘而且改造时代精神。(5)文学批评的基本方法——社会学的评价和美学的评价之统一。(6)批评家应具有的品格——认真的生活者,积极的战斗者,一代的精神战士。批评家,不但要有战斗的热情,而且要有对民族现实生活、国际局势与世界文学遗产的深刻理解,还要具备在批评过程中生出战斗的力量。

第五,执着地批判公式主义与客观主义。他认为:这两种创作倾向在中国现代文学中由来已久,根深蒂固,成为文学发展的障碍。公式主义是作家廉价地发泄感情或架空地去迎接政治任务,离开了客观的主观,又称主观公式主义。客观主义(20世纪30年代,他称为自然主义)是离开了主观的客观,它的认识和反映现实,只是凭着客观的态度,没有通过和人民共命运的主观思想要求突入对象,进行肉搏。这是现实主义本身的两个偏向,但本质上是反现实主义的。

胡风文艺思想理论的五大内容,其核心乃是实践与主观战斗精神、战斗要求、人格力量。而且,他认为这是现实主义文艺生死攸关的主要问题之一。因此,胡风的文艺思想理论就其本质与特征讲,是主观精神或主观论。这种理论并不带主观唯心主义色彩,相反是建立在辩证唯物主义认识论的哲学基础上的。他强调主观与客观的双向活动,在生活实践中获得正确认识,用正确思想意识加深对生活的理解,从事改造生活现实的战斗,并在这一过程中获得创作源泉,从事文学创作。这种理论不失为社会主义现实主义创作原则中的一种重要理论,不失为发展中国现代文学和抗战文学的一种重要理论。

胡风这一体系化了的文艺思想理论，与当时正在传播的《讲话》，存在这么四个方面的分歧：一是为人民服务，为工农兵服务，这是文艺新方向。胡风很少正面提及这一问题。二是学习马列主义，深入工农兵，改造思想。胡风则主要讲实践，通过实践与主观精神的双向活动达到辩证唯物主义认识高度，特别反对善男信女式的忏悔的改造思想。三是人民文艺，主要应写新人物、新英雄。胡风则强调大后方灰色战场，应写精神奴役的创伤。四是小资产阶级知识分子必须长期地无条件地深入工农兵生活，改造思想。胡风则认为，他们有可能用真诚的态度深入生活，和人民结合，锻炼自己。

胡风这一体系化了的文艺思想理论，存在着一定的偏狭性。他把自己的理论作为衡量一切文学现象、文学作品的得失的标准与尺度。据此，他把茅盾、沙汀等作家的作品视为客观主义的标本加以批判。这不仅使他的理论含有排斥异己的色彩，而且烙上了教条主义印记。

二

胡风确实是一位奇特的文艺理论批评家，他的文艺思想理论也确实是卓然不群的。那么，他的文艺思想理论是怎么形成的呢？对此，他曾做过这样的解释，他说："引导我的是社会主义现实主义原则和鲁迅所开拓的现实主义传统的实践精神。"[①]

社会主义现实主义，是写进1934年第一次苏联作家代表大会正式通过的苏联作家协会章程的文学创作和文学批评的原则与方法。它要求作家、艺术家从现实的革命发展中真实地、历史具体地去描写现实。同时，艺术描写的真实性和历史具体性必须与用社会主义精神从思想上改造和教育劳动人民的任务结合起来。它的这一定义，按苏联当时的文学批评家巴斯凯维奇的说法，"在本质上是反对拉普派的'艺术上的辩证唯物主义方法'的"[②]。它为苏联文学的发展开辟了广阔的道路。1932—1934年间，苏联文艺界就这一原则与方法展开的激烈讨论，对中国无产阶级文艺界开始产生了影响。1934年及其以后，这一原则与方法也成了中国无产阶级文艺创作的主要原则与方法。周扬、胡风、冯雪峰等为这一原则与方法的译介作出了重要贡献。在他们那里出现两种理论倾斜度：一是强调作家、艺术家正确的先进的世界观的树立，用社

[①] 胡风：《胡风评论集·写在后面》，《胡风评论集》（下），人民文学出版社1985年版。
[②] 巴斯凯维奇：《1932—1934年关于社会主义现实主义问题的讨论》，《苏联作家论社会主义现实主义》，人民文学出版社1960年版。

会主义精神从思想上改造和教育劳动人民；二是强调真实性和历史的具体性。胡风在探索中国现代文学和无产阶级文学发展道路的整个过程中，始终都是遵循和强调这一原则与方法的"真实性"的。他在1936年7月写的《民族革命战争与文艺》一文中，就指出："作品底价值应该是用它所反映的真实的强弱来决定的。这种对于文艺的理解叫做现实主义（realism）；现在，被人类解放斗争过程中积蓄起来的智慧所武装，所深化，被革命文艺底发展历史所充实，所丰富，就发展成了社会主义的现实主义（Socialist realism）。"他所说的"真实"，既不是纯客观的存在物，也不是作家头脑中固有物，而是如他在《文艺站在比生活更高的地方》一文中所说的："作家从生活里提炼出来，和作家的主观活动起了化学作用以后的结果。"并认为，"写真实"是现实主义的中心问题。

胡风之一贯遵循社会主义现实主义原则的"真实性"和"历史具体性"，乃是接受马克思主义的影响、继承鲁迅开创的现实主义传统和他本人自身所具备的条件等因素决定的。

胡风是在马克思主义文艺理论的启迪下，开始探讨无产阶级文艺运动发展新道路的。他曾在《我的小传》中这样说过：

> 由于马克思和恩格斯关于文学问题的几封信的发现，和苏联清算"拉普"的斗争，对中国革命新文学传统精神和厄运有稍稍进一步的体会，只有在民族危机和阶级压迫双重灾难下的劳动人民和动荡的中间层的生活实际去继承即开拓现实主义道路，才能吸收无产阶级领导的斗争影响，并加以发扬，散播开去。对政治内容上的人民性和美学内容上的形象性的具体感受和综合分析，在教条机械论的包围中开始了社会主义现实主义的探求。

这里所说的马克思和恩格斯关于文学问题的几封信，就是指马克思给斐迪南·拉萨尔的信，恩格斯给斐迪南·拉萨尔的信、给敏·考茨基的信、给玛·哈克奈斯的信。马克思在信中，提出了"莎士比亚化"和"席勒式地把个人变成时代精神的单纯的传声筒"的著名论断。恩格斯在信中，也指出："我们不应该为了观念的东西而忘掉现实主义的东西，为了席勒而忘掉莎士比亚。"恩格斯还在信中，就现实主义的含义、典型人物及作家的见解等问题做了经典性的论述，他说："据我看来，现实主义的意思是，除了细节的真实外，还要真实地再现典型环境中的典型人物。""每个人都是典型，但同时又是一定的单个人，正如老黑格尔所说的，是一个'这个'，而且应当是如此。""我认为倾向应当从场面和情节中自然而然地流露出来，而不应当特别把它指点出来"，"作者的见解愈隐蔽，对艺术作品来说就愈好。我所指的现实主义甚至可以违背作者的见解而表露出来"。这就是马克思和恩格斯关于现实主义的基本观点。胡风正是在这一现实主义理论的指导与启示下，在教条机械论的包围中，开始探求中国现代无产阶级文艺运动发展新道路的。1936年，胡风与周扬关于典型的论争时，胡风就多次引述这一现实主义理论观点，并认为周扬对典型理解的偏颇是出于对这一现实主义理论观点的误解。[①] 胡风关于主观与客观的关系的认识，也是有本于马克思主义的辩证唯物主义。他在日本留学期间，参加了日本普罗文艺运动，跟日本无产阶级文学家、理论家关系甚深。他曾听过日本著名的理论家永田广志关于唯物辩证法的报告，并翻译了永田广志的文章《历史上主观条件之意义》。永田广志在这篇文章中介绍了恩格斯对经济决定论的批判和列宁对客观主义的批判，强调了上层建筑与经济基础的相互作用。文章指出：在主观条件是被客观条件所规定这个唯物论的侧面（唯物论的基础）之上，需要加强地提出主观的条件对于客观的前提有能动的功效这个辩证法的侧面。客观主义不能正确认识反作用者——不理解社会过程上主体的要因的积极性。这就阐明与强调了人在生活实践中主观能动作用的极端重要性。这对胡风文艺思想理论的形成有着指导性的作用。同时，胡风从黑格尔的《精神哲学》中，借用了"主观精神"和"客观精神"两个术语，来表述他自己的文艺观点。1935年9月，胡风在他写的《翻译工作与〈译文〉》一文中，也反映了他对于马克思主义文艺理论观点的偏好，他说："《译文》介绍的论文并不多，然而都是坚实有用的东西，像恩格斯的《论倾向文学》，高尔基的《给青年作家》，纪德的《论文学上的影响》……无论作家或批评家，都可以从那里汲取无穷的教训。"这一切，都表明了胡风从一开始探求中国现代文学及其中的无产阶级文学发展新道路而偏重社会主义现实主义原则与方法的真实性和历史具体性是有本于马克思主义的唯物辩证法和现实主义的文艺观的。但是，这不是照搬书本上的现存理论，胡风是反对与忌讳这样做的。他主要是从中国现实生活实际、从鲁迅开创的现实主义文学传统出发的。

---

① 胡风：《现实主义底"修正"》，《胡风评论集》（上），人民文学出版社1984年版。

鲁迅的传统集中到一点就是现实主义传统。鲁迅的思想、精神、现实主义是从生活实践中得来的，是从他经历过的人生生活实践中得来的。鲁迅的传统成为中国现代文学的传统，鲁迅的方向成为中国现代文学的方向。鲁迅从自己家庭没落与破产的过程中，感到"上层社会的堕落，下层社会的不幸"，反叛思想与人本主义由此萌发，并决心走异路、逃异地，去寻求别样的人们。鲁迅在南京三年求学期间，从水师学堂、矿路学堂及附设的煤矿厂的实际观察与实地考察中，逐步抛弃了富国强兵思想；在进化论广泛传播中吸收了进化论的合理内核。他看到日本明治维新后的发展与昌盛而到日本求学，从中国留日学生的情状与课后看时事影片，痛感中国人的落后与麻木，于是转而探讨怎样才是理想的人性、中国国民性中最缺乏的是什么、它的病根何在等问题，深切感到医治中国人的肉体不如首先医治中国人的精神。弃医从文，以文学改造中国人的精神，成了鲁迅一生追求的目标。经过辛亥革命、特别是五四运动到1927年期间的生活实践（主要是文学创作实践），他了解了中国现代社会、中国现代人生，深感中国人处于"围城"式困境之中，并以文学创作等方式，作着冲破这一困境的战斗。20世纪20年代末、30年代初，他从实际生活斗争中，看到了唯新兴的无产阶级才有将来。他在从事无产阶级文艺运动及其论争过程中，阅读和翻译了马克思主义文艺理论书籍，探寻无产阶级文艺的新道路。鲁迅的道路就是现实主义道路，就是生活实践道路，通过生活实践和创作实践走向唯物主义和马克思主义。

胡风在鲁迅生前，与鲁迅关系甚深，友情甚笃。胡风在鲁迅生前和鲁迅死后，对鲁迅及其作品一直进行研究，可以说深得鲁迅思想与道路之精髓。他先后写了一系列评介鲁迅生平思想、作品的文章，诸如《关于鲁迅精神的二三基点》《〈过客〉小释》《文学上的五四》《民族战争与新文艺传统》《作为思想家的鲁迅》《从"有一分热，发一分光"生长起来的》《以〈狂人日记〉为起点》《从只有荆棘的地方开辟出来的》等。这些文章详尽而精辟地论析了鲁迅的思想和鲁迅开创的中国现代文学现实主义传统。归纳起来，主要有这么几点：

第一，文学观念上的"改造国民性"和"启蒙主义"。"为人生的艺术"派持这一文学观念，"为艺术的艺术"派也并非不持这一文学观念。因为这两派"实际上却不过是同一根源的两个方面。前者是，觉醒了的'人'把他的眼睛投向了社会，想从现实底认识里面寻求改革的道路；后者是，觉醒了的'人'用他的热情膨胀了自己，想从自我扩展里面叫出改革的愿望"。胡风认为这一文学观念是鲁迅首倡的,而为大多数文艺家吸收,形成一种崭新的文学观与现实主义传统。

第二,创作上,一是创作态度严肃认真,二是写自己熟悉的题材,三是暴露与讽刺。《狂人日记》是鲁迅凭他的医学知识和熟悉的人事而写成的,那主意就是为了叫出自我燃烧的战斗要求,也是为了揭出社会的丑恶实际,对过去和现在提出"人吃人"的挖苦,对现在和未来,又发出"救救孩子"的呼声。从此以后,一连串的劳动的愚夫愚妇们,尤其是农民阿Q在作品中成了主角。表现其"哀其不幸,怒其不争"的感情。胡风总结了这一传统,一直强调写经历过的人生,写人民大众精神奴役的创伤,抨击黑暗社会。

第三,创作方法上,现实主义为主导,兼收浪漫主义、象征主义、意识流等创作手法,为我所用。《狂人日记》就是典型例子。封建社会无论过去和现在都是"人吃人"的,这是现实社会生活的历史内容,作家反映这一历史内容,持的是现实主义的创作原则。但是,这里有"现实",也有"理想":对过去和现在提出"人吃人"的挖苦就是现实主义的;对现在和未来发出"救救孩子"的呼声,就是理想。胡风认为,现实主义和浪漫主义两种精神在鲁迅身上得到了统一,现实主义和浪漫主义两种创作方法在这里得到了统一。

胡风正是在总结鲁迅开创的现实主义传统的基础上而倡导而发展"主观"论的。这也正如他自己说的:"由于鲁迅的实践(他是凭着创作实际与庸俗社会学对立的),我接受社会主义现实主义的理论是凭着实感的。"①

胡风的"实感"是从他的人生历程和所阅读的文学作品中得来的。胡风出生于一个农民家庭。他的少年时代在农村度过。他对农村社会人生有所熟悉、有所了解,感觉到天道不公与社会不平,并因此离开农村,寻找新的出路。在南京读中学时,他参加了五卅运动,奔走于街头与工厂间;大革命时期,他由北京南下广州。这时,他真正开始感到了人生搏战的艰辛与不易得胜。在日本留学期间,他把主要精力放在马克思主义和普罗文学的学习与革命活动方面。从此,他的社会观与文学观统一了起来。1933年,他被日本警方逮捕并驱逐出境而回到上海,立即投入无产阶级文艺运动,开始了职业文学家的生涯。胡风这一人生历程跃动着中国现实人生和无产阶级文学运动的脉搏。他对于中国人生的认识,便在其间逐步加深。胡风在阅读文学作品中,强化了自己对于整个人生及其斗争意义的理解。他在青少年时代,读过胡适

---

① 胡风:《胡风评论集·写在后面》,《胡风评论集》(下),人民文学出版社1985年版。

的《尝试集》、郭沫若的《女神》、湖畔诗人的《湖畔诗集》、王统照的《一叶》以及鲁迅、冰心的作品，还读过托尔斯泰的《复活》、厨川白村的《苦闷的象征》，等等。他狂热般地发现了并奇迹似地接受了这些作品中的新思想：个性追求与自我价值。尤其是从鲁迅作品中发现了真实的赤裸裸的人生和它的搏战。正是他经历过的人生和文学作品描写的人生，孕育成他的独立思考意识与独创性能力以及坚韧不拔的探索精神。这便是胡风文艺思想理论形成的自我条件。

三

20世纪40年代是胡风文艺思想理论体系化的年代。因此，他的文艺思想理论与整个20世纪40年代的文学不能不发生广泛而深刻的联系与影响，尤其是与大后方抗战文学的联系与影响更是如此。

胡风文艺思想理论对现实主义的抗战文学的影响与贡献，最大最主要的是因他而及于别人所形成的文学流派。这个文学流派的名称，按传统的叫法为"七月"派，而且仅仅是"七月"诗派。笔者以为，这个文学流派的名称，与其叫"七月"派不如叫"胡风派"更为名正言顺些，而且它的内涵深广——"胡风诗派""胡风小说派""胡风理论派"。它们由胡风文艺思想理论的核心即"主观"论而联结，活跃于现实主义抗战文学的各个领域，为民族解放事业与现实主义的抗战文学运动的发展而恪尽职守。

胡风是一位诗人。抗战爆发时，他以"血誓"的喊声，结集为《为祖国而歌》。这大概是抗战诗坛上最早的诗歌集子吧。他写的一些诗歌评论文章，阐明他对新诗的见解，算是他对中国新诗理论作出的贡献。他的诗歌理论见解，特别强调了现实主义诗歌人民性的战斗品格和现实主义诗人的品格——诗人必须是一个真正的人、无愧于一个人的人。正是得力于胡风文艺思想理论、诗歌见解以及诗歌创作的倡导与指导，也正是得力于他先后主编的《七月》《希望》杂志的扶持，一个大的诗歌流派崛起了、形成了，这便是"胡风诗派"。该派的诗人中以SM、绿原、鲁藜等最为引人瞩目。他们都是生活与战斗在根据地、敌后、大后方的年轻人。他们迎着抗日烽火，热血沸腾，集合在"我们革命战争的道路上"，"为祖国而歌"。初期，他们多写抒情诗歌，抒发自己和民众的爱国主义精神与抗战必胜的信念。他们的诗歌节奏欢快、色彩鲜明、基调高昂。20世纪40年代初、中期，他们被政治逆流所冲击，各自为战了。生活于大后方的诗人们，以《诗垦地》和《希望》为阵地，多以叙事诗和政治讽刺诗抒发自己和民众的苦难与悲愤。沉郁悲怆、悲愤与控诉是他们这时的诗歌的基调。他们的诗歌始终抒发那从现实生活中来而又为改造现实生活的主观精神。《纤夫》，不仅是 SM 的代表诗作，也可以视为该派的代表诗作。我们读读它的最后一节吧：

> 前进
> 前进
> 这前进的路
> 同志们！
> 并不是一里一里的
> 也不是一步一步的
> 而只是——一寸一寸那么的
> ……
> 但是一寸的强进终于是一寸的前进啊
> 一寸的前进是一寸的胜利啊，
> 以一寸的力
> 人的力和群的力
> 直迫近了——
> 那一轮赤赤地炽火飞瀑的清晨的太阳！

这朴实而淳厚的语言，抒发了逆流涌进的意志、艰苦跋涉的毅力与美好的向往，深深印上皖南事变后的时代标记。这是因为他们本身有着如路翎在《关于绿原》一文中说的"向复杂的现实生活搏斗，与现实人生并进的坚忍的内在力量"。他们的诗歌可以说就是他们内在的战斗要求与外在的战斗任务的完全合一的一种表征。也许正因此，该派的诗歌始终跃动着抗战时代的脉搏，始终与民众心心相印，息息相关，休戚与共，成为"射向敌人的子弹""捧向人民的鲜花"[①]。该派的自由体形式的诗歌，对中国现代新诗的发展也有着重大意义。可以说，它是继郭沫若的《女神》自由体诗之后，中国现代新诗史上又一座高峰。该派自由体诗歌"在形式上所表现的弹性和动力，在词句上所激发的新鲜气息和感情色泽，在形象上所反映的个人独创性和社会内涵的

[①] 绿原：《白色花·序》，《白色花》，人民文学出版社 1981 年版。

一致"①，都是对中国现代自由体诗歌的发展与创新所在。该派在整个抗战诗歌海洋里，是战斗的愤怒的波涛。它没有回头，也绝少涟漪。总之，如牛汉在《并没有凋谢》一文中说的：它"把中国的新诗从沉寂的书斋和肃穆的讲坛呼唤出来，让新诗自觉地与人民接近，并在人民的苦难和奋战之中经受磨炼，用前所未有的朴素、自然、明朗、健康的声音，为祖国和亿万人民的命运而歌唱"。

胡风曾写过小说，也翻译过外国短篇小说和中篇小说，但他未能成为一个小说家。"胡风小说派"的出现，主要得力于胡风的文艺思想理论与小说批评理论的倡导和指导，也得力于胡风的实际的支持。该派主要作家有丘东平、彭柏山、路翎、冀汸等。他们的小说在真实的客观现实人生的描绘中高扬主观精神，带有强烈的主观性和抒情性以及壮美的审美特征。这不仅充分体现了胡风的文艺思想理论给予的影响，同时从中国现代新文学创作发展史看，也承接了20世纪20年代兴起并形成创作热潮的浪漫抒情小说而使之转换到现实主义文学创作主潮。

该派作家在现实社会生活中挣扎、反抗、战斗。他们的创作态度与人生态度是一致的，他们小说创作所体现的美学上的斗争与社会性的战斗使命是紧密相连的。丘东平不仅是一位握笔为文的作家，而且首先是一位民族解放战争的战士。他一生大部分时间都是在战场上度过的，把生命奉献给了中华民族解放事业。他的人生历程，铸成了他的气质与个性特征——民族英雄主义，或如胡风所描述的"纯钢似的斗志"。他的小说也主要是写他的战斗生活及其感受的。《一个连长的战斗遭遇》是他的代表作，也是民族解放战争的一首最壮丽的史诗。"在叙事与抒情的结合里面，民族战争底苦难和欢乐通过雄大的旋律震荡着读者的心灵。"② 彭柏山、路翎、冀汸都是生活于血与火之中的，都是直面惨淡的人生的。他们的小说都具有该派小说的共同特点。其中，尤以路翎小说成就最高。日本帝国主义的铁蹄践踏了祖国的河山，路翎被迫与众多的知识青年流浪到了四川，并在重庆北碚的天府煤矿工作。因此，他与流浪者、矿工、农民、船夫、小商人、地痞、恶徒、地主等有了接触。他在与他们的生活中间，感到了很深的悲凉与忧郁，但仍不倦地追求着抗战的胜利与祖国的明天。这反映在文学创作上就是对工农生活与工农文学人物形

---

① 绿原：《白色花·序》，《白色花》，人民文学出版社1981年版。
② 胡风：《忆东平》，《希望》第2集第3期。

象进行探索。由于他"常在矿区里徘徊,观察矿区里的人生:恶毒的包工老板,戴黑眼镜的特务职员,疲劳、全身黑煤污染、帽子上亮着矿灯的矿工,矿工和他们的家人的简陋的、在风里颤抖着的破烂的棚子宿舍,残废的矿工和他们妻女开设的小馆子,矿工们的拾煤渣的衣服褴褛的儿童,负伤的痛苦的呻吟和从矿井里抬上来的牺牲者的尸体,死亡者的寒伧的、荒草里的小小的坟墓"①,因此,他的小说多以矿区生活为题材,描绘出了矿区的种种人生面影,特别是那些"夹在锤与砧之间"的矿工们顽强的生命力和主观战斗精神。《卸煤台下》《饥饿的郭素娥》等便是其中优秀的篇章。作家把他的"主观战斗精神""战斗要求""人格力量"化作了文学人物的血肉之躯,以"鞭挞落后反动的,寄托着我的愤慨,讴歌正义正直的,寄托着我的安慰与希望"。总之,"我用我的攻击和讴歌,用我的文学向往,来响应人民解放战争"②。这是不是把人物形象当成了作家的政治传声筒了呢?不是。因为,作家是忠实于客观描写的,是在描写人,与具体的历史相连的社会的活人。也正是在这一点上,路翎等"胡风小说派"作家们把浪漫主义的抒情小说创作手法融于现实主义的客观描写之中了,从而丰富和发展了现实主义文学宝库。

胡风是一位文艺理论批评家。在他的批评理论影响下形成了一个"胡风文艺理论批评派"。胡风、王戎、亦门等是该派重要的成员。他们的文艺批评理论贯穿于整个抗战文艺理论发展过程之中。如果说,可以把抗战文学理论分为建设理论和论争理论的话,那么该派在这两个方面都作出了各自不同的重要贡献。这里,着重评述胡风与亦门的理论活动及成就。

现实主义的抗战文学理论是在激烈的论争中向前发展的。胡风积极参与了一些重大的论争活动,诸如"暴露与讽刺"的论争、"与抗战无关"论的论争、"作家的主观与艺术的客观性"的论争,以及"民族形式"讨论。这些论争的中心点是文艺与政治的关系问题、作家的世界观与创作的关系问题、作家与大众的关系问题。胡风始终强调拥抱生活,始终强调现实主义的真实性原则,始终强调作家的主观精神,并认为这能弥补作家世界观的缺陷与不足,能使作品成为现实人生的一面明澈的镜子和坚利的武器。他正是基于这样的理论观点而主张暴露与讽刺,批评"与抗战无关"论、批评"民族形式的中心源泉是民间形式"的观点。他的这些批评理论比当时参加论争的一般批评文章具有更深层次的理论价值。在如何建设抗战文学理论、如何促使抗战文

---

① 路翎:《路翎小说选·自序》,《路翎小说选》,四川文艺出版社1986年版。
② 路翎:《路翎小说选·自序》,《路翎小说选》,四川文艺出版社1986年版。

学创作沿着现实主义道路深入发展等问题上，胡风始终坚持通过生活实际反映人民的真实和历史动向的现实主义道路，也始终自觉地抵制公式教条主义和客观主义两种不良倾向，并通过对诗歌、小说、戏剧等具体文学作品的评论，加强现实主义的总阵势，为建设抗战文学理论作出了巨大贡献。

亦门，原名陈守梅，又名陈亦门，笔名阿垅、SM。他多才多艺，既会作诗，也会写小说，而且诗歌理论批评文章也写得十分精当。他那三册诗论集《诗与现实》，集中反映了他的诗歌理论主张与诗歌批评理论主张。在诗歌批评方面，他着眼于雄壮的魄力与战斗的气魄和悲壮等审美特征的评议。他在《诗的战略形势片论》一文中评论根据地和大后方诗人诗作区别时，就这样写道："北方的诗是坚毅的推进，欢乐的进军。南方的诗是激越的战斗，惨痛的雄辩。""例如田间的鸣鼓而前，鲁藜的光明和谐，孙钿的大军长征的行动性，天蓝的带血的宁静，就不是南方的诗人所能够有的了。当然，南方的诗人并非不是理想主义的，并且正是理想主义的。但是却不可能有那种晴空万里的乐观主义，即使也流露了出来他的乐观主义吧，也同时流露了出来他的凄厉或者悲壮的鸣声。"这种充分揭示诗歌的现实主义冲击力的批评观点，正体现了胡风的批评理论原则。

胡风的文艺思想理论及其一派的批评理论，在当时、特别是在皖南事变后"灰色人生战场"上，不是一种孤立的文学现象，引起了普遍的反响与共鸣。当时，较多的理论家都强调要发挥作家的主观精神。这种现象，除了说明客观现实生活需要作家充分发挥主观战斗精神而外，也与胡风及其一派所坚持的理论不无关系。1943—1944年间，《新华日报》《中原》《群众》等报刊上发表的《人民不是一本书》《论生活态度和现实主义》《论艺术态度和生活态度》《方生未死之间》等文章所宣传的"生活态度论"，与胡风的"主观论"简直达到了相似的程度。因为这些文章论述大后方当时文化思想界与文艺界出现的"精神危机"时，强调地指出了产生这一"精神危机"的主观因素，着重地指出了属于主观范畴的生活态度和创作态度在克服"精神危机"中的作用，总之是强调主观精神因素所起的决定作用。冯雪峰的文艺思想理论更是与胡风的文艺思想理论相一致。

胡风派的报告文学、诗歌、小说等文学作品，在抗战文学创作领域中也占据着重要地位。胡风派在促进中国抗战文学与世界文学，特别是与世界反法西斯文学的交往方面，也起着重要的推动作用。

附记

本文写作较顺利，发表却较曲折。"拨乱反正、纠正冤假错案"初期，我便预感到胡风问题会被重新认定。不久，从政治上给胡风平反了，胡风及被关在监狱中的"集团成员"，也被无罪释放了。就在这时，我撰写成了这篇文章，并寄去北京一家刊物。十天、半月、一个月等候回信，得到的却是"不用"二字的回复。经打听，回复应为"不宜采用"。"不宜采用"的意涵太复杂，我未多想多管，还是把其中一部分内容纳入1985年出版的我的第一本书《抗战文学概观》中。又过了两三年，我把文章寄给《抗战文艺研究》，一字不动地在该刊1990年总第31期发表了。我已发表的90余篇文章中，这一篇文章发表周期算是最长的了。本文对胡风文艺思想的内容、形成过程、原因及其影响，做了较详尽而力求较通透的论述，我感觉良好，也较满意，至少在立其真而去其伪方面做了我能做的事。

在中国现代文学思想乃至当代文学思想领域里，胡风文艺思想有其代表性、全局性、长期性的价值意义。因此，我才那么执着地撰写而又执着地让它全文公开面世。同时，也算是我为"胡风反革命集团"冤案的屈死、屈活的灵魂尽一份悼祭之意。

关于"七月"小说派

"七月"小说派是流贯于20世纪30年代末至50年代初的一个颇有影响力的流派。该派因《七月》杂志而得名,但并未因《七月》杂志终刊而消失。因为《七月》终刊后,《希望》杂志创刊了。该派与胡风的关系始终极为密切,得益于胡风有力的扶持、引导与理论影响;也因胡风"问题"而被打杀。

"七月"小说派作家们在胡风及其理论的引导下,以其对现实主义独特追求,而形成一个具有独特艺术个性与特征的现实主义小说流派。本文拟对"七月"小说派的思想追求与艺术追求以及代表作家路翎及其小说,加以评析,以揭示出该派对中国现代文学史上现实主义小说的发展所作的贡献。

一

《七月》从第1集第2期起开始发表小说,《希望》一创刊便发表小说。《七月》和《希望》先后发表过46位作者的80篇左右的小说。当然,不能把这46位作者统统划为"七月"小说派,这犹如不能把凡是在《新月》《现代》刊物上发表过作品的作家都划入"新月"派、"现代"派一样,这是不言而喻的。因为,在《七月》和《希望》两个刊物上发表小说的作者中,不仅有大后方的,而且有抗日民主根据地的,以及沦陷区的。丁玲、孔厥、雷加、黄既、周而复等作家的小说,如果说在1942年前还与"七月"派小说有着一些共同点的话,那么,1942年以后,他们的小说在艺术风格上可以说很难找到与"七月"派小说有什么相近之处了。就是欧阳凡海、吴组缃的小说,也很难归属于"七月"派小说。但是,基本作者群还是有的。从作品数量上看,在这两个刊物上发表小说最多的是路翎,其次是丘东平、柏山、贾植芳。给人的直观印象,他们几位应是"七月"小说派的主力。从他们的人生态度与创作态度以及他们的作品所体现出的思想追求与艺术追求看,他们几位也是"七月"小说派的中坚。他们与众多的《七月》《希望》的小说作者,包括一些尚未被人们认清面目如天空中的流星般一闪而过的作者在内,把中国大陆上主旋律一致而色调又丰富多彩的人生,带进了中国现实主义小说领域,构成了一个崭新的小说世界。

"七月"小说派的小说,在主题题材上显示出这样的走向与特点:歌颂中有暴露——暴露中有热望。

　　一个作家个人或一个文学流派的作家群体,选择什么的题材、揭示什么样的主题,总是与他或他们的世界观、人生态度和审美价值取向分不开的。这对于执着于现实生活的"七月"小说派作家们而言,更是如此。辛人就这样说过:现实主义要求"作者能获得最高的世界观,借以加强艺术对于现实的真实之表现"①。胡风也指出:"现实主义者的第一义的任务是参加战斗,用他的文艺活动,也用他底行动全部。"② "现实主义的文艺,它的为战争服务,正是通过正确地反映生活现实,反映人民大众底生活欲望和战斗意志这一条道路。"③ "七月"小说派作家们,首先是以一个抗日民族解放战争的战士的姿态出现在现实生活舞台上的。他们敏锐地思考着战争和以战争为中轴而运转的抗战社会生活。他们对抗日民族解放战争的本质意义,有着较清醒的认识,认为中华民族要在战胜日本帝国主义侵略过程中成为人类中的健全民族。他们对于文学在抗日民族解放斗争中的责任,也有着较深刻的理解,认为文学必须与抗日民族解放战争结合并成为抗日民族解放战争的利器。在这一过程中文学获得自身的发展与质的提高。这就是把改造中国人、改造中国社会和促进现实主义文学的发展,纳入了抗战本质意义的思考之中。因此,人生态度与创作态度、人品与文品,在他们这里,达到了融合的极致。做人真,写小说诚,真诚地生活,真诚地战斗,真诚地写作。他们小说的主题题材是他们用"心"与"力"透视和情感浸润过的现实生活。因此,他们的小说主题题材,从一开始就接触到了生活的里层,显得特别的真切而深沉。

　　淞沪会战这一抗日民族解放战争中的第一大战役,成为20世纪30年代末期中国文学创作中最普遍的题材。报告文学、诗歌、戏剧、小说,无不以此为抒写对象,歌颂对象。"七月"小说派作家这时的小说的取材,自然也未例外。他们的小说与当时众多的文学作品有两点相同:一是题材同,二是都带有纪实性特征。然而,异是主体,是根本。他们的小说,没有停留在一般的英雄主义精神、英雄主义行为以及悲壮场面的抒写与赞颂层面上,而是着力歌颂一种意志——中国人民的抗战意志,暴露压抑这一意志生长的种种因素。也即是把中国社会、政治、军事、文化纳入战争惨烈之中加以审视,把

---

① 辛人:《关于公式化的二三问题》,《七月》第3集第1期。
② 胡风:《续论战争期的一个战斗的文艺形式》,《七月》第1集第6期。
③ 胡风:《民族战争与新文艺传统》,《胡风评论集》(中),人民文学出版社1984年版。

人生、人性纳入战争惨烈之中加以拷问。这是"七月"小说派卓尔不群的最具穿透力的艺术魅力之所在。丘东平、柏山、贾植芳的小说都是抒写和表达的这一主题题材。丘东平执笔的《给予者》和他个人创作的《一个连长的战斗遭遇》两篇小说，便融入了他们"对于现实的理解"①。

《给予者》名为"集体创作"，实际上是丘东平一人创作的，欧阳山、草明、邵子南、于逢等人与丘东平一道"只是在材料的搜集上和内容的把握上"，"作几次讨论，交换或补充意见"，标明"集体创作"，旨在表明他们的"一种迎接战争的态度"。② 关于这部中篇小说的主题，茅盾作过这样的归纳，他说："《给予者》的主题是如此：中国人民大众的抗战意志如何在压迫下，践踏下，侮辱下，欺骗下，沉郁而坚定地发展，终于达到'由自己来担当'，发挥自己力量的地步。"③ 小说叙述的就是中国人民大众所具有的这种坚韧不拔的抗战意志及其所显示出的威力。小说的主人公黄伯祥凭着抗战意志由一个"卡车的驾驶员"而为一个军人、一个连长，成为有权力可以直接支配淞沪会战这战斗场面的人们中的一个。《一个连长的战斗遭遇》更是集中地赞颂了中国军人在淞沪会战中表现出的抗战意志。小说中的林青史凭着这股抗战意志，带一连战士出生入死地战斗，打退了日本侵略军的数次进攻。这两篇小说，赞颂的都是抗日民众、抗日军人所具有的抗战意志。暴露与抨击的对象不是当时一般小说所抨击的日寇汉奸，而是抗日军队自身体制存在的种种弊害。压迫、践踏、侮辱和欺骗黄伯祥抗战意志的是国民党军队本身。林青史和他的连队，"不是失败于日本军猛烈的炮火下，却消灭于自己的友军的手里"。这就从战争这一特殊视角透视国民党军队的本质及其致命弱点，由此也显示出小说所具有的思想深度和力度。

柏山在淞沪会战前后，在上海搞地下工作；1938年8月从上海调到皖南新四军军部工作，从此以后随新四军转战大江南北。他把一个作家的做人也看得特别重要。他说："我觉得做人应当是第一位，其他做事和创作，就是跟着做人来的。"又说："如果在文学上要做一个现实主义者，那么，在生活上一定要有现实主义的精神。"同时，他认为，做人和作文，都是为着正义，为着在战斗中追求真理。④ 他的这一人生态度和创作态度以及功利目的，完全体

---

① 欧阳山：《抗战的意志》，《给予者》，读书生活出版社1938年版。
② 胡风：《忆东平》，《希望》第2集第3期。
③ 茅盾：《〈给予者〉》，《文艺阵地》第1卷第1期。
④ 《彭柏山书简》，《新文学史料》1984年第4期。

现在他的小说之中。他的《一个义勇队员的前史》和《某看护的遭遇》两篇小说，都取材于淞沪会战，都充分反映了他的创作旨趣。这两篇小说，描述了难民收容所和伤兵医院里的种种人生：残渣与白璧，污泥与明珠，混搅在一起。作家把他的爱与颂扬洒向白璧与明珠，而把他的恨与谴责投掷于残渣与污泥。以此，激起更火烈的抗战情绪。这就充分表明了，在那阶级立场和阶级情感为民族立场和民族情感所淹没时，一个无产阶级文艺家的鲜明本色；这也充分表明了，他和"七月"小说派，确实"正是在阶级对立的社会生活下养育出来的"①。他的《岔路》，从一个侧面描写新四军的战斗生活，同样有褒有贬，褒扬具有抗战意志的士兵，贬斥缺乏抗战意志的逃兵。

如果说，1940年前，"七月"派小说的主题题材集中于中国抗日军人们的抗战意志及其遭受剥蚀的话，那么1940年后，"七月"派小说的主题题材就朝着两个方面延伸了。一是抗日民主根据地民众的抗战意志，二是大后方"灰色"人生战场上"精神奴役的创伤"。贾植芳的《我乡》，犹如一首亲切感人的抒情诗，抒写了抗日游击战中农村民众自觉的抗战意志，颂扬了一种新的人生价值，作家与读者一同受到试炼。孔厥作的《郝二虎》，颂扬了抗日民主根据地民众的抗日英雄主义精神。路翎等作家的小说，把大后方社会人生带进了"七月"小说派的创作领域，主要展现了挣扎者与反叛者的人生搏战。这两者相映照与相对举，确实如胡风说的："反映了'一个时代两个中国'这个大时代的特点。"尤其是路翎等作家的大后方农村题材小说，与抗日民主根据地农村题材小说，两相映照，两相对举，更是反映了"从旧中国到新中国的改造过程"②。

二

现实主义小说，总是把人物形象塑造放在第一位的。没有塑造出成功的人物形象或典型人物形象，主题便得不到展示，转化而为故事情节的题材就活不起来。但是，人物形象又总是受制于主题题材的，甚至于出现这么一种关系——描写什么样的题材，揭示什么样的主题，必塑造什么样的人物形象。"七月"派小说的主题题材特征及其走向，就是这样的制约着"七月"派小说人物形象及其类型的。

综观"七月"小说派塑造的人物形象，大体可以划分为这么三种类型：

---

① 《彭柏山书简》，《新文学史料》1984年第4期。
② 胡风：《抗战回忆录·再返重庆》，《新文学史料》1989年第3期。

一是战斗者形象,二是"黑暗的亡灵"形象,三是苦痛中挣扎者反叛者形象。相对而言,"七月"派小说中,军事题材和褒扬大后方民众生命力的小说,自然是苦痛中挣扎者反叛者形象居主导地位;"黑暗的亡灵"形象始终与这两类形象作为对立物而存在于"七月"派小说人物形象画廊之中。

在现实的民族解放战争中,"过去所请命的劳动的人民,现在是,在为祖国献命的战斗欲望里面奔向了浴着日本法西斯蒂漫天炮火的前线。过去所哀悼的、在渴求光明然而却遭遇了无情的打击的命运下面苦痛、挣扎的,先进的知识分子,现在是比 1925 年以后更多地带着新生的勇气投身到大众底战列里面"[①]。战争促进了民众的觉醒,民众推动了战争的行进。现实生活中的民众,成了战争的主力。与战争和民众融为一体的"七月"派小说家们,从不同角度,描绘了战争中的这一主力,塑造了一系列战斗者形象。他们小说中的战斗者们,尽管个性、气质、事迹千差万别,然而抗战意志和被压抑、被摧残的人性与命运,都是一样的。

黄伯祥是"七月"派小说中也是整个抗战文学创作中最先出现的一位战斗者的形象。他在 1932 年"一·二八"到 1937 年"八一三"的抗日斗争过程中,经历了这样的人生道路:卡车司机—士兵—连长。他在这条人生路上,忠于职守,默默奉献着和给予着。他没有什么豪言壮语,也没有威严逼人的风采。然而却有如他的朋友、班长说的:"他的内在的活动很强盛",他受得起打击,受得起打击中所有的一切教训。这是他的灵魂活动的纵深地带。第一线的打击决不能使他动摇分毫。"一·二八"大撤退时,他虽没有当上一名战斗兵,但仍然驾驶军车。在撤退中,他遭受到了军棍们的"叱骂""惩戒",连一匹马或一条狗都不如。后来,他"补上了一个兵",算是实现了愿望。但是,事实"证实了:他自始至终未能脱离那泥坑一样的痛苦的地位,他不明白在这样的队伍中受苦到底为了什么,他是从火中逃出的,却不料纵身一跃,已经落到了海里"。他准备逃走。"八一三"战斗打响时,他的逃走成了幻梦,很快以一个排长的姿态出现在东战场上。在"八一三"战斗中,他出生入死,受了伤,伤愈又上火线,他当了连长。这时的黄伯祥已经清楚地意识到,现在,战场上的事是由他自己来担当了——"他终于在战场上发现了一个自己可以自由发挥的园地,他认识了自己的力量,他已经赤裸裸地把自己交出了,谁也不能对他的强盛的战斗意志加以毒害。"为了摧毁敌人的主要退路,他指

[①] 胡风:《民族战争与新文艺传统》,《胡风评论集》(中),人民文学出版社 1984 年版。

挥他的炮兵排轰毁了自己的家及自己的父母和妻子儿女。他确实如小说开头的"引子"所评介的：对于日本帝国主义，他是一个给予者，他给予他们一个使全世界惊悚的战争；对于他的兄弟们，他也是一个给予者，他献出了他的生命。黄伯祥就是这么一个在全民族抗战中从社会底层产生出的新人物、新英雄。林青史是一位从国民党军队中产生出的新的下级指挥官、新的英雄形象。淞沪会战中，他的连队，"是一个时运不济、命运多舛的莫名其妙的队伍，它常常接受了一个新的奇特的任务，这新的奇特的任务又常常中途从它的手里抛开，换上了更新、更奇特的"。他的英雄气概和顽强的抗战意志，就是在摆脱"无谓的任务的牵累"而与敌人战斗中显现出来的。他的连队修筑好张家堰阵地工事，正准备移交"十一师据守"时，"中国军第一线左翼突然现出了一个缺口，溃退下来"。他带领全连战士主动出击，"澄清了阵地的纷乱局面，澄清了敌人的强暴和污浊"。但是，他的连队同营部失去了联系。他带领连队回营部途中，又与敌人相遇，经过殊死搏斗，取得胜利，最后他和他的残存队伍，找到了团部。一个有着坚韧的抗战意志和沉着、机智、勇敢的性格与军事指挥才能的下级指挥员的形象，跃然纸上。他的遭遇，不只是日本侵略军的飞机大炮，更主要是具有致命弱点的他所在的军队本身。"他们不是失败于日本军猛烈的炮火下，却消灭于自己的友军的手里。"小说中的这一精辟议论，堪称画龙点睛之笔！一位立下赫赫战功的下级指挥官，却被罩上破坏军纪的罪名横遭枪杀！这一悲剧形象，揭示出国民党当局"腐化的僵尸"一般的军队制度与广大官兵空前迸发的抗战意志和爱国的英雄主义行为的尖锐对立。小说也正是把林青史放在这一尖锐对立中和民族解放斗争背景下加以剖析的。这就使小说"无论在思想内容上或艺术力量上都达到了更真实更宏大的境地"[①]。

《一个义勇队员的前史》中的"我"和《我乡》中的"我"，是"七月"派小说中又一种类型的"战斗者"形象——知识分子战斗者的形象。这种"战斗者"虽然没有黄伯祥、林青史的英雄事迹和英雄气概，然而，他们都是投身于民族解放战争中而与民众生活在一起又从民众中汲取了精神力量的新型知识分子形象。他们或受"一种群众的行动"，就使他们"那寂寞的心境激动起来"，由此投入民众行列之中，或从民众的爱国精神与乐观情绪中，汲取人生和战斗的勇气，懂得生命的真正价值在于斗争、创造与征服！《茅山下》

[①] 胡风：《忆东平》，《希望》第2集第3期。

的周俊是一位革命知识分子形象，他有较强的工作能力和较高的革命热情，但也有着小资产阶级知识分子的摇摆性与虚荣心。这些弱点，使得他与战斗的生活、工农干部的思想与个性不相协调，甚至发生矛盾。关于知识分子战斗者形象的塑造，关于知识分子与新环境以及与工农干部的关系等问题，在整个中国现代文学创作中，"七月"派小说家算是最先涉足的。这就为1942年以后，抗日民主根据地文艺家们普遍关注而又普遍描写这一生活内容，开了先河。

严格地说来，战斗者形象也是处于苦痛中的挣扎者形象。不过，这些战斗者的"苦痛"是一种较高层次的追求而不得的"苦痛"，是强烈的抗战意志与爱国的英雄主义受到打击而滋生的精神"苦痛"。"七月"派小说里的苦痛中的挣扎者形象类型人物的"苦痛"，显然属另一种形态的"苦痛"，主要是指处于人生底层的人们怀着强烈的生命意识与社会的经济的文化思想的大罗网进行盲目的本能的拼搏而遭受的苦痛。这是一种"灰色"人生战场上的人生相。这类人物形象，大多为"七月"派小说家路翎所塑造。这将在下一节加以论述。

"七月"派小说的主题题材和人物形象，灌注了作家自己的"主观战斗精神"、"战斗要求"和"人格力量"。丘东平、柏山、贾植芳等作家的小说，尤其是丘东平、柏山的小说，几乎都是从血与火的战争中摄取题材的，几乎都是塑造的"晶钢的雕像"。黄伯祥"灰暗、沉郁的面孔"，虽没有英雄的光焰，却是抗战意志的化身。"他时时感觉到自己是一颗暴烈的炸弹，如果一撒手，这炸弹有随时爆炸的可能。"但为着忠于职守，他强忍着，只是使劲地开着卡车。卡车在他手里"像从敌人的手里劫掠过来的马似的狂暴地跳跃着，尽可能利用和路上的洞隙、石子相抵触的一刹那作为泄愤的机会，吼叫着，咆哮着"。他在屡次受辱之后，"也开始了他的疯狂。他摆动着那巨大、阔板的身体，过度地向前面倾斜着高大的上身，簸颠地、踉跄地、像受伤了一样的越过了为炸弹所击毁的崎岖不平的街道"。后来，他如愿以偿，当了兵，还当上了排长、连长。在淞沪会战中，他身先士卒，奋力拼杀，最后，他指挥炮兵排轰毁敌人主要退路时，那"炮身痛苦地、痉挛地抽搐着"。这实际上是他自己痛苦地、痉挛地抽搐着的精神与肉体的对象化。因为他知道，在消灭敌人时，他的家、父母、妻、女儿也被毁灭于他的炮火之下了。这种忍辱负重、承受巨大牺牲与痛苦而又"拼命""拼杀"的精神与行为，正是那一段特殊岁月里，我们民族、我们人民所呼唤的爱国主义英雄和所需要的精神力量。林青史也一样，他坚韧、果敢、勇于拼杀，义无反顾。他明明知道未得到命令就向敌人出击是违犯军纪的，是要遭枪杀的，但他却一次次与敌人拼搏，打击了敌人的嚣张气焰。获得胜利后，毅然决然地回到营部，接受惩处。小说中正面人物形象具有的这一强烈而不可征服的主观战斗精神、战斗要求、人格力量，正是作家与实际战争中英雄人物进行"肉搏"的结果。在这里，主观性与客观性实现了高度的融合，消失了界限。

三

1940年以前，丘东平和柏山自然是"七月"小说派的台柱。那么，1940年以后呢？1940年以后，"七月"小说派的扛鼎作家及其扛鼎之作，无疑就是路翎和他的小说。

路翎是在丘东平和柏山基本上中止了小说创作之后开始自己的文学创作生涯的。1940年5月，路翎以小说《"要塞"退出以后》进入"七月"小说派行列。这篇小说，紧承丘东平和柏山小说的军事题材路子，而写一位青年知识分子在抗日战争的前线要塞撤退过程中的思想变化和心路历程，表现出作家路翎描绘人物的勾魂摄魄的创作才华。这篇小说虽不为佳构，然而却奠定了他在"七月"小说派中的地位。从此以后，他把自己的笔深深扎入大后方"灰色"人生战场上两个生活领域中，剖析社会底层人物的苦痛挣扎与复杂心理状态，表达作家对现实社会人生的思考与追求，体现出作家的"战斗的人生"是"现实主义的灵魂"[①]的审美意识与审美期待。

抗战爆发后，路翎和大批学生流亡者一样，被迫离开家乡，离开学校，由南京而武汉而重庆，最后在重庆近郊北碚一家矿冶研究所供职，家居天府煤矿区内。北碚位于嘉陵江边，缙云山麓。这是一个集农村、矿区和城镇于一体的地区。武汉沦陷后，不少外地流亡者到这里生活、工作和战斗。路翎因工作和家住矿区的关系，与矿工、恶棍、豪绅地主以及"坐在办公室里的老爷"，等等，有了广泛的接触。在跟这些人接触与交往中，感受到了很深的悲凉与忧郁情绪，而又做着不倦地探索与追求。这就把"七月"小说派的文学创作带进了一个广阔的天地——矿区生活和农村生活，也为丘东平、柏山的小说创作寻找到了源头："兵士——穿着了军装的工人和农民，军官——穿着了军装的青年知识分子。"[②]

中国现代小说创作中描写矿区生活，不知是不是巴金的《砂丁》和《雪》

[①] 未民（路翎）：《市侩主义底路线》，《希望》第1集第3期。
[②] 胡风：《民族战争与新文艺传统》，《胡风评论集》（中），人民文学出版社1984年版。

算是较早的。《砂丁》写的是锡矿工人的生活与命运,《雪》是写煤矿工人的抗争。路翎写的是煤矿工人和矿区其他劳动者的生活与命运。两位作家虽然都描述了矿工们不如猪狗的命运以及作为人的本能与原始的或自觉的反抗方式,但是,路翎却着力于矿工及其他劳动者的原始生命强力的剖析。路翎在《七月》和《希望》两个刊物上发表的20多篇小说中,矿区生活题材的小说居多。他的矿区生活题材小说,描绘了矿区的种种人生面影,特别是描绘了那些"夹在锤与砧之间"的矿工们及其妻子被扭曲的人生和变态的灵魂。《家》《卸煤台下》《饥饿的郭素娥》便是其中有代表性的中短篇小说。这三篇小说,活画出了矿区不同的生活场景,汇聚了各种人物的风貌,犹如一卷卷"色彩暗浓的油画,使观者不能触目即过,多观摩一回就能多找出一点什么似的"[1]。《家》主要写了空袭警报中矿区电机锅炉房的生活场景。这里有本地狡猾而贪婪的小地主,有电机锅炉房工人金仁高,有河南来的工人、太行山参加过游击战争来的工人,还有"断了腰"和丢了手、腿的工人。工人淳朴、正直,地主猥劣卑微,人物个性,了了分明;"矿区工人不如畜生"的主题,有所显露。这篇小说,不是路翎矿区生活题材的力作,这不仅在写法上存在明显的"败笔"[2],而且更主要的是缺乏路翎矿区生活题材小说所构成的基本因素。《卸煤台下》和《饥饿的郭素娥》才真正是路翎这一题材小说的优秀篇章。《卸煤台下》,主要写"黑污而灼烧的卸煤台下"的一位青年矿工许小东的悲剧命运。他借债为妻子治病,因愁苦烦闷而失手打烂他妻子生命所依存的一口锅。山洪暴发时,他把矿上一口快被洪水冲走的大铁锅拿回了家,被逼得精神失常、身体残废、妻子嫁人。矿工,确实不如畜生啊!然而,这"不如畜生"的矿工身上,仍有着人的生命意识与向往。他咒骂和报复狠毒的包工头严成武之辈。他大声吼叫:"一个男子汉为什么不要志气,为什么要受人欺侮!"不过,这是一个被生活压溃了的"落到无光的痴狂里去了"的人即被扭曲了的人的生命意志和向往。因为,他也咒骂和毒打他那穷迫无依的妻子,他也表示"我要死在外面"。这篇小说问世之后,引起了批评界的重视。胡绳在《评路翎的短篇小说》一文中,认为在这篇小说中,路翎"得到了他的工人生活的作品中最高的成就"。《饥饿的郭素娥》,主要写的是矿区劳动妇

---

[1] 胡风《〈七月〉编校后记》,《胡风评论集》(中),人民文学出版社1984年版。
[2] 主要指小说后面火烧刘耀庭家的情节。胡风在当年的编校后记中就指出:用这个意外的事变来联结人物,"在读者底感应上就会减杀了作者所吐示出的,围绕着那个矿山的社会事变或生活事变底力量"。

女郭素娥的悲惨命运。她原是一个强悍而又美丽的农村姑娘，因逃荒遇匪而独自凄苦地漂流。在丛山中迷路而绝望地昏倒，被矿区附近一个比她大24岁的鸦片烟鬼男人收留为妻。从此，她远离了故乡和亲人，坠入深渊里了。她在这个深渊中，带着最热切的最痛苦的注意力，凝视着矿区的人们向她走来。向她走来的第一个矿工是张振山。这是一个经历过战争、刑场、火灾，充满着兽性和盲目报复的流荡人物。他是带着他的全部狠毒走向郭素娥的。同时走向郭素娥的还有一个魏海清。这是一个善良而老实的矿工，他真挚地爱着郭素娥，然而他却怯懦。郭素娥虽然有了这么两个男人向她走来，然而她的肉体与精神更加饥饿、更加痛苦。她这样一个女人，为矿区社会所不容，被认为是一个"触犯菩萨""败坏门风"的堕落女人，最后被丈夫伙同保长、地痞恶徒活活烧死、奸死。显然，作者在这里不是叙述经济生活带给主人公郭素娥的生理上饥饿的痛苦，而是描述主人公郭素娥人性本能的追求和过正常年轻女人生活的渴求同现实环境与传统意识道德观念的矛盾冲突带给她肉体与精神的饥饿痛苦。由此揭示人物的命运，表明作家在更高更深层次上思考着社会的出路和人的出路。这正如邵荃麟在评论文章中指出的：小说里"充满着一种那么强烈的生命力！一种人类灵魂里的呼声，这种呼声似乎是深沉而微弱的，然而却叫出了多少世纪来在旧传统磨难下的中国人的痛苦、苦闷与原始的反抗，而且也暗示了新的觉醒的最初过程"。大概正因为如此，邵荃麟也才认为这部小说"在中国的新现实主义文学中已经放射出一道鲜明的光彩"[1]。

路翎在致力于矿区生活题材写作时，也开始了农村生活题材的写作。农村生活进入中国现代小说领域是从鲁迅开始的。鲁迅从改造国民性出发，挖掘出了几千年承传下来的"病根"，把闰土、祥林嫂、阿Q等一群民夫民妇带进了文学殿堂。叶紫从社会革命出发，写出了20世纪二三十年代中国农村阶级压迫和阶级剥削的血污现实，揭示出广大农民走向自由解放道路的必然性。沈从文从重造民族性格出发，描绘了湘西农村民众的人性美和人情美。路翎沿着鲁迅开创的农村题材小说的路子，把笔伸进了农村社会各个角落，写出了各具特色的一群"精神奴役创伤"者的人生面相。

从《棺材》到《嘉陵江畔的传奇》，路翎的农村题材小说，大抵可以归为三个层次：霉烂的财主生活层，卑劣的流民即"光棍"生活层，受欺凌而挣扎反抗的农民生活层。《棺材》是路翎最早的一篇农村生活题材小说，写的是

---

[1] 邵荃麟：《饥饿的郭素娥》，《青年文艺》第1卷第6期。

来龙场附近一家地主王德全和王德润兄弟俩做"棺材竞争"生意的故事，活画出了地主们的人生犹如他们的后屋积满了的木材，被潮湿侵蚀得发黑，积满尘污，缩成丑陋而可憎的形体，在那里生霉、朽烂。从一个小小的特殊视点，照出霉烂的地主阶级和棺材式农村社会的真面目。《罗大斗底一生》实际上就是写的这种霉烂的地主阶级和棺材式的农村社会孕育出来的胎儿——流民即"光棍"的人生。小说的主人公罗大斗出生于一个败落的地主家庭。他一生的目的就在于求得本地有权有势的人和光棍们的好感，最高理想就是成为一个真正的男子汉即成为一个能像别人欺凌他那样去欺凌别人的光棍。但是，他所生活的环境，起伏着一种浓浊的波涛，它的力量造成一些"英雄"，也造成一个光棍阶层。在这个光棍阶层中，罗大斗始终居于奴才地位，唯有在安分守己的老实人面前，方显示出他的"英雄"风度。他在这一人生道路上，由最初的狂热到后来的空虚、疲乏、呆滞，最后自杀身亡。小说逼真地描绘了罗大斗的一生，剖析了他的心路历程，把大时代中大后方农村社会中污秽的人生一角及其心灵，呈献在读者面前，让人诅咒和鞭挞。大后方农村社会中，受苦受难最深的自然是广大农民，尤其是农民妇女。问世于 1944 年 5 月的中篇小说《蜗牛在荆棘上》，便是描写这一人生的力作。不过，小说没有从阶级关系和经济关系的角度去反映农民及农民妇女的苦难，而是有如鲁迅那样主要是从农民自身思想意识的局限去探讨农民问题。小说中女主人公秀姑受着多重的迫害：第一，结婚不到一年，丈夫黄述泰被征去当兵了；第二，家嫂霸占田地，百般虐待；第三，离家出走当佣人，被认为堕落；第四，当兵的丈夫黄述泰听信谣言，请假归家，依照祖先的法律惩办她；第五，乡绅与乡民们的"笑"。最后，黄述泰明白真相，夫妻和好如初。这场闹剧性的悲剧自然是由黄述泰的愚昧引起。他要借机做出"豪壮的行动"，使这个曾经侮辱了他的故乡和毒打过他的流氓颤抖。所以，黄述泰怒斥乡绅们："你们包庇兵役！""我要生剥你们的皮。"秀姑和黄述泰夫妇的这幕闹剧性的悲剧，确实被人们"当作喜剧娱乐"了。这里的"人们"，不仅有乡绅们，更有乡民们。乡民们围观他俩的诉讼与不时发出的阵阵笑声和哄闹形成的喜剧场景，仿佛咸亨酒店的酒客们对孔乙己的一次次哄笑；也仿佛未庄人们围观阿Q行刑时游街示众而组成的"乌合之众队伍"。大时代中大后方一角的人们，何等无聊，何等愚昧啊！读后不能不思之小说开头引用的白朗宁《彼巴底歌》中的"蜗牛在荆棘上／上帝在天堂"诗句意味的深长。路翎献给大后方文坛最后一篇小说是《嘉陵江畔的传奇》。这篇小说，颂扬了农村姑娘王桂香的斗争精神与侠义行为，抨击了地痞流氓的为非作歹，触及了农村社会的阶级矛盾，显示出作家在与现实生活的肉搏过程中，逐渐接近了民族解放战争大潮中农村社会的阶级关系和农民潜在的力量的一面。

最能代表路翎和"七月"派小说最高成就的作品是那一部90万字的长篇小说《财主底儿女们》。这部小说分为上下两部。上部即第一部，写1932年"一·二八"到1937年"八一三"五六年间，日益尖锐激烈的民族矛盾冲击中蒋氏大家族的败落及暴露出的种种丑行，以及这个大家庭中的叛逆者蒋少祖的一段人生历程。蒋少祖在这五六年的政治漩涡中，上下翻滚。他"活跃地参加政治，然而政治使他迷惑"。到头来，他对于信仰、理想、民族、人民、生活等问题，产生了怀疑，并陷入了迷阵。结论是：皈依古代，"我不受暴风雨底欺骗了，然而我要心灵底平静和自由！持着这个，我公正地处理人生底事务！"蒋少祖的这一人生经历，"回旋着前一代青年知识分子底由反叛到败北，由败北到复古主义的历程，这一代青年知识分子底在个人主义的重负和个性解放底强烈的渴望这中间的悲壮的搏战"[1]。这当然涵盖了鲁迅小说《孤独者》的魏连殳及以后中国现代小说中所塑造的这类人物形象及其人生道路。所以胡风指出："这是对于近几十年的这种性格底各种类型的一个总的沉痛的凭吊。"[2] 路翎通过蒋少祖这段悲壮搏战人生历程的描述，"勇敢地提出了他的控诉：知识分子底反叛，如果不走向和人民深刻结合的路，就不免要被中庸主义所战败而走到复古主义的泥坑里去"[3]。这部小说的下部即第二部，以蒋氏大家庭中又一个儿子蒋纯祖为中心人物，写了他在"八一三"以后四年间的"悲壮的搏战"及其命运，展现了抗战时期中国社会生活的各面。蒋纯祖在动乱中成长。他早熟，有着毁灭的孤独的悲凉的思想，渴望从这孤苦、悲悯和毁灭的极限里得到荣誉和无所不容的爱情。"八一三"淞沪会战爆发后，他读了几本关于民族解放战争的哲学书籍和政治著作。他被拯救了。他积极地参加了救护工作和宣传工作。上海沦陷后，他由上海到南京又到武汉，最后流亡到重庆，依然热衷于救亡宣传工作。同时，他与流氓和地主进行过搏斗。但是，他那狂热的个性解放、极度膨胀的个人主义与现实生活环境始终存在着深刻的矛盾。最后，他在这一对抗中死去。蒋纯祖这一人生道路与命运，是他那"一代千千万万的青年知识分子应该接受但却大都不愿诚实地接受，企图作自欺欺人的抄小路的办法回避掉的命运"[4]。路翎写蒋纯祖的这

---

[1] 胡风：《财主底儿女们·序》，《财主底儿女们》，希望社1945年11月版。
[2] 胡风：《财主底儿女们·序》，《财主底儿女们》，希望社1945年11月版。
[3] 胡风：《财主底儿女们·序》，《财主底儿女们》，希望社1945年11月版。
[4] 胡风：《财主底儿女们·序》，《财主底儿女们》，希望社1945年11月版。

一人生搏战，向青年们"勇敢地提出了他底号召：走向和人民深刻结合的真正的个性解放，不但要和封建主义做残酷的搏战，而且要和身内的残留的个人主义的成分以及身外的伪装的个人主义的压力做残酷的搏战"。这些，便是这部小说所达到的思想深度。

路翎的《财主底儿女们》和他别的众多小说，生动形象地反映了大后方"灰色"人生战场的方方面面，尤其是凸现出了这一"灰色"人生战场上"精神奴役的创伤"。他的多数小说，描述着社会底层挣扎者和知识分子反叛者在追求自身解放过程中，同封建主义进行着严酷的搏战，同身内的个人主义和身外的伪装的个人主义压力进行着严酷的搏战。由于未走向与人民结合的路，他们的搏战，几乎都以悲剧告终。路翎小说中所写的这些搏战，确实如胡风所说的："一下鞭子一个抽搐的对于过去的袭击，一个步子一印血痕地向着未来的突进。"① 正是在这一点上，胡风认为路翎的小说体现了鲁迅的战斗精神。路翎的小说，大都融心理描绘、主观抒情于现实主义的客观叙述之中，较好地吸收了鲁迅的心理剖析小说和茅盾的社会剖析小说之长而形成自己的艺术个性与艺术风格，较充分地展现了那个大时代里现代社会和现代人的心理动态，而为中国现代小说开辟了一条新的创作路子。从这一点看，我们可以说，以路翎为代表的"七月"小说派不失为现实主义社会写实派中的一支异军。

附记

围绕《七月》与《希望》形成的文学流派，可以分为"七月"诗派、"七月"小说派、"七月"理论派。但是，研究者们比较集中的是研究"七月"诗派，而较忽视另两个流派的研究。我则较早地关注、研读《七月》与《希望》两个刊物上先后发表的小说，也较早认为"七月"小说派的成就不下于"七月"诗派。所以，我的《大后方文学论稿》中，列有一节专论"七月"小说派。

本文对"七月"小说派前后两个时期不同的有代表性的作家作品，给予了论析，揭示该派前后期作家作品的不同特征及一脉相承之处，以及对社会人生和文学发展的贡献。本文几乎同《抗战文学在香港》一文同时写成，但未送出发表，一直放在抽屉内，撰写《大后方文学论稿》时才翻出，放入该书中。本文确实迟问世了六七年时间。

---

① 胡风：《财主底儿女们·序》，《财主底儿女们》，希望社1945年11月版。

关于"中国诗坛"派

"中国诗坛"派，是笔者在研究过程中发现并提出的一个诗歌流派。它存在于 20 世纪 30 年代末和 40 年代初。本文拟对这个诗派形成原委、主要成就及其价值意义等问题加以论析。

一

中国现代新诗史上的诗歌流派，常常围绕着一种刊物而形成，也因此以刊物而得名，诸如"新月"派就因《新月》杂志而得名，"现代"派就因《现代》杂志而得名，"七月"派就因《七月》杂志而得名。仿此命名法，笔者将 1937 年 8 月至 1941 年 1 月相继存在的《高射炮》《五月》《时调》《中国诗坛》《战歌》等五个诗刊的诗人们形成的一个诗派，称为"中国诗坛"派。这是一个坚韧性极强、倾向性始终如一的诗派。

"中国诗坛"派，源远流长。1928 年，郭沫若的诗集《恢复》的问世，显示出中国无产阶级文学的实绩；20 世纪 30 年代初，殷夫的"红包鼓动诗"，促进了无产阶级诗歌运动的兴起；1932 年，中国诗歌会的成立，标志着无产阶级诗歌形成强大的自觉的诗歌运动。"中国诗坛"派便是无产阶级诗歌运动在抗日民族解放战争形势下的继起与发展，而且直接承传中国诗歌会，与之有着"血缘关系"。这正是《高射炮》《五月》《时调》《中国诗坛》《战歌》诗刊的诗人们形成一个诗派的渊源之所在。

在"八一三"淞沪会战的隆隆炮声中，《高射炮》诗刊问世了。该刊由郭沫若命名，发刊诗由郭沫若撰写；该刊主编王亚平，为原中国诗歌会北平分会负责人；在该刊上发表诗文的也多为原中国诗歌会的成员，诸如蒲风、任钧、穆木天、林林、征军等。上海沦陷前夕，《时调》于武汉创刊；1938 年 5 月，《五月》在武汉问世。这两个诗刊的编者为穆木天与锡金，他们自然是原中国诗歌会的成员。在这两个诗刊上发表诗作的诗人也多为原中国诗歌会的诗人，如蒲风、柳倩、杜谈、穆木天、芦荻及"左联"成员冯乃超等人。上海沦陷前夕，广州的《广州诗坛》易名为《中国诗坛》，其主编先后为蒲风、黄宁婴，其主要撰稿人是蒲风、雷石榆、征军、黄宁婴、芦荻、陈残云、林山、周钢鸣、洪遒、李又华、黄鲁、郑树荣等,这些诗人不用说也多为原中国诗歌会的诗人。被茅盾誉为"闪耀在西南天角的'诗星'"的《战歌》,于1938年8月诞生于昆明。该刊发表的诗文虽然是散居于成都、重庆、桂林、延安以及香港等地的诗人撰写的,然而就其基本作者群来说,仍是原中国诗歌会与中国诗坛社的诗人,主编是雷石榆、罗铁鹰。这一考察,当然是表层的,但由此可知,20世纪30年代末40年代初的这五个诗刊确实是由原中国诗歌会沿革而来,其诗人诗作自然易于形成一个流派。从较深层次去考察,还可发现这五个诗刊的诗人们在政治信仰和诗歌理论主张方面的相同或相近之处。这些诗人们战斗在民族解放事业的各种岗位上,拥护中国共产党及其倡导的联合抗日的民族统一战线,大多信仰共产主义。他们坚持现实主义诗歌创作原则和创作方法,坚持诗歌大众化方向,强调诗歌必须表现大时代的狂风暴雨,强调诗人必须成为大众中的一员。这一诗歌理论核心实际上是原中国诗歌会理论主张的一以贯之。《高射炮》虽然未发表《缘起》与《宣言》,然而创刊号的《编后》却道出了该刊的诗歌理论主张:"诗歌工作应和了大时代的要求,也当立刻站起来,歌唱起来,以增强抗战的力量。"又写道:"以后,更打算运用鼓词、小调、唱本、民谣种种形式,写出抗战历程中新闻式的诗歌,贡献给鉴赏力较低的大众。"《时调》和《五月》创刊号的《编校后记》中也指出:诗歌应面向大时代,应抒发抗战情绪,应当开展诗的朗诵运动和大众化运动。《中国诗坛》一开始就要求诗人们投入抗战洪流,做人民大众的歌手。《战歌》发刊词也旗帜鲜明地指出:"中华民族现代的诗人,是中华民族解放的前锋。""我们要用诗歌和刺刀保卫我们的祖国。"从《高射炮》到《中国诗坛》到《战歌》,其诗歌理论主张与原中国诗歌会的理论主张颇一致,一些用语甚至完全相同。《中国诗坛》前后的这些诗刊及其诗人们诗歌观的一致性,也是他们易于形成一个诗派的必备条件之一。如果再从更深层次去考察,不难发现这五个诗刊的诗人们的诗歌创作还具有同一的倾向性,就更能确认他们已经形成了一个诗歌流派了。他们的诗歌,就抒写的内容而言,大都具有重大的政治性和尖锐的及时性,都是写的与抗战直接有关的事与情,民族解放斗争的呐喊为其主旋律。他们的诗歌,就抒写方式而言,大都是直抒式,铺陈其事,直抒胸臆。他们的诗歌,就风格而言,大都雄浑豪放。正是由于有了上述的一致性与共同特性,加之几乎都不同程度地接受了蒲风和中国诗歌会的影响,所以在创作过程中,逐渐形成了相同趋向的流派——"中国诗坛"派。之所以用《中国诗坛》命名,乃因为《中国诗坛》在这五个诗刊中，存在时间最长，影响最大，也最具代表性。

二

"中国诗坛"派在 20 世纪 30 年代末 40 年代初的诗坛上，人数众多，活动范围宽广，诗作甚丰，影响较大。

20 世纪 30 年代前期，现实主义诗歌（即无产阶级诗歌）虽然形成了一股创作潮流，然而并未能在当时诗坛上成为主流。全民族抗战的大时代，为革命现实主义诗歌的发展提供了广阔天地。诗人们感召于时代的呼唤，走出书斋、课堂和艺术之宫，投身民族解放斗争的洪流。全民族抗战炮声，驱散了"现代"派的象征神秘浓雾，作为一个诗派的"现代"派不复存在了。所以，20 世纪 30 年代末 40 年代初"中国诗坛"派在中国大地上此起彼伏，纵横驰骋，在祖国苦难中诞生，和民族共命运，把中国无产阶级诗歌推进到了一个新的发展阶段，并使之成为一时中国现代诗歌创作的主流。

"中国诗坛"派紧紧抓住诗歌大众化这一核心问题，推进现实主义诗歌的发展。诗歌大众化，由它倡导，由它推广，由它引向深入。《高射炮》第 3 期《编辑余谈》提出："诗歌必须真实的从腐烂的象牙塔里解放出来，使之成为大众的读物，大众的歌声。"这是该派在 20 世纪 30 年代末 40 年代初的诗坛上第一次发出的吼声：诗歌大众化。它包含了诗歌的内容与形式的大众化。《高射炮》对歌谣、鼓词、小调、唱本极为重视，在编印的"通俗诗歌特辑"中，多为通俗的歌词与唱本，还有用上海方言写的诗歌。自此以后，诗歌大众化的讨论与创作实践，形成了运动。当时，各地的诗歌座谈会，几乎无一例外地都要对此问题从理论与实践的结合上加以研讨。《战歌》的诗人们，也为此而艰苦地探索着。他们认为：诗歌的大众化与诗歌的艺术性不是对立的，而应一致。诗歌越能大众化，越有艺术价值，越能有永久性。那种把大众化与艺术性对立起来的观点是不正确的。他们还特别指出：诗歌大众化必须做到这么三点——一是诗人的意识、情感大众化，才能使大众的意识前进、坚强；二是诗歌语言大众化，要使用大众中有力的艺术的健康的语言；三是诗歌形式大众化，采用大众熟悉的各种艺术形式。为推进大众化诗歌的质的提高，《战歌》于 1939 年 2 月出版"通俗诗歌专号"，分"论文"与"创作"两栏。"论文"栏发表了穆木天的《关于诗歌大众化》、雷石榆的《摄取旧形式与创造新形式》、徐嘉瑞的《大众化的三个问题》、罗铁鹰的《论诗歌大众化》、慕华的《诗歌的通俗化和他的价值》。这些文章，着重论述了诗歌大众化实践问题，其中特别强调一切民间形式的利用与改造。"创作"栏发表了罗铁鹰、方殷、溅波、青鸟、厂民、老舍、陶行知、袁勃、何鹏、彭桂萼等诗人的歌谣体诗歌和儿歌。这些诗歌，活泼欢快，内容与形式都是大众化的。当时，蒲风和穆木天被公认为诗歌大众化最努力的倡导者和实践者。他们也确实用自己的诗歌大众化理论与诗歌创作实践，为新诗开辟出一条大众化的道路。

"中国诗坛"派为着实践诗歌大众化，还竭力推行诗歌朗诵运动。他们认为，朗诵诗是诗歌大众化的基本路线。通过诗歌朗诵运动教育大众，也教育诗人自身。这种相互教育，使诗歌、诗人与大众的关系极为密切，诗歌大众化了，诗人也真正成了大众中的一个，大众中也会产生出一些新诗人。这便是他们对朗诵诗与大众化的关系、朗诵诗的价值意义的理解。他们还认为朗诵诗的题材与形式，应当是自由而多样的。马子华在《朗诵诗歌之本质及运用》中指出："只要把握住反帝反法西斯的这一个主题，我们歌吟的视野就可以无限大的展开，就是'小及苍蝇，大及宇宙'都好。"不过要认清我们的对象是"四万万五千万的中国民众"。马子华在文章中，还就朗诵诗的具体创作问题提出了五条原则：一是诗的字句要成为大众的口语，顶好用方言；二是要有完善的音调及节奏，便能充分的具有朗诵性；三是字句要短洁而易于记录及传诵；四是尽可能地利用民间的歌谱、小调、弹词等形式；五是尽可能地使自己的诗篇在文字上具备煽动性与刺战性。他还特别强调："有了这样的条件才是朗诵诗，有了朗诵诗才能配合抗战的内容。"马子华的这些观点颇具代表性，可以说是"中国诗坛"派对于朗诵诗的共同认识。雷石榆、胡危舟、芦荻、清水、黄宁婴、林林、凌逈、陈国桦、陈炳熙等诗人在《中国诗坛》举行的"诗歌朗诵的检讨"座谈会上的发言，除了谈及朗诵诗的成败得失之外，无一不是表达与马子华相近的看法。与此同时，"中国诗坛"派还注重于朗诵诗的评价。徐喜瑞的《高兰的朗诵诗》一文，从内容、语言、客观效应等方面评论高兰的朗诵诗，指出：高兰的朗诵诗中有抒写热烈情感的抒情诗，有描写大时代民族英雄的叙事诗，都充满了生命的旋律，跳动着中华民族的脉搏，把抗战的火炬在大众的心上燃烧起来。徐文尤其称赞《我的家在黑龙江》一诗，认为：全诗330多行，结构宏大，使用当时的方言俗语，描写他家乡风俗习惯、物产、生活，地方色彩非常浓厚，文字也极度大众化。徐文称高兰是一个完成朗诵诗任务的诗人，是一个抗战歌手。穆木天的《青春的气息》一文，认为朗诵诗人高兰和溅波的诗歌给抗战诗歌带来了一种新的

"青春气息",一种富有钢铁般的澎湃而奔放的青春气息。"光明,健康,铁流一样地有力,小孩子一样地活泼,瀑布一样地奔放,火山一样地有爆发性,大地一样地朴素,长江大河一样地豪爽,这是我们要向新中国的新的诗歌工作者去要求的;可是,在高兰和溅波身上,我们正在发现到这一个倾向的萌芽。"穆木天十分赞赏溅波诗歌的特色——"牧歌情调与战歌的交织"。这一特色,实际上不仅仅是溅波诗歌的特色,高兰的诗歌和其他"中国诗坛"派诗人诗歌也有这样的特色。

三

"诗贵含蓄",这似乎是众多诗人和诗评家津津乐道的诗歌表达方式与艺术风格。然而,不能以此为唯一标准去否定或排斥与此相异的"平直"的诗歌表达方式与艺术风格,以前者否定后者,似乎"含蓄"的就一定是好诗,"平直"的就一定不是好诗或根本就不是诗。这是评论界曾盛行的一种评诗现象。文如其人,诗如其人。人的情感复杂而多变,以抒写情感为主的诗歌,其表达方式自然也应当是多样的。现实生活中,不少人生性豪爽,遇到外界刺激,立即作出反应:或狂呼大笑,或悲哀恸哭,或大呼猛进,或仓皇退却。抒写这类情感,"含蓄"恐怕是不合适的,直抒胸臆的手法、直率的抒情方式恐怕才能将其情感酣畅淋漓地表达出来。何况,"含蓄"与"平直"两种表情方式与艺术风格,大量存在于中外古今诗论诗作中。西方诗论中,有柏拉图"代神传旨"、亚里士多德"模仿现实"、贺拉斯"寓教于乐"诸种说法;中国有"诗言志"和孔颖达"志情合一"等说法。这些大概都是讲诗的功利与"平直"的。当然,"含蓄"型的诗论与诗,也是自古都有的。西方诗人至今崇尚厄里根纳"象征"说和现代派"超现实主义",中国刘勰"深文隐蔚,余味曲包"、司空图"不着一字,尽得风流"、王夫之"诗无达志",这些都是讲含蓄。那么,对"中国诗坛"派的诗歌作品,我们自然不应单纯以一种标准去评判而轻易否定,否则会亵渎前人也贻误后人!

"中国诗坛"派的诗人们,都直接参加了抗日救亡运动或直接参加了抗日民族解放战争。他们面对全民族抗战的爆发与抗战的行进,其情感是突奔而狂喜式的,有如悬河骤降。他们面对日寇的暴行和中国人民抗战的英雄壮举,那爱憎之情达于极点。这种高强度的亢奋情感,一点儿不能隐藏,一点儿不用修饰,必须慷慨激昂地呼喊出来。诗人的生命、诗人的诗歌,简直由这种情感所浇铸,分割不开。因此,直率的表达方式与艺术风格,便成了该派诗人诗歌作品的共同倾向与共有特色。这一倾向与特色，与该派的诗歌理论主张和推行的诗歌大众化路线也密切相关，与抗日民族解放战争跃动的脉搏自然一致。雷石榆这样说过："战争驱使我走向辽广的空间，走向艰苦的前方，也走向沉郁的后方，但我是一直勇敢的乐观的，我尽情地用我的笔呼唤、咏叹、申诉。"[①] 他还说："抗战初期出版的三个诗集《国际纵队》《1937/7/7—1938/1/1》《新生的中国》"，"正是反映由于直面战斗而高扬着的激情的呐喊"。[②] 蒲风更是直截了当地指出：爽快、坦白，原是我们的特质。我们必须担负起中国民族解放的重担。这便是我们第一义性的歌唱。为达此目的，必须热情蓬勃，必须大众化，必须表现具体化、抒情单纯化。[③] 王亚平的《血战亭子山》便是这一表情方式与艺术风格的诗歌。这首诗直接描写"保卫大武汉"的一场战斗。其中，短兵相接的肉搏场面，写得逼真而惊心动魄：

  白刃对白刃，/血肉对血肉，/尸体筑成堡垒，/鲜血汇成了瀑布，/饿狼的怪叫，/醒狮的怒吼，/侵略的黑潮，/淹不息抗争的火流！/民族战士的鲜血，/染红亭子铺的山石、绿草和战士的征衣。/我们不悲悼这惨酷的战斗，/在这里会展放出，/神圣的民族自由解放的鲜花。

这样的场面，这样的情感，是很难"隐蔚""曲包"的！必须是直接的直率的抒写与表达，才能传达出斗争的惨烈、悲壮和我军将士的英雄主义精神。该派中，诗人兼战士的诗更是属于"高射炮手"的歌唱。陈继武便是具有代表性的一个。他是驻守虎门高射炮连的连附。他一面操持武器镇守华南要塞，一面挥笔抒写出悲壮昂扬的诗歌。即便是他的爱情诗中也响彻着战声。他的诗集《血的歌》中的《今别离》写道：

  别了，我的爱人哟，别了！/你无须送行，无须挥巾！/但须记紧：/"小生命"是我俩爱情的证人！/明年的秋风挟着凯旋的歌声！/那时呀，有个给你拥抱的壮士笑脸，/有个金光灿然的白日青天！！！

对此，雷石榆评论道："并非诗人不需要爱情，他狂热的爱情倒倾泻在民

[①] 雷石榆：《八年诗选集序》，《八年诗选集》，粤光印务公司1946年8月版。
[②] 雷石榆：《八年诗选集序》，《八年诗选集》，粤光印务公司1946年8月版。
[③] 蒲风：《关于前线上的诗歌写作》，《抗战诗歌讲话》，诗歌出版社1938年4月版。

族的身上；而对自己的夫人的爱情，只是站在民族解放的大前提上，把捉大我的憧憬反映小我的憧憬。"[①] 诗人彭桂萼站在云贵高原上，放声高唱。他在《后方的岗位》一诗中，抒写了"农夫""文化人""路工"的同仇敌忾。诗的最末一节写道：

> 我们是后方的新军，/战争/把我们叫进兵营，/早晨的沙场上，/听炮口演说，/白天，/叫枪管歌咏，/大队一颗心，/守卫西南高原，/望着夜空的星点明灭，/等待反攻的明令，/我们是新的生力军！

该派的通俗诗歌也呈现出这一表情方式与艺术风格。溅波于1939年4月20日写的《从军行》就是这样的诗歌。诗的最后一节写道：

> 上前线，上前线，/三逸的健儿向前方开！/头上戴着钢盔帽，/身上背着干粮袋，/长枪的枪口向前方瞄，/敌人不倒誓不还！

再则，"平直"而不含蓄，并非"中国诗坛"派所独有，我们把视野稍稍拓展一点儿即可发现"平直"乃当时之诗风！几乎所有的诗人都用直抒方式表达爱国之情和救亡之志。"七月"派诗人鲁藜站在武汉黄鹤楼上抒写流亡者的哀伤与愤怒的诗篇《想念家乡》，跟"不着一字，尽得风流"毫不沾边。诗这样写道：

> 我站在黄鹤楼上，/望着江水流向那遥远的家乡，/流啊！扬子江，/流啊，扬子江，/江上月亮照耀着我的瘦影，/江上的流星不知道飘落到甚么地方！
> 我要呼唤着我们的祖国，祖国！/我要去炮火猛烈的战场，战场！/为着祖国，/为着家乡，/我再不能天天的哀伤，/我再不能长期的流亡！

20世纪30年代前期的"现代"派桂冠诗人戴望舒，于1939年元旦写的《元旦祝福》一诗，一点儿也不含蓄，一点儿也不朦胧，平白、明朗极了。他由衷地赞美民族解放斗争和人民的顽强抗战精神：

---

① 雷石榆：《序〈血的歌〉》，《中国诗坛》第2卷第3期。

新的年岁带给我们新的希望。/祝福！我们的土地，/血染的土地，焦裂的土地，/更坚强的生命将从而滋长。

新的年岁带给我们新的力量。/祝福！我们的人民，/坚苦的人民，英勇的人民，/苦难会带来自由解放。

这是抗战时期戴望舒奉献给祖国和人民的第一首颂歌。诗中再也没什么"孤独""寂寞""愁怨"一类诉说个人哀感的词语了。跳跃着映入读者眼帘的乃是"土地""人民""力量""自由解放"。热情的语言，直抒胸臆，明快的节奏，映现出时代的脉搏，给人以感奋和鼓舞的力量。在这里，笔者无意把这首诗捧为戴望舒的珍品佳作，却有意以此证明"平直"抒情方式与艺术风格乃是20世纪30年代末40年代初中国诗歌的共时性状态，而非"中国诗坛"派所专有。还有一种十分有趣的诗歌现象，更能说明这个问题。那就是一些外国现代派诗人在当时中国诗坛上写的诗歌也是"平直"型的。英国"牛津"派诗人奥登在武汉写的《献给殉国的中国士兵》便是这一方面的代表诗篇。

远离了文明的中心，他完成了使命，/他的长官和他的虱蚤便将他放弃；/在棉被窝里面/他合上了他的眼皮。/冥然长逝。/当这一次伟大的战争，/将来编成书籍，/他也不会被人提及，/他脑里并没有带走什么资料，/他的笑话陈旧，做人像打仗般枯燥，/他的名字和他的容貌将来永远消失。/啊，欧罗巴的教授们，主妇们，居民们！/请向这一青年致敬。你们的记者/并没有注意当他在中华变成了尘埃，/从此他的土地配你们的儿女钟情，/从此他不再在狗跟前，受侮辱，/从此有山有水有房屋的地方，也有了人。

总之，"中国诗坛"派的诗歌，是那个迸发的民族精神、高昂的抗战情绪、坚定的抗战意识的时代气氛与社会心态所决定的，属于那个血与火的时代的诗歌。

四

"中国诗坛"派是中国现代新诗30年发展史上的一大历史陈迹和一大重要的有特色的诗歌现象。对于这一诗派的功过、是非、得失，我们应当予以科学地实事求是地评估。

"中国诗坛"派之所以能形成、之所以能在20世纪30年代末40年代初中国诗坛上纵横驰骋达四五年之久，实乃历史时代的要求，而非个人之所为。这种要求可用一句话来表述即抗战需要文艺——诗歌。从鸦片战争到抗日战争，中国人民遭受帝国主义的欺凌与侵略整整一百年了。一百年来，中国人民的救亡图存斗争，总是以失败告终，其原因当然是多方面的，其教训也是极其惨痛的。其中一条重要原因大概可以说是因为没有形成一条全民抗战路线。抗日战争是在全民抗战路线引导下取得胜利的。全民抗战要求和呼唤不愿做亡国奴的中国人把一切都奉献给抗战，这自然包括文艺——诗歌在内。抗战需要文艺——诗歌为它服务，成为它宣传民众、动员民众的利器，而不允许与之离心离德乃至背道而驰的文艺——诗歌的存在。这种历史要求的极大权威性，促使了《高射炮》《时调》《五月》《中国诗坛》《战歌》在当时中国大地上不约而同地诞生，并形成一个诗派。

同时，"中国诗坛"派之能形成、之能在20世纪30年代末40年代初中国诗坛上纵横驰骋达四五年之久，这也是中国现代新诗在全民抗战的情势下的唯一选择和整个中国现代文学价值意义大倾斜的必然结果。这种选择和倾斜可以用一句话来表述，即文艺——诗歌需要抗战。中国现代新诗从五四文学革命运动诞生之日起，就在苦苦探求与时代与民众密切结合的发展道路。中国无产阶级诗歌形成运动之后，中国现代新诗的这条路径出现了。然而，由于多种原因，中国现代新诗多半依然停留于高高的"艺术殿堂"。全民抗战爆发之后，中国一切不愿做亡国奴的诗人们，尤其是无产阶级诗人们，一齐扑向了抗战。他们面对抗日民族解放战争和国内外发生的重大事件，特别关注，参与意识特别强烈，不少人既是诗人又是战士。因此，他们强调诗人、诗歌与战争、政治的密切联系，强调理性思考与理性追求，要求诗歌抒写抗战这一中心主题，要求诗歌大众化，乃是自然而然形成的共识。

这就是把"中国诗坛"派放在一个什么样的视点与文化层面上来审视的问题。明乎此，笔者以为就易于对"中国诗坛"派作出较公允的评价。该派强调诗歌的政治性，强调诗歌的大普及，大大强化和密切了中国现代新诗与时代和民众的联系，使中国现代新诗全盘离开了高高的"艺术殿堂"而"下凡"到大地——民众，即如茅盾所形象描述的"挤进泥脚草鞋的群中"[1]。新

---

[1] 茅盾：《为诗人们打气》，《中国诗坛》第3期。

诗也因此获得了广阔的发展天地。但是，也应看到另一面，那就是该派诗人虽不反对诗的技巧，虽不赞成"抒情放逐"，然而却忽视诗歌的审美追求，这就局限了自己的诗歌视野，大大影响着诗的艺术性的提升。这也是不应讳言的。同时，该派诗人们，在大时代洪流中，改进了自我，否定了自我，沉没了自我，而获得了比这个"自我"更新更伟大的"自我"即"我们"。这个"我们"有着同一频率的呼吸，有着同一的温热，有着同一颜色的血液。这种强调同一与共识，大大改善了诗人与时代与民众的关系，充分发挥了诗歌强烈的功利性和社会效应，最大限度地尽着历史时代赋予的使命。这也是应肯定的。然而，有一利必有一弊。这，却也严重地抑制了个性——诗人的个性和诗歌艺术个性及其独创性。因此，在这一诗歌"造山运动"中，留传后世的诗歌艺术珍品为数寥寥。我们今天读该派的诗歌，得到的更多更主要的是认识和教育方面的感受。不过，这是那个特殊时代的诗歌，是那个血与火的岁月里的一个诗歌流派。

附记

1937年8月到1941年1月，抗战文坛上先后出现过五个诗歌刊物即《高射炮》《时调》《五月》《中国诗坛》《战歌》。存在时间长短不一的这五个诗歌刊物，在思想理论上倡导什么，在创作上倡导写什么以及怎么写等方面，几乎一致，而且都与30年代的中国诗歌会，有着较深的渊源。因此，我从多方面考察后，认为围绕这五个诗歌刊物形成了一个诗派，我名之曰"中国诗坛"派。

本文发表于《西南师范大学学报》1992年第1期，同年，中国人民大学书报资料中心《中国现代、当代文学研究》第3期全文转载。

大后方文学对外交往片论

文学作品是人类共有的精神财富。它超越国界、民族乃至种族的界限，具有世界性与国际性。即使是战争时期，文学的这一特性仍未改变。因为，战争说到底是两种文化的大搏斗。中国抗日战争是第二次世界大战时期世界反法西斯战争有力的一翼。这次世界大战实质上是反法西斯文化与法西斯文化的大较量。中国抗战文学的主干大后方文学，以既存的新文学为基础，以爱国主义与国际主义为思想内核，以"增多激励，广为宣传"为价值取向，同世界文学开展了前所未有的大交往。大后方文学同世界文学的交往，明显地呈现出这么一种状态：认同反法西斯文学而排斥打击法西斯文学。

抗日战争期间，大后方文学对外交往形成广泛而持久的热潮。这是中国现代文学对外交往历史上不曾有过的奇观。这一现象，考察起来，主要由这样一些因素促成：一是反法西斯侵略战争的共时性需要，二是周恩来等政治家的呼吁，三是文艺界的广泛协调运动。因此1938年年底至1939年年初，大后方文学界就对外文学交往进行了大讨论。这之后大后方文学对外交往呈现出崭新格局与崭新风貌。

一

与苏联文学的交往。卫国战争期间，苏联文学与中国抗战文学——大后方文学发展路径，大抵一致。战争伊始，苏联文学界1000余位作家上了前线，多为投笔从戎。最初，他们把一大批短小精悍的作品奉献给卫国战争，诸如短诗、短剧、中短篇小说以及政论、杂文等。卫国战争头两年，出版的中短篇小说达200余部之多。随着卫国战争的行进和作家们对战争的体验日益加深，鸿篇巨制相继问世，如长篇小说、长篇叙事诗、多幕剧、长篇报告文学等。尤其是，戏剧工作者大批到了前线。据统计，约4.2万名戏剧工作者，组成400余个剧团，活跃于部队和前线。这时的苏联文学确实成了真正的人民的艺术，成了苏联人民英雄灵魂的声音的载体。

苏联文学家们不仅为保卫祖国而战斗而创作，同时也以他们的行动与作品支援世界人民反法西斯战争。中国抗战全面爆发时，苏联文学界动员全苏作家声援中国抗战。一时间，仅来华的苏联作家与记者就达40余人。他们在中国抗战前线与后方深入采访，写成《中国人民在抗战》等专书在苏联出版，让苏联人民与世界人民及时地感受到了血与火的中国。一些不能前来中国的苏联作家、诗人，对中国抗战也十分关注，不时写出作品表达他们对中国人民的良好祝愿。83岁高龄的苏联著名诗人江布尔就写了《献给中国人民》一诗，抒发他对中国抗日民族解放战争的赞颂之情。同时，苏联作家还大量翻译中国抗战作品。仅1938年，苏联就出版了有关中国抗战的书籍17种之多，以苏联15种民族文字印行，总数达150万册。苏联人民从这些著述作品中，了解并感知了中国人民具有的抗战能力。

苏联作家对中国抗战与抗战文学的支持，即使在苏德战争最紧张激烈的时候，也不曾中断。比如，1942年12月2日，苏联名作家爱伦堡在前线抗击德国法西斯入侵时，依然写信给戈宝权，请戈宝权代向中国作家们，转达他"热烈的兄弟般的敬礼"，并称颂中国人民的英勇抗战"鼓舞了所有拥护自由的人们"[1]。在外国进步文艺家几乎都与中国抗战文学家中断了函件往来时，爱伦堡的这封信，自然是十分珍贵的，对中国抗战文学——大后方文学界不啻是一种有力的鼓舞。苏联报刊，如《国际文学》《文学报》《青年卫队》《文艺鸟瞰》《十月》《旗帜》《文学评论》等依然提供版面发表中国抗战文学作品。《国际文学》就先后发表过茅盾、老舍、胡风、沙汀等人的小说及艾青的诗。正如亚布莱丁所说："苏联作家们非常有兴趣和非常爱护地注视着伟大中国人民的文艺之光辉的成长。中国的小说、诗歌、戏剧、新闻事业，都使我们发生兴趣。"[2]《文学报》也发表多篇文章，评介中国抗战文学作品。苏联评论家A.绥尔盖耶夫在《论中国抗战文艺》一文中，称赞中国抗战文学是服务于人民和民族解放战争的文学，中国作家、诗人、戏剧家反映了中国人民的英勇、坚决、希望及最后胜利的信心。1944年3月，苏联国家文艺书籍出版局出版了罗果夫编选的《中国小说集》。罗果夫为塔斯社驻中国记者，他与中国现代文学界过从甚密，对中国现代文学有一定研究，他选的中国小说无疑更适合苏联读者的审美习惯。张天翼的《华威先生》、姚雪垠的《差半车麦秸》等小说，颇受读者欢迎。这本小说集仅初版就印行1万余册。在当时物质条件与环境都十分艰苦的情况下，仍翻译出版这样一本作品集，足见苏联

---

[1]《爱伦堡向中国作家致敬》，《新华日报》1943年2月5日。
[2]《苏联作家协会国外组副主席亚布莱丁先生致本刊编辑同人书》，《中苏文化》第13卷第3、4期合刊。

文学家对中国抗战文学的重视程度。

战时大后方文学界与苏联文学界的交往，除了信函往来和协助苏联翻译家将中国抗战文学作品译成俄文送往苏联发表或出版外，主要偏重于苏联的反法西斯文学作品与文学理论的译介。

在译介苏联文学作品方面，以小说和剧本的译介成就最为显著。《不朽的人民》《虹》《宁死不屈》《日日夜夜》《青年近卫军》《保卫察里津》《彼得大帝》等中长篇小说以及《前线》《侵略》《俄罗斯人》等多幕剧作，在中国影响最大。这些作品，写出非常时期苏俄普通民众所表现出来的非凡力量与崇高的爱国主义精神。这些作品，在苏联先后获得斯大林文学奖，这些作品的作者也分别获得列宁勋章或劳动红旗勋章或荣誉勋章。这些作品也因其广泛的可接受性而在中国大后方文学界与读者界引起不同寻常的反响。这些作品由中国著名作家、翻译家翻译，且甚至同时有几种译本。如《不朽的人民》有时代出版社出版的林陵的译本，有文艺出版社出版的茅盾的译本，有正风出版社出版的海观的译本。同时，戈宝权、铁弦、曹靖华、冯乃超等人撰写文章，大加评介。曹靖华在《瓦希列夫斯娅和她的〈虹〉》一文中，称赞这部作品"洋溢着生命和热情"，肯定这部作品"在苏联文学和世界文学中成为辉煌的存在"。戈宝权在《伟大卫国战争中的苏联文学》一文中，系统地评介卫国战争时期苏联文学所取得的"非凡成就"。有的剧本在大后方舞台上演出，有的小说改编成电影在大后方上映，更深受中国观众的欢迎。

在译介苏联文学理论方面，最具延续性影响的是社会主义现实主义。20世纪30年代中期，这一文学理论在中国无产阶级文坛只是匆匆引入，其间虽有周扬与胡风关于这一理论中的典型问题的讨论，但还未来得及深入一步时，卢沟桥的炮声就响了，论争也就自然中断。1939年以后，大后方文学界关于现实主义的几次讨论，实际上是补课——在苏联文学界关于社会主义现实主义继续讨论影响下的补课。1939年，卢卡契的《论现实主义的历史》一书出版了。他在书中，把社会主义现实主义与文学史上各个阶段的现实主义等同起来，强调现实主义的"真实性"与"典型性"原则而忽视作家的世界观与作品的社会主义"倾向性"原则。这就在当时苏联文学界引发了一场新的讨论。大后方中国文学界十分关注苏联文学界这次讨论，并写出评价文章在报刊上发表。其中，斯大林的文学"真实观"与卢卡契的文学"真实观"，深深地影响着大后方文学理论建设。大后方文学界关于革命现实主义、革命浪漫主义等口号的阐释文章，明显地接受了斯大林的社会主义现实主义"真实观"

影响；胡风的"主观论"则更明显地接受了卢卡契的社会主义现实主义"真实观"影响。

总之，战时大后方文学与苏联文学的交往是十分密切的。特别是苏联文学作品的译介，"不论质与量，都可以说成绩是极大的"①。

二

与美国文学的交往。中国抗战爆发后，美国文化界出现了援华浪潮。美国文学界的援华可以说处于这一浪潮的浪峰之上。首先，美国一批作家如辛克莱、德莱塞等人，一致反对美国政府实行的"中立"政策，指斥这是一种"可耻而龌龊的行动"，其实质起着怂恿日本侵华之作用，并热情地称赞中国人民的抗日斗争精神。②同时，美国一批作家还创办刊物，撰写文章，声援中国抗战。《现代中国》《中国日报》《远东人》等报刊，犹如一座座通往中国的桥梁，使中美两国文学家、两国人民的心灵得以沟通。再则，美国一批作家先后来到中国，深入中国抗战前线与后方，做实地采访，并写成作品在欧美出版。其中，约翰·根室、格兰姆·贝克、温台尔·威尔基、赛珍珠等具有一定代表性。

以《欧洲内幕》一书名扬世界的美国作家约翰·根室于1938年来到中国。他先后在上海与大后方重庆等地采访。他访问过中国各界要人和中下层人士以及在华外国人达1000余人次，查阅过有关中国及亚洲各国的政治、经济、军事、文化的书籍100余种。随后，他写成《亚洲内幕》一书。这部著作在美国出版后，为欧美各界读者所重视，尤其为欧美政治家们所瞩目。对中国颇有研究的格兰姆·贝克，既是一位画家，又是一位记者、作家。他于1940年年初来到重庆，一直居住到1946年11月才返回美国。他在中国6年间，先后在重庆、桂林、成都等大后方重要城市工作与采访。他以亲身感受写成一部专著《一个美国人看旧中国》。这部书被爱泼斯坦誉为有关中国问题的"经典著作之一"，认为该书"栩栩如生地重现了许多往事的景象、声音和感受，还透过在当时所谓'大后方'的经历，重现了那个独特的动乱年代所意味着的一切"③。温台尔·威尔基既是一位美国重要官员，又是一位作家。他于1942年8月至10月由美国到非洲、远东、苏联而后到中国。他在重庆

---

①茅盾：《近年来介绍的外国文学》，《文哨》第1卷第1期。
②辛克莱：《给〈现代中国〉编者的一封信》，企程译，《新华日报》1939年2月2日。
③《中国抗日战争时期大后方文学书系·外国人士作品选》，重庆出版社1989年6月版。

期间，会见了蒋介石与周恩来以及各界人士。他根据所得材料与观感写成了《天下一家》一书。他在书中，高度称赞中国抗战是人民的抗战，人民必胜；批评国民党当局推行片面抗战路线以及大后方社会的弊端。该书于1943年在美国出版，轰动了世界，100家报刊节录转载，被称为"战时必读书"，销售量达100万余册，成为1943年美国"出版的奇事"[①]。将中国称作"第二祖国"的美国作家赛珍珠，对中国一直十分关注。她的不少作品是描绘中国社会人生的。抗战期间，她写的反映中国抗战的作品，流品不一，高下有别，广播剧《中国的插话》，算是较好的一篇。她在作品中，发出了"中国需要我们，但我们也需要中国"的呼声，表达了"天下一家"，一致反对法西斯侵略战争的强烈愿望。至于战前就已在中国的美国作家史沫特莱、埃德加·斯诺及其夫人威尔斯女士等人更是一边帮助中国抗战，一边创作作品。威尔斯女士在抗战伊始时，就只身由北方来到重庆。她创作的两部报告文学作品《西行访问记》和《续西行漫记》，在大后方文坛与世界反法西斯文坛都引起过较大震动。中国评论家杨刚在《美国文艺的走向》一文中，对这两部报告文学作品作过这样的论述："马可波罗总算在东方揭起了一重帘子，而斯诺及其夫人，六百年后的两位好奇人，就揭起第二重帘子。这又是一重富源的开辟。"史沫特莱于七七事变后在八路军、新四军战地作救护工作，后来到重庆。她在中国创作的《打回老家去》和在美国创作的《中国的战歌》，被美国评论界称为最佳的中国抗战报告文学作品。茅盾称她是一位"透彻到家的国际主义者"[②]。

与此同时，众多的美国作家以信函方式沟通与中国抗战文学界的联系。他们向中国作家征集抗战文学作品，以便在美国出版发行。美国作家协会曾两次来函，表示对中国的"最大同情"[③]，并预订《中国作家》全年；美国《辩证》杂志，转载中国作家马耳写的《中国文学20年》一文，帮助美国读者与文学界了解中国现代文学发展状况；美国《小说》杂志来函要求推荐并代译中国抗战长篇小说，标准须是"较宣传更丰富之材料的作品"[④]。

中国抗战文学与美国文学的交往，以珍珠港事件为界碑，前后有所变化。这以前，主要是一批美国文学家来到中国；这之后，主要是一批美国文学作

[①]《1943年的美国战时读物》，《半月文萃》第2卷第6期。
[②]"文协"出版部：《出版报告》，《抗战文艺》第7卷第2、3期合刊。
[③]茅盾：《近年来介绍的外国文学》，《文哨》第1卷第1期。
[④]茅盾：《近年来介绍的外国文学》，《文哨》第1卷第1期。

品译入中国。

珍珠港事件后，美国才算真正投入反法西斯侵略战争的漩涡之中。美国政府先后派出百万之师参加战斗。美国不少作家亦作随军记者到了欧、非、亚反法西斯侵略战争的前线，创作出了一批反映欧、非、亚国家战斗生活与美国国内生活的作品。译入中国的作品有小说、诗歌、剧本、报告文学，门类齐全。这些作品，有写战前美国社会生活的，有写战时战斗生活的，有近距离透视反法西斯战争的，有远距离观照美国社会种种弊害的，内容丰富。其中，海明威和斯坦贝克两位作家的作品在1943—1944年间的中国"是最出风头的"[1]。海明威先后参加过两次世界大战。他能成为传奇式人物和著名作家，大半是战争的原因。反映第一次世界大战的小说《战地春梦》是他的成名之作，由林疑今译入中国。第二次世界大战前夕，他参加了西班牙内战，随即写成反映西班牙内战的小说《战地钟声》，由谢庆尧译入中国。1941年，海明威来到中国大后方重庆，会见了周恩来和宋庆龄等要人，并在重庆、成都等地采访。他写的关于战时中国的特写在美国《下午报》发表7篇，其中对四川民众修筑成都双流机场作了如实报道，对中国民众的刚毅品格大加颂扬。美国参战后，斯坦贝克随美军参加过地中海反潜战、诺曼底登陆战、巴黎解放战等。他描写美国社会中大量存在着的压迫与剥削事实的小说《人鼠之间》和《愤怒的葡萄》，译入中国后，震动大后方广大读者的心弦。铁弦、李念群、绯等人认为：《人鼠之间》写出了美国穷人与富人之间的隔膜，由此会引起人们对美国现存社会制度的怀疑。他们还由此联想到大后方现实社会，意味深长地描述道："何年何月，我们的舞台才能演出这样的'冷'戏！何年何月，人们才肯从这样的'冷'戏中去体会人与人之间的冷暖！"斯坦贝克也是一位反法西斯侵略战争的美国名作家。他先后以美国《纽约先驱论坛报》和《时代》杂志记者身份到欧洲战场参加战斗与采访。他根据自己亲身经历写出的两部纪实性作品在美国文坛和中国大后方文坛引起了强烈反响。这两部作品是：小说《月亮下去了》，报告文学《攻欧登陆战纪实》。前者，集中笔力写欧洲某城市一位市长反希特勒占领的故事，表明"人民不会被征服"的，"即使失败了，也会打下去"。后者，描述盟军在诺曼底登陆。斯坦贝克参加了1944年6月6日盟军37万名陆海军官兵的诺曼底登陆战役。这场战斗被称为是一件扭转历史的辉煌业绩，是战争史上一个空前的伟大场面。斯坦

---

[1] 茅盾：《近年来介绍的外国文学》，《文哨》第1卷第1期。

贝克描述这场战斗的报告文学作品《攻欧登陆战纪实》于1944年9月在美国出版后，很快译入大后方文学界。中国评论界对这部作品评价甚高，认为是记述第二战场之第一部佳作，内容翔实生动，文笔简洁轻松，可作历史来读。此外，美国作家马尔兹的《向东京前进》、海尔曼的《守望莱茵河》、阿尔贝特·威廉的《俄罗斯人、国家、人民，为何而战》，都在中国大后方文坛引起过不同程度的反响。

三

与英法等国家文学的交往。在欧美各国援华运动中，英国文化界的援华运动开展得最早最好。七七事变后，英国文化界呼应英国工人提出的"援助中国，援助世界和平"号召而开展多种援华文化活动。其中，"左书会"是英国文化界援华的一个得力团体。该会3万余名会员，100余个分支机构，在中国抗战爆发后的两年间，举行过200余次演讲，向英国广大民众宣传中国抗战及其与英国的关系、与世界和平的关系和中国抗战必胜的种种因素。该会出版的《每月选读书》杂志，刊登过不少有关中国的文章和中国抗战文学作品，以期从文章与作品中来分析中国抗战与把握中国抗战的意义。该杂志还出版"中国专号"，讨论中国抗战必胜与援华方法。"他们不是以隔岸观火的态度来了解中国，而是像一个中国人来看中国问题一样，当作切身问题来讨论。"[①] 一时间，英国文化界的各文艺团体与刊物，也相继就中国抗战问题开展讨论。

与此同时，一批英国作家远涉重洋来到中国，成为中英两国人民心灵与两国文学的直接沟通者。詹姆斯·贝特兰是英国来华作家中最早的一个。1936年，他以英国《每日先驱报》特约通讯员身份来到中国。他的创作生涯在中国起步。他对"西安事变"周详采访和缜密分析后写成报告文学《中国的新生》。该作品在英国出版后，获得世界舆论界与政界的重视。中国评论家也认为这"是一部优秀的报告文学作品"[②]。七七事变后，他先后到过延安、重庆、香港、沦陷区一些城市访问，陆续写成《华北前线》《在战争的阴影下》《回到中国》等作品，把中国人民的抗战精神与顽强意志传递给英国和世界。以《泥脚的日本》闻名于世的英国作家弗雷达·阿特丽于1938年来到中国。她身着淡蓝色的中国旗袍，以一个中国女性的打扮出现在中国文坛上。

[①] 王礼锡：《英国文化界的援华运动》，《抗战文艺》第3卷第8期。
[②] 林淡秋：《〈中国的新生〉译序》，《中国的新生》，上海译报图书部印行，1939年版。

她表示要"代中国向世界说句公道话",并坚信"中国必能复兴""日本必须被打败"。① 她到过抗战前线与大后方重庆等城市。她将获得的材料与感受写成《扬子前线》《日本在中国的赌博》等作品,爱憎与褒贬之情,了了分明。英国年轻而有名的现代诗人奥登,1937年赴西班牙支援西班牙人民反法西斯斗争。1938年,他与小说家伊修伍德一道来到中国。他在中国4个月期间,与前线官兵、后方民众和文学界人士广泛接触,他把《献给殉国的中国士兵》一诗,馈赠给中国人民。他写的短篇作品汇集为《战争去的行程》在英国出版后,广为流传。何登夫人也是英国文学界的名记者与作家。她以英国《先驱日报》记者身份来到中国。她在重庆、昆明等地,一边采访,一边讲演,激励中国民众的抗战情绪。她作的《贺双十节诗》,表达对中国抗战的切身感受与衷心祝愿。

当德国法西斯把战火烧到英国领土后,英国文化界中大部分作家与民众一道奋起反抗。一批作家还随同英军到欧、非、亚战场,从事新闻报道与文学创作。因此,这以后,中国大后方文学与英国文学的交往,就偏重于作品的译介了。

英国反法西斯文学作品译入中国而又产生较大影响的要数格林伍德的长篇小说《和平时期和战争时期的朋丁先生》以及普里斯特莱的长篇小说《格雷特里的灯火管制》。这两部小说反映的都是大战期间英国国内人生相。前者,写普通的朋丁一家对战争的认识及心路历程,透视出整个英国人生状态:始而以为海那边进行的战争与己无关,继而遭受轰炸,逐渐认清战争本质,终而参加义务防空团,抗击德军入侵。这实际上映现出了战争期间英国民众心理历程"三部曲"。后者,写英国民众所面临的艰巨战斗任务:不仅要在前线与希特勒军队作战,还要在后方同德国间谍及其附从者斗争,歌颂英国民众的爱国主义精神。

大后方文学界在与英国文学界交往过程中,还对英国现代派作家作品予以译介。这种译介的显著特点是批评其内容者多,肯定其艺术性者少。比如对劳伦斯和伍尔芙夫人及其作品的译介就是一例。劳伦斯及其作品在东西方评论界都是有争议的。他深受弗洛伊德心理分析学说的影响,他从人的本能来观察和思考人与社会、人与人的关系。他在文学作品中从事社会批评与心理学探讨。《虹》《儿子与情人》《恋爱中的女人》《查特莱夫人的情人》等作

---

① 记者:《阿特丽女士欢迎会小记》,《抗战文艺》第2卷第4期。

品，都是他的重要小说。战时，中国文学界译介了他的《虹》。1943年9月22日，《新华日报》发表署名纫兰的文章《读劳伦斯的〈虹〉》中，着重批评小说流露出的不良思想倾向："现实不是虹，现实是必须正视的现实，只有积极的战斗的态度，才是我们的生活态度，无论何种逃避总归是通到毁灭的逃避！"伍尔芙夫人也是一位现代主义作家与批评家。她在英国遭受德国飞机轰炸期间，不堪忍受那种恐怖气氛便于1941年3月28日投泰晤士河而谢世。1943年，中国大后方文学评论界著文评介其人其文，对其绝望的人生态度与作品中的悲观颓丧色彩多加臧否。

法国文学界喊出反法西斯的呼声，在欧美各国文学界中算是最早的。1928年，罗曼·罗兰就振臂高呼："我们最紧急的任务，便是团结起来，打倒法西斯蒂！"① 从此开始，法国文学界致力于反法西斯斗争事业。1940年6月前，法国文化界的中国人民之友协会以及法国《人道报》等团体与报刊，对中国抗战及抗战文学表示出极大热情与格外关注。1940年6月，法国三分之二的土地被希特勒占领了。从此，中法文学交往便以译介文学作品方式得以实现。具有反法西斯传统的法国文学家们，从希特勒进攻法国之日起，就以"剑"和笔为武器进行反抗斗争。一批存在主义作家如萨特、加缪等人，也在战争期间为保卫祖国而战斗而创作。为中国读者所熟悉的阿拉贡、马尔罗、罗曼·罗兰等作家便是战争期间法国作家之代表。阿拉贡在德国进攻法国之初，手拿钢枪参加战斗，并荣获军功勋章；德国占领法国后，他于1942年年初组织领导了法国作家协会，编辑会刊《法兰西文学》，为把留在国内的法国作家组织起来结成强大的反法西斯营垒作出了贡献。同时，他还创作不少作品，比如诗集《断肠集》《在我的国家就像在外国》《法兰西的晓角》。这些诗，大都描述了法国人民的苦难和诗人对祖国与人民的热爱之情。《新华日报》和《时与潮文艺》等中国报刊，先后发表文章加以评介。孙晋三在《照火楼月记》中，称赞他是法国抵抗活动里最活跃的诗人。马尔罗先参加西班牙反法西斯战争，后回国投笔从戎。他在一次战斗中被俘，随即逃离德国占领者的囚牢。他曾一度消沉。1943年后，他又奋起反抗，参加戴高乐领导的"自由法国"运动。他不仅在反法西斯战场上洒下了血汗，而且在反法西斯文坛上也留下了深深足迹。他先后发表了《希望》《阿尔登堡的胡桃树》《夏特尔营》等作品。他早在20世纪20年代中期，就与中国人民、中国现代文学

---

①焦菊隐：《战时法国文艺动态》，《文哨》第1卷第2期。

结下了不解之缘。《人类的命运》就是他参加中国第一次国内战争之后以 1927 年 3 月上海工人武装起义为题材写的小说。《希望》是他参加西班牙战争后写成的纪实性小说，1938 年由戴望舒译入中国文坛。他在反希特勒占领过程中写的作品，孙晋三在《照火楼月记》中进行了评介，并称他为法国地下军里最著名的作家。74 岁高龄的老作家罗曼·罗兰在德国占领期间，为自己不能直接参加抵抗运动而苦恼。但他在隐居乡下期间，仍以写作求得与抵抗运动的心灵相通。战时大后方文学界先后译介了他的自传体小说《内心旅程》（一部分）以及《七月十四日》《狼群》《爱与死的搏斗》和传记文学《贝多芬传》等。1944 年 12 月 30 日，罗曼·罗兰逝世了，大后方文学界召开隆重追悼会，出追悼特刊，表达哀悼与崇敬之情。德国占领期间，法国的子夜出版社历尽艰险出版了一套 30 余卷的大型丛书《子夜丛书》，意在宣传反法西斯统治和保持人的精神上的纯洁。这套丛书及其中的《海的沉默》等小说，为大后方评论家与读者所重视。

大后方文学界与印度、缅甸、泰国、新加坡、马来西亚等东南亚国家文学界，亦交往频繁。这些国家的文学界先后派出文艺团队和记者到中国访问，支援中国抗战。中国文学界亦多次派出作家与话剧团队到这些国家宣传演出。郁达夫等中国文学家，在这些国家的华侨中组建抗战文学团体、创办抗战文学刊物、创作抗战文学作品，促使中国抗战文学之花开遍东南亚文苑。

四

与日本文学的交往。明治维新以后，日本文化逐渐形成了两个对立的系列。一是法西斯文化系列。19 世纪末，高山樗牛的《日本主义》《我国体与新版图》《明治思想之变迁》等著作，奠定了日本法西斯文化的基础；20 世纪二三十年代，大川周明的《日本文明史》和《日本二千六百年史》以及北一辉的《日本改造法案大纲》等著作，则使日本法西斯文化系统化与法典化。其核心内容不外是帝国主义思想、武士道精神和崇拜天皇意识。这一文化为日本当权者对内镇压和对外扩张提供了理论依据。二是进步文化系列。欧洲文艺复兴以后的进步文化和世界无产阶级文化先后传入日本，给日本法西斯文化以巨大冲击，特别是 20 世纪二三十年代的无产阶级文化运动，声势浩大，几乎执日本文坛之牛耳。日本无产阶级联盟等团体、《反对战争的战争》等作品、小林多喜二等作家，给日本文坛确实带来了短暂的春天。日本当权者为着进一步发动侵略战争，在 20 世纪 30 年代前半期对日本进步文化进行了大围剿；解散无产阶级文化同盟，镇压进步作家；发动泷川事件，逮捕教育界"赤化委员"；召开"文艺座谈会"，控制整个文坛。在日本当权者的高压与摧残下，日本进步文苑万花纷谢，到七七事变之后，"日本文坛便变成了法西斯作家独占的天下"①。

战时，日本法西斯文学队伍大致由三部分人组成：一是原有的法西斯文人，二是变节投降文人，三是新近文人。这些文人，在日本军部的指挥下，为日本军国主义发动大规模侵华战争起了推波助澜的作用。他们先后组建了诸如"大陆开拓文艺恳谈会""海洋文学协会"等文艺团体，大力提倡大陆文学、海洋文学；他们主办《文学界》等文艺刊物，发表作品歌颂武士道精神。这里，要特别论述的是开赴侵华战场的"文坛从军部队"、"笔部队"和"大陆部队"。

1938年9月，日本侵略军进攻武汉时，由日本内阁情报部主催、海军省与陆军省发动，在日本文艺界挑选了22名作家组成"文坛从军部队"，赴华参观所谓"汉口大攻略战"。菊池宽为领班，成员有佐藤春夫、丹羽文雄、钱野晃、片冈铁兵、吉屋信子等人。赴华前，日本军部还特地为他们拟订了"从军文艺家行动计划表"，规定其"目的——主要是向一般国民报道在武汉攻略战过程中陆军部队将士的奋勇战斗及劳苦真相，并报道占领地区的经济建设状况，以促进国民之奋起紧张，以资对华问题之根本解决"②。这批文人返回日本后，由陆海军部和内阁情报部共同主持座谈会，议题为"从身边琐事转变为着眼于大陆，从东洋百年大计出发，发动新的文学革新运动，以期文学、戏剧之大转换"③。也就是把整个日本文学纳入法西斯侵略战争轨道，所有文学家成为日本法西斯的号筒与喇叭。在这前后，日本军部还组织过类似的赴华文人团队。于是，"战场文学""大陆文学"即法西斯文学充斥日本文坛。作为"战场文学最高峰"和"战场文学最大收获"的是火野苇平及其"士兵三部曲"。火野苇平本名玉井胜则，1937年入伍，后做伍长。他虔诚于日本武士道精神，直接参加侵华战争，屠杀中国人民，后转入日本军部报道部从事侵华战争的宣传报道。他先后写了《麦子与士兵》《泥土与士兵》《花与士兵》的纪实性"士兵三部曲"。他在这三部曲中，竭力颂扬"皇军"的"忠勇与伟业"，因而深得日本军部的赏识。仅《麦子与士兵》在《改造》杂

---

① 任钧：《略谈中日战争爆发以来的日本文坛》，《抗战文艺》第7卷第4、5期合刊。
② 任钧：《略谈中日战争爆发以来的日本文坛》，《抗战文艺》第7卷第4、5期合刊。
③ 林焕平：《论1938年的日本文学界》，《文艺阵地》第2卷第12期。

志上连载之后，又经日本军部修改 27 处，出版单行本，销量达 120 万册。"日本举国上下，异口同声，说他是等于写'赛代斯脱堡尔'的托尔斯泰，是日本这一侵略战争所产生的最大的文学家。"①

在日本军部策动的"战场文学"与"大陆文学"过程中，也还有在客观上起着暴露日本侵略军绝灭人性的作品。这就是石川达三的《未死的兵》。石川达三怀着暗淡心理，用忠实于血淋淋的现实的笔触，写了深受日本武士道精神教化的一群日本侵略士兵在中国京沪线上的种种残暴罪行。他们凭着一支枪、一把刀，干着肆意屠杀中国人民的竞赛、奸淫中国妇女的竞赛、抢掠中国财富的竞赛。这部鲜血淋漓的纪实性作品，在日本《中央公论》上发表后，被日本军部视为对日军"不敬"而禁止出版发行，同时查封《中央公论》，判处作者石川达三徒刑半年。

战时，日本文坛确实翻滚着层层黑浪，然而反法西斯进步文学并未因此而完全销声匿迹。宫本百合子、久保荣、中野重治、金子光晴、佐多稻子等作家，不顾个人安危，在极其险恶的境遇里，仍然保持着进步作家所具有的良知和无产阶级文学精神。他们创作的小说、剧本、散文、诗歌与评论文章，充溢着对日本军部统治的不满情绪与对和平自由生活的向往之情。这为战后以无产阶级作家为核心掀起的日本民主主义文学运动奠定了基础。同时，日本一批进步作家和无产阶级作家，冲破日本军部的重重阻挠，远走异国他乡，继续从事反法西斯文学运动。鹿地亘便是其中的代表。

鹿地亘是日本杰出的无产阶级作家。他曾因从事反法西斯文学活动而遭到日本军部的逮捕。出狱后，他来到中国。战时，他把自己的行动完全汇入中国抗战与抗战文学洪流。他组建在华日人反战同盟，率领同行们或去日本战俘营作转化工作，或去前线宣传广播。他自己常常参加中国抗战文学研讨会，发表富有建设性的文学意见。他创作文学作品，表达中日两国人民反战的共同意愿。他的夫人池田幸子和另一位日本反战文化人绿川英子，都在中国抗战文坛上，留下了深深的足迹。

中国战时大后方文学与日本文学的交往，主要表现为对日本军部的"战场文学"的批判和对鹿地亘为代表的反战文学的支持与认同。日本"战场文学"出现以后，任钧、郁达夫、林焕平、以群、巴人、张十方、沙雁等人，便撰写文章予以批判。他们尖锐地指出：这种"战场文学"是日本军部的

---

①郁达夫：《日本的侵略战争与作家》，《星洲日报·半月刊》第 16 期。

"精神动员工具",是"替日本帝国主义洗刷耻辱与罪行",是"为侵略辩护与说教的'侵略经'"。① 这表明日本文学已被"日本军阀"抛进了可悲的末运。② 特别是,他们通过对《未死的兵》的剖析,猛烈地抨击了日本法西斯暴行。《未死的兵》日文出版后,夏衍、张十方先后抢译成中文出版发行。冯雪峰、欧阳山、林林等人著文评论。他们着重挖掘了这部作品潜在的暴露日本帝国主义发动侵略战争的目的与日本士兵"原始兽性"的主观性。冯雪峰从文化学角度指出:这部作品表明日本法西斯主义毁灭人性、毁灭人类伟大文化在日本投下的单薄的影响,表明资产阶级文化的毒液和废料,在日本似乎很丰富,表明日本民族文化的危机。作品所写的这群士兵大多受过较高教育,是所谓文明的日本国民的优秀分子。然而,他们那卑劣的性格在他们这种非人的惨杀和非人的奸淫的实践上,找到了对于侵略战争的肯定,求得个人对于侵略战争的服服帖帖的一致。③

以鹿地亘为代表的日本反战作家在华活动,以及大后方文学界对他们的接纳与支持,成为战时中日两国反法西斯文学交往过程中的一件盛事。抗战爆发后,鹿地亘由上海到香港到武汉到桂林到重庆。他每到一个地方,都得到了当地中国抗战文学界的欢迎。他以自己的行动与作品,表明自己是中国抗战文学队伍中的一员。1940年5月8日,鹿地亘率在华日人反战同盟西南支部巡回工作团到达重庆,受到重庆各界2000余人的热烈欢迎。翌日,《新华日报》发表社论《欢迎日本反战工作团》指出,在华日人反战同盟的工作,事实上证明中日两国人民已经携起手来反对侵略而斗争并对他们卓有成效的工作表示赞赏和崇高的敬礼。鹿地亘著、夏衍译的三幕剧《三兄弟》,从同年6月5日起,在重庆国泰大戏院公演数日,观众十分踊跃,话剧获得一致好评。《新华日报》《国民公报》等报刊推出《三兄弟》公演专刊。《新华日报》在"编者介绍"中,对该剧的思想意义详加阐释,认为该剧"是日本人民大众在战神铁蹄下所过血泪生活的写真","它将增加我们对于日本被压迫人民的了解和同情,促进中日两国人民战斗的联合,并且以共同的力量迅速来消灭日本军阀财阀们的血腥统治"。鹿地亘的日记体长篇报告文学《我们七个人》,由重庆的中国抗战文学家沈起予翻译,1943年6月作家书屋出版,得到了大后方众多读者的喜爱。1943年7月,鹿地亘的论文集《日本当前之危机》

---

① 巴人:《关于〈麦子与士兵〉》,《文艺阵地》第4卷第5期。
② 林焕平:《日本文学的末运》,《文艺阵地》第2卷第6期。
③ 冯雪峰:《令人战栗的性格》,《雪峰文集》(2),人民文学出版社1983年版。

由国民图书出版社出版,大后方读者透过这本书对日本有了更多更具体的了解。同年,鹿地亘又一部书信体长篇报告文学《寄自火线上的信》由张令澳翻译、五十年代出版社出版。这部作品描述了他们在前线的工作概况。大后方读者从中完全可以感受到他们为瓦解侵华日军士气、促进中国抗日战争胜利所付出的辛劳。1944年1月9日,《新华日报》还针对鹿地亘等在华反战日人的艰难处境,发表社论《援助在华反战日人》,肯定了在华反战日人队伍的日益壮大——由几个人发展到千余人,并表示支持鹿地亘建立"日本民族解放委员会"的要求。社论大声疾呼:应该援助在华反战日人。1945年9月14日,在重庆与蒋介石进行谈判的毛泽东接见了鹿地亘夫妇。这对于他们来说,自然是一件莫大的幸事。被称为"走在火焰上的女人"绿川英子,在中国抗战爆发前夕来到中国,积极参加中国抗日民族解放战争。她一面从事对日广播,一面为《中国怒吼》《新华日报》等报刊撰写作品。《在战斗的中国》《暴风雨中的细语》《心直的人》,便是她的作品结集。这些作品在重庆等地出版后,颇受读者与评论界的重视。大概正因为大后方文学界与日本反战作家有着这样情深意笃的交往,鹿地亘于1946年2月17日回国前夕的答谢会上才再三表示:"回国后,仍要与中国文化界取得更多联系,一定继续做消除法西斯文化工作。"

五

与德国文学的交往。法西斯主义在德国达到登峰造极的地步犹如法西斯主义在日本泛滥一样,除了具有其社会历史与政治经济的原因外,还有其广泛的文化背景。德国法西斯文化由来已久,其内容大抵包括三种成分:一是尼采的超人哲学,二是施本格勒的历史学观点,三是奴性的社会心态。希特勒正是依恃这一内容的法西斯文化而由一个下士登上总理宝座的。他一上台便对德国现存文化中凡有碍于其法西斯统治的文化实行大扫荡。一些法西斯文人也对德国进步文化极端仇恨。希特勒的御用文人汉斯·约斯特就曾恶狠狠地说道:"当我一听到'文化'一词,就立刻会打开自动手枪的保险装置。"希特勒上台后,德国有2000多位科学家、教授和500多位作家,或被解职,或被关进集中营。到第二次世界大战爆发前夕,"纳粹德国已经没有文艺"了[①]。

[①] 刘盛亚:《德国文学近况鸟瞰》,《文艺阵地》第1卷第6期。

但是，德国进步文学在德国法西斯文学漫延与独霸过程中，依然生长发展着。德国先后出现过独领世界文学风骚的文学思潮与文学大家。希特勒上台后，有200余位作家逃离德国，直接汇入世界反法西斯文学行列之中。他们先赴西班牙，帮助西班牙人民进行反法西斯斗争，后来或在苏联或在美国或在别的欧美国家定居，继续从事反法西斯斗争活动。

中国战时大后方文学与德国文学的交往，集中于德国反法西斯文学的译介方面。就题材而言，有现实的也有历史的，自然以现实题材作品的译介成就最为显著。1937年，流亡在异国他乡的德国进步作家就推出了新近作品85部之多。这些作品的内容多为揭露希特勒上台后的种种暴行。其中，最早译入中国的有列普曼的《地下火》和漠嘉德·李登夫人的《谁无儿女》。列普曼是一位"富而好仁"的反法西斯战士与反法西斯作家。他曾是一个孤儿，到过美国谋生，做过花匠、饭店杂役、煤炭工人，后来在一家银行供职。他还从事哲学与心理学研究。希特勒上台后，他帮助德国民众建立反希特勒的地下组织。他也因此而被逮捕，后越狱逃亡。这部《地下火》便是他根据自己所经所历所见所闻所感而写成的。这部作品，由朱雯译成中文，进入中国抗战文坛，中国评论界对此十分重视，孙晞、伊冈等人先后著文评论。孙晞的《"地下火"》认为"这是一本伟大的书"，是"一本震动世界的报告文学巨著"，"暴露了希特勒的专横、法西斯的疯狂，而同时又描写到反法西斯同志们的英勇奋斗和艰苦抗争的事迹"，"人物事件，表现得生龙活虎，紧张动人"。伊冈《希特勒上台的时候——读〈地下火〉》认为这部作品描绘出了德国民众的真实心态：未被征服的就犹如一团烈火在地下燃烧。李登夫人与德国许许多多母亲一样，慈祥而又无畏。她的报告文学《谁无儿女》是描述儿子李登在希特勒牢狱里的行动及为其奔走营救的过程。作品主人公李登是一位律师，为人正直而又极富同情心，憎恶法西斯。他被关进集中营后，遭受种种折磨，最后被处死。李登形象在艺术内蕴上，成为千百万受纳粹迫害而至死不屈的反法西斯战士的典型。由蓝雯译入中国后，也受到了评论界的青睐。紫默的《"谁无儿女"》认为这部作品是同类作品中"杰出的一部"，值得中国读者一读。大后方文学评论家于1943年对这两部作品加以再评论，其意义就如《新华日报》在发表伊冈的文章时所加的"编者按"指出的："现在希特勒已经快要下台，而全世界法西斯势力还在挣扎的时候，重温一下希特勒上台时候的历史，也还是有意义的事。"

德国流亡作家，无论是在西班牙的战斗中，还是在后来定居于苏联或美国、瑞士期间，其创作都是十分丰富的。其中，为大后方中国文学家所译介的主要有托马斯·曼、亨利希·曼、凯泽、布莱希特和贝歇尔等人的作品。托马斯·曼是一位蜚声世界文坛的作家，1929年荣获诺贝尔文学奖。希特勒统治德国后，他被迫离开德国，辗转到达美国后，从事反法西斯斗争与创作。1943年，德国"国会纵火案"10周年之际，他应邀在美国国会图书馆作演讲，揭露法西斯的罪行及法西斯对共产主义的恐惧。他说："我认为，没有一个人会怀疑我是一位共产主义的拥护者，然而我却不能不看到资产阶级世界在'共产主义'一词面前表现出来的那种恐惧，法西斯主义正是在这一恐惧上支持得如此长久的，这是我们时代一种何等的迷信，何等的不成熟和主要的愚蠢。"他还特别强调文化与政治的密切关系，他说："文化回避政治是一种迷失方向，一种自我欺骗，要想离开政治是不可能的。"他的这些政治文化思想意识，流贯于其反法西斯文学作品的字里行间。他的《约瑟和他的兄弟们》便是代表之作。亨利希·曼也是一位著名的德国作家。他逃离希特勒魔爪之后，一直定居美国。他除了写历史题材小说之外，还写成了《呼吸》和《观察一个时代》等现实题材小说及自传体小说。大后方中国文学家们对这两位德国流亡作家十分关注，不时著文评价。茅盾在《近年来介绍的外国文学》中，称赞他们是德国文坛上的"一代大师"，为欧洲反法西斯文学贡献了"心力"。布莱希特是一位举世瞩目的戏剧家。他逃离纳粹统治之后，对西班牙反法西斯战争深表同情，并由此而创作了剧本《卡拉尔大娘的枪》，表达了他对当时社会人生的哲理性思考：只有战斗才能生存。他在美国定居期间，创作了众多有世界影响的剧本，如《西蒙娜·马夏尔之梦》和《第二次世界大战中的帅克》等剧本，生动的人物形象、戏剧场面与戏剧冲突，浸染着反法西斯意识。至今还在中国话剧界富有影响力的《四川好人》，就是他那时创作而成的。德国另一位著名小说家、戏剧家凯泽，被希特勒逐出普鲁士艺术学院之后，避难于瑞士。他创作的《从清晨到午夜》和《加莱市民》等作品，最为人们所喜爱。1945年6月逝世时，大后方中国文学界发表文章，对这位杰出的表现派艺术家表示哀悼，并向大后方中国读者推荐他的作品。贝歇尔流亡到苏联后，和众多苏联文艺家一道，投笔从戎，用枪消灭德国法西斯，用笔创作作品鼓动反法西斯战士的士气。他先后完成了《冬天的战役》和《元首的肖像》等剧本的写作，出版了诗集《德国在召唤》和《感谢斯大林格勒》。大后方中国文学家茅盾等人通过译笔，把他的作品引入了大后方文苑。

六

与意大利文学的交往。被法西斯党徒吹捧为"文化巨匠"的墨索里尼，在意大利建立法西斯专政政权后，采取了一系列强制措施，迫使文化与法西斯主义相结合。一些法西斯知识分子亦追随其间，发表《法西斯知识分子宣言》，部分未来主义文学家也声称服从墨索里尼的指示。文化成了意大利法西斯国家与墨索里尼的重要统治工具。大战期间，意大利文坛充斥着"黑衫文学"、"战争文学"、"游技文学"和"神秘文学"。具有世界进步文化传统的意大利现代文化，在法西斯文化漫延过程中，涌现出了一批反法西斯文化的斗士与文艺家。早在法西斯主义与文化结盟时期，著名哲学家与历史学家克罗齐和著名法学家与政治学家爱因奥迪等文化名流，就发表了《反法西斯知识分子宣言》，在世界现代文化史上第一次发出了"法西斯主义与文化水火不容"的怒吼声，提出了捍卫文化的自由主义原则。大战爆发后，留在意大利国内的文学家如维多里尼、莫拉维亚、普拉托里尼等人，不畏强暴，坚持写作，抒写意大利民众与作家本人反法西斯的心声。流亡到国外的作家如西龙尼等人更是勤于笔耕，创作出了具有世界影响的作品。

中国战时大后方文学与意大利文学的交往，呈现出两种走向，即批判性地介绍法西斯文学，赞扬性地介绍反法西斯文学。黄峰在《意大利的黑衫文学》的长文中，较为详细地论述了意大利法西斯文学的现状。他首先指出：意大利法西斯文学是意大利法西斯国家的产物。它与所有法西斯文学一样，"只有独裁，没有民众，更没有作家"。因此，它每年虽有1000部作品出版，实际上是一担一担供出卖的废纸。同时，他着重评述了意大利"黑衫文学"与"战争文学"的本质特征即宣扬独裁与战争。那首《黑衫之歌》便是体现这一本质特征的代表作。诗中公开呼唤"诗人、艺术家、教师、农民"都要"受墨索里尼的训练"，都要"效忠于墨索里尼"，"准备在明天作战"，否则"一切打入地狱！"那些高喊描写法西斯统治下的意大利农村是"快乐的农村和快乐的农民"以及"安分守己，信任国家，跟祖国协调合作的工人"的作品，自然也是典型的法西斯文学。这些批判性介绍文字，让大后方中国读者了解了大战期间意大利法西斯文学之一斑。

大后方文学家李念祥、风耶华、茅盾还及时著文介绍意大利反法西斯作家作品。其中，他们最为推崇的是西龙尼及其《意大利的脉搏》。西龙尼为意大利的资深作家，他在墨索里尼上台不久就离开了意大利，定居瑞士，一面从事反法西斯斗争，一面创作。1940 年，他担负意大利社会党国外中心站的领导工作，为流亡在外的意大利反法西斯人士的团结奋战贡献颇多。他先后写成了小说《意大利的脉搏》《面包与酒》《雪地下的种子》和剧本《他藏了起来》等。《意大利的脉搏》原名《丰塔玛拉》。"丰塔玛拉"，意大利文为"痛苦的源泉"之意，"丰塔玛拉"在这部小说中是一个虚拟的地方。小说写"丰塔玛拉"村农民的痛苦境遇：法西斯党徒、地主、银行家肆意盘剥农民，鱼肉百姓。也写了农民的挣扎与反抗：他们请愿，他们同政府与银行家讲理。作品透视出了墨索里尼统治下的意大利农村，监狱遍地，黑暗无边。这部小说于 1940 年在大后方文坛引起轰动性效应。当时，仅《新华日报》就发表了《枫丹麦绿的奴隶们——〈意大利的脉搏〉》与《血和泪的笑料——〈意大利的脉搏〉读后感》等评论文章，不仅充分肯定了小说内容所具有的思想力度，同时也揭示了小说的显著艺术特色，并表示要为提高大后方文学创作水平而学习其所长。

这里，还有一则可视为中意文学交往过程中的佳话，应加提及。墨索里尼为对外发动侵略战争，需要大量储备兵源，曾下令意大利男人必须"娶妻生子"。这一带有世界性的法西斯命令，受到意大利民众与世界舆论的谴责。中国文化界也著诗文予以抨击。荻原的政治讽刺诗《墨索里尼为什么要人娶妻生子？》以嬉笑怒骂的笔触和自由活泼的形式，充分表达了中国人民与意大利人民以及世界人民对于法西斯的丑恶行径的鄙视与愤怒之情。

大后方文学与日、德、意法西斯国家文学的交往，不仅促进了这些国家反法西斯文学的发展，使之成为世界反法西斯文学战线的前哨，同时也构成了中国抗战文学对外文学交往两翼中的一翼（另一翼为与苏、美、英、法及周边国家反法西斯文学的交往），使之大增声色，多姿多彩。从中，人们不仅看到了世界反法西斯文学洪流的奔涌，也听到了法西斯国家里反法西斯文学潮流的涛声。

附记

1983 年，我所在的中国现当代文学学科开始招收硕士研究生。1985 年，我正式被评聘为硕士研究生导师。我为硕士生开出的第一门硕士学位课为"中国抗战文学概论"，第二门硕士学位课即 1985 年上学期开出的"中国现代文学与外国文学"。这第二门硕士学位课程中的大部分内容为"中国抗战文学与外国文学"，约 17 万余字。《抗战文学概观》第三章"抗战文学的国际交往"，便摘取了其中一部分内容。后来，我又查得一些新史料，就专题论述大后方文学与世界反法西斯文学的交往而写成本文。《西南师范大学学报》1994年第3期发表，《高等学校文科学报文摘》论点摘要，中国人民大学书报资料中心《中国现代、当代文学研究》1994年第5期全文转载。同时，我还撰写成一文《抗战文学与世界文学交往片论》发表于《中国现代文学研究丛刊》1995年第3期。

抗战文学的国际交流问题，是我在1979—1981年间查阅史料过程中发现并关注的一大文学现象，查得的史料不少。所以，我在其时就拟定要把这列为抗战文学研究的一大课题。我的这些著述文字，展现出了中国现代文学的国际交往到抗战时期发生的根本性变化。由被动到全方位的主动，由来而无往到有来有往，由无话语权到赢得话语权，中国现代文学——抗战文学成了世界文学——世界反法西斯文学不可或缺的重要组成部分，为反对战争、推进世界和平以及世界文化文学的发展，作出了不可磨灭的贡献！

重庆电影对外交流

中国抗日民族解放战争爆发后，随着中国文化由东向西大倾斜，广大电影工作者和电影制片厂以及电影管理机构纷纷驻足于重庆。由此，重庆成为中国抗战电影不可多得的重镇。重庆电影也成为20世纪中国电影发展史上的辉煌篇章。重庆电影对外交往是这块重镇的重要组成部分，是这辉煌篇章中不可或缺的一页。它标志着中国电影以较为成熟的面目进入世界电影行列，开始以"承受与担当"为共有的主流话语与世界电影进行对话，开始以"民族解放意识与开放的现实主义"为支撑点同世界电影接轨。因此，探讨重庆电影对外交往主流话语的成因、梳理重庆电影对外交往演进轨迹、描述重庆抗战电影对外交往的成就与缺失，对于正确把握中国抗战电影的价值关怀和促进中国电影事业的发展，应当说是大有裨益的。

一

中国抗日民族解放战争与世界反法西斯战争，是20世纪人类历史上影响世界进程的重大事件。重庆抗战电影和同一时段上的世界反法西斯电影，或再现或反映了这一大事件的方方面面。因为重庆抗战电影与世界反法西斯电影，映现出了中国人民和世界爱好和平的人民奋然前行的足迹，流淌着中国人民和世界爱好和平人民的血汗，凝聚着中国人民和世界爱好和平人民迸发的精神火花。重庆抗战电影与世界电影，特别是与世界反法西斯电影的交往，从精神文化层面上沟通了中国人民和世界爱好和平人民的心灵，使之产生共鸣，获得共感，形成共识，加速与推进共同承受与担当的消灭法西斯的重任的完成。"承受与担当"也就自然成为重庆抗战电影对外交往的主流话语。

电影在可视性文化中，最能赢得观众。因此，大战期间各国政府总是把电影作为对内对外进行宣传的重要媒体。操纵与运作这一媒体的几乎都是政府职能部门。苏联的联共（布）中央宣传鼓动部是反法西斯战争期间最高宣传机关，负责对内对外的宣传事宜。电影制作及其对外交往也在其管辖之列。太平洋战争爆发后，美国政府专门成立了新闻检查处，负责官方新闻报道与宣传工作及包括电影在内的对外文化交往。英国的宣传工作，在大战期间直接由英国政府各职能部门负责。电影对外交往成为苏、美、英等同盟国进行反法西斯宣传战的有力一翼。其宣传机关同军事指挥机关一样,承受与担当着繁重的反法西斯侵略战争的历史使命。中国是一个弱国,要战胜军事力量强大的日本侵略者,对世界反法西斯侵略战争的胜利作出贡献,其中一个重要因素就是必须争取国际舆论和世界爱好和平的人民的了解与声援。因此,中国政府在抗战爆发后不久即成立了隶属于中央宣传部的国际宣传处。该处总部设在重庆,上海、昆明、香港等地设有办事处,美国的旧金山、纽约、华盛顿、芝加哥和英国的伦敦以及加拿大的蒙特利尔等城市分别设有办事处。国际宣传处及其分支机构,就成了战时中国文化与世界文化交往、重庆抗战电影与世界反法西斯电影交往的主要通道。这无疑就使得战争期间,包括电影在内的文化进入意识形态中心地带。其中的反法西斯意识与民族解放意识特别鲜明突出。这一电影主导意识,可以说是重庆抗战电影与世界反法西斯电影所共有,自然也是重庆抗战电影对外交往的指导性意识。这就最大限度地传达了血与火的特殊岁月里获得一致性的国家意识与人民意识。因为,战争期间被侵略国家的民众与政府的意识在反法西斯侵略这一大关节处是息息相通的。中国人民和世界反法西斯人民,通过相互交流的电影这一生动形象的媒体,加深了彼此间的感知与知解。交往渠道的集中性与交往主导意识的倾向性,决定着重庆抗战电影对外交往的主流话语只能是现实社会生存环境赋予的承受与担当的反对法西斯侵略战争的主流话语。

  同时,重庆抗战电影对外交往的价值取向原则与理论导向,也是形成这一主流话语的重要因素。中华全国文艺界抗敌协会成立时就公开宣称对外文化交往的价值取向原则为:在增多激励与广为宣传的标准下,把国外的介绍进来,把国内的翻译出去。这一价值取向原则,成为包括抗战电影在内的整个中国抗战文艺对外交往的理论基点,支撑着抗战文艺理论的建构与实践过程。1938—1941年间,重庆抗战电影界开展的"电影出国"问题讨论,充分体现了这一价值取向原则。《新华日报》发表署名施焰的文章《关于"电影出国"》,就明确指出:"电影是对外宣传强有力的武器,生产大量抗战电影运到外国去放映,介绍抗战意义与真相,暴露敌人的暴行,并针对敌人反宣传以有力驳斥与打击,以使国际友人不再被敌人反宣传所欺骗,而对我们抗战生出更多地同情,更大更多地援助我们,切实有效地制裁敌人。"文章还指出:"对外宣传的影片不能重在情节方面,而应重在意识方面,在角色上,无论男女,需要粗线条的健壮美,这才能代表大时代的中国青年,象征着未来的新中国的雄壮姿态。"《国民公报》发表的夏衍的文章《中国电影到海外去》也指出：对外电影交往，是争取国际同情、争取欧美大众援助中国抗战的有力武器。这些带权威性的声音，无疑具有极大的影响力与规范性。影响着与规范着对外交往电影的思想内容与审美情趣的取舍，影响着与规范着对外交往电影的主流话语的确定。史东山、阳翰笙等电影艺术家还撰写文章，从不同角度总结中国电影发展过程中受外国电影影响所呈现出的基本态势，反思中国抗战电影和重庆抗战电影"出国"的得与失，表示向外国进步电影学习，提高中国电影艺术水平。但是，他们在文章中，依然着力于对外交往电影"抗战"主旨的赞扬和主流话语的肯定。与此同时，电影批评理论也几乎一致地着力于对外交往电影政治意识的关注。这一理论导向的倾向性，适应了其时社会人生的生存境遇的需要，促使重庆抗战电影对外交往最大限度地干预乃至参与其时进行着的抗日民族解放战争与世界反法西斯战争。

二

重庆抗战电影对外交往以欧战爆发为界碑，大抵分为前后两个阶段，流贯其间的是浓浓的"承受与担当"的主流话语。

第一阶段即前期重庆抗战电影对外交往，表现为欧美一些主要国家的电影工作者声援中国抗日民族解放战争和中国抗战电影的"出国"。其交往概况，以对美国和苏联电影交往为例，加以描述。

中国电影早在"五四"时期和20世纪20年代，就深受美国电影的影响，好莱坞影片几乎垄断了其时中国电影市场（如果说，其时中国已有了电影市场的话）。史东山在《苏联电影与中国电影》一文中，就这样尖锐地指出："中国电影兴起时，成了美国好莱坞的附庸。"20世纪30年代及其以后，这一状况有了改变。七七事变以后，国民政府特别重视对美国进行宣传。随之，重庆抗战电影与美国电影越过重洋实现了双向交流。

1938年，中国纪录片《南京日军暴行》与故事片《保卫我们的土地》《热血忠魂》等影片送往美国放映。翌年，美国哈孟电影公司在美国各大城市放映了这些影片。自此以后，宣传中国抗战的影片诸如《大无畏之重庆》《重庆一日》《中国反攻》《威尔基来渝途中情形》《日军暴行》《常德会战》等影片相继进入美国影坛。仅《中国反攻》一片，就在美国6000余家电影院放映，轰动一时。与此同时，一些美国电影摄影师来到中国实地拍摄影片，送回美国放映。美国著名摄影师史考特来到重庆等地后，摄制了几部反映中国战况与社会生活的影片，在美国放映了 3 个月之久。这些影片，以独特的视角和真实而形象的画面及生动的电影语言，表现了中国广大军民抗击日寇入侵的英勇行为和顽强毅力。那一幕幕烧焦的土地、血染的山河、悲苦的呻吟、愤怒的呐喊、拼死的抵抗，揪住了美国观众的心，赢得美国观众的同情与声援。

中国电影从 20 世纪 30 年代初开始，转向接受苏联电影的影响。《生路》《重逢》《夏伯阳》等影片，为其时中国观众所欢迎，为其时中国电影的发展拓开了新路。重庆抗战电影承接 20 世纪 30 年代前半期左翼电影的传统，与苏联电影的交往十分频繁。七七事变以后，中国电影界首先呼吁苏联电影界声援中国抗日民族解放战争，保卫中国文化。中国电影界的这一呼声，很快得到了苏联电影界的回应。为著名摄影师卡尔曼为代表的一批摄影师与记者来到了中国。他们在中国战场与大后方城镇抢拍战斗场景及日寇暴行，带回苏联各地放映。1938 年 10 月，莫斯科电影制片厂完成了巨型影片《英勇的中国》的摄制工作。这部影片再现了山西及黄河沿岸中国军民的战斗场景，表现了中国军人作战的英勇。这部影片在苏联放映，使苏联人民及时地了解中国抗战概况及中国人的精神风貌，为苏联各界最先支援中国抗战起了重要作用。与此同时，中国电影工作者与中国翻译家合作，译介苏联电影。重庆的一些报刊出版了苏联电影专辑。苏联电影因其政治性与艺术性的结合、争取自由与反法西斯的意识及剪接组合形式，获得中国观众的认可。1938 年，重庆等地放映了苏联影片 1150 余场，观众达 44 万人次之多；1939 年 1 月至 7 月，重庆等地放映苏联电影 1100 余场，观众达 43 万人次之众。重庆国泰电影院放映的影片中，苏联影片就占三分之二，诸如《游击战》《海上警卫》《无敌坦克》《远东之敌》《最后一夜》《忠心为国》《彼得一世》《马门教授》等。这些属于苏联战争前的大多数是反映苏联国内战争和国内生产建设的影片，表面看来与其时中国抗战现实生活无多大直接关系，但是，这些影片所具有的苏联人民强烈的爱国主义精神和勇于承受与担当的行为这一深层意蕴，却与处于高度救国热情燃烧之中的中国人民的心神相契合并产生共鸣。尤其是几部反映苏联国内战争期间反对外国武装干涉的影片中的不少镜头，更是牵动了中国观众的心。放映这些影片的重庆的电影院常常成为中国观众声讨日本帝国主义侵略的场所。一些观众边看电影边呼喊"打倒日本帝国主义"的口号；不少青年看了影片后，发誓要像苏联青年决死奋战那样来保卫祖国，争取抗战的胜利。《马门教授》放映引起的讨论，更可以说是一场纯然的反法西斯宣传战。《马门教授》是根据德国著名剧作家沃尔夫的同名剧作拍摄的，苏联导演执导,苏联演员演出,列宁格勒电影制片厂摄制。影片映现了德国犹太人医生马门教授在希特勒法西斯专制独裁统治下的悲剧命运,抨击希特勒的法西斯罪行,褒扬德国民众反法西斯的斗争精神。影片于 1939 年 8 月初在重庆上映,引起了轰动的社会效应。吴敏在《〈马门教授〉影片事件的始末》一文中,就这样描述道:"每场观众拥挤不堪,场内不时响起狂热的掌声。银幕上的动作和观众心情打成一片,发生火一般的交流。"深受中国观众欢迎的这部影片,却几乎遭到扼杀,屡遭查禁。始而是德国驻华大使表示"不满",认为"有碍邦交""煽动复仇";继而国民政府重庆社会局以此为由下令停映,并派警察执行停映命令;终而重庆市政府张贴"违抗命令,停止营业三日"的牌告。这就引起了重庆抗战电影界和大后方文化界的广泛关注。他们纷纷撰写文章评介《马门教授》。仅 1939 年 8 月 16 日的《新华日报》就发表了吴克坚、企程、吴敏和《新华日报》社的评介文章。这些评介文章,或详细阐释影片的内容,或揭示影片的折射性意义,或介绍影片在欧美各国放映盛况。关于影片的折射性意义,吴克坚在《从〈马门教授〉影片说到我们的外交方针》一文中就指出:"影片直接透露出西方法西斯的狰狞面目中,正是间接反映了东方法西斯强盗在我们神圣领土上的獠牙鬼脸。影片直接描写的德国劳动人民反对希特勒的斗争,正是间接告诉在日寇铁蹄下的我国同胞如何去同日本鬼子搏斗。"关于影片在欧美各国放映盛况,企程的《介绍〈马门教授〉》和《新华日报》社的《美国报刊对〈马门教授〉的评价》等文章作了详细报道,指出:影片在美国放映时,被称为是美国社会生活中的一件大事。美国政府希望美国大学生们观看这部影片,并希望好莱坞至少要仿制两部同性质的影片。法国巴黎几家大电影院连续放映这部影片 4 个月之久。这部影片在中国与欧美各国放映时,正值第二次世界大战前夕,因此影片给予爱好和平的人们的是一种警世性的启示,给予中国人民的是一种世界性眼光——认清法西斯的世界性和中国抗日民族解放战争与世界反法西斯斗争的一致性。

三

重庆抗战电影与世界反法西斯电影交往的第二阶段,主要表现为对世界反法西斯电影的译介。这里,依然以译入的美国电影与苏联电影为例,加以说明。

珍珠港事件后,美国电影有了新的变化,尤其是好莱坞电影从内容到形式与风格较之前都有所改变。一些摄影师、编导、电影明星,分赴欧洲战场与东方战区,先后摄制出一批负载着抗击法西斯侵略的纪录片与艺术片。《我们为何而战》《北极星》《来自列宁格勒的孩子》《战斗的法国》《空中堡垒》《中途岛》《东京上空三十秒》《反攻缅甸》《龙种》《中国的叫声》《飞虎队》《月落》等影片,可为其中的代表作。留在美国国内的电影工作者,拍摄了一些美国社会人生百相的影片,诸如《白衣天使》《与我们同行》《双重保险》《一门五虎》《愤怒的葡萄》《战地钟声》等影片。这些不同文本内容与不同表现手法的影片,吸引了大量美国观众。这些影片的摄制成功,也大大促进了美国电影业的发展。1940—1945年间,因放映这些影片,美国电影院由15115家而增加到16500余家,观众由30亿人次而增加到50亿人次。这在美国电影史上,堪称盛况空前。

进入重庆抗战影坛的美国电影,包括珍珠港事件前后摄制的影片。其中,有这么几部影片在重庆观众中反响强烈。《大独裁者》是美国电影界摄制的第一部反法西斯影片。这部影片由著名艺术家卓别林编剧、主演。该片以法西斯头目希特勒为原型,写他对内实行法西斯统治,镇压民众,屠杀犹太人,对外侵略扩张,妄图称霸世界。卓别林之所以率先在美国摄制这一部影片,是因为他憎恨独裁者及其独裁统治。他把这一理念与情感,倾注于电影语言之中。他把希特勒描绘成世界上一个最具讽刺与嘲笑意味的对象。1938年12月,希特勒吞并苏台德地区不久,卓别林便写成了《大独裁者》脚本。1939年至1940年10月,卓别林用了近两年的时间与心血秘密摄制成这部巨型片子。卓别林还亲自布置每一个摄影场景,亲自检查每一台摄影机,以便成功地创造出他所憎恨与嘲笑的独裁者希特勒的形象。功夫不负有心人,1940年10月15日,这部影片在美国放映时,轰动了美国影坛与舆论界。美国《工人日报》发表文章称赞卓别林创造了一部"最现实的反法西斯的影片"。这部影片在苏联与英国放映时,也颇受观众欢迎。两年"磨一剑"的这部影片,刺进了希特勒的心脏,震动了德国纳粹党徒。一位纳粹军官给美国影片商协会写信,提出抗议。美国《星期五画报》为此特撰文写道:"阿道夫·希特勒有千百万敌人,但其中最厉害的敌人就是和他同年诞生的小人物查理·卓别林。"这部属于世界爱好和平人民的撕毁希特勒法西斯画皮的影片,在重庆的中国抗战电影界与观众中,也引起了广泛回应。1942年11月16日起,重庆几家电影院放映了这部影片,重庆的广播电台播送了这部影片的演讲词。该片一时间成为重庆民众的热门话题,几乎家喻户晓,老幼皆知,人人都在唾骂希特勒。重庆的理论家们也撰文评介。伯约在《造梦和破梦》一文中指出：希特勒吞并苏台德地区时，世界上还没有一位政治家、哲学家和艺术家，敢于断然站出来替全世界人民讲一句要讲的话，而艺术家卓别林讲了："那些大独裁者都是变态的疯子！""我们要的不是疯狂的屠杀、战争、侵略，而是和平、人道与民主。"同时，还称赞道：匹夫之怒，夺了王者之魂，卓别林够得上是一位反法西斯侵略的先驱。戈宝权在《〈大独裁者〉的诞生和它的意义》一文中，称这部影片告诉了人们一个真实事实：只有消灭东西方的独裁者，我们才能见到人类新世纪的曙光。并认为这部影片是卓别林电影创作道路上的一个新起点，它也揭开了世界电影更新的一页。这部影片在重庆放映时，正值中国抗日民族解放战争最艰苦之际，也是大后方抗战文化运动的低谷期，因此而引起的强烈反响，自然有其深切的现实性。它激励着中国民众进一步认清中外独裁者与东西方法西斯的真面目，进而感知与体验到中国抗日民族解放战争并不孤立，反法西斯浪潮席卷了全球，从而顶住重庆社会政治低气压，更加坚定抗战到底的信心与决心，以百倍的勇气与毅力承受苦难，担当消灭法西斯的重任。《北极星》也是一部得到中国电影界认同与好评的美国影片。这部影片描写的是1941年6月22日德国法西斯侵略军对苏联的"不宣而战"这一天，苏联与波兰交界处的一个名叫"北极星"的小村庄，突然遭到德国侵略军袭击，村民奋起反抗。这个村的村民本来生活于和平与宁静之中：孩子们在唱歌，青年们在跳舞，男女老少相亲相爱，中学毕业的学生正准备上大学。突然间，天空与地上响起了轰鸣的飞机投弹声和大炮声，一队德国侵略军像饿狼般闯入这个村子。幸福、和平、宁静转瞬间消失了，到来的是非人的暴行。村民们并未被吓倒，并未向侵略军跪下求饶，而是挺身而出，奋起反抗。这部影片于1944年10月在重庆放映时，因其内容切合重庆观众的审美期待而引起共鸣。巴莎在《永恒的北斗》一文中，认为该片写出了苏联的真实、自由和人民的英勇，成为美苏人民与美苏电影界友谊的结晶！同时，文章还向远隔重洋的美国民众和电影工作者发出呼吁：让我们共同努力，消灭法西斯！《飞虎队》也是深受重庆观众喜爱的又一部美国影片。这部影片直接取材于美国陈纳德将军率领的"飞虎队"的战斗生活。具体写一位美国青年在太平洋战争爆发后抛妻别子奔赴前线，后被派到中国加入"飞虎队"，帮助中国抗战。这部影片于1945年11月在重庆放映时，因其内容更贴近中国观众的企盼心理而场场客满，座无虚席。《新华日报》在评介这部影片时指出：从影片中，我们看到了美国青年对中国的热爱和对于敌人的仇恨，共同战斗加深了中美两国人民的认识。同时,指出该片的不足在于把反法西斯战争的正义性与青年航空员的勇敢及安全返航,归于"上帝"的意志与保佑,这种浓厚的宗教色彩,大大弱化了该片的战斗性。

苏德战争爆发后,苏联几家大型电影制片厂派出100余名摄影师分赴各战区,苏联电影工作者亦纷纷投入卫国战争行列。他们用枪杆抗击德国法西斯入侵的同时,还先后拍摄了100余部大型纪录片和100余部大型艺术片。其中《保卫莫斯科》《全歼德寇于莫斯科城》《战争中的列宁格勒》《斯大林格勒》《战争的一天》《会师柏林》等纪录片和《区委书记》《忠勇巾帼》《虹》《望穿秋水》等艺术片,不仅深受苏联观众喜爱,在世界一些主要国家放映时也获得好评。《战争的一天》在美国就有170余座大中城市放映;《全歼德寇于莫斯科城》在美国放映后,还获得了1943年度奥斯卡奖。《忠勇巾帼》《虹》《会师柏林》等影片在重庆放映时,口碑极佳。《忠勇巾帼》原名《她在保卫祖国》,1943年苏联中央联合制片厂摄制,导演为斯大林文学奖获得者爱姆莱尔。影片主人公巴曼是苏联边境地区奥命诺夫卡村的一位妇女。她的丈夫和儿子都被德国侵略军杀害了,幸存下来的她参加游击队,并成为游击队领导人。她以P同志的名字闻名远近。在一次战斗中,她不幸被俘。德国侵略军正准备杀害她时,游击队救了她。游击队还从德国侵略军魔掌中解救了一批被囚禁的妇女。影片塑造了这么一位巾帼英雄,一位苏联妇女的典型形象。这部影片于1944年7月17日起在重庆上映后,戈宝权等评论家撰文大力推荐。重庆观众对银幕上的巾帼英雄巴曼及其战斗事迹倍感亲切,从中吸取了巨大的精神力量。《虹》是根据瓦希列夫斯卡娅的同名小说改编摄制的。影片将被德国侵略军占领的一个乌克兰村庄里的老弱病残的悲惨遭遇及其挣扎艺术地再现了出来。影片不仅具有了强烈的现实性与战斗性,同时也是一部不朽的诗篇。影片中惊心动魄的战斗画面与抒情诗般的意境相融合,显得既宏阔而又细腻。这部影片于1944年11月在重庆放映,普遍给了中国观众以深切启示。辛堤在《看了〈虹〉影片以后》一文中写道:"人民不屈服,就得奋斗求真理,只有挺起身来寻求真理之路,只有歼灭敌人才能求得人民自由。"《会师柏林》是由40多位苏联摄影师于1945年4月21日至5月初随红军一道攻打柏林,在战斗中摄制成的一部纪录片。这部影片详细而真实地记录下了攻打柏林的全过程以及苏联民众欢庆胜利的场景。这部影片于1945年7月31日起在重庆放映一周之久,观众甚为踊跃,场场客满。中国人民为之流血牺牲的14年抗战的胜利曙光已经在东方地平线上冉冉升起了,中国人民翘首以待的14年抗日民族解放战争的胜利前夜，苏联人民和西方反法西斯战争胜利了。这自然带给中国人民以无限的欣慰与鼓舞。那银幕上显现出来的一个个长镜头，诸如苏联红军将苏联红旗插上德国国会大厦屋顶、苏美英三国代表接受德方降将签订投降书以及苏联国内民众庆祝胜利时的狂欢、狂舞、狂吻，324尊大炮齐鸣，火箭在午夜星空中狂飞，震撼着千百万渴望胜利的中国人民的心灵！

重庆抗战电影在与美国、苏联电影频频交流的同时，还与欧洲的英国等国家的电影以及印度等周边国家的电影进行交流。英国摄影师、记者和中国电影工作者先后拍摄了多部影片送往英国放映。其中，《中国反攻》《南京失陷》《中国之战》《广州遭轰炸》《中英签订新约》等影片在英国一些城市放映。尤其是《中国反攻》一片在伦敦连续上映400余场，获得英国观众的称赞。上述一些影片也先后在巴黎、日内瓦、利物浦等欧洲大都市上映。利物浦华侨看了影片后还掀起支援中国抗战的献金运动。印度在大战期间，依然是世界上电影生产大国之一，每年制作影片100部以上。其内容依然大多为爱情、宗教、神话，硝烟味极淡。中国电影工作者拍摄的《委员长访印》《新德里庆祝联合国日情形》等影片在印度放映时，不仅加深了中印两国政府的团结合作，也对印度电影生产现状以一定的冲击。印度电影《宫仇情形》和《阿里巴巴与四十大盗被歼记》等影片在重庆放映时，让中国观众与中国电影工作者了解了印度社会人生与印度电影之一斑。

四

从重庆抗战电影与美国、苏联、英国等国家电影交流轨迹的梳理中，我们可以看出重庆抗战电影对外交流的电影文本内涵具有的正负两面性——主流话语突出而缺乏多元化。这对于其时及以后中国电影的发展与艺术质量的提高，既喜又忧。喜的是有了国家意识、民族意识、人民意识及世界意识的支撑，电影更贴近现实，更贴近民族，获得深厚而广阔的创作源泉；忧的是电影角色位置与价值关怀的期待值太高，使之不堪重负而导致"贫血"。这一点，在交流的抗战影片中已清晰可见。上文描述的对外交流电影，无论是纪录片还是故事片，都是以宣传抗日、唤起民众、吁请国际社会声援中国抗战为基础；无论是译入的美国电影，还是译入的苏联电影，大都在反法西斯这一政治意识层面应和着中国抗战电影肩负的政治历史使命。尤其是，对外交往的重庆抗战电影和译入的苏联反法西斯电影，在电影语言、电影结构模式与电影主人公形象塑造诸方面,显得单纯,思考向度单一。事实上,在那个战争年代里,不仅美国电影文本内涵丰富,苏联电影文本也并非一个简单的模式。即使是写同一题材、揭示同一主题的电影,差异性也十分明显。当然,就总的倾向性而言,美国电影特别是好莱坞电影在大战期间虽有了大的变化,但在表现人性、人道主义和自由、博爱等理性观念方面,仍保持有一以贯之的特性。比如,美国的《月落》和《战地钟声》两部影片,在反法西斯这一主题思想方面,可以说与苏联的《忠勇巾帼》和《虹》相接近,但差异性依然显著。《忠勇巾帼》与《虹》是从民族的国家的政治的(战争是政治斗争的继续)角度,审视战争,因而对于反法西斯的军民大力推崇与美化,对于法西斯则极力贬斥与丑化;邪恶的法西斯发动了侵略战争,正义的人民拿起武器施以毁灭性打击,便是其基本形骸。这当然是表达一种关于"战争与人"的思考和体认。《月落》与《战地钟声》显然是从人类的人道主义的乃至存在主义的(战争是人类存在的一种荒谬象征)角度审视战争,因而侧重点不在对法西斯的丑化与反法西斯人民的美化,而在描述法西斯发动的世界性战争中,思考人类的生存状况与生命意义,寄寓深层的社会人生哲理。这表现在电影画面上,反法西斯的人们不仅有顽强战斗的行动,更有心理的情绪的波动与颤抖乃至悲观与怀疑;参与法西斯战争的人们,不仅有烧杀抢掠暴行,也有未能泯灭的人的本性与本能因素存在。这两种对立人物形象,似乎都不同程度地流露出或浓或淡的批判意识与自省意识、原罪意识与赎罪意识。这是又一层面上的"战争与人"的思考和体认。这些差异,不仅反映了苏联电影编导们与美国电影编导们的电影艺术观的不同,更反映出苏联电影编导们与美国电影编导们的政治观与战争观的不一。

重庆抗战电影编导们的政治观与战争观,明显地向苏联电影编导们的政治观与战争观一边倾斜乃至认同,而与美国电影编导们的政治观与战争观相疏离,特别是在电影制作目的即所谓"国策价值"上更是"倒向"苏联电影。罗静予在《论电影的国策》一文中,就这样写道:美国电影无国策价值可言,只是在"商品推销"自然法则下生产影片。苏联电影并不是为了娱乐而拍摄,而是为了要训育和感化国内的公民,使之能帮助国内社会、政治、科学的进步。我们"中国电影的国策的原则,应该是一个民族在艰危困苦中争取自力更生时,供应大众对他革命目标的精神食粮","达到训育感化大众的目的,使他们更勇敢、机智,担当复兴国家民族的任务,帮助我们的社会、科学和政治的进步"。事实上也是如此。重庆抗战电影工作者大都认同于苏联电影的思想内涵及艺术形式。在抗战文艺界开展的"民族形式讨论"过程中，重庆抗战电影工作者就认为，要建立中国电影的民族形式，更要向苏联电影学习，因为苏联电影是"更造人类的世界观的武器和文化革命兵种之一"。尤其认为，苏联电影从战争开始以来，就不断地为战争服务。同时，他们对于译入中国影坛的苏联电影，总是从政治——战争这一层面去理解与吸收其思想养分。对苏联电影中的反法西斯战争题材影片作如是观，即使是对一些苏联电影中的历史题材影片，亦作如是观。《彼得一世》的讨论，便是明证。参加这次"集体的研究与批评"的有重庆文化界的文艺批评家、电影编导、音乐家和美术家戈宝权、史东山、葛一虹、赵铭彝、宋之的、贺绿汀、盛家伦、魏猛克、孔罗荪、沙梅、安娥、子冈、谢大棋。他们的发言几乎都偏于政治意义和中国抗战应从中汲取的教训来"研究与批评"这部影片。史东山就这样指出：这部影片在政治意义上，作者"未尝没有想借历史的事迹，来唤起人民对于波罗的海的重视，并鼓励准备保卫波罗的海的决心"。安娥认为，这部影片给予中国抗战的教训是：在一个民族争取自力更生的时代，是应以人才集中来抵抗敌人的，而不计其出身，使一切力量都能用于抗战。孔罗荪也指出：在危难中的今日的中国，这部影片却有着很大的教训。他一口气列举出了应汲取的五大教训，其中包括彻底打击"失败主义者"、彻底摧毁阻碍抗战的残余势力、彻底实行"有钱出钱，有力出力"的呼告。

　　重庆抗战电影与美国电影、苏联电影交流过程中，出现的这一认同性的差异，笔者以为有两方面的主要因素在起作用。一是重庆抗战电影是从20世纪30年代左翼电影而来。左翼电影受苏联电影影响甚深，从政治角度关注民众的命运与国家的前途以及介入意识形态与阶级斗争，成了左翼电影乃至整个左翼文化的聚焦点；二是法西斯战火直接烧到了中国与苏联的领土上，这一共同的生存语境使中国重庆抗战电影界与苏联电影界的政治观和战争观极易靠近，易于从政治意识与政党角度审视战争、描述战争。20世纪80年代以后，中国电影编导中的一部分编导，接受现代主义的影响，在历史为他们拉开的远距离中重新审视这段历史时，多取战争对人性扭曲与对人情的摧残的视角，其政治意识与政党色彩，明显的弱化乃至消失。这一点与20世纪50年代以后的苏联电影编导们摄制的反映反法西斯战争题材影片有了相似之处。不过，这一次的"相似"与上次的"认同"，没有任何逻辑上的联系，不可同日而语、等量齐观。因为，20世纪50年代以后苏联电影编导们是向俄罗斯文化传统回归，并非接受现代主义影响所致。至此，我们站在今天的历史高度回头看看当年重庆抗战电影对外交往主流话语的正负两面性及政治观、战争观"一边倒"现象，就有了充足的理由肯定其成就及历史价值，同时也有了充足理由表示一种深深的遗憾——为在对外交往过程中未能摄制出史诗性的中国抗战电影而遗憾。当然，这一遗憾不含苛责而倒有几分理解之意。

附记

本文是为"抗战时期中国电影研讨会"提供的一篇论文。我接到邀请函后，重新研读已有的抗战电影史料，决定从对外交流角度来谈抗战电影。我又觉得，这题目较大，整个中国抗战电影及其对外交往不易把控和论述，就决定选择一个点来谈——落实到重庆电影这个重点上。事实上，抗战电影最大的生产基地是重庆，香港次之。香港在1941年珍珠港事件后就被日本侵略者占领了，其地抗战电影也随之消失了，只有重庆的抗战电影存在时间最长，从业人员较多，生产场地及机构一直存在。重庆抗战电影成为重庆陪都文学的重要构成部分，依然在大轰炸中有了发展，有了收获，这当然得力于广大电影工作者的付出。

在研究重庆抗战电影的论文中，本文应是最早的篇什，史料性与学术性齐备。本文最初发表于《天府新论》1994年第4期。

吴荪甫与赵惠明：茅盾小说中"另类勇者"形象

茅盾曾谈他的《野蔷薇》短篇小说集中的5个短篇小说主人公时，说道：小说中的"主人公没有一个是值得崇拜的勇者，或是大彻大悟者。自然，这混浊的社会里也有些大勇者，真正的革命者，但更多的是些不很勇敢，不很彻悟的人物；在我看来，写一个无可疵议的人物给大家做榜样，自然很好，但如果写一些'平凡'者的悲剧的或暗淡的结局，使大家猛省，也不是无意义的"[①]。其实"勇者"与"'平凡'者"都进入了茅盾小说创作世界，成为茅盾小说人物画廊的重要成员。

茅盾小说中的"勇者"，有工人，有农民，有青年知识分子。但是，这些"勇者"，似乎大多并不光彩照人，倒是吴荪甫与赵惠明这样的"另类勇者"却显得栩栩如生，似乎有些大彻大悟的气概。不过，都殊途同归地体现了作家对于社会人生的理性思考和审美期待。

一

吴荪甫是茅盾笔下的中国民族工业资本家的佼佼者。吴荪甫被称为是"二十世纪机械工业时代的英雄、骑士和王子"。他有近代欧美资产阶级管理企业的本领，有发展民族工业的强烈欲望和野心，有达到目的的冒险精神与硬干胆力和铁的手腕。他这样表白过他的雄心与宏图：要使经营的公司"高大的烟囱如林，在吐着黑烟；轮船在乘风破浪，汽车在驶过原野"；要使工厂的产品"走遍了全中国的穷乡僻壤"。这就是他的宏图，这就是他做的资本主义王国的美梦，他俨然就是这王国里主宰一切的王子。为着实现这一美梦，他"一只眼睛瞅着政治，那另一只眼睛却总是朝着企业上的利害关系"。同时，他决定以发展丝绸工业作为自己实现宏图的突破口。因为在他看来，"丝业关系中国民族的前途尤大"，"中国的实业能够挽回金钱外溢的，就只有丝"。这就透露出了吴荪甫发展民族工业，是为着拯救民族与国家于贫弱之中。

---

①茅盾：《写在〈野蔷薇〉的前面》，《野蔷薇》，上海大江书铺1929年7月版。

吴荪甫为着发展民族工业，采取了一系列大规模行动，充分施展出了他的才干与计谋。

第一，建立后方基地。吴荪甫不仅在上海有裕华丝厂，而且把手伸到了家乡双桥镇。他用3年的心血，把双桥镇办成了"模范镇"：办起了当铺、钱庄、油坊、米厂、电力厂。而且以发电厂为基础，建筑起"双桥王国"。从而，使这个10万人口的城镇供他回旋，成为他创立工业王国的后方基地。

第二，扩充实业。首先，他在汪派政客唐云山的支持下，联合实业界几个有能力的志同道合者如太平洋轮船公司总经理孙吉人、大兴煤矿公司总经理王和甫等人组织益中信托公司，企图摆脱外来资本与本国官僚买办资本的控制而独立发展民族工业。此外，他采用大鱼吃小鱼的办法，一口吞并了8个中小工厂——丝厂、灯泡厂、热水瓶厂、玻璃厂、橡胶厂、阳伞厂、肥皂厂、赛璐珞厂。他声言，要使这8个厂的产品畅销于中国城乡市场，要使那些新从日本移植到上海来的同行小工厂受到致命创伤。他只用五六万元就收购了估价30万元的8个工厂。他的这一作为，使得职员们对他肃然起敬，"三爷"长，"三爷"短的称赞。他的这一作为，也得到同业中人交口称赞："对呀！三爷的计谋不错！""三爷的话，真是救国名言！"

第三，打入公债市场。吴荪甫是办实业的，本来反对拿资本去干公债交易一类事的。但是，他从办实业过程中，深深感到了不从公债市场打倒金融巨头赵伯韬，他的益中信托公司将会关闭，直接影响到他的工业的生存。因此，他一改初衷，决定一面办实业一面做公债交易。他将益中信托公司的全部资本拿去买了1000万元的公债。他这样做，还不允许同僚们有反对意见，他要求同僚们必须与他一条心。所以，当孙吉人与王和甫感到又办厂又做公债买卖实难两全时，他瞥了二人一眼，脸上露出坚决坚定的神气来。他的眼光里燃烧着的勇敢与乐观火焰，很快扇旺了二人的热情，鼓动了二人的幻想。他这有魔力的眼光，常常是他定大计、排众议、释大疑的先声夺人的利器。然后，他用又快又清晰个个字如铁块落地的声调说出他的意见："我们先要站定了自己的脚跟！可是我们好比打仗，前后全有敌人：日本人开在上海的那些小工厂是我们当面的敌人，老赵是我们背后的敌人！总得先打败身前身后的敌人，然后我们的脚跟才站得稳！"从而更加坚定了同僚们的信心。为着在公债市场与赵伯韬抗衡，进而打倒赵伯韬，他采取了两大步骤。一是拉杜竹斋入伙，一齐打入公债市场。他要妻子林佩瑶去跟姐夫杜竹斋说：雷参谋在前方打了败仗，受了伤被俘，抓到天津去了。即暗示杜竹斋中央军与北方军的战争，中央军败了，战事会延长，上海公债会跌，应乘机买进。他还亲自出马，与杜竹斋谈判，要杜竹斋与他取同一步调，乘机大购公债。二是收买刘玉英刺探赵伯韬的公债情报。刘玉英是一个于"公债市场"的经络"渊源有致"的女人。她的父亲曾在"交易所风潮"中破产自杀，她哥哥做金融生意，侵吞巨款吃官司在押，她已故丈夫及公公都是开口"标金"闭口"公债"的。她接受了吴荪甫的委托，住进了赵伯韬住的宾馆。她打听到了赵伯韬要扼杀吴荪甫的"多头"计谋，要逼吴荪甫塌台与益中信托公司倒闭的计划。吴荪甫花2000元钱收买了这个"女间谍"的情报。他十分得意，下决心出奇制胜，说道：我要大刀阔斧地去做！今天就抛出几十万去！当交际花徐曼丽告诉他，赵伯韬已知其计谋时，他又当机立断：押工厂，押公馆，背城一战，孤注一掷！

第四，反对战争而又与之勾搭。当时进行着的中央军与地方军的战争，直接影响到吴荪甫工厂产品的销路，更直接影响到公债市场价格的涨落。也就是说，蒋介石与冯玉祥、阎锡山的战争直接影响到吴荪甫民族工业的发展，因此他反对这场战争。他就这样说过："只要国家像个国家，政府像个政府，中国工业一定有希望的。"但是，为着在公债市场上赢利，他通过中央军的雷参谋，企图掌握中央军进军情况以及战略策略；他又通过汪派唐云山、黄奋，打听冯、阎、汪军阀的进军与退兵情况。比如桂军要退出长沙一事，就是由在武汉的谍报员密告黄奋，而黄奋告诉唐云山，由唐云山告诉吴荪甫。他得知这一消息后，就连夜部署。公债经纪人方面由他亲自联络，并要杜竹斋在钱业方面放出空炮，公债抵押的户头要一律追加抵押品。混过了今天上午，明天早市分批补进。

第五，加重对工人的剥削。吴荪甫下令延长工人的工作时间、降低工人的工资。当他知道工人对此准备罢工抗议时，他立即震怒了，"脸色突然变了"，"脸上的紫包一个一个都冒出热气来"。工人罢工时，他下令加以镇压。他乘坐的小汽车被工人包围时，他铁青着脸，一迭声地喝道："开车！开足了马力冲！"同时，收买工贼屠维岳及黄色工会，分化工人队伍，破坏罢工风潮。

这一切，充分展现了吴荪甫的胆识、气魄、铁的手腕与务实精神。吴荪甫不愧为中国民族工业资本家的强者、勇者。

二

赵惠明是茅盾笔下的女特务形象。她的"勇"与"强"，集中表现于对黑暗"核心"的特务营垒生存境遇的抗争和寻求新生之路。

赵惠明年仅24岁，但其经历的人生道路却异乎寻常：从参加抗日活动到被诱骗陷入特务营垒，从自身受迫害受腐蚀到迫害他人，从拯救别人到挣扎反抗走上自新。挣扎反抗，贯穿她的整个人生，成为她的生活与心灵世界的主要内容。

赵惠明生长于封建官僚家庭中，从小就爱虚荣，好逞强，喜奢侈。这一性格中的弱点，成为她后来被"尘海茫茫"中"狐鬼"腐蚀的内在因素。她在学校读书期间，"种种的逼胁诱惑"来了，"据说都是为了我的利益——要求生活得舒服些"，于是离开了爱她的教师小昭而选择了希强，并认为小昭"没有男子气"，那位"佛面蛇心"的希强才是个"伟丈夫"。但是，那位"为民前锋"的当局特工人员希强，却在她临产之际，"席卷"而去，弄得她"人财两空"。这以后，赵惠明的人生态度与行为方式，发生了戏剧般的悖论变化：一方面极端憎恶自己所处的环境，一方面又天天鬼混着。她在特务营垒中，"反抗着高级特务对她的压迫与侮辱，然而她的反抗动机是个人主义的，就是以个人的利害为权衡的，而且一到紧要关头，她又常常是软下来的"[①]。这一矛盾状态及价值准则，在她的行为方式中充分体现了出来。

特务营垒，"人人是笑里藏刀"。特务们相互监视，"这是规章"。赵惠明身在特务营垒中，看透了这一"全套的法门"。所以，她深深感到："你要是浑身的神经松弛了一条，保准就落了不是。"所以，赵惠明在监视进步活动的同时，耍手腕，打乱别的特务对她的监视。比如，"九一八"纪念日那一天，特务机关派赵惠明到E区去，给她"三点""特别任务"：一是注意最活跃的人物，二是注意她们中间的关系，三是择定猎取对象。同时，又另派特务小蓉暗中监视赵惠明。赵惠明对于这一"特别任务"，本打算应个景儿，敷敷衍衍打个报告完事。但是，当她得知小蓉在监视她时，便改变主意。一面佯装不知，行若无事，一面故意布些疑阵，让小蓉上钩。这时，恰巧遇到革命者小昭的朋友K。她要K打听小昭的下落，与K谈话故意让小蓉似闻非闻；她与K并肩而行，让小蓉似见非见。她估计小蓉会将所见所闻大加渲染报告上司，于是，她在给特务机关的报告中，强调了K，出卖了K，并写上"大堪研究"。后来，得知小蓉蒙骗了K，且得知K的内部有奸细时，又主动寻找K，向K报告真相。最终，她保护了K，使K们未被特务捕获。

[①] 茅盾：《腐蚀·后记》，《腐蚀》，华夏书店1941年10月版。

特务机关里，女特务受男特务尤其是受有权势的男特务的侮辱，是司空见惯的。女特务甘心受侮辱，也属常见的。然而，赵惠明"还有羞耻之心"，还有"人之所以为人"的东西存在，所以她对于特务头子的侮辱是反抗的。特务 G 是一个淫邪绝伦的恶棍，他企图强奸赵惠明，占有赵惠明，而赵惠明给予他的却是斥责与手枪。赵惠明与 G 闹翻之后，特务机关的秘书陈胖子乘机插身露脸，妄图达到"彼可取而玩之"的目的。赵惠明对于这些特务的竞相追逐，却——给以有力的回击。

特务组织里，除非是极端卑鄙无耻阴险的人，否则谁也难于立住脚。投井下石，看风使舵，以别人的痛苦为欢乐，是这班人的全部要义。与这些角色比较起来，赵惠明"还不够卑鄙，不够无耻，不够阴险"，"尚有一二毒牙，勉强能以自卫"。她常常采取报复手段，抗击着特务头子施加的迫害。G 占有赵惠明的企图失败后，便与特务处长 R 串通一气，要赵惠明用恢复旧的夫妻关系的方式去软化关在牢里的革命者小昭，妄图达到一箭双雕的目的。赵惠明不能不接受这一任务。她深感自己是站在沙漠的围攻之中，只要一失足，就会完蛋，但又不能以死为逋逃薮，于是便将计就计，打破围攻，抗击迫害。她利用特殊身份与特殊工作之便，安慰小昭，替小昭想办法，出主意，要小昭虚虚实实、真真假假供出一些人头与材料，并认为这是两全其美的办法。当小昭提出越狱要求时，她坚决劝阻，叫小昭断了这念头。这确实表明她不明大义，一切以个人利害得失为转移。她在与小昭接触八天中，特务们暗中捣鬼，散布流言；特务头子认为她有负"使命"，叫她等候调遣。小昭遇难后，赵惠明用特务们惯用的含血喷人的"争取主动"的手段，请君入瓮。特务头子训斥她时，她申辩说：八天之内，小蓉背着我去找小昭四次，破坏小昭对我的信任，说我同时有三四个男人，说我担任这项工作可以拿到几千元的奖金。人家工作刚有点头绪了，她去一顿乱说，就前功尽弃。又说：如果没有小蓉破坏，在处长正确指导下，也许成绩还要好。这一正面揭破，把一缸水搅浑了，保存了赵惠明自己，然而却有负小昭的嘱托，出卖了 K 与萍。R 这个极其奸狡的特务头目，命令赵惠明以恋爱方式将 K 抓住，同时又暗中收买革命者中的软骨头，监视赵惠明。赵惠明知道这是置她于死境的阴谋，便想道：既然准备一死，也得像狼一样咬了人再死，死要不赔本。她横下一条心，在候察 K 与萍的活动中，寻出一条生路来。赵惠明在执行这一任务过程中，特务内部出现了与汪伪特务勾结出卖军事情报分赃不均的狗咬狗矛盾冲突。陈胖子等特务头目，利用 R 加害赵惠明而又怂恿赵惠明参与告发 R 的活动。赵惠明知道双方都不是好东西,便言听计从,以收一网打尽之功效。但因双方的利害所致,此事很快就求得妥协,言归于好。赵惠明却遭枪击,险些丧命。

小昭的遇害和赵惠明的遭枪击,成为赵惠明人生道路与特务生涯的转折点。因为,这两件事表明了以个人主义为反抗动机的失败,表明了以个人利害为转移的反抗行为的失败,表明了以罪恶者的污血洗涤手上沾过纯洁者的血迹的幻想的破灭。自此以后,赵惠明决定救人救己,走出陷阱。

赵惠明被发落到大学区去工作。在这里,她遇着了一位天真热情的还没有丧失人性的年轻女同行N。N是在没有家没有朋友的情况下而被诱骗与恐吓落入特务圈子的。赵惠明得知其"故事"之后,好像看到了三四年前自己的影子。赵惠明开导她,要她脱离牢笼去过人的日子。当特务流氓在"稳便第一"餐馆里侮辱N时,赵惠明怂恿特务骨干F出面干预。当N开枪射击特务流氓后,赵惠明要她并帮助她"赶快跳出这圈子"。赵惠明连夜送N离开大学区,以表妹相称,住在自己同乡王老板家里,并为N筹措回老家的路费。

赵惠明送走N后,公开宣称:

> 我犯了什么弥天大罪?我知道没有。我只要救出一个可爱的可怜的无告者,我只想从老虎的馋吻下抢出一只羔羊,我又打算拔出一个同样的无告者——我自己!这就是我的罪状!
>
> 我愿我这罪状公布出去,告诉普天下的善男信女!
>
> 我要用我的"行动"来挺直我自己:如果挺得直,那是人间还有公道,如果事之不济,那就是把我的"罪状"公布出去,让普天下的善男信女下一个断语!
>
> 我定下了"行动"的步骤:从今起,我要求立即离开这恶疫横行的"文化区";我有"病",想来没有不许人生病的。
>
> ……
>
> 这么想定了以后,我好比已经把家眷和后事都安排停当了的战士,一身轻松地踏上我的长期苦斗。

《腐蚀》就这样地描述了女特务赵惠明的人生故事:她在罪恶的深渊中挣扎、内心焦灼与苦痛以及最后决定改过自新重新做人。

三

中华民族在几千年的生存繁衍过程中,涌现出了不可胜数的匡世济民的"勇者""强者"。这些大大小小不计其数的"勇者""强者",亦进入中国传统文学人物画廊之中。不管他们的结局是成功还是失败,其精神、意志、业绩都深深地激励着子孙后代求生存谋发展。中国社会进入近现代以后,中国人中亦出现过一些为民请命、为国捐躯的勇者。但是,近现代文学作品却很少留下他们的足迹。所以,19世纪末和20世纪初,中国文学界开始了"勇者"或"英雄"的呼唤。特别是中国现代文学的奠基人鲁迅,一面呼唤"勇者",一面在文学创作中塑造"勇者"形象。他的《铸剑》便是这样的作品,眉间尺便是要"血债必须用血来偿还"的"勇者"。这也正是20世纪中国人需要的勇气、品格以及行为方式。只有这样的"勇者"及其精神、意志与行为方式,才能震醒饱受苦难而不觉悟的人们,中国社会人生才有新生希望。茅盾也是一位呼唤"勇者"的作家。他依据自己对于社会人生的感受与体验及重大社会事变中的敏感社会问题的理解,在小说中塑造出了吴荪甫与赵惠明这样的"另类勇者"。所谓"另类",是指不同于工农大众与一般有良知和社会责任感的知识分子中的"勇者",而无他意。

茅盾为什么要塑造而又能塑造吴荪甫这位"勇者"?这还得从小说《子夜》的创作成因说起。

茅盾是一位直面惨淡社会人生的现实主义文学家。他的小说,常常直接取材于新近发生的事件,有着强烈的现实性与政治底色。以吴荪甫为主人公的小说《子夜》就是因其时社会生活发生的几件大事引起茅盾的创作冲动而又直接取材于这几件大事的。一是蒋介石、冯玉祥、阎锡山的战争——1930年4月至11月发生的这场战争,东起山东,西至襄樊,南迄长沙,战线延绵数千里,造成交通阻塞、民生凋敝、社会更加黑暗。二是1929年的世界经济危机的空前爆发。为了摆脱这种危机,资本主义列强加紧了对外掠夺。它们把产品大量倾销到中国市场,并在中国开办工厂。这就严重威胁了中国民族工业的生存,特别是以轻工业和金融业为中心的上海所受影响尤为严重,民族工业全面陷入破产境遇。三是中国共产党领导的土地革命战争深入发展。苏区遍及江西、湖南、湖北、广东、广西及福建等十余个省区。四是中国社会性质论战。1930年中国哲学社会科学界就帝国主义、封建主义与民族资本主义三者之间的关系问题展开论争。论争的焦点是:当时的中国社会是半殖民地半封建社会性质还是资本主义社会性质？茅盾通过多种社会关系，深入了解了上述四大社会事件。也就在深入了解的过程中，逐渐有了创作欲望，产生了新的创作冲动。他企图塑造吴荪甫这么一个人物来表明这么一种理性认识：中国民族工业即使有吴荪甫这样的"勇者""强者"，还有屠维岳这样的得力助手，依然得不到正常的发展，不是吗？吴荪甫最后破产了，离开了上海。这就表明，20世纪二三十年代的中国，不是18世纪的法兰西！半殖民地半封建的中国社会没有为吴荪甫施展才华并发展中国民族工业提供必备的条件。茅盾把近百年来中国人希望出现的"勇者""强者"的种种质素都赋予了吴荪甫，但是，吴荪甫所从事的工业还是一败涂地了。茅盾在《子夜》中塑造了吴荪甫这位"勇者""强者"，最后又颠覆了这位"勇者""强者"，意在启迪人们去思考社会人生的新出路。

  茅盾之所以能写出《腐蚀》，塑造赵惠明这个形象，也是有他自己的生活感受的。当然，这种感受并非来自特务营垒，而是来自20世纪40年代初陪都社会人生的一种现实存在。1940年间，国民党在陪都重庆大办特务训练班。不少由乡镇来到重庆的青年人，出于一种救国热情的鼓动，进入了以招工或招工训练班名义办的特务培训班。培训人员以体罚或枪杀等方式相威胁，迫使这些青年人就范。这些青年人在培训班里，肉体遭到摧残，心灵受到腐蚀。《新华日报》等报刊，其时就发表过披露这一存在状况的文章，个别逃出训练班的青年人以《新华日报》为传媒发出血泪的控诉。同时，1941年1月初，抗日民族统一战线内部发生了破坏抗日大计的事件即皖南事变。皖南事变发生后，蒋汪特务接触频繁，妥协空气甚嚣尘上，一时间整个陪都社会杀机四起。陪都这一政治化存在状况，为政治敏锐而又十分关注陪都社会人生问题的茅盾，提供了从事文学创作的素材。皖南事变后，茅盾遵循中共中央南方局和周恩来的安排，化装离开重庆，经过桂林，去香港开辟"第二战场"。这时的香港，远离战争前线，显得较为安定。这就为茅盾抓住陪都重庆的上述事实，进行勾魂摄魄，提供了别的城市不曾具备的创作空间。小说《腐蚀》的本意，茅盾在《书前小序》中说得十分明白："呜呼！尘海茫茫，狐鬼满路，青年男女为环境所迫，既未能不淫不屈，遂招致莫大的精神痛苦，然大都默然饮恨，无可伸诉。我现在斗胆披这一束不知谁氏的日记，无非想借此告诉关心青年幸福的社会人士，今天的青年们在生活压迫与知识饥荒之外，还有如此这般的难言之痛，请大家再多加注意罢了。"这段话中，除却几句"托词"以增强故事的真实性外，其余的文字都表明了主人公赵惠明遭受的是

"尘海茫茫"中的"满路""狐鬼"的腐蚀，而她自己也掉进了"狐鬼"群中。不过，赵惠明却还未完全丧失人之为人的一些质素，所以她始终在"狐鬼"群中挣扎、抗争，最后决定重走新生之路。小说写这么一个故事，塑造这么一个形象，引导人们去思考一些重大的社会人生问题：抗日民族解放战争的阻力与危机在哪里？热血的青年男女怎样才能救人救己救国？无疑也给与赵惠明有同一遭遇的人，树立了一个人生坐标与榜样。

附记

所谓"勇者"，是指不畏艰险而敢于拼搏的人。无论现实生活中，还是文学人物画廊中，都有这样的人。大而言之，有为民族而拼搏的，有为国家社会而拼搏的，有为自己生存与发展而拼搏的，等等。本文所称的"另类勇者"即指最后一类人物。

茅盾作为一位无产阶级作家，似乎理应描写和塑造中国共产党领导的为人民与民族解放而战斗的"勇者"，但他的文学作品人物画廊中，这类"勇者"几乎缺席，为自己生存与发展而拼搏的人物却不少。这是否有违他作为一个无产阶级作家的"初心"呢？他写这样的"勇者"又有何意义呢？如果，茅盾按照纯阶级的纯功利的从事文学创作，他在中国现代文学史上恐怕便无什么地位可言了。

茅盾是中国共产党成立时的党员，并从事工人运动，北伐战争全过程又经历过，但他不像蒋光慈那样去写北伐战争中上海工人第三次武装起义，着力再现无产阶级勇者形象，而是着力写北伐战争前、中、后时段里一批知识青年的种种人生状态，更写他们的彷徨、苦闷、失望乃至绝望。写这种"时代病"，就为现实生活中的青年知识分子们，提供了大量的可资反思反省的信息。

1927年以后，茅盾不在中国共产党领导的实际革命斗活动中，而是投入宽广的社会生活里去了。他总是以无产阶级战士的睿智和作家的才华，触摸并抓住不同时段敏感的社会重大题材从事创作，写出一个个"另类勇者"人物形象。《子夜》中的吴荪甫和《腐蚀》中的赵惠明，堪称代表。

近百年来，中华民族一直呼唤敢于拼搏的"勇者"。连为自己生存与发展都不敢拼搏的人，还能为国家为人民去拼搏吗？这便是我感悟的理解的茅盾塑造"另类勇者"的价值意义。

本文于1996年10月写成，不曾发表，但部分内容已纳入我的《中国新文学发展史研究》专著中。

重庆与桂林：大后方文坛的双璧

抗日战争时期，西南各省和西北部分省区被称为"大后方"。活跃其间的抗战文学被称作"大后方文学"。大后方文学在其生存过程中，形成了诸如重庆、桂林、贵阳、昆明、成都、西安等多地多个文坛。其中，重庆文坛和桂林文坛堪称大后方文坛的双璧。这两个文坛在大后方文坛上有着举足轻重的作用，对于大后方文学促进抗日民族解放事业的发展、成为中国抗战文学的主干以及对 20 世纪后半期中国文学流程产生的影响，都具有重要意义。本文试从这两个文坛的共时性特征及其差异性的角度来申说其独特性。

一

重庆文坛和桂林文坛都具有一定的"侨寓"性，而又带些许"本土化"色彩。战前，重庆和桂林虽有新文学活动，但尚未形成新文学阵势，自然不能与同一时段的上海文坛、北京文坛相匹配。抗战爆发后，特别是武汉和广州沦陷后，大批中国文艺工作者先后来到重庆和桂林。他们在这里组建文艺社团、举办文艺研讨会、出版报刊、撰写文章、创作作品，构筑起抗战文坛，开展抗日救亡运动和抗战文艺活动。重庆文坛和桂林文坛的拔地而起及其取得的令世人瞩目的成就，都有赖于他们的辛勤劳作。桂林文坛作为大后方文坛的"一璧"，其抗战文学运动兴起的重要标志是"文协"桂林分会的成立。该分会从筹备到正式成立都是由来桂林的夏衍、巴金、田汉、艾芜、王鲁彦、艾青、欧阳凡海、欧阳予倩、司马文森、杨晦、芦荻、华嘉等文艺家一手操办的。此后，他们多以该分会的名义主持召开诸如鲁迅逝世三周年纪念会、文艺中国化与大众化座谈会、民间文学讨论会以及抗战小说写作、抗战诗歌写作、抗战戏剧写作研讨班；他们先后创办或复刊诸如《顶点》《诗》《中国诗坛》《野草》《戏剧春秋》《文艺杂志》《创作月刊》《文学创作》《青年文艺》《人世间》《文艺生活》《文学报》《文学译报》等数十种刊物；他们创作并出版诸如《霜叶红似二月花》《山野》《故乡》《他死在第二次》《再会吧，香港》等蜚声中外的文学作品。重庆之成为大后方文坛的中心文坛亦是 1938 年 8 月"文协"迁来重庆之后逐步实现的。随着"文协"迁来重庆，郭沫若、茅盾、胡风、阳翰笙、巴金、沙汀、陈白尘、以群、罗荪、臧克家、宋之的、姚雪垠、袁水拍、光未然等文艺家先后来到重庆；《抗战文艺》《七月》《文艺阵地》《文学月报》《中原》《文哨》《天下文章》《时与潮文艺》《戏剧岗位》《中国诗艺》《诗歌丛刊》《文艺先锋》等刊物也在重庆问世；《腐蚀》《寒夜》《火葬》《淘金记》《财主底儿女们》《火把》《泥土的歌》《火雾》《射虎者及其家族》《马凡陀的山歌》《屈原》《草莽英雄》《蜕变》《风雪夜归人》《雾重庆》《升官图》等显示大后方文学取得重要成就的作品也在重庆先后出版发行。这些都充分表明桂林文坛和重庆文坛确属外地而来的文艺家借助这两块"宝地"开辟而成的文艺据点。这便是桂林文坛和重庆文坛的移植性与侨寓性所在。

但是，我们在认定重庆文坛和桂林文坛的移植性与"侨寓"性时，还应当考虑另一个问题，即外来的文艺家为什么能将这两块"宝地"打造成大后方文坛的"双璧"？此问题的答案，似乎应从这两块"宝地"自身具有的文艺"因子"去追寻。如果这两块"宝地"是钢筋混凝土浇筑而成的，自然是不能种植文艺之树的。事实却并非如此。桂林战前的新文学活动较之上海与北京，虽然十分滞后，然而已有了新文学活动，已有了新文学刊物与新文学作品。桂林战前的人口虽不足10万，却以"山水甲天下"闻名远近。在这样的一座"地灵"的城市自然会生出"人杰"的，这就为桂林文学的大发展大繁荣提供了一定的客观生存环境。战前，桂林已有《正路》《创进》《风雨》《前导》《抗日旬刊》等刊物；陈望道、夏征农、李达、杨东莼等文化名人，已在桂林开展新文化与新文学活动。进步文化与新文学种子已在战前的桂林播下，而且开始生根发芽。这可以说是战时桂林成为大后方文坛"一璧"的文学自身规定性吧！这一点，夏衍在《记〈救亡日报〉在桂林》中，作了充分的肯定，他说："广西在我们到来之前，文化、新闻、出版、文艺等方面，进步力量却已经有了相当可观的基础。"夏衍等文艺家也正是在这一文学基础上，不失时机地运用"心"与"力"造就了一座文化名城。也正因为有这样的属"本土化"的文学基因，所以桂林文坛日益有了"本土化"的色彩。那些以桂林社会人生及其心态为题材而创作的文学作品，就带有或浓或淡的桂林乡土气息与文化底蕴。重庆在战前虽然也是一个新文化与新文学较落后的内陆城市，但中国新文化与新文学之风早在五四时期就吹进了巴渝大地。《新蜀报》、新文化社以及《南鸿》周刊，便是重庆最早的新文化报刊书社。鲁迅、郭沫若、冰心等作家的新文学作品通过多种渠道传入重庆。"一二·九"运动之后，重庆文化出现了新的发展势头，抗战文化成分日益加重。抗战爆发前夕，重庆抗战文化与抗战文学活动已呈现高涨之势。1936年11月1日，重庆各界1000余人集会隆重追悼鲁迅逝世，与会人士表示要化悲痛为力量，学习鲁迅的爱国主义精神，积极开展抗日救亡活动。同年11月14日，《新蜀报》发起援助绥边守土将士募捐启事，呼吁重庆"各界同胞，本'天下兴亡，匹夫有责'之义倾囊倒橐，踊跃输将"。重庆各界热烈呼应，或节食募捐或自动乐捐或游艺募捐，将所得经费全部汇寄绥边前线。重庆各界人士的抗日爱国热情第一次充分显现了出来。与此同时，重庆抗战文艺活动也陆续开展起来。《沙龙》《山城》《春云》等文艺刊物发表的小说、诗歌、文艺论文及文艺消息都与"山雨欲来风满楼"的现实社会人生密切相关。尤其是《春云》文艺月刊的创办和《春云短篇小说集》的问世，为战前重庆抗战文化活动增添了更多的文学色彩。中国抗战文学运动、大后方文学运动兴起后，披着抗战文化盛装的重庆文化运动汇入了这一大时代的文化潮流，为重庆成为大后方中心文坛地位的确立铺垫了坚实基础。也正是有了这样的文化与文学基础，重庆文坛也才日益呈现出较浓厚的"本土化"特色。茅盾等作家，以外来者眼光审时度势，根据他们对重庆社会人生的感知与知解而写出了融思想性与艺术性于一体的优秀文学作品；沙汀等川籍作家，站在大时代的制高点上重新审视故土社会人生，写出了一批"本土化"意味极浓的作品；黄贤俊等土生土长的文学新人，他们的作品更为重庆文坛"本土化"大增光彩。

移植性与"侨寓"性，可以说是桂林文坛与重庆文坛这一对大后方文坛的"双璧"共有的外在特性。"本土化"色彩，虽然也是桂林文坛与重庆文坛这一对大后方文坛的"双璧"共有的特性，然而却有浓淡不一和文化底蕴深浅不同的差异。

二

民族解放意识及其高扬，是重庆文坛与桂林文坛共有的内在思想特质。

五四文学的思想特质是民主意识、科学精神和社会主义思想，无产阶级文学的思想特质是社会主义思想——阶级解放意识，抗战文学和大后方文学的思想特质是民族解放意识和人民解放意识。这三个不同阶段文学的思想特质，既相联系又有差异。抗战文学和大后方文学的思想特质是五四文学的思想特质和无产阶级文学的思想特质在抗日民族解放战争情势下的延伸、发展、超越乃至刷新。抗战文学和大后方文学的人民解放意识寓于民族解放意识之中，尤其是大后方文学的民族解放意识更为浓烈，更为鲜明突出。

重庆文坛和桂林文坛的广大文艺工作者，大多由上海等地流亡而来。他们在流亡过程中和在重庆与桂林暂时定居下来后，同处一种社会生存环境即烧焦的土地、血染的山河、悲苦的呻吟、反抗的怒火、流亡又流亡，共有一种身份即流亡者、战士。这种共同的处境与身份，给予他们心理与精神上的震动与撞击，是中国文化史上任何一个别的文化时期的文艺家们所不曾有过的。因此，民族生存危机与个人生存危机、民族解放与个人解放始终连在一起不可分离。民族解放意识构成了他们的主导心理机制，而且显得特别强烈与厚实。就他们个人而言，这一意识超越了自我；就阶级而言，这一意识超越了阶级；就民族而言，这一意识超越了民族乃至种族的界限，而与全世界爱好和平、反对法西斯侵略战争的民族、民众的民族解放意识相通。文艺家们这一高扬着的民族解放意识，以及由此而产生的心理能量及升华出的艺术激情，自然会煽起一种特殊的创作欲望与创作冲动。这就决定着他们对于创作题材的选择、作品主题话语的确立而有的一种属于理性范畴的价值取向原则，那就是把与现实社会人生问题关系密切的、与战争有关的方方面面的素材，纳入自己的视野之内，把爱国主义与国际主义、民族解放与人民解放、反侵略战争与反专制独裁统治融于一体。这就大大强化与深化了五四文学的思想特质和无产阶级文学的思想特质，而更具有开放的"现代化"的新色彩。同时，广大中国读者也急需民族解放意识强烈的文学作品。因为在战争期间，中国广大读者们的审美观的重心是民族解放问题。中国抗日民族解放战争的性质与意义何在？如何才能取得这场战争的胜利？为什么近百年来中国总是被侵略？中国贫弱的根本原因何在？德意日为什么会发动这场世界大战？中国抗日民族解放战争与世界反法西斯战争有何关系？种种问题呈现于广大读者面前。他们不仅需要从政治文论中寻求答案，还需要从文学作品中得到解答这些问题的一些启迪，试图缓解焦灼的心绪与不平衡的心理，求得一种精神与心理需求的满足。这也就是说，重庆与桂林乃至整个中国的读者们需要和呼唤作家们创作蕴含民族解放意识的文学作品。

高扬着的民族解放意识也流贯于重庆文坛和桂林文坛存在过程的始终。先后来到桂林的文艺家们，把桂林与硝烟弥漫的前线的距离大大缩短了，抗日救亡的呼声和隆隆的炮声，一时间响彻桂林的山山水水。空前的民族生存危机感与历史使命意识，成了桂林社会心态的支撑点。桂林文坛由此筑成，并与大后方文坛乃至整个中国抗战文坛和抗日救亡运动步伐一致，形成共识。桂林文坛形成初期，民族解放意识构成了桂林广大民众和文学活动的凝聚力与向心力的内核与辐射点。1942年为桂林的"文艺年",是大后方文学运动高潮点的所在。皖南事变后大半年间,大后方文坛可以说是"万花纷谢",桂林文坛却"一枝独秀",显得格外耀眼夺目。在这"文艺年"中,新创办的文艺刊物达9种之多,如《文艺杂志》《文学创作》《文学批评》《青年文艺》《文艺生活》等。这些刊物的主编均为资深作家,如王鲁彦、熊佛西、田汉。他们创办这些文艺刊物"只想以国民身份,多对国家尽一点责任,有助于抗战",只"想借着"这些刊物"邀请全国作家,替这个伟大的战斗时代留下光辉一页"。这样的办刊宗旨与目的,显示出编者的才华、眼光及坦荡胸怀,自然也使这些刊物突破区域界限而产生全国乃至世界性的影响。这些刊物自然也就成为桂林民众与大后方民众及全国民众进行对话、交流思想情感的媒体。这些刊物,也确实荟萃了大后方乃至全国的文学精英。他们把自己的优秀文学作品献给桂林文坛。其内容多为对日寇侵略暴行的控诉、大后方"新生劣点"的针砭、抗日民主根据地"新生优点"的颂扬、沦陷区民众悲苦的描述、日军反战厌战情绪与行为的实录、香港及海外华人抗日救亡的呼声与忧郁情怀及恋乡情结的抒写。这些题材广泛、内容丰富的文学作品,使得这时的桂林文坛犹如一面放大镜,映现出战时中国各地区乃至世界在战争中的林林总总、方方面面。重庆在抗日民族解放战争过程中,抓住了中国政治、经济、文化由东向西大转移提供的机遇,迅速地由一个较为封闭的地区性的内陆城市一跃成为与纽约、伦敦、莫斯科齐名的国际名城。外来的和本地的文艺家们,充分利用这一前所未有的机遇,一次又一次开展抗战文学活动。初期的大规模集会与大型戏剧演出,意在发动民众抗日救亡,增强民众的民族解放意识,强化民众的爱国行为。中期的沉思并由此带来的文学视野的调整、文学价值与地位的调整、作家的功能作用的调整,都是为着深化民族解放意识和现实主义文学创作。后期的汇入民主运动潮流,都是围绕着民族解放这一主旋律而展开的。重庆文坛在这一演变过程中,以民族解放意识为基点,实现了现实主义文学的深化。这集中体现在两个方面。一是茅盾、冯雪峰、胡风为之探索并贡献心力的现实主义体系化;二是茅盾、巴金、老舍、沙汀、艾芜为代表的后期社会剖析派的成熟。这里,就胡风的"主观"论及"七月"派稍加论析,以见现实主义深化所达到的理论与创作水准。"主观"论主要是胡风建构的一种现实主义文学理论。它是现实主义文学理论中作家主观与社会生活现实客观之间的关系的一种理论。其核心是强调现实主义文学创作过程中,作家的"主观战斗精神"、"战斗要求"与"人格力量"的决定性作用。

这一理论，强调现实生活是产生文学的土壤，强调作家对现实生活的"肉搏"、"拥抱"与"自我扩张"，强调文学创作应写真实的人、活人、大后方灰色人生战场上民众的精神奴役创伤，强调反对公式主义与客观主义，尤其强调作家主观与现实客观的双向活动上——"生活实践—主观精神"，即在生活实践中获得正确认识，从而加深对生活的理解，以从事改造现实生活的战斗，并在这一过程中获得创作源泉，从事文学创作。胡风这一"主观"论，对于呼唤民族意识回归，促进民族文学"现代化"和外来文学"民族化"，具有积极的意义。在胡风呵护及其"主观"论直接指导之下形成的"七月"派及其作家，首先是以民族解放战争的战士的姿态步入现实主义文坛的。他们以敏锐的目光注视着战争和以战争为轴心而运行的社会生活。他们对抗日民族解放战争的本质意义有着较清醒的认识，认为中华民族在战胜日本帝国主义侵略过程中会成为人类中的健全民族。他们对文学在抗日民族解放战争中的责任，也有着明晰的了解，认为文学必须与抗日民族解放战争结合并成为其利器，在这一过程中，文学获得自身的发展与质的提高。这就把改造中国人、改造中国社会和促进现实主义文学的发展纳入了抗日民族解放战争本质意义的思考之中。他们的文学作品，多描述民众身上蕴藏的原始强力与生命意识，以及由此而升华成的自觉的民族解放意识，展现抗日民族解放战争大时代潮流中中华民族"脊梁精神"的弘扬，探讨抗日民族解放战争必胜的根本力量源泉所在。

这一显现的和隐藏的文学意义世界，充分表明了重庆文坛与桂林文坛的民族解放意识的高涨。民族解放意识确实为这两座文坛文学的思想特质。在这个问题上，只有强与弱、亢奋与沉思之分，而无有无之异。

三

开放性是重庆文坛与桂林文坛又一独特的趋同性的特征。

重庆文坛与桂林文坛的开放性，可以说是中国现代文学诞生以来又一次大调整大转换中的变奏曲，也就是说它是在这一次文学大调整大转换过程中形成的一种文学新形态。中国现代文学围绕着"文学和人的关系"这一文学理论与文学创作的关节点进行了大调整与大转换。早在中国现代文学的孕育期，梁启超依据自己的文化哲学观和夸大的西方启蒙主义文学功利观而倡导"小说界革命"，试图实现其变法维新未能达到的社会政治目的。他的"小说界革命"主张及其实践，无疑是把中国文学由"载道"转为"载人"的一次尝试、一种开端。五四时期，鲁迅提出的"改造国民性"和"启蒙"、陈独秀提出的"国民文学"与周作人提出的"人的文学"、茅盾和"文研会"提倡的"为人生的文学"，在"文学是人学"这一真正意义上，确立了"文学和人的关系"。20世纪30年代"左联"倡导的"大众文学"和1942年毛泽东确立的"工农兵文学"，虽然也是"文学和人的关系"这一范畴中的一种理论与创作规范，然而却是对这以前确立的"文学和人的关系"的一次大调整与大转换。战时重庆文坛与桂林文坛的开放性恰恰形成于"工农兵文学"确立过程之中，不过"同"中有"异"，出现了与抗日民主根据地文坛不同的文学形态即文学的开放性。

桂林文坛较之于重庆文坛，其开放性更有力度，接纳能力更为厚实。因为桂林文坛的文化生存环境较为宽松，文学氛围较为和谐。桂林文坛和重庆文坛的开放性，大抵包含这么三种向度：一是指现实主义、现代主义、浪漫主义的共生共存，互为补充，相得益彰。二是指现实主义融入现代主义的创作方法。三是欧美现代主义的译介。

20世纪30年代初形成的现实主义的社会剖析派，在当时的重庆文坛与桂林文坛上有了巨大发展。茅盾、巴金、沙汀、艾芜、王鲁彦、王西彦等作家在这两座文坛上创作的文学作品，都属该派文学作品中的代表之作，都具有与现实社会政治斗争紧密结合、心理剖析与社会剖析相结合的显著特征。该派是这两座文坛上的主要文学流派，执牛耳的文学流派。浪漫主义在消失了十余年之后复苏了，且形成了一股文学潮流。郭沫若的《屈原》等历史剧作，便是其时浪漫主义复苏后的代表之作。特别是现代主义在这两座文坛获得生存之地，更能表明这两座文坛所具有的开放性特征。鸥外鸥为代表的未来主义诗歌，是桂林文坛的现代主义诗歌派别。未来主义在20世纪30年代前期传入中国现代文坛时，中国新文学家一面译介，一面又批判与否定。这一背反性的二律，使得这种外来的现代主义文学思潮在当时并未留下什么痕迹。抗战初期，鸥外鸥、柳木下、黄鲁、欧罗巴、胡明树等人围绕《诗群众》形成了一个未来主义诗人群落。他们的诗歌偏重于写外在社会现实生活撞击他们内心所引起的感受，多采用未来主义诗歌外在形体形象化的表现手法。这一现代主义诗人群落及其诗歌，却不为当时抗战文化界所接纳，而置于被批判的地位。1942年后，该派在桂林文坛纵横驰骋，诗作频频推出，得到读者的认可。鸥外鸥的《不降的兵》与《被开垦的处女地》，内容是现实的，而表现形式却是未来主义的。诗中夹杂一些英文或阿拉伯文字，诗行由大小不同的字号相间排列，表达诗人的一种强调、一种情绪、一种情感及流动方式，给读者以强烈的吸引力与新鲜感。这类诗，得到了诗作发表的刊物编辑的称赞，得到诗歌界一些诗人的唱和。这一接纳"异己"的现象，充分显示出战时桂林文坛的健康与大度及"现代化"文学色彩。现实主义、现代主义、浪漫主义这三大文学思潮流派，不仅共生共存，而且互相吸收。特别是现实主义文学家，不仅在理性上承认现代主义，而且在文学创作中吸收现代主义的多种表现手法。茅盾的《腐蚀》、巴金的《寒夜》、路翎的《财主底儿女们》、陈白尘的《升官图》、钱钟书的《围城》等文学作品，广泛地吸收了意识流、存在主义、象征主义等现代主义的技法，抒写人物繁富的内心世界与思想情感及其变化，大大增强了现实主义的表现力。桂林文坛与重庆文坛，在译介世界文学方面，以"增多激励，广为宣传"的急功近利的功利观出发，大量译介了世界反法西斯文学作品，促进了中国人民与世界人民的心灵沟通，强化了中国人民争取抗日民族解放战争的必胜信念。同时，还从民族精神与民族文学建设的长远目标出发，译介了欧美现代主义文学及世界古典文学名著。在译介欧美现代主义文学方面，更显示出桂林文坛与重庆文坛上的中国文艺家们的民族气概。他们吸取二三十年代中国文艺家们译介世界文学的经验教训，组建起了专职翻译家与兼职翻译家相结合的译介队伍，建构起了专门的翻译刊物与综合性的翻译刊物相结合的发表阵地，形成了沟通人类各民族心灵的译介文学价值观。因此，欧美现代主义流派中的乔易士及其作品译介进来了，卡夫卡、劳伦斯以及伍尔芙和他们的作品译介进来了。中国翻译家们译介这些与中国其时"抗战无关"的现代主义作家作品，确实出于这么一种理解，即欧美近现代文学史上的现代主义新颖独特及巨大的表现力，也出于这么一种认定，即它能给中国现代文学发展以新的启迪。张芝联译介《乔易士论》一文时，同感于此文作者的认识：乔易士的作品"把我们直接带到他的人物的意识中去。要做到这一步，他得到了福楼拜梦也想不到的方法——象征主义的方法。在《尤利西斯》里，他同时利用了象征主义和自然主义的方法，以前哪一个作家也没有想到这样去做过"。孙晋三在《从卡夫卡说起》一文中，认为："卡夫卡小说，不脱离现实，而却带我们进入人生宇宙最奥秘的境界，超出感官的世界，较之心理分析派文学的发掘止于潜意识，又是更深入了不知凡几。"桂林文坛与重庆文坛这一文学开放性，表面上似乎有悖于这次文学大调整与大转换，实际上应是不可或缺的补充。现实社会生活的丰富性，现实社会人生繁富性，现实社会生活中的人具有的多重属性，尤其是思想情感与精神世界及性格特征的"圆形"性，需要文艺家们选择多种视角、调动多种多样的艺术技法，加以多层次的审美观照。由此，才会形成主旋律突出而又丰富多样的文学新格局，以满足社会人生的需要，促进社会人生的发展。重庆文坛与桂林文坛这一开放性的文学对于中国当代文学的发展，应当说是一种积极的巨大的后续力量。然而，却因种种原因而被忽视，乃至被排斥，致使20世纪50至70年代中国当代文学日益趋向类型化、单一化。这不能不说是文学史的一种遗憾。

附记

桂林在抗战时期被公认为"文化城"。研究抗战文化文学，离不开桂林抗战文化文学的研究。1938年武汉文坛消失后，重庆文坛成为公认的中国抗战文化文学的中心。研究抗战文化文学，自然也更离不开重庆文化文学的研究。桂林抗战文化文学和重庆抗战文化文学是抗战时期任何别的地区的抗战文化文学不可能取代的。桂林抗战文化文学和重庆抗战文化文学在中国抗战文化文学、大后方文化文学史上无疑是居第一第二位的。因为这两地的抗战文化文学史实摆在这里。所以，我从大后方文化文学角度，将此两地称为大后方文学的双璧。基于这一考量与认知，根据我已掌握的史实，撰写成这篇文章。本文发于《社会科学家》1997年第1期，后被编入"广西抗战文化研究丛书"中。

说到"广西抗战文化研究丛书"，就必然要说到魏华龄先生。魏先生引领桂林抗战文化研究已有40余年之久，成果丰硕，已主编出版了包括数十部巨著的"广西抗战文化研究丛书"。我被聘为"特约研究员"，几次参加他主持召开的桂林抗战文化研究会，我也有四五篇文章入选丛书之列。

魏先生一直是我和熟悉他的人所尊敬的前辈。他的治学定力、毅力、精神，堪称楷模。他的为人处世，也堪称典范。他撰写并出版了多部研究桂林抗战文化方面的专著。92岁高龄时，他还撰写并出版54万字的巨著《桂林抗战文化史》。他现接近茶寿之年，还在思考社会人生与文化诸多问题，每年还有文章问世。我在这里，遥祝他持续康健，向120岁进军。"智者寿""仁者寿"，在他这里得到了鲜活的体现。

大众化：抗日民主根据地文学的显著特征

20世纪30年代末至40年代中期存在的抗日民主根据地文学，是中国现代文学史上具有特殊价值与特殊意义的一种文学历史现象。这种文学现象源于20年代末期和30年代前半期的苏区文学及无产阶级文学，但又发展和超越了苏区文学及无产阶级文学，把中国现代无产阶级文学推进到一个新的发展阶段，同时又成为20世纪50年代及其以后的社会主义文学发展的必经之路。今天我们重新审视这一文学现象，不仅应注重其思想内容的考察，更不应忽视其艺术表现形式的探究。只有这样，才能求得对这一文学现象的全方位认识与总体把握。本文旨在探寻这一文学现象的表现形式具有的显著特征。

一

抗日民主根据地文学表现形式的显著特征，笔者以为是大众化。这一显著特征，自然与其时大众化文学思潮与文学理论导向直接相关。

抗日民主根据地的文学理论家与作家们，根据民族解放与人民解放斗争的需要，从文学作品的主要接受主体文化水准的实际状况出发，不仅要求文学作品写人民大众的生活、斗争、要求、愿望及情感，做到思想内容大众化，同时更要求文学作品的艺术构思、情节组织、篇章结构、叙述语言，为大众喜闻乐见，适合大众的欣赏习惯与审美情趣，做到艺术表现形式的大众化。那么，什么样的艺术表现形式才是大众化的呢？他们大多着眼于旧的文艺形式的利用与改造，进而创造新的大众化艺术形式。徐懋庸在1938年4月发表的《民间艺术形式的采用》一文中，最先提出旧形式的利用。他说：旧形式"只要配上新内容，旧形式就不成其为完全的旧形式了。采用之际，或有改造，这改造就会使旧形式渐渐变为新形式"。他的这一见解是对当时已经出现的部分文学作品样式进行的理论概括。丁玲领导的西北战地服务团就有了这方面的文学实践。他的这一见解，在当时不失为文学大众化艺术表现形式探讨中的一种重要主张。不过，从利用与改造旧形式入手建立大众化艺术表现形式的问题，引起普遍重视而形成一种理论框架，那还是"民族形式"讨论中的事情。艾思奇于1939年年初，从文学与时代的关系、作家与大众的关系等角度,论述旧形式的利用,他认为这既是民族解放斗争和人民解放斗争的实际所需要,也是中国现代文学发展的本身要求。他在《旧形式运用的基本原则》一文中,指出:"在抗战以前,这问题大部分还只限于理论的探讨,这也就是主要地只是理论方面有意义(并不是说完全没有实践),而在今天,却成了最实际的问题。在今天全国的文艺,都卷入在战争浪潮里,直接间接参加了这中国有史以来最伟大的民族斗争。由专家的生活改变成群众的生活,由城市的工作转入了乡村的工作,人人都更进一步地在体验、在实践。利用旧形式的问题,正是由许多文艺家在实际工作中提出来的。"周扬在《对旧形式利用在文学上的一个看法》一文中对此问题的论述,更具理论价值与实践意义。他指出:利用旧形式并非保持旧形式的整体,而是在艺术上、思想上对旧形式加以改造,在批判地利用和改造的旧形式中创造出新形式。他还指出:利用旧形式,不只是新文学对于社会对于抗战的一种责任,同时也为新文学自身的普及与提高。延安文艺界和晋察冀文艺界的"民族形式"讨论高潮之际,作家们就旧形式的利用与改造问题,发表了更多的意见。柯仲平、田间、沙汀、周文等作家一致认为:要创作出为中国老百姓所喜闻乐见的具有中国作风与中国气派的文学作品,必须批判地利用旧形式。柯仲平在《论文艺上的中国民族形式》一文中,这样指出:不能把中国较优秀的那些旧的和半新半旧的形式除外,也不能把外来的优秀可用的形式除外,更不能把抗战时期才产生的某些从未见过的形式除外,而必须把这些形式加以融化,成为新形式。周文在《文学大众化实践当中的意见》一文中,批评了旧形式利用问题上出现的偏差及主张。他指出:有些作品,以利用旧形式为满足,而且毫不批判地毫不改造地加以运用,这实在是一种严重的现象。有的人甚至出现了错误的偏向,以为运用旧形式是大众化文艺的唯一工作,唯一法宝,以至于把旧形式作为"民族形式"的"中心源泉"。流焚还针对当时文学创作中旧形式运用的状况,提出批评。他在《谈谈文艺的民族形式》一文中指出:现在有人一味地在提倡章回小说、大鼓、弹词、嘣嘣戏等了,有人在套着老调子大作其章回小说、弹词、嘣嘣戏等了。如果以为这就是大众化,这就是创造民族形式,这便成为从旧形式当中去找新形式,从旧形式当中去找今天我们所说的民族形式,结果等于游玩了一回古董店,虽然不会一无所得,但收获是可想而知的。

究竟什么是"大众化"?什么样的艺术表现形式才是"大众化"的?这是在毛泽东的《在延安文艺座谈会上的讲话》(以下简称《讲话》)和周扬的阐

释文章《马克思主义与文艺》的序言发表之后，才在抗日民主根据地文艺界取得共识的。毛泽东给"大众化"以全新的界定，他说"大众化"，"就是我们的文艺工作者的思想感情和工农兵大众的思想感情打成一片"。周扬从中国现代无产阶级文学发展的实际状况出发，对毛泽东关于"大众化"的论断加以阐释，他说：初期革命文艺工作者所理解的"大众化"就是将"无产阶级意识"用大众容易接受的形式灌输给大众，为的是改造大众的意识。强调改造大众，而没有或至少很少提过向大众学习，改造自己的思想。由此，他指出：我们要在生活与工作中彻底改变我们的情感，使我们的思想情感真正做到与工农大众的思想情感打成一片，这样才能完成文艺大众化的任务。

抗日民主根据地广大文艺工作者经过文艺整风与《讲话》学习之后，深入工农兵中去，与他们打成一片。这之后，利用和改造旧形式以创造出大众化的新的艺术表现形式问题，不仅在理论上有了深入一步的探讨，更有着广泛的创作实践。因此，1942年以后大众化艺术表现形式，成为抗日民主根据地文学创作的显著特征。

二

抗日民主根据地戏剧艺术表现形式大众化始于秧歌剧。1942年后，延安文艺工作者对流行于民间的秧歌形式进行大胆革新与创造，由秧歌而发展为秧歌剧。它不仅有歌有舞，而且有说白，有多种表现形式，有化装、服饰与道具，是融戏剧、音乐、舞蹈、美术、文学于一体的综合性艺术形式。延安文艺工作者"从1943年农历春节至1944年上半年，一年多的时间就创作并演出了三百多个秧歌剧，观众达八万人次"[1]。这一规模空前的大众化戏剧活动，充分表明这一文艺形式不仅思想内容为广大民众所认可，而且表现形式亦为广大民众所喜爱。艾青当时就这样指出："秧歌剧之所以能很快地发展，主要原因是：它体现了毛主席的文艺方向——和群众结合，内容表现群众的生活与斗争，形式为群众所熟悉，所欢迎。"[2]《兄妹开荒》《夫妻识字》《牛永贵挂彩》便是这一新型的大众化艺术表现形式的秧歌剧代表作。《兄妹开荒》是"第一个新的秧歌剧"[3]，没有旧秧歌的俗套内容即男女恋情的打闹及不健康的情调，代之以表现"自己动手，丰衣足食"的主题；也突破了闹剧的表

---

[1]《延安文艺丛书·秧歌剧卷》，湖南人民出版社1985年版。
[2] 艾青：《秧歌剧的形式》，《解放日报》1944年6月28日。
[3] 张庚：《兄妹开荒·说明》，《秧歌剧选集》（一），新华书店1946年张家口版。

现形式，代之以单纯、明快、清新的艺术格调，把延安大生产运动的风貌，从一个侧面描绘了出来。在这一开风气之先的秧歌剧带动之下，一批新的为中国老百姓所喜闻乐见的秧歌剧问世了。秧歌剧这一艺术表现形式的创造成功，为抗日民主根据地戏剧创作拓开了一条通向大众化的道路。1945年春，问世的新歌剧《白毛女》，便是矗立于这条道路上的具有里程碑意义的作品之一。

《白毛女》是依据流传于晋察冀边区民间的白毛仙姑故事进行艺术加工而成的一部新歌剧。这部新歌剧艺术表现形式大众化，主要包括这么三个内容：第一，故事性强，结构完整。《白毛女》大胆吸收了民族传统戏剧的分场方法，场与场之间有"扣子"相连，情节曲折，悬念丛生，波浪起伏，而又简明单纯，没有枝蔓。这很适合中国人特别是广大农民的欣赏习惯，使之看了前场，还想再看后场。第二，从音乐曲调来说，《白毛女》以北方民歌小调和传统戏曲的音乐曲调为基础，适当吸收西洋歌剧用音乐表现人物性格与情感的长处，而形成自己的音乐曲调。在表现喜儿天真活泼的性格与欢快心情时，则用民歌《小白菜》与《青阳砖》曲调，以形成悠扬欢快的调子，谱写成"北风吹，雪花飘"；表现喜儿在奶奶庙与仇人黄世仁相遇而喷射出满腔怒火时，则采用河北梆子与山西梆子的曲调，显得悲壮、高亢与激越。第三，从表演上来看，《白毛女》运用了传统戏剧的歌唱、吟诵、道白，吸收了话剧的对话形式，又保留了秧歌剧的歌舞结合的特点，形成一种新的多种音符而又协调一致的表演方式。喜儿出场时，用歌吟介绍故事发生的特定背景，接着用独白介绍自己的身世与家庭。

这些都是《白毛女》在艺术表现形式上成为中国现代歌剧大众化的重要标志。由《白毛女》开始，一批新歌剧呈献于观众面前。《赤叶河》《王秀鸾》《刘胡兰》等优秀歌剧陆续问世，构成抗日民主根据地剧坛乃至整个中国现代剧坛歌剧剧作之盛世。这些歌剧因其"非常适合时宜"而获得了轰动效应。仅《白毛女》在1945年的延安就演出了30多场，场场客满，座无虚席，剧组收到观众的信件达15万字左右；1946年，《白毛女》在张家口等地演出时，亦深受观众欢迎。1946年1月3日《晋察冀日报》作过这样的报道：观众看《白毛女》演出时，"每至精彩处，掌声雷动，经久不息；每至悲哀处，台下总是一片呼嘘声，有人甚至从第一幕到第六幕，眼泪始终未干"。这一强烈的效应反馈，也表明《白毛女》等歌剧具有了为人民大众所喜爱的大众化艺术表现形式的显著特征。

抗日民主根据地文艺工作者，在努力于秧歌剧——歌剧创作实践的同时，还积极于旧剧的改革与创新，使之大众化。从毛泽东和中共中央文委到剧评家与剧作家，都十分重视旧剧的改革。《讲话》中提出的必须批判地吸收文化遗产，自然包括了旧剧这一文艺遗产的批判吸收。周扬在《表现新的群众的时代》中认为：中国固有的评剧、秦腔等旧剧，必须改造，才能反映人民大众的现实生活和斗争与历史的革命内容。在这些带有权威性的理论导向和剧坛气氛之中，旧剧改革在抗日民主根据地形成广泛而持久的热潮。京剧与秦腔的改革，成就较为突出。京剧在中国戏剧史上，有着重要地位，颇受中国观众的喜爱。京剧在长期的艺术实践过程中，形成一种定势：内容多为帝王将相、达官贵人、才子佳人的生活与情趣；表演上模式化，唱腔程式化。中国现代戏剧家们为改造这一旧剧品种，作过多次尝试，但收效甚微。20世纪40年代的抗日民主根据地具备了彻底改革这一旧剧品种的条件，并有了较大收获，其代表作是被毛泽东誉为"旧剧革命的划时期的开端"的《逼上梁山》。这部剧作在艺术表现形式上较之旧京剧有较大突破。在唱腔方面，更新语汇，丢掉旧的套语；在表演程式上，更新旧京剧僵化的程式，吸收现代话剧表演形式；在道具与布景上，更新旧京剧的单纯象征性布景，运用现代布景手段。该剧于1944年元旦在延安演出时，获得巨大反响。毛泽东看后给予高度评价，一些评论家也著文大加肯定。由此开始，《三打祝家庄》《史可法》《恶虎村》《中山狼》《红娘子》《九宫山》等新编历史剧与现代戏相继问世。秦腔是陕北地区较为流行的地方剧种之一。马健翎为使这一剧种表现新内容，在艺术表现形式上作了大胆革新，创作出了《血泪仇》《大家喜欢》《一家人》等大型新秦腔，为旧剧改革增添了新的色彩。话剧这一外来的戏剧形式也有了新的变化。《同志，你走错了路》《把眼光放远一点》《过关》等话剧，在表现形式上吸收了传统戏曲的营养和秧歌剧、歌剧的表现技法，使之接近大众，为老百姓所欢迎。

三

抗日民主根据地小说的艺术形式大众化，始于赵树理的《小二黑结婚》。小说艺术形式大众化是赵树理在20世纪20年代开始文学创作时就形成的艺术追求与探索目标。1942年以后，他从理论与实践的结合上，把自己长期的这一艺术追求，变成了现实。他于1943年5月写成《小二黑结婚》后，连续推出了《李有才板话》《地板》《孟祥英翻身》《李家庄的变迁》等一系列大众化的小说，为推进抗日民主根据地小说大众化的发展作出了独特贡献。这正如周扬在《论赵树理的创作》一文中所说的：赵树理是"一个在创作、思想、生活各方面都有准备的作家，一位在成名之前已经相当成熟了的作家，一位新颖独创的大众风格的人民艺术家"。

赵树理小说艺术形式大众化，主要体现在两个方面。一是情节的连贯性与完整性。他的小说既吸收了中国传统小说章回体讲究故事连贯性与完整性的特点，又抛弃了中国传统小说章回体的基本框架。赵树理的小说，情节首尾连贯，大故事套小故事，一环扣一环。赵树理的小说，大体形成了一致的艺术构思路子即先介绍人物，然后描述不同时空里发生的与人物相关的故事，涵盖着广阔的生活画面、社会矛盾斗争、人物性格与其精神风貌，最后交代人物命运及结局。《小二黑结婚》全篇讲的故事是小二黑与小芹的恋爱婚姻。这个大故事的发生发展、来龙去脉，又分为12个小故事，每个小故事之间又有着类似评书与传统小说的"扣子"相连，由此构成一个完整的大故事。从而，把抗日民主根据地农村社会面貌、老一代农民的思想意识及年轻一代农民的追求以及混入新政权里的恶势力的为非作歹都反映了出来。赵树理刻意创造这么一种艺术结构形式，既较好地表现了他所要表达的思想内容，同时更适合中国老百姓的审美习惯，即如他自己所说的群众爱听故事，咱就增强故事性；爱听连贯的，咱就不要因为讲求剪裁而常把故事割断了。① 二是吸收中国传统评书的描述方式来写人。赵树理的小说在写人时，总是动态性的。他把人物放在一定的矛盾斗争中去写，通过人物自己的言行来展现性格；同时还把人物放在一定的环境中去，透过环境描绘来展示人物性格及其相互关系。《李有才板话》写抗日民主根据地农村政权建设，具体描述阎家山改选村干部一事。这里包含着复杂而尖锐的矛盾斗争，既有农民与地主阶级的矛盾斗争，又有农民内部的矛盾斗争，还有工作组内的矛盾斗争。小说围绕着这些矛盾斗争，描绘了地主阎恒元及其狗腿子张德贵等人的阴险，反映出当时农村地主阶级的特征；写出了小保、小顺等"小字辈"人物的觉醒与抗争，更写出了李有才的机敏与胆识；还写了章工作员和老杨同志的不同工作作风与才干以及小元的变化和老秦的思想意识。每个人物都在这一复杂尖锐的矛盾斗争中找到了自己的位置，而又展现出适合自己身份与性格的活动。环境描写没有散漫的冗长的笔调，而是紧扣矛盾斗争与人物身份和性格来展开。

---

① 赵树理：《也算经验》，《人民日报》1949年6月26日。

《李有才板话》中对阎家山的"古怪"地势描写，显然是介绍阎家山的生态环境，然而其象征寓意又显得格外分明。那"从西到东都是一道斜坡"的地势，不就是同一时空里的不同生态环境、两个对立营垒的象征么？赵树理的小说正是在这两个方面"突破了此前一直很难解决的文学大众化的难关"[①]。

抗日民主根据地小说艺术形式大众化的形成过程中，新的章回体小说的问世也不应忽视。章回体小说是中国明清小说中常见的一种体式。较长时间以来，这种体式逐渐形成固定的结构模式即分回标目、套语连接上下回、故事情节连贯完整，往往有诗词设于回前。五四文学革命以后，这种小说体式为部分小说家所沿用。20世纪40年代，抗日民主根据地的作家们如柯蓝、马烽、西戎、孔厥、袁静等人吸收了这一传统小说形式，先后推出了《洋铁桶的故事》《吕梁英雄传》《新儿女英雄传》等新章回体长篇小说。这些小说在形式上与旧章回体小说有较大的不同：保留了回目，去掉陈旧刻板的对子，选用与新内容相关的成语或民歌、格言取代回前诗词，整个形式显得自然活泼。这就较好地实现了作家的艺术追求："学习着农民群众是怎样讲故事，是怎样有头有尾来叙述一件事情，又是怎样交错地来叙述同时发生的许多事情。"[②] 此外，周立波等作家的作品也具有大众化的特色。

四

中国现代新诗，在五四文学革命运动中率先登上新文坛，打破了中国传统诗体的束缚，创立了自己的新形式即自由体式。闻一多等"新月"派诗人，为使新诗体式规范化，提出了"音乐美""绘画美""建筑美"的新格律体的主张。"现代"派诗人戴望舒创立了新诗散文美诗体。在这一系列新诗体式变革过程中，不少诗人为新诗大众化作过一次次有益的探索。20世纪20年代初，刘半农与刘大白等人采用民间歌谣形式，尝试写大众化诗歌。20世纪30年代前半期，中国诗歌会的诗人们以自己的理论主张与创作实践，掀起了诗歌大众化热潮。这一次次大众化诗歌的倡导，自然为20世纪40年代抗日民主根据地诗歌大众化打下了基础，但是，也留下了一些带根本性的缺失。大众化诗歌理论框架与大众化诗歌创作总体，只有在抗日民主根据地诗人们手里，才得以形成。因为这里的诗人们具备了"得以形成"的主客观条件。从客观条件来说，工农兵大众欢迎他们去农村、部队、工厂生活，与工农兵大

[①] 孙犁：《谈赵树理》，《天津日报》1979年1月4日。
[②] 柯蓝：《洋铁桶的故事·重版后记》，《洋铁桶的故事》，人民文学出版社1959年版。

众打成一片，工农兵大众也急切需要有自己的诗歌；从主观来说，广大诗人们学习《讲话》以后，思想意识、诗歌观念及审美情趣发生了巨大变化，自觉服务于工农兵大众，并从大众熟悉的民间文学形式中吸取艺术营养，这自然十分有利于大众化诗歌的创作。同时，抗日民主根据地的街头诗运动与枪杆诗、快板诗等群众诗歌活动，也为大众化诗歌创作做了多种艺术积累。正是基于这些因素，20世纪40年代抗日民主根据地诗歌才具有了大众化的创作特色。这一诗歌大众化特色，在民歌体叙事诗中体现得最为突出。

延安文艺整风和《讲话》学习之后，抗日民主根据地民歌体叙事长诗创作，形成了竞写热潮，主要有李季的《王贵与李香香》、阮章竞的《漳河水》、张志民的《王九诉苦》、田间的《赶车传》等。这里，以《王贵与李香香》为例，论析民歌体叙事长诗的大众化特色及其意义。

《王贵与李香香》是20世纪40年代抗日民主根据地叙事长诗的力作，具有鲜明的大众化特色。一是借鉴并革新了陕北民歌"信天游"的形式，使之适合表现丰富复杂的思想内容即社会解放与个性解放的壮阔生活。"信天游"是陕北"三边"一带的主要民歌形式，用以表情达爱。"信天游，不断头，断了头，穷人无以解忧愁。"这是流行于"三边"老百姓中的口头禅。形式的特点之一就是一首两行，一韵一首，每首抒情达意不尽一致，跳跃性大，重于抒情，不长于叙事。李季在"三边"工作5年间，正如他自己在《我和三边、玉门》一文中说的：他与民众"一起欢乐，一起忧愁，一起憎恨"，成了"不折不扣的当地人"。他熟悉当地民众喜爱的"信天游"，并收集了大量的"信天游"民歌。他在收集与整理"信天游"民歌过程中，发现了"信天游"具有的上述特点并加以革新，利用其跳跃性大和抒情性强的优势，融入小说对话的艺术因素，使之既长于抒情又长于叙事。比如，诗中王贵参加斗争活动被崔二爷发现遭到毒打的描述、王贵与李香香讴歌解放的描述，既利用"信天游"原有的形式特点，又加进了小说对话写法。这就突破了"信天游"只重抒情的旧格局，而建构成既抒情又叙事的体式。"信天游"的又一特点是集中灵活地运用比兴手法。李季采用了这一手法，比如，写李香香的美："山丹丹开花红姣姣，香香人材长得好。"这两句的关系既是"比"又是"兴"。这种"比兴"融为一体的大量运用，而又有机地构成一首长诗，就把大容量的思想内容较好地反映了出来。李季这首长诗，叙述的是流传于陕北"三边"的感人故事，而又采用的是陕北"三边"民间流行的民歌形式"信天游"，二者做到了完美结合，获得了成功，成为20世纪40年代抗日民主根据地诗歌大众化的杰出之作。这首长诗问世后，被郭沫若称为具有"意识的美，生命的美……形式上的充分的自然与健康美"①。陆定一更是认为这首长诗从内容到形式都"出来了新的一套"②。

抗日民主根据地大众化民歌体叙事长诗，同当时大后方诗坛上的臧克家的《古树的花朵》、王亚平的《火雾》、力扬的《射虎者及其家族》等叙事长诗一道，构成了中国现代叙事长诗创作的新阶段。中国现代叙事长诗，从1926年朱湘的《王娇》到1938年柯仲平的《平汉路工人破坏大队》，经历了一个不短的探索过程，但是，真正比较成熟的叙事长诗并不多见。从构思与表现形式来说，其根本原因是未解决好叙事与抒情的结合。20世纪40年代的叙事长诗，特别是民歌体叙事长诗中的《王贵与李香香》，较好地解决了这一长期未曾解决好的问题，成为中国现代叙事长诗走向成熟的标志。

抗日民主根据地文学创作艺术形式大众化特征，应当怎么评价？这是本文结束时需要略加论述的问题。笔者的观点是：这是其时其地大众呼唤文学、文学走向大众的必然结果，有其充分的历史合理性。同时，也是五四文学革命以来中国文学发展过程中"现代化"与"民族化"结合的重要表征，有一定的文学历史意义。但是，由于其时其地文学创作大众化是在一个较封闭的文化氛围中形成的，而又强调为其时老百姓服务，因此在"现代化"与"民族化"结合问题上，出现误解与误导——视大众化为民族化。特别是对现代主义的排斥，影响了大众化文学作品应具有的思想深度与艺术感染力度的增强。因此，这一大众化显著特色的作品，在艺术品位上一般说来显得平平。笔者以为，这是20世纪40年代抗日民主根据地文学创作艺术形式大众化的主要成就与缺失的所在。

附记

本文发表于《西南师范大学学报》1997年第2期。

撰写本文基于两大史实根据：一是"民族形式"讨论，二是抗日民主根据地文学创作。1939—1942年间，"民族形式"在抗日民主根据地和国统区等地区展开热烈地讨论。20世纪50年代出版的《中国现代文学史》中都有专节论述。1990年左右，我也就这次讨论的成因、讨论过程等问题做过专题研究，也写成文章，纳入我的《大后方文学论稿》中。就我的研究所得，发现讨论

---

① 郭沫若：《〈王贵与李香香〉序》，《华商报·热风》第134号，1947年3月12日。
② 陆定一：《读了一首诗》，《解放日报》1946年9月28日。

各方分歧多多，但有一点是相同的，即民族形式就是大众形式，民族化就是大众化。讨论各方都要求作家创作出大众化文学作品。事实上，抗日民主根据地文学创作在这之后，也的确是向这一方发展的。我大量研读抗日民主根据地文学作品之后也深感大众化是其显著特征。

吴宓的"好梦"及其"难圆"

《学衡》终刊后 1 年又 4 个月的 1934 年 11 月，吴宓为自己的诗集题诗一首，诗云：

　　心迹平生付逝波，更从波上觅纹螺。
　　云烟境过皆同幻，文锦织成便不磨。
　　好梦难圆留碎影，慰情无计剩劳歌。
　　蚕丝蛛网将身隐，脱手一编任诋诃。

吴宓在《学衡》存在期（1922 年 1 月—1933 年 7 月），做了一个什么样的"好梦"？又为什么"难圆"？它有何共时性与历时性的价值？本文拟就这些问题加以探讨。

一

五四新文化运动及其后几年间，中国文化界先后出现了《新青年》《新潮》《努力周报》《学衡》《国学季刊》等文化刊物。这些文化刊物似乎肩负着同一或相近的文化使命即改造中国旧文化，重建中国新文化，对中国社会人生进行文化启蒙。在它们这里，"文化"即指精神文化，其实质是"人化"。改造中国旧文化即改造中国既存的社会人生，重建中国新文化即重建中国新的社会人生。关节点是"人"的改造。但是，又因这些文化刊物在推行其文化使命过程中，各自所本的思想理论有别，选择的途径有异，操作的方式不一，而呈现出鲜明的差异，形成三大文化派别。陈独秀们主张"推倒"旧文化而建设新文化，可名之曰"推倒"派；胡适由"推倒"旧文化转为主张"整理国故""输入学理"而"再造文明"，可名之曰"整理"派；吴宓们主张"昌明国粹""融化新知"而"创造世界将来之文化"，可名之曰"昌明"派。这三大文化派别，以其对中国旧文化的态度为焦点，呈现出的是相互排斥，隐含的却是互补互动。这三大文化派别，都是那个历史时代的"文化精英"，标举着那个历史时代与觉醒后的中国现代知识分子多姿多彩的精神现实与社会人生追求。

吴宓以《学衡》为依托，绘制出一幅宏阔高远的文化启蒙蓝图。其理论纲领与行动纲领，卓然特立，其精要之点为"昌明国粹""融化新知""创造世界将来之文化"。对此，吴宓作过这样的阐释，他说："中国之文化以孔教为中枢，以佛教为辅翼；西洋之文化从希腊罗马之文章哲理与耶教融合孕育而成。""今欲造成新文化"，"则当以以上所信之四者"①。吴宓的同仁之一胡稷咸说得更为简明，他说："世界将来之文化，必东西文化之精粹而杂糅之。"② 这便是吴宓及其同仁们对于中国传统文化和外国传统文化真谛的总体把握与体认，这也是吴宓及其同仁们指涉的建设新文化所要"昌明"的"国粹"及"融化"的"新知"以及"磨合"方式。由此，反映出吴宓及其同仁们其时形成的崭新的思维定势：以本民族传统文化精神为基础，吸收世界传统文化精神的影响而创造新的文化。这种思维定势，无疑突破了偏狭的民族文化界限和虚无的民族文化观念，具有了开放性的特点。在吴宓及其同仁们看来，只有这样的新文化才既是民族的也是世界的文化，只有具备了这种新文化的社会人生才是新的社会人生。与此同时，吴宓在《论新文化运动》一文中还认为：要构建这样的新文化，必须对东西方传统文化"首当着重研究，方为正道"③。亦即胡稷咸在《批评态度的精神改造运动》一文中说的：对东西方传统文化进行"筛剔，提炼"④。吴宓正是采用实证和比较的方法，对东西方文化进行条分缕析之后，认为东西方文化存在三大类型：一是"以天为本，宗教是也"；二是"以人为本，道德是也"；三是"以物为本，所谓物本主义是也"。这三大文化类型中，吴宓断定"以人为本，道德是也"的文化，是"纯正健全"的文化，是东西方"普遍有效和亘古长存"⑤的文化，并表示"崇信之"⑥。吴宓以他对中国社会人生的感知认同于这种文化，而又以此种文化为参照，衡量其时中国文化与中国社会人生现状。他指出：其时社会黑暗、政治腐败、道德沦丧根源于人性丧失，人的行为无所规训与准则。要消解此种状态，必须改造中国人的现存人性，必须重建道德规范。关于人性问题，吴宓自有其见解。他说：人性既非纯善亦非纯恶，而兼具二者，有善有恶，

---

① 吴宓：《论新文化运动》，《学衡》第4期，1922年4月。
② 胡稷咸：《批评态度的精神改造运动》，《学衡》第75期，1931年3月。
③ 吴宓：《论新文化运动》，《学衡》第4期，1922年4月。
④ 胡稷咸：《批评态度的精神改造运动》，《学衡》第75期，1931年3月。
⑤ 吴宓：《中国的新与旧》，《中国学生》第16卷第3期，1921年1月。
⑥ 吴宓：《我之人生观》，《学衡》第16期，1923年4月。

亦善亦恶,可善可恶。人性是由人的个性、境遇、时势、读书以及涉世阅历等主客观因素决定的。这些主客观因素的可变性决定着人性的可变性。进而,吴宓提出三条改造人性的法则:一是"克己复礼",二是"行忠恕",三是"守中庸"。所谓"克己复礼"即是"以理制欲",但又"并非容让他人,损失我之利益";所谓"行忠恕"即是"忠以律己,恕以待人","严于责己,宽以待人";所谓"守中庸"即是"有节制","求适当","不趋极","不务奇诡"。这三条改善人性与重建道德规范的法则中,吴宓尤为推崇"守中庸"一条,断言它是"立身行事,最简单、最明了、最实用、最安稳、最为通达周备之规训"①。在吴宓看来,按这三条法则,尤其是"守中庸"一条法则来改造中国人的人性与重建中国社会道德规范,则中国社会人生即可为"仁"的社会人生了,个人"仁",人人"仁","天下归仁"。这便是吴宓做的"好梦"。吴宓这一"好梦",随着《学衡》的创刊与存在以其耀眼夺目的光彩浮现于世人面前。

二

为着实现这一"好梦",吴宓尽了筚路蓝缕之力。吴宓在主编《学衡》11年半时间里,超负荷地工作着。他一面从事教育,一面从事翻译;一面从事研究,一面从事创作。贯穿于"四面出击"之中的宗旨是"人文教育"。所谓"人文教育"即他说的"人文教育,即教人之所以为人之道"②。

吴宓于1926年为清华大学外国语文系草拟的办系方针与课程计划,便融入了"人文教育"的宗旨。他认为清华大学外国语文系办系之方针应"具国际文化之空气,当中外学术交通之枢关","汇通东西之精神、思想,而互为介绍传布";办系之目的是培养"博雅之士"与"通人"及"创造今日中国文学";课程设置之要旨应是"注重与中国文学系联络共济",即谓本系全体课程皆为与中国文学系相辅以行者可也。吴宓先后在东南大学、清华大学、燕京大学等学校教授《希腊罗马文学》《英国浪漫主义诗人》《西洋文学史》《中西诗比较》《世界文学史大纲》《翻译术》《文学与人生》等课程,亦始终坚持"人文教育"这一宗旨。吴宓在各门课程教授中,强调"不必复古,而当求真正之新;不必谨守成德,恪遵前例,理当闻吾说之是否合乎经验及事实;不必强立宗教,以为统一归纳之术,但当使凡人皆知为人之正道,仍当行个人

---

①吴宓:《我之人生观》,《学衡》第16期,1923年4月。
②吴宓:《白璧德中西人文教育谈·附识》,《学衡》第3期,1922年3月。

主义，但当纠正之，改良之，使其完美无疵"①。教学中，吴宓采用比较的方法，探索"中西古今"的"不易之理"与"东西文学公认之言"。吴宓这一"人文教育"观也融入他的西洋文化成果译介方面。吴宓译介西洋文化时，取法于美国义理派的原则，以哲学与历史学的眼光，论究思想之源流变迁。尤其注重文学与时势之关系，视文学为转移风俗、端正人心之工具。据此，吴宓译介西洋文化文学成果时，不囿一国一时，西洋各国古今文化文学皆在译介视野之中。吴宓对西洋古今文化文学，加以分析比较，究其相互影响，择善而从。这种比较，不仅用于西洋古今文化文学的比较，而且还把西洋文化文学放在中国文化文学中加以比较，同时又把中国文化文学放在西洋文化文学中去加以比较，从而决定译介对象。吴宓认为，只有坚持这一译介原则与方法，才能发掘中外文化文学中具有永恒价值的文化精神，也只有用这一文化精神来构建新的中国文化，才能达到启蒙民众之目的。吴宓译介的文化文学著述中，大抵有这样一些：《白璧德之人文主义》《白璧德论欧亚两洲文化》《白璧德论民治与领袖》《白璧德论今后诗之趋势》《穆尔论自然主义与人文主义之文学》《希腊文学史》《世界文学史》《但丁神曲通论》《韦拉里论理智之危机》《穆尔论现今美国之新文学》《薛尔曼评传》《路易斯论治术》等。吴宓的同仁胡先骕译有《白璧德中西人文教育谈》、汤用彤译有《苏格拉底自辩篇》、徐震堮译有《白璧德释人文主义》等。同时，吴宓及其同仁们还不遗余力地整理和评价中国传统文化与传统文学。柳诒徵的《中国文化史》、刘永济的《中国文学史纲要》以及孔子学说要义阐释，便是有影响的有代表性的著作。从罗列的这些文化文学成果名目中，可以看出吴宓及其同仁们译介西洋文化文学和整理中国传统文化文学的重心及倾斜度了。那就是人文主义及以其为基准的西洋文化文学与孔子思想及以其为特质的中国文化文学，偏重的是人生哲理与道德伦理的译介，而不在乎文学的文本形式的译介。吴宓在主编《学衡》期间，还参与了众多文学活动，传播他的文学观念及价值取向原则。吴宓在强调文学的社会属性与审美属性的同时，突出文学的社会功能，他认为：文学的社会属性主要表现于对人的教化。因此在内容上要文学写"今时今地之闻见事物"，倾注作家"至性至情"即"真正之道德行为"与对社会人生诸问题"思深感锐，情挚意切"的"至性至情"②。吴宓的同仁胡先

---

① 吴宓：《白璧德中西人文教育谈·附识》，《学衡》第 3 期，1922 年 3 月。
② 吴宓：《伦理小说青年镜序》，《吴宓诗集》，中华书局 1935 年 5 月版。

骕在《文学之标准》一文中也认为文学的社会功能在于"有修养精神,增进人格之能力,而能为人类上进之助者"①。刘永济在《中国文学通论》中,从中国文学发展史角度,阐明精神教化作用乃古今中外文学之一脉相传②。吴宓的挚友吴芳吉在《再论吾人眼中之新旧文学观》一文中,宣称:"吾人所贵于文学者"在于文学可以"养性情""变气质""化民成俗"、助人"安身立命"③。吴宓特别重视诗歌的教化作用。早在赴美留学之前,吴宓就认为:"国人而欲振作民气,导扬其爱国心,作育其进取之精神,则诗宜重视也;而欲保我国粹,发挥我文明,则诗宜重视也;而欲效法我优秀先民行事立言,而欲研究人心治道之本原,而欲使民德进而国事起,则诗尤宜重视也。"④ 基于对诗歌功用的如此理解,吴宓要求"诗者以切挚高妙之笔(或笔法),具有音律之文(或文字),表示人生之思想感情也"⑤。要求诗人从现实生活广阔领域中捕捉题材,军阀混战、帝国主义入侵、贪官污吏、道德沦丧等事象,皆可入诗;要求讲究作诗的"义法"与"极诣"。吴宓这一诗歌观,融化为他的诗歌创作的灵魂,其诗歌创作又丰富了他的诗歌观念及理论主张。一部《吴宓诗集》凡13卷1000余首诗,都是吴宓"感情生活之记录"和"至性至情"之抒写,凸显出诗歌对于社会人生的教化作用。吴宓从事教育、翻译、研究、文学创作等活动及其成果,大都刊布于《学衡》杂志上。存在11年有余的《学衡》,不仅负载着吴宓为改造中国社会人生而做的"好梦"——文化启蒙蓝图,也呈现出吴宓付诸实践而刻画的一道道极深的印迹。

三

20 世纪 20 至 30 年代,吴宓之所以能做这么一个"好梦"——文化启蒙蓝图,是有着多方面的缘由的。

早年,吴宓接受梁启超变法维新的政治思想和"小说界革命"的文学观念的影响,萌生一种匡世济民的新思维与新理念,就是:欲改造社会,必先改造人心。在这一新思维与新理念支配之下,吴宓进入清华学校读书不久,便在《赠刘朴》一文中,表示"愿结同心扶大厦,拒能支手挽狂澜",并由此

---

① 胡先骕:《文学之标准》,《学衡》第 31 期,1924 年 7 月。
② 刘永济:《中国文学通论》,《学衡》第 9 期,1922 年 9 月。
③ 吴芳吉:《再论吾人眼中之新旧文学观》,《学衡》第 21 期,1923 年 9 月。
④ 吴宓:《吴宓诗集》,中华书局 1935 年 5 月版。
⑤ 吴宓:《吴宓诗集》,中华书局 1935 年 5 月版。

化为一种行为方式,"联合知友"组织"天人学会"。成立于1915年冬的"天人学会",其意为:"天者,天理。人者,人情。此四字实为古今学术与政教之本,亦为吾人之方针所向。至以人力挽回天运,以天道启悟人生。乃会众之责任也。"吴宓宣称该会"除共事牺牲,益国益群而外,则欲联合新旧,撷精立极,造成一种学说,以影响社会,改良群治。又欲以我辈为起点,造成一种光明磊落、仁心侠骨之品格。必期道德与事功合一,公义与私情并重,为世俗表率,而蔚成一时之风尚"。这应当说就是吴宓最早编织出的稚嫩的社会人生"好梦"与绘制出的文化启蒙蓝图雏形。这虽是稚嫩的"好梦"与蓝图雏形,却敞露出吴宓"必期道德与事功合一,公义与私情并重"所指涉的"天理,人情"这一古今学术政教之本,确立了吴宓终生追求目标的一个方面即中国"古今学术与政教之本"的"普遍有效和亘古长存的东西"。这也成了吴宓接受新人文主义的指引进入欧洲圣哲理论殿堂,探讨外国"古今学术与政教之本"的"普遍有效和亘古长存的东西"的内在驱动力量。

　　新人文主义为美国哈佛大学教授白璧德所构建。白璧德对"人文(Humanitas)"一词作了这样的界定,认为:"此字含有规训与纪律之义。"白璧德对"人文"一词赋予的内涵,就把新人文主义与欧洲文艺复兴以后形成的人道主义潮流区别对立起来。白璧德指出:文艺复兴运动,是复兴古希腊罗马文艺的运动,是反对中世纪以神学为核心的文化的一种运动。但是,16世纪培根倡导的科学主义开启了灭人性近功利的功利主义潮流;18世纪卢梭倡导的泛情主义,开创了放纵不羁的浪漫主义潮流。而且,白璧德还认为:19世纪及其以后,人类面临"人文主义与功利主义及情感主义正将决最后之胜负"。这就是说,在白璧德看来,16世纪以后,西方文化日渐离开了古希腊罗马文化之源,成为人类变为"物质之律"的奴隶的工具了,造成人性丧失、世风颓废、社会人生万劫不复。由此,白璧德大声疾呼:现今社会人生欲图存,必去功利主义与感情主义而行人文主义,超出"物质之律"而进入"人事之律"。"人事之律"照白璧德的解释,意为:社会人生应有理性与道德意识,人要守纪律、有秩序、循规矩、崇尚和平、抑制私欲及个性与自由[①]。那么,这种治世治人的"人事之律"从哪里来?又如何去操作?白璧德明白无误地指出:"人事之律"存在于古希腊罗马文化、佛教文化、基督教文化和儒家文化之中,中国孔子的"克己复礼为仁和亚里士多德及其他希腊哲人以降

[①] 胡先骕译:《白璧德中西人文教育谈》,《学衡》第3期,1922年3月。

的西方人文主义者是一致的"。白璧德还指出：使人成为"人事之律"，在于"进行人文教育"，"人文教育"即是"教人之所以为人之道"。据此，白璧德提出中国学校应把《论语》与亚里士多德的伦理学合并讲授；西方学校也应有学者，最好是中国学者教授中国历史与道德哲学。白璧德认为，通过这样的学校教育途径，就可以在东西方形成人文主义运动和新儒家文化运动，就可以促进东西方知识界领袖间的了解。白璧德这一新人文主义思想，显示出白璧德倡导的人文主义是一种伦理哲学，其着眼点在于对人进行道德教化与改造。

吴宓及其同仁梅光迪、胡先骕、汤用彤等人，先后就读于哈佛大学，接受白璧德倡导的新人文主义影响，尤其是吴宓"亲受教于白璧德师和穆尔先生"，自然深得白璧德新人文主义的要旨。吴宓从白璧德的"本经验，重事实，以察人事而定为人之道"的思维方式中，感知白璧德的新人文主义理论是白璧德博采东西、纵览古今哲学，"折中而归之"形成的。吴宓凭借新人文主义的指引而走进东西方古圣先哲们的精神世界与理论殿堂。他认为：东西方古圣先哲们"皆精于为人之正道，而其学说又在不谋而合"。"持论"与白璧德"在在符符"的沃姆访问吴宓后，更加深与巩固了吴宓这一认识。因为，沃姆认为："东西文明之所共具，无古今中外，若苏格拉底、耶稣基督徒，若孔子之教训，均相同。"可见，吴宓早年追寻的中国"古今学术与政教"的"普遍有效和亘古长存的东西"，在这时又添了新质即西方"古今学术与政教"已有的"普遍有效和亘古长存的东西"，而且这两者还是相通的乃至一致的。吴宓就是这样从白璧德新人文主义那里得到深切启示而确定自己的社会人生坐标与价值关怀的。至此，吴宓以新人文主义为钥匙，打开东西方民族传统文化的大门，寻找到了东西方"民族文化传统中普遍有效和亘古长存的东西"。吴宓也正是以这一"普遍有效和亘古长存的东西"为支撑点，构建中国新文化，对中国社会人生进行文化启蒙。

四

"云烟境过皆同幻"，"好梦难圆留碎影"。这是吴宓对自己的人生追求目标不能实现而发出的慨叹。其实，这一"结果"已包含于"过程"之中。这一点，吴宓是十分清楚明白的。1925年1月，吴宓在《海行杂诗》中写道："可望不可即"，"吾生重重网"；1927年，吴宓在《古意》诗小序中写道："事业艰难，精神萎顿"；1930年9月，吴宓在欧洲之行的第一首诗中写道："郁郁不得意，休暇赋远游"；1931年12月，吴宓在《吴宓先生之烦恼》一诗中写道："钓得金鳌又脱钩。"这些诗句，或直白式或含蓄性地呈现出吴宓在推行文化启蒙使命过程中的心理状态与情感色彩。这种心理状态与情感色彩，似乎含有几分失望，几分无奈，几分愤懑。由此看来，吴宓于1933年7月终刊《学衡》杂志就并非偶然因素所致了。《学衡》与《吴宓诗集》一样，也就成为吴宓"难圆"的"好梦"和未能实现的文化启蒙蓝图留存于一世的一片"碎影"。

文化，大凡可分为物质文化、制度文化和精神文化三种类型。这三种文化成为一个社会与国家的三大支柱。这三种文化的关系，可作这样的表述：物质文化为精神文化发展提供物质基础，制度文化为精神文化发展提供保障，精神文化为物质文化发展提供精神动力与智力支持。三者协调发展，相互促进，才能使社会与国家繁荣昌盛。隐含于三者之中的是"人"。人创造这三种文化而又受制于这三种文化。一个人、一个民族、一个国家，要求得生存、温饱与发展，必须改造自然、开发自然，必须同时改造人自身、开发人自身，关节点是人的思想、意识、精神、理想、道德规范、才智的培养与开发。吴宓和他同时代的中国现代知识分子，已经看清了当时物质文化十分落后、制度文化十分守旧、精神文化十分颓丧的局面。从改造与重建精神文化入手，匡世济民，也就成了吴宓和他同时代的中国现代知识分子共同追求的人生价值取向原则与行为方式。因此，他们不约而同地先后创办多种刊物，传播新的精神文化。不过，陈独秀们很快调整了这一"初衷"，把精神文化的改造与重建，纳入了物质文化与制度文化的改造与重建的轨道，组织政党，传播马列主义，从事实际的社会革命斗争。胡适们，除却信守这一"初衷"外，还将自己的眼睛盯住了政治，企图组织"好人政府"。也因此，他们各自的匡世济民的抱负都在其艰苦卓绝的奋斗中得到不同程度的展现。吴宓在美国编织成的"好梦"，回国后企图通过主编《学衡》杂志加以实施时，却正值陈独秀及胡适们调整"初衷"之际。这时，中国先进知识分子与工农大众开始结合而偏重于颠覆旧的物质文化与制度文化，已成为历史时代的主流。吴宓及其同仁们仍固守"初衷"，这就不能不说是背离时势而太过迂拙。没有物质文化与制度文化的改造与重建，仅有精神文化的改造与重建，固守的"初衷"只能是一种虚幻的憧憬。这可以说，是吴宓"好梦难圆"的重要原因之一。

《学衡》形成的以吴宓为代表的文化派别，其派性太强，排他性太烈，这不能不说是其"好梦难圆"的又一重要原因。一个国家与社会的精神文化，应当是多样的，尤其是精神文化环境与氛围，应当是宽松的、和谐的。中国几千年承传下来的物质文化、制度文化与精神文化，一以贯之的基本特性就是专制独裁，无自由、无民主、无多元性可言。正是这样的物质文化、制度文化与精神文化，导致中国从19世纪末开始跌入半殖民地半封建深渊而不能自拔。要把一种专制独裁的物质文化、制度文化、精神文化改造成具有民主自由现代意识特性的新文化，为之奋斗的各文化派别，必须在同一目标上各司其职，各尽其能，互相呼应。离开了齐心协力而相互攻讦，膨胀派性，新的物质文化、制度文化、精神文化，是一定难以重建的。吴宓及其同仁们在五四新文化运动、新文学运动刚刚出现裂痕并露出分道扬镳之端倪时，从《学衡》创刊之日起即发表文章，抨击五四新文化运动、新文学运动，抨击社会主义及其传播者，否定新文学作品。吴宓在《论新文化运动》一文中，指斥新文化运动"实专取一家之邪说"。梅光迪在《评提倡新文化者》一文中更是施以侮辱性的攻击，写道："号称'新文化运动者'"实为"浮薄妄庸者"，"功名之士也"，"故语彼等以学问之标准与良知，犹语商贾以道德，娼妓以贞操也"，故"彼等""甫一启齿，而弊端丛生，恶果立现"。胡先骕在《评〈尝试集〉》一文中，认为胡适的诗集《尝试集》，"无论以古今中外何种眼光观之，其形式精神皆无可取"[1]。肖纯锦在《中国提倡社会主义之商榷》一文中，指责在中国宣传社会主义是"造乌托之邦，作无病之呻吟也"[2]。民主意识、科学精神和社会主义思想乃是中国已经构建的五四新文化运动、新文学运动的思想特质所在，也是改造旧的物质文化、制度文化、精神文化之所本；《尝试集》虽是胡适个人的诗集，存在胡适个人的时代的局限，然而却是中国现代新诗的开山之作，中国现代新诗第一部诗集，对此诗集的否定即表示出对新文学运动及实绩之一的排斥。特别是他在评《尝试集》中具体诗歌作品时，还殃及了浪漫主义、象征主义、印象主义，这就更表明批评者不仅对中国现代新诗持否定态度，对世界现代新诗潮流也持否定态度。这种排斥"异己"的"唯我独尊"的意识与行为方式，无疑是四面树敌，将自己陷入四面楚歌之境地。这自然招来鲁迅、文学研究会同仁及早期共产党人的驳难。经过几千年承传下来的中国精神文化，有其强固的物质文化与制度文化作依托，已浸入普通中国人的骨髓。因此仅凭一个文化派别之力，是不可能加以颠覆的，新的精神文化也是难以重建起来的。

---

[1] 胡先骕：《评〈尝试集〉》，《学衡》第1期，1922年1月。
[2] 肖纯锦：《中国提倡社会主义之商榷》，《学衡》第1期，1922年1月。

吴宓重建的精神文化本身具有的致命弱点，更是吴宓"好梦难圆"的重要原因。这个致命弱点即是重"常"而轻"变"，表现为对古代精神文化（主要见其中的道德文化）的过分推崇而对现代精神文化的过分轻视乃至拒斥。吴宓在重建新的精神文化时，也十分强调"融化新知"。但是，他所说的"新知"，抽象而言是他说的"普遍有效和亘古长存的东西"，具体而言即指古希腊罗马精神文化。一个时代有一个时代的精神文化，这是一个不争的常识。但是，一个时代的精神文化并非随这个时代的结束而戛然终止，这也是一个不争的常识。精神文化的延续性、延伸性、可持续性，决定着不同时代的精神文化既有区别又有承传而又更新。承传不断，更新不止。这可以说是民族精神文化发展永无完结的过程。事实也如此。欧洲文艺复兴运动，复兴古希腊罗马文化精神，有了"人的发现"与"文学的发现"，带来了思维方式、价值观念与行为方式的根本变革。16 世纪以后，欧洲社会出现了多次巨大变动，特别是两次工业革命的成功和科学技术的迅猛发展，就为人们的精神文化的发展与不断更新提供了广阔的空间。现代哲学、现代美学、现代文学艺术及其成果，相继成批面世，代表着世界性的精神文化达到的较高水准。19 世纪以后，尤其是 20 世纪初第一次世界大战期间，欧美物质文化、制度文化、精神文化的弊端日渐暴露出来。这时，觉醒的中国现代知识分子们，在思考中国社会人生问题、重建中国精神文化时，一个极其尖锐而敏感的问题出现在他们面前，那就是如何对待已具世界精神文化水准的欧美现代精神文化。五四新文化运动的倡导者，吸收欧美近现代精神文化、改造或"推倒"中国旧文化，重建新文化。吴宓认同于白璧德新人文主义，反对吸收欧美近现代文化。吴宓认为：欧美近现代精神文化的弊害是由科学主义、人道主义、浪漫主义张扬的个人主义及其"物欲"而造成。显然，欧美近现代精神文化在他这里成了"盲点"与"禁区"。吴宓拒斥欧美近现代精神文化，大抵有两种方式。一是发表文章直接拒斥与批评，二是译介古希腊罗马文化与人文主义时，间接拒斥与批评。吴宓在《韦拉里论理智之危机》的"译者识"中，对现代主义、现实主义与浪漫主义文学创作原则与方法，大张挞伐。他说："即今世文学论，若崇信弗洛伊德心理学说，以性欲解释一切，若以浪漫派之末流谓诗为一种无目的之迷衫，若极端之写实派以机械印版纤细毫末之刻面描摹为能，若……凡此种种皆理智之敌，又皆文明之患，而人类进步之障也。"胡先骕在《文学之标准》一文中，亦贬斥欧美近现代文学思潮。他写道："易卜生之写实主义，亦为大雅所讥者也"；"法国浪漫文学盛行之后，乃将文学时代精神严峻之标准，全体破坏之，其魁率卢梭"；"今之象征派戏剧，乃不坐视言行，而惟布景之象征是求，心理小说家，仅知将其角色为心理上之分析，而不使之以言行表现人格，此皆违背艺术根本之原则也。"这种不加分析地一概拒斥欧美近现代精神文化与文学思潮，必然会使自己重建的新文化缺乏新的内蕴而显得单一与保守。拒绝现代文明阳光雨露滋养的精神文化与文学，绝不会成为"日日新，又日新"的精神文化与文学。但是，吴宓毕竟是学贯中西的学者、教授、诗人，毕竟生存于现代文明语境之中，因此其理性与情感、学术性与个人审美情趣等方面，依然呈现出矛盾状态。这就使得他在品评具体作家作品时，又不时放射出宽容的目光。吴宓在《钮康氏家传》的译序中，对情感派与写实派作家作品就作出了与其理性观念相违的评价。他称赞萨克雷与狄更斯同是英国19世纪的大小说家。狄更斯的作品多叙市井里巷卑鄙龌龊之事，痛快淋漓，成为情感派创作潮流之代表。萨克雷的作品，则专述豪门贵族奢侈、淫荡之情，隐微深曲，似褒实贬，半讥若讽，成为写实派创作潮流的代表。[①] 吴宓对于英国浪漫主义诗人雪莱及其诗歌，十分推崇。他说，他在哈佛大学求学时，"沉酣于雪莱诗集中"。说到此时，他又特别用括号注明"虽然同时上着白璧德师的文学批评课"。理性观念与个人审美情趣的背离，在这里置他于尴尬境地。吴宓同仁胡稷咸在《批评态度的精神改造运动》一文中，更是背离了其所信守的批评理性尺度，他将西方进化之理想与科学之精神同佛教的出世主义与孔孟之入世主义并列为"改造人类必须之要义"，而且自称他所倡导的精神改造运动"所努力之方针，即欲使大众数人，能将出世入世主义进化理想科学精神，尽萃于一身，而使理想之天堂，得实现于人间"。应当说，胡稷咸较好地理解了"常"与"变"、"古"与"今"、"外"与"中"的关系。不过，就吴宓及其同仁们的精神文化观和文化启蒙蓝图总倾向而言，是缺乏"变"的现代意识的，因此背离"时势"而趋保守。

五

吴宓的"好梦"——文化启蒙蓝图，虽然破碎，然而笔者以为其丰厚的文化底蕴却于五四新文化运动及现今中国文化建设具有"刮目相看"的价值。可以说，它是一座矿藏，是一片蓝天，是一隅深邃的海，其中虽然有渣滓、

[①] 吴宓：《钮康氏家族·译序》，《学衡》第1期，1922年1月。

有乌云、有暗礁，却值得我们开掘选用。

19世纪末，中国古老的大门被世界列强用坚船利炮轰开后，一系列割地赔款、丧权辱国的事件接踵而至，中华民族陷入严重的生存危机之中。其时的政府，已不可能消解这一危机，其时盛行的精神文化已不可能回答社会人生提出的重大问题。于是，一批又一批觉醒之士产生了一个共同信念："要救国，只有维新，要维新，只有学外国。"① 随之，先后出现了洋务运动、变法维新运动，企图改良其时的物质文化与制度文化。孙中山领导的辛亥革命，推翻了统治中国几千年的君主专制制度，但是，中国的社会性质与民族的生存境遇并未得到改变。辛亥革命后，尊孔复辟，甚嚣尘上，出现了鲁迅描述的状况："改革一两，反动十斤。"短短一二十年间出现的这一系列事件，也孕育出以陈独秀为代表的后起之秀。陈独秀考察了欧洲近现代历史发展过程，并以此为参照，对中国的洋务运动、变法维新运动、辛亥革命作了深入地比较分析，发现整个欧洲在新兴资产阶级革命前，先有文艺复兴运动。法国资产阶级革命前有一个启蒙运动，德国资产阶级革命前有一个从康德到黑格尔的哲学革命运动，而中国没有这样彻底的文化思想革命运动做先导，新的文化思想没有得到普及，中国民众没有觉醒，于是这么一种新的思维方式与运行思路形成了：要改变中国的政体与国体，必须先要有文化启蒙运动。所以，陈独秀于1915年9月创办《青年杂志》（后改名为《新青年》），并得到同代人中一批有志之士的响应。陈独秀发动的新文化运动构建的新文化是以民主意识、科学精神、社会主义思想为特质的新文化，并以此种文化改造和提高中国人的素质，进而改造社会。由新文化运动到新文学运动，都贯穿着这一运行思路和价值目标。鲁迅为文，意在启蒙，改造国民性，便是文学领域内这一运行思路与价值目标的生动范式。陈独秀们着力于欧美近现代哲学、美学、伦理学、文艺的译介和中国传统文化特别是儒家文化的挞伐，皆出于这一运行思路与价值目标的需求。吴宓及其同仁们，正是在这一运行思路与价值目标上同五四新文化运动及其倡导者既相区别又相联系。他们的联系及一致性在于：要救亡图存，必须先重建一种新的精神文化，对民众进行启蒙，这是大关节的相似之处。他们的区别及相异在于：陈独秀们着眼于外国近现代精神文化，偏重于精神文化中随时而变的"变"文化因素的吸收，而竭力排击中国传统文化，尤其是对其中的儒家文化的排击；吴宓们则着眼于中外

---

① 毛泽东：《论人民民主专政》，《毛泽东选集》一卷本，人民出版社1964年4月版。

古代精神文化，偏重"亘古长存"的"长"文化因素的运用。由此，呈现出两种带极端性的文化现象。这两种带极端性的文化现象，不应当是水与火的关系，而应是土与水相融的关系。这一点，已在当时部分五四新文化运动同仁那里得到了应验。五四新文化运动推动者之一的郭沫若，力排众议，反对对中国传统文化尤其是对儒家文化的否定，并竭力推崇孔子学说。五四新文化运动发难者之一的胡适，很快转向倡导整理国故，要求分清国粹与国渣，提出保存国粹而摒弃国渣的批判继承原则。显示五四新文学运动在社团流派方面取得实绩的文学研究会，于1923年1月在其机关刊物《小说月报》上展开了"整理国故与新文学运动"为题的笔谈活动。郑振铎在《新文学之建设与国故之新研究》笔谈文章中，认为："我们长在新文化的热潮应有整理国故的一种举动。"新文学运动的"真义，一方面在建设我们的新文学，创作新的作品，一方面却要重新估定或发现中国文学的价值"。顾颉刚在《我们对于国故应取的态度》笔谈文章中也认为："新文学与国故并不是冤仇对垒的两支军队"，"整理国故同是新文学运动应有的事"。余祥森在《整理国故与新文学运动》笔谈文章中，更是认为："新文学须建立在外国文学与国故的混合物上面，这才是真正的新文学。"这些从五四新文学营垒中发出的声音，无疑是对胡适倡导的"整理国故"的回应，同时也是五四新文化运动深入发展的一种必然性反映。从另一个角度加以审视，似乎也可以说，这些从五四新文学运动中传递出的声音，是对吴宓及其同仁们发出声音的一种认同性感应。

吴宓"难圆"的"好梦"和破碎的文化启蒙蓝图，距今百年有余，然而其中诸多文化因素仍可为建设中国现今文化所吸收。中国现今文化建设的根本是在全社会形成共同的理想与精神支柱。笔者以为，正是这一个"根本"就把吴宓构建的新文化及其文化启蒙蓝图与今天中国文化建设的距离拉近了。这就是说，这两种文化所追寻的价值目标有了相通之处。一个正常的人，必须要有理想与精神，才能求得生存与发展，才能对国家、社会、民族有所贡献；一个民族与国家，也必须要有理想与精神支柱，才能生存与发展，才能立于世界民族之林。吴宓及其同仁们构建的新文化、绘制的文化启蒙蓝图，根本就在于启蒙民众，使之获得新的理想与精神，求得生存与发展。当然，这两种文化的内涵有着实质性的差异。吴宓们是以"仁"作为其理想与精神的支撑点，追寻的是一种虚拟的"天下归仁"的社会人生。中国现今文化是以中国特色社会主义理论体系作为理论支撑点，追寻的是富强民主文明的社会人生。这种不同，不应成为吸收对方营养的障碍。在吸收民族传统文化时，我们今天可以借鉴吴宓及其同仁们追寻到的"亘古长存的东西"即"仁",以净化与提高现今人们的道德文化素养。同时,借鉴其追寻方法,更会发现从《易经》开始积淀而成的"天行健,君子以自强不息"这一中国传统文化"亘古长存的东西"。坚韧不拔、自强不息、奋斗不已,是中华民族上下五千年历史长河中永恒的一种民族传统精神、意志与行为方式。可以说,中华民族正是依存于这一民族传统文化精神,才渡过了一个个劫难而繁衍至今的。立足于现实,把握住这一个"长"而又不断赋予时代的"变",吸收外国文化的"新",我们希冀的现代文化一定会是民族的世界的文化。

附记

如果说,《论"学衡"时期的吴宓》一文,旨在论辩驳难的话,那么本文则重在呈现一个真实的吴宓——秉持道德文化观救国救民而又不得的吴宓。吴宓的道德文化观及其终极关怀便是他自述的"人人仁,天下归仁"。本文剖析了他自称的这一"好梦"和自知的"难圆",同时更论析了他的"好梦"及其"难圆"具有的共时性与历时性价值意义。

本文发表于《中国现代文学研究丛刊》1999年第2期,中国人民大学书报资料中心《中国现代、当代文学研究》于同年第8期全文转载。

谷斯范《新水浒》的更新意识

抗日民族解放战争，练就了一批新近作家。他们以自己的文学创作干预乃至参与了民族解放战争的行进。谷斯范便是其中一位有代表性的作家。谷斯范在抗日民族解放战争期间，一边直接从事抗日民族解放斗争活动，一边创作文学作品。他创作与出版的或酝酿写成的长篇小说有《新水浒》《新桃花扇》等。这些先后创作与出版的作品，显示出了他的社会人生追求与审美追求在精神特质上的一致性：抗日战争是民族与人民更新、更生的机遇。

一

更新意识与批判意识对于一个有社会责任感的人、一个有艺术良知的作家、一个有悠久历史的民族来说，都是不可或缺的文化精神要素与思想特质。只有具备了更新意识与批判意识的文化精神要素与思想特质，才能不断地否定自我，不断地超越自我，实现价值，追寻目标。事实上，中国现代社会人生不断更迭的过程，中国现代文学不断繁衍的过程，都流贯着更新意识与批判意识。

更新意识与批判意识更是以不可阻挡之势流淌于中国抗日民族解放战争与人民解放战争的全过程，流淌于中国现代文学及其中的抗战文学发生发展的全过程。谷斯范的《新水浒》，就是这"意识流"中的一朵浪花。更新意识与批判意识，是谷斯范的清醒现实主义精神与通俗文学作品的文化向度。更新意识与批判意识，也成为谷斯范及其通俗文学作品与一般通俗文学家及其通俗文学作品的差异所在。又因谷斯范的文学作品文本形式的通俗性，这就把他及其通俗文学作品与严肃文学家及其严肃文学作品区别开来。谷斯范与同一时段上的重庆文坛的张恨水、抗日民主根据地文坛的赵树理，虽然属于同一的通俗文学范畴，但又有自己的特性。谷斯范是同一时段上通俗文学中的"一个"。

谷斯范和广大中国文艺工作者一样，在抗日民族解放战争来到时，处于高度的爱国激情燃烧之中。谷斯范其时作为一名战地记者，更是直接投身于抗日民族解放战争洪流。他对于这场战争与中华民族的命运、与中国文学的命运的关系的理解，直接汇入了业已形成的文学共识，那就是《中华全国文艺界抗敌协会发起旨趣》中所说的："用我们的笔，来发动民众，捍卫祖国，粉碎寇敌，争取胜利，这是民族的命运，也将是文艺的命运。"谷斯范作为民族解放时代大潮的弄潮儿，一边随军做战地记者，写出一篇篇战地报告与新闻通讯，向中国军民及时传递战争信息，鼓动军民抗敌士气，另一面又将自己对于战地生活的感受与体验，融入文学创作之中，写出多篇短篇小说与长篇小说，表达他对战争的理解与憧憬。谷斯范的小说，与同一时段上的姚雪垠的《差半车麦秸》、艾芜的《八百勇士》、骆宾基的《东战场别动队》、丘东平执笔的《给予者》、王鲁彦的《炮火下的孩子》、舒群的《血的短曲》、柏山的《一个义勇队员的前史》等小说一样，大都直接切入抗日民族解放战争，近距离反映抗日战争生活，紧贴抗战初期沸腾的时代脉搏。这就在文学价值观念与审美意识上显示出相似的趋同性与共时性。不容讳言，表层的反映生活，纪实性的手法，昂扬的意识，浮躁的情绪，审美追求的弱化，也就成为谷斯范和同一时段的作家作品留下的共同缺失。

1939年以后，谷斯范和一切有艺术良知的中国文艺家，随着时间的推移与人生感受的积淀而对战争的本质意义有了较深切的理解，认为：抗日战争从根本上说是中华民族的自身改造运动，是中国人的更新与更生契机。由此，也就引起了谷斯范和一切有艺术良知的文艺家对文学与战争的关系、作家与战争的关系的理解调整和思考。他们把目光转向社会人生的弊害且予以批判，呼唤更新，不过各自的侧重点有所不同。姚雪垠、艾芜等作家侧重于大后方社会人生的批判与更新，谷斯范则侧重于沦陷区社会人生的批判与更新。这一趋同性中的差异性，一是来自不同作家对不同地区社会人生的熟悉与体验程度，二是来自不同文艺家身处的文化氛围。1939年前后，桂林文坛已响起了"批判与建设"的呼声。《国民公论》"创刊词"就大声疾呼道："我们文化人，在今天国家民族最严重的关头，最重要的工作，是唤醒民众，激发士气，但同时有一样重要意义的是批判与建设，批判的建设与建设的批判"，"只有从批判中才能继续地新陈代谢，生长进步。而内部的新陈代谢生长进步是争取胜利的必要条件"。在这一"批判与建设"的文化认同意义过程中，"文协"桂林分会筹委会呼吁文艺家们"反映地方生活与沦陷区的战斗"，且要有"以东方形式表现抗战建国的现实的作风"。桂林文坛的这一文化氛围，自然得力于整个大后方文坛开展的由张天翼《华威先生》引起的"暴露与讽刺"文学新潮讨论的促成。置身于大后方文坛文学新潮和桂林文坛文化氛围之中的谷斯范，自觉而及时地回应这一文学新潮与文化氛围的呼唤。因此，谷斯范创作的《新水浒》与稍后一点的茅盾、巴金等作家创作的反映大后方社会人生的一些作品，虽在文化内涵方面有深浅之异，在文本形式方面有雅俗之分，却无雅俗之别，都是中国抗战文学现实主义文苑里的簇簇繁花。

二

淞沪会战及其后一年间，华东沦陷区的社会人生情状，正如茅盾在《关于〈新水浒〉》一文中所描述的："国军向西撤退，太湖东岸诸市镇一时陷于混乱状态；敌人兵力不敷分配，除在交通线上的重要据点驻有守备以外，余皆无力顾及。于是，东自苏嘉铁路，西至京杭国道，这一带'鱼米之乡'，遂成为游击队活动的大好场所，然而这些游击队，成为旧保卫队的化身，成为土匪变相，民众工作不做，本身纪律不讲，他们像蝗虫似的，白吃了这里，便换到那里去，成为真正的'游吃队'了。这种现象，继续了一年光景。"谷斯范对这一沦陷区（或称敌后地区）社会人生情状，耳闻目睹，十分熟悉。为着更深入更广泛地了解这一社会人生状态，谷斯范于1939年2月至7月，还先后去浙西和襄樊一带进行采访，收集到不少新素材，获得不少新感受。这就为他将感知与知解的敌后社会人生情状融入小说世界，积累了丰富的理性知识、感性材料以及思想情感。1939年10月，《新水浒》完稿，翌年5月问世于桂林，在大后方文坛引起强烈的反响。

《新水浒》虽然描述的是华东沦陷区太湖流域一个名叫太平桥镇发生的故事，但是，作家并未着力于对日寇暴行的揭露，也未着力于民众苦难与抗争的正面摹写，而是集中笔力敞露打着抗日旗号的"游吃队"的种种劣迹。正是在这一点上，体现了小说具有的社会批判与文化批判的力度及光芒。

太平桥镇因太平桥而得名。太平桥为明朝嘉靖年间修建，已有400余年的历史，桥栏上雕着精细的石狮子。桥西是菜场，桥东是船埠。过桥便是镇上的热闹中心，有几家大绸缎庄。这一切，表明太平桥镇是明清以来就形成的中国江南乡村社会的一座典型的市镇。这里的人们，既有农业经济行为方式，也有工业（手工业）经济行为方式，还有商业经济行为方式。他们的思想意识与道德观念，既非纯传统型的也非纯现代型的。农民、商人、地方政权势力、乡绅、地痞流氓、土匪，共同生活于此。和平时期，也许呈繁荣之势，战争期间却不同了——散兵游勇、地痞流氓、土匪沆瀣一气，称霸一方，且往往以"抗日"的名义行事。小说着力批判的对象，便是这些形形色色的人物及其行为。他们已经是亡国奴了，然而却无民族意识，这无疑是极其可悲的；他们已经是亡国奴了，却还乘机作威作福，这无疑更是极其可鄙的。

太平桥镇及附近地区，打着"游击"旗号的就有好几支人马。其中，有从沪杭铁路线撤退下来的以郑许国为团长的国民党军部队。这个团不足一营兵力，缺枪少炮，正规军不像正规军，游击队不像游击队。有"第三战区湖嘉地区先遣队"大队长金二宝，人称金大爷，挂国民党军牌子，受日本特务机关津贴，是个无恶不作的地痞流氓、恶霸、土匪、汉奸。有以赵章甫为大队长的"浙西游击第三大队"，后投降日寇，充任伪剿匪司令。还有"军统"戴笠的嫡系部队"苏浙行动委员会"以及"忠义救国军"等。这些势力，以太平桥镇为中心织成了一张网，浓缩着沦陷区社会人生的腥风血雨。六师爷便是这张网上的焦点。

六师爷，姓马名兆麟，约40岁年纪，长得像只水牛；头戴黑绒罗宗帽，身穿黑色老布旧羊皮袍子。他本是太平桥镇张镇长手下听使唤的小小公务员。这一装束与身份角色，就把他与当地一般民众及地痞流氓区分开来。这一身份角色，也决定了他处于太平桥镇这张网上具有的地位与本领：八面玲珑，四方讨好，吃红骗黑。作者抓住他，以他为辐射点透视整个太平桥镇的众生相。他以"镇公所里我说怎么就怎么的"之类的谎言，骗得了阿七嫂的荷包蛋与米酒。张镇长逃离太平桥镇后，他自作主张，代理了镇长之职，侵占张镇长房屋，改称"马府"。从此，他便以镇长自恃，吆三喝六，敲诈勒索。由此，也就牵出了一系列人物，搅动了沉渣。他在郑许国面前挑拨郑与王尔基的关系，从中收受王母送来的钱财。他率领第二义勇壮丁队，随郑许国部攻打敌人据点时，尚未到达目的地，就带头逃跑了。赵章甫占领太平桥镇后，他明知赵的底细，却依然亲自登门求见，向赵表忠心，献计策，要赵严惩转移资产的绸缎庄余雄木老板。因此，他深得赵的信任与重用，同时又收受余雄木的财物。六师爷就是这样乘混乱之机，使尽浑身解数，攀附地方势力，对民众进行敲诈勒索。"鱼找鱼，虾找虾，乌龟找个鳖亲家。"这一当地的俗语，可以说恰如其分地揭示出了太平桥镇此时此刻称霸人物之间的关系及本质特性。这便是抗战初期江浙沦陷区社会人生中的一种独特形态，一批中国人中"人渣"的人生本色。他们鱼肉民众，危害抗日民族解放战争的行进。当然，揭弊是为着更新；也只有揭弊才能更新。小说的更新意识，也正是透过对"弊"进行改造而得到充分展现的。

小说在揭弊过程中，也注意于积极因素的张扬，也就是化"弊"为"新"

的因素的张扬。太平桥镇及"游击队"中的黄团附、徐明健、胡林、罗三爷等人物，可以说是该镇及"游击队"中"弃旧图新"的"星星之火"。黄团附是郑许国部队的团附，本名黄杰，他为人温和，性格乐观，曾接受作国民党军少将师长的姑父的安排，东渡日本士官学校学习。九一八事变后，国难当头，他退学回国，加入国民党军，参加淞沪会战。后随郑许国带着不足一营人马暂驻太平桥镇。他是郑许国部队中最懂"游击战"重要性的人。他要求郑批准他建立"游击战术训练班"，培训本团连排级军官及壮丁队队长。当郑以"游击战"无用而又无教材为借口大加反对时，他奋力争辩，说："留在敌后要对付强大的敌人，只能展开游击战。"至于教材，他说："我身边有两本中共关于游击战的小册子，可以用来编训练的教材。"为此，他顶着郑的"要受党纪国法处分"的训斥，大义凛然地回答道："团长，你放心，要受处分，我黄杰一人担当！该监禁就监禁，该枪毙就枪毙，我不害怕。""只要光明磊落，扪心无愧，在刑场伏法，跟战死疆场同样光荣！"正是这样一位有勇有谋的铮铮铁汉，后来成了更新后的"太湖游击队"的司令。徐明健，中共党员，曾就读于清华大学，因参加抗日救亡运动而辍学。他曾发誓："为了保卫祖国，断头流血，在所不辞！为了保卫祖国，我要战斗终生，直到生命最后一刻！""八一三"淞沪会战打响后，他参加"师属战地工作团"，后在西撤混乱中与部队失去联系，随散兵与难民流落到赵章甫部队所在地。赵扩充队伍过程中，他被强行编入该部队。赵得知他曾是清华大学学生时，录用为大队部秘书，"平地连升三级"。他在与赵接触中，对赵有了了解，渐生不满与憎恶之情。他深深知道：敌后游击队，如果不以抗日为目的，就得不到人民的拥护，在敌人进攻面前便可能投敌做汉奸。因此，他决定对这支部队进行改造，并认为这是"革命知识分子不可推卸的责任"。后来，徐明健成了更新后"太湖游击队"政训室主任。胡林曾是一位工人，为人刚直，有股硬脾气。他家乡被日寇占领后，母亲及岳父母均惨遭杀害。为着报仇雪恨，他离开妻子到部队当兵。兵未当成反而成为难民，流落到太平桥镇，成为郑许国部队中的义勇壮丁队的小队长。赵章甫占领太平桥镇后，他和张得胜等战友冒着生命危险与失散的黄团附联系。后来，他成为"太湖游击队"的骨干。以上三位人物都是太平桥镇及附近地区"游击队"中积极力量的代表。他们是更新"游吃队"而为新的"游击队"的中坚。小说还把笔触伸进了地方乡绅阶层，发掘抗日力量中另一重要积极因素。罗三爷便是这样的代表人物。罗三爷本名罗丰，是罗庄一位不大不小的财主，他好客，好打抱不平。其独生子在

"南京大屠杀"中丧生。郑许国率残部逃到罗庄时，他开门迎接。郑许国被捕而被押解至日本宪兵部队后，他不顾家人及亲朋好友的反对，伸出援救之手。他说："国家有难，我罗丰忍辱偷生，已经扪心有愧，如今一个国军团长被捕，见死不救，还有什么脸皮在世上做人！"他变卖田地，打通关节，搭救郑许国。后来，他带着自己的几十名壮丁加入了"太湖游击队"。黄团附、徐明健、胡林、罗丰，代表了沦陷区社会人生中的两大主要积极因素。抗日救亡，把他们联结起来；抗日救亡，成为他们不约而同地选择的一条共走的人生之路；抗日救亡，也成为他们动员与组织各方面力量更新"游吃队"而为真正的"抗日游击队"的出发点与归宿处。

《新水浒》就这样展示出了沦陷区社会人生的基本形态，描绘出了沦陷区形形色色人的种种关系，追寻着一条变沦陷区为游击区的抗日救亡途径。流淌其间的是一股浓浓的更新意识与批判意识。

三

充溢着更新意识与批判意识的《新水浒》，在审美艺术上不是一部佳构，这应当是一种不争的评价观点。但是，把它放在抗战文学和中国现代文学发展过程这一宏阔层面上加以审视，其文学历史意义便应得到肯定。小说问世期间，正值整个中国抗战文学和中国现代文学调整与转换期。这次文学调整与转换，是以"民族形式"讨论为开端的。1938—1941年间，中国抗战文艺界的"民族形式"讨论，集中于一点即是民族意识的弘扬和民族传统文学回归的呼唤，立足于中华民族传统文学，创作出为中国老百姓喜闻乐见的具有中国作风与中国气派的文学。谷斯范的《新水浒》，从文本意识角度上说，无疑是这一呼唤的自觉回应，无疑是这次文学调整与转换中的一种文学创作尝试。

《新水浒》是一部章回体长篇小说。章回体，是中国传统小说中的一种文体形式。其内容与文体形式都具有大众化特征，为中国老百姓所喜闻乐见。但是，其表现形式确实有模式化的严重倾向，特别是每回开端的诗词和每回结束的套话，几乎程式化。《新水浒》可以说是对传统章回小说形式进行了改造，力避传统章回小说惯用的滥调套语，将现代人的口语乃至方言汇入创作词语中。同时，《新水浒》在表现形式上又力避五四文学以来中国现代文学创作中存在的欧化现象。《新水浒》在用语、句法、结构诸多方面都没有欧化气味。仅此两点，《新水浒》完全是表现中国现代社会人生的小说，中国化的小说。当然，在艺术技法的运用上，《新水浒》无疑也存在一些较严重的毛病，诸如描述的客观化，缺乏深层次的心理剖析，缺乏创作主体与客观对象的搏击的描写，这就影响了这部小说不能达到优秀严肃文学中的小说具有的深度与力度乃至哲理意蕴。

《新水浒》蕴含的更新意识与批判意识实际上是中华民族的民族意识在新的历史条件下的一种表现。在中华民族上下五千年漫长的历史进程中，民族意识积淀甚深且十分繁富。儒家文化、道家文化以及本土化的佛教文化，为中国传统文化的三大构成部分。这三大文化系列，在"文化即人化"这一点上，共同铸就了源远流长的中华民族的民族意识与民族精神，其精粹之点，可以说是坚韧不拔、自强不息、大智大勇的意识与精神。这也正是中华民族赖以生生不息、繁衍至今以至走向未来的内在特质。这一特质本身就包含了持续不断的批判与更新。历史每揭开新的一页，朝代每更换一次，总是"批判的武器"与"武器的批判"的威力所致。抗日民族解放战争，是中华民族摆脱近百年间世界资本主义列强施加的苦痛和社会人生停滞不前而走向新生之路的契机。中国要战胜军事力量强大的日本帝国主义，首要之点就是不愿做亡国奴的中国人的民族意识与民族精神的觉醒和弘扬，民族自身潜能的充分发挥。站在大时代潮流前列的中国文艺家们，以文艺为载体，高扬民族意识与民族精神，直接介入民族解放战争。历时两年之久的"民族形式"大讨论，便是这一本质意义的集中体现。谷斯范的《新水浒》是在这次文艺"民族形式"大讨论过程中问世的，这并非偶然的巧合，而是作家有意为之。小说中蕴含的更新意识与批判意识，正是这次文艺"民族形式"大讨论呼唤的民族意识与民族精神。因此，《新水浒》在文本内涵与文体形式的结合上，都具有了一定的中国作风与中国气派，在当时产生了积极的社会效应与审美效应。

总之，谷斯范的《新水浒》，正如茅盾在《关于〈新水浒〉》评论文章中所指出的那样：这部小说"将是一部值得纪念的作品，它的成功与失败之处，将是可宝贵的经验与借镜"。

附记

我比较喜欢逛书摊或书店。有一天晚饭后，逛一家书摊时，发现一本题目为《新水浒》的书，成色较旧。我拿起书一看，作者为谷斯范。谷斯范在中国现代文学史上虽不太显眼，但其作品，我还是读过几篇的。我在书摊边驻足，翻阅完后，决定买这本书。这本书有两点引起了我的兴趣：一是章回体文本形式；二是写"游吃队"变为"游击队"的故事。

回家之后，我反复研读这本小说，觉得应将小说放在这么一个层面上来论析：1939年后，抗战文学作家几乎整体有了新的意识形态——抗日战争也是中华民族自力更生的机遇。众多作家书写抗战故事时，挖掘其中隐含的民族劣根性，或着眼于自省与批判。这自然标示出抗战文学作品在思想深度与力度方面有了大的提升。谷斯范这本小说为抗战文学作品在思想深度与力度方面的提升增添了新的分量。当然，这本小说与张恨水的《八十一梦》一样，故事复杂热闹有余而开掘深度不足。

本文发表于《西南民族大学学报》1999年第6期。后全文收入"广西抗战文化研究丛书"中。

左翼文学：30年代中国文坛的红色方阵

左翼文学是指1928—1936年间存在于中国新文坛上的一种文学思潮。左翼文学的思想特质为阶级解放意识，随之而拥有的是服务于政治革命与社会革命的功能意识。这一思想特质与功能意识便是20世纪30年代中国左翼文学的根本特征所在，这也是左翼文学区别于同一时段上其他众多文学思潮的根本所在。这一思想特质与功能意识使得左翼文学与五四时期"人的文学"思潮有了关联——由个性解放进到阶级解放、由文学的反映功能进到干预及参与功能、由阴柔之风进到阳刚之气。探寻左翼文学的发生发展轨迹、弄清其具有的思想特质与功能意识的来龙去脉及其体现，对于历史地科学地评价左翼文学的是非功过经验教训，应该说是十分有益的。

一

左翼文学之所以能在1928—1936年间存在，其原因是十分复杂的。究其主要原因来说，笔者以为有这么几点：共产党政治思想文化路线的复杂、围剿与反围剿的严酷、地域文化的纷繁、非左翼文学的影响以及世界无产阶级文学的吸收。

左翼文学存在的这段时间，作为其领导阶级的无产阶级政党中国共产党的政治思想文化路线，尚未进入马克思主义的正确轨道，这应该是一个不争的事实。因为，左翼文学勃兴之时，恰恰是共产党内瞿秋白"左"倾盲动主义盛行的时候，稍后相继又是立三路线、王明路线的盛行。直到1935年遵义会议后，共产党的路线才逐步进入马克思主义正确轨道。但是，这以后的正确政治思想文化路线又未直接进入左翼文学领域，或未直接而完全进入左翼文学领域。未步入马克思主义正确轨道的共产党政治思想文化路线，必然影响到左翼文学思潮的健康发展，但是，其阶级解放的政治革命总目标依然引导着左翼文学的前进航向。因此，左翼文学始终保持了无产阶级的阶级本色。

左翼文学存在的这段时间，恰恰是中国第二次国内革命战争时期。执掌中国大权的国民党，对中国无产阶级及其政党中国共产党领导的工农红军和"苏区"，施以重兵镇压，反复进行"军事围剿"；对于声势浩大的左翼文学，实行文化专制主义统治，逮捕与杀戮左翼作家，禁止左翼文学活动，取缔左翼文学刊物，严禁左翼文学著述文字出版与销售。但是，中国共产党及工农红军在反"军事围剿"斗争中成长起来，在二万五千里长征过程中成熟起来，左翼文学在"反文化围剿"斗争中获得巨大发展。这样严酷的政治斗争与军事战争，对左翼文学价值观与审美期待，给予了有形或无形的规范，使之直接进入阶级解放的政治革命范畴。所以，左翼文学的阶级解放意识必然一以贯之。

左翼文学这期间的存在地域范围，无疑主要是上海。也就是说，上海在这一时段里的文化语境构成了左翼文学的生存背景。上海，在当时已是一个现代化的大都市。这个大都市的文化文学具有多重特性。上海位于长江之口，背靠蜿蜒曲折、流程数千公里的长江，面向浩瀚无垠的大海，海洋文化与内陆文化集于一身。这可以说是造物主赋予上海的特有的双重文化特性。资本主义列强用坚船利炮轰开中国古老大门之后，上海被迫成为中国最早对外开放的门户之一。西方物质文化与精神文化涌进了上海。上海固有的中国传统文化虽然因此受到很大冲击，但依然存在。20世纪20年代末期，中国新文化人物先后汇聚上海；归国留学文化人，也多驻足于上海；中国新文化与世界近现代文化浸染着上海。这可以说是历史时代赋予上海的多重文化。到了20世纪二三十年代，上海在社会、经济、文化、金融、交通等方面，已优于中国其他任何一个都市。其时的上海，相比较而言，已是一个较为开放的、现代化程度较高的、包容性较大的都市。如此厚实、宽泛、多样的文化资源，既是左翼文学形成、发展、壮大的肥沃土壤，也是左翼文学未被国民党当局文化专制主义剿灭的重要原因。左翼文学正是在拥有多重文化语境的上海开辟出一条生存之道与发展之路的。当然，上海的多重文化资源形成的相互冲突、相互依存、相互牵制的复杂关系，在一定程度上也规定着左翼文学的复杂性。

在上海与左翼文学共生的还有其他多种文学思潮，姑且称之为非左翼文学。非左翼文学也是构成左翼文学生存的重要因素。人类社会，是一个由多种社会人生现象构成的复合体。几千年传承过程中形成的阶级社会也有着多个阶级、阶层，而且相互之间有着千丝万缕的联系。不同阶级属性的人，既有各自不同的阶级性也有或多或少的共同性。文学，不管哪个阶级、哪个民族、哪种时空里的文学，归根到底都是人学，都是人写的，写人的，写给人看的。因此，不同阶级属性的文学、不同民族的文学，特别是同一民族中不同阶级属性的文学，总是彼此系连、彼此渗透的。左翼文学与非左翼文学的关系也未能例外。事实就是这样，与左翼文学共存的非左翼文学十分繁富，既有以沈从文为代表的"京派"、刘呐鸥与穆时英为代表的"新感觉派"、戴望舒为代表的"现代"派、"自由人"和"第三种人"，还有民族主义文学思潮，等等。左翼文学跟这些林林总总的非左翼文学的关系是一种对立又共存的关系，特别是在跟民族主义文学思潮之外的非左翼文学既联合又批评的关系中反击国民党当局的"文化围剿"而获得发展壮大的。

世界无产阶级文学也是中国左翼文学存在的一个宏阔的文学背景。世界无产阶级文学导源于19世纪的欧洲。其时，欧洲无产阶级文学是伴随着欧洲无产阶级革命运动的兴起而出现的，并成为19世纪欧洲文学乃至整个世界文学中的一种新型的文学现象。具体说，1871年3月18日，巴黎公社成立时就出现了巴黎公社文学。巴黎公社文学便是世界无产阶级文学的源头。无产阶级文学成为一股强大的文学思潮，那还是俄国十月革命后的事。1917年11月7日俄罗斯苏维埃联邦社会主义共和国成立之后，马克思主义和十月革命的精神传播于全世界，无产阶级文学随之在全世界蓬勃兴起。到了20世纪二三十年代，世界文坛上出现了"红色风暴"（被称为"红色三十年代"）。中国左翼文学正是依托于"红色三十年代"而形成巨大文学思潮的。仔细考察起来，可以说世界无产阶级文学在以下几个方面，对于中国左翼文学的存在及存在状态产生了影响。一是马克思主义文学思想理论的译入所产生的影响。中国人早在"人的文学"思潮兴起前一二十年就知道马克思、恩格斯的名字了，但是，马克思主义传到中国并引起震动，这却还是"人的文学"思潮兴起及其以后的事。1918年，李大钊的《法俄革命之比较观》第一次把十月革命的信息传到中国，第一次介绍马克思主义。1921年，瞿秋白的《饿乡纪程》和《赤都心史》以及他写的《俄罗斯名家短篇小说集》的序言，传达了马克思主义的基本观点和苏俄文学将对中国新文学产生的影响。1925年以及1928—1935年间，马克思、恩格斯、列宁等关于文艺问题的著述文字，被较为系统地译介了。其中，冯雪峰有《新俄文学的曙光期》、鲁迅有《现代新兴文学的诸问题》与《文艺政策》、陈雪帆有《苏俄文学理论》、许亦非有《俄国现代思潮及文学》等。这些著述文字中体现出的马克思主义文艺观点——文艺与政治经济的关系、文艺的产生及发展、文艺创作与批评、文艺的批判继承等基本观点为中国左翼作家所吸收。其中，苏联无产阶级文学与日本无产阶级文学对中国左翼文学产生的影响尤其大。

苏联文学是20世纪二三十年代世界无产阶级文学的核心，各国无产阶级文学个体接受世界无产阶级文学整体的影响，集中反映在对苏联文学的接受方面。中国左翼文学接受苏联文学影响，除了吸收其马列主义文艺观与马列主义阶级论等思想理论和苏联文学创作中的人文精神之外，也吸收了苏联文学思想理论中的"拉普"（即俄罗斯无产阶级作家联合会）的"唯物辩证法的创作方法"即作家的世界观必须是唯物辩证法，而且创作方法也必须是唯物辩证法。这一理论主张，把世界观与创作方法等同起来，一致起来，合二而一。该组织及其理论，从20世纪20年代中期到30年代初在苏联文坛几乎起了垄断作用，而且对世界各国无产阶级文学都产生了影响。中国左翼文学接受"拉普"影响，集中于1931—1932年间，形成了"拉普热"。一个决议、一次讨论、一部小说的序文，便是集中体现。所谓"一个决议"是指1931年左联执委会的决议，决议中关于"创作问题"一项，宣传了"拉普"的"唯物辩证法的创作方法"；所谓"一次讨论"是指1932年丁玲任主编的《北斗》杂志开展的"创作不振之原因及其出路"的笔谈，参与笔谈的人中，有的认为"唯物辩证法的创作方法"是克服"创作之不振"的唯一方法，有的认为作家的世界观不仅是"唯物辩证法"的，而且创作内容的组织、人物心理活动的展开都应符合唯物辩证法；所谓"一部小说的序文"是指阳翰笙的《地泉》三部曲出版时瞿秋白、茅盾、郑伯奇、阿英为该小说写的序言，他们在序言中异口同声地说"这部小说"之所以是一部失败的小说，其原因是没有把握好"唯物辩证法的创作方法"，且出现"革命浪漫谛克倾向"。与此同时，冯雪峰于1931年还译介了"拉普"文艺理论家、代表作家法捷耶夫的论文《创作方法论》，此文为"拉普"观点经典之作。1933年及其后，中国左翼文学界还吸收了苏联的社会主义现实主义创作原则与创作方法。社会主义现实主义是苏联文学界在清算"拉普"过程中提出的文学创作原则与创作方法。1932年4月23日联共（布）中央发布《关于改组文学艺术团体》的决议，宣布解散"拉普"，要求成立由共产党统一领导的文学艺术协会。同年10月26日，苏联作家与斯大林及共产党其他领导人进行了一次文艺问题座谈会，斯大林作了讲话，他认为："艺术家首先应该真实地反映生活。如果他真实地反映我们的生活，那么他在生活中就不可能不觉察到、不可能不反映生活走向社会主义的东西，这就是社会主义艺术，这就是社会主义现实主义。"[①] 卢那

[①] 转引自《马克思列宁主义文学原理》（下册），三联书店版。

察尔斯基在1932年2月苏联作家协会筹委会第二次全体会议上的报告中，就"真实"问题发表了与斯大林不一致的看法，认为："真实就是发展，真实就是冲突，真实就是斗争，真实就是明天。""真实不是在原地不动的，真实在飞跃。"① 1934年苏联作家协会章程，对社会主义现实主义作出了权威性的界定："社会主义现实主义的基本要求，就是'现实的革命发展中真实地历史具体地描写现实'的要求，那就是说：要求这样的描写，它会替'用社会主义精神从思想上改造和教育劳动人民'的任务服务。"② 经过几年的讨论，社会主义现实主义成了苏联作家共同遵循的基本创作原则与方法，随之也成为世界各国无产阶级文学信奉的理论。中国左翼文学界最早译介社会主义现实主义的是周扬。1933年11月1日出版的《现代》第4卷第1号上发表了周扬的长篇论文《关于"社会主义的现实主义与革命的浪漫主义"——"唯物辩证法的创作方法"之否定》，批判了"拉普"的宗派主义与教条主义，阐释了社会主义现实主义的真实性、典型性、大众性与单纯性。胡风、关露等左翼作家也相继译介社会主义现实主义。社会主义现实主义进入中国左翼文学界之后，还引起了周扬与胡风围绕社会主义现实主义真实性与典型问题的讨论。周扬基本上持的是斯大林的社会主义现实主义"真实"观，胡风基本上持的是卢那察尔斯基的社会主义现实主义"真实"观。这场论争，虽因七七事变的发生而中止了，但以后的社会主义现实主义译介活动仍在继续。1940年的《七月》《文学月报》《文艺阵地》等刊物发表有译介社会主义现实主义的文章，1944年桂林的《当代文艺》等刊物亦发表有社会主义现实主义的译介文章。1942年5月，毛泽东在《在延安文艺座谈会上的讲话》中指出："我们是主张社会主义的现实主义的。"从此，社会主义现实主义在较长的时间内成为中国无产阶级文学的创作原则与方法。

如果说，苏联文学是世界无产阶级文学的堡垒的话，那么日本无产阶级文学便是世界无产阶级文学的重镇了。1926年前后，无产阶级文学在日本文坛大兴，并形成了一个统一的组织即日本无产阶级文艺联盟。该联盟接受日本共产党的领导，执行福本主义路线，于1926年起开始掀起"促既成作家转向"运动，即通过批判既成作家，使之转到无产阶级这方面来。实际上，中

---

① 卢那察尔斯基：《社会主义现实主义》，《苏联作家论社会主义现实主义》，人民文学出版社1960年版。

② 法捷耶夫：《社会主义现实主义——苏联文学的基本方法》，《苏联作家论社会主义现实主义》，人民文学出版社1960年版。

国左翼文学的倡导者与推动者，大多是从日本无产阶级文学中译介和吸收马列主义思想与马列主义文艺观的。或者说，是以日本无产阶级文学为"中介"译介与吸收马列主义与马列主义文艺观的。但是，在这一过程中，直接吸收日本无产阶级文学的影响也是有的，而且付出的代价不小。这就是：左翼文学倡导团体之一的太阳社成员，置身于日本文坛的"促既成作家转向"运动中并把这一思维模式与思想理论主张带进刚刚兴起的中国左翼文学界。他们几乎照搬日本无产阶级文学界"促既成作家转向"的思维方式、文艺观点、价值取向原则，以评估五四以来中国新文学及其作家。于是，这么一种现象出现了：左翼文学思潮兴起之时，批判五四以来的新文学作家的浪潮也就开始了，且持续了一二年时间。1928—1929年间，创造社、太阳社对鲁迅、茅盾、叶圣陶、郁达夫等的批判，便是日本无产阶级文艺界"促既成作家转向"的"克隆"。楼建南在《激流怒涛中的最近日本普罗艺运》一文中，就特别强调"日本无产阶级文学是值得提供我们考量采取的"。冯乃超在《艺术与社会生活》一文中，更是根据日本无产阶级文学界批判"既成作家"使其转向的原则与方式，指责五四以来的中国新文学家，比如称鲁迅是缺乏革命激情的"隐遁主义"者、叶圣陶写"灰色人生"是"非革命倾向"、郁达夫申诉的是穷愁的悲哀、张资平由没落到反动，而对郭沫若大加赞颂，称郭沫若是过去进步、现在革命、极富反抗精神的作家。

二

关于左翼文学的声势与思想特质，还应从左翼文学界的一系列文艺论争方面加以审视。1928—1936年，左翼文学所开展的文艺论争，大抵分为三条战线：一是左翼文学内部论争，二是左翼文学与自由主义文艺的论争，三是左翼文学与民族主义文艺的论争。贯穿其中的是知识分子的政治态度、思想意识与文艺观念三大问题。因为，这些文艺论争出于同一政治的军事的文化的背景——国共十年内战及其间出现的抗日救亡运动。在这一背景下，中国知识分子形形色色的政治态度、思想意识与文艺观，可以说展现得淋漓尽致。

1928—1929年间，创造社与以鲁迅为代表的语丝社为主的文艺论争，是在北伐战争即大革命"突然"失败和中国共产党刚刚单独领导中国革命之际出现的。这两件顶尖级的社会事件，对中国社会各阶级各阶层，尤其是敏感的知识分子阶层，无疑产生了极大的震动。就其时知识分子阶层的人生态度或政治态度而言，旁观者有之，彷徨者有之，追随者有之，诋毁者有之……

就其时革命一面而言，怎么来评估知识分子作家状况？无统一的认识，政策、方针、主张也尚未形成。了解了这一背景，笔者以为，对于左翼文学内部论争的性质与意义的判断就会少一些偏差，多一些公正公允。这场左翼文学内部论争，是由创造社挑起的。郭沫若化名杜荃写的《文艺战线上的封建余孽》一文，称"鲁迅是二重的反革命人物"，"是一位不得志的法西斯蒂"。李初梨在《请看我们中国的 Don Quixote 的乱舞》一文中，也称鲁迅是"一个落伍者，没有阶级的认识，也没有革命的情绪"。克兴在《小资产阶级文艺理论之谬误》一文中，称茅盾的文艺理论是小资产阶级之谬误，其效果是反动的。他们对鲁迅、茅盾的价值意义的判断，不是一个什么对鲁迅与茅盾的功绩与作用疏于了解与认识的问题，而是出于他们自己之角色位置的认定和对革命的认知。他们多数人是从北伐战争前线退下来的，且多为共产党员，自认为立场、态度、思想、行为，统统都是革命化了的。同时，他们认为共产党单独领导的革命，不仅表现在政治战线与军事战线，而且还表现在思想文化战线。李初梨就斩钉截铁地说道："中国的革命，应当而且必然地由政治经济的斗争，扩大到意识的斗争。现实地，这种斗争已经开始了。"① 因此，从"唯我是革命者"自恃的他们，就自然而必然地要对他们所"认识"的鲁迅与茅盾进行批判斗争，以期促使其"转变"，促使其思想意识"突变"。他们在"批""破"的同时，极力宣传自己把握的革命文艺观。克兴认为："文艺本来是宣传阶级意识的武器"，"现在最要紧的在于如何应用文学的武器，组织大众的意识和生活推进社会的潮流"。② 因此，冯乃超在《诗人们——献给时代的诗人们》一文中，大声疾呼："诗人们，制作你们的诗歌——如写我们的口号。"他们的这种"破"与"立"，除了吸收世界无产阶级文学中苏联"拉普"和日本无产阶级文学影响之外，主要是出于他们对革命的认知和他们自身的革命角色的认定。这样的认知与认定，事实证明是误解、误读的结果。鲁迅、茅盾在反批判过程中，对此有着较为清醒的认识和度的把握。鲁迅在《"醉眼"中的朦胧》和《文艺与革命》及稍后的《上海文艺之一瞥》等文章中，指出他们的认知与认定的错位是对中国"目前的情状"不了解造成，是对中国社会"未曾加以细密的分析，便将在苏维埃政权之下才能运用的方法，来机械地运用了"之故。鲁迅在《壁下译丛·小引》和《文艺和革命》等文章中，还就文艺的功能作用问题，加以论辩驳难。他说："我是不相信文艺的旋

---

① 李初梨：《请看我们中国的 Don Quixote 的乱舞》，《文化批判》第 4 号，1928 年 4 月。
② 克兴：《小资产阶级文艺理论之谬误》，《创造月刊》第 2 卷第 5 期，1928 年 12 月。

乾转坤的力量的。"并指出持文艺有旋乾转坤力量的创造社同仁们思考问题不是唯物主义而是唯心主义的，是"踏了'文学是宣传'的梯子而爬进唯心的城堡里去了"。鲁迅在"破"中也"立"自己一贯坚持的唯物史观和现实主义文学原则。他说："我以为一切文艺固是宣传，而一切宣传却并非全是文艺，这正如一切花皆有色（我将白也算作色），而凡颜色未必都是花一样。革命之所以于口号，标语，布告，电报，教科书……之外，要用文艺者，就因为它是文艺。"茅盾在《从牯岭到东京》一文中，特用了一个自然段——一个特别长的句子组成的自然段，对当时左翼文艺的存在状况，作了意味深长的告诫："悲观颓废的色彩应该消灭了，一味地狂喊口号也大可不必再继续下去了，我们要有苏生的精神，坚定的勇敢的看定了现实，大踏步往前走，然而也不流于鲁莽暴躁。"这场左翼文学内部论争，并非个人、社团之间的私怨引起。事实也是这样的。论争前，鲁迅在给许广平的信中就说道：我到广州，"是与创造社联合起来，造一条战线，更向旧社会进攻"[①]。鲁迅在给李霁野的信中，特别称赞创造社："看现在文艺方面用力的，仍只有创造，未名，沉钟三社，别的没有，这三社若沉默，中国全国真成了沙漠了。"[②]创造社的郑伯奇、蒋光慈、段可情于1927年11月9日同访鲁迅，商谈合作办杂志，恢复《创造周报》；同年12月3日《时事新报》刊登的"《创造周报》优待定户"广告中说：《创造周报》的"特约撰述员鲁迅、麦克昂、蒋光慈、冯乃超、张资平等30余人"。这些发生于论争前夕的事，表明鲁迅与创造社同仁们的关系是好的，从事文学的目标是一致的。论争过程中，虽然双方都夹杂有个人情绪，以致"恶语"相刺，但是，鲁迅并未否定无产阶级文学，而且肯定了无产阶级文学出现的必然性和创造社发动无产阶级文学运动的功劳，同时肯定了左翼文学所产生的影响，并与创造社一道同"新月"派及其理论家梁实秋进行论战。论争结束后，以鲁迅为代表的语丝社与创造社、太阳社等团体合力筹建了中国左翼作家联盟（左联）。列数这些事实，无非是为着进一步表明这场文学论争，绝不是私人恩怨积蓄而发的，乃是独特的社会状态引发的文化转型和知识分子人生选择与文学选择的结果。

正是因为这场论争有其如此的必然性，因此，论争的意义不可低估，它不仅扩大了马克思主义及马克思主义文艺思想的影响和左翼文学的发展阵地，而且更重要的是研讨了左翼文学的建设问题（如左翼文学与社会生活的关系、

---

① 鲁迅：《两地书·第二集》，《鲁迅全集》第11卷，人民文学出版社1981年版。
② 鲁迅：《书信》，《鲁迅全集》第11卷，人民文学出版社1981年版。

左翼文学与政治的关系、左翼文学与工农大众的关系、左翼文学的内容与形式的关系）。这为1930—1932年间左翼文学界的全面反思与自省作了准备，促使左翼文学走向健康发展道路。当然，这场论争出现的"左"的非文学因素及宗派主义情绪并未随着这场论争的结束而消失，在以后的文艺论争中，反而有了恶性发展。

左翼文学内部又一大论争是关于"国防文学"和"民族革命战争的大众文学"的论争（即"两个口号"的论争）。这场论争时间不长——约在1936年5月至9月。但是，早已结束了的这场论争，却变成了没完没了的论争，从20世纪50年代中期延续到20世纪末期。是因为论争的问题具有的尖锐现实性与鲜明的政治色彩吗？论争的问题，确实是关于中华民族生死存亡的大问题——1931年九一八事变后，日本帝国主义把它的侵略魔爪伸进了中国，迅速侵占东北全境之后又企图侵占华北，进而吞并中国。对于这一状况，中国爱国的人们无不关切备至，甚至忧心如焚，并以不同方式掀起抗日救亡运动。在这抗日救亡运动中，左翼文学界起了先锋带头作用。从民族存亡大局出发，左翼文学界迅速调整担当的时代使命即把阶级解放斗争与民族解放斗争结合起来，也迅速调整自己文学的思想特质即把阶级解放意识融入民族解放意识之中。因此，以周扬为代表的一部分左翼文艺家从1934年10月起，研讨苏俄文学中的"国防文学"口号，提出中国文学中的"国防文学"口号。1936年2月，"国防文学"在中国文坛上形成了运动，"国防诗歌""国防戏剧""国防电影""国防音乐"等口号相继提出。"国防文学"在1936年2月后，因其适应于其时社会形势的需要，确实得到了较多左翼文艺家的赞成与支持。周扬在《关于国防文学》等文章中，认为"国防文学"是要求一切站在民族战线上的作家，不分阶级、阶层、思想与流派，联合起来，把文学上的反帝反封建的运动集中于抗敌反汉奸的总流；要求一切作家都要创作抗敌救国的艺术品，"国防的主题应当成为汉奸以外的一切作家的作品之最中心的主题"；要求作家最好都采用社会主义现实主义创作方法。周扬为"国防文学"所作的这一界定，得到了较多左翼作家的认同。这确实是事实。正当"国防文学"已形成运动之际，鲁迅认为这个口号有不足之处，而与冯雪峰、茅盾、胡风等商议，提出一个新的口号即"民族革命战争的大众文学"口号。这个口号，要求用抗日去统一作家、团结作家，而不应用一个文学口号去统一作家、团结作家，要求无产阶级文学充当主角、起领导作用，主张创作题材多样化。这个口号从作家的人生追求与美学追求的结合上，把问题讲透了。

这正是前一个口号的不足，可算是对前一个口号的补充。应该说，这两个口号无本质上的差异。那为什么后来会形成一场没完没了的尖锐的争论呢？根本因素是私怨作祟，是左翼文学从一开始出现的私怨又经过五六年时间的积累而一朝总爆发的结果。

这场论争，除了较为充分地暴露了左翼文学内部矛盾与恩怨之外，也还有不可忽视的积极意义。一是扩大了中国现代文学界抗日民族统一战线的宣传与影响，使不少旁观者、游离者看到了希望，并投身于这一战线之中，这就为中国现代文学界广泛的抗日民族统一战线的结成做了较为深入的动员工作；二是对于左翼文学来说，更加明确了自己在统一战线中的位置，更加强化了左翼作家的责任感与使命意识，同时对创作题材与创作方法也作了有益探讨。

左翼文学与两支人马的自由主义文学开展了争论。一是与"新月"派理论家梁实秋的争论，二是与"自由人和第三种人"的争论。

"新月"派及其代表理论家梁实秋，其人生观、政治观、社会观是"合三而一"的，即"自由""民主"。梁实秋就这样说道："我向往民主，可是不喜欢群众暴行；我崇拜英雄，可是不喜欢专制独裁；我酷爱自由，可是不喜爱违法乱纪。"① 也正是在这一自由主义思想意识指导下，他追求自由民主和谐幸福的社会人生。也正是在这一自由主义思想意识指导下，形成其文学观即文学与社会人生密不可分、描写永恒的人性是一切文学的根本。在他看来，物欲盛行之后，人性善的一面快消失了，人性的恶膨胀了，文学必须介入人性的重建，社会才能自由和谐。梁实秋把他在美国留学期间形成的这一政治观、社会观与文学观带回了中国。他回国时，正值北伐战争刚刚开始的1926年7月。他看见的是北伐战争及其失败后建立的蒋家王朝，看见的是国民党当局在上海等地大搞白色恐怖；感觉到的是共产党单独领导的工农革命，感受到的是无产阶级文学运动的蓬勃兴起。总之，梁实秋回国后的几年间，面对的是战争、杀戮、斗争，而无自由民主和谐景象。所以，他在1927—1930年间发表的《罗素论思想自由》《论思想统一》《孙中山先生论自由》等时论文章中，表达了他的政治人生态度：对国民党当局不满，对其时社会现状不满；对共产党不欢迎，反对马克思主义阶级斗争学说。梁实秋的这一政治人生态度，不仅是他个人的，"学衡"派的吴宓、"京派"的沈从文与朱光潜等

---

① 梁实秋：《浪漫的与古典的》，新月书店1928年版。

一批大学教授、文化名人都持相同或相近的政治人生观。这正是中国社会大变动之际、国共拼打激烈之际,中国一部分现代知识分子的人生状态的充分体现。这也表明,这场左翼文学与自由主义文学的争论是不可避免的。梁实秋是一位文学批评家,对文学问题自然很敏感,特别是对异己的左翼文学更是敏感十分。他认为"左翼文学运动"是"由政治的更进而为文化的运动",是"要打倒资产的文学来争夺文学的领域"。所以,他于1928—1930年间大肆宣传他的"人性论"以抵制与否定左翼文学的阶级论,大肆宣传"天才论"以抵制与否定左翼文学的大众性。关于"人性论",他认为,人没有阶级性,有的只是人性。作家是人,自然有的只是人性;作家代表的是普通人的自然属性及一切人类的情思,而没有任何使命。人,没有阶级性,作家没有阶级性,而文学是写人的,是作家写的,自然文学也就没有阶级性;人性便是文学,人性便是测量文学的唯一标准。与此相关的,是他的"天才论"。他认为:文学是属于少数人的,工农大众是多数人,多数人是不会有文学的。从而,否定为工农大众服务的左翼文学的存在。他还认为:文明是少数天才的创造。资产是文明的基础,攻击资产就是攻击文明。由此他得出结论:左翼文学或"工农大众文学"是不存在的,"资产阶级文学"也是不存在的;把文学分为资产阶级文学与无产阶级文学,实际上是革命家造出来的口号标语。①

梁实秋的"人性论"与"天才论",无疑是与左翼文学针锋相对的,对左翼文学的发展是极其不利的。因此,引起鲁迅及后期创造社、太阳社的左翼文学家的高度重视与反驳,实属必然。鲁迅等人主要针对梁实秋对"人性"的片面理解予以驳诘。梁实秋在其文章中,把人性理解为人的自然属性,把人的生物性本能要求与欲望作为文学的基本内容、美感基础。显然,梁实秋这一见解,离开了文学是人学这一命题的指向——在阶级社会里,人除了有共同的自然属性之外,更有不同的阶级属性。所以鲁迅在《"硬译"与"文学的阶级性"》和《文学的阶级性》等文章中,特别指出了:"倘以表现最普遍的人性的文学为至高,则表现最普遍的动物性——营养、呼吸、运动、生殖——的文学,或者除去'运动',表现生物性的文学,必当更在其上。倘说,因为我们是人,所以表现人性为限,那么无产阶级就因为是无产阶级,所以要无产文学。"同时,鲁迅没有把论题推向另一个极端,而是认为:在阶级社会里的文学,"都带"着阶级性,"而非只有"阶级性。鲁迅还特别针对

---

① 见梁实秋《文学的纪律》与《文学与革命》等文章,《新月》1928年3月、6月第1卷第1期、第4期。

左翼文学思想理论主张中的庸俗社会学观点，指出：用"阶级性"代替、抹杀文学的"个性"及其他特性，是对"唯物史观"的"糟糕透顶"的歪曲。不能把文学的阶级功利性作为文学的唯一特征。

这场争论，除了特定文化语境里出现的文人恶语相讥和左翼文学界的"左"之外，应该说是有价值意义的。这集中于一点就是：如何理解人性与阶级性及其与文学的关系问题。这是一个有着尖锐政治意义与理论意义及深远影响的问题。人在阶级社会里，无疑是有不同的人性与阶级性的；作为"人学"的文学来说，不仅有阶级属性，它更有人性属性。这应当是一个并不十分深奥的问题。然而，左翼文学家中的大多数人都持阶级属性一端而否认人性属性一端；梁实秋又仅持人性属性一端而极力否定阶级属性一端。在这里，鲁迅的见解应该说是高明的。

与梁实秋的人生观、政治观与文学观相近的"自由人和第三种人"，在1931—1933年间掀起了一种自由主义文学思潮。他们以《文化评论》《现代》《论语》等刊物为阵地，发表文章，反对其时出现的政治化文学——民族主义文学，也反对"激进的社会主义者"的左翼文学，声称他们无党无派，纯自由人的立场与态度。他们高张"民主自由"的文学旗帜。他们的人生观与政治态度对无产阶级文学生存具有有利一面，因此左翼文学界基本上是"拉"他们的；对左翼文学生存也有不利一面，左翼文学界又批判他们。鲁迅、茅盾、瞿秋白等无产阶级文学家，则是从理论与实际的结合上指出"自由人和第三种人"的做不成。正如鲁迅在《论"第三种人"》一文中所说的："生在有阶级的社会里面要做超阶级的作家，生在战斗的时代而要离开战斗而独立，生在现在而要做给与将来的作品，这样的人，实在也是一个心造的幻影，在现实世界上是没有的。"在阶级社会里，尤其是在其时阶级斗争十分激烈的社会里，像苏汶、胡秋原这类"自由人和第三种人"宣扬的"自由主义文学"思潮该不该存在，笔者以为这是一个事实问题，而不是理论问题。因为，这正是其时社会大变动期中国一部分知识分子的生命形式的体现。无产阶级文学为着扩大队伍，采用"拉"与"打"的方式对待他们，笔者以为是可以理解的。这样做，也有其历史合理性。但是，对于他们已经够尴尬了的人生形式与生命状态，是不是还可以多给一些宽容呢！

左翼文学与"民族主义文学"的争论，是一场相互敌对的政治观与文化观的论战。"民族主义文学"是纯政治化的文学，它是由执政的国民党中央组织部策动的，由潘公展、范争波、朱应鹏、王平陵等人发起的。这些人，或是其时上海市政府委员兼教育局局长，或是其时上海市国民党党部委员兼淞沪警备司令部军法处长，或是其时淞沪警备司令部侦缉队长，或是其时国民党机关报《中央日报》副刊编辑。他们凭着雄厚的政治资本与财力于1930年6月1日发表了《民族主义文艺运动宣言》（以下简称《宣言》），随后创办了《前锋周报》《前锋月刊》《现代文学评论》等刊物。他们给"民族主义文学"注入了当时"党国"的要义。《宣言》实际上就是"党国"要义的文学包装广告。《宣言》声称"文艺底最高的使命，是发挥它所属的民族精神和意识"。这是什么样的"民族精神和意识"呢？《宣言》说得非常具体与明白，那就是："换句话：文艺的最高意义，就是三民主义。"王平陵也说得十分清楚。他在《从三民主义的立场观察民族主义的文学运动》一文中说道："民族主义文学"与"三民主义并不乖离"。可见，推行"三民主义"就是"民族主义文学"的"最高"的使命。本此宗旨与使命，"民族主义文学"自然视无产阶级文学为敌。《宣言》中这么说道："那自命无产阶级的所谓无产阶级的文艺运动，又是那样的嚣张，把艺术拘囚在阶级上。可以说是陷民族于死亡的窨井。"黄震遐的《陇海线上》与《黄人之血》、万安国的《国门之战》、苏凤的《战歌》和邵冠华的《醒起来罢同胞》等作品，尽着"民族主义文学"的"最高的使命"。

纯政治化的"民族主义文学"，自然很快引起了左翼文学界的高度重视与一致批判。鲁迅在《中国文坛上的鬼魅》一文中，剖析了"民族主义文学"的本质，指出："古人也早经说过，'以马上得天下，不能以马上治之'。所以要剿灭革命文学，还得用文学的武器。作为这武器而出现的，是所谓'民族文学'。"这就一针见血地指出"民族主义文学"是"得天下"的国民党用以剿灭左翼文学以维护其统治的武器。鲁迅还在《"民族主义文学"的任务和运命》《黑暗中国的文艺界的现状》等文章中，指称"民族主义文学家"是"殖民地上的洋大人的宠儿""最要紧的奴才，有用的鹰犬"。瞿秋白在《狗样的英雄》与《狗道主义》等文章中，也指称"民族主义文学""是鼓吹战争，鼓吹杀人放火的文学"。茅盾在《"民族主义文艺"的现形》一文中，也指称"民族主义文学"是"官办的""屠杀文学"，其《宣言》是国民党政策的产物和文化专制主义理论的抄袭。

在左翼文学界奋力拼打之下，"民族主义文学"闹腾了两三年之后偃旗息鼓了。但在20世纪30年代中期、40年代初期及末期，又不时地闪现于文坛，尽着"帮忙"与"帮凶"的作用。

左翼文学在与非左翼文学的拼打之中，始终坚持了无产阶级的"阶级解放意识"这一思想特质与功能意识，为中国广大现代知识分子与广大民众高张起了一种人生追求目标，为中国无产阶级文学自身的继续发展积累了多方面的经验与教训，也暴露了自身存在的弱点与毛病。这些都是需要加以科学地总结的。

三

左翼文学的思想特质与功能意识，还内化为了左翼文学创作的精神脉系。不过，其表现形态在左翼文学创作流程中存在着较大的差异。

在左翼文学思潮兴起的最初两年时间里，后期创造社与太阳社的同仁们，一面"促既成作家转向"，一面努力从事文学创作。他们凭着强烈的革命激情与愤怒情绪，试图以自己理解的革命方式与文艺见解去规范文学，形成一种盛行于一时的文学创作时尚即革命化的政治追求、激情化的文学表述与浪漫化的故事内容。这一文学创作新时尚的倡导者是蒋光慈。1927年4月，蒋光慈以同年3月共产党领导的上海工人第三次武装起义为题材，创作出了小说《短裤党》，开创了这一文学创作新时尚"理想模式"的先河。1928—1930年间，他沿着这条创作路子写了《冲出云围的月亮》《丽莎的哀怨》等小说。比如《冲出云围的月亮》，写一个女学生王曼英，始而自暴自弃，步入自我毁灭的歧途。后与李尚志相遇了。她被革命者李尚志坚定的革命意志与勇敢的革命行动所感染，并对李尚志产生了爱慕之情。革命的恋爱改变了王曼英的人生之路，使其走向革命。这一虚拟的革命与恋爱结合的人生形式与创作模式得到了众多左翼文学倡导者与赞同者的认同和仿效。紧步蒋光慈之后的是洪灵菲。他的小说《流亡》，直接演绎革命与恋爱的另一种表现方式。主人公沈之菲这位革命者，始而认为革命与恋爱都是人生大事，二者没有什么冲突，都是生命之火的燃烧材料。他的这一认识，好像是从蒋光慈的《短裤党》中获得的感受与体会。但是，他到了一个名叫H港的地方，这一认识发生了突变。因为，他看到了H港的人生中存在种种丑恶现象，如欺诈、凌辱、玩弄等。于是，他决定要离开小家庭去革命。他在给妻子的信中，咆哮般地吼道："我要革命！革命！革命！""唯有冲锋陷阵，方是我的生活！"洪灵菲写了这篇小说之后，便把其创作框架，安放在北伐战争背景上，写出了《前线》与《转变》等小说，主人公都是始而陷入情网，继而走向革命。当革命与恋爱发生冲突时，或感觉到需要革命时，就毫不犹豫地抛弃恋爱而投身革命。"革命第一！恋爱第二！"成为作家与作品中革命者的人生理念。其他的左翼文学倡导者也大多写出了类似的作品。即使不是左翼文学的倡导者而稍晚才进入左翼文学行列的文学家，也被这一创作模式所吸引而写出类似的作品。胡也频与丁玲便是这样的作家。

胡也频于1929—1930年间写的小说如《到莫斯科去》与《光明在我们的前面》，也是这一倾向的作品。前者写一位上流社会的新女性走上革命道路的故事。素裳是位新女性，她的丈夫是位"党国要人"徐大齐。她不满足花瓶似的生活，转而怀疑妇女解放究竟是怎么回事？——由封建道德伦理锁住的笼中"小鸟"而解放为达官贵人的"花瓶"，这就是妇女解放之路么？她认为不是！但是什么？自己也不甚明白，总之她想到应该出去工作。做什么工作？教书嘛，又不愿！像夏克英那样去性解放嘛，也不愿！人生新的十字路口，摆在她面前。正在这时，一位革命者——名叫施洵白的男人进入了她的生活圈。她立刻认定，施洵白就是她新的人生之路的引导人。于是，她与他接近，她与他交谈。从交谈中，她知道了他是一位共产党员，还从他口中了解了革命的艰苦乃至牺牲的种种事实。她再三向他表示："不怕！"并说："我是幸福的！"她与他产生了爱情。正当他带她去莫斯科的头天晚上，他被捕了，一个星期后被秘密枪杀了。她十分着急，她弄清了屠杀他的人正是她的丈夫徐大齐时，萌生了要刺杀徐大齐的念头。稍后，感到杀死一个徐大齐也不能救助千百万革命者。于是，她决定继承施洵白的遗愿——到莫斯科去。革命与恋爱融合，改变了人生道路。这一故事内容，似乎与蒋光慈《冲出云围的月亮》如出一辙！后一部中篇小说，写一位马克思主义信仰十分坚定的共产党员革命者与一个无政府主义信仰十分虔诚的女性。此二人，各自的性格都很刚强，始而各自的信仰都十分坚定，又处于热恋之中。因信仰不同而发生的冲突，自然十分激烈。见面时，总是热烈的握手，好像一对恋人热烈拥抱只属于别的信仰的人。等到手都握疼了才松开。于是，马上展开激烈的争论，都坚信自己的信仰才能救国救民。分开后，就分别去从事各自的工作。每次见面的过程大抵如此。后来，化对立为统一，统一到马克思主义信仰里，无政府主义者转变为马克思主义者了。丁玲的最初三篇小说《梦珂》、《莎菲女士的日记》与《阿毛姑娘》，自然不属于此种创作模式。流入此种创作模式的是她1930年写的两篇小说：《韦护》和《一九三〇年春上海》。《韦护》主人公韦护，是一位老牌的坚定的社会主义者，他与丽嘉姑娘结婚后仍然成天忙于革命工作，因此夫妻关系不和谐。韦护感到恋爱、结婚、家庭妨碍革命工作，准备离开妻子。这时，妻子感到了危机而觉悟了，决定像丈夫一样投身革命洪流。夫妻感情融合了——革命与恋爱融合了。《一九三〇年春上海》分两部分。"之一"写一位不革命的男人与一位革命的女人的故事。这样的一对夫妇自然要闹矛盾的，最后革命的女人离开了不革命的男人；"之二"则相反，写一位革命的男人与一位不革命的女人的故事，最后是不革命的女人离开了革命的男人。这是丁玲的创作由"莎菲型"到"革命者型"的人物塑造的转型期出现的一种短暂现象。她原以为，这就是革命文学作品了，但等到小说发表后再读时，深感懊悔，因为这完全陷入了革命与恋爱冲突的光慈式的陷阱里了。可见，这一创作时尚，影响之深之甚！另一些左翼文学作品虽不属上述"革命+恋爱"系列，但却属"新时尚"的另一种"经典"。其中，以华汉（阳翰笙）的长篇小说《地泉》为代表。华汉在1927—1931年间，创作的小说较多，计有短篇小说12篇，中篇小说7篇。这些中篇小说中有3部构成长篇小说《地泉》，那就是《深入》《转换》《复兴》。这期间，他所有这些小说，都写的是工人、农民、士兵及知识分子所受的政治的经济的不公待遇及其反抗斗争，突出他们激烈的革命行动，有着浓厚的英雄主义色彩，或者说英雄化特征十分鲜明。《深入》顾名思义，写的是共产党领导的农村革命深入。具体写一位叫老罗伯的农民，不堪地主的剥削而参加农会组织的武装斗争，在围攻地主大户的战斗中，儿子牺牲，但战斗取得胜利。在庆功会上，他慷慨激昂地高声吼道："我们只有拿我们这一点一滴的热血去拼啊！拼！拼！拼！"在农民大众的怒吼声中，枪毙了大地主。小说最后，写起义领导人汪森宣布用武装来保卫胜利果实，分土地给农民。"打土豪分田地"，这是"农村革命深入"的要义，也是中国农民的出路，也是中国革命在20世纪二三十年代的出路！华汉编织这么一个故事，诠解这一政治理念。《转换》写一位大学生人生道路的转换。林怀秋在大革命"时代洪流中，突奔猛进，置生死于度外"，可称得上是一位"英伟的人"。但是，当革命洪流退潮时，他感到社会倒退了，革命失败了，而个人又无力扭转这一劫运，于是变成另一个人了："在酒精中寻找刹那的陶醉，在肉色中追求刹那的快感。"林怀秋这一人生的不同状态，在大革命中与大革命失败后一两年间的知识分子人生状态方面是颇具代表性的。怎么办？让这类知识分子就这样沉沦下去了吗？小说的回答是："不能！"必须使他们重新燃起生命之火，投入新的革命洪流。所以，小说写了一位女革命者寒梅对他进行开导、教育、通报农民革命运动再度兴起的信息，使他产生了新的希望。他经组织的安排打入敌军并掌握了两个营的兵力而发动哗变。他带着这支队伍与汪森的部队会师。革命—沉沦—革命，这是20世纪20年代末期两三年间追求进步而又有实际行动的知识分子的共同的人生状态与人生道路。作家编织这个故事，也表明像林怀秋这样的知识分子只有完成第二次人生转换才有出路。《复兴》写"农村革命深入"之时，城市的工人运动也复兴了。小说写上海电车工人的罢工。先写关于罢工的争论，这是主要情节。后写工人上街游行。通篇小说，杀气腾腾。工人们高喊："干，干，干！""复仇，复仇！""斗争，斗争，斗争！""革命已经复兴了，革命已经复兴了！"小说中出现了林怀秋，他是以红军代表的身份来上海参加苏维埃大会的，他向大会传达有关"农村革命深入"的问题。分别写于1928年8月、1929年7月、1930年7月的这三部中篇小说，合起来构成一部长篇小说，确实如照相机一般把那个年代里，共产党中"左"的意识、"左"的情绪、"左"的行动统统拍摄了下来，作家的政治激情也满纸淋漓。大革命失败后，中国革命前途如何？革命该怎么进行？沉沦的人们怎么才能重新走上革命之路？作家通过自己的思考，用小说来描述与回答这些重大社会人生问题，而且是直言不讳地明明白白地回答这些问题。

1928—1930年间，左翼文学创作新时尚的"经典"，充溢着阶级解放意识。表面上，那满纸的政治口号似乎使作品进入了"力"的文学范围，然而仔细研读却会感到那"力"不是美学上的强力——力的美，而是苍白无力的"力"。这一时尚"经典"，虽产生过一时的社会效应，但并未给人们以深刻的理性思考启迪，而仅仅是产生一时的冲动——一种盲目的冲动。

1930年3月2日，左翼文学的组织机构中国左翼作家联盟（简称"左联"）成立了。这以后，左翼文学有了极大变化。这得力于鲁迅等作家对左翼文学的反思。他们较为深入地探讨了左翼文学应该是什么样的文学？写什么？怎么写？特别研讨了左翼文学怎么样服务于政治革命与社会革命这一至关重要的问题。研讨过程及其结束后，这些问题并未形成统一的共识。也许正是有了分歧，也才使得左翼文学理论、特别是左翼文学创作有了丰富的文本意义世界。鲁迅、茅盾等左翼文学扛鼎作家的作品和叶紫、柔石、周文、张天翼、沙汀、艾芜、萧红、萧军、端木蕻良等一批左翼文学新人的作品，表现出了对于现实社会人生的广泛关注，呈现出广博的人文关怀、面向大众的价值取向和多元化的人性、人生形态的文本向度。也正是这些作家作品，使左翼文学度过了前两年的幼稚期而步入文学之为文学的轨道。

鲁迅从文的终极关怀是什么？或者说，他一生的著述文字的终极追求是什么？笔者以为，始终如一的、一以贯之的是"立人"。"立人"的含义为何？怎么"立人"？通过什么途径"立人"？鲁迅用他的小说、杂文乃至书信，寻绎着这些问题的答案。鲁迅所追寻的"立人"，不仅有自己的个性、思想、理想、追求、行动，而且更要有"群体性"即"立人"与"立民"、"立人"与"立国"一致。这可以说，是他的"立人"的核心含义。他之所以提出这一"命题"而又终生追寻，是因为他对中国历史、文化与社会的种种弊害有着深刻的了解与认识，而不是出于某种外来的思想理论的启迪。外来的思想理论，如果与他认识有了共同点，他便毫不犹豫地吸收，包括共产党人和共产党组织在内宣传的进步思想理论，只要与他的认识一致的，或他通过用事实来检验是对的，都毫不犹豫地给予认同。这就使得他的思想见解，既是感性的又是理性的，既是现实的又是超前的。因此，他的作品中呈现出的他对于中国社会历史与文化的认识，往往是同一时期其他理论家都无法企及的。

中国历史、社会、文化的种种弊害，集中于一点即鲁迅概括为的"吃人"——强者吃弱者、强者吃强者、弱者吃弱者——相互吃，形成一张极难冲破的"吃人网"与"杀人团"。鲁迅的《呐喊》与《彷徨》两部小说集中的一个共同的命意，便是对"吃人"的揭示。特别是在五四新文化新文学高潮之后，新文化新文学界祝贺"个性解放"与"人的发现"的"功德圆满"时，鲁迅写了《离婚》与《伤逝》等小说，对子君式的"个性解放"与爱姑式的"离婚"进行拷问。"我是我自己的，他们谁也没有干涉我的权利！"子君这一"个性解放宣言"及其离家出走而与涓生同居，就是"个性解放"的终极目的么？就是"人的解放"的成功么？中国人算是立起来了么？然而，结果呢？子君依然回到了旧式家庭，悄悄地死了！爱姑也只是在"个性解放"与"人的解放"声浪中有了一点儿自我感觉的女性，她要挣得在家庭内做人的位置而闹腾了一阵，结果应有的做人权利未挣回，还是如一些旧式女性一样被"休"了。这就是表明了，鲁迅关注的"个性解放"与"人的解放"，不仅是个体的而更是社会的群体的！严重的问题是社会群体的灵魂的改造。怎么改造？自然是"破"——按鲁迅的说法就是"先行发露各样的劣点，撕下那好看的假面具来"[①]。鲁迅所指的"劣点"，主要是指灵魂的黑暗，其中既有落后愚昧，也有私心。当权者的私心是如何膨胀权力、如何敛财、如何排击异己；无权者包括一般民众在内的私心是只顾个人利害得失，不管他人死活。所有

[①] 鲁迅：《通讯》，《鲁迅全集》第3卷，人民文学出版社1981年版。

的人一个共同的私心是不正视自己,不面对现实,处于弱势或遭到挫折时常常取法于阿Q精神。这些便是中国人"立人"的最大精神障碍。这就使得国家无希望,社会无希望,中国人无希望!鲁迅小说的主旨和杂文的社会批判与文化批判,可以说都是围绕这一终极关怀展开的。

1927年"四一二"以后,鲁迅用他的杂文表达了他对国民党新政权的憎恶,这绝非出于什么人或什么理论的鼓动,而是看到的感觉到的事实。他于同年9月4日写的《答有恒先生》一文中,怀着满腔愤怒的情感写道:从来没见过这么杀人的。而且更写道:这"血的游戏已经开头","现在已经看不见这出戏的收场"。这就是说,这个新政权是通过残酷的杀人手段即血腥镇压建立起来的。从此,他用笔暴露这个新政权对内镇压对外妥协投降的行径,追踪这个新政权推行高压政策以维持与巩固其统治的斑斑劣迹。清醒的读者们,会从他的杂文中得到这样的启示:这个新政权能长久么?这个新政权的掌权者也算真正的"人"么?同时,鲁迅还把笔触投向这个新政权的帮忙、帮凶文人。与此相关的,鲁迅站在民族利益的立场,对日本帝国主义发动的一次次侵略事件,给予大义凛然的针砭,揭露其侵略野心——占领东北吞并全中国进而称霸世界。他于1934—1935年间写的《关于中国的两三件事》《中国人失掉自信力了吗》《在现代中国的孔夫子》等杂文中,总是从精神、意识、灵魂的角度来论政治问题、社会问题、人生问题,论得透彻,论得到位。

鲁迅在寻绎"立人"这一关系中国社会人生命运与出路根本问题的过程中,始而由于"事实的教训",失望于辛亥革命,继而又看到国民党新政权置民众与民族存亡于不顾,于是便把目光转向了共产党及其信奉的主义。他的"转向"共产党及其信奉的主义,即如他自己说的:是"又由于事实的教训,以为惟新兴的无产者才有将来,却是的确的"[①]。他认定在他们身上寄托着中国与人类的希望。他还说"那切切实实,足踏在地上,为着现在中国人的生存而流血奋斗者",我"引为同志,是自以为光荣的"[②]。正是"又由于事实的教训",他才把"立人""立民""立国"的希望寄托于共产党及其信奉的主义的。但是,对此他并不盲从——不唯言是听、不唯令是从。他不对"左"的路线表示赞成,他不参加"飞行集会",他反对解放"左联",等等事实,充分表明了他对当年的共产党及其信奉的主义是既信而又不全信,特别是在左

[①] 鲁迅:《二心集·序言》,《鲁迅全集》第4卷,人民文学出版社1981年版。
[②] 鲁迅:《答托洛斯基派的信》,《鲁迅全集》第6卷,人民文学出版社1981年版。

翼文学内部论争中，他写的大量杂文，更进一步表明了他的清醒、理智及其难能可贵。这是同时期左翼知识分子及以后的中国左翼知识分子都难于做到的。鲁迅肯定左翼文学，也肯定倡导者的倡导功劳，反对与批评的是倡导者们的投机心理及拉大旗作虎皮、唯我独尊一面。他在《上海文艺之一瞥》一文中，就这样指出：左翼文学倡导者的"本身里，还藏在容易犯到的病根。'革命'和'文学'，若断若续，好像两只靠近的船，一只是'革命'，一只是'文学'，而作者的每一只脚就站在每一只船上面。当环境较好的时候，作者就在革命这一只船上踏得重一点，分明是革命者，待到革命一被压迫，则在文学的船上踏得重一点，他变了不过是文学家了"。因此，他指出他们是"翻着筋斗的小资产阶级"。所以，他在《文学的阶级性》一文中特别表示出：我"不相信住洋房，喝咖啡，却道'唯我把握住了无产阶级意识，所以我是真的无产者'"。他们不过是挂革命的招牌，捞取革命文学家的美名而已。[①] 鲁迅对左翼文学的倡导者"病根"的这一批评，似乎太严厉了一些。表面看是如此。但是，鲁迅依然是从"立人""立民""立国"这一大前提来看问题的。他寄希望于共产党及其信奉的主义身上，那么，身为共产党人的"心思"即精神、意识、灵魂，就应该首先得到改造，首先应该从革命和大众利益出发，而不应有如此之私心与如此之行为！正因为有了这样的见解，所以，在"左联"成立大会上，他特别指出：左是很容易右的！要改变这种状况，必须"和实际的社会斗争接触"，必须"明白革命的实际情形"。在"目的都在工农大众"的前提下，应坚决持久不断地对旧社会与旧势力展开斗争，应扩大战线，应造出大批新战士。这以后，他与周扬等人的争论都贯穿着这样的见解，其精神脉系依然是"立人""立民""立国"。鲁迅在实践中——自己的实践与别人的群体的实践中，看到了"左联"作为左翼作家的团体与左翼文学的核心团体的存在的必要性，更看到了这个团体存在的问题即群体性素质的低下，其突出表现为争名利、争地位、挂招牌，企图独霸、包办左翼文学。所以，鲁迅尖锐地指出，这个团体中一些人是"躲在黑暗里的"，是"随风转舵"的人，是"自己营垒里的蛀虫"。他们最大的坏处是"于人心有害"[②]。因为他们给一般人的印象是左翼文学的领导人，是左翼文学中共产党人的代表。

鲁迅建构的"立人"，可以说是一个系统工程，是一个关系到中国社会人生与中国革命命运的伟大工程。其后续性空间与价值意义，无限广阔。不过，

[①] 鲁迅：《"醉眼"中的朦胧》，《鲁迅全集》第4卷，人民文学出版社1981年版。
[②] 参见鲁迅1934年、1935年间给台静农、郑振铎、萧军、萧红的信。

根本点依然是去掉私心和树立脊梁精神。

茅盾是左翼文学中又一位扛鼎作家。他把自己对于中国社会性质的思考带进了左翼文学创作领域。他描绘了中国社会人生中的两个主要方面的人生形式与生命状态，来寄寓他对中国社会性质的理性思考。一是中国民族资本家的人生形式，二是中国农村农民的人生形式，前者为他的独创，后者也有新意。

茅盾最初的小说《蚀》是他经历了社会人生之后写出的，《子夜》则是为着创作而去经历人生之后写出的。大革命是失败还是胜利？中国社会性质是否发生了根本性改变？中国社会是半殖民地半封建还是资本主义？这是20世纪20年代末30年代初中国思想文化界讨论的热点。茅盾对于第一个问题，自然有他从经验与感受而得来的认识；对于后两个问题，他必须从其对整个中国政治、军事、经济、金融等方面进行考察，获得新的经验与感受。他在《〈子夜〉是怎么写成的》一文中就这样写道："我在上海的社会关系，本来是很复杂的。朋友中间有实际工作的革命党，也有自由主义者，同乡故旧中间有企业家，有公务员，有商人，有银行家，那时我既有闲，便和他们常常来往。"通过与这些人"来往"，他看到了一些资本家拉股子，办工厂；看到了一些资本家在金融投机市场做"空头"与"多头"，发狂地搞赌注；了解了上海工人运动与农村农民运动的状况；了解了蒋冯阎大战及世界资本主义经济危机波及上海民族工业的情况……于是，就产生了如他在《子夜·后记》中说的"大规模地描写中国社会现象的企图"。他构筑一个文学世界和塑造文学人物形象，表达他对其时关乎中国革命性质与任务判断是否正确的见解。《子夜》所构筑的文学意义世界，可以说浓缩着其时中国社会人生的方方面面：农民运动、工人罢工、军阀混战等；民族工业资本家、金融买办资本家；工人、工头、革命者、地主、文化人、小姐、太太、老爷等。这些人与事，围绕着生存与发展、权势与财富，形成错综复杂的种种矛盾，成为一个既是实在的又是虚拟的文学社会人生世界。这个文学世界里的焦点人物是民族资本家吴荪甫。他有近代欧美资本家管理企业的本领，有发展中国民族工业的强烈欲望与野心，有要达到目的的冒险精神、硬干胆力与铁的手腕。他是中国民族资本家中的佼佼者。他的雄心与理想是：主宰中国的经济命脉——他所经营的公司"高大的烟囱如林，在吐着黑烟；轮船在乘风破浪，汽车在驶过原野"，产品"走遍了全中国的穷乡僻壤"。这也是他做的资本主义王国的美梦。为着实现这一雄心与美梦，他用3年的"心血"在家乡双桥镇开办了当铺、钱庄、油坊、米厂、电厂——一个可供他回旋的后方基地；他扩充实力——组建益中信托公司、吞并8个中小工厂；他强化对工人的管理与剥削——延长工作时间、减少工人工资；他打入公债市场；他反对军阀混战又做军火生意……然而，吴荪甫最后还是破产了，悄悄溜出了上海。茅盾赋予吴荪甫人生形式以一个顶尖级的政治理念，那就是上海——中国不是民族工业生长之地，中国发展不了资本主义经济。这也自然表明了茅盾对于当时政治思想文化界讨论的中国社会性质的答案：连资本主义都不可能得到发展的社会，怎么会是资本主义社会？中国依然是半殖民地半封建社会。茅盾顺着这一思路，把目光投向了其时中国农村社会与农民的人生形式，写了《春蚕》《秋收》《残冬》三个短篇小说组成的"农村三部曲"。农村衰微破败，农民勤劳不仅不能致富反而陷入更加贫困境地的根源是资本主义列强的经济侵略与产品倾销于广大农村城镇市场，以及官商地主的压榨。呈现出的依然是半殖民地半封建农村社会状况与农民生存景况。

柔石、叶紫、周文、张天翼、艾芜等左翼文学新人，与茅盾的近距离乃至零距离的叙写社会人生有所不同，使得左翼文学呈现出多姿多彩的风貌。柔石取材浙东社会生活中的陋习——"典妻"，写出了农村社会人生中人性与亲情的扭曲，农村贫苦妇女的生命形式。主人公春宝娘被贫病交迫中的"非常凶狠而暴躁"的丈夫"出典"给没有儿子传宗接代的乡绅秀才。春宝娘的母子亲情在这一过程中，一而再、再而三地受到熬煎，鲜活地展现出了人伦关系中被扭曲被异化的非人性非人情的一面，喊出那个社会制度及依附于它的"典妻"陋习"吃人"的呼声。叶紫取材他经历过的家乡农村生活，写出了《丰收》《电网外》《山村一夜》等小说，寄寓着"对于压迫者的答复：文学是战斗的！"[1]的文学价值功能追求。他笔下的曹云普、王国六等老年农民，经历一次次生活境遇的打击与生存意识出现的危机，而"固守奴隶地位"的意识与行为打碎之后，焕发出了潜在的阶级解放意识，走向新的人生征程。不过，他笔下的老长工却始终不曾觉悟，一直陷于社会人生底层，最后默默地悲惨地死去。由此，展现出了20世纪二三十年代中国农民的不同的人生命运。周文把他经历过而"现在"还存在的"川康"边地"吃人"的社会状态带进了文苑。"川康"边地是一个神秘之地，崇山峻岭，气候严寒，物产丰富，交通十分不便。然而，因其产金和鸦片，成为历代军阀争夺之地。周文

---

[1] 鲁迅：《叶紫作〈丰收〉序》，《鲁迅全集》第6卷，人民文学出版社1981年版。

写出他曾在此境遇里的感受与体验。他以一种纯然的白描手法描绘出了军队中大官吃小官、小官吃士兵、士兵吃百姓、百姓吃百姓等纷繁复杂的"吃人"局面，同时，还写有恶劣天气的"吃人"。尤其是那军阀战争杀人的残酷，真是触目惊心。"川康"边地的人——兵（包括军官）、官、民都不是"人"，没有人性更无人情，有的是争权夺利、相互残杀。像周文这样的描写战争与苦难，在左翼文学创作领域里还没有第二人。这大概算是周文对左翼文学的独特贡献吧！艾芜是把他经历过的另一边地"西南边陲"的社会人生收于笔底，带进无产阶级文坛。"西南边陲"，穷山恶水，生活于此的是一些贩夫走卒与强盗土匪构成的特殊人群——他们多是被主流社会排挤出去的人们。这些人，因被"吃"而心存疑虑，做事待人非常谨慎，对于同胞中的不轨者常常采用残杀或酷刑。然而他们的良心未完全泯灭，人性未丧失殆尽。小说《山峡中》，把咆哮的峡江水、蛮野的山风、残颓的山峡寺庙与生存其间的人们融为一体，构成一个崭新的文学世界。这，可以说是艾芜贡献给无产阶级文学的有别于周文小说的另一类型的文学。张天翼取材于他熟悉的社会中下层人生，创作出别具一格的幽默讽刺小说系列。他笔下的人物，几乎都生存于"现实"与"虚幻"两种境遇里。他们的言语行动与心思常常背离，他们所求常常不得或得而又失，都是符合他们的性格逻辑与生活逻辑的。作家把他的贬抑之情与讽刺光芒置于这些反差与错位的种种人生状态之中。萧红把故乡东北社会人生和贯穿其间的关乎民族生死存亡的信息带进了无产阶级文苑。她的《生死场》，展现了东北民众对于死的挣扎与生的坚强。在那旧仇新恨——阶级仇与民族恨充溢的生死场里，翻滚着反抗怒涛，燃起熊熊抗击日寇入侵的烈火。

总之，左翼文学创作形成了开放性、丰富性、现代性以及启蒙救亡的文化提升等特征。这些特征构成了中国无产阶级文学的重要传统。它一直延续到前期"工农兵文学"和大后方文学演进过程之中。

附记

我在查阅中国现代文学史料过程中，发现1923年之后出现过"革命文学"理论主张及其一部分作品；1928年之后出现过"左翼文学"理论主张及其较多作品；1942年之后出现过"工农兵文学"理论主张及其大量作品。深入研读后，我进一步发现，三种不同时段、不同地区、不同称谓的文学都"姓无"，都是中国共产党人提出的，而且形成深广度不一的文学思潮。据此认知，我填表申报名为"中国现代无产阶级文学研究"的社科课题，后被教育部人文社科课题组批准立项，最终成果专著《中国现代无产阶级文学研究》出版发行。

"革命文学"仅为无产阶级文学幼芽；"左翼文学"为无产阶级文学壮年；"工农兵文学"为无产阶级文学参天大树。这里，我将"左翼文学"和"工农兵文学"专题加以论述。左翼文学思潮影响大，而且文学创作成就显著；工农兵文学思潮，不仅为中共中央顶层设计，而且体量特大、指令性特强、赓续性深远。我的这一认识，完全有本于文学史实，而非个人臆测。我作这样理解，也符合文学实际，也是对文学历史的尊重。历史研究的人，必须尊重历史，必须对历史有敬畏之心。这也是搞文学历史研究的人应有的底线。我一贯遵从之，信奉之！

1928—1936年间，左翼的文学，称谓不一；1928—1930年间，统一称为革命文学；1930年3月2日，中国左翼作家联盟成立后，又称左翼文学，同时又有称为"无产阶级文学"的；1934—1936年间，又叫国防文学、民族革命战争的大众文学，等等。为便于叙述起见，我统称之为左翼文学。

本文于2000年1月写成，不曾发表，部分内容已写入我主编的《中国现代无产阶级文学研究》专著中。

爱国主义：1937—1945年中国少数民族文学的中心话语

1937—1945年间，可以说是中国现代少数民族文学历史上的第一个文学高潮年代。在这一文学高潮时段里，少数民族文学与汉族文学在文学观念、价值取向原则与审美意识诸方面，获得了整体性的认同，一齐为中华民族的解放而歌唱，共同言说着爱国主义中心话语。

一

中国是一个多民族国家，中华民族是由多个民族构成的整体。在上下五千年的悠久时空里，无论朝代怎么更替，帝王怎么更换，民族间怎么争斗，中华民族不散、中国长存，延续至今，走向未来靠的是什么？主要靠的是一种爱国主义情感、爱国主义意识、爱国主义精神与爱国主义行为的支撑。

中国的爱国主义传统，源远流长。[①] 中国历来是一个"家国同构""家国同体"的国家。《孟子·离娄上》讲的"天下之本在国，国之本在家"，就揭示出"家"与"国"的这一关系。据《礼记·礼运篇》的描述，作为一种情感形态的爱国主义，在禹之前就萌生了，表现为对人和家园的爱。作为一种意识形态与道德观念的爱国主义，却始于禹之后，表现为一种"礼仪"，它规范着君臣、父子、夫妇、兄弟之间的关系，且贯穿于制度的建构、疆域的划分、人才的选用、个人利益的取舍以及用兵打仗等领域。从西周到秦汉，儒家思想意识逐渐成了爱国主义的基本内容，这就是《大学》中讲的："身修而后家齐，家齐而后国治，国治而后天下平。"从汉武帝"罢黜百家，独尊儒术"开始，儒家思想成了中国两千余年的统治思想。其间，凝集而成的"忠君爱国""忠君报国"的信念，成为一代代爱国志士仁人奉为圭臬的思想意识与行为准则。同时，在漫长的宗法社会演进过程中，还出现了与"君本位"相对立的"民本位"爱国主义意识。《孟子·尽心下》中就指出："民为贵，社稷次之，君为轻。"这一观念也为一代代志士仁人所认可并加以发挥。由

[①] "爱国主义"这一概念及其内涵，中国现代史学界认为始于19世纪中后期而完成于20世纪20年代第一次人民大革命的时代。

此，形成了"民本位"为核心的另一种形态的爱国主义。这两种爱国主义意识形态的存在就使得作为政治思想意识的爱国主义，在不同阶级、阶层、集团那里有了不同的具体内容。被统治阶级的反抗和斗争，暴露统治阶级的黑暗，无疑是爱国主义的构成要素；反之，统治阶级为维护与巩固其统治地位，也宣扬爱国主义。因此，爱国主义烙上了浓厚的政治色彩与阶级印记。

1937—1945年间，正值中国抗日民族解放战争与世界反法西斯战争之际。中国各民族人民和世界各国爱好和平人民的根本任务就是打败德意日法西斯发动的侵略战争，求得民族的解放与国家的独立。中国各民族人民在这场战争中，承受着空前的民族灾难，担当着民族解放和推进世界反法西斯战争胜利的艰巨使命。这场战争也是中国自身改造和雪百年耻辱而做"世界市民"的契机。因此，中国各族人民的爱国主义传统被空前地激活了，而且有了更大的发展与超越。中华民族在生生不息过程中积淀而成的大智大勇精神，在这时发扬得最为充分，得到了淋漓尽致的展现。"忠君爱国""忠君报国"的传统爱国主义意识与行为，日渐为民族解放和国家独立而战斗的意识与行为所代替，爱国主义由传统向现代开始了大转换。同时，中国抗日民族解放战争与世界反法西斯战争在消灭法西斯势力、营造中国与世界各国能够共同发展的环境这一根本点上是完全一致的，因此中国的爱国主义与国际主义是融合在一起的，这又是爱国主义由传统向现代大转换的一个重要标志。中国各族人民也正是得力于这一由传统向现代转换的爱国主义及其显示出的巨大力量的支撑，度过了那个中国历史上空前的劫难而开始获得新生，并为世界反法西斯战争胜利尽了中华民族应尽的责任。

生活于上述文化语境中的中国少数民族文艺工作者与汉族文艺工作者，都深深感到中华民族的命运也是文学自身的命运。因此，他们都"面对着黑暗的封建的压榨，不屈不挠地持续着顽强的斗争"，"站在民族国防的前哨，和帝国主义的侵略支撑着艰苦的肉搏！""为着痛苦的民众，呼出悲怒的叫号"，"为着神圣的祖国，争取前途的光明！"因此，他们的作品"号召着战斗"，"报告着到来的希望"，"像一道光华的长虹，划破了世纪的暗空，像一只勇敢的海燕，突击着时代的阴霾"。[1]

抗日救亡呼声响彻山海关内外之时，一批东北籍作家中的少数民族作家端木蕻良、舒群、金剑啸等人步入中国文坛。七七事变以后，华北、华中、

---

[1]《抗战文艺·发刊词》，《抗战文艺》第1卷第1期，1938年5月4日。

华南、西南、西北等地区的少数民族作家老舍、沈从文、萧乾、华山、陆地、郭基南等人相继投入抗战文学的大潮。他们与东北籍的少数民族作家，或留守本土或流亡异地，笔耕不辍，力作频频推出。他们的文学作品言说的中心话语，有着十分繁富的爱国主义内涵，其中既有大智大勇和血洒沙场的献身行为，更有属于较深层次的苦难意识、生命意识、批判意识与自省意识。

二

少数民族作家与汉族作家一样，以无比兴奋的心情迎接终于到来的抗日民族解放战争。他们自觉自愿地而又急切地将保卫祖国与保卫家乡的重担扛在自己的肩上。他们不仅是作家，更是战士。出于这一人生定位与使命意识的驱使，他们便以多种方式投入抗日民族解放战争行列。正是这种作家——战士、生活——战争的一体化关系，使得他们不约而同地抓住大时代社会生活热点，勾魂摄魄，为抗日民族解放战争鼓与呼。因此，他们奉献给抗日民族解放战争的第一批作品，几乎都是高昂的战斗激情的抒写和英雄壮举的描述。其中，萧乾的《刘粹刚之死》、端木蕻良的《螺蛳谷》、老舍的《敌与友》就分别描绘着我正规军人、游击队战士以及平民百姓的同仇敌忾与战斗英姿。

蒙古族作家萧乾在抗战爆发后，仍然沿着"人生采访"的创作路径，先后写下了一篇篇作品。小说《刘粹刚之死》是他采访"刘烈士的夫人许希麟女士"之后又经艺术加工而写成的。[①] 小说中的空军战斗英雄刘粹刚，其战斗业绩之一是"接连战七十多天，击落敌机十四架"，之二是驾机"掩护八路军反攻娘子关"时，壮烈牺牲，以身殉职。对于前者，小说只一笔带过，留下大段空白，供读者去寻思他在七十多天里鏖战的英姿、顽强的战斗意志和果敢的英雄行为。对于后者，小说作了较为详细的铺排，把一个"钢铁肺脏里蕴藏着"的"空中好汉"形象凸现了出来。登机前，他用手按住疼痛的腹部，并拒绝队友的"请假"的劝告。他毅然率领另两架飞机"向着辽远的西方飞去"。在"沿着汾河，寻找着有飞行场的太原"过程中，夜雾与寒风弥漫着整个天空。一架飞机有毛病，折回飞了。他和另一架飞机在遭遇到敌人袭击时飞机"油已快告罄"，人"也疲劳不堪"。"为避免双双牺牲"，他"关闭了指挥灯"，"打出了'被迫降落'的灯号"，并将仅有的一颗照明弹"垂落下去"，那位队友与飞机安全着陆。这以后，他"没有了伙伴，没有了照明弹，所余

[①]《文艺阵地》第1卷第4期发表时，标明为"小说"；鲍霁编的《萧乾研究资料》称为"特写"，北京十月文艺出版社1988年2月版。

的只有一只随时可干的油箱,满身的疲惫和一腔报国的赤诚"。"山穷水尽"时,他没有使用飞行伞逃生,因为"他时刻不忘记那事实:祖国的飞机太少"。于是,"他集中通身的敏锐、灵活、气力,牢牢把住人机生命所系的驶盘,一面探望机翼下面的一切,一面向下降落着"。最后,飞机保住了,他却"头垂落在胸际,血向胸间淌着","一颗英雄的崇高的星,陨落了"。这样的铺写,字里行间喷射出一股股强烈的战斗意识,闪耀着炫目的精神光芒。刘粹刚的英雄本色,还体现在他的地上生活之中,那就是小说中写的他的"休假"。鏖战七十多天后的第一次休假,对于他来说是难得的,"他是很急着回家的"。但是,他知道"死得很惨"的梁副队长的抚恤金一事还未解决,便"决定以梁烈士生前知友,多年同事的身份,去帮助他们调停",一直"手脚不停歇的"忙到"下午五点","才回到自己那个温暖的家"。在家里的两个小时,给妻子讲述了击落敌机的经过,与妻子共同回味战斗的艰险,分享胜利的喜悦。晚上七时参加东北救国会主持的晚会时,虽然也"心坎上浮起一些苍白头发,一片为敌人占了的家园",但仍然不愿听那哀伤低沉的歌声,提议"唱点壮胆的""好汉的歌"。晚上八时,接到返回部队命令。小说中写的刘粹刚,无论在空中还是地上,无论在兵营还是家里,都是一个铮铮汉子,一个英雄。因为他有一个坚定的崇高的人生信念:"我们是生在现代的中国,是不容我们偷生片刻的","我们为公理而战争,我们为生存而奋斗,我们会胜利的"。刘粹刚的英雄气概与爱国精神,无疑浓缩着那个时代整个民族的精神状态与行为方式。萧乾这篇小说与其时洪深的剧本《飞将军》、陶雄的剧本《总站之夜》,把空军生活及空军将士第一次带进了新文苑,为其时呼唤的"空军文学"创作潮流的形成起了奠基作用。

"东北作家群"中颇具艺术个性的满族作家端木蕻良,不仅把忧郁的湖泊、坚韧的土地与奔腾不息的大江带进了抗战文坛,而且还把轰烈的惊心动魄的战斗呈现在后方读者面前。他于1938年写的《螺蛳谷》,便是这样的小说。这篇小说,写青山任队长的一支游击队"被困在螺蛳谷",也"胜利在螺蛳谷"的故事,旨在表明"这些落后的群众他们怎样消灭了我们顽强的敌人,这些落后群众他们散布在我们广大的失去了的原野上,到处都是"。[①] 螺蛳谷被称为一只带妖气的葫芦,只有一个出口,其余则是峭壁,高得没法再高,爬也爬不上。青山和伙伴们,本是土生土长的人们,对这座山这个谷从小就

---

① 见小说末尾作家的议论。

跑熟了的。但是，在一次战斗中退却下来时，找不到合宜的掩蔽处所，青山不顾部下反对，命令伙伴退到了这个谷里。一百名左右的日本兵，见他们进了谷，便三面派兵监视起来，企图困死、冻死、饿死他们。他们在谷里坚持了五天五夜，虽然有争吵，有意见分歧，但大家却为着"突围"的同一目的献计献策，最后，他们采用"塔头儿"的土方式胜利突围，并消灭了敌人。小说以"散点"叙述方式，写出了这个群体的精神风貌，艺术地再现了抗战初期中国人民高昂的战斗热情和蓬勃英姿，贯穿着颇具时代特征的一种理念：觉醒的民众开展的民族解放战争是不可战胜的，侵略者必败！

满族作家老舍不仅是中国现代少数民族文学中的一位资深作家，也是整个中国现代文学中的一位资深作家。抗战爆发后，老舍只身到达武汉而后驻足重庆。他主持中华全国文艺界抗敌协会的日常工作，率领文艺界同仁们积极开展抗战文艺活动，推进抗战文艺沿着抗日民主政治方向和现实主义道路向前发展。同时，老舍使出"十八般武艺"创作出内容丰富与形式多样的文学作品。正如他在《三年写作自述》一文中说的："神圣的抗战是以力伸义，它要求每个人都能十八般武艺件件精通，全德全力全能的去抵抗暴敌，以彰正义。顺着这个要求，我大胆去试验文艺的各种载体……于小说杂文之外，我还练习了鼓词，旧剧，民歌，话剧，新诗。"老舍在1937—1945年中国文坛上，确实出力最大，流汗最多，是一位功臣。这里，仅就他于1938年写的短篇小说《敌与友》高扬的民族解放意识，加以论析。几千年承传下来的中国的家族观念几乎浸入了人们的骨髓。"光宗耀祖"便是家族子孙们的人生信条与追求目标。这种代代相袭的家族观念，常常冲击着民族观念，淹没民族意识，乃至扭曲人性、人情和理性。小说《敌与友》中写的张村与李村便是家族制度的典型和家族观念的浓缩体。这两个村各自的家族观念的偏狭性，导致这两个村子自有史以来就没有过和平，有永远打不完的官司。狭隘的家族观念，使两个村的人们"不惜牺牲了真理"：张村的太阳如果是从东边出来的，就一定断定李村的朝阳是在西边；张村人如将隔开两村的河叫小明河则李村人立即叫它大黑江。狭隘的家族观念积成的仇怨与偏见，多深多重啊！其结果是两个村愈来愈穷，愈来愈愚昧。全民族高涨的抗日民族解放战争大潮，猛烈地涤荡着一切污泥浊水。张村的张荣和李村的李全，在战场上英勇杀敌，而且相互救助——张荣救了李全的命，李全救了张荣的命。他俩相互搀着受伤的躯体回到村上，并告诫父老：我们全省的全国的敌人是日本鬼子，如果再为私仇打下去，家保不住，祖坟保不住，国家保不住！两个村的人们在日本帝国主义的烧杀抢掠的血淋淋的事实面前，听从了这两个后生的告诫，立即抛弃前嫌，声称"咱们两个村子是朋友了"。这就表明，觉醒了的民族解放意识和高昂的民族正气，一定能化解世代家族仇怨与偏见，显示出民族解放意识的强大威力。大概正是基于这一理念认知，老舍在他的诗歌作品中，呼唤"保民杀寇"："上战场，上战场，/弟兄们，为保民杀寇，/去洒这热血一腔！"

壮族诗人黄青的诗《来到祖国的南方》与华山的小说《鸡毛信》、锡伯族作家郭基南的话剧《太行山下》、土家族作家萧离的特写《当敌人来时——乌镇战役中含血带泪的穿插》等，从不同角度近距离地反映了各自所体验或经历过的现实人生，描绘着一切不愿做奴隶的中国人奋力抗争的精神、不可侮的民族气概与坚强意志。

三

1937—1945年的抗日战争和第二次世界大战，说到底是两种文化的战争。具有悠久历史文化的中国，为什么屡遭历史文化浅短的日本的侵略？中国何以到了几乎被日本帝国主义吞食的境地？除了从日本方面去找原因以外，更应从中国自身去寻求答案。只有这样，"抗战建国"与求得彻底解放的目标才能实现，抗日民族解放战争赖以推进并取得胜利的内在张力才能得以弘扬。这便是老舍首先思考并提出的文化自省与文化批判的重要性所在。1938年，老舍在《兔儿爷》杂感中指出，我们"也当自省一下"。稍后，他在《文章入伍，文章下乡》一文中，鲜明地指出："一个衰老的国家遇到极猛烈残暴的侵略，当然要自省；那自居为民族的天良的文艺工作者，无疑的会首先下一番自我检讨的工夫。"沈从文在他的《新的文学运动与新的文学观》一文中，加以呼应，也认为："也许把这民族的弱点与优点同时提出，好像大不利于目前抗战，事实上我们要建国，便必须从这种作品中注意，有勇气将民族弱点加以修正，方能说到建国。"老舍与沈从文的文化自省呼唤引起了众多文艺家的共鸣。且不说郭沫若、茅盾、巴金、沙汀等作家的这类言说与创作实践，仅活跃于一时的文艺评论家李长之也连续发表文章申言文化自省。他在《战争与文化动态》一文中，说道：战争使中国人对于自己的文化入于反省的态度，对于好的文化要承认并要更好，对于坏的文化要承认但要徐图改革，只有这样才能渐次把握中国文化的真相。正是得力于这一理性思考，老舍、沈从文等少数民族作家和汉族作家，在1939年以后大都着重于在战争苦难描述与现实社会人生弊害批判中反思中国文化,以化解丑恶,弘扬民族"脊梁精神",实现人格——国格的重塑,介入"抗战建国"方略的实施。这,应当说是一种深层的爱国主义内涵。

老舍在1939年以后的作品,苦难言说中有鲜明的自省,自省中有深刻而尖锐的批判。发表于1940年1月3日《新蜀报》上的《诗二章》,面对眼前的乌纱岭和凉州的"村荒枯翠柳"与"人瘦比黄花"的景象,发出"周秦文物今何在"的拷问。剧本《残雾》与《面子问题》,以喜剧形式,表现严肃的社会人生问题,否定那个现存的社会制度,批判执政的统治阶级。剧本《张自忠》,在高扬爱国精神的同时,直逼张自忠将军面临的社会问题、军事问题。张自忠将军肩扛两"难":一"难"是日本帝国主义入侵造成的社会人生苦难,一"难"是中国自身既存的"难"。他说:"苦,我能吃,只是问题太多,太多!"剧本《谁先到了重庆》,对商人章仲箫身上存留的传统生活习俗与情调,予以剖析。章仲箫之所以仇恨日本鬼子,是因战争打破了他的苟安日子。为着寻回失去的苟安和保存一丝附庸风雅,他又四处打听战争的消息,几乎导致抗日义士丧命。老舍着力于中国文化剖析的是那部《大地龙蛇》剧本。该剧序文中,一再表述抗日与文化的关系及该剧由来。他说:抗日的目的是在保持我们文化的生存与自由;有文化的自由生存,才有历史的繁荣与延续。又说:在这抗战期间来检讨文化,正是时候。因为我们既不惜最大牺牲去保存文化,则文化的力量如何,及其长短,却须检讨。还说:一种文化的生存,必赖它有自我批判,时时矫正自己,充实自己。抗战给文化照了"爱克斯光"。可见,老舍关于抗战与文化的关系的理解,本身就包含有强烈的自省与批判。他创作的这部"三幕话剧歌舞混合剧"正具有这一文化内涵。剧中的赵庠琛,幼时读孔孟经书,壮存济世之志,游宦二十年,老而隐退,每以壮志未酬而发感慨,因以诗酒自娱。这是一位典型的中国传统文化人形象。抗战爆发以后,他由南京随政府迁往重庆。他依然固守民族传统气节,绝不投降敌人过苟安生活。但是,他又不赞成进行抗战。必要时,他愿自杀,但不会伸出拳头去打敌人。他反对次子赵兴邦从军抚战,认为那是不大合理的事。重民族气节而又酷爱和平,反对抗战,这在日本帝国主义置中华民族于死境之际,赵庠琛必然自处尴尬境地。这一尴尬局面,其实是中国传统文化的一种矛盾冲突在他身上的集中表现。同时,赵庠琛还有一种矛盾冲突,即传统与现代的矛盾冲突。他要子孙们由修身齐家起首,在这乱世之际应管家管子女管赵氏门庭的延续;他要子孙接受他给他们的人生安排包括婚姻娶嫁。但是，这毕竟是 20 世纪 40 年代了，又是处于家国忧患之中，因此他固守的传统文化不能不遭到现代文明的袭击。最后，他走出了家门，并说："这个战争把一切都变了！"剧本正是通过对赵庠琛前后人生观念的变化的描述，实现了剧作旨意——战争给中国传统文化照了"爱克斯光"，战争促进了中国人思想意识的大觉醒。老舍的长篇小说《火葬》，虚拟一个爱情故事，揭示一个深刻主题：在战争中，固守传统文化精神中的敷衍与懦怯是自取灭亡。那部史诗性的长篇巨著《四世同堂》，更是全方位地剖析了中国传统文化及其林林总总的表现，在被奴役的人生境遇里，美与丑、善与恶、忠与奸，分辨得清清楚楚、明明白白。

萧乾的《血肉筑成的滇缅路》形象地描绘出中国民众修筑"国防大通道"的悲壮场面及中国民众的伟大创造力，但同时，也描绘出了一幅幅苦难的景象。千千万万的筑路人中，有老到七八十，小到六七岁的，或秃疮脑袋上梳着小辫，或赤背戴草笠，或头上包巾、颈下拖着葫芦。他们滴着汗粒，风餐露宿，为筑路"添土"。山洪暴发时千多名路工手牵手，男子老幼紧拉成一条受难者的索链，绝望地哭喊。那穿黑袍的"瘴气"，正如阴曹地府中的牛头马面，仅云龙县就被吞掉民工五六百人……这些惊天地泣鬼神的惨烈场面，反映出了那个政府、那个社会、那个筑路的机构的阴暗与丑陋的一面，浸透了作家的悲愤之情与否定之意。沈从文的《长河》与《新摘星录》等长篇小说，在远离战争前线的昆明思考着"老中国儿女"与年轻的中国儿女的生命意识、人生态度及精神动向。这一文化底蕴的小说，似乎与其时抗日救亡大背景"无关"，实则于胜利后建国与做人，不无裨益。端木蕻良的《科尔沁旗草原》《大江》《大地的海》等长篇小说和《大时代》《雕鹗堡》等短篇小说，把或静态或动态的大地、大江、草原的坚韧性描绘了出来，把一个敢于同封闭的城堡挑战的"一切和别人无关"的石龙形象凸现出来，由此剖析中国传统的现实的人生形态，寻绎社会人生精神栖息之所，流淌着中国不败、中华民族不灭而生生不息的命脉。总之，揭露现实的黑暗，批判统治阶级的丑恶，剖析中国传统文化的优劣及演变，成为其时少数民族作家共同关注的焦点、开掘的主题、言说的又一重要爱国主义中心话语。

伴随五四新文学运动而兴起的中国现代少数民族文学，到了抗日民族解放战争时期，以新的姿态汇入抗战文学大潮，成为支撑中国抗日救亡的重要精神力量和支撑中国抗战文学大厦的一根支柱。其中，言说的爱国主义中心话语，从历史积淀中走出而穿越 20 世纪后半期的时空隧道，必将迈进新世纪，融入建设中国特色社会主义文化的浩大工程之中，成为人的理想与精神建构的重要质素。

附记

我在查阅和研读抗战文学过程中，感悟出抗战时期一切不愿做亡国奴的中国文学家，共同言说的一个主题即是爱国主义。汉族文学家如此，少数民族文学家亦然。

1937—1945年，可以说是中国少数文学史上第一次文学高潮时段。其时，少数民族文学家与汉族文学家在文学观、价值取向与审美意识诸方面，获得了整体性的认同，一齐为中华民族解放而歌唱，共同言说着爱国主义中心话语。

这一感悟与获得化为了本文内容。本文于2000年第1期《民族文学研究》发表。

张恨水《八十一梦》的批判意识与自省意识

张恨水，一位具有清醒现实主义精神的通俗文学大家。

张恨水的通俗文学作品，有着深浅不一的严肃文学作品的文化品位。

批判意识与自省意识，可以说是张恨水的清醒现实主义及其通俗文学的文化向度。批判意识与自省意识，也就成为张恨水与一般通俗文学家之通俗文学作品的差异性所在；又因其文学作品文体形式的通俗化，这就把张恨水与一般严肃文学家的作品区别开来。

张恨水就是张恨水。

出版于1943年重庆的《八十一梦》，是张恨水向大后方文苑和整个中国现代文坛奉献出的一株异卉奇花。这部作品，具有丰厚的批判意识与自省意识，集中体现出张恨水拥有的现实主义精神。这部作品，在张恨水的创作道路上，具有里程碑式的意义。

一

批判意识与自省意识，对于一个有社会责任感的人、一个有艺术良知的作家、一个有悠久历史的民族来说，都是一种不可或缺的文化精神要素与思想意识，只有具备了这一文化精神要素与思想意识，才能不断否定自我、不断超越自我而实现价值追寻目标。中国现代社会人生不断更迭的过程，中国现代文学繁衍变化的过程，无一不流贯着批判意识与自省意识。辛亥革命、北伐战争及其后的民族解放战争和人民解放战争，可以说都是批判意识与自省意识达成的外在行为方式；20世纪初的"小说界革命"、五四新文化新文学运动、70年代末80年代初的"实践是检验真理的唯一标准"讨论及其稍后的文学"主体论"讨论，似乎都是批判意识与自省意识的内延。从这一意义角度上说，批判意识与自省意识，实为一种人文精神，实为社会人生不断"自觉"和文化文学不断"自觉"的内在张力赖以生存之酵素。

批判意识与自省意识，以不可阻挡之势流贯于抗日民族解放战争的全过程，流贯于20世纪40年代中国文学尤其是大后方文学的全过程。张恨水的《八十一梦》就是这一"意识流"中的一朵浪花——闪光的奇特的一朵浪花。

张恨水和广大中国文艺工作者一样,在渴望已久的抗日民族解放战争终于来到时,处于爱国激情的燃烧之中。这时,与其说他们意识到自己作为作家的使命,不如说更意识到自己作为公民对祖国的责任,更多地把自己当成一个实际的抗日救亡战斗者、宣传员而不仅是一个作家。因此,对于这场抗日民族解放战争与中华民族的命运及中国文艺命运的关系,达成了一种共识,那就是茅盾领衔的包括张恨水在内97人署名的《中华全国文艺界抗敌协会发起旨趣》中所说的:"用我们的笔,来发动民众,捍卫祖国,粉碎寇敌,争取胜利,民族的命运,也将是文艺的命运。"也因此,他们大都走上了抗日救亡战阵,为民族解放而歌。张恨水作为这一民族解放时代大潮的弄潮儿,也就及时地写出了一篇篇"直接有助于抗战的小说"①,诸如《冲锋》《潜山血》《前线的安徽,安徽的前线》《大江东去》《水浒新传》等小说。张恨水的这些小说,与姚雪垠的《差半车麦秸》、艾芜的《八百勇士》、骆宾基的《东战场别动队》、丘东平的《第七连》、鲁彦的《炮火下的孩子》、舒群的《血的短曲》、柏山的《一个义勇队员的前史》等小说,大都直接切入抗日救亡运动,近距离反映抗战现实生活,紧贴抗战初期沸腾的时代脉搏;烧焦的土地,血染的山河,抗日的怒涛,战斗的身影,跃然纸上;悲壮,崇高,英雄主义色彩浓厚。这就在文学观念、价值取向原则与审美意识诸方面,显示出了一致的趋同性与共时性。不容讳言,表层的反映生活,纪实性的手法,昂扬的意识,浮躁的情绪,审美追求的弱化,也就成为张恨水及同一时段上别的作家的小说留下的共有缺陷。

　　张恨水和广大中国文艺工作者一样,随着岁月的流逝而对抗日战争的本质意义有了较深切的理解与感受,他们认为,抗日战争从根本上说,是中华民族的自身改造运动,是中国人民做"世界市民"的契机。由此,也就引发了张恨水和广大中国文艺工作者对文学与抗日战争的关系、作家在抗战大时代潮流中的位置进行大调整大转换。也由此促使张恨水和广大中国文艺工作者在文学观念、价值取向原则与审美意识诸方面实现深化、超越乃至刷新。于是,张恨水和广大中国文艺工作者,也就把目光注视于中国文化思想的批判与自省。老舍于1942年年初带告诫性地指出:"在抗战中,我们认识了固有文化的力量,可也看见了我们的缺欠——抗战给文化照了'爱克斯光'。在生死的关头,我们绝对不能讳疾忌医!何去何取,须好自为之!"② 出于同一

---

① 张恨水:《我的创作和生活》,《文史资料选辑》第70辑,中华书局1980年7月版。
② 老舍:《〈大地龙蛇〉序》,《文艺杂志》第1卷第2期,1942年2月15日。

体认，老舍还在这之前就呼吁文艺工作者"首先下一番自我检讨的工夫"，因为"自励出于自省：一个衰老的国家遇到极猛烈残暴的侵略，当然要自省"①。由张天翼的《华威先生》的问世及其展开的论争之后而出现的"暴露与讽刺"文学倾向，在这时的"批判与自省"声浪中，形成一股强大的文学思潮与创作潮流。张恨水置身于这一文学新思潮之中，如他说的"就想改变方法"②和创作路子。这以后，他先后推出了《八十一梦》、《偶像》、《牛马走》（又名《魍魉世界》）、《五子登科》等小说。张恨水的这些小说，与茅盾的《腐蚀》、巴金的《憩园》与《寒夜》、老舍的《四世同堂》等小说，虽在文体形式方面有俗雅之分，而在文化内涵方面却无俗雅之别！同是现实主义文苑里的簇簇繁花。

二

张恨水曾说，他的《八十一梦》是"讽喻重庆的现实"的。③战时的重庆社会现实，确实应当"讽喻"，确实应当批判与自省。

重庆是一座有着3000多年悠久文化历史的名城。公元前11世纪，巴国定都于此；元朝末年，明玉珍称帝建都于此。中国传统文化中的制度文化与精神文化，在这里自然有着较深厚的积淀。鸦片战争以后，西方"现代文明"之风陆续吹进这座内陆城市，清末民初的重庆逐渐成为蜀中交通要道。辛亥革命及其之后的一系列事变特别是五四新文化运动，也在这里引起层层波澜。重庆这座历史名城在沿革变迁过程中，既保存了它固有的文化特性，而又增添了一些新的质素，诸如包容性与开放性等。这就使得抗日战争时期重庆成为中国国民政府战时陪都有了自身的规定性。抗日战争时期的重庆既是中国国民政府的战时陪都，又是世界反法西斯战争同盟国中国战区统帅部所在地。重庆不仅是战时中国政治、经济、军事、文化中心，也是战时中国政治、经济、军事、文化对外交往的枢纽。重庆因此由一个半封闭的地区性的内陆城市一跃成为一座国际名城。重庆的地位也就替代了战前南京、上海等大都市的地位。重庆又一次获得了都城的殊荣。然而，战时，在中国政治、经济、文化由东向西大倾斜过程中，积极的与消极的、正面的与负面的乃至魑魅魍魉、蛇虫鼠蚁，也一并"倾斜"到了重庆。所有外来的负面因素及"新生劣

---

①老舍：《文章入伍，文章下乡》，《中苏文化》第9卷第1期，1941年7月25日。
②张恨水：《我的创作和生活》，《文史资料选辑》第70辑，中华书局1980年7月版。
③张恨水：《我的创作和生活》，《文史资料选辑》第70辑，中华书局1980年7月版。

点"同重庆旧有的污泥浊水沉瀣一气,编织成有形或无形的一张张网,有碍于大时代中重庆社会的生机和民族精神的弘扬与抗日民族解放战争的胜利推进。这,可以说是重庆这座战时中国国民政府陪都社会的重要一面。清醒的现实主义作家张恨水生活于重庆这一社会环境中,体验与感受着重庆的现实社会情状,因此他在文学观念、价值取向原则与审美意识调整过程中,又重操讽刺之笔,创作出这部《八十一梦》小说,以"讽喻重庆的现实"。

小说名为《八十一梦》,实则只写有9个梦。不过,仅此9梦,也大抵折射出了战时陪都重庆社会人生的方方面面、风风雨雨。流贯其间的,是凝重的批判意识与自省意识。

抗日战争是中华民族求得生存、中国人民求得解放、中国国家求得独立的大好机遇,然而却因陪都重庆存在着制度文化与精神文化的种种限制,这一大好机遇发生了变异。《八十一梦》的"第五梦·号外号外",写出了一纸披露抗战胜利消息的"号外"掀起的巨大声浪及其泛起的沉渣。在重庆开小洋货店的王老板,看见披露抗战胜利的"号外",即刻想到的是大批非重庆籍人"赶着想回下江"。于是决定把原跑嘉陵江几个码头的客船改为专跑宜昌一段,而且"不零碎搭客",只"包给人家坐",要趁机大捞一把。怀揣七八张"号外"而高喊"痛快痛快"的洪老板,打定主意赶回南京去做大生意,他说:"我们做生意的,讲个早晚市价不同,自然要抢回南京,好去布置一切。"与此同时,还特别出现了"不少""庆祝抗战胜利的热心商人"。其中,一家"江苏小吃馆",在门口就贴了红纸条,上面写着:"庆祝抗战胜利,欢迎顾客,奉赠白饭一碗。并新出胜利和菜,每席三十五元,可供四五人一饱。"沈天龙为馆主的理发馆,也在玻璃窗贴上大张纸条,上面写着文理欠通又有错别字的广告词:"启者,抗战胜利,全国欢腾。本馆主人,向来提倡爱国,犹不敢唯有五分钟热度。早知必有今日,现在果然胜利,本馆主人,亦有微功哉!现为表示起见,欢迎诸公理发,刮脸全洗分发等等,一律照码九五折,并奉送电机吹风。""政论大家"沈天虎也与上述两家店主一样,成了"抗战胜利的热心商人",大发传单。传单的标题为:"预言果然全中。"正文为:"抗战必胜,及最后胜利必属于我,人人皆能言之,而不能举出确切简单之理由,山人自幼得名师传授,熟悉易理,曾推算日本命运,至今年告尽,于三年前,即出有日本必败论专书一本问世。今日号外与该书所言'将来必有此日'完全符合。对国事推算精确,对个人穷通天寿之推算,其能丝毫不爽,更何待论?兹值抗战胜利,凡我同胞,均当有一种做新国民之打算。其有不明何去何从者可速来本命馆问津。"而且，声言回南京去还要出十本小册子，"向社会索取代价"。他更大言不惭地说："应该把我在报上作的论文，当了圣旨读，中国人才有希望。"有钱有闲的蔡太太，也堂而皇之地说道："庆祝抗战胜利，今天不打牌，那太岂有此理？"总之，千百万中华儿女和援华抗战的国际人士为之流血牺牲换来的抗战胜利，却成了相当一部分陪都重庆中国人各展其能、各施其计、各行其是的一种口实或一个说法。这是何等的时代悲哀，又是何等的可鄙可恨啊！作品写出的人生历历面相，自然表达出了作家张恨水对其时陪都社会存在的这种种人生形态的批判。这则梦的最后，写了一个普通中国人无名氏说出的石破天惊的话："天下事，无论好坏，一切是富人的机会，一切是穷人的厄运。"以及"我"画龙点睛的独白："这个人最后两句话，把我提醒了，而人也提醒了！"这就更反映出作家张恨水在中国社会、中华民族又一次面临何去何从之际而作出的人生思考，字里行间流露出哲理思辨的意味——一种自省的哲理意味：机遇与国民素质的关系。因此，这里的"富"与"穷"，似乎就不仅指财产与金钱的多寡或有无，其底蕴包含有精神、意识的素质诸因素。

中国文化源远流长，博大精深。然而，近代以来却大大落后于欧美诸国文化。传统文化中的奴性在近百年间屡遭失败打击之下便成为普及性的心理机制与性格特征。抗日战争时期，中国人这一奴性并未得到根本改造与消解，尤其是一些上层政界人士的奴性更顽强地表现了出来。汪精卫投敌，蒋介石搞"曲线救国"，妥协与投降空气，甚嚣尘上于一时，便是明证。张恨水感同身受，小时候读《山海经》储存的神话传说，如今生成一个梦，即"第十梦·狗头国之一瞥"。《山海经》是中国丰富传统文化的一种载体，书中的"卷十二·海内北经"记载着"犬封国"的传说故事。小说中的这个梦，未曾复述这个传说故事，而是以此为由头，加以演绎，成了一个较完整的有深刻文化内涵的"梦"。这个梦确比《镜花缘》中写得更"荒唐"，也比"犬封国"里讲得更离奇，然而却更接近"真实"。小说通过讲述这个梦，无疑勾画出投机商人的巧取豪夺一面，然而其深层内涵确是"狗头国"人十足奴性的敞露。狗是供主人使唤的，本身就有极强的奴性，这是人所共知的常识。而把人的奴性赋予狗，则狗的奴性自然会达到无以复加的地步。不是么？狗头国里那个身穿黄衣服在街中心走路的官商，就"患了缺少外国货的病"，不时发出狗叫的咳嗽声。他一发狗叫病就得找人揍他，本国人揍他不发生效力，要外国人揍他才能治病。他看见小说中的"我"与万士通是"外国人"，便叫听差揪扶着他,"向我们深深一鞠躬道:'两位先生,我快要死了,请你们打我几下'"。"我们"中的万士通见其可怜就轻轻拍了他几下。他为求得万士通重重揍他,就用激将法骂万士通为"浑蛋""该死的浑蛋!"万士通见他骂人,出于一种本能反应,伸手就是一耳光,打红了他半边左脸!这时,他忽然不叫唤了,伸直了腰,将右边脸偏了过来,大声道:"你敢再打我这边脸一下吗?"万士通一时兴起,伸出手来又给他右脸腮一耳光。他立刻喜笑颜开,向万士通深深地鞠了一躬道:"多谢,兄弟的病已经好了。无论如何,外国的耳光是比本国的耳光要值钱一百倍,一耳光之下,百病消除。"狗头国这位兼全岛公墓督办的药商"用法子骗挨打"一事,确实荒唐,然而极富真实性、概括性和典型性,这不就是贾桂的心理与生性么?不就是阿Q主义么?不就是其时大大小小的汪精卫们和准汪精卫们嘴脸的真实写照么?这一个细节,蕴含着多么丰富的内涵啊!

中国传统文化中的儒家文化崇尚和谐,道家文化崇尚自然,佛教文化崇尚"天堂"。三种文化因素的这一终极关怀,说法不一,体认目标近似。中国人特别是中国普通老百姓因受生存环境的挤压总是怀抱着种种人生理想,其一便是"天堂",内忧外患可以说达到极点的抗日战争时期,陪都重庆人自然会憧憬着这一理想。然而,"天堂"就好么?《八十一梦》中的"第三十六梦·天堂之游",实质上就击碎了时人的幻想。"天堂"与战前的北京、南京等大都市无异,与其时重庆社会也无别。不同的只有一条,即"天上有一个最平等的事,无论什么坏人,必定给你现出原形来"。猪八戒随唐僧取经后进入天庭。他在天堂里,掌管南天门,登上督办宝座,徇私舞弊,贪赃枉法,为所欲为。他的理由是:除高老庄那位夫人之外,又讨了几位新夫人;又不离猪胎,一添儿女,便是一大群,开支浩大,靠几个死薪水,就是我这个大肚子,恐怕也吃不饱呢。天堂上也有不少人缺吃少穿。那两位不吃周粟的伯夷、叔齐,还把在首阳山采得的蕨薇,特意摊设在天堂的街头,以供很多没有饭吃的人"同吃"。孔子的学生子路也来向伯夷、叔齐乞讨蕨薇以解其师"陈蔡之厄"。伯夷叫子路随便拿去蕨薇后,还"一言奉告":叫孔子"不要管天上这些闲事,做好人,说公道话,那是自找苦恼"。毛头星孔明,听说孔子"陈蔡之厄",特备黄金万两、馒头千个相赠,但遭子路拒斥。一生讲"救世"的墨翟,在这里,却遭到欢迎四海龙王上天进宝的虾头鳖甲的侮辱,愤而离去,说道:"这样下去,却不生不死得难受。"恶贯满盈的西门庆,在这里是十家大银行的董事兼行长,独资或合资开了一百二十家公司;"西门公馆"门楼左右配挂一副六字对联,上联是"励行礼义廉耻",下联是"修到富贵荣华"。然而阿谀奉承他的人,却是一批散发又臭又膻气味的獐头鼠目、鹰鼻鸟喙的人。潘金莲威风凛凛,随意殴打站在路中央指挥交通的警察。那个掌管"普渡堂"的红孩儿,依然有着"想吃唐僧肉那副狂妄姿态"。如此"天堂"却胜似地狱般的现实人生社会。作家把他对战时陪都重庆社会的百种人生形态与生存方式的体验与感受,倾洒于"天堂"社会。这也就彻底颠覆了现实世人的向往,促使世人从梦中醒来,直面惨淡人生,去寻求解决问题的新答案。

面对如此污浊的社会和有着严重"劣根性"的人们,应当怎么办?出路在哪里?随"天堂"被击碎之后,小说连续写了两个"梦":一是"第四十八梦·在钟馗帐下",二是"第七十二梦·我是孙悟空"。

钟馗打鬼的传说,从唐朝开始,就广泛流传于中国民间。人们心目中的钟馗是一位祛邪除恶的无私无畏的保护神形象。孙悟空也是中国人津津乐道的不朽的传说人物,他在人们心目中是位大智大勇的"超人"。可以说,钟馗与孙悟空身上,体现出中华民族在其生生不息过程中形成的一种"脊梁精神",积淀着中国传统文化中刚健有力、坚韧不拔的文化基因。这一传统文化因之流贯于上下五千年的中国历史长河中。《八十一梦》在折射战时人们表现出的种种"劣根性"及战时陪都重庆社会形态之后,特地写这两个"梦",作者的思想倾向与审美倾向,自然不言自明。中国人民大众,在这生死存亡之秋,何去何从?答案似乎就在"梦"中,即应弘扬大智大勇的民族传统精神,像钟馗与孙悟空那样,使出看家本领,荡妖斩魔,求得国家的独立、民族的新生、人民的解放。战争时期如此,和平与发展时期理应亦复如此。这似乎是我们今天解读张恨水《八十一梦》时应得到的启示。

三

如果我们把张恨水的《八十一梦》及同一时段上中国诸多文学作品,放在中国现代文学发展过程这一宏阔层面来审视,那么,其文学历史的意义可能还会发掘得更深一些。

张恨水的《八十一梦》问世期间,正值中国现代文学第二次调整与转换。这次调整与转换,大后方文学与抗日民主根据地文学,自然有着较大的差异,不过"民族形式"讨论那一个大的文化氛围是一致的。1938年年底到1942年年初的"民族形式"讨论,集中于一点即民族意识回归与民族传统文学回归的呼唤:立足于民族传统文化,创作出为中国老百姓所喜闻乐见的具有中国作风与中国气派的文学。张恨水的《八十一梦》，从文本意义角度说，无疑是这一呼唤的回应，无疑是这次文学调整与转换中的一种成功的创作尝试，无论作家张恨水本人是否已经意识到。

梦，是人人都会做的。按弗洛伊德的说法，梦是人的潜意识的再现，又是窥视人的本能意识与心灵世界的窗口。说明白点，梦其实是人的一种生理现象的外化。不过，梦的内容与载体，似乎又带民族性与个体性的。张恨水的《八十一梦》中写的梦及其载体，显然是中国人的，中华民族的。张恨水对于战时陪都重庆社会人生既感知又理解，既要写又不能如实而不讳饰，便只得采取"寓言"方式，"托之于梦"。因此，《八十一梦》里写的梦，其实就是战时陪都重庆社会的方方面面、角角落落人生状态的艺术显现。梦的内容是现实的，是中国的；梦的载体是中国民众的，是中华民族传统文学形式在演进过程中流传下来的。比如钟馗传说及其采用。1000余年前，据说唐玄宗梦见一位名叫钟馗的人打鬼，等他梦醒后，患的疟疾病便不治而愈了。他便下旨要吴道子画出钟馗的像，张贴于宫门上。从此，钟馗画像也就出现在中国民众的大门上了。这张画像成为驱邪恶、保平安的象征。钟馗故事也成为中国民俗文学中的一项内容。《八十一梦》的"第四十八梦·在钟馗帐下"，便依据这一传说演化成一个完整故事，塑造了一个"诛妖荡怪军大元帅"的钟馗形象。孙悟空的传说故事，在中国老百姓中，可以说是家喻户晓、妇孺皆知的。张恨水也把这一传说故事写进了小说。"我"被观音点化成孙悟空，剿灭无维山无情洞的吃人妖怪，这便是"第七十二梦·我是孙悟空"的基本内容。这两个传说中的神话人物形象，融入了张恨水对战时陪都重庆社会人生的感受与体验、愿望与企盼。这些，显示出张恨水以现代人的眼光对民族传统文化的批判继承并从其中吸取营养而创作新文学作品所付出的"心力"。再则，小说《八十一梦》中的9个梦，梦梦都有头有尾，情节起伏跌宕，故事性强。这9个梦虽无大梦套小梦梦梦相连的关系，然而却由同一做梦人贯穿起来，因此整部小说依然显得零而不碎，大有形散而神不散的意味。这种叙事视角与叙事主人公的选择，既根源于中国广大读者的欣赏习惯与审美情趣，也显示出作家的高超创作才能。战时陪都重庆的人与事是十分繁富的，五花八门的。要把这一生活世界文学化，那么文学语言意义世界就必须多样化。这部小说在语言意义世界方面，颇具现实性、民族性与通俗性特征。这一切，都显示出张恨水在这次文学调整与转换期中所作出的贡献。这便是《八十一梦》在中国现代文学发展过程中的文学历史意义所在。

附记

　　本文是为应邀参加的一次学术研讨会而撰写的。中华文学基金会、安徽省社科院、上海《新民晚报》等24家单位发起和主办的第二次张恨水学术研讨会于1994年10月16日至18日在张恨水的故乡安徽省潜山县召开。会务组发给我一封邀请函。接到信函后,我翻阅了已有的张恨水的一些史料以及研究历史与现状,感到张恨水研究中有一个重要问题需研讨,即张恨水小说价值定位问题——纯通俗文学作品还是蕴含严肃文学文化品位的通俗文学作品?同时,我亦发现,对张恨水二三十年代作品言说较多,40年代文学作品研读较少,特别是对40年代的《八十一梦》解读更是寥寥。我研读之后,感到《八十一梦》不愧为张恨水通俗小说中深含严肃文学文化品位的代表作。所以,我写了本文,并邮寄给了研讨会会务组。《西南师范大学学报》2000年第2期发表本文。但是,因与另一学术会议召开时间有了冲突,我未能赴会。后来,会务组发函对我未能赴会表示遗憾,同时告知,本文已收入纪念文集。

　　有着批判意识与自省意识内涵的文学创作,在大后方文学和重庆陪都文学创作中形成了主流。张恨水的《八十一梦》便是这一文学创作主流中的一朵浪花。我是从这一视角或称定位来论析《八十一梦》的价值意义的。小说文本形式是通俗文学的,而意涵却是严肃文学的。我的这一立意与切入点,应该说是有价值的。

启蒙主义：中国抗战文学的重现话题

启蒙主义作为一种文化思想理论思潮，在 20 世纪前半期大抵出现过三次。一次是梁启超于 1902 年间倡导"小说界革命"而掀起的启蒙主义思潮；一次是胡适、陈独秀、鲁迅、周作人等人在五四时期发动并推进新文化新文学运动而掀起的启蒙主义思潮；一次是胡风、乔冠华、陈家康以及路翎、舒芜等人于 1943 年间复苏的启蒙主义思潮。这三次启蒙主义思潮，不论其内涵与外延有多么大的历时性差异，关注的焦点都是一致的，那就是作为个体的中国知识分子和作为群体的中国民众的个性解放意识与民族解放意识的觉醒。当然，这一历时性共同关注点，不是简单的重复，而是继承、发展、超越乃至刷新。

其实，启蒙主义是随着 1937—1945 年间中国抗战文学的兴起就出现的一股文化理论思潮。1937 年 11 月，延安成立以文艺工作者为主体的陕甘宁边区文化界抗日救亡协会。该会成立时就提出了一个响亮的口号："保卫祖国，开发民智，展开新启蒙运动。"这个口号，既是该会的宗旨，也是该会同人们担当的一项新的历史使命。在这里，该会同人们自觉地把爱国主义与启蒙主义结合起来，并同时放在了"开发民智"上面，即民众的智慧的开发，民众觉悟的开启，也即是个性解放意识与民族解放意识的开发开启。接下来就是何干之的专著《中国启蒙运动史》的问世和洛蚀文（王元化）的文章《论抗战文艺的新启蒙意义》的发表，等等。这些专著及文章，自然是对"展开新启蒙运动"呼号的回应。这些专著与文章，旨在追求"个性解放、人的觉悟、自我意识、人性、人道主义"，以开发民智，激活民族意识与民族精神。但是，这股不大不小的应时而生的启蒙主义思潮，却如王元化在《清园论学集》中说的因"通知不要再用'新启蒙的提法'"而"夭折了"。这无疑影响着刚刚兴起的中国抗战文学内质应具有的强度、力度、深度的凝聚与发挥。公开张扬的启蒙主义思潮，虽然戛然而止了，然而启蒙主义思潮却依然潜滋暗长于整个中国抗战文化思想理论演进过程中。特别是经过 1939—1941 年间中国文化界文艺界关于"民族形式"的讨论，这一潜滋暗长的启蒙主义思潮，于 1943 年间在大后方文化文学腹地——重庆文坛公开露面了，日渐形成高潮之势。这就是笔者所说的胡风、乔冠华、陈家康以及路翎、舒芜等人复苏的启蒙主义思潮。其时，延安整风（包括文艺整风）的主要文件和整风精神要义，已经在中共中央南方局和重庆进步文化界文艺界传播开来。因此，这一公开露面的启蒙主义思潮就有了更现实的政治思想理论与文化文学思想理论的依据与支撑。胡风及乔冠华、陈家康等人，把自己长期积累的对于现实社会人生状态与文化文学状态的思考，直接纳入了学习与理解整风精神之中，进一步审视与探讨大后方政治思想理论和进步文化文学存在的种种问题及其聚焦点，而使复苏的启蒙主义思潮有了新的质素。

胡风从步入文艺界开始，就一直把自己的美学追求置于"人"的基点上，始终关注的是人的问题。1935年5月，胡风在《张天翼论》一文中，就明白无误地宣称："艺术活动最高目标是人底真实。" 1948年，胡风在《论现实主义的路》一文中，更带总结性地指出："在文艺实践上，那决定的中心就是'人'的问题。"正是胡风这一始终关注点及其一系列阐释文章把启蒙主义——个性解放意识与民族解放意识带进了20世纪30年代末40年代初中期大后方中国文化文学领域，并引起众多思想理论工作者及文艺理论家与作家的关注乃至呼应。

1943年间，复苏的启蒙主义思潮，集中于一点——依然是"人"这一中心问题，即作为知识分子个体的作家文化人和作为群体的民众个性解放意识与民族解放意识觉醒问题，主观能动性与创造性的激活与发挥的问题。这一集中点，是基于共同的对于其时社会人生个体与群体的存在状态（生活状态、心理状态）的考虑。

胡风于1942年12月写的《关于创作发展的二三感想》一文中，描述了他所触摸到的社会人生状态。他说："从武汉撤退开始，战争渐渐发展到了一个新的阶段。这时候'战争是长期的'，'战争过程是艰苦的'，才渐渐由理论的语言变成了生活和实感。人民底情绪一方面由兴奋状态转入了沉炼的状态，一方面由万烛齐燃的状态转入了明暗不同的状态。人民底意志一方面由勇往直前的状态转入了深入分析的状态，兴奋生活开始变为持续的日常生活了。"同时，胡风还指出："这当然反映到了作家底精神内容，因而也就是创作发展上面"，那就是"有些作家""生活随遇而安了，热情衰落了，因而对待生活的是被动的精神，从事创作的是冷淡的职业的心境"。于是，"依据一种理念造出内容或主题"，"成功了一种非驴非马的东西"。正是出于这一社会人生群体与个体（特别是作家个体）存在状态的分析和研究、体验，胡风强调了

"主观战斗精神""战斗要求""人格力量"的培养、发挥及其与文学创作的关系。胡风认为：作家的热情或精神力量，在现实生活里面才能得到培养。作家与生活结合，才能使主观精神与客观精神彼此融合、彼此渗透。作家的人格力量或战斗要求，也是在现实生活里面形成的，都是现实生活的反映。作家在与现实生活结合过程中，要进行不断地自我斗争，以改造主观与客观，使思想立场化合为实践的生活意志。文学创作过程，就是从对于现实人生的搏斗开始的。这种搏斗是对对象的摄取过程，也是克服对象的批判过程，其中包含作家的不断地自我扩张与自我斗争。胡风由此指出：大后方这个灰色人生战场上的文学，应当写人民的负担、觉醒、潜力、愿望和夺生路这个火热而坚强的主观思想追求。胡风的这些论述文字，实际上讲的是作家个体和创作对象群体的个性解放——主观能动性与创造性的解放，以及这两者间的彼此融合、彼此渗透，本质上也是讲启蒙问题与改造国民性问题。

胡风在《关于乔冠华》中，说他其时深深感到了毛泽东在整风文章中关于"反教条主义的那些尖锐的分析教导一定能够割开新文艺里那种脱离生活甚至违背生活实际的毒瘤，打开出路"。胡风又说他其时已深深感到"出现了用教条主义反教条主义的情况"。也就是说，胡风其时已经看到了学习和贯彻延安整风精神时不顾大后方社会人生与文艺实际状况而硬搬延安整风方式和书本条文的实际存在现象。1943年12月1日、3日，胡风在"渝郊之避法村"连续写的《由现在到将来》和《现实主义在今天》两篇文章，尤其是后一篇文章中，就敞露了重庆进步文艺界学习和贯彻毛泽东《在延安文艺座谈会上的讲话》（以下简称《讲话》）检讨大后方文艺出现的矛盾冲突，并表达了他自己的意见。一是对1937年以后大后方文学估价存在的问题。胡风认为："说文艺在抗战间没有认真工作也没有进步，甚至说新文艺一直走错路，那是别有用心者的污蔑！不但污蔑作家，污蔑了文艺，而且也污蔑了我们伟大的人民。"胡风更进一步指出：这"首先是有了等于不要文艺的事实，其次就产生了等于不要文艺的'理论'"。二是关于文艺创作思想与题材存在的问题。胡风指出："要创作从一种思想出发""要作家写光明，写正面人物，黑暗或否定环境下面的人物不能写，至多也只能写一点点作为点缀"，"这实际上是不要文艺"，是"想杀死现实主义的精神"，是"使文艺在民族解放斗争里面解除武装"。由此，胡风说："我把这叫做危机；而且要为文艺请命：不要逼作家说谎，不要污蔑现实的人生。"应当说，胡风看准了大后方存在的现实人生与文艺问题，而且意见特别尖锐，言词也相当激烈。因为，胡风深深感到，以"教条主义反教条主义"，无异于把人禁锢在一种新的"教条主义"之中，人的自我意识、人的个性、人的主观能动性与创造性等仍然得不到解放。这对于启蒙与个性解放、民族解放是十分有害的。胡风以其清醒的现实主义精神和真切的感受与体验而敏锐地及时地发现了这一问题，而且把它称之为新危机。新的危机与旧的危机，便是大后方文坛上的致命的危险倾向。因此，胡风极力加以反对。

与胡风的观点形成共识的有乔冠华（笔名于潮）、陈家康等人。他们以《新华日报》《中原》《群众》等报刊为阵地，发表多篇文章，表达自己对现实社会人生状态与文艺问题的看法。从1943年3月到9月间，于潮发表了《论生活态度与现实主义》和《方生未死之间》、陈家康发表了《唯物论与唯"唯物的思想"论》、嘉梨发表了《人民不是一本书》、项黎发表了《感性生活与理性生活》和《论艺术态度与生活态度》、胡绳发表了《思想的漫步》和《论中国民族的新文化的建立》、蔡仪发表了《艺术的内容与形式》和《艺术的主观性与客观性》等。这些文章，都是在传播延安整风精神和《讲话》文化语境里出现的，不过却与整风实际意图、要求以及《讲话》要旨有着不少背离之处，甚至大异其趣。乔冠华认为：当时"文化的＝精神的危机"的主要表现是"麻木""疲倦""消沉""观望"。这些"也是旧社会的幽灵""精神传统"的体现即"儒家、道家和'土匪'"这三家的"三大精神要素"的表征。这种精神状态和生活态度，其要害是"和'人'距离得很远"。因此，要克服当前"文化的＝精神的危机"，要争取现实主义的胜利，关键在于建立起一种新的生活态度，"承认旁人，关心旁人，用全副心肠去关心人民的命运"，缩短"人与人之间的真实距离"而不是"抽象理论的领域里"的"教条主义"和"感性艺术的领域里"的"公式主义"。乔冠华还借英国人韦尔斯之口，说自己想说的话："中国辛亥革命以来，用来代替古典教育的各式各样的'新教育'，不是服务于这一种狭隘的教条主义，就是服务于那一种狭隘的教条主义。"[①] 胡绳也认为："把自己当做人，就有自由，把别人也当做人，就有了平等。——有自由，有平等，于是才能有民主。"那么，怎么才能获得自由民主呢？胡绳断言是"人道主义"。因为"对于我们人道主义更是一柄值得宝贵的双锋的剑。一面用以批判文化的遗产，一面用以打击敌寇法西斯所灌输到中国来的奴化教育"[②]。同时，他更强调了"人道主义"的极端重要性。他说：

[①] 于潮（乔冠华）：《生活态度与现实主义》，《中原》创刊号。
[②] 胡绳：《思想的漫步》，《群众》第8卷第19期。

"没有人道主义的精神,我们就只能从一种教条走到另一种教条,永远接近不了科学;没有人道主义的精神,我们就只能从一种专制走到另一种专制,永远接近不了民主;没有人道主义的精神,我们就只能是学究的理论解释一切事件,永远不能真切感受人民中的悲欢哀乐;没有人道主义的精神,我们就只得像伪宗教徒那样宣扬教义,永远不能以燃烧的热情去为所向往的'天国'生死不渝地斗争。"① 陈家康更是把问题的症结所在挑得十分明白。他说:"两年来我们整顿三风,要肃清以教条主义为其主要特征的主观主义,殊不知这种教条主义之哲学的根源,就是唯'唯物的思想'论。"而且,陈家康还尖锐地指出:"不根据自在的自觉来创造思想,而根据思想来创造思想,这是一条最危险的道路。"②

大后方现实社会人生语境中,进步文化界文学界如何开展整风?如何学习和贯彻《讲话》?是像抗日民主根据地那样来整风?是像抗日民主根据地文化界文学界那样来学习和贯彻《讲话》?事实是:大后方进步文化文艺工作者,没有多大的民主自由生存空间和创作空间,且其时多数文化文艺工作者的思想与意志力处于低落之际;大后方民众的思想、意志与行为方式复杂而多面——进步与落后、光明与灰暗、积极与消极等并存。因此,要克服大后方的文化精神危机,推动文艺与现实社会人生结合,文艺工作者必须要有强大的主观战斗精神,必须启蒙民众,而不是采用抗日民主根据地普遍采用的办法:"依照文件指示的原则,各人检查自己,得到批评帮助后做出正确结论。"胡风认为:"这是不可能的事情。"这种办法,自然简便也最具操作性,然而却也最无真正的实际效用。这实际上也是一种"教条主义"的"公式化"的方式。"用教条主义反教条主义"的方式与方法,是不可能解决大后方存在的文化精神危机的,是不可能促进文艺工作者与人民结合的。当然,胡风与乔冠华等人的认识,也有不一致之处。最主要的分歧在于:用什么思想理论指导"启蒙"——马克思主义还是人道主义?胡风持的是马克思主义启蒙观,胡绳等人持的是人道主义启蒙观。不过,总的终极性的人文关怀是一致的,即是广大民众的个性解放意识与民族解放意识的觉醒,实现民族解放与人民解放的人生追求与美学追求。

这场启蒙运动或称启蒙主义思潮中的上述种种观点,特别是胡风建构的"主观论"思想理论体系,更是直接感染着与他频频进行精神对话、探讨文艺

---

① 沈友谷(胡绳):《论中国民族的新文化的建立》,《群众》第 8 卷第 12 期。
② 陈家康:《唯物论与唯"唯物的思想"论》,《群众》第 8 卷第 16 期。

问题的年轻文艺家们,其中,路翎和舒芜,可算是最大受益者。路翎后来写的《我与胡风》中回忆道:胡风曾给我说过:"为了中国反封建和争民主个性解放、个性价值、人性的主体性与庄严,人们一直在做着这种探求。"路翎还谈到胡风给他的信函中,暗示他通过写知识分子形象来延续五四文学开拓的个性解放主题。正是因为路翎读了胡风的理论著述文字并赞成其理论观点,正是因为路翎从胡风给他的信函中感悟到的胡风给予的启示,也正是因为路翎有自己丰富的社会人生感受与体验,才共同生成了一种明确的理性观念,这就是1943年冬,路翎与舒芜交谈时提出的:"中国现在需要个性解放!"这一理念也融化入路翎文学创作的经络和人物形象的骨骸。舒芜与路翎一样,直接从胡风思想理论体系中吸取养分,从事社会人生问题、哲学问题与文学创作问题的探讨。舒芜把自己写成的文章寄给胡风,请予批评。胡风审读了舒芜的文章,并于1943年9月21日给舒芜写信,指出:"今天,思想工作是广义的启蒙运动。"还要舒芜介入这一广义启蒙运动。胡风说的"广义启蒙运动"的"真谛"是什么?舒芜是通过什么途径而获得这一"真谛"的?舒芜并未从胡风给他的信函中领悟出"广义启蒙运动"的"真谛",而是在与路翎交谈中,以路翎为"中介"进入"广义启蒙运动"之门的。路翎对舒芜说:"中国现在""需要个性解放!""个性解放"便是胡风说的"广义启蒙运动"的"真谛"。对于舒芜来说,路翎"这一句话,像一滴显影药水一下子把我们谈论过的很多而模糊不清的一切,显现为一幅清楚的画面。又像一个箭头,一下子指出了中心之点,从而使一切条理都可以疏导。我想来想去,的确一切都可以归纳为需要个性解放,特别是国统区进步知识分子的思想问题、马克思主义如何进一步发展的问题,解决的关键都在于个性解放"。而且舒芜还说他的那篇受到胡风极为重视的长文《论主观》,也与路翎"这一句话"直接相关。他说:"从哲学上来说,最与个性解放相对应的范畴,我以为就是'主观',于是我写《论主观》。"这场启蒙主义运动或称启蒙主义思潮,于1943年11月22日在中共中央宣传部的"应该纠正"的干预之下,也戛然而止了。乔冠华、陈家康等人因此而受到了批评,胡风等人从此开始屡遭批判。不过,在这次反"教条主义"和复兴"启蒙主义运动"被终止后,冯雪峰的观点依然支持着胡风等人的理论主张。他说:

> 在反教条主义和客观主义的声中,还有着所谓主观力或热情的要求,以及所谓"向精神突击"或"自然力的追求"等问题。

有人将这些当作了危险的倾向来看。但我以为我们先应该对问题从积极的时代的意义上去看,得出积极的要点和我们领导的方向。

主要的应看作对于革命的接近和追求,而反映到文艺和文艺运动的要求上来是非常好的,也正是我们文艺所希望的……

主观力的要求,也是如此。我们先不能以为这是借了批判教条主义的机会,来试行注射唯心论毒素的企图,因为在今天没有这样的可能,同时是分明地对革命抱着精神上的追求之下提出问题的。①

封建主义意识形态,可以说是中国源远流长的最大的教条主义。它戕害了一代又一代中国人的个性、思想意识与精神、心理,禁锢了一代又一代中国人的思维方式与行为方式。反封建主义,要科学民主,就是从个性解放入手,启蒙民众,以达改造社会人生之目的。可以说,这也是近百年来先知先觉的中国人的呼声和形成的新的思维定势。1942年间的延安整风,说到底就是要把人们的思想从旧的教条主义束缚之下解放出来,发挥个人的意志力、创造力,推进抗日民族解放事业向前发展。但是,不顾客观现实社会人生环境和文化文学的实际状态,生搬硬套地学习和贯彻整风与《讲话》的经验或照搬"书本条文",这势必形成新的教条主义。这种新的教条主义在当时已经出现。这是不可能真正解决现实社会人生问题的,更是不可能解决文学问题的。特别是把学习延安整风精神与《讲话》,同个性解放、启蒙主义对立起来,且加以"纠正",这必然造成新的教条主义,必然扼杀人的个性,形成新的集体无意识,其危害甚大。大概正因此,胡风等人坚决反对以教条主义反教条主义式的学习和贯彻《讲话》精神,而要求在马克思主义文艺照射下,遵照毛泽东一再强调的"根据地的文艺工作者和国民党统治区的文艺工作者的环境和任务的区别",灵活地创造性地学习整风精神和《讲话》,才能调动和发挥文艺工作者的主观战斗精神,与现实生活拥抱与肉搏,并在这一过程中启蒙民众,促其个性解放意识与民族解放意识的觉醒。无疑,这反映了大后方现实的历史的要求与民众的精神愿望。无疑,这也是发展现实主义的重要途径。

这场复苏的启蒙主义思潮,虽然"夭折"了,然而却因它已经植根于社会人生土壤和文艺工作者的骨髓,所以,1943年前后问世的一些文学作品,

---

①冯雪峰:《论民主革命的文艺运动》,《雪峰文集》(2),人民文学出版社1983年版。

依然涌动着启蒙主义的热流。路翎及其作品，代表了启蒙主义思潮的最高成就。

路翎在文艺创作过程中，建立起了属于他自己的始终追求的"原始强力，个性的积极解放"的抒写方式及意义世界。"原始强力""自然生命力""主观战斗精神"之类的词语，在胡风与路翎等人的文章中使用频率最高，且互有交叉的含义。不过，"原始强力"更偏重于创作对象中的人物本体而言，"主观战斗精神"更偏重于创作主体的作家而言。不管"原始强力"，还是"自然生命力"，都是属于人的一种最基本的原生态的能力。路翎之所以对"原始强力"那么执着地追求与抒写，是基于他对"原始强力""个性解放""民族解放与人民解放"三者的关系，有着深切的感知与理解。他在《论文艺创作中的几个问题》一文中，有过这样的透辟的论述："原始强力"是"带原始状态和自发性质的反抗精神"，"原始强力是个性解放的即阶级觉悟的初生的带血的形态，是革命斗争和革命领导的基础"。可见，"原始强力"，是指人潜在的一种本能即求生存、求温饱、求发展的一种本能，是人之能认识自己、主宰人类的一种潜力与本能。"原始强力"，无疑是通向个性解放、人民解放与民族解放的起点。因此，"原始强力"，可以说是中国现代有良知的、有社会责任感的知识分子们在人生征程中的精神之旅与心理流向的起点；也可以说是五四以来中国现代文学抒写的展示的一种精神内容与精神动向。

路翎在回顾他的文学创作过程时，曾说过："我试图'浪费'地寻找人民的原始强力，个性的积极解放。"[①] 事实上也是如此。他的《饥饿的郭素娥》中的女主人公郭素娥，"充满着一种那么强烈的生命力，一种人类灵魂里的呼声，这种呼声似乎是深沉而微弱的，然而却叫出了多少世纪来在旧传统磨难下的中国人的痛苦、苦闷与原始反抗，而且也暗示了新的觉醒的最初过程"[②]。郭素娥是一位年轻而又强悍的女性。她要求过正当年轻女人的生活。然而，现实社会人生际遇与传统道德观念却粉碎了她这一人生愿望。最后，她带着肉体与精神的极度饥饿痛苦，诅咒世人："你们是畜牲，你们要遭雷殛火烧"，"你们这批吃人不吐骨头的东西！"我"做鬼也要杀死你！"郭素娥的诅咒声与路翎《卸煤台下》工人们的"我们是人！"和他《人权》中明和华喊的"人是生而自由的"，都具有石破天惊的震撼力，标志着中国人正在开始觉醒。路翎20世纪40年代笔下人物的这一系列呼声，与20世纪20年代鲁迅笔下子君喊

[①] 路翎：《文艺创作中的几个问题》，《泥土》第6期。
[②] 邵荃麟：《饥饿的郭素娥》，《青年文艺》第1卷第6期。

出的"我是我自己的,他们谁也没有干涉我的权利",可以说一脉相承,遥相呼应。这表明,鲁迅及以其为代表的五四新文学传统在路翎这里得到延续与深化,五四的启蒙、个性解放在这里得到了延续与深化。

附记

启蒙主义源于法国大革命前,为法国大革命兴起与发展起着重要作用。其核心内容,为自由、民主、人权。中国人在向外国学习救国救民之道过程中,引进了这一思想理论。启蒙主义在20世纪前50年的中国形成过三次运动。一次是梁启超倡导"小说界革命"时期;一次是胡适、陈独秀、鲁迅、周作人等人倡导的五四新文化运动时期;一次是抗战文学时期。对前两次启蒙主义及其运动,中国现代文学研究界多有研究,对后一次启蒙主义及其运动,少有甚至无人论及。这不得不说是一种研究缺失。我根据所查得的史料,写了本文,对这次启蒙主义加以论析。事实上,1937—1945年间,启蒙主义成了抗战文学界的一个重要话题,众多文学家言说这一话题,众多文学作品蕴含着这一话题,意在最大限度地启蒙民众,激活民族精神,在促进抗日民族解放战争胜利过程中实现中国社会人生的根本改造。今天重新提起忽视了数十年的这一话题,应当说是有着重大现实性的。本文于2000年3月写成,不曾发表,部分内容已纳入我的《中国现代无产阶级文学研究》专著中。

方敬诗歌："真与美"的寻绎

"靠着对于真与美的憧憬，/我流浪了一季又一季。"方敬于 1944 年冬写的《游子谣》中的这两行诗，可以说是他作为一位现代诗人、散文家、翻译家、教育家的一生的追求目标与价值取向的形象写照，也是他整个诗歌乃至散文言说的话语中心。他的人生憧憬与他的诗情一致，人品与文品合一。这源于他拥有的博大的爱——爱生活，爱生命，爱人民，爱民族，爱祖国，爱自然。他是"凭着爱的名义写诗"[①] 的。他因爱而求"真与美"。他因求"真与美"而担当而奉献，"一切惟靠贡献而开花"，"一切为了赠与而成熟。于贡献中完成"[②]。因此，方敬寻绎的"真与美"，既是心灵的又是外在行为的，显得实在又空灵、世俗又圣洁。方敬这一以贯之的"真与美"的人生之思与诗之思，在 20 世纪中国进步知识分子群体序列中和 20 世纪中国新诗史上，卓然特立而又切合社会时代主潮与文学主流话语。对方敬诗歌世界作精神透视，展示其"真与美"寻绎过程，既有历史价值又有重要的现实意义。

一

方敬以崭新的姿态与别具一格的诗情诗意登上诗坛。那首获得好评且奠定其诗人地位的《馈赠》诗，便是明证。诗这样写道：

> 摸索着前去，
> 黑夜送来珍贵的馈赠
> 爱，赐我以轻吻吧。
>
> 笑的声音显示
> 笑的美丽，
> 藏情的眼珠呈现全圆。
> 春风在我们唇上呢，

[①] 方敬：《花的种子·弁言》，《花的种子》，西南师范大学出版社 1989 年版。
[②] 方敬：《保护色·赞美》，《方敬选集》，四川文艺出版社 1991 年 4 月版。

压小了夜的呼吸。

这首诗，融注了方敬多年的人生感受与人生体验，寄寓着方敬真挚的人生忧思、人生憧憬与奉献精神。20世纪20年代末30年代初，正值风沙扑面、虎狼成群的社会人生之际。追求自由民主与真善美的知识分子们，时时受到生存环境的挤压，常常处于窒息的心理空间。他们既不愿直面惨烈的现实社会人生，又不能熄灭希望之火，困惑、矛盾、彷徨、忧伤、忧患、焦灼等情感，油然而生。生活于此际的方敬，濡染着这一共时性的心态氛围，产生强烈的心灵感应。他在《雨景·后记》里就这样剖白了其时的心境：在那长长阴晦的日子里，我孤独，我苦闷；由于生的执著，在无边的空虚中，我追寻着崇高，追寻着美。"真与美"的"心灵中的诗"，由此孕育而成。不过，《馈赠》这首诗，没有怀抱同一追求的戴望舒的诗那么难解的惆怅和何其芳的诗那么浓重的忧伤，凸现出的是源于爱的馈赠品格和"黑夜"中"探索着前去"的人格力量。有了这种品格与人格力量，便感受到了爱的馈赠后的笑及"笑的美丽"，便感受到了"春风在我们唇上呢，/压小了夜的呼吸"。这种出于诗人对生活感悟的本真抒写，展露了一个真我的心灵世界。这首缘情而作、感怀而写的诗篇，彰明了方敬的人生之思，开启了方敬诗之思的路径，成了方敬"写诗的起点"①。

紧承《馈赠》题旨的是《二十年后》。这首诗是方敬20岁生日的自寿诗。诗人在这首诗中写道："回想浑身经历的风霜，/尤觉探索的手掌之可贵。""我更将有崭新的举步，/遥想着未来的道里，/始知珍爱双足的力量。"无论过去还是未来的征途上，"真与美"不求别人施舍，唯求自己营造。但是，仅凭自己的"手"和"足"的力量就能获得"真与美"么？在那严酷的人生境遇里，谈何容易啊！不过，方敬并不绝望，而是苦苦追寻着，"等候"着。

我等候着颜色：
黄泥里滋生出芍药的紫茎，
你允诺一度清淡的吐放吗？

是蓝空降落的鸟声么？

---

① 方敬：《我与诗》，《方敬选集》，四川文艺出版社1991年4月版。

怎将这曲调洒到人间？
我等候着更美的声音。

我更等候着光：
当夜色埋葬了你的路，
猫，你矜夸你夜明的瞳孔吗？

我在小室里啜着苦茗，
抽着兴奋的烟斗，
等候着温柔的足音。①

一声声的"等候"，一句句的叩问，吐尽了方敬心灵中急切的期待与渴求。渴求—不得，不得—渴求。这一并非良性的循环圈，困扰着方敬，使他陷入深深的"孤独"与"寂寞"之中："寂寞中消瘦了我的青春，/象寂寞中凋零了花朵。我忍着欲泻的热泪，/寂寞中轻轻太息一声。"② 在方敬这一心绪的点染之下，就连那"钓着欢乐"的"钓者"，也"轻轻的一声喟息，/如深秋落叶作声"③，就连那"都市鸟"也彳亍于"想飞"与"不想飞"之间④，乃至那无生命的"宽帽檐"，也"忧郁"复"忧郁"。不过，方敬的"寂寞"与"太息"，不仅是追寻中的寂寞与太息，同时也隐含一股浓烈的忧患意识。忧患意识是中国知识分子的一种源远流长的文化积淀与心理"情结"。忧国、忧民、忧己乃至忧宇宙大千世界的林林总总，是从屈原到范仲淹再到近现代中国知识分子共有的带终极关怀价值的"意识流"。方敬正是持着经他转化过的这一意识作支撑，在较狭小的生活圈内和个人精神空间中，寻觅、太息，太息、寻觅。他在寻觅与太息中，又预感"是快下久旱的雨？/是快飘纷纷的雪？"他"想学一只倦鸟/驮着低沉的天色/飞到温暖的阳光里"⑤。果然，那"山雨欲来"时的令人窒息的政治低气压，终于被"一二·九"运动打破了。北平社会生活中出现了让人兴奋的闪光点。方敬参加了爱国示威游行，在天

---

① 方敬：《雨景·等候》，《方敬选集》，四川文艺出版社1991年4月版。
② 方敬：《雨景·孤独者》，《方敬选集》，四川文艺出版社1991年4月版。
③ 方敬：《雨景·祝福》，《方敬选集》，四川文艺出版社1991年4月版。
④ 方敬：《雨景·都市鸟》，《方敬选集》，四川文艺出版社1991年4月版。
⑤ 方敬：《雨景·阴天》，《方敬选集》，四川文艺出版社1991年4月版。

安门前发出了抗日救亡的怒吼声,个体追寻开始融入民族的追寻。不久,民众运动平息了,怒吼声消歇了,刚有着"温暖"的"贫血的长街",又复为"僵冷的长街"了。方敬以《雪街》一诗,表示他的怀念与愤慨。

对于这四五年的追寻结果,方敬在《炉》中作了生动形象而又充满失望情绪的描述。他写道:"我脱下大衣,/象归舟折下风帆。""我带回了雪的想象,/我带回了冰的回忆。""这儿空虚与空虚礼敬,/这儿空虚与空虚握手。"然而,那圣洁的没有温暖的"想象"与"回忆",却挥之不去,时时萦绕心间。《圆与线》就这样写道:"多少年,一个圆,/人造的小天地","多少里,一根线,/把情感往远处牵。""一个这样小小的圆,/一根这样细细的线,/便永远替人生/打下一个难解的结。"方敬以简明而朴实的语言和底蕴丰厚的意象,表达了他的执著追寻和作出的奉献。方敬诗里敞露的情感、心绪、精神、意识,是那么的坦白,那么的真诚,那么的毫不掩饰,那么的毫无遮蔽,全属他"生命的音籁的流露"。虽然方敬这几年间的追求与奉献没有得到什么回报,但却成为他日后人生的转轨与诗风的转换的必然的内在动因。

二

方敬这位"夏天的梦者"①,在1937年7月隆隆的抗战炮火声中,走出了梦境,投身于抗日民族解放战争的洪流。他顿时感到天地"朗阔"了,他"变得快活,健壮,热忱"②了。他曾苦苦追寻而不得的"真与美",似乎立即呈现于他的眼前了。的确,抗日民族解放战争把方敬与时代、民众、民族融为一体了。正如他自己说的:抗日民族解放战争的"新的时代有力地在我的情感上划了一条界线,分明了它的两种不同的时期"③。他开始了用自己的新的"声音"来歌唱这场民族解放战争。《光》与《报》等诗,便属于方敬"有意追求现实意义"、个体声音与群体声音"合致"的诗歌。

从"黑夜"过来的人,对于"光"无疑是十分敏感的;从"空虚"中过来的人,对于"实在"无疑是十分看重的。因为,"光"在他们那里是一座灯塔,象征着光明,象征着希望,代表着温热,代表着"实在"。不用说,方敬对此是感受特别深切的。因此,方敬把自己感受到的抗战初期全民掀起的轰轰烈烈的抗日救亡运动,称之为"光"——个人命运与民族命运之所系的

---

① 方敬:《我与诗》,《方敬选集》,四川文艺出版社1991年4月版。
② 方敬:《雨景·后记》,《方敬选集》,四川文艺出版社1991年4月版。
③ 方敬:《雨景·后记》,《方敬选集》,四川文艺出版社1991年4月版。

"光"。他在《光》一诗中，由"针的光，/剪刀的光"，联想到"枪的光，/刺刀的光"，即将日常生活与时代主潮、后方与前线沟通起来，呈现出前方将士英勇杀敌、后方民众踊跃支前的时代身影，表明只有全民总动员，才能求得"真与美"——个人、民众、民族的生存自由与永远解放。因此，方敬一进入战阵就为民族解放而高歌猛进：

> 战斗着——
> 一枪生存，
> 一枪自由，
> 一枪永远的解放……①

在轰轰烈烈的民族解放战争里，作家、诗人、记者与拿枪的战士，处于同一人生位置，担当同一社会重任。事实上，其时的大批文艺工作者是投笔从戎的。他们一面用钢枪打击敌人，一面用"纸弹"射击敌人。对于这一全民抗战情景，方敬在《报》一诗中作了这样的抒写：

> 这里：
> 战士，记者，作家，工人，
> 构成了坚强的阵线，
> 这里：
> 时论，新闻，通讯，报告，
> 织成了战斗的火网。

方敬并不是以一位旁观者的身份来描述这战时特景，而是置身其中的。他既是一位诗人，也是一位战士。那"为自由而斗争的芬芳""吸引"着他，那"粉碎奴隶镣铐的声响""激励"着他，那"反抗的烽火""燃烧"着他。因此，他用"油墨的字里，/闪烁着汗珠"，"灾难与真理合织的思想"，"辛劳与钢铁熔铸的意志"，"向无耻的暴力抗议，/向大众控诉……"他的诗行充溢着战斗气息，显示出战士具有的精神品格。这样的诗融入了他对大时代主潮的体认与理念："个人的声音""应该"与"群体"的声音"合致，增强其力

---

① 方敬：《声音·光》，《方敬选集》，四川文艺出版社1991年4月版。

量与音响"①。《光》与《报》等诗,情感情绪,昂扬向上,一洗既有的低沉与伤感色调,新的诗风与格调开始形成。作于1938—1940年冬的《战时赠友三章》,表达了方敬对抗日民主根据地的向往与赞颂。他称赞那里是"光明的总站",友人们在那里可以充分发挥自己的才智,实现"真与美"的追求。他写道:

> 仿佛听到你的朗诵,
> 朗诵着正义,光明,自由,
> 它们像美丽的花朵
> 随斗争迎接你,
> 迎接我们的祖国。

喜悦、欢快、向往之情,溢于字里行间。

方敬和所有爱国文艺家一样,是怀着激动而兴奋的心情向民族解放战阵奔去为民族解放而歌的。其声音高昂、宏浑。但是,方敬是一位眼光敏锐而又特别心细的诗人,加之前期人生经验的积淀和诗之思的铺垫,所以他在吟唱"战斗""生存""自由""永远的解放"的时候,发现了大后方社会的"朝雾"依然"浓厚",大后方人们"尚在熟睡"。他很快收敛了张扬与呐喊,写出一首首深沉而凝重且更富穿透力的诗篇。《骡车》与《村庄》便是这样的篇什。

《骡车》寄寓着方敬对战时中国社会人生的沉思。他把自己对于民族解放战争意义的理解和中国社会人生形态的认识,凝结为一辆"骡车"。这"骡车",日复一日,年复一年,"从无尽的路,/走向无尽的路"。正是这"骡车"的"露天的逆旅"和"疲乏","给我们添一份舒息,/像战士的一颗子弹,/给我们添一份自卫的力量"。"骡车"——一种负载体,它负载着中国人民大众的担当、承受与默默奉献及闪现的"脊梁精神"。这,正是我们民族解放战争赖以推进并取得胜利的力量源泉。基于这一深邃认识,方敬的沉思"也正从无尽的路,/走向无尽的路,/一条真理的路呵"。与此题旨相似的还有《骆驼群》和《木筏》。特别是《骆驼群》在情韵上与《骡车》堪称姊妹篇。《村庄》是一组短诗合成的一首长诗。这个村庄似乎依然笼罩着传统农业经济文

---

① 方敬:《声音·序》,《方敬选集》,四川文艺出版社1991年4月版。

明的旧影。这里的村民们，似乎依然是日出而作，日落而息，"牲口有刍秣，人民有食粮"。这里的农妇们，"把自己的女儿也照着/打扮得跟自己一个模样"，"才二十多岁的乡下大姑娘，/眼角就罩着一层阴影，/生活过早烙上了忧劳"。这里的人们五天赶一次集。当集那天，"男的挑着扛着，/女的提着，快成人的孩子背上背着/来了，从四近的乡下来了"。来干什么？交换，交易："习惯地交换需要，交换心思，/交换意欲，也就这样简单地/交换了一生。"这里也有贫与富、劳心与劳力的差别。这差别就如"四季"那么"分明"。有着"天空一样的坦白，/土地一样的诚实"的"蓬头垢面"的农人，他们"栽种"的"真够香"的"五谷"却被拿去"喂养地主自私的/贪婪无餍的大肚囊"。战争给予这个村庄的唯一变化，似乎只是学校"由省城疏散到了村里"，"很多村舍都作了教室寝室"；赶集的人们中，有了"戴眼镜穿西装的老师"。不过，方敬抓住了这个"新变化"及其闪出的新亮点："要交换了言语与人情，常识与经验，/才会有新的生活。"这首诗，不仅寄寓着方敬的忧思，同时也赋予了一种思想：战争与人民大众的关系——村民们的思想观念与生存方式如不改变，战争就难以取得胜利，即使胜利了，人民大众也不会真正得到解放。这便是方敬当时的思考焦点。

方敬沿着这一人生之思，继续而又深入地挖掘和抒写潜藏于广大下层民众中的创造能力。他从女仆劈柴、挑水、煮饭的平凡劳作中，感悟出了她们的辛劳在"提炼人生""洗涤人生""创造人生"[1]。他从在"羊肠小道上""一步一移"地"负载着石头的重压""负载着煤块的重压""负载着军械的重压"的背夫的劳作中，感悟出了他们的"劳力"支撑着今日的生活，创造着"明日的世界"。方敬与这些普通的又有着民族脊梁精神的人们，悲喜与共，息息相通。方敬对那些欺压民众、企图遏制民众创造能力发挥的邪恶势力表示极大的"忧愤"与"控诉"。方敬坚信："罪恶的叛逆的手/扼不住民族的咽喉，/群众闪闪的怒箭/已搭在坚韧的弦上！"他们是"负伤的巨人/好象太阳一样/从残垒旁边起来"[2]。大概正是出于这一坚定信念与理性思考，方敬在抗日民族解放战争胜利前夜，喊出了"新的路属于我们脚步，/新的世界属于我们的肩头"[3]。中国人民有力量赢得这场战争的胜利，中华民族有能力自己解放自己。这便是方敬人生之思及其转化的诗之思，而诗之思又提升了他的人

---

[1] 方敬：《行吟的歌·女仆》，《方敬选集》，四川文艺出版社1991年4月版。
[2] 方敬：《受难者的短曲·不安的夜》，《方敬选集》，四川文艺出版社1991年4月版。
[3] 方敬：《行吟的歌·送葬曲》，《方敬选集》，四川文艺出版社1991年4月版。

生之思，强化了他的人生之思。因为，方敬的人生之思与诗之思都是以这样的"真与美"为终极目标展开寻绎的。

三

"真与美"作为一种美学命题，虽然其界定众说纷纭，但有一点却是共通的，即"真与美"同"假与丑""瞒与骗"的相对立。方敬一生对"假与丑""瞒与骗"深恶痛绝。他直面他生存的那个"真与美"常常被"假与丑""瞒与骗"相混杂而且"真与美"常常被"假与丑""瞒与骗"所淹没所扼杀的社会人生。因此，他对"真与美"才那么渴求，那么执着，那么做着无私的奉献。20世纪30年代中国社会人生中的"真与美"被"假与丑""瞒与骗"所淹没，方敬为寻求"真与美"的不得而忧愁而叹息。抗日民族解放战争期间，方敬从中国民众那里发现了"真与美"，讴歌"真与美"，抨击"假与丑"。抗战胜利后，中国人民又一次被拖入内战漩涡之中。方敬此时深深感到："这土地上的人民的痛苦/夜一样深，夜一样广阔……"同时，他预示着这"黑夜巨大的子宫/将痉挛地分娩/那更大的血红的日子"。果不出所料，新生的"太阳"——中华人民共和国于1949年10月1日诞生于世界的东方。方敬与"站起来了"的中国人民一道"发出第一声欢呼"：

> 太阳出来了！太阳出来了！
> 阳光照遍了大地，
> 阳光把我们辉耀！
>
> 我们的血管里流着光，
> 我们的目光炯炯，
> 要把发亮的心献给太阳！[①]

从此，方敬自觉地忘我地把"心献给太阳"。他虽然说过"几乎忘掉了诗"，但五六十年代共和国诗坛上仍留下了他的足迹。《武汉江头》《青年的歌》《天安门前》等诗歌，烙上了那个年代特有的然而却很浅淡的印记。"文革"十年，"诗的花园被践踏成一片荒地"[②]。"文革"结束，大地复苏。方敬

[①] 方敬：《拾穗集·日出》，《方敬选集》，四川文艺出版社1991年4月版。
[②] 方敬：《拾穗集·后记》，《方敬选集》，四川文艺出版社1991年4月版。

欢欣若狂，他以燃烧的青春的热情，"欢唱解放了歌喉，歌喉放声欢唱解放"，"永唱那只真理的歌"①。他沉浸于诗之思和诗的创作之中，直至生命最后一刻。近几十年，他写的诗结集出版的就有《拾穗集》（第一辑）、《花的种子》、《飞鸟的影子》、《勿忘草》（诗文合集）等诗集。其中，《高楼赋》《祝愿赋》《生命赋》《季候赋》在同期中国诗坛上都不失为难得的名篇佳作。

在新中国的岁月里，方敬把自己的心力全部献给了并非纯真的"真与美"。其心理与情感，在诗歌创作过程中呈现出一种曲折的流程：热望—失望—热望。不过，后一次热望不是前一次热望的简单重复，而是一种升腾，一种超越，一种刷新。在后一次热望流动过程中，方敬在咏叹伤痕、追悼亡友、欢唱新生之后，转入了永恒的真理性的思考——一种更新更高意义层次的"真与美"的思考。什么是"永恒"？什么是"真理"？"永恒""真理"与"真与美"是何关系？方敬以冷峻的笔触展开对历史、时代、人生、自然的沉思时作出了回答。这时，方敬的人生之思与诗之思，可以说进入了"形而上"的崇高境界。在他看来，"花的种子""飞鸟的影子""高楼""季候""生命"等都是相互关联着的，都在交流着各自获得的自我生存的存在价值。因为它们都潜藏着生命的本源与意义的动因。这便是方敬在"和平与发展"成为中国与世界新潮流的时代、"地球村"形成的时代、知识经济已露端倪的时代，介入现实社会人生作出的一种选择——彻悟之后选择的充满和谐的"真与美"。这种和谐包括人与人和谐、人与社会和谐、人与自然和谐。

《花的种子》一诗，有着丰厚的"存在"价值意义的底蕴。世界万物的存在，都是有着其自身的外在的规定性与价值意义的。花的"种子从泥土里／生长了出来／开放鲜艳的花朵"并"用彩色的声音／甜美的声音／呼着蝶唤着蜂／同春天的眼睛谈心"。种子经过泥土和"我的手"，发芽、开花。而这花又以彩色的甜美的声音，呼唤蝶与蜂，共同构成纯真的生气勃勃的春的美好世界。这就是种子存在的意义，花存在的意义，蝶与蜂存在的意义。所有这些存在意义中，"我"即人是主体是核心是根本。人无私付出与奉献，才会带来和谐与美好。如果说，《花的种子》意在昌明存在的价值意义的思考，那么《飞鸟的影子》则在昌明自由、自在的强力了。世界万物尤其是人的存在是需要自由自在的，也有能力使自己自由自在，没有什么外力可以限制。那自由自在就如"飞鸟的影子"一样："岩石长出牙齿／也咬不住"，"海水张大了口／也吞

---

①方敬：《拾穗集·一只歌》，《方敬选集》，四川文艺出版社1991年4月版。

不去""撒开大网"也捉不住，连"明日的画家"也"留不下飞鸟的地址"。鸟靠自身的强力而获得自由自在，人呢？民族呢？国家呢？世界呢？要获得自由自在的生存与发展，也只能靠自身的强力作用。美的和谐世界的出现，必须抛弃一切强制乃至扼杀的外力。这两首诗呈现出的方敬的深沉之思，也流贯于"四赋"诗行。

《高楼赋》，不是赋的那个现代的钢筋水泥整合而成的高楼大厦，而是赋的世界万物共同构筑的"一个无穷大的立体"。居于这个无穷大立体当空的是"一个斗大的字：'人'"。人是主体，人是脊梁。通向这个无穷大立体的路，"不是等待，不是求祈，/只是渴望，不只是憧憬"，而"是人走的，为人开辟"。立体是无穷大的，路的"走"与"开辟"也是没有穷尽的。因为"千里万里千千万万里，/不撒玫瑰花，不铺红地毯，/不忘路上的风雨和荆棘；/万年的路上还有矛还有盾，/路逸出时间，超过空间，/又是时间的延绵空间的连续"。因此，无穷大立体的稳固与发展、路的"走"与"开辟"，必须是："人同爱和智慧是一体，/那真理的火炬接力传递，/献身、胜利和未来在一起。"《祝愿赋》进而深化这一题旨："时间，一部不能掩卷的书：/包含许多难解的难题。/已知和未知打上了纽结，必然和偶然绞连在一起。/人生可不是人工的剪辑，/从生命翻开了第一页，/就得一直读了去：荆条与花枝，/历险与奇遇，胜局与败绩……""路的开拓层出不穷，/随着太阳的光轮转动，/履带把世界向前带去。"《生命赋》抒写生命的永恒。一个个体的人的生命是短暂的，但延绵不断的生命却是永恒的。因为"生命长成了一株树/让空气呼吸自己/让阳光吸收自己/让水分啜饮自己"。这种相互依存而又承传接力，就如"季候"一样：春去夏来，夏去秋来，秋去冬来，冬去春来；那"万年青青过了还要青/百日红红过了还要红"。这"曲曲折折的长路/让补写一封情书/也平衡不了爱的赤字"[①]。

四

方敬的人生之思与诗之思的"真与美"，是受他的人生体验（包括童年经历）与诗学观的影响乃至制约的。

方敬的童年及少年时代的生活，是不幸的，然而又是幸运的。他六岁丧父，他、妹妹、母亲三人相依为命，过着并不宽裕的日子；他读的私塾、小

[①] 方敬：《飞鸟的影子·季候赋》，《方敬选集》，四川文艺出版社1991年4月版。

学、中学，都"没有吐放过理想与美德的花朵"①。这是方敬童年和少年时期人生中的两大不幸。但是，他从父亲的坚韧性格与顽强意志和母亲的精明能干那里，接受了"传家的精神之宝"；又从外祖父和舅舅那里，得到了"失去的父爱"，"尝到甜蜜和幸福"；还从史地课老师关于丧权辱国事件的讲述及1926年9月5日英军炮击万县血腥惨案的经历中，"矢愿做一个爱国志士"②。这是他童年和少年生活不幸中的幸事。这样的童年与少年生活经历，对于方敬的心性、个体精神乃至诗歌文本话语的构成，无疑有着重要意义。这为他后来人生之思与诗之思的"真与美"的执着追求，起了孕育的奠基的作用。这也就为他一登上诗坛便是"馈赠"、便是寻觅与等候，在民族解放战争中奋起猛进，在晚年仍保持青春活力而追求更高境界的"真与美"，提供了原始动力与寻绎源头。

　　方敬的诗歌生涯是从读诗、识诗开始的。他从一位小学老师那里，接触到了新诗，读了几部新诗集，新诗的种子播进了心田。在中学的小图书馆里，他读到了更多的新诗。郭沫若的《女神》，像"有一种神力"一样，使他的"心跳起来血沸起来"③；冰心的《繁星》与《春水》，那"丝丝天真单纯的诗绳系绕着孩提的心"④；"雪朝"诗人们与"湖畔"诗人们的诗以及闻一多、徐志摩的诗，都深深吸引着他。在中学和大学预科阶段，他还读了泰戈尔、歌德、斯托姆、拜伦、雪莱、魏尔仑、瓦雷里、海涅、覃尼孙和罗赛蒂妹妹、朗费罗等世界名家的诗篇；同时还爱读李煜、李清照等中国古代名家的诗篇。这些"不同的诗的不同的精神气质和艺术风格同时在熏陶一颗幼稚的心，逐渐培养起来它的诗感，一颗心对人生艺术地敏锐的感觉"。正是得力于这种"积年累月，新诗已成了"他的"精神侣伴"，他"也就自然要象诗那样来写在生活中的自己内心的感受，从对诗的感受而到对在生活中的美的感受的抒发"⑤。方敬也正是在读诗、识诗、写诗过程中形成、充实并完善自己的诗学观的。方敬的诗学观，概括起来有三个方面的内容：第一，"生活才是诗的女神"。他认为，"诗从生活土壤里生长起来"，"从生活中深深感受到至于使自己感动的东西才能变成诗的血液"⑥。第二，"诗是真的化身"。他强调，诗人

---

① 方敬：《集外·童年琐忆》，《方敬选集》，四川文艺出版社1991年4月版。
② 方敬：《集外·童年琐忆》，《方敬选集》，四川文艺出版社1991年4月版。
③ 方敬：《我与诗》，《方敬选集》，四川文艺出版社1991年4月版。
④ 方敬：《我与诗》，《方敬选集》，四川文艺出版社1991年4月版。
⑤ 方敬：《我与诗》，《方敬选集》，四川文艺出版社1991年4月版。
⑥ 方敬：《我与诗》，《方敬选集》，四川文艺出版社1991年4月版。

要说真话，"要有真情实感"，诗是"一种单纯的'真与美'的抒发"①。第三，诗是"爱"与"美"的结晶。他认为，"诗从爱开始，执著用生命去求索，去开掘，去创造，最后以美来完成"②。纵观方敬的诗歌创作过程，可以看出他是以自己对于生活的深切体验与感悟为酵素而将读诗、识诗与写诗融会贯通的。因此，方敬的诗之思，始终才那么执着与坚韧；他的诗的艺术精神，才那么富有"现代生活气息和隽永的诗味"③。

方敬的人生之思与诗之思的"真与美"，流贯于20世纪30年代到90年代。其价值与意义不可低估。因为它映现了20世纪追求社会人生进步的中国现代知识分子的人生足迹，凸现出了20世纪有艺术良知的中国现代文艺家们的精神之旅。它与20世纪社会时代主潮既合拍而又有独特的内涵向度。就方敬诗歌创作历程而言，20世纪30年代，与"新月"派和"现代"派诗人们的人生之思和诗之思既相认同又相疏离；20世纪30年代末和40年代，与"中国诗坛"派、"七月"派和"九叶"派诗人们的人生之思和诗之思既有共同点又相区别；20世纪八九十年代，独撑着既有的诗之思并延续着和提升着40年代冯至《十四行集》的诗之思，而始终同民族解放、人民解放、和平与发展的社会时代的命脉相契合。这应当是方敬诗之思的"真与美"寻绎的价值意义之所在。

21世纪是一个人与人、民族与民族、国家与国家、人与自然和谐的世纪。我们，特别是诗人们，都应像方敬及其诗之思那样，多一些爱，多一些馈赠，多一些真与美。因为"献身、胜利和未来在一起"。

方敬的人生虽然结束，但是，方敬诗歌寻绎的精神生命却会永存！

附记

方敬曾任学校的教务长、副院长、党委副书记。我知道他较早，他认识我较晚。1980年12月，重庆地区中国抗战文艺研究会在我校召开成立大会。会上，我的发言引起了他的关注。会后，他询问了我查阅抗战文学史料的情况和研究所得。这次约谈，算是他认识了我。从此，我主动向他请教的时间较多，特别是他离休后，请教时间就更多了。重庆、成都、北京等地参加有关抗战文学研究的会议，我几乎都随他出行。十多年的请教与交谈中，他的

---

① 方敬：《我与诗》，《方敬选集》，四川文艺出版社1991年4月版。
② 方敬：《花的种子·弁言》，《花的种子》，西南师范大学出版社1989年版。
③ 方敬：《我与诗》，《方敬选集》，四川文艺出版社1991年4月版。

人品、文品，深深地吸引着我，感染着我。使我受益终生的有这么四点：一是为人的洁身自好；二是为学的勤与严；三是为教的重德；四是学术研究的独立意识与自由思想。他是我最尊敬的一位良师！

方敬是一位诗人、散文家、翻译家。早在 20 世纪 30 年代北京大学读书期间，他就发表了诗歌与散文，是和何其芳、卞之琳同代成名的作家。他及其文学创作，在中国现当代文学史上已有一定地位，屡屡被中国现当代文学史家所论及。

方敬为人求真求美，为文也是求真求美，人品与文品合一。本文浓缩了我研读方敬诗歌的一些感悟与理解，也以本文表示对他的怀念。本文发表于《西南师范大学学报》2000 年第 5 期。

论桂林抗战文化资源的文学价值意义

一个区域的文学的生存与发展和一个国家及一个民族的文学的生存与发展一样,除了社会人生语境与作家群体都处于优势这两个带决定性的条件以外,还要有丰厚的文化资源这一不可或缺的文学之"根"。而且,只有社会人生语境与作家群体都处于优势之时,文化资源才会得到充分开掘与运用而成为文学创作的素材与养分,转化为区域性与民俗性的文学品格。只有具有区域性与民俗性品格的文学,才能跻身全国进而走向世界。这自然是不言而喻的文学理论常识与文化理念。

桂林的社会人生语境和桂林作家的实力与潜力,无疑是现今桂林社会主义文学的建设与发展的主要因素。同时,桂林既有的文化资源也是现今桂林社会主义文学建设与发展不可或缺的养分与根据。这里,笔者就桂林的三大文化资源——历史文化资源、自然文化资源与民俗文化资源及其文学价值意义等话题发表一己之见,请方家批评指正。

一

桂林的历史文化资源,是桂林这座历史名城在其升迁变革过程中不断积淀而成的。从距今三万余年前有人类祖先在这里生息繁衍开始,到公元前111年汉武帝在这里设置郡县,再到公元1940年正式在这里建市,再到今天的桂林市,其时间跨度是多么长久啊!在这悠长的时空隧道里,沉淀有甚为繁富的社会文化遗产和文物文化遗产。

桂林的社会文化遗产,主要是指出现于桂林历史上的重大政治事件或军事战争史实。其中,有从原始社会到奴隶社会到封建社会到半殖民地半封建社会的社会文化遗产,还有中华人民共和国成立后的社会文化遗产。整个中华民族和中国社会历史演进过程中出现过的重大政治事件与军事战争,几乎都在这里留下过深深的印迹,有的政治事件与军事战争还是在这里发生的。王仙芝、黄巢农民起义军,在攻下广州、占领桂林时,得到桂林少数民族起义军的积极呼应与有力支援,扑灭了隶属于唐王朝的地方武装势力的反抗之火。又如,南明时期,永历皇帝在广西各族民众抗清斗争中,其间两次驻足于桂林,桂林因此成为永历政权的政治、军事中心。至于永历皇帝最后几年间,更是仓皇地频繁出入于桂林,其性命也是在出逃中被葬送掉的。又如,太平军对当时也是广西政治经济中心的桂林进行了一月之久的战斗,打开了进入湖南从而进军南京的通道。这场"桂林之战",在桂林沿革史上是一场大的战斗事件。其动员民众之广、战斗之激烈,都已载入史册。太平军"竭力攻城,百道俱进";"疑阵纵横参妇女,战声远近杂儿童"[1]。大有"枯木朽株齐努力""枪林逼"的战斗情景与气势[2]。至于中国近现代史上发生过的辛亥革命、五四运动、抗日战争、解放战争等重大事件,都席卷与震撼过桂林。

历史有斩不断的延续特性。昨天对于今天来说是历史,然而今天却是昨天的承续;今天对于明天来说也是历史,然而今天却是明天的起始。历史事件是无法"克隆"的,然而历史文化精神却是代代相传的。因此,上述一系列重大政治的军事的事件构成的社会文化资源,需要文艺工作者去梳理,以对历史获得清醒认识,强化对现实社会人生的认知,从而在历史与现实之间、史实与文学之间架起一座桥梁,构筑文学意义世界。直白地说,从上述一系列重大政治的军事的事件构成的社会文化资源中,可以提炼出今天桂林社会主义文化建设与发展所需之养分,可以发掘出隐含其中的精神文化内涵,作为今天桂林社会主义文学建设与发展的一种凭借乃至又一文学创作源泉。

桂林的文物文化遗产,主要指桂林既存的文物古迹。桂林的文物古迹,甚为丰富。其中,桂林古城和摩崖石刻,最具文学价值意义。桂林地处"湘水之南,粤垠之西"[3],属于中原通向西南乃至海外的一条重要交通枢纽。同时,桂林也是重要的军事要地。因为踞此可以"遥制海疆,旁控溪峒,宿兵授帅"[4]。因此,从唐朝开始就修筑城池。据史料记载,最初的城为正方形,长三公里余,高一丈二尺,还有被称为"子城"的四门,官府衙署多设于子城。元朝时,历经四年进行修建。"凡城内外,自顶至踵,皆甃以大石,沈米为膏,炼石为灰,捣如墐泥,涂泽其中。城两厢皆砌石三重,基址坚厚,自下树石,栉比而上,端方周正,文理致密,缭绕周回一十余里。"[5]明清之际,少有修筑。这样的古城,凝结着历代桂林民众的汗水与心血以及能工巧匠的

---

[1] 转引自张益桂、张家璠著《桂林史话》,上海人民出版社1979年10月版。
[2] 毛泽东:《渔家傲·反第二次大"围剿"》,《毛泽东诗词选》,人民文学出版社1986年版。
[3]《粤西文载》第30卷。
[4]《粤西文载》第30卷。
[5]《临桂县志》第12卷。

智慧,成为桂林坚韧、矗立、挺拔文化精神的一种象征和桂林历史、社会人生演进的见证。研讨这座古城建造历史,不仅可以为今天桂林社会主义文化建设与发展提供建筑学、政治学的资源,而且更可以提供人文精神关怀的资源。桂林的摩崖石刻极负盛名,它囊括从南北朝到唐宋再到明清历代文人所题写的诗文1500余件。仅"唐宋题名",就"以桂林为甲"[①]。唐朝时,桂林成为"中外伟人硕士,或迁谪之经从,或宦游之侨寓"[②]。宋之问、张九龄、柳宗元、李商隐等文人学士,或"经从"或"侨寓"于此。他们在这里"游山玩水",置身于山水之中,有了"天人合一"的感受与体验,达到人与大自然一体的境界。他们在奇美的山水之间,游玩出了情趣,游玩出了意境,游玩出了物象,诗文之意大发,题写了一首首一篇篇"传布远近"的诗文。在桂林的摩崖石刻中,宋代文人之作也不少。黄庭坚、张孝祥、方信孺、朱晞颜等宋朝诗人的诗作,均先后多镌刻于石崖之上。那位终生向往而未能如愿到桂林一游的宋朝大诗人陆游,特托友人将自己撰写的一束"诗札"带到桂林,刻于水月洞石壁之上。这些石刻的诗文,无疑是一笔不可多得的文化遗产。那里面蕴藏着繁富的情、意、心与真、善、美,够一代又一代的人们去领悟与享用。其精神要义,也许可以通向今天桂林社会主义文学建设与发展之中。

上述的社会文化资源和文物文化资源,可以说,有着承传至今以至未来的精神脉系。因为,它们体现了不同历史时代人们的生存方式与生命状态,寄寓了不同历史时代人们的审美意识。但是,这些属于中国人的思想、意识、精神、行为的载体与形象物,是有着悠久的延续性与鲜活性的,不会随一个历史时代的结束而消失。上述社会文化资源与文物文化资源,对于桂林社会主义文学建设与发展来说,无疑是具有深广的文化价值意义的。

二

桂林的社会文化资源中,还有一种重要的资源,就是抗战文化资源。

桂林抗战文化资源中最具文学价值意义的资源有三种。

一是桂林的抗战文化活动。抗战爆发后桂林的文化社团如雨后春笋般纷纷破土而出,文化活动异常活跃,而且硕果累累。哲学界、文学界、音乐界、美术界、宗教界,就桂林抗战文化自身发展问题、服务于抗日救亡问题,频频举行集会,撰写文章,加以研讨。诸如,文化文学与社会人生的关系、文

[①]转引自曾庆洪、覃树冠、魏华龄著《桂林简史》,广西人民出版社1984年3月版。
[②]《粤西文载》第47卷。

化文学与政治的关系、文化文学的开放性与包容性、文化文学对外交流等的专题讨论。这些促进桂林抗战文化文学发展的举动与行为，表现出了置身于抗日民族解放战阵中的桂林文化人，反映历史时代的高度自觉性和把握捕捉伟大历史进程、历史风貌的敏锐与强力。他们的这种自觉性与强力不啻是桂林现今社会主义文化文学的建设与发展的精神财富，同时，这些文化文学活动，可以也应当转化为桂林现今社会主义文学的创作素材。尤其是，1944年春桂林的"西南剧展"，更是为桂林现今社会主义文学活动的开展与文学创作积累了多方面的经验。这次剧展，历时3个月之久，参展戏剧工作者达千余人，参展剧目29个，演出170余场，观众达十余万人次，参展的剧作手稿、剧运史料、图片、舞台模型等达数千件。这次剧展实现了如田汉在开幕式上讲的预期目的："诚恳坦白，自我批评，检查过去得失，推进戏剧理论运动，藉使今后戏剧能获得正确的发展方向。"这种"冒着风险""流着血汗，流着眼泪，忍着饥饿，耐着穷困"的剧展，"为中国戏剧史写下崭新的一页"[①]，在中外戏剧史上也是一个创举。这次剧展的幕前幕后，不知有着多少感人的故事。这次剧展及故事所体现出的戏剧工作者的意识、精神，也需要并值得现今文学家以多种文学形式加以抒写。

二是桂林抗战文学创作为桂林社会主义文学创作运用自然文化资源提供了范例。桂林具有得天独厚的自然文化资源，这是造物主赐予的。造物主在这块土地上，运用鬼斧神工造就出了"甲天下"的"山水"。俗话说：一方水土养一方人。仿此也可以说，一方水土养一方文。桂林真是人杰地灵之地。桂林人，祖祖辈辈与山水和谐相处。山水养成人的灵气，人保护山水，达成"天人合一"的文化语境。这就为桂林人的性格、气质的养成和桂林文学个性化特色的形成，提供了地域性保证。也就是说，桂林特有的自然文化资源，使桂林人的性格脾气与重庆人、成都人、昆明人有了差异，也使桂林文学有了不同于巴蜀文学的一些基本特征。抗战时期，桂林来自五湖四海的文艺家注意了对桂林自然文化资源的吸收与利用。这就促使抗战文学在桂林生根与成长，并进而形成区域性特征。

抗战文学作家作品中，融入桂林自然文化资源的颇具亮色的要数鸥外鸥及其诗歌创作。1942年5月，诗人鸥外鸥历经艰险转辗来到桂林。他一到桂林，就被桂林的山水深深吸引。他的诗歌创作灵感，他的诗歌创作情趣，他

---

① 田瑜：《告别桂林》，《广西日报》1944年6月5日。

的诗歌创作意象,几乎都来自桂林的山山水水。他后来在《郁郁群山玉桂香》一文中就这样回忆道:"桂林啊桂林,我40年代诗的源泉,青春活力最焕发时期的熔炉。正像它的离奇怪诞的群山那样离奇怪诞,潜移默化了我的诗风。"他其时写的《桂林的裸体画》组诗,其灵感与诗风,照他自己说的都是得自桂林山川毓秀的这个可爱的城。《被开垦的处女地》便是这组诗中的颇有影响的力作。诗行中的"山"字,有大号字体的,有小号字体的。多个大号字体的"山"与多个小号字体的"山",按诗的内在韵律与诗之思有序地排列起来,犹如一座重重叠叠的城墙,布成环形之阵来卫护桂林这块未被开垦的处女地。诉诸视觉以鲜活而深刻的形象,好似看见了桂林四周皆山——"突兀的山""骆驼的背的山""狼犬的齿的山",一座坚固的城堡跃然纸上。同时,诗行中还夹杂着一些小号字体的诗句。这些小号字体的诗句,暗示出在城里张望的人和外来的陌生来客,都只能在山的缝隙之中注目而视。诗的最后,用大小号字体相间排列的诗行,写山作为屏障的崩垮,"现代文物"的涌入。于是,处女地被开垦了,善与恶的种子播下了。这种大小号字体的"山"和大小号字体诗句的排列使用,表达了诗人的一种强调、一种情感、一种情绪及其流动方式。可以说,这是诗人游玩桂林山水时游玩出来的诗。游玩出来的诗人的诗之思——情态、意态、心态,而又注入于山水之中。实现了人与山合一,情与景合一,意与象合一。这虽然是中外自然文化资源化为的诗歌一以贯之的主题形态,但这是桂林的山水诗歌,而且是抗日民族解放战争时期桂林的山水诗歌。这种地域特征与时代色彩,就把这首山水诗与别的山水诗区别开来。诗人鸥外鸥在抗日民族解放战争大背景下,对桂林自然文化资源——山水的感受、体验和诗之思、诗之体式的创新,应当视为桂林社会主义文学创作运用桂林自身的自然文化资源,有着现代的借鉴意义。

  三是桂林抗战文学主体作家的意识、精神,在桂林社会主义文学创作主体作家中,有可持续发展的可能性。桂林抗战文化文学,之所以那么辉煌夺目,除了那个大时代环境和得天独厚的自然文化资源之外,主要还是得力于桂林抗战文化文学主体作家具有的实力与潜力。其中,最基本的实力与潜力就是作家的思想意识与精神要素。当年构筑桂林抗战文坛的作家们,大多是在这之前的一二十年间就成名的资深作家。欧阳予倩、茅盾、王鲁彦、田汉、巴金、夏衍、胡风、艾芜、艾青、端木蕻良、司马文森等小说家、戏剧家、诗人,或五四时期登上文坛,或二三十年代已有名气。他们既有着中国传统知识分子的良知,又有着中国现代知识分子强烈的使命感与社会责任感,同时具备非凡的文学创作才华。可以说，这是一个"文学大家群体""文豪群体"。抗日民族解放战争爆发后，他们呼应着大时代的召唤，一齐奔向战阵，为民族解放而歌。他们先后来到桂林，自觉地参加构筑桂林抗战文坛，开展桂林抗战文化文学活动，进行各种文学创作。他们自身拥有的民族脊梁精神和凝聚的时代精神火花，化成一股股强劲的苦难意识与忧患意识、批判意识与自省意识、个性解放与民族解放意识。这些可统称之为的爱国主义，支撑着他们的生命与行动，并内化为他们的文学创作母题。

茅盾在战时桂林期间，创作出了一部长篇小说《霜叶红似二月花》、一部中篇小说《劫后拾遗》和6个短篇小说。田汉创作了剧本《秋声赋》《穷追一万里》《黄金时代》《怒吼吧，香江》《双忠记》《岳飞》《金钵记》以及100余首诗歌与四五十篇文艺论文。王鲁彦创作有长篇小说《春草》、中篇小说《胡蒲妙计收伪军》和短篇小说《我们的喇叭》《伤兵旅馆》《杨连副》《炮火下的孩子》《千家村》等。艾芜创作了三部长篇小说《山野》《故乡》《荷花时节》和《荒地》《秋收》《黄昏》《冬夜》《爱》《逃荒》等短篇小说集。巴金写了短篇小说《还魂草》《某夫妇》和散文《生》《长夜》《怀念》，还翻译了王尔德的童话《快乐王子》和《夜莺与蔷薇》以及屠格涅夫的长篇小说《父与子》与《处女地》。端木蕻良创作了长篇小说《科尔沁旗草原》第二部与《几号门牌》以及短篇小说《初吻》《早春》《雕鹗堡》《海港》《蝴蝶梦》《琴》《红夜》《女神》《前夜》《饥饿》以及剧本《红楼梦》《晴雯》《林黛玉》《红佛传》《薛宝钗》等。司马文森仅小说创作就有《雨季》等4部长篇、《南线》等9部中篇、《奇遇》等4部短篇以及5部童话故事。所有在桂林战时生活的作家，都如上述几位作家一样，一面参加多种文化文学活动，一面从事文学创作，而且都处于艰难的生活境遇之中，有的甚至贫病交迫。那么，他们为什么会有如此旺盛的创作精力创作出如此丰硕的成果呢？为稿费吗？其时的稿费甚微，或根本没有。答案只有一个：爱国主义意识、爱国主义精神的支撑。他们的这一爱国主义意识、精神与行动成果，笔者认为可以直接与今天桂林社会主义文学建设与发展接轨，成为强化今天桂林社会主义文学创作主体作家的实力和激发今天桂林社会主义文学创作主体作家的潜力的一种不可多得的酵素。这个"文学大家群体""文豪群体"那种从个体走向群体而又不失个体、面对现实困境而又坚持艺术追求的状态与行为，对于今天的桂林作家来说，不仅有着楷模的作用，其作品也有着赓续发展与突破创新的现实意义。

三

　　桂林和整个广西一样，都是多民族聚居区。其中，瑶族、壮族、苗族等少数民族在此生息繁衍，代代相传。这些少数民族在统一的中华民族大家庭中，经过长期的广泛的交往，形成有共同遵循的道德原则与行为规范，同时也保留着相异的民族习俗。特别是衣食住行、婚丧娶嫁的礼仪习俗，那更是多姿多彩而又千差万别。这些不同的习俗，形成不同的民俗文化，规定着不同民族文化的不同品味。桂林民俗文化中，瑶族民俗文化、壮族民俗文化、苗族民俗文化，耀眼夺目。这些民俗文化构成的桂林民俗文化，既有博大、宽容的气势，又有雄浑、壮美的风情，更有诡奇、浪漫的遗韵。与广西的少数民族能歌善舞一样，桂林的少数民族也能歌善舞。他们的歌舞突出地体现了桂林民俗文化所具有的特性。桂林少数民族对于生活中发生的事情，总是用歌舞来表达自己的感受、感情、情绪、愿望。可以这么说：桂林少数民族是歌的民族，桂林是一座歌的城市。宋人周去非在《岭外代答》中早就这样描述过：包括桂林在内的"广西诸郡，人多能合乐。城郭村落，祭祀、婚嫁、丧葬，无一不用乐"，即使"耕田亦必口乐相之"。早已为中国人家喻户晓的《刘三姐》，便是这一民俗文化资源的成功开发与运用的典范。《刘三姐》为什么会受海内外中华儿女所欢迎与认可，就因为它有广西、桂林的乡土味与生活味。桂林今天的社会主义文学要跻身全国走向世界，笔者以为应深入开发与运用这样的民俗文化资源。事实上，桂林的瑶族民俗文化资源、壮族民俗文化资源、苗族民俗文化资源是异常丰富的。

　　瑶族从古代至今，在其艰难的生存与发展过程中，养成了代代相袭的生活习俗。瑶族妇女的装饰，真可谓奇色异型，非常讲究。她们的头饰，有竹箭、竹壳、顶板、尖帽、银条。她们"椎髻"上的饰物，更有银簪、银牌、银花、银串珠。她们的服饰，素有"好五色"之称。或无领短衣，中系腰带，青色碎花白边褶裙；或袖口宽大、边裙浅蓝色、长可盖膝的衣服，腰系五彩丝带或蓝色布带，长短不一的青色裤子；或青底而满绣红色花纹的百褶裙。男女婚娶，较为自由，通过节日、集会或走村串寨等机会，以对歌方式寻找对象。男女离异，较容易者，以砍一块糍粑各吃一边或一筒酒各喝一半为据。瑶族的节日，名目繁多，如盘王节、春节、达努节、中年节、社王节、清明节、六月六、尝新节、中元节等。其中包括有极为隆重的祭祀祖先的节日、庆祝丰收的节日、祭祀社王商议农业生产问题的节日。① 壮族男人有"断发文身"的习俗，显示出古代越人的遗风。壮族女性，特"爱彩"。清朝张祥河在《粤西笔述》中就写道："凡衣裙巾被之属，莫不取五色绒以织布，为花鸟状。"她们的服饰如围裙、背带、腰带、头巾、衣边等，常嵌有万字纹、水纹、云纹、菊花纹等花纹图样，甚至还有蝴蝶朝花、凤穿牡丹、双龙抢珠、狮子滚球、鲤鱼跳龙门等颇有寓意的图案，极为工巧绚丽。青年男女的社交活动，多以对歌形式出现，以致天长日久形成歌圩。较大的歌圩活动多在春秋两季举行，方圆几十里的男女青年盛装聚会，长达三五日之久。壮族民众，人人能歌。山头、田间、村前、家里，都布满歌声，吟唱着他（她）们的喜怒哀乐。刘三姐成为壮族传说中的"歌仙"。"如今广西成歌海，都是三姐亲口传"，成为广为流传的佳话。壮族民众的歌声与他（她）们的服饰一样，多姿多彩。苗族与瑶族、壮族一样，其生存变迁史都有着斑驳的传奇色彩。苗族在同别的多个民族的交往乃至杂居过程中，形成了一些相近的习俗。苗族也是一个能歌的民族，男欢女爱过程也多在歌声中进行。但是，真正能体现苗族文化特色的是其巫文化。巫文化实际上是人文化。巫文化，也是苗族的民俗文化。苗族巫文化的集大成成果为《苗族古歌》。它以歌吟形式，将人客观化、自然化，吟唱其升沉、起伏、消长过程和隐现其中有浓烈神秘色彩的故事，有着丰富的苗族民俗文化内涵。桂林的瑶、壮、苗民族民俗文化的外在表现形式，蕴含着极为可贵的带共同性的精神、道德、品格的价值因素，那就是"诚信"。对歌，可以对上三五天而不散，没有诚信坚持得了吗？人与人的交往是那样的和平、随意，没有诚信办得到吗？这种诚信精神、品格，是他们千百年来在与自然山水共存中形成的，在与社会人生共存中形成的。现代文学家沈从文，虽然不是桂林苗族后代，然而其人其文确有着包括苗族民俗文化在内的整个苗族文化精神。他的小说创作，在中国现代小说创作世界里，不愧是一束束显示苗族民俗文化特色的奇葩。他在20世纪中国现代小说家中，不愧是一位开掘与运用民俗文化资源最为成功的卓有成就的作家。他的小说，为现今社会主义文学创作开掘与运用民俗文化资源提供了丰富的经验。总之，不同民族的民俗，是不同民族在千百年来的历史演变中形成的。它是古老历史的一种承传物，它是一种民族文化心理的积淀，含有维系不同民族生存、规范不同民族行为方式的精神脉系。这些不同民族的民俗文化

---

①上文史料，参见《瑶族简史》，广西人民出版社1983年5月版。

——属于"集体无意识"的民俗文化，浸入于代代相承的不同民族的骨髓与生活中，构成不同民族既相区别又有一定联系的一种精神维度。因此，今天我们的文艺工作者，需要对民俗文化资源，再多一份心思，多一份热情，摄取民俗事象与民俗风味，创作出独具特色与独具魅力的社会主义文学作品。

在这样一个大时代里，更需要文艺家们甘于寂寞，冷静而又深入地去感受与体验时代的发展，把握时代精神的真谛，开发与运用好桂林自身拥有的文化资源，就一定会使伟大历史瞬间、伟大历史进程与伟大历史风貌进入自己的视野，流入笔端，创作出更多既是桂林的又是全国及世界的文学作品。

附记

1937—1944年间，桂林是"南中国文化中心"和闻名远近的"抗战文化城"。其间积淀而成的抗战文化资源，犹如一座富矿、一片蓝天和深邃的海，具有难于穷尽的文学创作价值意义。

我是桂林抗战文化研究会的特聘研究员，我自然会关注桂林抗战文化文学。我先后为该会编辑出版的大型抗战文化研究丛书，写过五篇文章。本文是其中的一篇。

这篇文章是为该会主持召开的一次研讨会而撰写的。我参加了这次研讨会，被安排作了大会发言。文章要点报告后，反响不错。该会会长及一些学者认为本文对拓展与深化桂林抗战文化研究有着重要意义。本文曾蒙广西社科院文学所的同行推送至广西大学学报编辑部，发表于该刊2002年第6期，后收入"广西抗战文化研究丛书"中。

老舍《大地龙蛇》的文化反思

1939—1943年间,老舍创作出了《残雾》《国家至上》《张自忠》《面子问题》《大地龙蛇》《归去来兮》《谁先到了重庆》《桃李春风》《王老虎》等9个剧本。① 这是老舍为着抗日救亡而使出的十八般武艺中的一种。这9个剧本,就现实主义艺术表现而言,不便与曹禺同时段创作的《原野》《蜕变》等剧本相提并论;就文化内涵与文学史的价值意义而言,自然不属同一层面,它们属于老舍的戏剧尝试之作。不过,这些剧本依然凝聚着老舍的心血,依然是建构其时中国文学大厦的一石一木。

本文旨在论析《大地龙蛇》蕴含的文化反思。

一

老舍这9个剧本中,文化内涵最为深厚而价值意义更带文学历时性的要算《大地龙蛇》这部三幕歌舞混合话剧。但是,评论界却一直认为,这个剧本是从概念出发的,剧中"人物就差不多是为表现此种观念而设的傀儡";或认为,该剧脱离了老舍惯有的现实主义创作方法,又有图解观念的味道。② 显然,这是仅以文学的审美价值而否定该剧的文化价值及文学历史价值(当然这三种价值兼而备之最好)。同时,这类否定性评论,也似乎有一定"根据",——"概括""提炼"于老舍在《闲话我的七个话剧》一文中对该剧的评说。不过,只要认真研读老舍这篇文章和老舍写的《大地龙蛇》的序文,便会发现这种"概括""提炼"与老舍自评的差距之大了。

老舍在自评中,确实说了这样的话:"人物就差不多是为代表此种观念而设的傀儡了。"但是,这种"结论"或"果"的"前提"或"因"是:"此剧中表现的都是抽象的东西——文化呀,伦理呀,等等。"(老舍原话为:此剧中表现的都是抽象的东西——文化呀,伦理呀,等等——所以人物就差不多

---

① 9个剧本中,《国家至上》与宋之的合著;《桃李春风》,与赵清阁合著;《王老虎》,与萧亦五、赵清阁合著,其余5个剧本为老舍个人撰写。
② 王惠云、苏庆昌:《老舍评传》,花山文艺出版社1985年10月版。同时,另一些有关老舍戏剧创作评论著作,大都持类似的评价。

是为代表此种观念而设的傀儡了。)"剧本从观念出发","人物为表现观念而设"这一极其鲜明的简单的评语,显然不合老舍自评原意。况且,老舍在自评中,首先说道:"《大地龙蛇》中的思想,颇费了我一些心思去思索。"其次指出:"把它当作案头上的一本小书,读起来也许相当的有趣,放在舞台上,十之八九是要失败。我懒得去修改它,因而也只能消极地盼望它老在案头上。"同时,老舍直言这个剧本的不足。他说:这个剧本"最大的缺点是第三幕——既没有戏,又未能道出抗战后建设之艰苦;我的乐观未免过于幼稚"。最后,他还说:"简言之,这本戏不大高明。"这可以说是老舍从现实主义艺术表现角度对这个剧本作出的合乎剧作实际的评价。其中,笔者认为,应当着力关注的是老舍自评中这样一些说法:他"颇费了些心思去思索"的剧本的思想和强调的把它放在"案头"上。

如果,我们再读老舍写的《大地龙蛇》的"序",就更难于得出"这个剧本是从观念出发"而创作的评语了。的确,老舍是接受东方文化协会以"东方文化"为题的委托而写的这个剧本的。这也确实是一件难度较大的"命题作文"的苦差事。他说:"他想了许多日子",找不到足以表现"东方文化"的故事;"又想了几天,我决定从剧本的体裁上打主意",那就是把歌舞插入话剧中的"拼盘儿"办法。但是,"这并不能解决一切"。因为,"什么是文化?什么是东方文化?东方文化将来是什么样子?没有任何一个人能圆满的答出"。不过,在这构思过程中,老舍深深知道,这不是搞学术研究,不是写学术研究论文,所以他最终决定"从剧本上设法",遵循话剧创作规则,以"一件事为主,编成个故事,由这个故事反映出文化来"。"借故事说文化,则文化活动在人间,随时流露。"仅此表白,好像真有点从概念到概念的概念化的嫌疑了。然而,下面的表白却完全可以消解这点嫌疑。他说:"抗战的目的,在保持我们文化的生存与自由;有文化的自由生存,才有历史的繁荣与延续——人存而文化亡,必系奴隶。"正是基于他对抗战的本质意义及抗战与文化的关系这一真知灼见,所以他认为在抗战时期来检讨文化,正是好时候。"在抗战中,我们认识了固有文化的力量,可也看见了我们的缺欠——抗战给文化照了'爱克斯光'。"这种理性观念,在当时中国文化界,无疑居于制高点上。同时,老舍在剧本中表现的文化,是经过他长期的对于中国社会人生的感受与体验的。他这样说道:"我所提到的文化,只是就我个人的生活经验,就我个人所看到的抗战情形,就我个人所能体会到的文化意义,就我个人所看出来的我国文化的长短,和我个人对文化的希望,表示我个人的一点意见。"这里的四个"就"构成的排比组合句式，充分表明了老舍创作这个剧本虽然是"命题作文"，然而却完全有本于他对中国现实抗战社会人生和中国民族文化的感知、知解与体验。他"颇费了些心思"思索出的剧本主题思想，是他生活经验的积累和对中国民族文化的过滤与积淀。也就是说，老舍着力于审视的是抗战与民族文化之间的关系，寻绎的是民族文化与抗战现实的内在精神联系。因此，这里的"想出来"的剧本主题思想，实在是源于他在抗日战争大背景下对中国现实社会人生和对民族文化的感受与体验。这样的文化，就不是教条式的纯理性的文化概念了，而是活生生的——活在现实生活和人们心中的文化。他把这种感受、体验和深思熟虑的真知灼见，融化于戏剧情节与人物形象塑造之中。当然，这个剧本，在"融合"这一点上也确实如他说的"不大高明"。但是，绝不可以说这个剧本是从"观念出发"的无本之木的创作。况且，中外文学史提供的大量文学事实证明：凡是文学大家，可以说无一例外的是先有观念而后创作，在创作过程中又充实完善其观念或修正其观念。关键问题是：什么样的观念？观念怎么形成的？观念又是怎么样呈现于作品之中的？举一个例子来说：鲁迅写《狂人日记》之前，有无一个观念？有，那就是"中国人尚是食人民族"。这个观念怎么形成的？直接来源于鲁迅在辛亥革命后几年间的"读古书"和"回到古代去""沉入于国民中"的思索。正是得力于"读古书"和深沉的思索，他完完全全感知并知解了中国历史是"吃人"的历史、中国现实社会是"吃人"的社会、中国传统礼教是"吃人"的理论、中国人都是相互"吃人"的人。为着揭出这一最大最深的病苦，以引起疗救的注意，鲁迅编织了一个被迫害而发狂的狂人的日记，把这一观念融入狂人日记之中。据此，能说《狂人日记》是从观念出发的作品吗？或仅根据鲁迅在《致许寿裳》信中说《狂人日记》是"偶阅《通鉴》，乃悟中国人尚是食人民族，因成此篇"，就判定《狂人日记》是从观念出发的吗？狂人是为表现观念而设的傀儡吗？还是那句老话：重要的在于怎么写。

总之，老舍在《大地龙蛇》中，言说的是在抗日民族解放战争大背景下，民族文化与现实社会人生的内在精神联系。这一关注焦点或称理念，是经过他的感受、体验与深思熟虑的。这也是他从文学创作伊始就一直追寻的精神向度。

二

什么是文化？这确实是一个众说纷纭的话题。但是，什么是中国民族文化尤其是其中的儒家文化及其基本精神，应当是说得清道得明的。儒家文化，是孔子及其弟子们根据自己对其时社会人生的了解与认识而发扬光大《易》里的文化精神创制的以"修身齐家治国平天下"为核心的文化体系。这一儒家文化，充溢于一代代中国读书人的骨髓，也成为不曾读过书的一代代中国人的自律性的规范。

传承了两千余年的中国儒家文化，经历了无数次腥风血雨的冲刷和漫长的时空隧道过滤，特别是在"西学东渐"过程中，作为一种意识、精神与行动状态的"智"和"勇"，大大萎缩了，甚至仅仅成为一种潜在的文化要素了。到了近现代之际，儒家文化在中国国民中显现出来的似乎只剩下"气"——"气节"之"气"这一要素。对此状况的严重性，鲁迅曾有过尖锐的告诫。他说："我以为国民倘没有智，没有勇，而单靠一种所谓'气'，实在是非常危险的。"[1]

20世纪三四十年代的中国抗日民族解放战争和世界反法西斯战争的烈火，冶炼了中国传统儒家文化，激活了潜在的"智""勇"文化因素。因此，这一时期鲜活而强烈的大智大勇精神转化为了中国国民普遍具有的爱国主义精神支柱。中国国民也正是凭着这一精神与行为而在国际反法西斯战争力量的声援之下赢得了抗日民族解放战争的胜利，为国家的独立、民族的生存与人民的解放提供了坚实的基础。老舍的《大地龙蛇》，正是从战争这一文化语境审视中国儒家文化，写出中国儒家文化的现代转型，追寻中国知识分子及普通民众的人生状态与价值取向，演绎的依然是启蒙救亡这一中国现代文学惯有的一道母题。

《大地龙蛇》中一个重要角色赵庠琛，是个什么形象？可以说，他是一个较为典型的文化代码、文化符号。文化即人化，在这里实现了高度的融合，完全一体化了。大幕开启，一个浓缩着儒家文化的身影呈现在观众的面前，他就是赵庠琛。赵庠琛"幼读孔孟之书，壮存济世之志。游宦二十年，老而隐退，每以未能尽展怀抱为憾，因以诗酒自娱"。这便是老舍勾画出的赵庠琛这位中国知识分子的总体人生概貌与精神状态。但是，剧本着力写的不是赵庠琛的这一生，而是"老而隐退"之后的人生际遇及变化状况。这时，他的思想意识里治国平天下的"智""勇"，几乎消解殆尽，充溢着那么一股坚固而旺盛的"气节"。"身后声名留气节，眼前风物愧诗才！"他的这两行诗句，

---

[1] 鲁迅：《杂忆》，《鲁迅全集》第1卷，人民文学出版社1981年版。

便是他固守的"气节"的形象写照。他正是凭着这样的"气节",在家乡故土被日本帝国主义侵占时不投降日本,"而老随着国都走"——由南京走到武汉,由武汉走到重庆。在重庆暂得苟安之际,他仍然以"修身齐家"的儒家观念规范自己与子女们的生活。最突出的体现在两个方面。一是要求子女们不仅知而且行的是"孝为百行之先"的人生信条。他对"有干才"的"抗战后,逃出家庭,服务军队"的次子赵兴邦,极度不满,说:"他走的时候,没禀告我一声;现在,他回来了,又不禀告父母,而先告诉了别人!孝为百行之先,他既不能尽孝于父母,还能效忠于国家吗?笑话!笑话!"特别是当他听长子赵立真说赵兴邦"说不定""会带回个又年轻又活泼的小姐"时,他更是气愤,说道:"你弟弟偷着跑出去,已经是不孝,你还愿意看他带回个野——野姑娘来!难道我给你们的教训都是废话吗?一点用处也没有吗?""父母在不远游"的孔孟遗训、子女婚姻由父母包办的祖传规矩,在他这里原封不动地延续了下来。二是他住宅客厅的摆设,虽然"显示出些战时气象",但依然有着浓烈的儒家文化氛围。客厅里有"沉重而不甚舒适的椅凳,大而无当的桌子,和桌子上的花瓶,水烟袋……都是属于赵老夫妇那一代的";尤其是客厅的墙壁上,挂有"灰黄色的对联,佛像,横幅"——"横幅"是"赵老先生手题"的"耕读人家",更别具古色古香的风味。"耕读人家"横幅,标明了以赵庠琛为家长的赵家的文化特性——几千年承袭下来的农业文明为赵家安身立命之本。"天下耕读最为本",是农业经济时代中国人代代相传的人生理念与行为准则。因此,我们说,赵庠琛及以其为家长的赵家,是一个道地的儒家文化标本。

历史的车轮已经转到20世纪三四十年代了,特别是进到了亡国灭种还是起死回生之际时,赵庠琛及其所代表的儒家文化也就在这一冲突过程中,得到了更新,加速向现代化转型。

赵庠琛和他的儿子赵立真、赵兴邦的论争,的确是"时代冲突"的具体反映。冲突的起因及焦点是"家"与"国"的关系、"孝"与"忠"的关系。在中国这个牢固的"家国同体""家国同构"的传统社会里,"为国"与"为家"、"尽孝"与"尽忠",常常难于两全,尤其是在异族入侵的战争岁月里,更是如此。赵庠琛作为父辈,他要求子女们以"修身齐家起首",要管家计、延续赵氏门庭。据此,他反对三十五六岁的大儿子赵立真"专心学问,立志不婚",要他"找点正经事作",结婚生子;"公余之暇",再去"研究生物"。他对于二儿子赵兴邦"服务军队",也极不赞成,认为"以咱们的家庭,咱们的教育，似乎用不着去冒险，身体发肤，受之父母，不可毁伤！"因此，他与以"科学救国"的赵立真和从戎的赵兴邦，在家里展开一场尖锐激烈的论战。下面，抄录他们一些精彩的对话。

  赵庠琛：要是为了立德立功，也还可以；就为弄些小狗小兔子而把人伦大道都丢在一边啊，我不能明白，也不能同意！我早就想这么告诉你！

  赵立真：爸爸，我实在有点对不起您二位老人家！可是——我没有更好的办法！在您看，我们研究科学的，有的是弄些小猫小狗，有的弄些红花绿草，都是无聊。在我们自己，这是各抱一角，从各角落包围真理与自然。不为名，不为利，我们只把生命插到真理中去。我们多捉住一些真理，人类心灵就多一些光明；我们多明白一点自然，人类就多增一点幸福。

  赵庠琛：算了，算了，立真！这些话，我已经听过不止一次了！可是，你还没说服过我一回！我们作人，应当由修身齐家起首；这是咱们的文化，咱们中国特有的文化！身之不修，家之不齐，真理云乎哉，真理云乎哉！

  赵兴邦：不过，爸爸，大哥的科学精神，我的清醒的乐观与希望，大概不会错到哪里去。爸爸您作了修身齐家的工夫，我们这一代，这一代当然不能光靠着我们弟兄俩，该作治国平天下的事情了。您等着看吧，到您八十岁的时候，您就看见另一个中国，一个活活泼泼，清清醒醒，堂堂正正，和和平平，文文雅雅的中国！

  赵庠琛：倒仿佛今天的一切都是光明的！

  赵兴邦：假若今天的一切都是黑暗的，相信我们年轻的心中的一点光儿会慢慢变成太阳。我知道，我们年轻的不应当盲目的乐观，可是您这老一辈的也别太悲观。您给了我们兄弟生命，教育，文化，我们应当继续往前走，把文化更改善一些，提高一些。此之谓齐一变，至于鲁；鲁一变，怎么来看？

  父子间的这一场唇枪舌剑，反映出的是两代人的人生观、价值观不一致的冲突，也就是在战争背景下中国儒家文化的长处与短处的冲突。冲突中，暴露出老知识分子赵庠琛文化观念存在的致命弱点和中国儒家文化存在的"硬伤"。对此,年轻知识分子赵立真作出了深刻的一语中的的揭示。他指出:"重气节,同时又过度的爱和平,就是爸爸心中的——或者应当说咱们的文化的——最大的矛盾。"这自然也是老舍对于中国儒家文化存在的"最大矛盾"的深刻认识的体现。可以说,正是这样的"最大矛盾",使得中国儒家文化到了近现代,成了套在绝大部分中国知识分子身上的精神枷锁。龙的子孙们缺少了"天行健,君子以自强不息"的龙文化精神,中国民族这条巨龙成了"睡龙""卧龙"。

那么,赵庠琛是怎么走出儒家文化的"最大矛盾"圈的呢?这自然有着多方面的因素在起作用。第一,他本人既有的未曾泯灭的"济世之志"。剧本的人物介绍中,就称他"壮存济世之志。游宦二十年,老而隐退,每以未能尽展怀抱为憾"。他不理解大儿子赵立真的科学研究,反对二儿子"服务军队",并非不爱国只顾小家,而是出于一种文化上的误认即战争期间国不能治了就应以修身齐家为首。"修身齐家治国平天下"也是他最终走出儒家文化"最大矛盾"圈的内在依据。第二,子女们与他的论争,是他走出儒家文化"最大矛盾"圈的催化剂。论争中,赵立真言说的科学精神、赵兴邦言说的家与国关系的变动,深深地触动了他那潜藏于心的"济世之志"。于是困惑出现了,他说:"我看不清楚自己究竟是在哪里站着了!不明白了我自己。"第三,是接受科学精神的引导。他说:赵立真给他一本生物学家写的历史书。他读之后虽然不都明白其中的道理也不敢说都赞成其中的道理,但那从生物的生灭的道理提出的人类应当怎么活着才算合理确实是一种格物致知的学问。并认为,赵立真说的科学是为追求真理的话总算没有错。而且,还说道:我就不能再教你们随着我的路子去。我知道的事情太少了。"我不再干涉老大的事!他是一股新水,我这个老闸挡不住他了!对老二你,我也不管了!"赵庠琛的文化理念的这一变化,带来了他家客厅摆设"已非旧观"。"耕读人家"的横幅换上了总理遗像,大地图、广播收音机、图书、报纸等占领客厅。同时,更大的变化是赵庠琛离开家庭,走向社会。这些主客观因素,之所以能促使赵庠琛的文化理念的改变,还有一个更带决定性的文化语境,那就是"战争"。正如赵庠琛说的:"这个战争把一切都变了!"事实确实如此。这个战争,使中国传统文化的积极要素被极大激活了,使中国这条"睡龙""醒"了。

三

赵庠琛的走向社会，标举着中国传统儒家文化的更新和龙族子孙们的更生。剧本《大地龙蛇》的这一题旨，在第二幕第一节"闭幕"前被宣示了出来：更新后的中国文化、更生后的中国民族，联合世界反侵略战争的民族，一定会给破坏和平的日本军国主义这条毒蛇以致命的打击。这一题旨及其揭示，深刻地表明了战争的真谛——战争说到底是两种文化之争。

中国儒家文化源于《易》。《易》包含丰厚的龙文化精神。中国图腾文化中有一种最为普遍性的就是龙文化，其精神要旨尽在《易》演绎的龙的运行轨道之中。龙是中国古人最崇拜的图腾，被涂抹上了变化莫测、隐现无常的神秘色彩。龙可以潜深渊，行陆地，飞空中。龙通过"潜龙勿用"与"飞龙在天"的阶段而达到最高阶段即"群龙无首"的最高理想境界。贯穿这一运行中的是"天行健，君子以自强不息"的精神。龙的运行轨道，象征着社会人生及宇宙万物演进变化之道；龙拥有的精神，实为人的精神的"他现"。中华民族被称为龙族，中国人被称为龙的传人，大抵来源于斯。事实上，中华民族正是以自强不息、坚韧不拔、大智大勇的精神、意志、毅力与行为，繁衍至今而传之后世的。孔子"加我数年""以学《易》"而又本着"述而作"的态度，同他的弟子们创制了一整套"修身齐家治国平天下"的儒家文化体系。源于《易》的儒家文化，成了中国人代代相传的文化基因，并埋藏于流失不尽的山川河流里。这正如《大地龙蛇》中赵兴邦说的："我们人民所种的地，也埋着我们的祖宗！""礼义廉耻也是咱们的庄稼，精神的庄稼！"不是日本侵略者杀呀砍呀就征服得了中国的！但是，中国超稳定型结构的社会太长久了，超稳定型结构的文化也太长久了。尤其是明清以降，文化凝固了，社会弊端滋生繁衍了，弱国弱民状态形成了。其间，虽然有过多种形式的改革、革命、新文化运动，但痼疾依然未能得到彻底改造。亡国灭种还是屹立于世界民族之林的战争爆发了，沉睡已久的"睡龙"醒了，龙文化精神被空前地激活了，大智大勇成为民族自救并为世界反法西斯战争胜利作出重大贡献的精神支柱。龙文化精神经科学思想与民主意识的照射，得到了前所未有的改善与提升。这时，也只是在这时，才实现了如闻一多说的："做了我国几千年文化核心"的龙文化，成了"我们立国的象征"。[①] 老舍《大地龙蛇》的文化

[①] 闻一多：《从人首蛇身像谈到龙与图腾》，《人文科学学报》1942 年第 2 期。

内涵及其价值意义,在这一层面上得到了充分展现。

同时,老舍《大地龙蛇》的文化内涵及其价值意义的另一所在,笔者认为是他一以贯之寻绎的"人的解放"情结。什么是"人的解放"?怎么才算"人的解放"?这是"五四"及其以后包括老舍在内的众多文艺家不断追求而又不断反思的文学母题。一直怀抱启蒙美学原则的鲁迅,用他那高等画师的画笔画出了鲜活的中国国民的灵魂,意在警醒人们认识自己的生存环境、生存状态、生命形式,由此引起反省和疗救的注意。鲁迅在"五四"退潮期,连续写出了以女性为主人公的《祝福》《离婚》《伤逝》等小说,表达他对"人的解放"及其启蒙时效性的反思与怀疑。老舍在鲁迅几乎中止了这一创作思路之后,写出了《离婚》《猫城记》《骆驼祥子》等小说,体现出了对"人的解放"和启蒙时效性的后续性的反思与怀疑意向。20世纪40年代初,老舍在着力于抨击有损抗日救亡的社会政治因素之后,在大后方一隅——昆明的西南联大中西文化交融的氛围中,又开始了探讨"人的解放"和启蒙的时效性问题,写出了《大地龙蛇》。这次探讨对象较之以往有所不同,那就是中国人赖以安身立命的儒家文化和以儒家文化安身立命的中国文化人。而且,这次的探讨没有怀疑的意味了。他认为:"抗战给文化照了'爱克斯光'。"照出了其长处与短处。中国文化在抗战中,得到了自我批判、自我改造。中国人,尤其是以儒家文化安身立命的中国人,在抗战中得到了"解放"与"启蒙"。这一认识,和他自己说的《大地龙蛇》第三幕未能道出"战后建设之艰苦",其"乐观未免过于幼稚"[①]一样,也是出于知识分子的一种单纯人生观念。也许,老舍已有所觉察,不然为什么要将赵庠琛写死呢?不让他享受胜利的欢乐呢?老舍这一认识,是其时一种普遍的社会心理的映现——抗战可以改变一切,抗战胜利了一切就会变好。这一认识及其在《大地龙蛇》中的演绎,其实大大降低了剧本的表现力度,弱化了剧本文化内涵的强度与深度。

附记

我跟本科学生讲老舍时,自然着力讲的是他的《骆驼祥子》《月牙儿》《四世同堂》等中长篇小说,很少涉及他的剧本。不过,我在研究抗战文学过程中,感觉到一部分作家在集中笔力做着抗战的文学叙事之后,开始了民族精神自省和民族文化反思,其作品有了更深层次的意涵。所以,我讲巴金的

[①] 老舍:《闲话我的七个话剧》,《抗战文艺》第8卷第1、2期合刊。

《憩园》时对学生们说:"中国传统家庭文化之一的'金钱长宜子孙'致使子孙们不思进取,精神、意识一代代萎缩下去,家庭悲剧必然发生。"我讲老舍《四世同堂》时,对学生们说:一个家庭精神羸弱,处处被动,挨打必然!我还由此引导学生推而广之去思考:一个民族、一个国家呢?由此,我认为:这便是近百年来中国挨打的民族自身原因。我一遍又一遍地研读老舍的《大地龙蛇》后,感到是整体的演绎中国文化反思与民族精神自省。因此,我撰写了此文。本文写成后,我并未主动寄出去发表,放了约半年时间。有一次参加现代文学研讨会,我见到一位大学学报主编,谈我这篇文章的写作事,并提出可否在贵刊刊出。他答应很爽快,要我尽快寄给他,放在本年度最后一期发表。此时已是11月份了。果然,本文刊发于《西南民族大学学报》2003年第6期。

老舍《大地龙蛇》所作的民族文化反思和民族精神自省,在立人立国这一主旨意义方面与鲁迅的《狂人日记》等作品终极关怀——立人立国,是一脉相承的。可以说,这是一部老舍继《猫城记》之后又一部与鲁迅作品文化意涵作着无缝连接的作品。

文学与历史

——中国现代文学视野里的"一二·九"运动

1935年12月9日,中国北平爆发了具有重大历史意义的事件,史称"一二·九"运动。对于这一历史存在,我们今天可以充分地利用历史为我们拉开的这么一段长距离,从不同角度去解读它的价值意义。本文从文学层面即中国现代文学视野来观照这一历史存在为中华民族复兴运动新阶段的到来和中国现代文学进入新的发展期所起的巨大推动作用。

一

人类社会发展过程中,重大历史事件往往会决定着社会发展走向而掀开新的篇章,同时也常常会影响着文学价值选择而划出新的文学时段。这,不仅是一种说法,而且是不容争议的事实。不是吗?1919年的五四运动不就是中国新民主主义革命与旧民主主义革命的分野吗?不就是中国现代文学的发端吗?1935年的"一二·九"运动,其价值意义也是如此的——展开了中华民族复兴运动的新时期和中国现代文学发展的新阶段。

民族复兴,最根本的应复兴什么?笔者以为,民族意识、民族精神以及由此转化的行为方式,应是民族复兴首要的要义。为什么?根据至少有这么三点。

第一,中国民族文化之大源——《易》讲的就是一种意识、精神与行为方式。《易》开宗明义:"象曰:天行健,君子以自强不息。"天体运行,刚健有力,周而复始,靠的是"自强不息"。人类呢?为着生存、温饱与发展,靠的自然也是"自强不息"。何谓"自强不息"?与《易》成书年代大体相同的《山海经》中的夸父追日、大禹治水、精卫填海等神话传说故事便寻绎着"自强不息"的深刻内涵。说白了,"自强不息"即是坚韧不拔、锲而不舍、孜孜以求、大智大勇的意志与精神及其转化的行为方式。以这些为内涵的"自强不息"成为中华民族代代相承的传统,支撑着中华民族从古代繁衍至今以至未来。但是,这样的"自强不息"在经历了无数次腥风血雨的冲刷和漫长的时空过滤,特别是近现代的"西学东渐"的碰撞,大大萎缩了,尤其是其中的大智大勇几乎仅仅成为一种潜在的文化要素。对此种状态，鲁迅曾有过尖锐的告诫，他说："我以为国民倘没有智，没有勇，而单靠一种所谓'气'，实在是非常危险的。"① 那么，在国家极度贫弱、国民劣根性极其严重之际，民族要复兴，最根本的是不是应该复兴民族意识与民族精神呢？答案应当是肯定的。

第二，"一二·九"运动本身就充分展现出了当时中国人特别是中国知识分子所具有的民族意识与民族精神。"一二·九"运动的组织者与领导者是当时处于"地下"状态的中国共产党。中国共产党在日本帝国主义把它的侵略魔爪伸进中国之后，为着全民族的生存而发表了一系列宣言，采取了一系列行动。九一八事变后，中国共产党与日本共产党联合发表反对日本帝国主义侵略的宣言；1931年9月22日，中共临时中央发出了组织领导群众，反对日本帝国主义暴行的号召；后来发表了《为抗日救国告全国同胞书》即著名的"八一宣言"。正是得力于中国共产党发表的一系列宣言产生的影响和共产党地下组织与共产党人的行动，一个轰轰烈烈的抗日救亡高潮出现了。这个抗日救亡高潮的爆发点即"一二·九"运动。"一二·九"运动是北平青年学生在天安门前举行的大规模的群众集会，要求执政的国民党"停止内战，一致抗日"。这个运动的参与者们多为共产党人和追求进步的年轻知识分子。他们面对国民党军警宪特的破坏与镇压——木棍、皮鞭、高压水龙，毫不示弱。他们组成的第一梯队被冲垮后，第二梯队接上，前赴后继。我们可以想象，如果他们没有一种意识与精神的支撑，行吗？办得到吗？这种意识，无疑是民族意识；这种精神，无疑是民族精神。

第三，被公认为"民族魂"的鲁迅，一生孜孜以求的便是民族意识与民族精神。鲁迅是以"立人"为终极目标而登上中国近现代文化思想舞台的。他呼唤的"立人"，其实就是"站立起来"的人——中国人"站立起来"、中国广大民众"站立起来"。这是鲁迅终生为文的价值指向。中国人怎么才能"站立起来"？在鲁迅看来即去掉国民劣根性而树立或复兴民族意识与民族精神。没有民族意识与民族精神的人，是"站立不起来"的。中国广大民众"站立不起来"，何言中国国家独立富强，何言中华民族屹立于世界民族之林！那么，鲁迅毕生所追寻的"立人"，具体指的是什么样的"人"？那样的"人"拥有的民族意识与民族精神的具体内容又是什么？到了"一二·九"运动前

---

① 鲁迅：《杂忆》，《鲁迅全集》第1卷，人民文学出版社1981年版。

夕，鲁迅追寻到了所企盼的"站立起来"的人，那就是他在 1935 年 11 月写的小说《理水》中的大禹那样的"人"，大禹具有的那种意识与精神！大禹是夏朝的开国之君。他面对洪水泛滥，大好河山变成一片汪洋，广大民众啼饥号寒，但是，官吏们却大办筵宴，恣情享乐。为着国家与民众，他以大无畏的精神与官员们斗，总结其父治水的失败教训而注重实际、敢于创新、刻苦实干、公而忘私，与大自然斗。他成了中华民族代代相颂的英雄。鲁迅认为在大禹身上集中体现了中华民族拥有的"脊梁精神"，大禹就是夏朝的"脊梁"。"脊梁意识"与"脊梁精神"就是鲁迅追寻的民族意识与民族精神。那么，在现实社会人生中，鲁迅是否也找到了拥有"脊梁意识"与"脊梁精神"的"人"呢？在"一二·九"运动之际，鲁迅找到了，那就是以毛泽东为代表的中国共产党人！鲁迅说：以毛泽东为代表的中国共产党人是"切切实实，足踏在地上，为着现在中国人的生存而流血奋斗者"，对于他们"我得引为同志，是自以为光荣的"。① 中国共产党人具有了中华民族的"脊梁意识"与"脊梁精神"，中国共产党就是中国的"脊梁"。中国人、中国广大民众，如果都具有了这样的意识与精神，中华民族必定全面复兴，中国抗日救亡必然胜利。这应该是我们从鲁迅追寻的"立人"得到的合乎逻辑的认识与结论。

  以上三点，既是笔者理解的民族复兴最根本的、又是民族意识与民族精神复兴的根据，同时也彰明着"一二·九"运动必将开启中华民族全面复兴的新的一页。

二

  我们既然是以中国现代文学为视角来观照"一二·九"运动的价值意义，那么就必须对"一二·九"运动前中国现代文学家们的意识、心理、精神状态做一番考察。

  文学家是人类灵魂的工程师，是社会的良知，是时代的精英。从总的来说，大致如此。因为，文学家对于社会人生中发生的重大事件，对于跳动的时代脉搏，是最为敏感的。他们于此方面常常立即作出反应，甚至站在时代前列，为民鼓与呼。当然，也并非所有文学家都是如此。

  "一二·九"运动前，中国现代文学家们面对大革命失败后国内阶级矛盾的尖锐激烈和九一八事变、一·二八事变后民族矛盾急剧上升的社会现实，

---

①鲁迅：《答托洛斯基派的信》，《鲁迅全集》第 5 卷，人民文学出版社 1981 年版。

他们的意识、心理、精神大抵呈现出这么三种不同状态。一是以鲁迅为代表的一批无产阶级文学家和进步作家拥有的意识、心理与精神；二是极少数依附于执政的国民党的文人的意识、心理与精神；三是在政治上处于中间状态的一批文学家的意识、心理与精神。

鲁迅、茅盾、周扬、胡风、夏衍、阳翰笙、沙汀、艾芜、萧军、萧红、张天翼以及巴金、老舍、曹禺等一大批作家，在"一二·九"运动之际深深感到"民族危机达到了最后关头，一只残酷的魔手扼住我们的咽喉，一个窒闷的暗夜压在我们的头上，一种伟大悲壮的抗战摆在我们的面前"①，他们便发出了共同的社会公众的呼声，那就是抗日救亡。他们一面揭露日本帝国主义的侵略行径与目的，一面抨击执政的国民党推行的不抵抗政策。这里，我们以鲁迅与张天翼为例较为深入地论析这批文学家当时的意识、心理、精神与行为方式。

鲁迅是中国现代文学的奠基人，同时又是中国现代无产阶级文学的扛鼎作家。他在九一八事变发生后的第3天回答文艺新闻社征询对此事变的看法时尖锐地指出："这在一面，是日本帝国主义在'膺惩'他的仆役——中国军阀，也就是'膺惩'中国民众，因为中国民众又是军阀的奴隶；在另一面，是进攻苏联的开头，是要使世界的劳苦群众，永受奴隶的苦楚的方针的第一步。"② 这不仅非常及时地揭穿了日本帝国主义的谎言——把其侵略行径称为"膺惩"，同时更揭露了日本帝国主义侵占东三省，是要吞并全中国，进而称霸世界的目的与野心。从这以后直到他逝世前夕都一直呼吁中国人实行一致对外的民族革命战争。为着这一呼吁变成现实行动，鲁迅对执政的国民党高张的"攘外必先安内"的旗帜，大加挞伐，他指出：这是"做两股文章"，一是日本帝国主义的飞机炸进中国（"别人炸"），二是中国国民党的飞机炸进"腹地"（"自己炸"），"炸手不同，而被炸则一"③。这就把国民党蒋介石的这一主张是要剿灭共产党与进步力量的实质揭露无余了。这也就充分显示出了鲁迅作为一位伟大文学家所具有的政治家与思想家的敏锐眼光与深邃洞察能力。这就是"民族魂"的鲁迅，这就是具有了民族脊梁意识与民族脊梁精神的鲁迅。张天翼是一位中国现代无产阶级作家，他在反对日本帝国主义侵略中国的同时，也把手中的笔指向了对外妥协的执政的国民党及乘机发国难财

---

① 鲁迅、巴金、曹禺等：《中国文艺工作者宣言》，《文学季刊》第1卷第2期。
② 鲁迅：《答文艺新闻社问》，《鲁迅全集》第4卷，人民文学出版社1981年版。
③ 鲁迅：《中国人的生命圈》，《鲁迅全集》第5卷，人民文学出版社1981年版。

的大小官员们。"一二·九"运动前夕，国民党大小官员面对要求抗日救亡的民众们说：你们喊抗日，拿什么去抗日？没有飞机大炮行吗？现在国家与政府财力有限，大家要抗日就大家都出钱。于是各种各样的五花八门的抗日救国捐的口号与活动都出现了。张天翼有感于此，在他写的《洋泾浜奇侠》中就设置了一位刘六先生。此人在抗日救国捐活动中大施其"创新"本领。他发起"节食"救国募捐活动。他要中国人每天不吃早餐，把钱省下来捐出作救国之用。他到处宣传他的"节食"救国主张，但却一不留神露出了他的丑恶与虚伪。他说：我已经每天不吃早饭了，把钱省了不少。有人关切地问：你的身体受得了吗？他说：我每天不吃早饭，只吃五个荷包蛋！这些事实充分表明，"一二·九"运动前，以鲁迅为代表的一大批无产阶级作家已经具有了民族意识与民族精神，已经是"站立起来"的中国人了。

戴望舒、施蛰存以及何其芳、李广田、卞之琳、方敬等文艺家，他们是追求社会人生进步的一批文艺家。但是，他们没有勇气面对当时那个"风沙扑面，虎狼成群"的社会现实而又不能不有所追求。于是，他们陷入了深深的苦闷与彷徨之中，甚至焦灼不安。戴望舒就深感他自己是一位"夜行者"，"从黑茫茫的雾，/到黑茫茫的雾。"[①] "你问我的欢乐何在？/床头明月枕边书。"当时还是年轻诗人的方敬，也濡染着那个共时性的心态氛围，产生强烈的心灵感应，陷入"孤独"与"寂寞"之中："寂寞中消瘦了我的青春，/象寂寞中凋零了花朵。/我忍着欲泻的热泪，/寂寞中轻轻太息一声。"[②] 在他的这种心绪的点染之下，就连那"钓着欢乐"的"钓者"，也"轻轻的一声喟息，/如深秋落叶作声"[③]，就连那"都市鸟"，也彳亍于"不想飞"与"想飞"[④] 之间，乃至那无生命的"宽帽檐"，也"忧郁"复"忧郁"[⑤]。可见，这一批文学家的精神面貌与以鲁迅为代表的文学家的精神面貌大不相同。也就是说，这一批文学家当时尚未拥有民族意识与民族精神。与这两批文学家的政治立场、思想倾向迥异的是以王平陵为代表的少数文人。他们是执政的国民党制定的蹩脚的文艺政策的执行者和国民党策动的《民族主义文艺运动宣言》的实践者。他们所张起的"民族主义"与鲁迅们所拥有的民族意识，虽

---

① 戴望舒：《望舒草》，现代书局1933年8月版。
② 方敬：《雨景·孤独者》，《方敬选集》，四川文艺出版社1991年4月版。
③ 方敬：《雨景·祝福》，《方敬选集》，四川文艺出版社1991年4月版。
④ 方敬：《雨景·都市鸟》，《方敬选集》，四川文艺出版社1991年4月版。
⑤ 方敬：《雨景·阴天》，《方敬选集》，四川文艺出版社1991年4月版。

然名称相近但其实质却迥异。因为他们贩卖的演绎的是其时国民党的内外政策——对内镇压,对外妥协投降。

这一切也充分表明,"一二·九"运动前,民族意识与民族精神尚未成为代表中国社会良知的文学家们共有的意识与精神。

三

"一二·九"运动后,中国现代文学出现了崭新的风貌,中国现代文学家们除极少数之外都有了强烈的民族意识与高昂的民族精神。

"一二·九"运动前,中国现代文学界因政治思想有别和文学观念不一而形成了众多团体与流派,甚至同一团体中又分不同派别,是非累累,恩怨丛生。但是,"一二·九"运动后,情况大为改观。不同社团或流派的文学家或文化人抛弃前嫌,发表了一系列共同宣言。"一二·九"运动后的第3天,上海的马相伯、沈钧儒、陶行知、郑振铎等200多人联合发表《上海文化界救国运动宣言》,随之而来的是以茅盾、郭沫若等100多人为会员的中国文艺家协会发表了《中国文艺家协会宣言》和鲁迅、曹禺、唐弢、巴金、茅盾、靳以等数十人联合发表的《中国文艺工作者宣言》,以及《文艺界同人为团结御侮与言论自由宣言》。这些"宣言",喊出了抗日救亡的时代最强音,呼唤"民族解放的文学或爱国文学在全国各处风起云涌"[①]。

"一二·九"运动后,新的文学主张与口号出现了,那就是"国防文学"和"民族革命战争的大众文学"。这两个口号与主张虽然都是由无产阶级文学家提出,但是,通过论争却得到了众多文学家的认可。他们大都赞成鲁迅当时的主张即中国文艺家们只要懂得"中国的唯一的出路,是全国一致对日的民族革命战争","则作家观察生活,处理材料,就如理丝有绪;作者可以自由地去写工人,农民,学生,强盗,娼妓,穷人,阔佬,什么材料都可以","我们需要的","是那全部作品中的真实生活,生龙活虎的战斗,跳动着的脉搏,思想和热情,等等"[②]。这一切就为中国现代文学全面进入一个新的发展阶段——抗战文学阶段提供了新的思想特质即民族解放意识和作家队伍的准备。

全民族抗战爆发后,民族解放意识、民族解放精神与民族解放行为方式,

[①] 巴金、林语堂、包天笑等:《文艺界同人为团结御侮与言论自由宣言》,《文学》第7卷第4号。

[②] 鲁迅:《论现在我们的文学运动》,《鲁迅全集》第6卷,人民文学出版社1981年版。

成了一切不愿做亡国奴的中国文学家们共同的意识、精神与行为。他们共同组建了中国现代文学史上第一个全民性全国性的文学组织——中华全国文艺界抗敌协会。只要是赞成抗日或愿意抗日的文艺家不分思想派别与文学派别都成了这个组织的一员。他们在这个共有的团体的组织与领导下，组成多个文艺团队，"下乡入伍"，到前线、后方、敌后做宣传动员工作。比如臧克家为团长的文化工作团就到了李宗仁为战区司令的第五战区，与广大官兵一道为台儿庄战役取得胜利而流血流汗，同时还以台儿庄战役为题材写出了一批文学作品，透视出广大官兵具有的民族解放意识与英雄主义行为。作家们在下乡入伍过程中，把处于社会人生底层的而今喷射出民族解放意识的人们带进了文苑。比如舒群的《奴隶与主人》、罗烽的《第七个坑》、白朗的《生与死》等作品，把社会人生中微不足道的车夫、皮鞋匠等人物在面临生死存亡之际而爆发出的民族解放精神，或展示出一个有民族气节与良知的中国人在生与死面前的正确抉择，或以身殉职完成从一己私利到民族大义的升华。演剧队到农村去宣传抗日，演出的《打鬼子去》《最后一计》《放下你的鞭子》《汉奸的末路》等大剧目，激发了广大农民潜在的民族解放意识与抗日热情。昔日苦闷彷徨的戴望舒们也先后奔赴了抗日民族解放的战阵为民族解放而歌了！戴望舒于淞沪会战爆发后抖抖身子，投入了抗日斗争洪流，他借谈土耳其国家的政治而吐出积于心中已久的爱国热忱。上海沦陷后，他到了香港，因为编《星岛日报》副刊《星座》而定居下来。从此，他在香港生活10年之久，为抗战文学在香港兴起与发展，为中国抗战文学在海外建立联络点、转运站及中外文学交流窗口，作出了重大贡献。他的诗歌也由战斗的呼唤代替了个人低声哀叹，他由现代主义诗人变成为现实主义诗人，由忠于自己进步到了忠于自己与人民的结合。何其芳也"从黑暗的深处"走出，看见了"那巨大的光明"，发出了高亢的呼声："成都，让我把你摇醒！"[①] 他从大后方到延安，后又返回重庆，成为一名无产阶级文艺战士。卞之琳也在抗战隆隆的炮声中脱离"荒街的沉思"，而走上抗日前线与抗日民主根据地，并写了《慰劳信集》。方敬也结束了低吟细语，投身于抗日民主活动之中。他的诗文对抗战现实社会人生有着多方面的抒写，其中有赞颂也有针砭、有期待也有愤懑，跳动着时代的脉搏，弹奏出民族的民众心声。

后来，执政的国民党当局下令文化人全部撤离部队。原来在各战区的文

---

① 何其芳：《成都，让我把你摇醒》，《工作》第 7 期。

化人只得离开部队而回到大后方的重庆、成都、昆明等地。大后方特别是重庆，除冬季外，大多数时日，天上有日本帝国主义的飞机的轰炸，地上有当局推行的限共溶共政令以及遏制进步文艺工作者言论自由、创作自由的法令，还有物价飞涨。这样的生存境遇，就使得不少文艺家处于贫病交迫之中。他们因贫而病、因病而更贫，卧床则全家断炊，死亡则妻小同弃。资深作家王鲁彦病死时，其妻想给他买一件新衬衫穿上入殓都没有钱；叶紫病死后，其妻儿血书报端呼救。就是巴金这样的作家，在重庆住的也仅是七八平方米而光线十分暗淡的楼梯间，写作时没有砚台把饭碗翻过来磨墨。活着的广大作家就像巴金一样奋力写作，不顾个人生命安危参加抗日民主斗争活动。那么，我们要问：他们的创作动力从何而来？在这么一种生存境遇里，他们为什么还能写出一篇篇一部部文学作品奉献给民众与民族？答案是：已经复兴了的民族意识与民族精神，他们已拥有的民族意识与民族精神化为了一股股没有什么困难不能克服的力量。他们也正是凭着这一股股力量，一面着力抒写广大民众中已被激活的民族意识与民族精神，一面反省近百年来民族意识与民族精神衰退的传统文化缘由。

中华民族是一个历史悠久的伟大民族。明清以前，中华民族在世界各民族中，算得上老大哥民族。但是，为什么明清以后越来越不行了？甚至到了不堪世界列强一击的地步？面对日本帝国主义的进攻，节节败退，到了亡国灭种的边缘？眼光高远而又有深切感受与体验的巴金、老舍等作家，则从民族传统文化自身的弱点去寻求问题的答案。"金钱长宜子孙"是中国传统文化中的一种世俗文化观念。一代一代的为人父的中国人，总是想方设法为子孙留一笔物质财富，其结果是助长了子孙不思进取、不发愤图强、不与时俱进，向上的精神、创新的意识退化了。这样一来，中国人怎么不贫弱！中国国家怎么不贫弱！巴金不仅有这样的理性认识，同时更有切身的体验与感受，所以他于1944年在重庆写了长篇小说《憩园》。小说中的杨老三从父辈那里继承了一座大宅院"憩园"和上千亩良田，但他吃喝嫖赌，把田土卖光，大宅院"憩园"也卖掉。他没有谋生的能力，便靠偷抢度日，后被抓进监狱，染上霍乱病被抛尸荒野！"憩园"的新主人姚诵诗自恃从父辈那里继承有大笔遗产而放纵其年幼的儿子不读书、好赌博。结果是其子游泳时被大水冲走，尸体也没找回。"憩园"新主人走的是"憩园"旧主人的人生老路。这不是什么"宿命"，而是同一传统世俗文化观念"金钱长宜子孙"在起作用。如此循环往复，中国人怎么能"站立起来"，中国国家怎么不贫弱！中国几千年农业文明中还有一种文化观念即"耕读"文化观念。所谓"天下耕读最为本",成了代代中国人相因相袭的又一人生理念与行为准则。老舍把这一文化观念放在抗日民族解放战争背景下加以审视,认为:"抗战给文化照了'爱克斯光'",使"我们认识了固有文化的力量,可也看见了我们的缺欠"。本此认识,老舍创作了剧本《大地龙蛇》。剧本中以赵庠琛为家长的赵家,可以说是"耕读"文化的标本。他家客厅那醒目的"耕读之家"横幅就标明了其秉承的文化所具有的特性——几千年承传下来的这一农业文明观念成了他家世代安身立命之本。在"为国"与"为家"、"尽忠"与"尽孝"不能两全的战争岁月里,这一文化观念的"缺欠"便充分暴露了出来。他本人"重气节"而又"过度的爱和平";他要大儿子赵立真结婚生子,延续赵氏门庭;他反对二儿子赵兴邦"逃出家庭,服务军队"。他坚守"修身齐家"而拒斥"治国平天下"。这就是他及其家庭的矛盾状态的反映,这也就是"耕读"文化观念在战争背景下显现出来的矛盾。剧本演绎了这一矛盾,而且最后化解了这一矛盾。赵庠琛离开家庭走向社会,便是这一矛盾化解的标志,同时也是传统文化和中国人走向更新的标志。

附记

2005年是"一二·九"运动70周年纪念年。这一天,我所在的民办大学中文专业要举行纪念会,安排教师与学生讲话。我被通知,以"一二·九"运动为题作学术报告。我答应之后,反复考虑,拟从我所从事的专业教学与研究的角度,来讨论这个话题,可能会提供一点新的见解,至少不至于人云亦云。最后,拟定《文学与历史》题目作文。

研读历史史料和文学史料,让我的感悟和认识较之于过去对"一二·九"运动的理解有了一些不同,似乎更深更高了些:1935年的"一二·九"运动展开了中华民族复兴运动和中国现代文学发展的新阶段。复兴的民族意识与民族精神,不仅支撑着中国抗日战争求得胜利,同时也成为一切有社会良知的中国现代文学家的精神内容与创作要义。文学与历史在这里形成从未有过的"默契"。本文正是从文学层面即中国现代文学视野来观照这一历史存在为中华民族复兴运动新阶段的到来和中国现代文学进入新的发展期所起到的推动作用。

本文发表于《贵州社会科学》2005年第6期。

重庆陪都文学及其话语空间刍议

抗日战争时期，存在于重庆陪都的文学，可不可以称为重庆陪都文学？这一文学历史存在距今已有数十年了，笔者之所以还提出这么一个问题是基于两个方面的考虑。一是数十年来，国内学界对这一文学历史存在的称谓太不确定了。20世纪30年代末到40年代中期即这一文学历史存在期，重庆陪都的文艺工作者们，有时称之为重庆文学，有时称之为首都文学，有时称之为陪都文学；40年代末到70年代末，这三个称谓不见了踪影；80年代初至今又有了多种称谓，诸如重庆地区抗战文学、重庆抗战文学、战时重庆文学、战时首都文学等，笔者在相关著述文字中，也偶尔用过重庆文学的称谓。对这一文学历史存在，为什么会有如此不确定的多种称谓？这仅仅是个仁智之见的问题吗？究其原因，笔者以为主要是政治的意识形态的介入在起作用。有一个不成文的说法便是明证：用重庆陪都文学这个称谓，就会让人认为它是国民政府的文学、国民党的文学——重庆陪都是国民政府的陪都、国民政府是国民党执政的政府，用重庆陪都文学称谓，自然就会让人认为它是国民政府的文学、国民党的文学。二是不探讨、不确认一个学界共同认可的称谓，就难于回归到这一文学历史存在的论场，必然会影响到对这一文学、大后方文学乃至整个抗战文学应有的记忆功能与审美价值功能的判断。

在这些不确定的多种称谓中，笔者认为应采用重庆陪都文学这个称谓。那么，确认为这一称谓，是否会对这一文学历史存在的特质与特征产生误读、误认、误导呢？对此，笔者想先以中国文学史上的陪都文学为参照加以解析。

陪都，顾名思义即陪伴首都的城市，在首都之外建筑的而作首都陪伴的城市。中国历代王朝，大都在首都之外建有陪都。陪都作为一种历史存在物，久矣！早在周朝就有陪都了。西周的首都为镐京（今西安市长安区），陪都为洛邑（今洛阳）。东汉的首都为洛阳，陪都为长安。唐朝的首都为长安，陪都为洛阳。元明清各朝也在首都之外建有陪都。有首都就有首都文学，有陪都就有陪都文学。陪都文学作为中国文学史上的一种文学历史存在，也是久矣乎！汉朝，先有扬雄的《蜀都赋》，他是成都人，以赋这一文学形式称颂成都的风物；接着有班固的《两都赋》和张衡的《二京赋》；晋代的左思据说用了三十载写出万言《三都赋》，为两都赋、三都赋中之巨制；清朝的程先甲写有《金陵赋》。所有这些两都赋或三都赋，对于不同朝代的首都与陪都的政治、经济、文化、军事、宫廷建筑以及民风民俗、地势与历史状貌都作了生动形象的描述，成为一篇篇首都与陪都的人文精神的载体，成为王朝意识、精神、业绩的表征。比如班固的《两都赋》中的《西都赋》，借叙事主角西都宾之口，把长安的地势险要、物产丰富、宫廷华丽等作了全方位的叙写，意在称赞在此建都决策的英明；《东都赋》借叙事主角东都主人之口，极力称颂洛阳社会的祥和及王朝推行的政策与措施的正确。这篇《两都赋》，堪称首都文学与陪都文学的范本。

那么，我们是否就此认定重庆陪都文学与中国文学史上的陪都文学具有相同属性与相同特征呢？用了重庆陪都文学这个称谓，就是承认了它是国民党政府的文学呢？笔者的回答是一个字："否！"因为重庆陪都文学与中国文学史上的陪都文学在三个方面有着根本性的不同。

一是背景的不同。中国历史上各王朝的陪都是在社会稳定、政权巩固期为进一步强化统治而兴建的。重庆能成为中国国民政府的陪都，纯然是战争导致。如果没有日本帝国主义的侵华战争和中国的抗日战争，重庆是决不可能成为国民政府的陪都的。事实是：1931年九一八事变和1932年一·二八事变后，国民政府作出过建陪都的决定，但不是重庆而是西安。1937年七七事变时，国民政府也没有将重庆作为陪都的决定。北京、天津、上海相继沦陷了，国民政府首都南京岌岌可危了，国民政府才于1937年10月29日通过蒋介石的提议"国民政府西迁重庆"，仅"西迁重庆"而已，并未给重庆一个什么名分。1938年9月，国民政府将重庆提升为"特别市"，但仍属四川管辖。1939年"五三""五四"大轰炸时，国民政府才感到重庆地位问题的重要性了，于是将重庆提升为"直辖市"。一直到1940年9月6日，国民政府才明令定重庆为陪都。可见，中国国民政府迁到重庆和最后定重庆为陪都，纯属抗日战争之所需，纯属临时性的举措。这是重庆与中国历史上各王朝的陪都在大的背景上的不同。背景的不同，就会影响乃至决定在此背景上存在的文学属性与特征的区别。

二是文学思想特质的不同。中国文学史上的陪都文学有其独立自主的空间，是地道的都市文学，歌颂或撰写的对象几乎都是统治阶级及其决策者，皇权意识十分浓厚。重庆陪都文学不是单纯的都市文学，也不是单纯的地域文学，而是凝聚着中国文艺家们的辛劳，充溢着全民意识和民族解放意识。

重庆陪都文学这一思想特质为抗日民族解放战争的根本性质所决定。抗日战争,归根到底是中华民族求得复兴、中国求得独立、人民求得解放的一场战争。这场战争的政治目的性,决定了这场战争不只是中国哪一个阶段、哪一个政党的事情,而是中国全民族的大事。与这场战争休戚与共的重庆陪都文学,是一切不愿做亡国奴的中国文艺工作者们共同劳作的结晶。重庆陪都文学思考、探寻、反映的是战争背景下中国人、中华民族以及人类的生存问题、命运问题、前途问题,而没有班固《两都赋》那样的内涵。大量文学事实充分表明了重庆陪都文学与重庆不是同义词。重庆陪都文学只是借助重庆这块"宝地"而生存而繁衍。重庆陪都文学只是生存与繁衍于重庆这张"皮"上的"毛",而且"毛"的色彩斑斓。

三是文本形式的不同。中国文学史上的陪都文学是定型化的都市文学,千篇一律的赋,文本形式单一。重庆陪都文学,不仅内容丰厚,而且文本形式多样。重庆陪都文学的文本形式中,有小说,有新旧体诗歌,有散文,有戏剧电影,中国现代文学的文本形式在这里达到了相当高的完成度。这些门类齐聚的文本形式,"记录"着血与火的战争背景下中国社会存在状况、中国军民生存状态、中国人及中国文艺家们的心理与精神走向,成为中华民族永不忘却的集体记忆。重庆陪都文学,还在文学理论方面,成就了一种体系化的现实主义理论,那就是胡风的"主观"论。胡风"主观"论与毛泽东文艺思想都是对20世纪中国文学产生了重大影响的两种本应互补的现实主义理论体系。

以上三点,既是重庆陪都文学与中国文学史上的陪都文学不同的规定性所在,同时也是重庆陪都文学之为重庆陪都文学的规定性所在。

笔者确认重庆陪都文学,更因为重庆陪都文学有其完整的文学演进过程和宏阔充实的话语空间。

重庆陪都文学在大后方文学、抗战文学乃至中国现代文学史上都是一种完整的文学历史现象,有着勃兴、高潮、结束的演进过程。就笔者的考察,这个过程大体分三个阶段。1938年8月,中华全国文艺界抗敌协会及其会刊《抗战文艺》迁来重庆、大批文化机构与文艺团体及大专院校入驻重庆,以此为上限,到1943年12月,形成重庆陪都文学勃兴阶段。其间,开展了一系列有全国影响的文学思想理论讨论,诸如"暴露与讽刺"论争、"与抗战无关论"论争、"民族形式"讨论、"战国策"派论争和围绕历史剧《屈原》进行的唱和诗运动等;戏剧工作者们举行了声势浩大的街头演出活动,比如中华全国戏剧界抗敌协会的首届戏剧节演出——参演团队 25 家、剧目数十种、观众达十余万人次，以及 2800 余名戏剧工作者在重庆街头的火炬演出等；小说家们和诗人们召开了多次创作问题讨论会；作家们推行了一批鸿篇巨制，其中有茅盾的《腐蚀》、巴金的《火》、老舍的《火葬》等长篇小说，老舍的《残雾》、宋之的的《雾重庆》、陈白尘的《结婚进行曲》以及郭沫若的《屈原》、阳翰笙的《天国春秋》等多幕剧作，艾青的《火把》、力扬的《射虎者及其家族》、老舍的《剑北篇》等叙事长诗，除这些长篇作品之外，还有一些属于事件的文学性和文学的事件性的短篇作品。在这一阶段里，还开展了对外文化文学交流问题的讨论，一批外国文化人来到中国重庆。1944 年 1 月到 1945 年 10 月，重庆陪都文学进入高潮阶段。作家们抓住世界民主潮流提供的机遇，推进文学运动与民主运动的结合，先后开展了援助贫病作家活动、作家祝寿活动、文学的民主问题座谈会、《对时局进言》签名活动等；作家们更把一批文学作品奉献给读者，其中有巴金的《憩园》与《第四病室》、茅盾的《走上岗位》、老舍的《四世同堂》、路翎的《财主底儿女们》、碧野的《肥沃的土地》与《风沙之恋》、陈瘦竹的《声价》、郁茹的《遥远的爱》、无名氏的《北极风情画》、徐訏的《风萧萧》等长篇小说，茅盾的《清明前后》、夏衍的《芳草天涯》、老舍的《大地龙蛇》、陈白尘的《升官图》与《岁寒图》等多幕剧作，以及"七月"诗派的诗歌、臧克家与袁水拍的政治讽刺诗等。在这一阶段里，重庆陪都文学融入世界反法西斯文学潮流中，译介世界反法西斯作品，抨击世界法西斯作家作品；同时还译介了世界古典文学名著和现代主义文学。1946 年 5 月，贯穿抗战文学和重庆陪都文学始终的《抗战文艺》终刊；国民政府迁回南京；中共中央代表团和南方局离开重庆；大批文艺工作者先后回到战前住地。以此为下限，重庆陪都文学宣告结束。因此，1945 年 11 月到 1946 年 5 月为重庆陪都文学总结与结束阶段。在这一阶段里，重庆陪都文学家中的无产阶级文艺家们学习毛泽东《在延安文艺座谈会上的讲话》，并就《清明前后》与《芳草天涯》两部剧作进行讨论，同时对 8 年来的文学运动、文学创作进行总结；巴金与老舍等作家还推出了在他们本人创作生涯、重庆陪都文学演进乃至抗战文学史上具有里程碑意义的作品，如《寒夜》与《四世同堂》等。重庆陪都文学演进过程中开展的这一切活动（包括文学作品）都直接或间接地贴近了包括重庆社会人生在内的中国方方面面的社会人生现实，标举着抗战文学向前推进的航向，代表着抗战文学取得巨大成就和达到的思想艺术水平。

重庆陪都文学既有驻足于重庆作家们眼中的社会人生现实，也有作家们心中的战争前线的血与火，还有抗日民主根据地天宇中的"阳光"及"阳光"下的暗影，还有冻土带一般的沦陷区民众的呻吟和港台中国民众发出的新的呼唤。因此，重庆陪都文学与五四时期的北京文学、30 年代的上海文学一样，有着自己宏阔的话语空间与话语系统。不过这三个不同时间段的三种文学，有其历史的传承性，更有其当下性的特点。这三个不同时间段的北京文学、上海文学、重庆陪都文学同处于大的社会与文化的转型期。社会人生出现的种种问题和文化出现的种种问题，为有良知与社会责任感的文艺家们所面对、所担当并寻求解答。社会人生与文化出现的种种问题，在重庆时间段更为集中、更为尖锐、更为刻不容缓。这就决定着重庆陪都文学的话语空间与话语系统虽然与北京文学、上海文学的话语空间及话语系统同样宏阔而充实，但却有了不同的而又特别耀眼的关键词，那就是"抗战"与"自省"。

重庆是战时中国国民政府的政治、经济、军事、文化的中心和对外交流的枢纽，也是第二次世界大战盟军东方战区统帅部所在地。"抗战"——对日本帝国主义作战，自然成为重庆天经地义的第一要务。当然，销蚀"抗战"的因素也不少，不过总的来说"抗战"居主流。重庆涂抹着的是一层较浓厚的"抗战"色彩，响彻着的是一股悲壮的"抗战"吼声。这里，仅举两例，便可见一斑。一例是对于日本帝国主义飞机轰炸的抨击。重庆除雾季之外，均遭受日本侵略军飞机的轮番轰炸。特别是 1939 年 5 月 3 日与 4 日，日本飞机连续轰炸了两天，重庆民众遭受空前的劫难。但他们并未退缩，更未乞求妥协，而是以实际行动表明抗战的信心与决心。重庆广大文艺工作者，冒着生命危险，一面救护与疏散民众，一面书写标语，声讨侵略者的罪行，敞露炸不垮的心中防线。《抗战文艺》就在"五三""五四"大轰炸后出专刊发表文艺家的作品，有老舍的《以雪耻复仇的决心答复狂炸》、蓬子的《不受威胁动摇的铁石意志》、冯玉祥的《新的血债》、王礼锡的《轰炸记》、白朗的《在轰炸中》、李辉英的《空袭小记》、安娥的《炸后》、梅林的《以亲爱团结答复敌人的狂炸》、胡秋原的《轰炸所感》、任钧的《血火小记》、张周的《血的仇恨》。同时重庆发行的报刊，也多用与"抗战"相关的词语命名，如"抗战文艺""文艺阵地""文哨""文艺先锋"等；集市上的商品，也有不少用与"抗战"相关的词语作牌名，如香烟就有"大刀"牌、"无敌"牌、"大炮"牌、"美军"牌等。如果说，这些仅仅是表层现象的话，那么我们就来看看一些较深层次的文学作品传递出的"抗战"信息吧。这也就是要举的第二个例子。

这里，笔者不举外地作家写的而在重庆发表或出版的反映"抗战"的作品，只举生活于重庆的老舍与臧克家写的"抗战"作品，便足以表明重庆也升腾着一股股战争前线的硝烟。老舍的长篇小说《火葬》，写的是"文城"的军、政、民抗战的故事。驻文城的中国军队和文城的官员同文城市民一道，以守土为职责，构筑起一道御敌防线。他们在与日寇强敌战斗过程中，个个奋勇杀敌。当日寇进入文城城内后，他们与敌人进行巷战。在寡不敌众、弹尽粮绝之时，他们并未俯首就擒，而是毅然决然地放火焚烧——烧敌人及其牢狱，烧汉奸及其住宅，烧自家的房屋。文城的中国人为家园为国家为民族而举行悲壮的火葬，以完成充满正义的人生价值追求。这一把把冲天大火，映射出中国军民进行的民族抗战的庄严与酷烈，展现出老舍的人生期待与审美意识——希冀中华民族在血与火的洗礼中求得新生。老舍的多幕剧作《张自忠》，以真人真事为题材，写抗战，写张自忠指挥战斗，写张自忠及3000多名将士的阵亡。老舍将张自忠的战功与人格魅力结合起来写，突现出一位活生生的完美的张自忠形象。其形象有三：一是作为军人的张自忠应有的面对危险、担当危险、消灭危险的天职；二是作为一位高级指挥官的张自忠应有的治军有方、指挥有术、尊重与团结友军的本领；三是作为一位长者的张自忠对有作为的年轻人的关爱与告诫，他发现部队中一位年轻才俊葛敬山，便要他去读书，去再开发自己的脑子，因为中国不缺人力而缺脑子！告诫道："学问和品行分了家，学问就是最坏的东西！明白了？"作家老舍是把张自忠作为一位完美的理想化的民族英雄形象来塑造的。笔者感觉到，其意在表明中国有这样的高级指挥官、中国有这样的军队，不是日本帝国主义征服得了的，中国人不可侮！中华民族不可侮！诗人臧克家在战区生活三四年后辗转来到重庆，居住于歌乐山上。他说：人住在歌乐山上，却"既不歌也不乐！""心却向往于北国号叫的广阔原野。"在此心境里，前线场景及人事浮现于脑际，他挥笔写出了长诗《向祖国》《情感的野马》《古树的花朵》。《古树的花朵》，以范筑先的英雄事迹为叙写对象。范筑先本是山东的一位大财主。他在大敌当前时，认清了形势和自己应担当的责任，便从身陷已久的"古井"里挣扎出来。他接近民众、组织民众、领导民众、用不屈的意志和果敢行为号令民众，同日寇展开斗争，突现出的依然是坚毅的民族意志力和牺牲精神。这三部言说"抗战"的作品在重庆文坛问世，就把战争前线与后方的距离大大缩短了，让因为遭受日机轰炸而备受熬煎的重庆民众感到欣慰，受到鼓舞，增强了抗日民族解放战争必胜的信念。这类直接反映"抗战"的作品，把那个时代所需要的为民族解放战争献身的精神和英雄情结传达了出来。这类直接反映"抗战"的作品没有歌颂执政的国民党和蒋介石，不时地还流露出国民党军队体制的弊端对于官兵拥有的民族精神的遏制。

重庆陪都文学的又一关键词是"自省"。自省即自我反省。笔者认为，只有能自我反省的人才是最有希望的人，只有能自我反省的民族才能屹立于世界民族之林。和平时期，自我反省才能达成人与人和谐、人与社会和谐、人与自然和谐，才能真正治理生态环境与心态环境。战争时期，被侵略国家的自我反省尤为必要——我们为什么会被侵略？我们的社会人生与我们的文化存在什么问题？抗日战争时期，重庆文坛上的作家们大都致力于反省这样的问题。茅盾、老舍、巴金、曹禺、张恨水、路翎、胡风、李长之等人便是其中的代表。他们反省的内容与重心不一，然而其价值指向却相同，即民族精神民族性格的张扬或改造。

茅盾、张恨水、路翎就总的倾向而言是着眼于现实社会人生的反省，不过又有所区别。茅盾的《腐蚀》从政治层面反省国民政府在重庆的统治——国民政府特务机关内部的倾轧、钩心斗角和对进步的爱国人士及青年学生的威吓与镇压，暗示出国民政府存在着的对于"抗战"力量的销蚀。张恨水的《八十一梦》，以梦幻形式对重庆形形色色人生状态进行反省——官商的"崇洋"、小贩们的"投机"、平民们的"天堂"梦、太太小姐们的麻木。路翎的《饥饿的郭素娥》等小说，反省的是民众的原始强力。他们的反省，偏于批判，偏于否定，但也不乏民族脊梁精神的张扬。《八十一梦》的"在钟馗帐下"和"我是孙悟空"等梦中，就极力挖掘民族脊梁精神；路翎让他笔下的人物喊出"我是人！""人生而是平等的！"的怒吼声，拥有了"人权"意识。这呐喊之声与反抗之意，便是作家弘扬民族精神、改造民族性格的一种诉求。

老舍、巴金、曹禺在反省现实社会人生的同时，还反省中国传统文化存在的问题。三位作家一个共同点即是对传统家庭文化的反省。老舍在《大地龙蛇》剧作中对几千年承传下来的家家遵从的"耕读"文化进行反省；《四世同堂》小说对"孝悌"文化的正负面进行反省——正面效应是形成亲和力与凝聚力而使四世同堂的祁家始终未解体，负面效应是处处被动、处处"挨打"。巴金在《憩园》中反省了几千年承传下来的"金钱长宜子孙"文化观念的危害性，在《寒夜》中反省了"孝悌"观念的弊端。曹禺通过剧本《北京人》喻示出的意思即如柳亚子在《〈北京人〉礼赞》一诗所说的："旧社会，/已崩溃；/新世界，要起来！/只有你伟大的北京人呀，继承着祖宗的光荣，还展开着时代的未来。"

胡风与李长之,主要在理论上倡导反省,阐释反省。"主观"论,可以说是胡风在"抗战"大背景下进一步反省现实社会人生与文化而成就为体系化的现实主义理论。他又用这一理论呼唤和引导反省。反省与启蒙,在他那里是二而一的,反省当然是更高更深层次的启蒙。李长之在《战争与文化动态》等多篇文章中,呼唤反省,且认为"战争使人对于自己的文化入于反省的态度"。

反省理论助推了反省创作,反省创作丰富了反省理论,二者在重庆文坛达到互渗互动的态势,而构成一种别的文学时段没有的文学景观。这两种互动互渗的反省,指向同一价值意义,即沈从文在《文学运动的重造》一文中说的:打胜仗后建国,打败仗后翻身。

总之,重庆陪都文学是一切不愿做亡国奴的驻足于重庆的作家以及在重庆文坛发表或出版作品的作家对于战争、社会、人生的独特感受与体验认识的"物化"展现,饱含着作家们对于中国国家求得独立、中国人民求得解放、中华民族求复兴作出的种种思考,同时也是他们对于战争、社会、人生的认知方式与评价、干预乃至参与方式。重庆陪都文学,可以说既是一种文学又是一种文化思想,既有全国性意义又有世界性价值,横卧其间的是民族解放意识这一精神脉系。重庆陪都文学是驻足于重庆的作家们和在重庆文坛问世的作家们在中国抗日战争和世界反法西斯战争血与火的岁月里创造出的文学奇迹与文学辉煌。重庆不愧为战时中国文学的重镇乃至文学中心,重庆陪都文学同时也不愧为世界反法西斯文学的有力一翼。

重庆陪都文学为中华民族塑造起了一座精神历史丰碑,成为中华民族永不忘却的集体记忆。

附记

这是一篇试探性的论文,而且是一篇试探"成功"了的论文。试探什么?

抗战时期,重庆成为中国国民政府的陪都。存在于重庆的文学,自然可称之为重庆陪都文学。当然,这个称谓并未成为统一的称谓,有称首都文学的,有称重庆抗战文学的,有称重庆陪都文学的,等等。重庆陪都文学成为历史陈迹后的三十多年间,无任何一位学界学人所提及。直到1980年12月,四川学界开会研讨抗战文学时,才提及它,不过不叫重庆陪都文学,而叫重庆地区抗战文学。从这时开始,也出现多种称谓如抗战时期重庆文学、重庆抗战文学、战时首都文学，等等。2005年9月，重庆举行纪念抗日战争胜利60周年暨抗战文学学术研讨会时，我应约提交的长篇论文叫《重庆陪都文学：灰色人生战场的文学叙述》。2009年1月，我将这篇1.3万字的文章，缩写为7000余字，题目为《重庆陪都文学及其话语空间刍议》，直接寄去重庆社科联主办的《重庆社会科学》杂志编辑部，该刊编辑部在一周后便发出"用稿通知"，且告诉我"尽快刊出"。同年第4期，本文发表于该刊。这之后，我着手撰写已拟成的《重庆陪都文学论纲》。此专著以《重庆陪都文学研究》之书名于2011年由中国戏剧出版社出版。

重读鲁迅"骂孔子"

一

重读鲁迅,并非始于今日,早在 20 世纪 80 年代初期就开始了。"鲁迅研究应回到鲁迅那里去",便是 80 年代初期重读鲁迅的标志性主张。接着而来的是"重写文学史"的呼声,由此形成重读鲁迅热潮。中国现当代文化文学界的同行们几乎都扎进图书馆、资料室,认真研读鲁迅的著述文字及相关史料,认真思考过去给予鲁迅的种种评价。这次重读鲁迅热潮之后,问世了一批具有突破性与开创性价值意义的鲁迅研究专著,比如王富仁的《中国反封建思想革命的一面镜子〈呐喊〉〈彷徨〉综论》、钱理群的《心灵的探寻》、王乾坤的《鲁迅的生命哲学》等。20 世纪末 21 世纪初的近 10 年间,重读鲁迅热潮又一次掀起,不过"另类"声音较多,甚至将污水泼向鲁迅。比如说什么鲁迅犯了重婚罪,鲁迅暗恋萧红,鲁迅狎妓;说什么鲁迅连袁世凯都不敢去暗杀,还算什么爱国者;说什么鲁迅批判国民性来源于西方传教士;说什么鲁迅只靠一堆杂文和几个短篇小说是站不住脚的,算不上伟大的文学家;等等。这些林林总总的声音与污水汇成了一股"打倒鲁家店"的呼声!这一呼声其实包藏了一个极为阴暗的心理与目的,即他们说的鲁迅挡了他们的路,妨碍了他们自由呼吸。当然,这次重读鲁迅热潮,也出现了一些力排众议的有"拨乱反正"意义的著述文字。比如朱正和邵燕祥合著的《重读鲁迅》便是代表性的专著。笔者的重读鲁迅"骂孔子",便是在这次重读鲁迅热潮中孕育而成的。这可以说是笔者论题产生的一个背景。这个论题产生的第二个背景,是 20 世纪末 21 世纪初近 10 年里出现的孔子热潮——国学热潮。孔子热——国学热不断,而且愈来愈热,甚至把读孔子、读国学机制化了。有个人办的少儿《论语》学习班,双休日或寒暑假由家长陪着小孩去读;有名牌大学或研究机构办的多家孔子——国学班,名企老板于双休日打"飞的"去学习;更有多家孔子学院,中国有,外国也有;2004 年创办的以"孔子与当代中国"为主题的中国文化论坛,汇集名家讲演,还出版了一部《孔子与当代中国》专著;中央电视台的"百家讲坛",有几位教授、专家讲《论语》、讲孔孟；等等。当时的这些文化现象，是新中国历史上和近百年中国近现代历史上少有的。这一热潮，煽动起一部分知识分子的野心即把以孔子为代表的儒家思想定为国家意识形态、把孔学——国学推向世界成为世界文化引领者。笔者的重读鲁迅"骂孔子"便形成于这一孔子热——国学热之中。笔者的重读鲁迅"骂孔子"，拟用鲁迅的批判精神对鲁迅"骂孔子"重新加以审视，抉择出"必将保留的和不必保留的"[1]，以提升善于传承孔学——国学人文精神的本领，汲取于今建设与繁荣中国特色社会主义文化所需的养分。

二

"骂孔子"，是鲁迅的原话，见于1935年4月28日鲁迅写给萧军的信。鲁迅在信中对萧军说：我"正在为日本杂志做一篇文章，骂孔子的"。鲁迅说的文章，是指发表于同年日本《改造》杂志上的《在现代中国的孔夫子》。鲁迅还在信中告诉了萧军他为什么"骂孔子"。鲁迅说："因为他们（日本人）正在尊孔。"日本人尊孔，中国人鲁迅骂孔。鲁迅的态度就是那么鲜明，鲁迅的方略就是那么针锋相对。因为日本军国主义正打着孔子的"仁政""王道"的旗号，施行其侵略中国的目的。因此，鲁迅跟日本军国主义对着干。这种对着干是理性的智慧的，而不是那种价值判断的对着干。

事实上，鲁迅"骂孔子"并非始于此文，也并非仅仅针对此事。可以说，"骂孔子"，流贯于鲁迅的整个文学创作生涯中，形成了一种强势话语。就笔者的不完全统计，鲁迅"骂孔子"集中于三个时间段：一是1918—1919年，二是1923—1926年，三是1933—1935年。仅就鲁迅的小说与杂文这两种文本的现代新文学作品来说，第一时间段涉及"骂孔子"的作品有20余篇，第二时间段涉及"骂孔子"的作品有30余篇，第三时间段涉及"骂孔子"的作品有30余篇。鲁迅在这三个时间段里之所以集中"骂孔子"，乃因为这三个时间段里有一个共同的文化政治现象那就是"权势者或想做权势者们的圣人"[2]，在大肆提倡尊孔读经。

1918—1919年间，是中国文化思想大拐弯的时间点。在这一时间段里，中国文化思想由传统拐向现代，由旧拐向新。"孔家店"是这个拐弯点上最牛的"钉子户"。因此，新文化思想的发难者、推动者、赞成者，发出了"打倒孔家店"的吼声，而旧的文化思想代表者则创办刊物、发表文章、撰写小说，

---

[1] 朱正、邵燕祥编著：《重读鲁迅》，东方出版社2007年1月版。
[2] 鲁迅：《在现代中国的孔夫子》，《鲁迅全集》第6卷，人民文学出版社1981年版。

甚至企图借助军阀势力阻止乃至扼杀现代新文化思想。高张"国粹"旗帜的林纾，指斥现代新文化运动"覆孔孟，铲伦常"而发誓"拼我残年，竭力卫道"。可见，尊孔与反孔成了斗争焦点。鲁迅在此时登上文坛便坚定不移站到了现代新文化思想一边，创作出了收入《呐喊》集中的小说和《热风》集中的杂文。这两部集子中的部分作品，痛骂复古派，猛批孔子。1918年5月发表的《狂人日记》是中国现代新文学创作中小说的开山之作。鲁迅借狂人之口，尖锐地指出：权势者和想做权势者的圣人推行了几千年孔子的"仁义道德""吃人"的本质，以"仁义道德"为核心价值体系的中国历史是"吃人"的历史、中国现实社会是"吃人"的社会。这无疑挖了尊孔派——复古派——国粹派的基石与祖传命脉。从此开始，鲁迅在小说中写了一个个活活被"仁义道德"吃掉的典型人物形象。比如孔乙己，他虽一贯奉行孔孟之道而依然被"吃"掉；夏瑜造反，喊出"大清的天下是我们大家的"而被统治者用钢刀"吃"掉；华小栓用人血馒头治痨病，被"软刀子""吃"掉！鲁迅在多篇《随感录》中，以嬉笑怒骂的方式，把复古派所称的"国粹"比喻为他们身上生长的"无名肿毒"，那"红肿之处，艳若桃花；溃烂之时，美如乳酪"，"国粹所在，妙不可言"。鲁迅如此这般地仇视复古派及其力挺的"国粹"，乃出于他的一种理性认知：保存"国粹"者是"现在的屠杀者，杀了现在，也便杀了将来"。也就是说，鲁迅认为"孔家店"的"国粹"及"国粹"派把中国社会搞得愈来愈贫弱，把中国民众搞得愈来愈落后，中国社会危机、政治危机、文化危机全由"孔家店"的"国粹"及"国粹"派所造成。因此，鲁迅痛恨"国粹"，骂"国粹"派。

三

1923年，《国学季刊》创办，大力倡导读以孔子为代表的儒家文化典籍即"国学"；"昌明国粹"的"学衡"派继续坚持尊孔；章士钊复刊《甲寅》周刊，高举孔子大旗"为天下明道解惑"，且利用手中的权力下令全国尊孔读经。因此，1923—1926年间，尊孔读经热潮在"五四"退潮期甚嚣尘上，大有"改革一两，反动十斤"之势。对此，鲁迅在1925年3月写的《通讯》一文中作过这样的描述，他说："看看报章上的论坛，'反改革'的空气浓厚透顶了，满车的'祖传'，'老例'，'国粹'等等，都想来堆在道路上，将所有的人家完全活埋下去。"所以，"荷戟独彷徨"的鲁迅创作出了不少收入《彷徨》集中的小说和收入《坟》《华盖集》《华盖集续编》中的杂文，对满口尊孔读经而满心怀着别样目的的"权势者或想做权势者们的圣人"予以痛斥。鲁迅在《春末闲谈》《灯下漫笔》等杂文中，把孔子的"仁义道德"比喻为细腰蜂尾部毒针中的毒液，治人于不死不活的状态，以便任其驱使，供其享用。《高老夫子》和《肥皂》等小说，描画出满口仁义道德而满肚子男盗女娼的卫道者的丑恶形象。那位呼吁"中华国民皆有整理国史之义务"的所谓"大学问家"高干亭，自以为俄国大文豪高尔基也姓高，于是将自己之名改为高尔础，误导人们认为他就是高尔基的弟弟了，其实就是个不折不扣的沽名钓誉之徒。更有甚者，此人还是一个看戏、打牌、喝酒、跟踪女人、骚扰女学生的五毒俱全的角色。那位四铭也是一位伪君子的典型。此人在家里用孔子倡导的"礼"庭训子女，在外面大写文章"吁请贵大总统特颁明令"要天下人行孝，然而却念念不忘的是街上一伙流氓调戏女乞丐时说的话——用肥皂"咯支咯支遍身洗一洗，好得很哩"。

　　20世纪30年代初、中期，执政的国民党和蒋介石推行以"忠孝仁爱，信义和平"为内容的新生活运动。1934年，国民政府根据蒋介石的提议，明令将8月27日孔子生日定为"国定纪念日"。《申报》报道，当日党政机关及各界代表一千余人聚会文庙纪念，演奏韶乐，"亦即我国民族酷爱和平之表示"。伪满洲国总理兼文教部总长的郑孝胥，公然鼓吹孔子的"王道政治"，言外之意是日本侵占东三省行的是"王道"。日本军国主义，一面在日本国内大肆尊孔，一面把侵占中国东三省进而吞并全中国称为行"王道"。中国文化界，亦出现了一股小小的尊孔复古潮流。可见，孔子这位"摩登圣人"，又一次成为"权势者或想做权势者们的圣人"的"敲门砖"了。执着于社会批评与文明批评的鲁迅，写出了收入《伪自由书》《准风月谈》《花边文学》《且介亭杂文》《且介亭杂文二集》中的一些杂文和收入《故事新编》中的几篇小说，"挖祖坟"，"撕面纱"。写于1935年4月29日的《在现代中国的孔夫子》，是一篇专门"骂孔子"和批判"权势者或想做权势者们的圣人"的杂文，在"挖祖坟""撕面纱"的杂文中颇具代表性。鲁迅在文章中，描述了孔子活着时是"颇吃苦头"的：他周游列国，游说各国诸侯，一心想做官以便推行其"治国平天下"之道，但只作过鲁国的司寇掌管刑狱，不过很快就"下岗"了，"为权臣所轻蔑，为野人所嘲弄，甚至于为暴民所包围"。孔子死后呢？鲁迅说：死后的孔子日渐走运，被"权势者或想做权势者们的圣人"捧了起来，一直捧到吓人的高度——唐开元27年（公元739年）追谥孔子为"文宣王"，元大德11年（公元1307年）追谥孔子为"大成至圣文宣王"，到清末，孔子的圣道支配了全国，清政府规定读书人必读四书五经、必遵循朱熹的《四书章句集注》、必做八股文、必发千篇一律的议论。那么，"权势者或想做权势者们的圣人"这样尊孔是真心实意的吗？是为着传承孔子的文化思想吗？鲁迅一针见血地指出：非也，敲门砖而已！鲁迅以 20 世纪一二十年代三位权势者为例，加以申说。一位是袁世凯。此人于 1914 年 2 月通令全国"祭孔"，公布《崇圣典例》，并于同年 9 月 28 日，率领各部总长与一批文武官员，穿着新制的古祭服，在北京孔庙举行祀孔典礼，然而跟着出现的便是复辟帝制，坐上龙庭。一位是北洋直系军阀孙传芳，盘踞着东南五省，一面任意屠杀百姓，一面却提倡复古。一位是北洋奉系军阀张宗昌。此人连自己有多少金钱、多少姨太太都数不清，却倡导尊孔读经，他不仅请人刻了《十三经》，而且还把孔子之圣道看作可以由肉体关系来传染的花柳病一样的东西，把一个孔子的后裔找来做了女婿。这些权势者的言行不一，口是心非之举，让人感到滑稽而更加厌恶！孔子被当作器具，也让人感到可悲。那么，"权势者或想做权势者们的圣人"为什么要用孔子作为敲门砖呢？鲁迅从孔子自身去寻找答案。鲁迅认为，这是因为孔子所计划出的治国方法，都是为权势者设想的，都是为了治理民众的。因此，鲁迅说：成为权势者的圣人的孔子终于变成敲门砖，实在也叫不得冤枉！那么，权势者们用孔子作敲门砖能敲开自己所向往的"幸福"之门吗？鲁迅还是以袁世凯、孙传芳、张宗昌三人为例，指出：袁世凯想当永久皇帝的门终未敲开就死了，孙传芳与张宗昌更未敲开想进之门而走向了末路。鲁迅还在别的文章中指出：历代权势者尊孔，都想当朝能千秋万代，结果都未能如愿以偿，一个个王朝不断更替和《二十四史》不就是明证么？

梳理三个时间段的鲁迅"骂孔子"，有两层意思清晰地呈现出来。一是鲁迅鞭辟入里的诛心的"骂孔子"，并非与孔子本人有什么过节，而是"厌恶和尚，恨及袈裟"。有一句成语叫"爱屋及乌"。把此成语稍作改动，叫"恨屋及乌"。"和尚"即"屋"，即权势者；"乌"即孔子。厌恶力挺孔子的权势者而恨及孔子。这一点，笔者以为不难理解。因为从汉朝"独尊儒术"开始，经过唐宋，到明清，以孔子为代表的儒家文化思想政治化了、机制化了，以孔子为代表的儒家文化思想成为统治阶级的统治思想，成为国家全民公共文化思想了。到了近现代，这种政治化了的文化思想，不仅不能回答其时出现的社会危机、政治危机、文化危机问题，反而成为"权势者或想做权势者们的圣人"用来说事，用来夺权，用来维权的器物了，因此，鲁迅的"骂孔子"

是"厌恶和尚，恨及袈裟"。二是鲁迅所骂的孔子，是汉朝以后历代"权势者或想做权势者们的圣人"捧起来的孔子，而非春秋时期那个孔子；孔子的儒家学说，也不是原汁原味的儒家学说，而是多次阐释过为权势者所用的儒家学说。这是鲁迅明知的，然而还是要"骂孔子"。

四

鲁迅"骂孔子"这一历史，也和所有过去了的历史一样，都有其共同的过去性和不可复制性。但是，横卧其间的人文精神却有其延续性与可持续发展性。不过，要使横卧于历史中的人文精神能活在今天的社会文化之中，且有超越与刷新之状，就在于当今人们能否、会否进行取舍，取其应该保留的，舍去不必保留的。因此，在论述鲁迅"骂孔子"的历史内容之后，探讨取舍问题，便是顺理成章的了。就笔者的理解，以为取有二，舍亦有二。

鲁迅"骂孔子"，与他所从事的所有文化文学活动一样，其终极关怀都是"立人"，即为着中国人站立起来。要使中国人站立起来，首先必须使中国知识分子站立起来。中国知识分子要能站立起来，必须推倒压在中国知识分子头上的一座大山即孔子那样的"古人"。这就是鲁迅在《无声的中国》一文中"骂孔子"说的："推开了古人，将自己的真心的话发表出来。"因为，中国历代知识分子的著书立说是"代圣贤立言"。这是一条祖传的遗训与禁区。这一遗训与禁区，其实就是孔子开创与制订的。他的"述而不作"就是"代圣贤立言"的始作俑者之论。他认为，《易》把他要说的观点都说了，他的任务就是阐释与传播《易》的观点。从此，一代又一代的知识分子，都是躺在"古人"身上"著书立说"，而不能乃至不愿不敢站在"古人"肩上说出自己的真心的话，而成了古圣贤的传声筒、代言人，也即是鲁迅在《在现代中国的孔夫子》一文中所说的，一代一代的中国知识分子成了"千篇一律的儒者"。鲁迅"骂孔子"，就为中国知识分子推开古人说自己想说的心里话作了表率，起了开拓作用。这也反映出鲁迅把"骂孔子"纳入了思想大解放的范畴，意在"立人"，进而"立国"。因为说自己心里想说的话，经过深思熟虑的话，是真话。真话，虽然不等于真理，然而只有勇于讲真话的人，才能发现真理，坚持真理，不断与时俱进，才能勇于担当"立人"，进而"立国"的重任。笔者以为这便是鲁迅"骂孔子"具有赓续性的人文精神。这一人文精神应该而且已经活在了今天民族复兴的伟大事业行进过程之中。这是从鲁迅"骂孔子"的历史中应汲取的一份宝贵营养。二是鲁迅始终从社会批评与文明批评的实际需求"骂孔子",于今天学习中外传统文化文学有其启示意义。中国知识分子,似乎有一种遗传性的毛病,坐而论道、崇尚空谈、饱食终日而言不及义。当然,也有不少知识分子,研究包括孔学在内的历史文化,意在发掘、发展蕴藏其间的人文精神,为此时"立人"之用。鲁迅自然是这样的知识分子,是一代精神界之战士。鲁迅毕生从事社会批评与文明批评,都着眼于"立人"、都为着社会人生能根本改变——国家独立、民族复兴、人民解放。他把"骂孔子"纳入了这一视野,纳入了这一目标追求之中。不管其中有多少偏失,这都是可取的。上述两大可取之点,笔者以为是今天尊孔读经、学国学者应当考量的。

鲁迅"骂孔子"既然已经是过去的历史了,那么也和历史上发生的任何事件一样,都有其历史时限性和局限性。笔者以为鲁迅"骂孔子"有两点时限性和历史局限性。一是过高估计孔子这块敲门砖的作用与力量。笔者重读了鲁迅"骂孔子"众多相关作品后,感到"权势者或想做权势者们的圣人"好像仅凭孔子这块敲门砖就敲开了他们想进的幸福之门。事实上,中国历代王朝的更替,主要靠的是武力,袁世凯称帝、孙传芳盘踞东南五省、张宗昌钻进山东,也主要靠手中掌控的军队。尊孔读经,只不过是他们拿孔子来说事、来夺权、来维权而已。因此,过高估计孔子这块敲门砖的力量与作用,易滋误解、误认。二是偏于一点不及全斑。以孔子为代表的儒家文化思想,应该说是博大精深的,包含了社会制度方面的内容、政治制度方面的内容、文化制度方面的内容。郭沫若在五四时期"打倒孔家店"声浪中,公开称赞孔子是一位政治家、哲学家、教育家、科学家、艺术家、文学家。笔者想,郭氏这个评价并非什么吹捧之词所能诋毁得了的。鲁迅仅根据现实需要取舍以孔子为代表的儒家文化思想,对于一贯从事社会批评与文明批评的鲁迅来说,这种取舍有其历史合理性与时效性,然而却大有以点概全之嫌。这对时过境迁的后人来说,也是易滋误导的。同时,对"想做权势者们的圣人"的界定,也有以点概全的现象。因为并非所有主张尊孔读经的人都想做权势者,应该说有不少主张尊孔读经的人是为着建设与发展现代新文化的。比如吴宓及"学衡"派。吴宓及"学衡"派追求的目标是"昌明国粹,融化新知,创造中国与世界的新文化"。吴宓及"学衡"派要"昌明"的"国粹"就是以孔子为代表的儒家文化思想,特别是其中的"克己复礼""忠恕""中庸",成为吴宓及"学衡"派毕生领受、毕生担当、毕生守护的文化精神,不管顺境或是逆境都如此。吴宓及该派,没有什么政治背景,没有什么想做权势者的野心,仅仅只是反对"打倒孔家店",反对废除文言,反对把传统文学称为死文学。但是,该刊创刊后的第 2 个月即 1922 年 2 月 9 日,鲁迅以风声为笔名就在《晨报副刊》上发表了《估〈学衡〉》一文,抓住并非该派中人的邵祖平在该刊上发表的《渔丈人行》中乱改成语闹出的笑话,而大加嘲讽,并以此来贬斥整个"学衡"派拥有的学术水平,指斥该派同仁及其文章是"聚在'聚宝之门'左近的几个假古董放的假毫光"。这种以点概全的方式方法,既委屈了被批评的"学衡"派,又不利于自己所从事的文化事业的发展,同时更有失公允!

鲁迅"骂孔子"这个话题,是一个关乎在建设中国特色社会主义文化过程中,如何评价、如何吸收包括孔子在内的中国传统文化的大问题,笔者愿与同仁们继续研读下去。

附记

2009 年 4 月的一天下午,我在一家民办大学中文专业上中国现代文学基础课时,一位爱读书也还会读书的同学举手发问:"老师,你讲鲁迅已有四五周了,为什么不讲讲鲁迅是如何对待孔子的?"她同桌的一位同学还小声补充说:"就是嘛,为什么不讲鲁迅'骂孔子'?"我当即夸赞了这两位同学,并说:"此问题三言两语说不清,容我以后作专题讲授。"课后,我花了些时间,研读了鲁迅"骂孔子"的一系列文章,凭我的感悟与认知,草成一文。先在我上课的三个班讲,后在全年级作专题学术报告。学生们普遍叫好!

我之重读鲁迅"骂孔子",意在拟用鲁迅的批判精神,对鲁迅"骂孔子"重新加以解读,试图抉择出"必将保留的和不必保留的",以增进善于传承孔子与鲁迅思想的文脉。

本文发表于《重庆社会主义学院学报》2010 年第 3 期。

赵树理延安时期小说的"忧患意识"

"忧患意识"是中国知识分子从古到今共有的一种精神意识,也是中国文学从古到今共有的一种精神内容。无论是动荡不安的战争时期,还是相对较稳定的和平时期,这种精神意识与精神内容,始终存在于有良知的知识分子的心中和爱国的作家作品之中。赵树理和众多中国现代文学作家一样,传承并发展了这一忧患意识,并在自己的小说创作中积淀为一种"忧患情结"。

一

中国传统知识分子和传统文学中的忧患意识,多表现为对生存环境的忧患,对国家安危的忧患,对文化自身的忧患,对宇宙人生的忧患。这些忧患,可以说是最为深层次的富有终极价值关怀的一种意识。屈原的作品和从屈原那里吸收影响而兴起的"汉赋"到魏晋南北朝的所谓"小赋"及其他诗文,忧患意识犹如一股"意识流",连绵不断。屈原的《离骚》乃"发愤之作"。这"愤"自然颇含"悲愤"与"忧愤"成分。"长太息以掩涕兮,哀民生之多艰",忧君、忧国、忧民及其不得而发的悲愤。"小赋"及较多诗文,更是"忧患意识"的载体,形成忧患意识群。其中,曹植的诗与陆机的赋,颇有代表性。曹植的《杂诗》,写不得志而产生的忧患意识:"闲居非吾志,甘心赴国忧。"尤其是,他在《求自试表》中更写道:"诚与国分形同气,忧患共之者也。"潘岳在《哀永逝文》中,也抒写了同一意识:"忧患众兮欢乐鲜。"陆机的赋将这一群体性的忧患意识提升到了宇宙人生的高度及形而上的哲学寓意境界。他在《叹逝赋》中写道:"伊天地之运流,纷升降而相袭。……经终古而常然,率品物其如素。譬日及之在条,恒虽尽而弗寤。虽不寤其可悲,心惘焉而自伤。亮造化之若兹,吾安取夫久长?"他在《感丘赋》中,更写道:"伊人生之寄世,犹水草乎山河。"在战争、动荡、王朝如走马灯似替换的生存背景里,思考着社会人生变迁,悟出生与死、升与降、兴与衰,本是整个宇宙的一种永恒的常态及唯一的存在。这种忧患意识,显然进入了宇宙意识的幽深境界。孙绰在《游天台山赋》中更是明白无误地写道:"浑万象以冥观,兀同体于自然。"如果说,南北朝的"小赋"及其他诗文偏重于忧患意识的抒写的话，那么宋朝的诗词则偏重于"悲愤"意识的抒写了。时任建康留守的张孝祥，眼睁睁地看着国土被葬送，只得以一首《六州歌头》倾诉其悲愤之情："忠愤气填膺，有泪如倾。"陆游以《书愤》为题，写尽了壮志未酬的愤懑："塞上长城空自许，镜中衰鬓已先斑。"辛弃疾在《破阵子·为陈同甫赋壮词以寄之》一词中，也写道："了却君王天下事，赢得生前身后名。可怜白发生。"悲愤、忧愤、怨愁、哀感，浸透字里行间。范仲淹，可以说是一位极具忧患意识的诗人代表。"进亦忧，退亦忧"，"先天下之忧而忧"；"人不寐，将军白发征夫泪"。这些诗句便是他的忧患意识的形象写照。

如果说，上述中国传统文学言说的忧患意识大都取材于战争的话，那么接着就该说说和平时期中国传统文学忧患意识的内涵了。

当然，在中国和世界人类史上，每次大的战争结束之后，总有一个相对稳定的和平时期。不同时代有不同时代的文学。从这一思维定势出发，那么和平时期中国传统文学中的忧患意识形态自然较之于战争期间中国传统文学中忧患意识形态有所不同，而大都表现为颂扬意识与批判意识，或颂扬中有批判，或批判中有颂扬。这样的忧患意识形态，也流贯于中国古今文学作品中。西周初年，"绥万邦，屡丰年"，社会安定。此时出现于《诗经》中的"周颂"，诸如《武》与《桓》等篇章赞颂了周王朝祖先的"功德"，《丰年》等篇章赞颂了农业丰收景象，"鲁颂"中的《泮水》等篇章赞颂了国君。同时出现于《诗经》中的《国风》，诸如《伐檀》《硕鼠》《相鼠》等篇章，有着强烈的讽刺与批判之意，特别是《伐檀》中的声声责问，如一柄柄利剑直刺被批判者的心窝。秦始皇统一中国之后，出现了歌功颂德和不乏进谏之意的作品。既是丞相又是作家的李斯及其《谏逐客书》，呈现出其时文人及作品风貌之一斑。汉初六七十年的休养生息的环境，为散文与辞赋获得重要成就提供了条件。其中，贾谊的《新书》与《过秦论》等散文和枚乘的《七发》以及司马相如的《子虚赋》与《上林赋》等辞赋，大都含有"润色鸿业"之旨。尤其是司马迁的《史记》，更是融颂扬、批判、讽谏、忧患于一体的宏大篇章。唐朝从贞观到开元、天宝一个多世纪的岁月，经济繁荣，文化发达，文学随之有了巨大发展。无论是初唐四杰，还是盛唐的诗仙诗圣，其诗歌或赞颂太平景象，或暴露腐败现象，或抒写怀才不遇与玩赏于山水田园。宋朝初年，国家社会，繁荣复苏。点缀"升平"的"西昆派"，盛行于一时。欧阳修与范仲淹在"复古"诏今推行中掀起诗文革新运动，突出文学的教化功能。欧阳修的《五代史伶官传序》，意在阐明国家社会"盛衰之理"；范仲淹的

《岳阳楼记》，体现宏图政治抱负。苏轼的诗词及文章表达的情感与思想甚为繁富。他应科举考试作的《进策》中的一文《教战守策》表达了"居安思危"见解，指出："天下之民，知安而不知危，能逸而不能劳，此臣所谓大患也。"他那首被称为"古今绝唱"的《念奴娇·赤壁怀古》既有"江山如画，一时多少豪杰"的称颂，又有"人生如梦，一樽还酹江月"的叹息。他的《荔枝叹》《前赤壁赋》《后赤壁赋》，都敞露了忧国忧民忧己的爱国情怀。明朝开国后一个世纪和清朝康雍乾年间，文学欣欣向荣，小说创作成就卓著，文学的忧患意识的精神内容得到生动形象的多面展现。

中国传统文学中的种种忧患意识形态，更是寓于小说等叙事文学之中。从秦汉的"神仙"与"轶事"类小说，到魏晋南北朝的"志怪""轶事"小说，到唐宋的"国史""事类""杂俎"小说，到明的"演义"小说和清的"谴责"小说，虽然题材有别、视点各异、文本形式不一，然而诚如鲁迅所说："记载人间常事，自视固无诚妄之别矣。"[1] 随秦皇汉武先后完成统一大业而起的好神仙与好女色之风，逐渐盛行。《神异经》《十洲记》《汉武帝故事》《燕丹子》等作品，隐含着作家及同时代文人的忧患心态与颂扬、贬斥之情。唐宋时期的小说，由谈神仙而渐次转为贴近现实社会人生。《古镜记》《枕中记》《南柯太守传》《柳毅传》《霍小玉传》等传奇作品，于"志怪"的神秘氛围中，浸透着一种人生追求而又失落的苦难意识。《碾玉观音》《错斩崔宁》《郑意娘传》等话本，都流露出或浓或淡的抗争意识。明清时期的小说、戏曲形成鼎盛之势。《三国演义》《水浒传》《西游记》《金瓶梅》《封神演义》等长篇小说和《喻世明言》《警世通言》《醒世恒言》等短篇小说集与《牡丹亭》等戏曲，《说岳全传》《儒林外史》《红楼梦》等小说以及《长生殿》《桃花扇》等戏曲，在其丰厚的文化底蕴里隐含着反封建争民主的思想意识。《官场现形记》《二十年目睹之怪现状》《老残游记》《孽海花》等小说，更是充溢着反封建的抗争意识和救亡启蒙意识。

生活于20世纪40年代解放区的赵树理，他及他的文学作品所蕴含的忧患意识，自然与中国传统文化人和中国传统文学作品的忧患意识有所不同。他以敏锐的目光和现实主义的情怀，看到了"解放区的天是明朗的天"里所存在的种种隐患。特别是，旧意识严重存在的人民大众和新政权中的旧势力以及新人物沾染的旧意识将危及新政权的巩固与发展，这更是让赵树理忧心

---

[1] 鲁迅：《中国小说史略》，《鲁迅全集》第9卷，人民文学出版社1981年版。

忡忡。一种崭新的忧患意识成为赵树理小说的重要精神内容。

二

赵树理对于中国新旧农村的政治、经济、文化状况和农民的思想意识、伦理观念、心理状态，甚为熟悉、了解乃至感同身受。赵树理从 20 世纪 20 年代就开始了新文学与农村农民的关系的探讨，并已有了一定的创作实践经验积累。因此，在延安文艺整风和《在延安文艺座谈会上的讲话》学习之后，赵树理能迅速登上文坛，佳作频频推出，显示了工农兵文学的实绩。

赵树理的《小二黑结婚》《李有才板话》《李家庄的变迁》《孟祥英翻身》等小说，流淌着一股浓浓的忧患意识。

写于 1943 年 5 月的《小二黑结婚》，内容繁富，描述了抗日民主根据地青年男女婚姻自由的艰难，老年农民思想意识的落后，旧的社会势力的残存。小二黑与小芹是抗日民主根据地新的人生环境中的两位新人物。他们两人的个性解放意识与法律意识、政权意识紧紧连在一起的。因此，他们两人的个性解放——婚姻自由追求，较之于"五四"以来文学作品中描绘的个性解放——婚姻自由追求就有了更深层次的内涵。小二黑聪明、能干、标致。"说到他的漂亮，那不只在刘家峧有名，每年正月扮故事，不论去到哪一村，妇女们的眼睛都跟着他转。"小芹也是一位天真纯洁、庄重贤淑的姑娘。村人们都说她"比她娘年轻时候好得多。青年小伙子们，有事没事，总想跟小芹说句话。小芹去洗衣服，马上青年们也都去洗；小芹上树采野菜，马上青年们也都去采"。这么一个小伙子小二黑与这么一位姑娘小芹相爱着、相恋着，自然更加会引起广泛的关注与反响。首先是男女双方家长的反对，其次是残存的社会恶势力的棒打。小二黑的父亲二诸葛强迫他与八九岁的童养媳成亲，他坚决不从，说道："你愿意养你就养着，反正我不要！"小芹也不承认母亲三仙姑为她许下的亲事，说道："我不管！谁收人家的东西谁跟人家去！"反对父母包办婚姻，争取婚姻自主，是追求个性解放的一种行为标志。这是觉醒后的青年男女之所为了。他们的婚姻悲剧，也常常来源于此。小二黑与小芹的自由恋爱之所以能够成功，主要是两人在新的社会人生环境里所具有的法律观念显示出的威力。两人面对残存的社会恶势力的棒打，毫不畏惧。当他们被金旺兄弟堵在窑洞里，外面大喊"拿双"时，小二黑理直气壮地回答道："拿呀，没有犯什么法。"当金旺兄弟把他捆起来时，他厉声说道："你说去哪里咱就去哪里，到边区政府你也不能把谁怎么样！走！"并坚信"送到哪里也不犯法"。法律观念应是个性解放——人民解放意识的根本所在，是人的思想意识与行为方式现代化的根本标志。小二黑与小芹能以法律观念为支撑点，争取自由恋爱的实现，确属难能可贵。反对父母包办婚姻，追求自由恋爱，这是"五四"以来中国现代文学创作的一个传统主题。但是，以法律观念为依托，追求自由恋爱，这却是一个崭新的文学创作主题。这一崭新文学主题，是赵树理为工农兵文学注入的新质素，作出的新贡献。

围绕小二黑与小芹的婚恋，新的社会人生环境里的旧意识充分显露了出来。二诸葛与三仙姑便是生活于新的社会人生中有着浓厚旧意识的人物。二诸葛，本名刘修德。他是一个被封建迷信禁锢得近乎愚蠢的老年农民。他"抬脚动手都要论一论阴阳八卦，看一看黄道黑道"。种庄稼是农民的本分，种庄稼就要抓季节，季节抓得不准，就会大大影响收成，这是漫长的中国农业经济时代形成的耕作常识。二诸葛凭什么抓季节？凭他手中的八卦。"有一年春天大旱，直到阴历五月初三才下了四指雨。初四那天大家都抢着种地，二诸葛看了看历书，又掐指算了一下说：'今日不宜栽种。'初五是端午，他历年就不在端午这天做什么，又不曾种；初六倒是个黄道吉日，可惜地干了，虽然勉强把他的四亩谷子种上了，却没有出够一半。后来直到十五才又下雨，别人家都在地里锄苗，二诸葛却领着两个孩子在地里补空子。"这一个故事，生动形象地描述了二诸葛的迷信落后及其造成的损失。二诸葛的迷信落后还表现在他对小二黑与小芹的婚姻恋爱问题上。他反对小二黑与小芹的婚姻，根据之一是"小二黑是金命，小芹是火命，恐怕火克金"；根据之二是"小芹生在十月，是个犯月"。当金旺兄弟"棒打"小二黑与小芹时，他又以"神课"方式，求得解释，找到"说法"。他说道："唉！我知道这几天要出事啦。"根据是前天碰见了一个穿素衣的女人。他"今年是罗睺星照运"，碰见这种人就"冲了运气，因此哪里也不敢去，谁知躲也躲不过？"同时，又"取出三个制钱占了一卦"。这一占卦，他感到了恐惧乃至绝望，说："了不得呀了不得！丑土的父母动出午火的官鬼，火旺于夏，恐怕有些危险了。唉！人家把他选成青年队长，我就说过不叫他当，小杂种硬要充人物头！人家说要按军法处理，要不当队长哪里犯得了军法？"后来，小二黑与小芹的婚事闹到了区上，区长根据法律规定批准他俩的婚事时，二诸葛又根据"命相不对"不同意他俩的婚事，要求区长"恩典恩典"！二诸葛就是这么一位迷信意识极端浓厚的农民。他的一信"迷信"和二信"长官"的双重迷信意识向度，是千百年来积淀的一种精神枷锁，致使中国农民不能相信自己的力量、自己主宰自己的命运。三仙姑也是一个十分落后的人物。较之于二诸葛的虔诚于封建迷信却又有所不同。她是利用迷信来捉弄他人,其间虽然多少带有一定的反叛情绪。赵树理通过这两个人物形象的塑造,深刻地剖析了新的社会人生环境里老年农民的旧意识。不过,他们遇上了新的社会人生时代,其思想意识不变也得变。随着小二黑与小芹婚姻的成功,二诸葛"也就不好意思再到别人跟前卖弄他那一套了";三仙姑"把自己的打扮从顶到底换了一遍","把三十年来装神弄鬼的那张香案也悄悄地拆去"了。

写于 1943 年 10 月的《李有才板话》,对于新的社会人生环境里的农民身上的严重"奴性"进行了深刻剖析。老秦是小说中塑造的一个典型人物形象。他的严重"奴性"集中体现在对老杨同志的态度与行为方式方面。他听说老杨同志是"县里的先生"时,便毕恭毕敬,这是出于等级观念表现出的一种奴性,迷信官,见官矮三分;不久,他听说老杨同志是个长工出身的人,态度大变,"马上就看不起"老杨同志了,由原来的毕恭毕敬地站着到立即"一屁股坐在墙根下",这是等级观念表现出的奴性的变异;最后,向老杨同志等人跪下,"磕了几个头道:'你们老先生们真是救命恩人呀!要不是你们诸位,我的地就算白白押死了'"。这依然是奴性的一种新表现。由此,作家赵树理揭示出了农民思想意识的"翻身"和主人翁意识的确立,是何等的不易啊!

写于 1944 年的《孟祥英翻身》,绘制出了一幅血淋淋的"国民性"图景。小说中的西峧口村,虽属抗日民主根据地的一个村子,然而这个村的婚姻习俗、家庭观念与伦理关系,"还和前清光绪年间差不多;婆媳们的老规矩是当媳妇时候挨打受骂,一当了婆婆就得会打骂媳妇,不然的话,就不像个婆婆的派头;男人对付女人的老规矩是'娶到的媳妇买到的马,由人骑来由人打'"。宗法封建家庭观念与伦理关系,就这么样循环往复,代代相传,一直传到 1942 年。孟祥英就在这张罗网中,生活着,挣扎着。她在这张严酷的网里,"连哭的机会也不多",她没有了父母,不可向其哭诉,她也不敢向其丈夫哭诉。这张罗网,逼得她两次寻死。这是一个多么陈旧的农村家庭社会!这是一种多么愚昧的丑陋习俗!孟祥英这位"不幸者",与同一时期别的空间里处于农村社会最底层的媳妇们,有着相似的命运。然而,孟祥英又是一位幸运者。因为她是变革中抗日民主根据地农村的一位妇女。她在变革时代里,潜藏的反抗意识转化为了一股强大的自我解放的力量,汇入了人民解放洪流。1942 年,她当上了村妇救会主任,成为西峧口附近各村都佩服的新人,1944 年又当上了区劳动英雄。

赵树理以他锋利的现实主义笔触，伸入抗日民主根据地社会人生肌里中，把一个个鲜活的社会人生形态，呈献在人们面前，显示出抗日民主根据地社会人生的精神内容的繁富及其走向。他描述的刘家峻或西岐口村，被浓厚的封建宗法气息所笼罩；他描绘的二诸葛与老秦等农民，存在着严重的精神弱点；他描述旧势力渗入新政权造成的危害以及新人物的蜕化现象；他更描绘了旧的不断消亡和新的不断成长的更替趋势。从而，表明新的社会人生的建构，总是在不断涤荡外部世界（物的外部旧世界与精神的外部旧世界）的同时，洗刷自身的污泥浊水中，才能得以实现。人民解放意识即人民大众的自我解放意识的觉醒，并化为一种自觉的行动，是何等的艰难！

三

赵树理还把他的忧患意识融入新政权建设的思虑之中。如果说，剖析新的社会人生中的意识，是偏重于"人"的改造与"人"的灵魂的重塑的话，那么政权建设的思考则是偏重于社会改造了。人的改造与社会改造，就革命过程来说，应是相辅相成的，同步进行的。新的意识未确立，新的政权也难于创建与巩固；反之亦然。当然，社会改造可以是阶段性的，一个阶段有一个阶段的具体改造任务；人的改造，很难划分阶段。社会改造，可以是暴风骤雨式的，而人的改造则是缓慢的和风细雨式的。由人的改造，推动社会改造，又进而发展人的改造。这似乎是中国现代文学先驱者从一开始进行文学创作时就确定下的人生追求与美学追求目标。鲁迅的着力于国民灵魂的剖析，茅盾的着力于社会的剖析，沈从文的着力于人性的重造，无不是为着这一总的追求目标的实现而作出的种种努力。他们的现实人生追求与美学意义的人生追求，都是以文学为载体，参与或干预改良人生与改造社会的实践。赵树理秉承鲁迅们的追求目标，在抗日民主根据地的特定时空里，使之成为现实——达到了美学意义上的人生追求与现实意义上的人生追求的一致性。赵树理清醒地认识到，抗日民主根据地要得到巩固与发展，必须建立与建设革命政权。要建立与建设革命政权，就广大农村而言，就必须要农民"换脑筋"，树立起人民解放意识与权力意识。同时，必须改造与打击敌对势力、敌对阶级及其思想体系。也就是说，赵树理深深懂得革命政权的建立与建设，必须在对两个领域（阶级）的人的改造过程中，才能完成：一是对广大农民即革命政权的依靠力量与主体的改造，二是对敌对势力、敌对阶级的改造与消灭。至此，赵树理的忧患意识跃上了鲜明的政治化层面。

刘家峧村政权之所以存在着严重危机,一是金旺兄弟的渗入,二是农民意识的落后。抗战前,金旺兄弟是"帮虎吃食"的角色;抗战初,金旺兄弟与溃兵土匪勾结,为非作歹;八路军在本村建立新政权时,金旺兄弟伪装成好人,乘机混入新政权:兴旺做了武委会主任,金旺做了村政委员,金旺妻子做了妇救会主席。他们掌权后,凶相毕露,"比从前更厉害了","村里的人不论哪个都得由他两个调遣"。小说写了他们对小二黑与小芹的欺压劣迹:始而企图侮辱小芹,继而威胁恐吓,终而大打出手,简直到了无法无天的程度。那么,金旺兄弟为什么能掌握部分村政权?又为什么能继续为非作歹?其中,一个重要原因就是广大村民的不觉悟。"山里人本来就胆子小,经过几个月大混乱,死了许多人,弄得大家更不敢出头了。"这个村"除了县府派来一个村长外,谁也不愿意当干部"。选举新政权中的干部时,"大家也巴不得有人愿干",于是金旺兄弟及金旺妻子自然就进入了新政权。这就揭示出一个道理:人民解放意识未确立的农民,就是叫他们当家做主,掌握政权,他们也不愿意。这也就表明了,农民的觉醒和敌对势力的被打倒,对于新政权的建设,何等重要!如果说,刘家峧的新政权在清除金旺兄弟这样的敌对势力之后,得以巩固,还显得较单纯的话,那么《李有才板话》中阎家山村新政权的建设就复杂得多了。

战前,"一手住遮天",独霸一方的富户阎恒元,"年年连任村长"。战后,这里成为抗日民主根据地时,他退居幕后,依然干着"一手遮住天"的事,继续统治阎家山。他的忠实奴才张得贵做了农会主席,一切按他订的"法规"行事。正如李有才的"板话"描述的:"张得贵,真好汉,/跟着恒元舌头转:/恒元说个'长',/得贵说'不短';恒元说个'方',/得贵说'不圆'。"他为"趁着兵荒马乱抢了个村长"继续作恶的本家侄儿阎喜富撑腰壮胆。当阎喜富劣迹败露被撤销村长职务时,他又叫张得贵向村民发话,要选他的干儿子刘广聚作村长。"老恒元,真混账,/抱住村长死不放。/说选举,是假样,/侄儿下来干儿上。"刘广聚当村长后,阎恒元又向刘分析村干部构成状况,设置"拉"与"打"的计谋,以彻底控制村政权。但是,这毕竟是一个农民翻身的时代,减租减息斗争这一汹涌澎湃的历史大潮,必然会冲击一切污泥浊水。诡计多端的阎恒元也未能逃脱历史时代给他的惩处:"阎家山,翻天地,/群众会,大胜利。/老恒元,泄了气,/退租退款又退地。"

新政权建立前,阎家山农民们处于社会底层。新政权建立后,其中的"小"字辈人物萌发了主人翁意识与权力意识。但是,如何掌权?如何运用手中权力？这是巩固新政权，发展人民解放事业的关键问题，这对于第一次获得部分权力的农民来说，也是一个最严峻而富挑战性的问题。"小"字辈人物陈小元，本是"老槐树底"人群中的佼佼者，敢想敢说敢为，同"西头"封建势力代表人物阎恒元及其代理者阎喜富进行过对抗。因此，他被选进了村政权，做了村武委会主任。他本应运用手中的这一权力，在巩固与发展新政权和人民解放事业斗争中发挥重要作用，但是，他却无形中中了阎恒元暗设的"糖衣炮弹"。阎恒元对刘广聚说："捧他的场，叫他多占点小便宜，'习惯成自然'，不上几个月工夫，老槐树底的日子他就过不惯了。"刘广聚言听计从，用公款做的制服，送给陈小元穿，他穿上了；家祥送水笔给他，他"插上"了。不久，割柴派民兵，担水派民兵，连锄自己地里的草也派民兵。陈小元从思想意识到行为方式，都向背离新政权的巩固与发展及"小"字辈与"老"字辈的槐树底人们方面大倾斜。如果说，陈小元在这一人生大倾斜中，尚未坠入深渊谷底的话，那么《邪不压正》中的小昌，就沿着他的这一斜坡，滑到谷底了。小昌原也是下河村的一位有进步思想与行为的青年。他当上农会主任后，逐渐蜕化了，学着"地主的套子"了。工作团的组长就这样批评道："小昌！你想想这是件什么事？为了给自己的孩子订婚，在党内党外布置斗争，打击自己的同志，又利用流氓威胁人家女方，抢了自己同志的恋爱对象。这完全学的是地主的套子，哪里像个党员办的事？"中国传统社会里，政权意识及规章制度，根深蒂固。处于社会底层的农民们，在被推向生活绝境时，也曾多次奋起抗争，试图或已经建立新的政权。然而，他们的希望大有阿Q向往革命的梦魇：要妻子、要宁式床、要报仇……一句话，皇帝老儿有的，自己要有；富户人家有的，自己要有。这也是千百年来农业经济形成的落后的眼光与革命价值观念。落后意识指导革命，又从而膨胀着落后意识，这就形成了一种恶性循环与怪圈。这一循环与怪圈，似乎也根深蒂固地残存着。以"全心全意为人民服务"为宗旨的中国共产党党员们，并非从天而降的"外星人"，依然是从旧文化营垒中过来的人。他们在从事社会改造的同时，必须进行主观世界的改造、灵魂的重造。否则，新人物会变成旧人物，新政权会蜕化为旧政权。这对于抗日民主根据地及其领导者来说，无疑是一个呈现在他们面前的十分尖锐的问题。当抗日民主根据地政权中这一危机刚刚露头时，就被赵树理及时地捕捉住了，并加以深刻剖析，这就显示出了赵树理作为一个共产党员作家的深邃洞察力与革命忧患意识及其前沿性和先锋性。

附记

赵树理在中国现当代文学史上的地位，可以说，起落性较大。20世纪40年代中后期，被誉为工农兵文学的代表和工农兵文学的方向。40年后的80年代被中国文学研究界不少人贬为低俗的农民作家。我研读了这一升降与褒贬过程中出现的史料和赵树理的小说，悟得：赵树理还是赵树理，一以贯之的中国农民代言人！赵树理生于农村，长于农村，中华人民共和国成立后，大部分时间也工作于农村。可以说，他对中国"三农"问题有着特别深切的感受和特别清醒的认识以及特望改变的诉求。他用农民能接受的讲故事的小说文本写出他特有的感受、认识与诉求。他的感受、认识与诉求的精神的心理的内容便是"忧患意识"。

本文原纳入《中国新文学发展史研究》专著之中，纳入本书时作了些改动，即梳理他小说的"忧患意识"与中国传统文学以及鲁迅小说的"忧患意识"之关系。中国传统知识分子及其作品，如屈原和他的《离骚》，忧患的是君与国的安危；鲁迅和他的小说，忧患的是"国民劣根性"；生活于抗日民主根据地和中华人民共和国的赵树理，忧患的是农民的思想意识及其生存境遇。我认为，赵树理传承鲁迅的忧患多些而有新的质素，但是，又缺少鲁迅的高远和深沉。

鲁迅与辛亥革命

1911年10月发生的辛亥革命距今整整一个世纪了。这场革命对当时的中国和世界都具有振聋发聩的作用，对后世也产生了持续性的影响。大概正因为如此，这场革命成为一代又一代中国人的集体记忆。纪念会、研讨会，适时召开；纪念著述文字，适时发表。在辛亥革命一百周年纪念之际，笔者拟论析鲁迅与辛亥革命之关系，对于今人之于辛亥革命的理解，应该说是有意义的。

一、辛亥革命：共和之途，坎坷未尽

19世纪末20世纪初，承续了2000余年的皇权专制主义统治而存在近300年的大清帝国出现了空前严重的社会危机与文化危机。为着缓解这些带全局性的危机，朝野一批有志之士，先后掀起了洋务运动、维新变法运动、文化文学革新运动。然而，事实证明，这些运动均未能起到挽救危亡的作用。有鉴于此，以孙中山为代表的一批先行者，另辟蹊径，组织政党性质的团体，进行武装革命斗争。1905年，孙中山领导兴中会、华兴会与光复会成立中国革命同盟会。孙中山被推举为总理。孙中山领导该会制定出旨在"建立民国，平均地权"的政治纲领。为着宣传与坚守这一政治纲领，孙中山与该会还创办了《民报》，并著文批驳与之对立的"君主立宪"主张。孙中山《在东京中国留学生欢迎大会的演说》中，针对"今日亦只可为君主立宪，不能躐等而为共和"之说，予以义正词严地驳斥，指出："言中国不可共和，是诬中国人。"同时，为着践行这一政治纲领，孙中山与该会在中国国内发动了一系列武装起义。于是，"共和"在1905年以后声名鹊起，成为救国救民的人们的共同话语和政治思想理念与追寻目标。正是有了这一切的准备与基础，孙中山与该会于1911年10月发动了武昌起义，史称辛亥革命，并于1912年1月1日建立共和制的国家，史称中华民国，颠覆清王朝统治。但是，辛亥革命的胜利果实很快被袁世凯窃取。袁世凯还于1915年自称皇帝。1917年，张勋继袁世凯这位短命皇帝之后又大搞复辟帝制活动。此后的十余年间，中国陷入北洋军阀统治之中。1928年，蒋介石建立的蒋家王朝，虽名为共和国，而实为新的专制主义。共和之途，坎坷未尽。

二、鲁迅：共和·启蒙，心灵相通

鲁迅的青少年时代，正值 19 世纪末 20 世纪初。慧根深厚而悟性强劲的鲁迅，从家庭的变故和外婆家农村的切身感受与体验中，把捉住了其时大清帝国出现的严重危机。他用自己的语言作了这样的表述："上流社会的堕落和下层社会的不幸。"[①] 于是，他"仿佛是想走异路，逃异地，去寻求别样的人们"[②]。也就在这一过程中，鲁迅拥有的终生坚守的独立意识与自由思想萌生并进而形成。在"绝望于孔夫子及其之徒"[③] 之后，鲁迅于 1902 年到日本留学。长于吸收新知识新理论的鲁迅，到日本后忙于"赴会馆，跑书店，往集会，听讲演"[④]。鲁迅于 1903 年剪掉头上的辫子，并写《自题小像》一诗，预拟自己一生的行藏——把自己的鲜血与生命献给祖国与民族：

> 灵台无计逃神矢，
> 风雨如磐暗故园。
> 寄意寒星荃不察，
> 我以我血荐轩辕。

同时，鲁迅对救国救民方略作出了自己的价值决断。救国而选择"共和"，救民而选择"启蒙"。

鲁迅昌言"共和"，批驳"君主立宪"。鲁迅在 1903 年写的《中国地质略论》中说道："犹谭人类史者，昌言专制立宪共和，为政体进化之公例；然专制方严，一血刃而骤列于共和者，宁不能得之历史间哉。"表达了他对"共和"的认可，对"立宪"的否定。他在文章中，还严正声称："中国者，中国人之中国"，"不容外族之觊觎"。把一个精神界之战士的凛然大义和爱国之志倾吐了出来。他在 1907 年写的《文化偏至论》中，针对"君主立宪"主张，指出"古之临民者，一独夫也；由今之道，且顿变而为千万无赖之尤，民不

[①] 鲁迅：《英译本〈短篇小说选集〉自序》，《鲁迅全集》第 7 卷，人民文学出版社 1981 年版。
[②] 鲁迅：《呐喊·自序》，《鲁迅全集》第 1 卷，人民文学出版社 1981 年版。
[③] 鲁迅：《在现代中国的孔夫子》，《鲁迅全集》第 6 卷，人民文学出版社 1981 年版。
[④] 鲁迅：《因太炎先生而想起的二三事》，《鲁迅全集》第 6 卷，人民文学出版社 1981 年版。

堪命矣，于兴国究何与焉"。进而认为："君主立宪"主张者，"志行污下，将借新文明之名，以大遂其私欲"。可见，鲁迅的昌言"共和"而批驳"君主立宪"，是与其时孙中山和中国革命同盟会的主张是一致的。这也许与鲁迅受其影响有关，但笔者以为更多的乃是社会历史时代的一种心灵感应和责任感与使命感的驱动。

救民，鲁迅力主启蒙。1903年鲁迅开始了"国民性"改造的思考，开始了思想启蒙的谋划。鲁迅于1906年"弃医从文"而认定对于"愚弱的国民"，"第一要著，是在改变他们的精神"。[①] 他特别重视人的"心声"和"内曜"。他于1908年写的《破恶声论》就认为："盖惟声发自心，朕归于我，而人始自有己；人各有己，而群之大觉近矣。"中国人在历代皇权专制主义统治下和一整套伦理道德规约中，完全失却了自我，逐渐成为"愚弱的国民"。所以，鲁迅强调"人各有己"与"声发自心"而立人。

那么，鲁迅的救民—启蒙与救国—共和，是一种什么关系呢？通过启蒙而立人而达成共和的创建。这便是鲁迅救国救民的逻辑思维关系。这在他1907年写的《文化偏至论》中表述得十分清楚明白。他说："国人之自觉至，个性张，沙聚之邦，由是转为人国。人国既建，乃始雄厉无前，屹然独见于天下。"这也是鲁迅的社会人生理想。他为这一社会人生理想的实现而奉献出了毕生的心力。鲁迅的这一社会人生理想及其从文实践，与孙中山及其领导的中国革命同盟会的政治纲领与革命行动，可谓殊途而同归。

1911年10月，辛亥革命发生时，鲁迅任教于绍兴中学堂。他欢迎这场革命。他识破绍兴"军政府"伪装革命的骗局，带领学生上街示威游行，并呈请杭州革命政府派军队前来绍兴。这也就是他在《范爱农》一文中说的："这军政府也到底不长久，几个少年一嚷，王金发带兵从杭州进来了。"中华民国在南京成立时，鲁迅支持的《越铎日报》在绍兴创刊了。鲁迅在《〈越铎〉出世辞》的发刊词中，表达了他对辛亥革命价值意义的理解与洋溢的热情。同时，标明创刊宗旨与目的——"爱立斯报，就商同胞，举文宣意，希冀治化。纾自由之言议，尽个人之天权，促共和之进行，尺政治之得失，发社会之蒙覆，振勇毅之精神"。还清醒地告诫人们——"唯专制永长，昭苏非易，况复神驰白水，孰眷旧乡，返顾高丘，正哀无女"。可见，鲁迅在辛亥革命中，并未置身事外，而是以他自己的特有方式介入其中。

[①] 鲁迅：《呐喊·自序》，《鲁迅全集》第1卷，人民文学出版社1981年版。

这一切，充分表明了鲁迅的心是与孙中山及其领导的中国革命同盟会及辛亥革命相通的。

三、鲁迅：辛亥革命失败，挣扎·积思

1903—1912 年的 10 年间，鲁迅在介入孙中山领导的包括辛亥革命在内的一系列活动中，炼成了甚为敏锐的政治目光，积累了较为丰富的思想文化智慧。因此，他对 1912—1917 年发生的重大事件作出了及时地力所能及地反映。

中华民国成立不久，辛亥革命党人（即国民党人）妥协退让，袁世凯取代孙中山临时大总统之位。鲁迅于 1912 年 7 月 22 日写的《哀范君三章·其二》中，表达了自己的不满。诗中愤激地写道："狐狸方去穴，桃偶已登场。"意思是：清王朝的皇帝刚刚被赶下台，袁世凯这样的"桃偶"又登场了。那么，绍兴和整个中国是一种什么局面呢？该诗接下来的两句是："故里寒云恶，炎天凛夜长。"也就是范爱农给他的信中说的："南京一切措施与杭绍鲁卫。"（鲁卫，绍兴方言，差不多之意。）他还在此诗附记中，用"风雨飘摇"来描述他其时所面对的中国时局与社会人生状态。

袁世凯当上临时大总统，只是他的如意算盘实现的第一步，最终是要复辟帝制。袁世凯为登上皇帝宝座，在全国掀起了尊孔读经浪潮。袁世凯把尊孔读经政治化机制化了。袁世凯颁布《通令尊崇孔圣文》，在《天坛宪法草案》中明文规定"国民教育以孔子之道为修身大本"，制订《教育纲要》规定全国中小学恢复读经，下令各省恢复祀孔祭天，且亲率"百官"身穿古服，在北京孔庙举行盛大"祀典"。一批主张"君主立宪"的知识分子创办《孔教会杂志》，成立筹安会组织，发表宣言与文章，与之呼应。杨度在《君宪救国论》中就认为"非立宪不足以救中国，非君主不足以成立宪"。袁世凯自以为万事齐备了，便于 1915 年 12 月宣布翌年为洪宪元年而称帝。

袁世凯的倒行逆施，受到了全国各阶层人士的普遍反对与谴责以至讨伐。时任教育部佥事的鲁迅，不仅不执行袁世凯尊孔读经的"通令"，反而记载并嘲讽尊孔祭孔的活动。比如，1913 年 9 月 28 日，记叙了当天他见到的祭孔状态：三四十人，或跪或立，或旁立而笑。顷刻间便草率了事，真一笑话。他还与教育部的同事联名上书教育部长，反对"读经祭孔"。对于各地尊孔措施的呈文，凡经他手的一律驳回。鲁迅的胆识、勇气与智慧充分彰显了出来。

继袁世凯这位短命皇帝之后，1917 年张勋又大搞复辟帝制的活动。"君主

立宪"论者,复刊《不忍》杂志,继续鼓吹"君主立宪"。康有为在《共和评议》中,继续攻击"民主共和",高扬"虚君共和"。在这新一轮复辟活动中,鲁迅一以贯之地予以反对与鄙视。他目睹辫子兵进入北京城时,愤而离开教育部,以示抗议。

鲁迅亲身经历了辛亥革命及其以后中国发生的大小事变。辛亥革命令他兴奋,也令他痛惜;袁世凯称帝、张勋复辟,令他愤怒、愤慨、愤懑!后来,他这样描述这几年间他的见闻和心理状况:"见过辛亥革命,见过二次革命,见过袁世凯称帝,张勋复辟,看来看去,就看得怀疑起来,于是失望,颓唐得很了。""不过我却又怀疑于自己的失望。"[①] 鲁迅在"失望"而又"怀疑于自己的失望"的心理驱动下,"许多年"除了去教育部做事外,就在北京绍兴会馆那间无人居住的屋里,读古书、抄古碑、看佛经——"沉入于国民中"与"回到古代去"。[②] 这实际上是鲁迅在做比现实、剖析历史,探寻新的救国救民之道。这也是鲁迅在做着深刻的反省——反省辛亥革命为什么会失败?袁世凯与张勋为什么会接连不断地复辟?自己为什么会"失望"而又"怀疑"于自己的失望?……鲁迅在反省中,有了更为深厚的积思。正是有了这几年的深刻反省和深厚积思,才有了以后的"顿悟"与"顿释"。

四、鲁迅·辛亥革命:"革命尚未成功"

应该说,辛亥革命有一个包括准备、革命与失败的过程。1911年前为准备期,1911—1912年为革命期,1912年以后为失败期。鲁迅介入了这一过程,当然他是以自己的方式介入的。在这一过程中,他对辛亥革命有了深切的感受、体验与认识,加之他"许多年"的反省和积思,因此才能在1918年以后用文学作品描述他对辛亥革命的独特记忆,对中国历史、中国社会人生与中国文化作深切的剖析。

鲁迅在小说中对辛亥革命有着刻骨铭心记忆的主要有两点:一是"帝国成为民国以来",农村农民"却还未得到一点什么新的有益的东西"。二是追寻革命的知识分子的人生状态与精神状态犹如蜂与蝇在空中飞了一圈又回到原点上一样。为什么这两点会成为鲁迅的刻骨铭心的记忆呢?因为鲁迅深知,几千年来的中国社会是一个农耕社会,农民是这个社会的主体成员,其次是读书人。"天下耕读最为本",成了这个传统社会文明的价值观念。农民和知

[①] 鲁迅:《自选集·自序》,《鲁迅全集》第4卷,人民文学出版社1981年版。
[②] 鲁迅:《呐喊·自序》,《鲁迅全集》第1卷,人民文学出版社1981年版。

识分子的生存状态与精神状态，便成为衡量这个社会兴衰的标尺。所以，鲁迅总是从民族的现状与未来复兴的角度来审视农村农民与知识分子，总是从社会现状与未来发展的角度来看待农村农民与知识分子。这也是鲁迅的整体性的人生观、文学观与思维方式。记忆辛亥革命的作品的文化内涵，自然未能例外。

《阿Q正传》构筑的艺术世界，浓缩着辛亥革命发生、发展、失败的全过程。当然这是文学化的辛亥革命全过程。阿Q的自然生命就存在与结束于这一过程之中。小说着力写的是辛亥革命没有给阿Q这个落后的不觉悟的贫苦农民带来什么新的利益，反而使他丢掉了性命。阿Q本来是反对革命的，岂止反对，简直是"深恶而痛绝之！"但是，辛亥革命发生时，他从举人老爷对革命的恐惧中，感到革命一定对他有利。所以，他欢呼革命，要求参加革命。这表明，他对革命态度前后的不同是完全凭直觉而非革命党人的宣传与鼓动。他的欢呼与要求参加革命是为了得到财物与女人。财物与女人，对他来说是最急迫的现实需求。因为他穷得确实上无片瓦下无立锥之地，寄住于土谷祠里；他快30岁了，还无女人。辛亥革命给了他这些了吗？没有，反而遭受假洋鬼子的"哭丧棒"，反而被认定为抢匪遭处决！同时，阿Q的根本弱点"精神胜利法"，在辛亥革命中，不仅未能得以丝毫减弱，反而恶性膨胀，直到处决画押时，他还为画不圆一个圆圈，重复着千百回那句类似的老话："孙子才画得很圆的圆圈。"阿Q可悲！辛亥革命可悲！

辛亥革命不曾给阿Q带来任何有益的东西，已是不争的事实。七斤在辛亥革命中"枉然失了一条辫子"，便在后来遭到了威胁恐吓。七斤是小说《风波》中的一个人物形象。七斤在辛亥革命前帮人撑船维持一家人的生计。辛亥革命中，他的辫子被人剪了，他乘着酒兴骂了方圆三十里内一位"有些遗老的臭味"的赵七爷为"贱胎"。辛亥革命后，他还是撑船度日，还是议论些"旧日的迷信，旧日的讹传"。然而，就因为他在辛亥革命中那点变化却在辛亥革命后的张勋复辟活动中，受到了赵七爷的威胁与恐吓。赵七爷对七斤说：皇帝坐了龙庭了，你七斤没有辫子该当何罪，书上是一条一条明明白白写着的。七斤听后"非常忧愁"。七斤一家人都为七斤的安危担心。但是，这一场风波过后，七斤和村人们，还是原样地生活着。七斤的祖母九斤老太还是说着那一句口头禅"一代不如一代"，以表达她的不平与不满。七斤的女儿六斤，同所有少女一样照样缠着脚在土场上"一瘸一拐的往来"。鲁迅这样的描述，令人深思，不得不去追问辛亥革命失败及其失败后出现的一系列事变的根源是什么？

《阿Q正传》与《风波》都是鲁迅从农村社会与农民存在状况反思辛亥革命的小说。《在酒楼上》与《孤独者》则是鲁迅从知识分子存在状态反思辛亥革命的小说。前两篇小说的背景——辛亥革命鲜明突出；后两篇小说的背景——辛亥革命淡化微弱，不过主人公思想意识与行为方式的前后不同是以辛亥革命为界碑的，这一脉络依然是触摸得到的。《在酒楼上》的吕纬甫，一度觉醒，"连日议论些改革中国的方法以至于打起来"，甚至跑到城隍庙去拔神像的胡子，成为时代的觉醒者与弄潮儿。但是，不久他变了，判若两人了。他由反对迷信转而信奉迷信了——奉母命而为死了多年的三岁小弟弟迁坟，并教起《诗经》《孟子》《女儿经》了，敷敷衍衍，模模糊糊过日子了。对于这一人生变化，他是深知的清醒的，也是痛苦的自责的。他这样说道："我有时自己也想到，倘若先前的朋友看见我，怕会不认我做朋友了。——然而我现在就是这样。"他用蜂和蝇作比喻，说明他的人生状态：在一个点上起飞，在空中飞了一圈又飞回停留在原点上。这表明他对自己的这一人生状态感到痛心而又无奈。《孤独者》里的魏连殳，始而对社会不满，"喜欢发表文章"，"发些没有顾忌的议论"，但被学校辞退了。不过，他并未立即屈服。后来，他无计可施了。为了活下去，只得做杜师长的顾问，"三日两头的猜拳行令，说的说，笑的笑，唱的唱，做诗的做诗，打牌的打牌"，过着玩世不恭的日子了。对于这一变化，他也是深知的。他自责地说道："我已经躬行我先前所憎恶、所反对的一切，拒斥我先前所崇仰、所主张的一切了。"魏连殳与吕纬甫一样，都是人生战场上被战败的内心痛苦而又无奈的知识分子。

上述鲁迅的四篇小说，都是以辛亥革命为背景，当然有的浓些，有的淡些，有的直接些，有的间接些。正是这样的繁富状态，才显现出鲁迅对辛亥革命的复杂心情。这里，不乏痛心，不乏惋惜，不乏责备！同时，更透露出了一个极为重要的理念："革命尚未成功！"

辛亥革命后的20年里，鲁迅还在杂文中表达了类似的情感与理念。他在《中山先生逝世后一周年》杂文里，称赞孙中山"站出世间来就是革命"，"全都是革命"，是"永远的革命者"。在这篇杂文里，鲁迅特别写道：直到临终之际，孙中山说道："革命尚未成功，同志仍须努力！"对徐锡麟、秋瑾、陶成章等革命先贤，鲁迅亦甚为敬重与怀念。鲁迅对包括孙中山在内的辛亥革命党人的过失也在杂文里表达了他的意见。他在《〈杀错了人〉异议》杂文中指出：错的是革命者受了骗，以为袁世凯真是一个筋斗，从北洋大臣变了革命家了，于是引为同调，流了大家的血，将他扶上总统的宝位去。到二次革命时，表面上好像他又是一个筋斗，从"国民公仆"变了吸血魔王似的。其实不然，他不过又显了本相。这既是对袁世凯本性的剖露，也是对辛亥革命党人过失的批评。

在辛亥革命一百周年纪念的今天，探讨鲁迅与辛亥革命的关系，笔者以为有两点应为记取：一是辛亥革命推翻了承传两千余年的皇权专制主义，然而，新的皇权专制主义不断继起，共和、启蒙之途，坎坷未尽。二是"革命尚未成功，同志仍须努力！"这是孙中山的遗嘱，也是鲁迅的告诫与期盼。

附记

辛亥革命在中国近现代史上是一件伟大的创举，结束了两千多年来的帝王制度，创建了共和制度，使中国由传统开始走向现代。在辛亥革命一百周年时，中国和世界华人，纷纷举行纪念活动。几位朋友建议我从专业角度写一篇纪念性文章，我答应了，便写了本文。

我感觉，在中国现代文学作家群中，对辛亥革命最为纠结的一个作家无疑是鲁迅。辛亥革命时，鲁迅未置身事外；辛亥革命后，鲁迅以文学文本形式反思辛亥革命。我感到，这是因为鲁迅的人生追求与辛亥革命的目标相近似，即共和、启蒙。当然，鲁迅偏重于启蒙——由启蒙而立人而共和。

本文在我当时所任教的民办大学举行的纪念会上报告之后，寄给《重庆社会主义学院学报》编辑部，刊于该刊 2011 年第 4 期。

后抗战文学及其长与短

后抗战文学是笔者新界定的一个文学命题。这个命题特指抗战和抗战文学成为历史陈迹之后,中国作家以抗战为题材写的作品,包括小说、戏剧、电影、电视剧等文本。后抗战文学的起始时间,笔者选择为1949年7月中华全国文学艺术工作者代表大会(以下简称第一次文代会)的召开。当然,随之一个问题就自然出现了:抗战是1945年8月结束的,抗战文学是1946年5月结束的,那么1946年6月到1949年6月这三年间就没有以抗战为题材的文学作品问世吗?这三年间,的确问世了不少以抗战为题材或为背景的文学作品,就笔者所查得的,仅长篇小说就有马宁的《将军向后转》、张恨水的《虎贲万岁》、吴浊流的《亚细亚的孤儿》、丁易的《过渡》、巴金的《寒夜》、李劼人的《天魔舞》、李广田的《引力》、师陀的《结婚》、夏衍的《春寒》、孙了红的《蓝色响尾蛇》、路翎的《财主底儿女们》(下)等。短篇小说、中篇小说、诗歌、剧本也还有些。那么,又为什么不从1946年6月算起呢?笔者是基于这么两种文学事实来考虑和选择后抗战文学起始时间的。一是这些文学作品是在这三年间问世的,没有错。问题在哪里呢?问题在这些文学作品中,有的文学作品是在抗战和抗战文学进行时写的,比如吴浊流的《亚细亚的孤儿》就是在1943—1945年间写成的;有的文学作品是在抗战和抗战文学结束前就开始写作的,比如巴金的《寒夜》就是1944年冬开始写的;有的文学作品是在抗战和抗战文学结束前就写成而在后来修改问世的。当然,也不排除有的文学作品是在这三年间酝酿、撰写与出版的。二是这三年为中国新文学史的尾声期。抗战文学是中国新文学的组成部分,这三年的文学理应纳入中国新文学之列。有鉴于此,笔者才把后抗战文学的起始时间划在第一次文代会召开。那么,后抗战文学的讫止时间呢?笔者无法划定,因为后抗战文学至今还未完——完不了。

关于后抗战文学,笔者拟从六个方面加以言说。

一

1949年7月到2014年年底的后抗战文学创作概况。

1949年7月到2014年年底的后抗战文学是同一时段中国当代文学大厦中的一木一石。因此，后抗战文学创作态势及走向总是与这60多年间中国当代文学的创作态势与走向息息相关而休戚与共的。这，可以说是笔者理解的后抗战文学与中国当代文学之关系，这是笔者言说后抗战文学必须持的一种眼光。那么，后抗战文学与抗战文学是什么关系呢？抗战文学有抗战的文学与抗战时期的文学之分，且由爱国主义母题系连起来形成抗战文学整体。后抗战文学很明显主要延展了抗战文学中的抗战的文学的精神内容。这也是笔者言说后抗战文学必须具有的另一种视野与眼光。

笔者是这样来表述后抗战文学在这60多年间的创作态势及走向的：由题材单一、主题思想一元到题材多样、主题思想多元。这样的创作态势及走向，大抵以20世纪80年代为界。在此之前，后抗战文学创作题材单一、主题思想一元；在此之后，后抗战文学创作题材多样、主题思想多元。多样，多元，意味着丰富，意味着多彩。

1949年7月的第一次文代会，确定了未来新中国文学即当代文学的发展方针与方向，那就是继续践行边区与解放区时期文学遵循的1942年5月《在延安文艺座谈会上的讲话》规定的文艺为政治服务方针和工农兵文艺方向。文学创作继续以新的形式大写新的主题与新的人物形象。"颂歌"继续成为文学创作追求之时尚。

这次文代会至20世纪50年代初，当代文学第一次出现"颂歌"创作潮流。后抗战文学创作便是这一创作潮流中的一朵浪花。其中，《战斗里成长》、《新儿女英雄传》、《平原烈火》与《风云初记》第一、二集，显得特别耀眼。这四部作品，笔者以为有如下的共同点。

抗战文学中的边区文学创作特征之一是主题意蕴与审美意识的现实化。这自然取决于边区文学创作写的就是边区工农兵及作家们所从事的抗日战争。文学创作直接切入作家们当下的现实社会人生，直接通向特定历史时期的时代主潮。如果，把《战斗里成长》、《新儿女英雄传》、《平原烈火》与《风云初记》第一、二集放入边区文坛，跟《洋铁桶的故事》《吕梁英雄传》等作品放在一起，笔者以为是很难发现二者的时空差异的。[①] 当然，并非就没有差

---

① 《洋铁桶的故事》发表于1944年延安的《边区群众报》；《吕梁英雄传》于1945年6月开始在《晋绥大众报》上连载；《战斗里成长》于1949年写成，同年冬在北京首演；《新儿女英雄传》于1949年写成；《平原烈火》于1950年在三联书店出版；《风云初记》第一、二集于1950—1952年写成。

异。笔者以为其差异主要在作家的情感情绪方面。后两部作品的作家是在严酷的战争环境里怀着高强度的爱憎情感从事文学创作的。前四部文学作品的作家是在刚刚建立的中华人民共和国和刚刚兴起的当代文坛上抱着极大的激情和兴奋心情写作的。写的内容都是作家们几年前经历过的人生。这四部作品写的都是冀中地区民众的抗日故事。这四部作品的作家都先后在冀中地区参加过抗日战争。抗日战争的硝烟虽然已过去四五年了，然而当年并肩作战的战友与广大民众依然浮现在他们的眼前。中华人民共和国和当代文坛，不就是这些战友以及千百万军民用血汗乃至生命换来的吗？带着这一毋庸置疑的共识，他们不约而同地写了这四部作品。这四部作品的主题意蕴与审美意识，依然具有现实化的特点。不过，这四部作品的现实化较之《洋铁桶的故事》与《吕梁英雄传》等作品的现实化多了一层向度，那便是中华人民共和国的现实——适应作家生活的当下社会人生需要的现实。

这四部作品的第二个共同特点，笔者归纳为彰显大智大勇的民族精神。大智大勇作为中华民族的传统精神到了近现代日渐萎缩了。抗日战争时期，这一民族精神得到了极大弘扬，成为中国广大军民团结抗日的凝聚力与精神支撑。因此，抗战文学特别是其中的边区文学大大彰显了这一民族精神。这集中体现在作品所写的英雄人物形象身上。这四部作品继续边区文学创作主潮，大写英雄人物。《战斗里成长》中的赵钢是抗日英雄，其子赵石头是抗日英雄。《新儿女英雄传》顾名思义就是为抗日英雄作传的，牛大水、高屯儿、刘双喜、杨小梅等，个个都是抗日英雄。《平原烈火》中的周铁汉是铁骨铮铮的钢铁战士，大队长钱万里、副政委薛强以及战士丁虎子、罗锅子、三生等人物，都具有英雄本色。《风云初记》第一、二集中的芒种、春儿也是抗日英雄。可以说，这些抗日英雄，个个都会打仗，个个都敢于与日军拼命，个个都能打胜仗。这些英雄人物无一例外地具有大智大勇的民族精神。大智大勇的民族精神成了他们共有的精神支柱。

这四部作品的第三个特点，笔者以为是彰显了共产党和八路军的作用。边区是共产党领导的地区。边区的保卫者与建设者之一，无疑是八路军。共产党与八路军决定着边区的存亡与兴衰，影响着整个抗日战争的胜利推进。边区广大作家把握住了这一时代命脉，所以其作品自然而然地凸显了共产党与八路军在抗日战争中的作用。这四部作品写的冀中地区掀起的抗日烈火，其不断燃烧，谁是播火者？共产党与八路军是也。共产党与八路军发动组织领导冀中广大民众掀起了抗日斗争运动。那么，这四部作品中写的英雄人物是与生俱来的么？是外星空投到冀中地区的么？当然不是！这些英雄人物本是平凡人物，草根人物，他们之所以能成为英雄，是共产党的教育与培养、八路军和抗日斗争熔炉冶炼的结果。比如赵石头，他本是一个苦大仇深的农民孩子，家产被抢夺，祖父被逼死，父亲被逼离家出走——家破人亡了。他为躲避追杀更为复仇而参加了八路军。他在八路军这所大学校里，经过共产党的教育与启发，逐渐弄明白了家仇与民族仇的关系。他这块生铁经过一次次战斗冶炼成钢了——成为民族解放战争的英雄。《风云初记》的第一、二集写的滹沱河两岸的五龙堂与子午镇两地为什么会成为抗日根据地？这两地的农民为什么能掀起抗日洪流？答案是共产党与八路军的组织与领导。春儿本是一位农村姑娘，为什么会成为坚强的抗日战士？芒种也本是一位普通农民，为什么会成为一位八路军的军事指挥员？答案还是共产党的教育与培养以及抗日战争的冶炼。

此外，1950年长春电影制片厂拍摄了沙蒙编导的《赵一曼》。这部片子是根据东北联军抗日女英雄赵一曼的事迹改编而成的，当然也是属于歌颂共产党和英雄人物的作品。稍后一点的1954年、1955年上海电影制片厂还拍摄有《鸡毛信》与《南岛风云》等影片，讲述一北一南的抗日斗争故事，赞颂海娃与符若华等英雄人物。

二

历史之页翻到20世纪50年代末期与60年代初期，当代文坛出现了回忆录写作热潮。作者几乎都是土地革命战争、抗日战争与解放战争的参与者中还健在的将士。在这一次回忆录创作热潮中，后抗战文学创作热潮应运而生了。特别是1958年，可以说是后抗战文学创作丰收年。小说创作中就有三部长篇小说同时问世。这三部长篇小说分别是：雪克的《战斗的青春》、李英儒的《野火春风斗古城》、冯德英的《苦菜花》。电影作品也有三部在这一年同时放映。这三部影片分别是：王萍、林金编导的《永不消逝的电波》、史文炽的《狼牙山五壮士》、朱文顺的《古刹钟声》。还有1959年拍摄的冯一夫、李俊编导的《回民支队》、魏荣的《粮食》和1961年拍摄的刘琼的《51号兵站》以及1962年拍摄的顾宝璋等编导的《东进序曲》以及唐英奇等编导的《地雷战》等。这些作品，笔者拟从两个方面去言说。

一是题材选择问题。决定作品质量的不是写什么而是怎么写，这一理论应该说是符合文学创作实际的。但是，并非说题材与作品的质量就毫无关系。

写什么？是与作家对生活的感受、体验与认识分不开的。任何一位作家总是要写自己熟悉的题材。很难想象作家对一种题材完全无知，仅凭创作才华就能写出高水平、高质量的文学作品！这应该是最为基本的文学常识。明白了这一文学常识，就可理解为什么从题材选择角度来言说这些作品。这其中的不少作品，选择的是抗战时期敌后扫荡与反扫荡的题材——日军对敌后抗日根据地扫荡，八路军对此进行反扫荡。这是抗战时期、特别是1941—1943年敌后普遍出现的斗争事件。日本帝国主义眼见敌后抗日根据地有了较快较大的发展，便先后派遣几千乃至上万人的军队以及飞机对敌后抗日根据地进行扫荡。特别是太平洋战争爆发后，日本军部妄图把它在中国占领地区变成支撑太平洋战争的"兵站补给基地"，所以就对敌后抗日根据地实行疯狂的大扫荡，推行极其野蛮的烧光、杀光、抢光的"三光"政策，致使敌后抗日根据地面积与人口锐减。为着扭转这一局面，共产党和八路军便采用了"敌进我亦进"的作战方针——日军向敌后抗日根据地进攻，八路军也向敌后的敌后深入发展，组织领导开展抗日斗争，开辟新的抗日根据地。这样的战略战术方针的践行，不仅大大挫败了日军的预谋，同时也大大支持了正面战场和世界反法西斯战争。1942年的冀中地区扫荡与反扫荡，可以说是整个扫荡与反扫荡中最为严酷的也是最为重大的事件。这一重大事件成为后抗战文学描写的重大题材，这对于参加过当年冀中地区反扫荡的人或虽未参加而有一定的直接记忆的人来说，在回忆录写作热潮氛围里，笔者以为会有一种不吐不快的创作冲动的。比如雪克，抗战时期，他就在冀中地区从事抗日工作。《战斗的青春》所写的内容便是他当年经历过的人生。小说就是写1942年"五一大扫荡"中，冀中地区抗日根据地的惨遭毁坏、民众惨遭屠杀、抗日政权惨遭破坏。然而共产党县委、区委依靠广大民众，历尽艰难险阻重新开展抗日斗争，并取得了胜利。雪克在《讨论〈战斗的青春〉给我的启发》一文中，说这部小说意在"表现出对敌斗争、反奸斗争、路线斗争、革命的两面政策及武装斗争等各种斗争的互相交错"，从而"表现出敌我力量的消长转化"，表明我方"从战斗到挫折，到再战斗，到胜利的反复性"。没有亲身的经历、感受、体验与认知，仅凭想象与创作才能，是不可能写出这么复杂、曲折的抗日斗争故事的。这部小说在同类题材的作品中，在写斗争的复杂、艰难和敌人的凶残、狡猾等方面，略高一筹。李英儒于1938年参加八路军。1942年"五一大扫荡"时，他在冀中工作，后被党组织派到河北保定从事地下工作。正是有了这样的人生经历，所以才写出了《野火春风斗古城》这部深受读者喜欢的小说。这部小说写的便是1942年"五一大扫荡"后，共产党派得力党员到敌后从事地下工作的故事，所写内容也是作家经历过的。冯德英1935年才出生，不可能像雪克与李英儒那样直接参加八路军从事的抗日斗争活动。但是，冯德英却出生在一个被称为共产党"干部窝"的家庭里。冯德英的家人和邻居几乎都参加了八路军从事的抗日工作，不少人在斗争中牺牲了。所以，冯德英对八路军的英雄事迹和家人邻里的悲壮牺牲是感同身受的，对于日军大扫荡的野蛮、残忍是刻骨铭心的。这可以说是冯德英后来从事创作的生活积累与创作素材。冯德英当年虽然身临其境，但毕竟不曾参加过战斗，所以写起《苦菜花》来就不如雪克写《战斗的青春》和李英儒写《野火春风斗古城》那么顺当，而是经历了七八年时间、几经周折才终于定稿的。这部作品写了日军的扫荡，叛徒、汉奸的破坏，胶东半岛昆仑山区抗日政权建立的曲折、反复与艰苦斗争历程。因有共产党的领导，斗争最终取得胜利。这部小说出版后和根据这部小说改编的电影放映后，引起了强烈的反响，产生了轰动的效应。笔者曾用了一个晚上和一个上午读完这部小说。阅读时，笔者好像完全进入了小说艺术世界里，把热泪洒向八路军将士和母亲为代表的民众，把仇恨投射给日军与汉奸。《苦菜花》和前两部作品一样，由于写的内容都是作家熟悉的，所以才给读者以真切之感。这些作品中，有的虽然受写作时政治思想因素的影响，但因为真切还是令人觉得可信！

二是谍战问题。谍就是间谍，就是搜集对方政治、军事、经济等领域里的情报的人员，就是俗话说的"特务"。谍战，就是对抗——谍报人员之间的对抗、谍报人员与执政者的对抗。其中，有重在谍的，有重在战的。重在谍的，就是主要搜集对方的情报，提供给自己一方使用。重在战的，就是深入对方里去从事战的工作。这种谍战，被称为内线作战。内线作战带隐蔽性，外线作战是公开的，是敌我双方公开对抗。这二者，有时是隶属关系，有时是相互配合的关系。总之，在近现代战争中，二者不可或缺。谍战作品，在中国现当代文学史上出现较晚。抗战文学进行时，徐訏的《风萧萧》，可算是一部谍战小说——重在谍的小说。谍战作品，应该说在后抗战文学进行时出现的频率才逐渐多了起来。《野火春风斗古城》，可以说开了后抗战文学创作中谍战作品之先河。李英儒根据自己在1942年被党组织派到敌伪占领的河北省省会保定从事地下工作的亲身经历，又集思广益，而写成了这部重在战的谍战小说。保定是一座古老的省城，早在民国时期就成为河北省的省会了。保定是冀中重要的政治、军事、经济、文化中心，保定也是冀中物资集散地。

抗战时期，日本帝国主义侵占保定后，建立了敌伪政权，驻扎有特高科人员，收买了汉奸与共产党的叛徒，形成一股较大的敌对势力。国民政府也派有特工潜入保定，从事谍报工作。有鉴于保定的重要与形势的复杂严峻，为着践行"敌进我亦进"的战略战术方针，共产党组织决定派优秀共产党员打入保定开展抗日斗争。冯德英当年便是被派去的一位共产党员。这部小说，实际上便是冯德英这一亲身经历的艺术再现。小说写八路军的一个团政委兼县委书记的杨晓冬只身打入保定这座古城，做了大量的抗日斗争工作，比如智斗蓝毛、奇袭伪治安司令部、与伪军团长关敬陶较量等。这些对敌斗争，充分彰显出杨晓冬对党的忠诚及其具有的胆识、智慧、果敢。但是，冯德英并未把杨晓冬写成独行侠式的人物，单靠个人之力做一系列抗日斗争工作，而是有一个集体力量在支撑。其中，有保定城郊武工队为外线配合；有城内地下交通员金环；有一批忠诚于党的杨晓冬的母亲、韩燕来、周伯伯、小燕、银环等人物，团结在杨晓冬的周围。杨晓冬潜入保定后，开展了大量的发动、组织与领导民众的工作，做了争取中间势力的工作，摸清了敌、我、友各方面的情况，既知己又知彼。因此，哪怕环境险恶、处境危险，依然取得了抗日斗争的胜利。

三

"文革"结束，中国当代文学的春天开始到来。随之，后抗战文学也逐渐形成了多样与多元的创作态势。20世纪80年代到2014年间，后抗战文学作品数以千计，小说、电影、电视剧，出现竞写热潮，而且这种热潮是一浪高过一浪的。

1985年为抗战胜利40周年，1987年为抗战爆发50周年。在这两个纪念年中，小说家和影视家创作了不少后抗战文学作品，以示纪念。这可算是第一波后抗战文学创作热潮。电影有《将军与孤女》《闯江湖》《血战台儿庄》《破袭战》《八女投江》《关东大侠》《红高粱》《屠城血证》等；电视剧有《海啸》《血战台儿庄》等；小说有《皖南事变》、《战争和人》三部曲中的第一、二部等。

1995年为抗战胜利50周年，1997年为抗战爆发60周年。后抗战文学出现第二波创作热潮。小说计有《长城万里图》《大顺店》《龙凤旗》《战争启示录》《非红》《胭脂地——雪莲湾风情录》等；电影有《铁血昆仑关》《步入辉煌》《七七事变》《巧奔妙逃》《枪神无畏》《飞虎队》《大捷》《新上海滩》《浴血太行》《燃烧的港湾》等。

2005年为抗战胜利60周年，2007年为抗战爆发70周年。后抗战文学创作进入第三波创作热潮。小说计有《文峰游击队》《遍地鬼子》《八月桂花遍地开》《气血飞扬》《狼毒花》《零炮楼》等；电影计有《栖霞寺1937》《王树声征战豫西》《鲁南抗日游击队》《太行山上》《狩猎者》《山林喋血》《山啸》《东京审判》《昆仑日记》《飞虎队谍战》《萧锋血战陈庄》《盘尼西林1944》，《小小新四军》《杨成武强攻东团堡》等；电视剧计有《小兵张嘎》《吕梁英雄传》《八路军》《抗日名将左权》《非常出击》《亮剑》《红幡》《兵变1938》《记忆之城》《中天悬剑》《敌后武工队》《大刀向鬼子们的头上砍去》《血色湘西》《血色玫瑰》《生死谍恋》《虎胆雄心》《地雷传奇》《狙击手》《蓝色档案》《花篮花儿香》《烽火少年》等。

这三波后抗战文学创作热潮之前之间之后，还问世有许多后抗战文学作品。比如电视剧在第三波创作热潮之后的2009年，就有电视剧《反抗之真心英雄》《江城令》《我的兄弟叫顺溜》《我的团长我的团》《历史的进程》《地道英雄》《生死线》《沂蒙》等；2010年就有电视剧《特战先锋》《决战华岩寺》《松花江上》《战火四千金》等。小说与电影创作，也大概如此。

那么，2015年和2017年会不会再一次掀起后抗战文学创作热潮呢？从2013年、2014年的后抗战文学创作态势来推测，加之日本右翼政治集团的一批高层人物对第二次世界大战成果的挑战和对侵华战争的否定等言行观之，笔者以为很有可能出现第四波后抗战文学创作热潮的。2013—2014年后抗战文学创作中，小说如《汉奸》，电视剧如《战神》，电影如《血色挂云山》，都是具有代表性的受到读者与观众好评的作品。

所有这些林林总总蔚为壮观的后抗战文学作品，内容十分繁富，几乎囊括了抗战时期中国与世界发生的故事，集大千世界于笔端。这些后抗战文学作品中，有全景式反映抗日战争时期社会人生的，具有抗战史诗的价值意义。笔者举几部长篇小说来加以叙述。一部是王火的《战争和人》三部曲。《战争和人》分上、中、下三卷，共160余万字。小说按抗战行进过程的前、中、后三个阶段谋篇布局。因此，三部曲既独立成篇，又浑然一体。小说的中心人物或称视点为童家父子。这两位何许人也？能承载这样的容量吗？童家父亲名叫童霜威，其子叫童家霆。童父是国民党高官又是法学权威。他官场失意，对现实不满，拒绝多方诱惑，带着儿子由南陵而武汉而香港而重庆，最后父子俩投入民主运动行列。小说就这样以童家父子的行踪，观照现实社会人生，映现不同地区的人生百态。小说题目"战争和人"，意即战争冲击人生，人生在战争中演绎各自的故事。全景式记叙中国抗日战争和第二次世界大战的小说更要数周而复的《长城万里图》。这部作品在抗战文学和后抗战文学乃至整个中国现当代文学史上都是少有的超长篇小说，共 6 卷，378 万余字。这 6 卷小说分别是《南京的陷落》《长江还在奔腾》《逆流与暗流》《太平洋拂晓》《黎明前的夜色》《雾重庆》。这 6 卷以中国抗战为中心线索与主要内容，把第二次世界大战各参战国勾连起来，形成一个完整的中日战争和第二次世界大战全景图。小说的纪实性强于虚构性、文献性大于艺术性。6 卷小说构成的超长篇小说，堪称中日战争和第二次世界大战的文艺百科全书。三是李尔重的《新战争与和平》。小说从 1931 年九一八事变一直写到 1945 年抗战结束，历时 14 年的艰苦卓绝的抗战。小说写有淞沪会战、"塘沽协定"、"热河失守"、"一二·九"运动、"何梅协定"、"西安事变"、"七七事变"、"血流南京"、"华北根据地"、"山西战场"、"转战江淮"、"皖南事变"等重大战役或事件。历史事件众多，上千人物登场。敌人的残暴，我方的英勇抗战，展现在读者面前。四是柳溪的《战争启示录》。这部全景式反映抗战的小说很特别，特别之处就在于以人写战争。小说着力写三个人物及不同经历：共产党员李大波和女学生方红薇以及日蒋两面特务曹刚。三人的不同人生，把一些战争场面如红格尔图与百灵庙浴血奋战和不同地点的特工如北平、天津、保定、上海等地我方特工谍报工作以及日军内部上层的矛盾等都串连起来，将抗战的全景图绘制出来。

当然，除这些琳琅满目的后抗战文学作品外，并非全景式的反映抗战的作品尤多。其中，战争中的惨案和战役的描写也有历史的价值意义。这里笔者拟举描写两次惨案的作品。

写南京大屠杀及审判的作品。南京大屠杀，不是中日两军对抗中的厮杀，而是日军对无力抵抗的伤兵和手无寸铁的民众的残杀。所以，笔者将它称之为战争中的惨案。1937 年 12 月 13 日，侵华日军攻占南京后对中国人民进行绝灭人性的大屠杀，致使 30 万中国同胞倒在血泊之中。这次大屠杀是日本军国主义反人类反人性罪行的铁证。但是，现今的日本顶层人物却不时加以否认。这无疑会激起熟悉和不熟悉这次大屠杀的人们的强烈不满，或拿出历史资料（图片、日记），或创作作品，予以回击。后抗战文学作品中，有三部电影，堪称南京大屠杀及审判的完整记忆。一部电影是谢光宁编剧、罗冠群导演、福建电影制片厂和南京电影制片厂于 1987 年合拍的《屠城血证》。影片一是写主人公展涛目睹日军公然违反国际法，闯入国际红十字会设在南京城内的安全区，屠杀中国伤兵和难民，并目睹自己所爱的女护士被日军强奸与枪杀。二是写展涛从日军随军记者手上得到大屠杀照片而遭日军追捕，他牺牲自己的年轻生命使这批照片由另一人送出南京城。这部电影，其实是讲的南京大屠杀的人证与物证。一部电影是《栖霞寺1937》。栖霞寺位于南京，是中国四大名刹之一，寺中的宗教人士一直都是爱国爱教的。这部影片，写南京大屠杀时，栖霞寺寂然法师组织全寺僧人创办难民收容所，保护与救助南京无辜市民。僧人们在与日军对抗中，不少人倒在日军的刀枪之下。但是，他们仍然一面掩护抗日军人与部分难民过江，一面拍摄日军大屠杀照片，并把照片胶卷送出南京城。这部影片又一次提供了南京大屠杀的人证与物证。南京大屠杀的刽子手们，天理难容，应该而且必须受到审判。蒋晓勤编剧、付小健导演的电影《押上刑场》便是这样的影片。日本战犯谷寿夫是南京大屠杀的制造者。盟军同意中国政府和人民的要求，将谷寿夫押回中国受审。影片就是写的押解谷寿夫到南京途中的曲折而激烈的斗争。谷寿夫最终还是被押解到了南京，押上了刑场。三部影片作品合在一起，可以说较完整地再现了南京大屠杀及其制造者被押上刑场的历史事实。

写"皖南事变"的作品。这次事变，之所以纳入战争中的惨案来言说，乃因为这是抗战时期被八路军和新四军称为友军的国民党军按蒋介石的预谋，制造的一次残杀事件——新四军7000余人，猝不及防而招致残杀。这次事变是1939年以来国民党蒋介石推行"限共""溶共""反共"方针而制造的最大惨案。1941年1月4日，新四军9000余名将士奉命北移，1月6日行至皖南泾县时突遭国民党军8万余人的袭击，致使新四军7000余人遇害。这一"千古奇冤"在当年震惊了世界。40多年后的黎汝清以此为题材创作出同名长篇小说《皖南事变》。小说按这次事件的过程——事件前、事件中、事件后为线索，以3卷45章之巨，再现这次历史事件的原貌，对读者了解事件真相，有一定帮助。

四

后抗战文学创作延续和扩展了抗战文学中的抗战的文学这一主潮。笔者以为后抗战文学创作延展抗战文学中的抗战的文学，主要表现为两个方面：一是范围的延展，二是精神意识的延展——延展中华民族至大至刚的民族气节与精神，延展我军将士如周恩来当年在《追念张荩忱上将》一文中说的

"只有打，只有苦打，只有拼命地打，才能胜利"的意志与行为方式。后抗战文学无论写国民党军抗战还是写八路军新四军抗战和写民众抗战，都贯穿了这一延展向度。

写国民党军抗战。抗战爆发后，国民党和国民政府，在"军事第一，胜利第一"的总目标之下，不断完善军事指挥机关建制和战区划分，始终支撑中国正面战场的抗战。抗战文学进行过程中的1939年前，写国民党军抗战的作品较多，这以后就少见了。一则是边区文艺家不愿写；二则是国统区左翼文艺家不敢写；三则是政治立场倾向于国民党的文艺家人数有限，少写；四则是被称为"独立作家"的文艺家也少写。因此，1939年后写国民党军抗战成了抗战文学创作领域里最为薄弱的一个部分。后抗战文学翻过20世纪80年代，写国民党军抗战的作品日渐多了起来。当然，作为后抗战文学组成部分的台湾作家在1974年和1977年就拍摄成了三部电影作品。

后抗战文学写国民党军抗战，大概是从如下几方面展开的。

一是以战役为题材写正面战场抗战。七七事变以后，国民党军与日军开展了多次较大规模的战役对抗。如淞沪会战、台儿庄战役、武汉保卫战、桂南会战、长沙会战、昆仑关会战、滇缅会战等。这些会战，歼灭了日军大量有生力量，灭减了日军嚣张气焰，支撑着中国抗战正面战场，支持了世界反法西斯战争。这些战役中有的战役在抗战文学创作里已留下了印记。这些战役在40年后成为众多后抗战文学家的创作题材。李前宽、肖桂云把卢沟桥事变搬上了银幕，电影题目叫《七七事变》。这部电影通过战争场景的演示把这次事变的前因后果披露了出来，把日军发动全面侵华战争而制造的这次事变的真相和国民党军爱国官兵的英勇抵抗呈现在观众面前。与之相联系的是连奕名的电视连续剧《大刀向鬼子们的头上砍去》。这部电视连续剧是根据国民党军第29军大刀队抗日的真实故事改编的。大刀队在1933年就夜袭了侵犯长城的日军。七七事变时，大刀队直接参加了抗战，与发动卢沟桥事变进而侵占北平与华北的日军展开激烈战斗。在战斗中，打出了大刀队的威势，让日军一开始大规模侵华就遇上了一个强硬对手。大刀队成了中华民族抗击日军的一种利器和中国血性男儿的象征。大刀队之歌成为鼓励中国军民奋勇杀敌的号角。淞沪会战是抗战以来规模最大、最为惨烈的战役，中日双方投入兵力100万之多，激战3个月之久。这次战役在抗战文学刚刚兴起时就进入了中国文艺家的视野。反映这场战役的作品有报告文学、小说、戏剧、诗歌等。有的作品的作者就是这次战役的参与者。这次战役的70多年后，中国文艺家将其搬上了银幕。其中有电影《淞沪会战》和电视剧《淞沪会战》以及电影《八百壮士》。《八百壮士》是台湾文艺家于1977年拍摄成的电影。这部片子是从一个点来反映淞沪会战的。八百壮士死守的是四行仓库。四行仓库有那么重要么？不是四行仓库本身有多么重要，而是四行仓库所处地理位置极为重要。四行仓库位于上海苏州河畔，东南西面有英美法租界和越界筑路防务区，对面是国统区，北面是日本租界和越界筑路防务区。日本租界和越界筑路防务区是日军在上海作战的基地。这便是四行仓库所处位置的重要性所在。淞沪会战中，为着掩护中国军队撤退，国民党军88师524团团长谢晋元率领400余名官兵坚守四行仓库达3个月之久，与日军拼命抵抗，有力地牵制了日军。这支号称"八百壮士"的队伍在当时媒体记叙中是全部阵亡的（实际上还是有个别青年军官逃出活着）。抗战文学刚刚兴起时，不少文艺家以此为题材写成报告文学、诗歌、剧本，大加称颂，极力谴责日军罪行。40年后的丁善玺以《八百壮士》为题目拍成电影放映。电影《淞沪会战》与电视剧《淞沪会战》和《八百壮士》一道，再现了这一战役的历史面貌，彰显了广大爱国官兵大无畏的意志和不怕死的精神。同时，也反映了当时上海广大民众对爱国官兵的大力支持。

二是以具体部队抗日为题材写正面战场抗战。不管是战役性的抗日，还是非战役性的抗日，都有一支或几支部队参加。这里，笔者谈谈后抗战文学写国民党军中的三支部队抗日。一支部队抗日是航空第四大队。航空第四大队是当时中国空军中的王牌部队，高志航为队长。他率领该队与日军空战，可以说战功赫赫，令日机人员胆寒。特别是1937年8月至11月的对日空战，已永载史册。1937年8月14日，高志航奉命率第四大队，与日军木更津航空队激战。队员个个表现神勇。比如沈崇诲，他驾机撞击日军舰出云号而悲壮牺牲，刘粹刚驾机与敌机同归于尽，高志航一人就击落敌机6架。中国军队空战大捷。同年11月21日，日机来犯。高志航奉命驾机迎敌。他在击毙日空军将领原田浩后为国捐躯。高志航及其第四大队在当时刚刚兴起的抗战文学中就有洪深与萧乾等作家以剧本或小说的文学样式加以描述。高志航被称为"飞将军"。几十年后，这支部队又进入后抗战文学创作中。这就是1977年台湾一家电影公司拍摄的电影《笕桥英烈传》。笕桥位于浙江杭州东北郊。笕桥机场为国民党军于20世纪30年代年改建。这部影片写的便是高志航率领的航空第四大队对日作战，写出了这支部队的神勇和视死如归的精神。这支队伍的队员们，个个都是抗日英雄。一支部队是川军。川军是国民党军中的一支部队。抗战开始后，川军 300 万将士出川开赴前线抗日。川军出征时的誓言是"失地不复，决不回川"。川军在山东、江浙、山西等地，参加多次对日作战，伤亡 60 多万人，打出了"无川不成军"的威名。川军是国民党军中的一支重要抗日力量，但常常遭到国民党军上层的不公平待遇，致使川军遭受到不该遭受的伤亡。这是川军抗日面对的现实。这一创作领域，不为抗战文学进行时的文艺家所关注而写入作品，四五十年后，后抗战文学家写了川军抗日，弥补这一被遗忘的空档。2013 年花箐的电视剧《壮士一去》便是这一创作领域的代表。这部影片具体写川军一位学生连长张抗带领战士，转战山东、山西、湖南、湖北等地与日军进行殊死战斗。其队员杨得贵、王长生、吴天禄、何阴阳、黑娃等人，为掩护连长张抗脱险而就义。抗日的川军及这支连队，不愧为英雄之师。一支部队是中国远征军。中国远征军是国民党军中的精锐之师。所谓"远征"即是开出国门去对日作战。开到哪里去对日作战？开到缅甸去对日作战。为什么？这得从滇缅公路说起。滇缅公路即云南到缅甸的公路。这条公路于 1938 年修建开通的。这条公路对中国来说是条交通运输生命线，国际援华的物资和军事用品基本上要靠这条公路承担运输。1941 年年底，日军侵犯缅甸。为保护滇缅公路的安全与畅通，国民政府决定组建中国远征军。这支部队由国民党军第 5 军、第 6 军、第 66 军约 10 万人组成，卫立煌与杜聿明分别任正副总司令。1942 年 2 月，中国远征军进入缅甸对日作战。中国远征军在缅甸进行了同古保卫战、平满纳会战等。广大官兵在对日作战过程中，做到了如第 200 师师长戴安澜说的"准备死战"。由于英军一直未能配合且单独撤退，导致中国远征军在滇缅路的重大失利。其中，第 5 军所属的第 200 师，在师长戴安澜率领下奉命通过野人山撤退回中国云南。这一条路对任何人来说都是一条不归路。该师伤亡惨重，戴安澜师长身受重伤而死在了野人山。当年，抗战文学家写滇缅公路的有之，而写中国远征军的，笔者却一直未见着。几十年后的今天，董亚春与杨军以 45 集之巨将中国远征军搬上了荧屏，这就是电视连续剧《中国远征军》。这部电视剧，从国外写到国内，从前线写到后方，全方位观照出当年中国官场、国民党军内部以及民间的实际状况，特别是再现了戴安澜师长由担架抬着同官兵一起行进在野人山的情景，令观众触目惊心，不寒而栗。同时，观众也由衷发出赞叹之声和敬佩之情。这部 45 集电视连续剧及演员们的出色表演，让观众了解了中国远征军出征和归国之路的艰险。可以说，这是一部中国远征军的历史文献纪录片。

三是以国共合作抗日为题材写国民党军抗战。抗战时期为国共第二次合作时期。国共联合抗日，已成为广大国共官兵的共识与行为方式。即使在 1939 年后，这一共识与行为方式，依然为国民党军广大官兵，特别是中下级官兵所认可。所以，国共军队中不少部队在具体对日作战中，总是互相支援、协同作战的。这一创作题材不为抗战文学进行中的边区作家和国统区左翼作家所撷取，这一题材的作品自然就不多见。后抗战文学进入 20 世纪 80 年代后，写这一题材的作品陆续问世了，如《亮剑》《中国兄弟连》《生死线》《战神》等。《亮剑》写晋西北八路军的一位团长李云龙与国民党军的一位团长楚云飞的联合抗日。他们两人率领各自的官兵共同进攻日军重兵把守的县城，全歼守备部队，战斗获全胜。在联合抗日过程中，两位团长成为好友，两支部队结成了兄弟连队。电视连续剧《生死线》的一个环节是表现国民党军和八路军游击队及民间抗日组织共同抗日的。具体情景是日军在沽宁城外修建机场妄图作垂死挣扎。国民党军在中共游击队的引领下，加上民间抗日组织"四道风"的协助，一举摧毁日军机场。这部电视连续剧被称为是第一次——抗战文学和后抗战文学第一次写不分党派与阶级的抗日作品。这确实是极少见的抗日作品。电视连续剧《战神》中的龙马支队司令龙大谷与国民党军的严振藩团长，有过几次相互配合、互相支持，共同抗日。龙大谷带领龙马支队袭击日军机场，炸毁日机，不仅解除了日军对自己部队的威胁，同时大大减弱了日军对严振藩团的攻势。严振藩把一批包括重型武器在内的枪支弹药送给龙马支队。这批武器在龙马支队与日军争夺杨家山拼杀中起了重要作用，击退了日军一次次进攻。

五

写八路军与新四军抗战。抗战时期，中国有两个战场，一个是国民党军支撑的正面战场，另一个是八路军、新四军开辟和支撑着的敌后战场。两个战场抗击着约 70% 的侵华日军，为世界反法西斯战争的最终胜利作出了重大贡献。抗战文学进行时，边区作家用了大量笔墨写八路军和新四军抗战，充溢着赞颂之情。这一书写路子一直延续到 20 世纪 80 年代。20 世纪 80 年代后的后抗战文学家，采用多角度、多题材、多文本来书写八路军与新四军抗战。作家们的创作热情有增无减，作品的数量与质量有较大的提升。有全景式反映八路军抗战的作品，如电视剧《八路军》。宋业明与董亚春的这部连续剧，顾名思义，就是全方位反映八路军对中国抗战的贡献而具有史诗般的意义。

这是后抗战文学创作中不可多得的一部作品。有反映八路军与新四军进行的一些著名战役的，如百团大战。百团大战在八路军抗战史和整个中国抗战史上都是威震世界的大战役。反映这一战役的电影有《浴血太行》《杨成武强攻东团堡》《血色挂云山》等。这几部电影作品从不同侧面反映了百团大战。《血色挂云山》不是正面讲百团大战的，而是讲百团大战时的斗争。《浴血太行》也不是全方位讲百团大战，而是讲刘伯承与邓小平率领的129师参加百团大战。邓小平在延安由毛泽东与朱德操办而与卓琳举行了婚礼，婚后，邓小平即带卓琳回到了太行山，投入百团大战之中。129师为百团大战的胜利作出了不可磨灭的贡献。《杨成武强攻东团堡》也不是全面讲百团大战，而是讲百团大战尾声时的一场硬仗、恶仗。东团堡位于河北涞源，这里驻扎有日军的一支教导大队。这支部队装备精良，训练有素，战斗经验十分丰富。此地又易守难攻，因此，成为日军据点中一块难啃的骨头。杨成武率领部队专啃这块骨头。经过曲折而艰难的战斗，最后歼灭了日军的这支部队，取得攻坚战的胜利。至此，百团大战大抵可以鸣金收兵了。还有讲八路军高级将领抗战的。如电影《太行山上》，讲1937年9月到1940年5月，朱德奉中央之命率八路军主力部队开赴抗日前线。其中，讲了平型关大捷、阳明堡战役、黄土岭战役等重大战役，把八路军将士们的神武和朱德作为伟大军事家的形象活灵活现地搬上银幕。电影《徐海东血战町店》，讲徐海东这位八路军将领在治病期间，率领部队两次歼灭日军的故事。电影《萧华挺进冀鲁边区》，讲萧华组建东进抗日挺进纵队开辟冀鲁边区的故事。

还有讲新四军抗战的作品，如电视剧《雳剑》和《游击兵工厂》。前者讲新四军与日军直接正面交战，且五战五捷取得胜利。后者讲新四军的一家兵工厂的故事。这家兵工厂，严格说不是一个工厂，没有固定的厂房，没有固定的设备，也没有固定的工人，手工式分散制造步枪。那么，谁来组织领导呢？新四军派干部组织铁工会，并组建一支铁工队。这支铁工队一边参加制枪，一边参与对敌斗争。终于制造出了不少七九式步枪，为新四军打击敌人作出了贡献。还有不少写冀中和胶东扫荡与反扫荡的后抗战文学作品。

这些反映八路军与新四军抗战的作品，较之20世纪80年代前写八路军与新四军抗战的作品，有较大突破，集中体现在三个方面。

一是创作题材的突破。比如同是写日军对敌后根据地的大扫荡，20世纪80年代后的后抗战文学创作却另辟蹊径，寻找新的创作题材——常常是以大扫荡为背景写八路军与新四军内部发生的故事。这里举两部小说和一部电视连续剧来具体说说。一部小说是权延赤创作的《狼毒花》。小说写日军大扫荡时，八路军内部就如何处置嫌疑犯出现的意见分歧。一种意见认为应立刻处决这批嫌疑犯；一种意见则反对处决这批嫌疑犯。显然后一种意见是对的，因仅仅是嫌疑而已，尚未查清更未经法律程序，为何就处决呢？哪怕是危急情势，也是不能允许的，何况这批嫌疑犯中不少人员是被怀疑的被误解的抗日志士。前一种意见，反映出其时八路军内部存在的所谓"整肃""除奸"过左思想意识的存在。一部小说是谢颐丰创作的《气血飞扬》。小说写日军大扫荡时，八路军监狱在押犯人的故事。这批犯人，几乎都有劣迹，或是赌徒，或是盗贼，或是流氓。日军袭击这座监狱，打死打伤八路军看守人员。这批犯人无人看守，应该说这是他们逃生而获自由的大好机会。但是，这批犯人没有一个逃走。他们在拥戴的受伤八路军干部的领导下，与日军展开拼死抵抗。活着的犯人中，有人凭自己的"本领"弄钱来买药为受伤八路军战士治疗。这就写出了大扫荡险境里，一批特殊中国人没有失掉中国人的人格和中国的国格而表现出强烈的民族意识与民族精神。一部电视连续剧是指张军钊的《一个和八个》。"一个"是指遭受不白之冤的八路军指导员王金。"八个"是指八路军关押的八名罪犯，其中有土匪、投毒犯、奸细。王金与八名罪犯同关押在八路军随军的监狱里。八名罪犯在土匪大秃子的策划下撞开牢门出逃。王金以自己的言行教育感化了他们。王金还背着脚受伤的大秃子，同这批犯人和八路军看守人员到达安全地。由于日军扫荡日益加剧，随军监狱与八路军大部队失去联系。他们遭受日军包围。王金率领八名罪犯及活着的八路军看守人员与日军拼杀。活着的罪犯最后表示洗心革面，重新做人。王金重新获得党组织和八路军的信任。这些作品，虽然同是写日军大扫荡，但却另寻新的题材，写八路军和一群特殊的中国人对日军的同仇敌忾，共谋杀敌。这类题材的开拓，在20世纪80年代后的后抗战文学创作里屡屡出现。

二是写战争的曲折与惨烈的突破。不管是冷兵器对抗时代，还是热兵器对抗时代，战争都一定会死人，死的多是双方广大中下级官兵。20世纪80年代前的后抗战文学写八路军与新四军对日作战时，较多的是写日军的伤亡，而写我军的伤亡常常一笔带过，意在凸现日军是"纸老虎"。20世纪80年代后的后抗战文学创作，日渐改变了这一思维方式，而贴近战争实际来写战争。比如电视连续剧《战神》，写日军残暴，肆意屠杀敌后民众，一个村一个村的民众遭受屠杀，日军叫"屠村"。同时，也写八路军龙马支队和日军柴田联队的伤亡。仅杨家山阻击战，敌我双方人员大减，死亡人数众多。柴田联队对龙马支队，先是用飞机低空扫射，接着是用重炮轰击，然后是士兵冲杀。龙马支队中的马铮一支队，全部阵亡，龙支队人员也死伤惨重。日本士兵冲杀时，遭受到活着的龙马支队人员操作的重机枪和手榴弹的还击，也是一批批倒下。这一仗，真是尸横遍野。笔者看后，极度地感叹道：这就是战争！这就是战争！这样写，让人感到真实，令人可信！这样就更能激起今天的观众对战争的愤恨和对现今日本当局否认侵华战争的愤怒。关于八路军与新四军抗战的复杂性与曲折性描写，笔者也以《战神》为例。《战神》写一个没有八路军编制与番号的龙大谷司令员的龙支队——龙马支队在抗战十四年间的浴血奋战。中间，有过一次次胜利，一次次失利，又一次次胜利，最后抵抗到日军——日本帝国主义投降，抗战结束。具体说，抗战十四年间，龙支队——龙马支队始终与日军的佐藤师团对抗。对抗复杂曲折。复杂在于：龙支队——龙马支队与佐藤师团对抗，国民党军严振藩部与日军对抗，与佐藤师团对抗；龙支队——龙马支队与国民党军严振藩部相互配合共同抗战。龙支队收编川军马铮队伍后，有纠葛有矛盾；严振藩部与其上级军事指挥机关有矛盾，这是从我与友方面的复杂关系来说的。日军中的佐藤师团与其上级柴田联队有矛盾冲突。除此之外，谍战也甚为复杂。八路军方面有打入佐藤师团内部从事谍报的人员，有中共地下党从事谍报的人员。从日军方面说，佐藤两兄弟一个叫川一——掌管佐藤师团，一个叫光一——掌握特务机关从事谍报工作；哥哥佐藤川一战死后，弟弟佐藤光一冒充哥哥继续掌握和指挥佐藤师团进行军事斗争；这两个屠杀中国人民的战争罪犯，有一个妹妹名叫幸子，无意间看见了兄长屠杀中国民众的照片，认为太冷酷太残忍了，加之又知晓自己的身世，就在中共地下党的安排下，到了延安。正是因为复杂，才使对抗曲折。龙支队——龙马支队便是在这样复杂曲折的网中，左右冲杀的，才显示出他们的会打、敢拼、能赢的"战神精神"的。写百团大战的作品，写太行山八路军抗战的作品，写八路军高级将领抗战的作品以及写冀中反扫荡的作品，都具有残酷性、复杂性与曲折性的特征。

三是人物形象塑造的突破。现实主义文学的思想倾向，主要靠塑造典型人物形象来体现。中外现实主义文学创作大抵如此。从边区文学到前30年当代文学，似乎形成了一种人物形象塑造传统，那就是以写正面人物为主，反面人物为辅，正面人物中又多写积极向上的人物、模范人物、英雄人物。到"文革"时期，高、大、上式的人物霸占了当代文学人物画廊。不少作品中，人物一出场，读者和观众就知道了此人是好人，彼人是坏人。20世纪80年代前的后抗战文学作品塑造的人物形象，大抵也未能例外。20世纪80年代后的后抗战文学的人物形象塑造有了较大的突破。不管是正面人物或是反面人物，都不是扁平的，而是圆形的、多面的。从作品所写的不同战线的人物来划分，有军事战争的人物，如八路军新四军中的李大波（《战争启示录》）、李云龙（《亮剑》）、常发（《狼毒花》）、欧阳山川（《生死谍线》）、王金（《一个和八个》）、龙大谷（《战神》），国民党军中的楚云飞（《亮剑》）、严振藩（《战神》）、韩绍功（《中国远征军》）。属于战争中转变的人物，如顺溜（《我的兄弟叫顺溜》）。有谍战中的人物，如中共党员夏潇雪、龙薛梅、田烽、西里，国民党员唐问生（《生死谍恋》），等等。可以说，他们个个都是鲜活的人物。他们都有各自的追求，他们都有各自的性格特征，他们都有各自的命运。笔者觉得这些人物中，塑造得最好的要算龙大谷。龙大谷是一位会打、敢拼、能赢的人称"战神"的人物形象。每次战斗，他不仅运筹帷幄，而且总是在前沿阵地指挥，与战士们一道打仗。他甚至用自己的身体为战士挡子弹。在杨家山阻击战中，他挺住了日军飞机的轰炸与大炮扫射。即使身体受伤，他依然端起机枪向进攻的日军射击。他是一位遍体伤痕的战士和司令员。龙支队——龙马支队是他亲手组建起来的。他原本是红军的一位副师长，抗战开始后，他的上司田烽给他50块大洋和一个警卫员与一个参谋，叫他去招兵买马组建游击队，并担任司令。他凭自己的智谋与倔强及果敢，很快组建起了一支跟他一样会打、敢拼、能赢的龙支队——龙马支队。这支部队起初叫龙支队，后来以马铮为首的部分川军失散官兵与之结合而组建为龙马支队。但是，作品并未只写他的战绩与战功，还写了他另外几个方面。一面是屡立战功，屡次打胜仗，却屡次受处分——批评、关禁闭乃至撤职，军区副团司令的任命也被取消。为什么？他打仗前不向上级汇报，打完一仗后也不向上级及时汇报，被视为一个组织性差的指挥员。他知道"军人以服从命令为天职"。然而，他觉得战机是转瞬即逝的，等汇报了，上级同意了再打，机会就丧失了。所以，他常常是不按程序打仗。上司对他既器重又不完全放心。一面是他的柔情。从外形上看，从打仗时看，他是个百分之百的铁硬汉。但他内心充溢着爱，爱战士、爱朋友、爱亲人、爱恋人。比如他得知日军特种兵支队袭击随军医院时，便拼命跑去救援。支撑力量之一是他的爱妻护士林燕还在医院。爱妻被日机炸死后，他心如刀割。他怀着自责悲伤的心情安葬了爱妻。这将他作为一个平常男人一面写了出来。总之，龙大谷这个形象，是20世纪80年代后的后抗战文学创作中，笔者以为塑造得令人可敬可爱可亲的形象。有些作品中的人物形象，令人可敬，而不可爱；有的人物形象，令人可敬可爱而不可亲。唯有令人可敬可爱可亲，才觉得真实。

六

后抗战文学在其行进过程中，长与短总是相伴相随的。后抗战文学的长与短贯串于文学创作之中，笔者以为主要体现在三个方面。

一是功利意识的长与短。

文学的功利，应当是远功而非近利的。当然，也有例外。抗战的文学和后抗战文学就是自觉追求"近利"的。抗战的文学追求的"近利"为强烈的爱国主义意识。后抗战文学追求的"近利"集中体现为珍惜来之不易的和平和对日本右翼政治集团否认侵华历史、否认对中国人民和东南亚各国人民造成的极大伤害的侧击。日本右翼政治集团的赖账言行和挑战二战胜利成果的言行，无疑是必须加以警惕与谴责的。前面评述的三次纪念年及前后问世的后抗战文学作品，这样的功利意识都日益鲜明突出。无论是写淞沪会战、台儿庄战役、平型关大捷、长沙会战、百团大战的作品，还是写中国民众以自己的方式抗战的作品和飞虎队及海外华侨抗战的作品，都贯串着中国作家和中华民族对日军侵略的仇恨和对受难民众的爱。这些文本把日军绝灭人性的反人类的屠杀——屠城、屠镇、屠村的滔天罪行，与中国广大军民的民族大义——呈现在读者与观众面前，引人深思，给人警示。这应当是后抗战文学功利意识之长所在。那么，后抗战文学功利意识之短呢？笔者以为短也在长之中，那就是缺乏从日本历史与日本文化角度去深层次地挖掘日本军国主义侵略成性、日军非人性残暴的根源。日本从1894年甲午海战开始就不断侵占中国领土、屠杀中国军民、掠夺中国财物，一直到1937年七七事变，妄图"三个月灭亡中国"，还把侵略魔爪伸进了东南亚各国。日本为什么会侵略成性？全面地大规模地发动侵华战争，为什么未达目的而失败？这些问题未能在作品情节发展过程中透露出解答信息。功利意识强了或太强了，就易于使文艺家沿着这一功利意识之路去思考问题，而忽视对其中隐藏的深层原因的思考与挖掘。举一个例子来说。《战神》这部电视连续剧，可以说是笔者爱看的片子。这部片子中，写日军柴田联队及其下属佐藤师团的罪行，凡是还有良知的人看后，都会咬牙切齿地给予诅咒的。柴田因其妻子在日本国内自杀就把痛失爱妻的恨撒在中国民众身上。他命令日军把上官镇全体民众赶到一个大坝上，然后用机枪射杀。全镇民众无一幸存。日本军部反而给予嘉奖。

柴田为什么要这样屠杀手无寸铁的中国民众？日本军部为什么还要嘉奖这位刽子手？片子只是写出了日军的罪行，却未深究其内源性因素。

未从文化的历史的角度去挖掘日本侵略成性的根源，这不仅是后抗战文学创作之短，也是抗战文学创作的不足。

二是战争反思的长与短。

所谓"战争反思"，一般而言是指战后人们对战争的思考。这里的"战争反思"，无疑是指后抗战文学家们对日本发动的侵华战争和中国人民的抗日战争的反思。20世纪80年代以来，后抗战文学创作书写了这一战争反思内容。

反思战争与人性之恶。战争使人异化、战争使人成为恶人这一诉求在作品中体现得十分鲜明突出。辛列平的《汉奸》，反思战争的内容是战争使有的中国人失去为人的人格和国格，变成了汉奸。小说主人公吴守仁为了替父报仇，便趁机向日军投降当了汉奸，还做了日伪守备队队长。他认为当汉奸值得。一是复了仇，二是改变了他的生存状态。但是，做汉奸毕竟是不光彩的。于是，他制造了汉奸理论，认为"让汉奸越变越多，我这汉奸就算不上汉奸了"。战争颠覆了吴守仁的人格与国格。吴守仁不守中国人为人的仁义道德了。

反思战争与人性善。作为人性之一的善，有多种体现，其一便是男女之爱，其二便是人与人之间的相互同情与帮助。但是，战争常常是与这样的人性善相背离的。战争扼杀人性善，这成为后抗战文学反思战争内容之一。笔者认为石钟山的小说《遍地鬼子》便是从这一角度来反思战争的。小说写了多对相爱男女未能成为眷属，被战争阻止了。比如长工出生的土匪头子鲁大与东家女儿的爱被阻止了，投身革命的杨少爷与叔叔的养女菊的爱被阻止了，抗联朝鲜支队战士金光柱与同村少女卜贞的爱被阻止了。男女之爱为战争所不容，以此否定战争，反对战争。但是，战争消灭不了爱。比如小说写的谢聋子，就用生命保护自己所爱的女人柳金娜；还写东北一对母女救助异国青年。小说一面讨伐战争打杀男女之爱，一面讴歌人之爱。不管哪种境遇里，只要有爱，就有希望，只要有爱就有未来。这似乎是作家对战争作出的又一反思与见解。

反思战争与启蒙。启蒙与救亡是鲁迅提出并践行的创作要义之一，并成为中国新文学的一种传统。后抗战文学传承了这一传统，诉求即在战争中，启蒙仍旧需要。余华的小说《一个地主的死》，应该说表达了这一诉求。地主王子清因儿子王香火被日军杀害，整天忧愁，家里两个女人也因此而整天哭泣。此三人未有任何复仇举动。看来，此三人的思想意识必须得到启蒙才有可能摆脱任人宰割的人生状态。更需要启蒙的是村里的一大群人。日军来了，他们逃走了；日军走了，他们回村了。他们暂得苟活之时，也不去想法对付日军。至于地主家发生的事，没有人过问，一个已死去的捕鱼的人，也没有人同情。日军给地主家造成的伤害，日军给村子造成的伤害，没有改变村民的生存状态。他们还是那么愚昧，还是那么低俗，还是那么无聊，还是那么冷漠！这是何等的令人痛心疾首啊！鲁迅《示众》等小说中类似的看客和围观场景再次出现了。可见启蒙是多么重要啊！竹林村的村民们的思想意识得不到启蒙，抗战的政治目的意义就会大打折扣。周梅森的《军歌》，写1000余名被俘人员被日军押到煤矿去挖煤。这群人中，不少人为了自己能苟活，告密的告密，出卖战友的出卖战友，投敌的投敌。这篇作品与前篇作品一样诉求在战争中体现启蒙的重要性与迫切性。

以上便是后抗战文学对战争作出的多角度的反思，算是后抗战文学战争反思之长所在。那么，短在何处呢？笔者以为短在罗列现象多，深入挖掘少。未多从文化信仰与坚守角度来追寻问题的答案。多强调战争造成人的异化，未多从人自身去加以拷问。这样的短就使作品的深度与力度大为减弱。

三是市场经济适应的长与短。

中共十一届三中全会后，中国由计划经济时代转入社会主义市场经济时代。市场经济对于文学来说，既是挑战又是机遇。从社会进化论"适者生存"角度讲，文学要生存要发展必须要面对与接受市场经济。20世纪80年代后的后抗战文学与同步进行的当代文学一样，都经历了一个从不适应到适应的过程。其中有过阵痛，有过迷茫。在市场经济大环境里，读者与观众被推到"上帝"或"衣食父母"的位置。票房和收视率被视为经济效益与社会效益的标杆。这期间的后抗战文学的确问世了一些贴近时代、贴近民众的作品。如获"五个一工程"奖的《长城万里图》，获茅盾文学奖的《暗算》，获电视剧"飞天奖"的《潜伏》，等等。这些后抗战文学作品，写的都是几十年前的故事，为何能贴近时代、贴近群众呢？这里以《潜伏》为例稍加解说。《潜伏》里的故事，的确离我们今天的现实有几十年了。然而，这部片子演出时，恰逢新中国成立60周年之际。追忆往惜，缅怀先烈，赞美新社会，这既是国家所主导，也是民众所需求。二者结合，就使这部片子放映时，在广大观众中产生了强烈的反响，千家万户收看，人人都谈余则成与假妻子翠萍。好像余则成与翠萍就生活在现实社会中，就在我们身边一样。这样的后抗战文学作品，可称之思想性、艺术性与观赏性结合的作品，社会效益与经济效益俱佳的作品。这是后抗战文学适应市场经济之长。那么之短呢？笔者想主要有两个方面的短。一是不少后抗战文学作品的人物与情节雷同。文学创作，可以模仿，可以借鉴，但不可以雷同，雷同即有抄袭之嫌，会让读者与观众认为在作假而嗤之以鼻！比如后抗战文学创作中，常有日军小分队扮成八路军打入敌后根据地，而八路军与民众又很快会将其识破而消灭之。八路军小分队扮成日军打入其内部，常常如愿以偿。一两部片子有这样的情节与人物可以，但太多了，读者就会感到不可信，不真实。这样的雷同，是一种带惯性的思维与书写方式。二是追求"好看"。"好看"才有票房价值，才有高收视率。怎么才能做到"好看"？其一便是"抗战＋恋爱"。"革命＋恋爱"在鸳鸯蝴蝶派作家徐枕亚的《玉梨魂》里就有了。到无产阶级革命文学期，蒋光慈为代表掀起了"革命＋恋爱"的创作潮流。到抗战文学时期，又出现了"抗战＋恋爱"的创作现象。20世纪80年代后的后抗战文学，可以说把"抗战＋恋爱"写烂了——抗战离不开恋爱，恋爱离不开抗战，抗战使有情人不能成为眷属，抗战使有情人终成眷属。有些后抗战文学作品，甚至写三角恋爱！凡此种种，非常离奇，也非常不靠谱！这样写抗战，这样写恋爱，可以吸引读者或观众的眼球，可以满足一部分人的好奇心，收视率可能会上升。但上升了的收视率与票房，应该不在观赏性之列。文学的观赏性是一种高境界的审美活动，让读者与观众获得美的陶冶，心灵得到净化与提升。

盼望2015年之后的抗战文学创作，能扬长避短，出现更多的思想性、艺术性与观赏性相结合的好作品。

附记

2015年第1期《中华文化论坛》发表了我的一篇论文，题目为《后抗战文学及其长与短》。我就此题增添了不少内容，纳入我的《我说抗战文学》专著中。近几年，我总是思考"后抗战文学"这个命题是否符合文学历史实际。我又研读中华人民共和国成立后几十年间中国作家以"抗战"为题材或为背景写的小说、电影和电视剧的文学文本，感到这个命题似乎符合文学历史实际，又似乎不完全符合文学历史实际，因为它主要是抗战文学进行时"抗战的文学"这一脉系的延续与扩展，故此，我一度想将之改为"抗战"的当代文学书写。再三思之，我觉得还是以原题纳入本书为好。

关于人的文学思潮

人的文学思潮是五四时期存在的文学思潮，也是中国现代文学形成期的文学思潮。这一文学思潮较之于中国现代文学史上其他历史时段的文学思潮，是有着自己的思想特质的，那就是民主意识、科学精神和社会主义思想。所谓"民主意识"，在当时被界定为"人权""自由平等""个性解放"。也就是说，人有自己的人格、个性与尊严，把人当作人。所谓"科学精神"，在当时被界定为进化精神，世间万事万物都是不断进化的，既然如此，那么就没有什么千古不变的"偶像"了，由此而引申为无畏精神、创新精神与科学方法。所谓"社会主义思想"在当时被理解为"人民本位"思想，人民革命思想。这三者同属思想意识范畴，而且是相通的。在人的文学思潮发难者与推动者们当中，不少人认为，社会主义思想包含了民主意识与科学精神。事实上，不少人的文学思潮发难者与先驱者便是怀抱民主意识与科学精神而走向社会主义的。人的文学思潮正是融合三种思想理念而形成一股铺天盖地文学潮流的。

一

人的文学思潮的形成，笔者以为除了五四时期客观社会人生语境而外，主要有两种"文学质"在起作用。所谓两种"文学质"是指中国近代文学质和世界文学质。

为什么是中国近代文学质而不是中国古代文学质呢？从先秦到鸦片战争的中国古代社会，无疑是一个超稳定型的政治结构与经济形态的社会。存在于其间的中国古代文学也形成了一套超稳定型的价值观念、思维方式与艺术规范。这就决定了中国古代文学缺乏中国文学现代化的内在动力与内在依据，而中国近代文学却有了这样的内在动力与内在依据。因为鸦片战争之后，中国社会逐步近代化了，孤立封闭的社会结构被打破了，西方政治思想、文化意识、科学技术大量渗入了，特别是从文艺复兴到 19 世纪的西方文学大量输入了。因此，作为中国文学现代化起点的人的文学思潮的形成，便只能直接从中国近代文学中去寻找可供转化的文学新因素。当然，它并未与中国古代文学绝缘，绝缘或决裂是不可能的，也不符合文学史实。

人的文学思潮的发难者与推动者们,从中国近代文学中吸收了三种可供转化的文学因素。一是文学观念的政治社会功利性。中国近代文学的主流文学观念是文学改良社会、开通民智,即"新民新国"文学价值观。中国近代文学家认为,文学应该也能够起到新民新国作用。倡导"小说界革命"的梁启超,便持这一文学观。他为《新小说》刊物规定的办刊宗旨便是:振国民精神,开国民智识。他写的《论小说与群治之关系》一文,更把他的"新民新国"文学观阐释得特别鲜明突出,他说:"欲新一国之民,不可不先新一国之小说。故,欲新道德,必新小说;欲新宗教,必新小说;欲新政治,必新小说;欲新风俗,必新小说;欲新学艺,必新小说;乃至欲新人心,欲新人格,必新小说。何以故?小说有不可思议之力支配人道故。"他认定新小说可以把中国人改造为新人——具有民智、民德、民力基本要素的新人。有了这样的新民,"何患无新制度,无新政府,无新国家?"①他把小说的价值与功能推向了极端,小说万能!这对中国历来把小说视为闲书而只供消闲之用的观念,无疑是一种极大的反叛,无疑是一种革命行动。这自然是维新派人物梁启超使出改良社会人生的"一手",即以"小说界革命"来创制新小说,而又以新小说传播的新思想改良社会人生。"小说革命—新小说—新民新国",这就是得到鲁迅、胡适等年轻人及众多的梁启超同辈人支持与呼应的新的文学观与新的文学思维方式。这一文学观也直接启迪了五四时期的陈独秀、胡适、鲁迅、李大钊等人,而形成属于他们这一代人的文学观念与思维方式:文学革命—新文学—启蒙救亡。二是与现实社会人生关系极为密切的文学创作倾向,也是人的文学思潮发难者与推动者们吸收的可供转化的近代文学因素。中国近代文学中的《官场现形记》《二十年目睹之怪现状》《老残游记》《孽海花》等鸿篇巨制,把中国近代社会人生中的种种面相、心态、追求与愿望,几乎都涵盖进去了。其中,有城市的、农村的、官场的、民间的种种社会生活;有吸毒、赌博、嫖娼、缠脚、观花问水等落后愚昧腐朽现象;有农民起义、义和团运动、改良运动与辛亥革命等重大历史事件;有资本主义列强的入侵和中国人民的反抗。总之,整个中国近代社会人生都进入了中国近代文学创作领域,更成了这四部小说的重要描写素材,而流贯其中的思想情感则是批判、暴露、讽刺、贬斥或赞扬。当然,这四部小说对"官"的针砭更有巨大的价值意义。中国过去是一个"官本位"的国家,国家与民众是属于最

---

① 梁启超:《论新民为今日中国第一急务》,《新民说》。

高统治者的，皇帝的；各地的地方官是民众的"父母官"，民众是"子民"。从地方官到皇帝，老百姓只能服从，不能反叛。因此，中国这个"官本位"国家弊端丛生，官场确实腐败。这四部小说一个共同针砭点即是"官"——官儿们的敛财、官儿们的卑劣、官儿们的狠毒！可以说，达到了"诛心"的程度。这在中国古代文学、近代文学乃至现代文学史上都是不多见的。这对于人的文学思潮发难者与推动者确立新的文学创作意义世界，给予了价值指向的启示。三是语言叙述的转型，为人的文学思潮的发难者与推动者们建构新的语言系统提供了依据。中国近代文学价值观念的变化、创作内容的变化，无疑会带来叙述语言的变化。叙述语言的变化，是指由文言文转向白话文。中国古代文学创作叙述语言，几乎都是文言文，只有到了中国近代文学时期即"诗界革命""文界革命""小说界革命"之后，这种超稳定型的语言系统才被打破。中国近代文学家们，尤其是参与"诗界革命""文界革命""小说界革命"或受其影响甚深的近代知识分子，对文言文几乎群起而攻之，对白话文几乎一致赞赏。"崇白话而废文言"，便是其中最具革命性的主张。此主张是裘廷梁提出的。他是在黄遵宪的"言文一致"论、梁启超的"俗语文体"论的基础上提出这一主张的。这位维新运动的积极参加者，在维新运动期间及其稍后，采取了一系列行动来"崇白话而废文言"。他组织了"白话学会"，编印了《白话丛书》，创办了《无锡白话报》（后改名为《中国官音白话报》）。他撰写的《论白话为维新之本》一文，可以说是"崇白话而废文言"的纲领。他写道："有文字为智国，无文字为愚国；识字为智民，不识字为愚民；地球万国之所同也。独吾中国有文字而不得为智国，民识字而不为智民，何哉？裘廷梁曰：此文言之为害矣。"由此，他尖锐地指出："愚天下之具，莫文言若；智天下之具，莫白话若。""吾今为一言以蔽之曰：文言兴而后实学废，白话行而后实学兴；实学不兴，是谓无民。"文章题目与内容一致，阐释了"崇白话而废文言"的原因及意义。这一主张的"新民新国"政治功能意识，虽然超出了语言文字变革意义的本身，然而对于建构新的语言文字系统与新的叙述语言系统确实具有廓清历史文化障碍的作用。

　　人的文学思潮的发难者与推动者们，以本民族文学中的近代文学为基础，广泛地吸收了世界文学的影响，而使中国文学现代化。"世界文学"这个概念，由德国文艺理论家赫尔德提出。但是，真正产生影响且具有划时代文学意义的是歌德、马克思与恩格斯的功劳。1827年1月31日，歌德与爱克曼谈话时，指出世界文学的时代已经来临，且为德国文学保留着一个光荣的角色位置。他认为,世界各民族文学相互交流相互吸收影响,由此形成世界文学。同时,还认为,民族文学应有自己民族的特点。这便是歌德的"世界文学"观。这一世界文学观,可以说在人类文学史上,展现出了一个完整的世界视野。从此开始,各民族文学之间的相互交流相互借鉴,就成为自觉的有世界意义的行为了。21年之后的1848年,马克思与恩格斯在《共产党宣言》中,从物质生产与精神生产的关系出发,提出物质生产的世界性必然导致精神生产的世界性这一命题,从而论述了世界文学形成的必然性。如果我们将歌德与马克思、恩格斯关于"世界文学"的界定加以比较,便会发现:歌德是从文学的"内在质"即文学的意义世界向度论述世界文学的。马恩则是从文学的"外在质"即背景层面来论述世界文学的。笔者以为,两者论述的结合就会形成一个完整的科学的"世界文学"命题。

人的文学思潮的发难者与推动者们从世界文学中,首先吸收了"人的发现"的影响与启迪。世界文学中的欧洲文学,从文艺复兴到19世纪展示出了一个"人的发现"的完整过程:从人的外在美、占有欲、自然生命力的发现,到人的内在品格——个性、尊严、自由、平等、创造力等的发现。可以说,中国五四时期"人的发现",从这里得到了深刻的启示。其次是吸收欧洲文学中的人道主义、个性主义的思想特质。人道主义是文艺复兴时期欧洲文学的一面鲜艳旗帜,强调以人为本位,肯定人的价值,维护人的尊严与权利。属于思想意识形态范畴的这种理论主张和个性主义一样都化为了文学作品的主题,构成文学作品的思想特质。这一思想特质,在中国人的文学思潮发难者与推动者们那里,几乎被奉为圭臬,成为冲破封建伦理道德而解放人的思想武器。再次是吸收欧洲文学中多种文学思潮、创作精神与创作技法的影响。从文艺复兴到19世纪,欧洲文学先后涌现出了众多文学思潮及与此相关的多种创作精神与创作技法,如现实主义、浪漫主义、印象主义、唯美主义、象征主义等。这些文学"主义"后来出现于短短两三年间的五四文坛,为五四文学家及其以后中国现代文学家不断采用。

人的文学思潮的发难者与推动者们,正是根据这样的两种"文学质"来建构一种新的文学思维方式、价值观念与美学体系的。概括起来说,新的属于中国五四文学的思维方式便是批判综合的思维方式。陈独秀在《〈新青年〉宣言》中就明确地指出:对于"自古如斯""天经地义"的传统思维方式,必须"抛弃";必须"综合前代贤哲、当代贤哲和我们自己所想的",创造新的观念、新的思维方式。这是一种崭新的思维方式,也是一种崭新的文化模式。

这种思维方式与文化模式，无疑对于破除几千年承传的农业文明思维方式与文化模式具有石破天惊的冲击力。思维方式与文化模式的变革，必然带来文学价值观念的变革。五四文学的价值观念，呈现出多元化态势。其中，至少有"三元"。一是为人生的文学，二是为艺术的文学，三是自由主义文学。这三种文学价值观念，影响着中国现代文学乃至当代文学以及 21 世纪中国文学的走向：为人生的文学—左翼文学—工农兵文学；为艺术的文学—"现代"派文学—"京派"文学；自由主义文学—"现代评论"派文学—"自由人与第三种"文学—"与抗战无关"文学—"民主个人主义者"文学。持三种文学价值观念的文学家，在民族复兴这一人生态度上应该说是一致的，不同点在于，持前一种文学价值观念的文学家强调文学的现实功用性乃至文学政治倾向，持后两种文学价值观念的文学家强调文学的艺术性和个性化特征。人的文学思潮在文学观念上虽有"多元"，然而在美学追求上又表现为一致——悲剧意识的追寻。中国传统的人生态度是"和为贵"，由此而衍化为的美学观即"中和美"。因此，中国传统文学和中国传统美学中缺少的是悲剧美学意识。悲剧美学意识成为中国现代美学与中国现代文学审美意识中的一种重要的或居主导地位的意识，便是起始于人的文学思潮时期。其时，中国现代文学家们，身负着太多民族的民众的个体的悲苦，有着强烈的悲剧情绪、悲剧情结。他们自身拥有的属于悲剧文学范畴的因素在世界悲剧文学的影响下得以提升，形成一股强大的悲剧意识。他们也正是凭着这一悲剧意识在短短三四年间发起了对中国传统文学中的"大团圆"文学的猛烈抨击。中国现代悲剧文学作品，也在这种抨击声中问世了，并形成文学创作潮流。鲁迅的《孔乙己》《药》《祝福》，叶圣陶的《这也是一个人？》，便是这时悲剧文学中的有名篇章。从此开始，经过 20 世纪 20 年代的积淀，到了三四十年代，悲剧文学在中国现代文苑里成熟了，流淌着中华民族与中国人民大众赖以生存与发展的种种悲剧意识——危机意识、苦难意识、自省意识、反抗意识、献身意识。

二

人的文学思潮的民主意识、科学精神和社会主义思想三大思想特质，在其发难者与推动者的三位代表人物那里体现得极为充分。反过来说，这三位代表人物为人的文学思潮三大思想特质的确立作出了其他人物不可取代的贡献。这三位代表人物是胡适、陈独秀、周作人。

胡适在少年时代与其时其他中国读书人一样，读的都是"四书五经"，也与那个19世纪末20世纪初中国社会历史转型期的众多青少年一样，对于盛行一时的《新民丛报》《天演论》之类传播新知识新观念的书刊十分感兴趣。他们的眼光也就随之由传统转到了现代，由中国转到了世界。19岁那年，胡适到美国留学，进康奈尔大学学习农业科学知识。他从一个主要由旧文化笼罩下的半殖民地半封建的中国一下子到了新兴的资本主义的美国，眼界确实大开，特别是美国的民主自由氛围更是令他陶醉。他努力学习美国政治思想与文化知识。这对于他的政治观与社会观的形成以及对中国的政治与政府的关心，"都有着决定性的影响"[①]。同时，他由农科而改为文科的学习，接触了欧洲的哲学与欧洲的文学，引起了他"对中国文学兴趣之复振"[②]。尤其是杜威的实验主义哲学，影响了胡适其后文化生命的走向。他转到哥伦比亚大学学习期间直接师从杜威，深得杜威实验主义的真谛。杜威实验主义除了其真个人主义——个性主义——独立思考、独立人格、只认真理不计利害得失的个人主义价值观和自由、平等、法治的民主政治观之外，最为胡适所赞赏和运用的是其方法论——反对故步自封、因循守旧，主张变革，而变革是"零卖的"，今天一点，明天一点，变革是否正确、学理是否是真理须得用实行来检验。据此，胡适概括成自己的思想方法那就是"大胆的设想，小心的求证"。他说："实验主义告诉我，一切的理论都不过是一些假设而已；只有实践证明才是检验真理的唯一标准。"[③] 而正是这样的实证思维方法，"实在主宰了"他"40多年来所有的著述"。他"治中国思想与中国历史的著作，都是围绕着'方法'这一观念打转的"[④]。

胡适正是运用杜威实验主义的思维方法，以世界文学中的欧洲文学为参照而发难文学革命的。1915年前后，胡适在留美中国学生中就开始倡导中国文化文学的变革了。1915年9月，几乎与陈独秀在国内创办《新青年》的同时，胡适的一首诗与一首词发表了。这两首诗词，可算作是胡适倡导文学革命的宣言。《送梅觐庄往哈佛大学》一诗的末节写道："梅生梅生毋自鄙。神州文学久枯馁，百年未有健者起。新潮之来不可止，文学革命其时矣，吾辈势不容坐视！且复号召二三子，革命军前仗马箠，鞭笞驱除一车鬼，再拜迎入

[①] 唐德刚译注：《胡适口述自传》，传记文学出版社1981年版。
[②] 唐德刚译注：《胡适口述自传》，传记文学出版社1981年版。
[③] 唐德刚译注：《胡适口述自传》，传记文学出版社1981年版。
[④] 唐德刚译注：《胡适口述自传》，传记文学出版社1981年版。

新世纪！以此报国未云菲。缩地戡天差可拟。梅生梅生毋自鄙！"《沁园春·誓诗》的一阕写道："文学革命何疑？且准备搴旗作健儿。要前空千古，下开百世，收他臭腐，还我神奇。为大中华，造新文学，此业吾曹欲让谁？诗材料，有簇新世界，供我驱驰。"胡适用写诗填词的方式，表达了这样的意思：一是中国传统文学已衰败了；二是世界新潮已蓬勃兴起，不可遏止；三是我辈必须勇挑重担，变革中国文学。而且，诗词中洋溢着的磅礴之气势和横扫千军之力量，充分显示出胡适所具有的革命朝气。因此，当胡适读到陈独秀主编的《新青年》时，便立即写信寄文章给《新青年》与陈独秀。他在《给陈独秀》的信中写道："年来思虑观察所得，以为今欲言文学革命，须从八事入手。"不久，他把这封信的内容改写成一篇文章《文学改良刍议》寄给《新青年》发表。由"文学革命"而为"文学改良"，按胡适自己的解释是担心遭到国内老一辈保守分子的反对而有意将文题写得温和谦虚一些。文章中列的"八不"与信中的"八事"，内容一致，提法一致，都是以实验主义思维方法、仿效意象派庞德关于诗歌语言"六不"的提法而针对中国传统文学弊端提出的文学革命主张。胡适这篇《文学改良刍议》发表后，在中国文化界引起了强烈的反响。陈独秀立即著文《文学革命论》加以声援，钱玄同等人也撰写文章与之呼应。一场文学革命运动在中国文化界兴起了。胡适回国后，连续又写了《建设的文学革命论》《易卜生主义》等文章，表达他的文学革命见解。

胡适倡导文学革命，是顺应时代之大潮，最终目标是企图使中国能成为一个民主自由富强的新国家。怎么实现这一目标呢？他转了一个大弯：文学革命—传播新思想—人成为新人—社会变革。通过文学革命创立新文学，以新文学传播新思想启蒙民众，民众觉醒了，自然会掀起社会变革运动。这不仅是胡适的也是整个人的文学思潮发难者与推动者共有的思路。那么，胡适传播的是什么样的新思想呢？从《文学改良刍议》《建设的文学革命论》《易卜生主义》等文章，可以看出他传播的是新的思维方式、新的文学观念、新的人生价值观。其中，最具影响力的是他在《易卜生主义》一文中阐释的个人主义人生价值观。他认为，中国人最大的病根在于不曾睁开眼睛看世间。其原因是中国人缺乏健全的个人主义人生观。因此，他要中国青年们走出家庭，走向社会，保持独立人格，要敢于与邪恶势力抗争。他特别强调独立人格的重要性。认为，国家社会没有自由独立的人格，如同酒里少了酒曲，面包里少了酵，人身上少了脑筋，那种社会、国家、人就没有改革与进步的希望。据此,他要求新文学把旧家庭、旧社会的实际写出来,使人睁开眼睛,使人动心,以促进人心大革命。胡适在北京大学任教时,通过讲台传授新思想新知识。他的《中国哲学史大纲》与《红楼梦考证》等著作,重要的是开了一代学术研究之新风,促进了哲学研究界与文学研究界思想大解放。① 他译的结集出版的《短篇小说集》对于中国小说现代化起着"示唆"的作用,给读者界送来清新的文学之风。他创作的剧本《终身大事》体现了五四时期个性解放的时代大潮。他的诗集《尝试集》,是中国现代新诗史上最早的一部诗集,充溢着个性主义、个性解放、积极进取的文化底蕴。五四后期他倡导的"整理国故",也是人的文学思潮中有价值的一部分。他的对于中国传统文化应该重新认识与估价的主张、他的应该分清"国粹"与"国渣"而后决定取舍的态度,无疑是科学的历史的辩证的。这对于建设新文化新文学,既具现实意义也具超前意义。

可见,五四时期的胡适,其主导思想意识是民主意识,其精神为科学精神。他作为人的文学思潮的首发其难者而又始终置身于这一思潮演进过程之中,因此他赋予人的文学思潮的思想特质无疑是民主意识与科学精神。

陈独秀在人的文学思潮演进过程中,其思想意识有一个明显变化。这种变化恰恰映现出人的文学思潮的思想特质的变化及新质的增加。

1918年以前,陈独秀的思想意识属于民主与科学范畴。他的民主与科学意识是从生活实践与学习过程中领悟而得的。陈独秀出生于儒学之家,长辈中有三个秀才,一个举人。他自己从小读的是"子曰""诗云",而且也考中了秀才。但他未按家人的愿望沿着科举阶梯爬上去,而是接受了变法维新思想。他由旧学转向新学,由崇奉孔孟转向崇敬康有为梁启超。1901—1915年年初,陈独秀四次去日本学习,一次去法国考察。他广泛摄取了西方人权说、人道主义、进化论乃至康德、叔本华的哲学。并以此为参照,重新评价当时中国的社会、政治及伦常观念乃至人们的思想状况及生活方式与行为方式,痛感社会的黑暗、人们的愚昧。辛亥革命前夕,他撰写《亡国篇》与《说国家》等文章,已较为充分地表达了他的政治思想与新的政治理念。他在文章中否定君权,提倡民权。说道:"国家为全民所共有","不是皇帝一人所私有",人民"要自己作主"。同时,对于屡屡发生的丧权辱国事件极为不满,大呼救亡。辛亥革命中,陈独秀做安徽省国民政府秘书长时,提出了一系列

---

① 蔡元培在胡适的《中国哲学史大纲》的"序"文中称该著作"为后来学者开无数法门"。见《中国哲学史大纲·序》,商务印书馆1919年版。

除旧布新的政治措施。后来,他参加了讨袁斗争。讨袁斗争失败后,他被捕入狱。出狱之后,他逃到日本。他在日本的贫困生活境遇里,苦苦思索社会人生问题,尤其思索了辛亥革命为什么会失败、根本原因在哪里、袁世凯为什么会称帝等问题。陈独秀思考这些问题时把欧洲资产阶级革命和法兰西资产阶级革命联系了起来:18世纪法兰西资产阶级革命为什么会胜利?波旁王朝几次复辟为什么均以失败告终?中国的袁世凯为什么会轻而易举地就扑灭了革命烈火,且复辟了帝制?他将中国辛亥革命的文化背景和欧洲资产阶级革命、法兰西资产阶级革命的文化背景相对照加以分析,从而发现:法兰西资产阶级革命前,有一个广泛而深入的启蒙主义运动;德国资产阶级革命前,有一个从康德到黑格尔的哲学革命运动;整个欧洲资产阶级革命前,有一个文艺复兴运动。于是,茅塞顿开,恍然大悟:中国辛亥革命前没有一个像德国、法国乃至整个欧洲那样彻底的文化思想革命作先导,新的思想意识、价值观念、思维方式没有大普及,人们没有觉醒。这才是中国辛亥革命失败的根本原因所在。于是,一种新的方略在头脑里形成了:中国的国体与政体要得到变更,必须先要有一个文化思想革命运动。这一方略形成后,他便于1915年6月从日本返回中国上海,9月为群益书社主编《青年杂志》(后改为《新青年》)作为新文化运动的发祥阵地。从此,他以该刊为阵地,发表文章,提倡民主,反对专制;提倡科学,反对迷信;提倡新道德,反对旧道德;提倡新文学,反对旧文学。有鉴于中国数千年相传的官僚专制之个人政治的理论依据是孔子学说,有鉴于袁世凯复辟帝制的理论依据是孔子学说,所以,陈独秀在《孔子之道与现代生活》《复辟与尊孔》等文章中,特别强调要铲除封建专制必须先弃其"大源"——孔学。只有如此才会作到"弃数千年相传之官僚专制的个人政治而易以自由的自治的国民政治"。同时,他还认为:孔学对中国的思想意识危害极深,使中国人素质极为低下——不勤、不俭、不廉、不洁、不诚、无信。由此,他断定要改造社会国家,必先改造国民的素质。怎么改造?通过什么途径去改造?用什么去改造?陈独秀当时开出的"良方"便是以民主与科学为旗帜的新文化运动。所以,他创办《青年杂志》;当胡适的信函与文章在《新青年》发表后,他立即撰写文章加以"声援"。他的《文学革命论》高张的"三大主义",可算是对胡适的"八不主义"的补充与提升。因为陈独秀的文学革命论,注重了文学与时代、文学与政治思想、文学内容与文学形式之关系;因为陈独秀的文学革命论,具有彻底的批判精神与压倒一切的气势;因为陈独秀的文学革命论,对中国传统文学虽重在否定，然而也有肯定，并非民族虚无主义。总之，陈独秀的文学革命论，注重的是文学的文化品位和文学的思想倾向与社会历史主题，偏重的是"文学和人的关系"中的"人"的群体性、社会属性、政治属性。这便是陈独秀在人的文学思潮的前期的思想意识与行为状态。由此可见，他这一阶段的思想意识，显然属于民主与科学范畴，他为人的文学思潮的思想特质注入的自然是民主意识与科学精神。1918年5月以后，特别是1919年5月4日前后，陈独秀的思想与行为发生了显著变化。主要表现在两个方面。第一，欢迎马列主义，宣传马列主义。1918年5月前，陈独秀认定民主与科学能启蒙，能救治中国，对马列主义与社会主义并不以为然。一位读者给《新青年》写信，希望介绍社会主义理论，陈独秀则回信说："社会主义，理想甚高，学派亦甚复杂，惟是说之兴，中国可以缓于欧洲，因产业未兴，兼亦未盛行也。"其意是说，社会主义还不适合中国。而1918年5月以后，特别是1919年就不同了。1919年4月6日，陈独秀在《纲常名教》一文中，写道：欧洲各国社会主义的学说，已经大大的流行了。俄、德和匈牙利成了共产党的世界，这种风气，恐怕马上就要来到东方了。这以后，陈独秀发表了诸如《关于社会主义的讨论》《社会主义批评》等文章，大力宣传社会主义，而且认定中国"唯有找社会主义那条路走"。还说："俄国的方法是唯一的道路。"第二，特别重视民众运动改造社会的作用。他认为：新兴的无产劳动阶级所掀起的运动才能救中国、改造中国。他强调群众集体的有组织的行动。正是基于这一理性认识，所以他于1919年在《每周评论》上发表了《研究室与监狱》《我们究竟应当不应当爱国》等文章，呼吁青年们开展斗争，走出研究室进入"监狱"，才是人生最高尚优美的生活。不仅如此，他亲自到市民中去、青年中去，宣传马列主义，发动和组织民众同北洋政府进行抗争。五四运动期间，陈独秀经与李大钊等人研究，起草了《北京市民宣言》，提出了取消一切不平等条约和免除北洋政府曹汝霖、章宗祥等六大内阁官员等要求，反映了北京和全体中国民众的愿望。他还上街亲自散发传单并发表演说。同时，还可以从北洋政府抓捕陈独秀通电全国的电文内容看出陈独秀在当时的地位与影响。电文称"陈独秀惑世诱民"，"独夫不去四维不张"。此事在当时中国社会实属政治热点，震动了社会各界。上海、南京等地的文化名人，纷纷通电北洋政府，为陈独秀辩护，要求释放陈独秀。这以后，陈独秀组织共产主义小组，1921年7月中国共产党成立时被选为中央局书记，由倡导文化文学革命而转为倡导与领导社会政治革命了。陈独秀的思想意识也由一般的民主意识与科学精神而转为社会主义了。人的文学思潮的社会主义思想特质为陈独秀所赋予（当然，李大钊与瞿秋白也为此作出了贡献）。

陈独秀日渐把精力转入社会主义的宣传之时，周作人登上五四新文坛了。1917年4月到1918年12月，周作人置身于五四文学的策源地北京大学，却未曾发表一篇直接论述五四文学的文章。这一年又八个月，他在干什么？他在北京大学讲授欧洲文学史，编写欧洲文学史教材。这一教学活动，可以看作是周作人在默默地为五四文学的发展做一些实际的带基础性的理论论证工作，也可以说是在为胡适与陈独秀的文学革命理论做史的诠释工作。同时，他还搞翻译，译外国文学理论及文学作品；还撰写带有研究性的文学批评文章，如《读武者小路君所作〈一个青年的梦〉》。1918年年底及其以后，周作人连续发表了多篇属于五四文学建设的论文，其中最有影响力的是《人的文学》《思想革命》《平民文学》三篇文章。这三篇文章表达了他对五四文学的见解，并为五四文学理论框架的形成和人的文学思潮特质的稳固起了别人不可替代的作用。其中，有两个方面贡献特别突出。第一，明确了人的文学思潮的理论基础是"人道主义"。五四文学是一种崭新的文学，那么新在何处？新文学与旧文学的根本区别在哪里？胡适的"八不主义"和陈独秀的"三大主义"，从思想情感等内涵及语言文字叙述形式等方面，对新文学与旧文学作了划分，而周作人则卓尔不群地指出："我们现在应该提倡的新文学，简单的说一句，是'人的文学'。"以"人道主义为本，对于人生诸问题，加以记录研究的文字，便谓之人的文学"。周作人还就"人道主义"作了说明。他说："我所说的人道主义，并非世间所谓'悲天悯人'或'博施济众'的慈善主义，乃是一种个人主义的人间本位主义"，也就是要"先使自己有人的资格，占得人的位置"，然后"讲人道，爱人类"。以这样的人道主义为本，写人的人性、生命、生存、生活、情感等内容的文学便是新文学，这样的新文学也就是"活文学"。旧文学写的是没有人格、没有个性、没有尊严的"死人"，是"死文学"。周作人用人道主义——个人主义的人间本位主义，把新文学与旧文学、新人与旧人区分得清清楚楚明明白白。这就使五四文学人的文学思潮更有了一种坚实的思想特质，而且奠定了整个中国现代文学一个方面的思想理论发展基础。第二，为五四文学提出重塑人的灵魂的追求目标。重塑人的灵魂的价值追求是鲁迅首倡的，并化为他的《狂人日记》《孔乙己》《药》等小说创作的内涵，把切入点放在了国民性的剖析上。周作人的重塑人的灵魂是以思想革命为切入点而提出的。他在《思想革命》一文中，纵论古今文学现象，而认为文学"本合文字与思想两者而成"，但思想更为重要。他说："君师主义的人，穿上洋服，挂上维新的招牌，难道就能实行民主政治。"而且极富针对性地指出："单变文字不变思想的改革，它怎能算是文学革命的完全胜利呢？"文章还特别指出："文学革命上，文字改革是第一步，思想改革是第二步，却比第一步更为重要。"周作人提出的五四文学的追求目标与功能，可以说引导了人的文学思潮向纵深方向发展，而且为20世纪20年代末至30年代以沈从文为代表的"京派"所承传，形成以人道主义为本重塑人的灵魂的文学流派。周作人的这一文学价值观还贯穿于他的译介文学与创作活动中。他翻译的《域外小说集》《点滴》《现代小说译丛》《现代日本小说集》《玛加尔的梦》《陀螺》《狂言十番》等（其中部分为与鲁迅合译），反映出他的译介文字都是以人道主义与世界大同为指归的。他除与鲁迅一道写了一些战斗性强的杂文之外，还写了些小品文，开创了闲适平和的小品文之风。

三

人的文学思潮的思想特质的形成，还与当时的传媒和文学作品大有关系。

人的文学思潮的主要传媒，无疑是《新青年》杂志。鲁迅关于《新青年》与五四文学革命的关系作过这样的描述。他说："谁都知道《新青年》是提倡'文学改良'，后来更进一步的而号召'文学革命'的发难者。"事实上，也是这样。人的文学思潮的思想特质变化轨迹，与《新青年》发表的文章的思想倾向变化一致。从1915年9月到1921年间，《新青年》的思想倾向——发表的文章的思想倾向有一个前后期的区分，时间界碑是1918年6月及其时李大钊的文章《俄法革命之比较观》。这之前，《新青年》的宗旨是思想启蒙。用什么思想去启蒙民众？答案是民主意识与科学精神。《新青年》创刊号《敬告青年》，提出了建构新文化的根本命题：自主的而非奴隶的，进步的而非保守的，进取的而非退隐的，世界的而非锁国的，科学的而非想象的。这表明该刊与新文化的宗旨是确立个人平等、培养竞争意识、参与意识、立足实现、面向世界。为着实现这一宗旨，文章末尾指出："当以科学与人权并重。"该刊从创刊开始，介绍和宣传的大多是西方人权说、自由平等博爱主张与进化论。陈独秀的《法兰西人与近代文明》和他译的《现代文明史》，发表于该刊创刊号上。陈独秀梳理了欧洲文明演进过程之后，认为：近世文明是以变古之道而使人心社会焕然一新者，厥有三事：一曰人权说，二曰生物进化论，三曰社会主义是也。这表明，该刊便是用这样的新思想来启蒙民众，来启蒙青年。刘叔雅译的《近世思想中之科学精神》《叔本华自我意志说》《美国人之自由精神》等文章，都饱含着人道主义与科学精神。《新青年》宣传这些新思想，并且运用这些新思想，抨击中国传统文化思想与伦理道德观念。《新青年》发表的易白沙的文章《孔子评议》、陈独秀的文章《孔子之道与现代生活》等便充分表明了《新青年》的这一文化思想倾向，意在追求一种全新的人生形式与社会形态。这种全新的人生形式即为《新青年》发刊宣言所描述的："诚实的，进步的，积极的，自由的，平等的，创造的，美的，善的，和平的，相爱互助的，劳动而愉快的，全社会幸福的。"这些都标志着中国思想文化由旧而新的转型，从此全面开始了。怎么彻底实现这一转型？答案是"革命"。而这"革命"首先不是指社会革命而是文化文学的革命。因为在他们看来，中国传统文化文学是负载传统思想道德的，这种东西是禁锢中国国民的精神枷锁，使中国国民落后、愚昧、迷信、人不像人。要用民主、科学、社会主义启蒙民众，就得首先改变语言文字，提倡白话文反对文言文、提倡新文学反对旧文学。因此，由文化革命倡导而转到文学革命的倡导，实乃出于一种文化文学发展的必然。《新青年》刊载大力译介西方近现代文化思想与文学、特别是刊载译介那些与社会人生贴近的思想文化著述文字与文学作品，更是流淌着个性解放、民主、科学、自由、平等、博爱的意识。1918年11月以后，《新青年》宣传的文化思想有了较大变化，增添了新的文化思想质素，这就是对苏俄十月革命、马列主义、社会主义的宣传。这以后，《新青年》发表的一系列文章，便是明证。1918年11月《新青年》发表了李大钊的《庶民的胜利》、蔡元培的《劳工神圣》等文章，开始了宣传苏俄十月革命的意义。1919年5月，《新青年》刊发7篇文章，较系统地介绍了马克思主义学说，计有顾照熊的《马克思学说》、凌霜的《马克思学说的批评》、陈启修的《马克思的唯物史观与贞操问题》、渊泉的《马克思的唯物史观》与《马克思奋斗的生涯》、刘秉麟的《马克思传略》、李大钊的《我的马克思主义观》。1920年4月1日的《新青年》发表了12篇"俄罗斯研究"论文。同年5月出版的《新青年》是"五一"国际"劳动节纪念号"。同年12月出版的《新青年》发表了"俄罗斯研究"4篇文章等。《新青年》确实把主要篇幅用于社会主义、马克思主义的介绍了。

作为人的文学思潮发难与推动的刊物《新青年》，其传播的思想意识，无疑会直接影响、制约人的文学思潮的思想特质的形成与变化。

我们还可以进一步从显示五四文学革命实绩的鲁迅的文学作品的思想倾

向，来申说人的文学思潮的思想特质。显示五四文学实绩的鲁迅小说的思想倾向无疑属于民主意识与科学精神范畴。鲁迅是以作家的姿态出现于五四新文坛的。他以文学作品来支撑刚刚形成的新文坛。所以，他说：他的《狂人日记》《孔乙己》《药》等作品，显示了文学革命的实绩。[①] 鲁迅创作这几篇小说时，虽然其思想意识十分繁富，但主导思想是进化论。进化论属于科学认识观范畴。也可以说，鲁迅创作这几篇小说时，除了他对中国历史、现实和文化有着深切的认识、感受、体验之外，还持有一种理性的科学精神与科学方法即进化论的精神与方法。他是凭着这样的感性与理性来从事文学创作的，其意"是在揭出病苦，引起疗救的注意"，实现"'为人生'，而且要改良这人生"[②] 的价值追求。前文论述"世界文学质"时，说到世界文学中的欧洲文艺复兴"人的发现"是从人的外在美与占有欲的发现开始的，那么，中国五四文学革命时"人的发现"是否也是如此的呢？答案是否定的。显示五四文学实绩的鲁迅的几篇小说，表明五四文学革命时"人的发现"是从"吃人"开始的。《狂人日记》《孔乙己》《药》三篇小说共有的母题便是"吃人"——中国人，人人吃人！《狂人日记》"意在暴露家族制度和礼教的弊害"[③]。那么，家族制度和礼教的"弊害"是什么？就是"吃人"！家族制度是中国几千年社会国家构成的基本单位，形成"家国同构"的关系；礼教是几千年来规范中国人精神、思想、意识及行为的准绳。因此，这篇小说虽然写的是一个家庭及其推行的礼教的"吃人"，而却浓缩了或者说是呈现出了整个社会国家——历史的现实的以及整个礼教的"吃人"状况。狂人是家族制度和礼教的叛逆者。小说正是从一个叛逆者被吃的过程，形象地表明中国几千年的历史是一部吃人的历史，中国的现实是吃人的现实，封建礼教是吃人的理论。具有如此深刻思想底蕴的小说，在中国几千年文学史上，无疑是第一篇。其巨大的思想冲击力，起到了石破天惊的作用。叛逆的被吃掉，不叛逆就能避免被吃掉的厄运么？《孔乙己》则从深受科举制度与封建文化思想毒害而又至死不觉悟的下层知识分子孔乙己被吃掉的角度，探寻这一问题的答案。不叛逆并至死不觉悟的孔乙己也被吃掉了，这就从一个侧面揭示了封建文化的吃人！

[①] 鲁迅：《中国新文学大系·小说二集序》，《鲁迅全集》第6卷，人民文学出版社1981年版。

[②] 鲁迅：《我怎么做起小说来》，《鲁迅全集》第4卷，人民文学出版社1981年版。

[③] 鲁迅：《中国新文学大系·小说二集序》，《鲁迅全集》第6卷，人民文学出版社1981年版。

《药》描述当政者用钢刀"吃人",又用"软刀子""吃人"。这三篇小说中的那些"看客"们,个个也是"吃人"的人:狂人在路上遇到的七八个行人及邻居们、咸亨酒店的酒客们、华老栓茶馆里的茶客们。这三篇小说独立成篇,合起来而又浑然一体,共同表达了一个主旨:一代又一代的中国人,在家族制度和礼教的规束下相互"吃",而且还有着冠冕堂皇的理由!中国人还是人吗?中国人还有什么人身权利可言吗?从而引起中国人对历史、现实、礼教的拷问,促其觉悟,改变人生形式,寻求新生之路!这三篇小说的主题,自然属于个性主义与科学精神范畴。这三篇小说先后发表于《新青年》上,更可见《新青年》的思想倾向与人的文学思潮思想特质的一致性。

附记

人的文学思潮是中国现代文学形成期即五四时期存在的文学思潮。它较之于中国现代文学史上别的时段存在的文学思潮有着自己丰厚的强大优势的思想特质,那就是民主意识、科学精神与社会主义思想。"民主意识"在其时被认为是"人权""自由平等""个性解放";"科学精神"在其时便是怀疑精神与批判精神;"社会主义思想"在其时被界定为"人民本位"与"人民革命"思想。这三者同属于思想意识范畴,而且有相通之处。人的文学思潮发难者与推动者中,不少人便是怀抱着民主意识和科学精神而走向社会主义的。人的文学思潮是融合这三种思想理念而同时聚焦于"人"所形成的一股铺天盖地的文学大潮。

这一文学思潮有着别的文学思潮难以企及的优势。它不仅有胡适、陈独秀、周作人、李大钊等大家做着思想理论的建构,且有鲁迅、胡适、冰心、庐隐、叶圣陶等大家做着文学创作实践。这股文学思潮为中国现代文学的发展铸就了坚实的基础。

本文着力于人的文学思潮成因的阐释和文学创作的解读。应该说视域较开阔,眼光较高远,有理有据。本文内容,是我为研究生开设的"文学思潮流派"课中的一部分,也是我为本科高年级学生开设的《中国现代文学专题》课中的一部分。本文的部分内容纳入我已出版的专著中,但作为整体论文尚未问世。本文于2021年5月底细读之后纳入本书。

后　记

　　我在中国现代文学这门学科里，泡了六十年。有人问我："六十年泡在一门学科里，你不觉得烦吗？厌吗？腻吗？"我回答说："好像还没有过这样的心理情绪与心理状态！"为什么？他没有这样问，自然我也未回答。现在想来，可从三方面来作答。一是中国现代文学的内容，可谓博大精深。其蕴含的精神内容与精神动向，充满活力，经久不衰。因此，研究是无穷尽的；二是我的中国现代文学教学与研究，是我把自己带入中国现代文学精神内容与精神动向之中而与之对话，这不仅丰富了我的人生阅历和精神世界，提升了我的审美意识与审美感受，也强化了我对今天社会人生和文学的理解。因此，我越研读兴趣越浓，获得感越强；三是我的中国现代文学教学与研究无急功近利之目的，大有为教而教、为研究而研究之意。似乎只有这样，教与研才能持久，才会淡然而有定力，才会努力的持续的去探寻文学历史的真相。这三点，我认为便是我六十年泡在这门学科里而不生烦、厌、腻的原因！

　　1978年前的十五年里，我虔诚地"遵命"于中国现代文学教学，自然不会有什么烦、厌、腻的。新时期伊始时，我有一种强烈的"时不我待"的紧迫感。从这时起，我自觉自愿地与中国现代文学绑在一起了。我把中国现代文学教学与研究作为了我的唯一事业，视之为安身立命之所，自然不曾有过什么烦、厌、腻之感的。

　　2000年1月退休后，原想把我与中国现代文学之关系作些调整，想放缓读、研、思、写的步伐，意在保持我的学术意识与思维活力的与时俱进而不至于过早的减退，但是，事实上并未做到。这以后的二十年间，我除继续完成教育部的人文社科项目研究外，还撰写和发表了25篇学术论文并撰写出版学术专著7部，还为一所民办大学中文专业上中国现代文学课十年。真正放缓研、思、写步伐是近三四年。这几年，我只细读了过去草拟的两篇长文和编撰这本《我与中国现代文学六十年》。

　　最近又读王国维《人间词话》，对他提出的"三境界"说，倍感亲切。他撮录晏殊、柳永、辛弃疾的词章词句，赋予新内容，构成他的为人为学"三境界"说。他说："古今之成大事业大学问者，必经过三种之境界：'昨夜西风凋碧树，独上高楼，望尽天涯路。'此第一境也。'衣带渐宽终不悔，为伊消得人憔悴。'此第二境也。'众里寻他千百度，蓦然回首，那人却在灯火阑珊处。'此第三境也。"我六十年间，做的虽不是什么大事业，也不是大学问，但深感为人为学，应该眼光高远、独立思考、把握方向，同时应该坚韧不拔、锲而不舍、孜孜以求、呕心沥血地去行，最终定会有新的发现新的收获。王国维的"三境界"说，事实上已成为中国学界一代一代真正为人为学者传承的人脉与文脉！

本书是我与中国现代文学六十年的书面总结，也是我对六十年来一直关心、支持我的中国现代文学教学与研究的领导、朋友、学友及家人的一个总交代，并以此向他们谨表谢忱！

这里，我还须说说杨素君女士。我与她相恋结婚组成家庭，生儿育女，相濡以沫，也六十年了。六十年来，她不仅是我的生活伴侣、情感伴侣，还是我的教学与研究的见证者，一定程度上的参与者——我的中国现代文学史教学大纲编写与讲稿框架设计，我的每篇学术论文与每部学术专著以及每项研究课题的设想，都征求和吸收她的意见。但是，在我所有教学与研究成果的作者中却没有她的名字。她申报教师职称时，坚持用她自己的教学与研究成果而远离我的著述文字。同时，六十年里，她长期操持家务，培育儿女与孙辈，不辞辛劳，任劳任怨。我有这样的伴侣，真乃我终生之幸，子孙之福！而今以后，我会用主要精力与时间与她相依相伴，执手幸福到老。

这里，还要交代一事：我的所有著述文字中，都未提到澳门的新文学或澳门抗战文学。此无他，乃因我未查得此地的相关文学史料。

苏光文
2022 年 2 月 22 日